評伝　紫式部

世俗執着と出家願望

増田繁夫 著

昴 6

和泉書院

目次

凡　例

一、本書に引用した文学作品は、原則として紫式部日記は宮内庁書陵部蔵『紫日記』、紫式部集は陽明文庫本（歌尾の数字は底本の歌序番号）、栄花物語は『栄花物語全注釈』（松村博司、角川書店）の本文、和歌書は新編国歌大観本によった。ただし、私に漢字を当て句読点を改めたところがある。引用本文中の（　）の部分は、読解の便を考えて私に補ったものである。それら以外のテキストによった場合には、使用したテキスト名を示しておいた。

一、小右記・権記などの漢文日記や記録類は、大日本古記録・史料纂集・史料大成などの通行活字本により、原則として私に訓読した形で示した。また、引用文などの漢字は、原則として新字体を用いた。訓読文中の〈　〉を付した部分は、原文の割注部である。

一、本文中の人物の実名は一往訓読してルビを付したが、不確かなものが多い。特に女性名は不明とすべきものがほとんどであるが、いま私案を示しておいた。

一、本書を成すについては数多くの先学の業績の恩恵をこうむったが、それらの諸説や論考を詳しく紹介したり、論評することはあまりにも煩雑になるので、注記は最少限度にとどめた。特にたびたび参照した左のものについては、次の略称により表示した。

「新釈」（曾沢太吉・森重敏『紫式部日記新釈』昭和三九年、武蔵野書院）

「全注釈」（萩谷朴『紫式部日記全注釈』上巻昭和四六年、下巻昭和四八年、角川書店）

「全評釈」（南波浩『紫式部集全評釈』昭和五八年、笠間書院）

一、注の部については、参照した数多くの研究文献を詳細に注記し検討するのはあまりにも煩雑になるので省略し、直接に本書の論旨と関係するもののみにとどめた。また、論文等の初出年次や発表誌等も省略し、入手しやすい論文集などの書物名をあげておいた。

序章　過渡期を生きる人々

【紫式部という人】

紫式部は敢えていえば常識の人であった。物事に対処するに際しても、まず普通の人々の立っているのと同じ地点に立って考え、多くの人とはあまりかけ離れないところから出発して歩み始める。人々の喜怒哀楽する物事についても、この人は普通の人と同じように喜び怒り悲しみ、人々の希い求める物事をこの人もまた同じように求めていたらしい。一般の人々のよって立つ生活感覚を式部もまた共有していた。

紫式部日記を読むと、この人もまたわれわれからそんなにかけ離れた人というわけではないのだ、と思わせられるところがいろいろあって、ふと親近感をおぼえさせられるところがある。式部もわれわれと同じようなことで他人に腹を立てたり、心を傷めたりしている。例えば、自分の仕える中宮藤原彰子《あきこ》の後宮を擁護して、世間で優雅だと評判されていた斎院選子内親王《さいいんのぶこ》方への対抗心や身びいきの姿勢をあらわにしている。一条朝の後宮では先任の女御として彰子を圧倒していた弘徽殿《こうきでん》の女御義子《にょうごよしこ》方に対しては、その女房の左京を徹底的に笑い者にする彰子の女房たちと一緒になって隠微にからかう意地のわるさ、枕草子を書いたことで当時世にもてはやされていた先輩女房の清少納言に対して、その存在を根底から否定するような痛烈な批評の言葉をあびせかける妬みの心の激しさ、自分の書いた源氏物語は一条帝も読んで誉めているると自慢する対抗心、人前では漢詩文のことなどまったく知らないふりをして、屏風に書かれた漢詩も読めず、「一」という漢字を書くことすらしなかったと記したすぐその後に、自分が中宮に白氏文集《はくしもんじゅう》を教えていたことを誇らしげに書き記す不用意さなど、われわれ凡人のもっている愚かさ軽率さ慎みの無さなどを、この人も十分にもっていたことをうかがわせるのである。

ただし、紫式部は単なる普通の人というわけでは勿論なかった。この人の物事の細部まで注意深く見る眼や、対象を広い視野において眺める視点の取り方、物事を判断する基準のものやわらかさなどは、やはりこの当時の人として特別であった。周りの人々に対する評価も概して妥当と思われる。時の執権藤原道長の言動についてのさりげない記述にうかがわれるこの権力者のすぐれた資質への注意、和泉式部という個性的な同僚女房の人柄やその歌才についての批評、さらには後述する清少納言への酷評などをふくめてもなお、その言及には後世のわれわれから見ても大きな違和感をもたずに受け入れることができる。

しかし、この人はまた健全な常識の人、あるいは穏やかな良識の人というわけでもなかった。「良識」と呼ばれる思考や判断は、いわば既存の秩序や倫理の維持、社会の健全性の保全をめざすことを基本軸にして、物事を商量し対処しようとするものである。しかしながら、当時の女性たちにとっては、近代人のいう「社会」といった概念はいまだ明確には形成されていなかった。それに比較的似たものとしては、「世」「世の中」と呼ばれる漠然とした概念があったに過ぎなかった。「世の中」は、家族や血縁者や姻戚などで構成された狭い生活圏の向こう側にある、他人との関係により営まれている世界である。当時の女性たちの使っている「世」「世の中」という語は、夫婦仲や、自分のもとに通ってくる恋人との関係をいう語として多く用いられていたことからもわかるように、極めて自己中心的な狭い人間関係の世界をいうものであった。恋人や夫も向こう側の人、他人なのである。式部も宮仕に出たことで、初めて実際に他人との関係の「世の中」を知ることになった。それまで「他人」というものの具体的なあり方をよく見たことはなかったであろうから、女房生活を経験することによって、初めて「他人」を知り「世の中」というものを考えることになった。

当時の貴族女性たちの住む世界の狭さは、蜻蛉日記を読むとよくわかる。この筆者は自分の家を出て女房生活を経験することがなかった。そのためもあって夫兼家《かねいえ》や夫のいま一人の妻の時姫《ときひめ》との関係を、常に自己の側からのみする狭い自己中心的な視点で考えているように見える。この筆者の資質にもよるのであろうが、「他人」との生活を知らない人には、自己からする視点を離れて他者や社会といった立場から物事を見たり考えたりすることは困難だったのである。紫式部は自己を対象化し客観視する視点をよくもち得ているが、それには女房生活を経験したことで得られたものが大きかったと思われる。

紫式部は、透徹した深い知性をもつ人の常として、外界の物事にも穏やかに現実的に対処する人であり、自己を内省する態度も誠実である。しかしながら、この人の特性である物事の細部をも見逃さない眼や、自己の実感をもとにして追求して行くその思考の徹底性などは、時には人々の通念や社会の倫理から逸れていったり、それらと対立したり否定するところにまで向かおうとするような傾向を秘めているところがあった。

例えばその一つは、式部の時代に急速に高揚してきた貴族社会の浄土信仰の風潮の中にあって、この人の極楽往生論に対する姿勢である。世間の人々のすぐに出家遁世の願いを口にし数珠をひきさげ経を読み、勤行《ごんぎょう》にいそしむようになってきた風潮を見ながら、この人は容易にはそれにはついて行けない自己のあり方を率直に語っている。現世出離の願いは強くもちながらも、他方では世俗生活への執着の心は断ち切れず、出家して尼生活に入るまでの決心のつきかねること、また思い切って入道し修行生活を始めても、現世的なものへの執心からたやすく往生が可能だとは思われず、それを考えるとつい出家遁世の決行もためらわれてしまう、花紅葉のあわれに深く感傷し、世俗生活のとりとめもない些事にも愛着をおぼえる自分は、やはり極楽往生のかなう身とは思われない、というのである。世俗の生活のはかなさを思い知りながらも、それに愛執している自己をありのままに認めること、ましてそうした自己の実感を率直に書き記すことは、当時において容易なことではなかったにちがいない。まさに王様は裸だと口に出すのに等しいことなのである。このようなナイーブな浄土教の受けとめ方や対し方、それをこんなにも素直に述べたものはこの時代には他に例がない。法然などに遥か先立つ発言なのである。源氏物語の最終部の浮舟の物語は、まさにこの問題を取り上げたものであった。このようにして自己の実感をそのままに認めるところから極楽往生信仰に向かおうとする誠実さ、人間のもつ愚かさや心弱さをも許容するヒューマニズムの立場こそが、この人の作家としてよって立っていた基盤であった。

そうしたヒューマニズムは源氏物語だけではなく、紫式部日記にも共通して顕著に認められる。源氏物語という作品は、当時の物語としては格段に深く緻密にこの世界や人間を描いているが、この時代の「物語」というジャンルのもっていた読み物としての性格からは十分に抜け出せずにいるところが多くある。物語には作者の心が書かれているにしても、それは間接的であり抽象的であって、やはり作者からは距離をおいたものである。それに対して紫式部日記は、より直接的に筆者の心を書いたものであるから、この作家を理解する第一の手がかりとなるはずのものである。ただし、「日記」というジャンルにも、物語とはまた異なった多くの制約があって、そこには筆者の心が必ずしも率直に記されているわけでもない。「日記」はいつの時代でも他者に読まれることを前提にして書かれている。書くということは、そもそも誰かに読ませることを意識しての行為なのである。したがって、書き記した事柄に関係する人々への世俗的な配慮、あるいはまた、誰しも自己のことを述べようとするときには避けることのできない自己弁護、自己正当化という記述姿勢に関わる本質的な問題をかかえている。紫式部という人は殊に慎重な人であったから、日記に記された言葉のすぐ背後に筆者がいる、というわけではないことにも絶えず配慮しなければならない。しかしそれでもなお、紫式部日記はこの作家に至り着くもっとも近道なのである。

紫式部日記に書き記されているところからする式部のイメージは、日ごろ同僚の女房などの人々の集まるところでは慎ましくひかえ目にふるまい、自分の局に下がったり里居をしているときには、物思いがちに庭を眺めたりしている人であったように見える。日記を読んでいるとそう思わせるところが多くあり、実際にもそうした側面をもっていたのであろうが、その反面にはまた読む人に自分をそう思わせようとして書いているらしいところ、この人が自分をそう見られたいと思って演技していると認められるところもままあって、当然ながら見かけよりは複雑なのである。人は矛盾した心をもち行動をするところがあり、殊に式部の日記にはそれが顕著に認められる。その第一のものは、世俗的なものへの深い執心と、それとはうらはらに口にしている出家願望である。そうした両義的なあり方は、式部に限らず普通の人々もまたもっているものでもあるが、この日記では式部はそれを意識していながら記しているように見える。

以下では、主として紫式部日記を手がかりにしながら、この作家をいささかなりともより具象的に、表情をたたえた姿をもつ身近な人として感じられるように理解し、形象することをめざして記述してみたい。何分にも残されている資料も少なく、しかもその第一の資料である紫式部日記からして、千年もの昔に書かれたものであるから、近代人のわれわれの理解し得る文脈にのせて読解し記述するためには、式部の身を置いていた女房社会のあり方や人間関係、当時の人々の生きていた時代性や生活感覚など、さまざまな補助線が必要なのであるが、それらもまたいまだ理解の至っていないところが多く、その解明も難しくて、どれほど式部という人に近づき得るのか心もとないことである。

【紫式部の清少納言評】

紫式部と清少納言は同じ時代を生き、同じく「女房」という身分で中宮に仕えた人でありながらも、それぞれの女房生活を書いた紫式部日記と枕草子は、一見すればまったく異なった性格に見える作品になっている。女房生活というものが大好きで性に合っていたらしい清少納言と、女房は嫌だ嫌だと繰り返し執拗に書き記す紫式部とには、両者のもつ資質の違いだけではなく、二人の仕えた中宮彰子と皇后定子《さだこ》という主人やその後宮の性格の違いに関わるところも大きかったであろう。明るくて屈折したところの少なく見える定子と清少納言、やや陰気で複雑な彰子や紫式部というイメージは、いまではすっかり定着している。しかしながら、式部と少納言やその作品の紫式部日記と枕草子には、両者の外貌の相違の大きさにもかかわらず、やはり同じ時代を生きた女性やその作品として、両者には共通する基盤に立っているところもまた多いのである。

　時代の転換期には、定家と西行、西鶴と芭蕉、鷗外と漱石など、外貌には大きく異なるところを見せていながらも、同じ時代を深く共有して生きた作家の現れることがあるが、清少納言と紫式部にも同様のところが認められる。紫式部日記には、式部の少し先輩の著名な女房であった清少納言とその枕草子のことを、痛烈に批評した次の一節のあることはよく知られている。

　清少納言こそ、したり顔に、いみじう侍りける人（得意ゲナ態度デ、ヒドイ人デスコト）。さばかり賢《さか》しだち真名《まな》（漢詩文ノコトヲ）書き散らして侍るほども、よく見れば、まだいと足らぬ（「たへぬ」天和本）こと多かり。かく人に異《こと》ならんと思ひ好める人は、かならず見劣りし、行く末うたてのみ侍るは（ヤガテソノ先ハ、ヒドイコトバカリニナルモノデスヨ）。艶《えん》になりぬる人（風情ブリ過ギル人）は、いとすごうすずろなる折《をり》も（荒涼トシテ情趣モオボエヌヨウナ場合ニモ）、物のあはれにすすみ、をかしきことも見過ぐさぬほどに、おのづからさるまじくあだなるさまにも（ソノ場ニハフサワシクナイ軽薄サニ）なるに侍るべし。そのあだになりぬる人の果て、いかでかはよく侍らむ。

（紫式部日記）

清少納言は紫式部よりも少し年長であった。枕草子は長保三年（一〇〇一）ごろにはほぼ現存形に近いものが成立していたと考えられている。紫式部日記は寛弘七年（一〇一〇）以後間もなくに書かれたと考えられるが、そのころには清少納言は既に宮廷から身を退き、里で逼塞《ひっそく》した生活を過ごしていたらしい時期であった。(1)「そのあだになりぬる人の果て、いかでかはよく侍らむ」とある部分も、式部は清少納言の晩年の零落した生活を知っていて書いたものらしいともいわれている。しかし、かつての中宮定子を中心に営まれた優雅な後宮生活のさまを描いた枕草子は、人々に広く読み継がれていて、その定子の宮廷で我は顔にふるまっていた清少納言の姿は、なおも人々の記憶に強く残っていた。花やかであった中宮定子に替わって中宮になった彰子や、その彰子の後宮を支えるべき職務を担う紫式部らにとっては、そうした定子の後宮の栄花の余映はまず超えねばならぬ目標であり、その定子後宮の栄花のさまを描き得意げにふるまっていた清少納言は、彰子や式部自身にとっても否定し乗り越えねばならぬ存在であった。式部は、定子の後宮を代表する女房の清少納言、および清少納言の書いた枕草子をこんなにも徹底的に否定することにより、世間にいまなお語り伝えられている定子後宮の実態がいかに浅薄なものであり、世に賞賛されている定子後宮の文雅がどれほどにえせものであるかをいおうとしたのだ、と考えられる。よくも知らない漢詩文などを生半可に口にして得意がっている清少納言、あの程度の人がもてはやされていたのが定子後宮だったのだ、というのである。式部は中宮彰子の女房として主人を擁護する立場から、今なお記憶され賛美されている定子の後宮について、その代表ともいうべき女房清少納言を徹底的に否定することにより、世間ではあまりもてはやされない彰子の後宮の評価を、間接的に高めようとする意図があったのであろう。だが、それにしても何という辛辣さであろうか。

もっとも、式部はこうして清少納言を徹底的に否定しているけれども、それは皇后定子までをもおとしめる意図をもつものではなかったと思われる。式部は高貴な人々には敬意をもって対し丁重にあつかう人であった。源氏物語においても、身分の高い人々については決して否定的に描くことはしていない。式部が皇后定子をどう思っていたかはまったく記されてはいないが、既に亡くなった人でもあり、もはや主人の彰子の地位には何ら影響しない過去の人でもあったから、清少納言のように否定する必要もなかったのである。

紫式部には、自分の仕えている中宮彰子の後宮に対立している他の女房集団や、そこに属する人々をむきになって非難したり攻撃する傾向があった。後述するごとく、斎院選子内親王の女房たちを批判的に書き、特にそこに仕えていた女房の中将を底意地わるく批評しているし、彰子と帝寵をあらそっていた弘徽殿の女御藤原義子についても、その女房の左京を率先して徹底的にからかい笑い者にしているように、この人には身贔屓の激しいところがあった。したがって清少納言への酷評も、そうした女房集団の対立意識に由来するところも多いと認められるが、何よりも式部にとっては、清少納言のような出しゃばりで目立ちたがり屋が我慢ならなかったらしい。そこには当然に枕草子を書いて有名になりもてはやされている清少納言への作家としての妬みや、また密かな羨望もあったことは十分に考えねばならないが、やはりこの人は清少納言という女房の人柄、その軽薄に見えるところが嫌いだったのである。

【枕草子の性格】

紫式部とは違って清少納言という人は、人々が集まって話をしているときなどには、まず最初に他の人々とは異なったことを言って注目されようとする傾向があった。式部がこの人のことを、いみじくも「かく人に異ならんと思ひ好める人」と一口で要約しているように、清少納言は何よりも人々の意表を突くようなことを言おうと心がけている人であった。式部が「かく人に異ならんと思ひ好める人」と記しているのは、いま枕草子の中のあれこれの記事を見たり思い浮かべたりしながら、これを書いていたからである。例の枕草子の雪山の段はもっともよく清少納言のそうした性格を示している。

長徳四年（九九八）師走の十日に大雪が降り、豊作の予兆だとよろこんだ宮廷では人々は庭に大きな雪山を作ってもてはやした。中宮定子が、この雪山はいつまで消えずにあるだろうかと女房たちに尋ねると、皆はせいぜい十日ぐらいでしょう、と言うのを聞いていて、皆と同じことを云うのを嫌う清少納言はとっさに、年を越えて正月の十日過ぎまではあるでしょう、と答えて人々を驚かせたまではよかったが、さすがに自分でも不安になってきて、神仏に祈ったり番人を遣って雪山を守らせたという。

この雪山の話に限らず枕草子のおもしろさの一つは、筆者の「人に異ならん」とする工夫にある。枕草子冒頭の「春はあけぼの」の段にしても、人々のまず思い浮かべる代表的な春の情景、真昼の陽光のうららかさとか、おぼろに霞む夕暮れとかではなくて、清少納言のあげるのはすぐには人の思いつきにくい「あけぼの」をあげたところにあった。よく考えてみればやはり春の情趣の第一は、明るい陽ざしにはらはらときらめき散る花びらとか、けだるい空の色の青さとかであるはずのものなのである。それを、敢えて春の本質からはかなり逸れた「春はあけぼの」と決めつけて意外性を誇るところが、そこには一面の妥当性が認められるにしても、普遍的なものの本格的であることを重視する紫式部には軽薄に思われ、「賢しだち」と腹立たしく思われる。「春はあけぼの」も改めてよく考えてみれば、春にかぎらず「夏はあけぼの」でもよいし、「冬はあけぼの」もまた十分にあり得る。そこが式部からすれば、「よく見れば、まだいと足らぬ」ということになるのであろう。

清少納言の「人に異ならんと思ひ好める」傾向、目立つことを好む性格を式部は厳しく非難しているけれども、実はそれは人間誰しもの秘めているものであり、式部自身にも多分に認められるものなのである。そもそも人々から注目されることを本心からいやがる人などいるであろうか。枕草子を読むと、清少納言という人は自分の身を置く中宮藤原定子の後宮の女房としての生活に、何ら不満をおぼえたりすることなく十分に適応し充足しているようにも見える。実は清少納言もまた、それほどに単純軽薄でばかりあったとも考えにくいところもあるが、少なくとも枕草子はそう見えるような外貌を多くもっている。

式部が嫌っているのは、清少納言の「人に異ならん」とする小賢しさ、そのやり方の単純さ、つつしみのなさなのである。式部も清少納言の才能や枕草子をある程度は認めていたのであろうが、やはりその利口ぶるところなど人間としての軽薄さに我慢がならなかったのであろう。ただし、式部もまた軽薄な言動をすることがままあり、清少納言に劣らず自己を他に誇ろうとする心を強くもっている、と認められる様子が日記に多く見える。式部自身も日記に次のように書いている。

（人ハ）とりどりに、いとわろきもなし、また、すぐれてをかしう、心重く、かどゆゑも、よしも、うしろやすさも、みな具することはかたし。

人にはさまざまな人があるのであり、まったく取り柄のないわるい人もいないし、ひときわ人に勝れたすばらしい人、慎重な思慮、才気や気品、安定感など、すべてを備えるというのは難しいのである。また、欠点をもたない人、嫌なところのない人間というのもいないといっているように、式部もまた一般の人々と同じように軽薄さや自己を誇りたい心を共有していて、十分に癖の多い人だったのである。

【現世と彼岸のはざま】

紫式部日記は次のように書き始められている。寛弘五年（一〇〇八）七月ごろ、出産の近づいた中宮藤原彰子の滞在している土御門殿《つちみかどどの》に女房として仕え、秋の庭のあわれを眺めながらの感慨である。既にこの冒頭部には、この日記全体の基調ともなっている式部のこの時期の生活感情が象徴的に書き込まれている。

秋の気配入り立つままに、土御門殿の有様いはむかたなくをかし。池のわたりの梢ども、遣水《やりみづ》のほとりの草むら、おのがじし色づきわたりつつ、おほかたの空も艶《えん》なるにもてはやされて、不断《ふだん》の御読経《みどきやう》の声々、あはれまさりけり。やうやう涼しき風の気色《けしき》に、例の絶えせぬ水の音なひ、夜もすがら聞きまがはさる。
御前《おまへ》にも、近うさぶらふ人々、はかなき物語するを聞こし召しつつ、悩ましうおはしますべかめるを、さりげなくもて隠させ給へる御有様などの、いとさらなることなれど、憂《う》き世の慰めには、かかる御前をこそ尋ね参るべかりけれと、現心《うつしごころ》をばひきたがへ、たとしへなくよろづ忘らるるにも、かつはあやし。

式部はいま、初秋の情趣のただよい始めた中宮彰子の里邸土御門殿に「身」を置き、穏やかでめでたい人柄の中宮に仕えていると、日ごろの自己の「現心」がうって変わって、「憂き世」に生きて行くつらさや、嫌な女房生活のことなどがすっかり忘られるような気がする、というのである。「現心」は日常平生の心である。したがって式部の日常生活は、この世を憂きものだと思う「現心」の基層の上に行われているのだといっていることになる。ところが、いま目にしている木草の秋の色や風のそよぎ、遣り水のせせらぎや読経の声などの官能的なあわれに心身をひたしていると、その「現心」がふと消え去ってゆく。現世的な栄花の頂点に立つ中宮のあり方も、式部の本来の「現心」からすればはかないはずのものなのに、やはり中宮の身近に仕えていると、この世の憂さつらさもふと忘れてしまうようで、我ながら不思議な気がする、というのである。ここには、式部が自己の「現心」だという現世を否定する心と、にもかかわらずその此岸のあわれにひかれてしまう心、という矛盾したあり方が記されている。彼岸志向と現世的なものへの執心というこの相反し矛盾する心の葛藤こそが、この日記に終始繰り返されているモチーフであった。(2)

式部のいうことと書くことには裏表があり、真意を読み取るのが難しいところが多いが、俗世を否定する「現心」をもちながらも、それと矛盾する中宮彰子やその里第の土御門殿を賛美する心は、式部の真意とは必ずしもかけ離れてはいないのであろう。ただし注意を要するのは、これらの日記の記事は、他人に読まれることを意識して書かれているということである。近代作家の日記には、他者に読まれることを前提にして書かれていることによる多くの虚構があり、そこには演技している姿勢の多分に認められることはよく知られている。意識的な虚構ばかりではなく、やはり本質的に自己弁護の姿勢は避けられないのである。それは古代の人々の日記においても同様であった。近代作家の日記において想定されている読者は、一般的には不特定の他者といったものであろうが、紫式部日記など古代の日記文学において想定されている読者は、一次的には身近な親族や知人などであったと考えられるので、記述対象の立場に配慮して明確に書くことを避けて韜晦《とうかい》したり、自己弁護の傾向がより強いことも考えておかねばならない。人が自己を記述するときには、その根底に自己弁解や自己正当化の意図の秘められているのは当然であり、自分の考えているあるべき自己の姿へと誘導しようとする傾向をもつことは避けられないのである。

紫式部は中宮彰子に仕える女房であったから、中宮は勿論のこと道長ら主家の人々についても批判的な記述はありえず、彰子や道長を礼賛するのは当然のことなのである。しかしながら、この日記冒頭部で主家の本邸土御門殿や中宮のめでたさの限りを描きながらも、それにやや距離を置いてながめている式部の「現心」を対置することにより、現世的な中宮の栄花の世界をよく相対化する視点を設定し得ている。中宮のめでたさだけではなく、土御門殿の庭の草木に忍び寄る秋の気配という、現世の官能的なあわれに心身をひたしている式部の此岸《しがん》執着と、それを虚仮《こけ》の姿として否定すべきだとする深層の思いとの両義的な心が、象徴的に書き込まれている。

この日記は、藤原道長の待ち望んでいた彰子の皇子出産により、外戚として摂関体制を確立するに至る一歩を踏み出すことになる、時代の変遷推移する節目の一つに立ち会った式部が、中宮一家の人々のよろこびにあふれた日常の姿やその表情、それを取り巻く人々の言動までをも具体的に記述した希有な記録なのである。その一方では、古代から中世への過渡期の時代を生きた式部個人の内面をも深く理性的に記述し告白していて、源氏物語などのフィクションとはまた異なった、当時の人々の奥深くの心を直接にうかがわせる作品としての意味も大きい。そこには多くの自己弁護や自己正当化が認められるにしても、これほどに細かく自己の内面の本質に関わるところを書き記したものは他に残されていない。

【「身」と「心」の葛藤】

紫式部の遺した作品、源氏物語・紫式部日記・紫式部集のいずれもに共通して認められる作者の人間観は、われわれの「身」を置くこの現実世界は制約が厳しく、ささやかな願いでさえも容易には思いのままにならないものである、しかし人々はそんな現実世界を受け入れて、たやすくそこに安住することはできず、自己がより深く充足される世界を求めてやまない「心」をもって生きている、人はそうした「身」と「心」の葛藤緊張の中でこの世を過ごす他ないのだ、とでもいうべき認識である。こう要約してしまえば、それは近代のわれわれの問題とも重なってしまうが、自己をとりまく不如意な現実にどう堪えどう対処するかは、紫式部に限らずこの時期の人々の特に深く悩むようになってきていた問題であった。その「身」と「心」の対立の嘆きが日常的に意識されるほどまでに深くなり、しかもその思いが、いわゆる知識人たちにとどまらず一般の人々にまで広くおよんできたのは十世紀後半ごろ、つまり紫式部の生きた時代になってからのことであったと考えられる。蜻蛉日記を初めとする日記文学という新しいジャンルが生まれてくることになった第一の要因はそれであろう。

一般に古代の人々は、自己がいま身を置いているこの現実世界は所与のものであり、人はこれを受け入れる他ないものとして長く堪えてきた。そもそもこの世の中の遷り変わりが、自分たち人間の力で変えたり方向づけることができるものだ、などといったことにはおよそ考え及ばなかったにちがいない。人々にとって、自己の意にそまず堪え忍びがたい世であったとしても、それこそがこの世の本質であり、いかにしてそれを受け入れるかに心を尽くす以外の途はなかった。諦めること、ひたすら忍耐することに努めようとしたのである。それは式部にとってもまた同様であった。

紫式部集には、いつのころに詠まれた歌なのか、またどういう場で詠まれたのかもよくわからないが、次の二首の独詠歌が見える。

身を思はずなり《「なりと」定家本》嘆くことのやうやうなのめに、ひたぶるのさまなるを思ひける

数ならぬ心に身をばまかせねど身にしたがふは心なりけり（五五）

心だにいかなる身にかかなふらむ思ひ知れども思ひ知られず（五六）

この詞書からしてわかりにくいが、次のようなことをいったものであろう。いまのわが身の置かれているあり方は願い求めているものとは違ってとても不如意だ、と嘆き悲しんでいた心がしだいにどうにか治まりかけてきていたかと思うと、すぐにまた昂ぶってくる様子を内心におぼえて詠んだ歌、というのである。詞書の末尾が「思ひし」とか「思ひて」ではなく「思ひける」とあるのは、それがいまの一度だけのことではなく、これまでにもそんな思いを絶えず繰り返してきたからである[3]。

前の歌は、人数《ひとかず》にも入らぬ私の卑小な心の願い求めるささやかなことでさえも、思い通りにはなし得ないこの身であるのに、心の方はすぐに身の置かれている現実の方にひきずられてしまい、いつも身（現実）を受け入れてしまうことよ、という述懐の歌なのである。「身」は心のままにはならないのに、「心」の方はいつもたやすく身に従ってしまう、という嘆きである。

当時の人々は人間存在を、「身」と「心」の二つの要素から成っていると考えていた。本来「身」という語は、人間の物質的な存在形式としての身体を意味するものであるが、式部のこの歌では自己の身体を包み込み実在させている現実世界までをもその外延としてふくめていっている。自己の存在の客体性をさして「身」と呼び、その現実世界の中に置かれている「身」が、さまざまに規制され圧迫され支配されているあり方を嘆いた歌なのである。

それに対して「心」の方は、そうした制約の多い身体を内部から統轄する主体、「身」を従わせようとする外界の力に抵抗して自己の主体性を保全し、さらには自己をより拡張拡充しようとする、いわば生命力とでもいうべきものなのである。敢えて言えば、当時の人々にとっての「身」と「心」の対立は、やがては近代人の物質と精神、現実と理想といった概念へと成長してゆくもののかすかな萌芽であった。

後の歌は、私の「数ならぬ心」でさえも、それ相応に願い求めていることがある、一体この身がどの程度になったならば心は満足に思うのであろうか、ささやかな願いでさえも思い通りにはならないものだとこれまでから思い知ってきたはずなのに、いまだ深くわかってはいなかったのだ、やはりまたもや心の願う身になれたらと思ってしまう、ということであろう。この二首は、対立葛藤する自己の「身」と「心」について、前者ではいつも「心」が「身」に従ってしまう現実のあり方を、後者では、そんな圧倒的な支配力をもつ「身」に対して、なおもはかなく抵抗しようとする「心」を詠んだものなのである。

紫式部のいう「数ならぬ心」の願い求めていたこと、心にかなう身とはどんなものであったのかについては、日記や家集などにも具体的にはほとんど書き記されていない。というよりも、式部はそれらを明記することを意識的に避けている。漠然とおぼろげにはあちらこちらの記事からうかがわれるところはあるけれども、式部はより具体的に述べることを厳しく抑制しているところがあって、読む者はもどかしい思いをさせられる。

式部の嘆く「身」と「心」の葛藤対立、わが身はわが心のままにならない、いつも心は身に屈服してしまうという嘆きは、この時期の人々の繰り返し悲嘆し続けてきたものであった。既に早く女房伊勢にも次の歌がある。

親のまもりける女を、否《いな》とも諾《せ》とも（私ニ従ウカドウカヲ）いひはなて、と男の申しければ　（伊勢）

否諾《いなせ》ともいひはなたれず憂きものは身を心ともせぬ世なりけり　（後撰集・九三七、歌仙家集本伊勢集・一六）

伊勢は下級貴族伊勢守藤原継蔭女《つぐかげむすめ》であったが、宇多朝の女御藤原温子《よしこ》（藤原基経女《もとつね》）に仕えて高貴な男たちとの関係に苦しむ女房生活を送った。これは男に言い寄られて否応《いやおう》の返事をせよと責められたときの歌で、はっきり否応を言えない、この身が心の希う通りになるものならばたやすく「諾《はい》」とも言おうものを、ほんとにつらく哀しいのは、卑しいこの身では身分違いのあなたの相手にはなれないことなのだ、という嘆きである。生まれついたわが身の上を諦めて、それを受け入れる以外のことは考えても見なかった人々が、しだいに与えられたわが身の不如意ないまのあり方に口惜しい思いを募らせてきて、強くそれを口にするまでになってきていたのである。

【心に従わぬ身を嘆く人々】

こうした身と心の対立葛藤の意識は万葉集などにもその萌芽が認められるが、九世紀末から十世紀に入ったころの古今集時代の歌人たちによって明確に意識されるようになり、式部の生きた十世紀後半のころの人々になるとさらに格段と深化してきたものなのである。

　　あづまの方へまかりける人につかはしける

A　思へども身をし分けねばめに見えぬ心を君にたぐへてぞやる　（古今集・三七三・伊香淳行《いかごのあつゆき》）

B　よるべなみ身をこそ遠く隔てつれ心は君が影となりにき　（古今集・六一九・よみ人知らず）

　　人をとはで久しうありける折に、あひ怨みければよめる

C　身を棄てて行きやしにけむ思ふよりほかなるものは心なりけり　（古今集・九七七・凡河内躬恒《おおしこうちのみつね》）

D　身は棄てつ心をだにもはふらさじつひにはいかがなると知るべく　（古今集・一〇六四・藤原興風《おきかぜ》）

E　白雪のともにわが身は古りぬれど心は消えぬものにぞありける　（古今集・一〇六五・大江千里《ちさと》）

古今集のこれらの歌ではいずれも、自己が「身」と「心」という二つの要素から成っていると意識されている。意

にまかせず常に他律的なあり方を強いられて、行動に制約の多い「身」と、非物体的で自由な「心」、不自由な身体を抜け出して、逢いたいと思う遠くの人のもとにも自由に出かけて行くことのできる「心」である。ABCは、愛着している相手とは身体こそは隔てられているけれども、心はその身体からあこがれ出て、求める相手のもとに行っているような気がするというもので、こうした発想の歌は既に万葉集から多く見えるものであった。それに比べるとDEはやや異なっている。Dは、自分はやむを得ず出家して現世を棄てた身になってしまったが、心までも放り棄てることはすまい、最後にこの身がどうなるかを見とどけたいからというのであるが、わが身の果てを見とどけるためというよりも、実はその奥には、心は棄てきれないものだという思いがひそんでいる。Eは、わが身は白雪の降るごとくに年を経て古びたけれども、心の方は雪のようには消えず昔のままなのだなあ、という感慨、現実に支配され現実にともすれば適応してしまう不如意な「身」のあり方に対して、そうした身を受け入れにくい「心」についての詠嘆である。こうした「身」と「心」の対立葛藤という傾向は、その後しだいに深化していって、紫式部の時代になると次のような歌が詠まれるようになる。

F　死なましを心にかなふ身なりせば何をかねたる命とか経《ふ》る　（曾《そ》祢好忠《ねのよしただ》集・四七八）

G　ありはてぬ身だに心にかなはずは思ひのほかの世にも経るかな　（赤染衛《あかぞめえ》門《もん》集・三五）

我も人も包むことある中に、男かく心にもかなはぬことと
いひけるに、かならず常に怨みらるるがむつかしければ

H　おのが身のおのが心にかなはぬを思はば物を思ひしりなむ　（和泉式部集・六七九）

Fは、好忠が寛和元年（九八五）二月の円融《えんゆう》院紫野御幸の御遊に歌人として召されて参上したのに、丹後掾《たんごのじょう》の卑官の身であることを理由に席を追い払われたことを嘆いた歌である。死んでしまいたいものだ、もし心に希う身になれるものならば生きてもいようが、一体この先に何を期待して生きながらえようとしているのか、という卑しい

わが身のほどを嘆いた歌である。Gは、大江為基《ためもと》が永祚元年（九八九）に摂津守を罷免されたころ恋人の赤染のもとにやった歌である。命の尽きるまでこの俗世に長らえていることはないと思っていたこの身でさえも、心のままに棄てて出家もできず、思いも寄らぬこの不如意な世にあり続けていることよ、という歌である。Hは、世間には隠した仲の男から、ずっとこんな関係でいるのは私の希いではない、といつも怨み言をいわれるのが嫌だったのでやった歌である。自分の身でも自分の思いのままにならないことを考えてみたら、こんな有様も仕方がないとあなたも判るはずなのに、といった歌である。

これらの例では、古今集時代の人々の意識していた「身」と「心」のあり方からさらにすすんで、「身」は単なる身体としての存在を超えて、自己のこの世の中にあるあり方、身分・境遇などに規定され制約された社会的存在をいう語になってきている。そうした変化は、十世紀後半ごろになると貴族社会は安定期に入り、社会秩序が強固になってきたことを人々が意識し始めたことに対応している。しかし、前記の紫式部の歌に認められるほどの「身」と「心」の鋭く深い対立意識にまではいまだ至っていない。やはり式部は同時代の人々と比べても格段に深く内面化して、「身」と「心」の対立を認識していたのである。

源氏物語では、こうした「身を心にまかせぬ嘆き」を数多くの作中人物たちが口にしている。現世的にはもっとも恵まれた人であったはずの光源氏までもが、日ごろこの嘆きをしていたという。それほどに一般的な嘆きになってきていたのである。

I（源氏ノ感慨）いはけなくより宮の内に生ひ出でて、身を心にまかせず所狭《せ》く、いささかの事の過ちもあらば、かろがろしき譏《そし》りをや負はむと包みしだに、なほ好き好きしき咎《とが》を負ひて世にはしたなめられき。（梅枝《うめがえ》）

J身一つ（明石君自身）は何ばかりも思ひ憚り侍らず、かく添ひ給ふ（娘ノ明石女御ノ）御ためなどのいとほしきになむ、心にまかせて身をももてなしにくかるべき、（若菜上）

K（紫上ヲ亡クシタ源氏ノ悲嘆）今さらにわが世の末にかたくなしく心弱きまどひにて、世の中をなん背きにけると、流れとどまらん名をおぼし包むになん、身を心にまかせぬ嘆きをさへうち添へ給ひける。（御法《みのり》）

L ひと所（父八宮）おはせましかば、ともかくもさるべき人にあつかはれ奉りて（父ノ意向ニ従ッテ適当ナ知人ニ結婚ヲ世話シテモライ、ソノ結果ニツイテハ）宿世《すくせ》といふなる方につけて、身を心ともせぬ世なれば、（結婚ガウマクユカナクテモソレハ）みな例のことにてこそは、人笑へなる咎をも隠すなれ。（総角《あげまき》）

M（匂宮ハ高貴ナ身分ユエ）心に身をもさらにえまかせず、（浮舟ニ逢ウタメニ）よろづにたばかからむほど、まことに死ぬべくなむおぼゆる。（浮舟）

これらの「身を心にまかせぬ嘆き」のうちＪＫＭは、要するに世間や人目を恐れ憚って、心の願い求めているようには行動できない嘆きをいったものである。Ｌはそれらとはやや違って、心の望むあり方に身をなすことはできないのがこの世の常であり、それは人間の意思や努力などを超越した、「宿世」という絶対的な摂理によって決定されているものなのだから、人はそれを受け入れざるを得ないというものであり、紫式部日記の用法に近いものである。しかし前記の式部の歌には、やはりそれを諦観できずに、心のままにはなしえない身と、たやすく身に従ってしまう心というあり方の口惜しさを、絶えず意識して生きていた式部のより深い嘆息が聞こえてくる。

紫式部日記や源氏物語には、「身」とともに「身の程」という語もよく用いられるが、「身の程」はこの世に生まれついた人としての境涯、自己の置かれている社会的階層的な位置、とでもいうべきものであるのに対して、「身」の方は「身の程」と分節する以前の身体的な実在としての自己、とでもいうべきものなのである。

【浮遊する生という感覚】

紫式部の時代の人々の口惜しく思っていた「身を心にまかせぬ嘆き」とともに、いま一つ人々の心に深く沈潜していた嘆きは、自己のいまの「身」のあり方は確固としたものではなく、時間や外界の状況に流されて、絶えずさまよい続けている危うく不安定なものだ、という存在のはかなさの感覚である。こうした「浮遊する生」という感覚は、仏教の説く無常観などとはやや違って、「無常」という認識や概念に至る以前の、自己存在に絶えずつきまとう感覚的な不安感、落ち着かない感じ、とでもいうべきものなのである。

この「浮遊する生」という感覚もまた古今集のころから、人々の心にしだいに明確に意識されるようになってきたものなのであった。

1　水の泡の消えてうき身と知りながら流れてもなほたのまるるかな　（古今集・七九二・紀友則《きのとものり》）

2　文屋康秀《ふんやのやすひで》が三河の掾《ぞう》になりて、あがた（田舎ヲ）見には
　え出で立たじや、といひやれりける返りごとによめる
わびぬれば身を浮き草のねを絶えてさそふ水あらば往《い》なむとぞ思ふ　（古今集・九三八・小野小町）

3　浮生、短於夢
よるべなく空に浮かべる命こそ夢見るよりもはかなかりけれ　（大江千里集・一〇九）
　流され侍りける道にてよみ侍りける

4　天つ星道も宿りもありながら空に浮きても思ほゆるかな　（拾遺集・四七九・菅原道真）

5　世の中を何にたとへむ沼水の泡のゆくへを頼む浮き草　（大中臣能宣《よしのぶ》集・二四五）

1や5のように、人やこの世を水の泡に喩えるのは万葉集にも見えて、古くから行われていたものである。しかし、わが身や生のはかなさはよく知っているはずなのに、つい先のことを頼りにしてしまう、わかっていても頼るほかないのだ、というのがこの時期の人々の思いであった。2の小町の歌もまたそれらと同じ心を詠んでいるが、「浮き草」のすぐれた比喩によって、はかない生に堪える他ないもの憂さや、ふとなげやりになる思いを詠んでいて、

やはり古今集時代の人の歌なのである。

3の詞書の「浮生《ふせい》、夢ヨリモ短シ」の「浮生」は漢語で、はかない人生をいう語であった。紫式部の歌にも「浮きたる世」の語が見えるが、これもやはり漢語の「浮生」や「浮世」を和語化したものであろう。

4は、道真が左遷されて遥か未知の西海道へと護送されてゆく途中の感慨で、まさに「空に浮きても思ほゆる」は実感だったのであろう。いまのわれわれが旅をしたときにおぼえる旅愁という感傷は、自己の定着していた見慣れた人や風景の地から離れて、なじみのない見知らぬ場に身を置いたときの物さびしさや不安定感、人恋しさや孤独感、といったものをいうが、おそらくその奥のより深いところには、いま自己の身を置いている場に定着固定していない、現にある場に確固としてありついていないという感覚、自分はどこにも結びついていないのだという浮遊感覚による不安感・疎外感があると思われる。

紫式部の時代の人々には、自己の日常生活の中にあっても、自分はこの場所にしっかりとは根付いていない、絶えず流されながらたまたま一時身を寄せているにすぎないのだ、という「浮遊」の感覚を意識する人々が多くなってきていたのである。

第一章　紫式部の家系と家族

紫式部は、古今集の時代に歌人としても知られていた中納言藤原兼輔《かねすけ》の曾孫であった。兼輔は藤原北家の本流左大臣冬嗣《ふゆつぐ》の曾孫である。兼輔男の雅正《まさただ》や孫の為頼《ためより》らも著名な歌人であり、式部の父為時《ためとき》もまた和歌をよくするとともに当時の代表的な漢詩人でもあった。さらに母方の祖父藤原為信《ためのぶ》もまた歌詠みであり、それぞれに家集を残している。この一家は和歌の家としても知られていたのである。

【系図1】

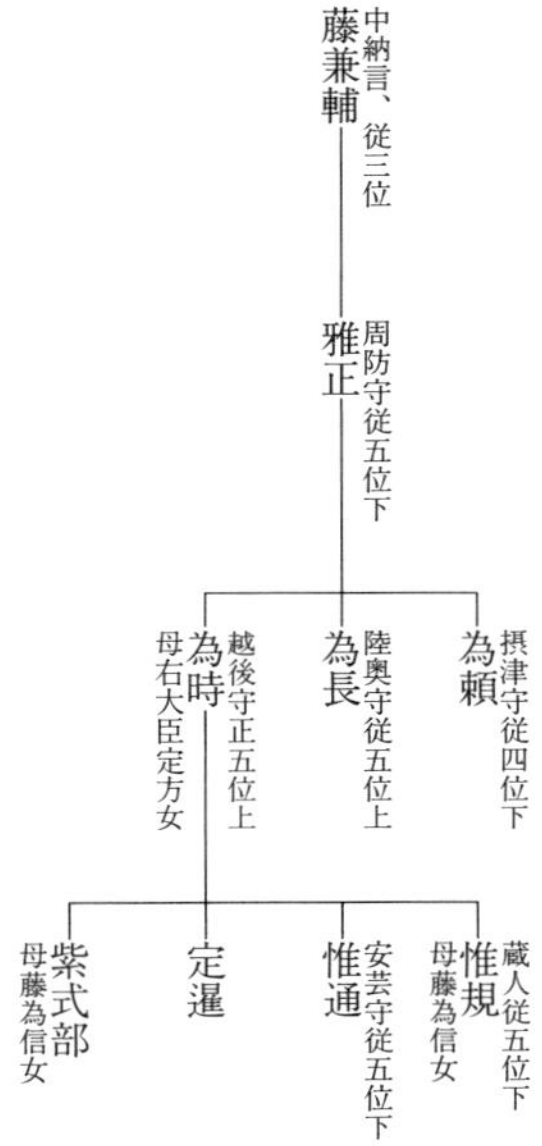

十世紀に入ると貴族たちにとって和歌は必須の教養と考えられるようになってきていたので、貴族の子女は一般に幼くより歌を詠む教育を受けていた。式部の家系にはすぐれた歌詠みが多くいたので、式部もそれら近親者の家集を読んだりすることで、和歌の素養を身につけ技量を磨いていったと考えられる。式部には百二十首ばかりの和歌を収めた家集が残されているが、その他にも源氏物語には八百余首の和歌が見えて、それらも式部が詠

んだものであるから、紫式部の和歌は千首近くもが残されていることになる。これは当時の歌人としては貫之に並ぶほどの多さであり、女性歌人としては和泉式部に次いで数多くの歌を残している人なのである。

当時の女性たちは主として和歌を作り物語を読むことにより言語能力を鍛錬して、この世界や人間についての認識や理解を深めていった。式部の思考力想像力を形成していったのも、第一に幼時から読んでいた物語や和歌の素養であったと考えられる。

一　紫式部の家系

【曾祖父兼輔の堤邸と中川】

紫式部の曾祖父藤原兼輔の本邸は「中納言兼輔の京極の家（三条右大臣集）」などと見えて、平安京の東北郊外の鴨川に面して堤の西側にあったことにより、兼輔は「京極中納言」とか「堤中納言」と呼ばれていた。その本邸のあった鴨川堤の西から東京極大路までにかけての地は、また「中川」とも呼ばれていた。兼輔のこの堤邸には紀貫之や凡河内躬恒《おおしこうちのみつね》など時の代表的歌人たちが多く出入りしていて、兼輔はそれらの歌人たちから保護者として慕われていたのである。

当時の平安京では、東京極大路に添って幅一丈（三メートル余）の京極川が設けられていた。この京極川は、鴨川に次いで京側にある二番目の川ということで「中川」とも呼ばれていたが、東の鴨川と西の中川とに挟まれた地域もまた中川と呼ばれて、その中川の地の南は広幡《ひろはた》と呼ばれた地であった。京極大路を流れる中川から鴨川までの距離は、院政期には二条大路の末あたりで一三〇丈（約四三〇メートル）ばかりであった（兵範記《ひょうはんき》・仁安元年十月十五日）。蜻蛉日記の作者が晩年にその子の道綱とともに移り住んだ屋敷、[4]源氏物語の空蟬《うつせみ》が一時身を寄せていた紀伊守の風流な新邸、光源氏が空蟬と逢うことになる屋敷もここにあった。紫式部の時代には、この中川の地は鴨川の氾濫による洪水に襲われることが多かったが、清らかな水に恵まれて東山を近くに望む高級住宅地であった。また、京内に住居を設けることを禁じられていた大寺院の高僧たちも、「車宿《くるまやどり》（車庫）」という名目でこの地に別宅を設けて、妻子を住ませたりしていたのである。藤原道綱の妻がお産のために移った定基《じょうき》僧都の車宿（栄花物語・鳥部野）、他にも證空《しょうくう》阿闍梨の車宿（小右記《しょうゆうき》・寛仁元年七月二日）、通救《つうぐ》僧都の房（康平記・康平四年七月二十一日）、和泉式部の娘小式部内侍が藤原教通《のりみち》との間に儲けた子の静円《じょうえん》僧都があずけられていた永円《ようえん》僧都の房（栄花物語・衣珠）などもこの中川にあった。

兼輔の堤邸はこの中川の地の鴨川堤の西側、一条大路末の南辺りにあった。兼輔女の桑子《くわこ》は醍醐天皇の更衣となり章明《のりあきら》親王を産んだが、その章明親王邸は「東ノ北辺之末、鴨河ノ堤之内ニ、弾正尹章明親王之第有リ」とあり、この屋敷には「垣牆《かき》（垣ハ低イ垣根、牆ハ土塀《どへい》ナド）」が無かったので、人々は馬に乗って邸内を通り抜けていたという（政事要略・六九）。蜻蛉日記には、作者が夫の兼家と共にこの章明邸の傍らを通り抜けて鴨川原に出たときに、従者を邸内に入れて宮邸の見事な薄《すすき》を分けてほしいと申し入れている（応和三年条）。当時は皇子たちは母の屋敷で育てられるのが普通であったから、この章明親王邸こそはその母桑子の里邸、つまり式部の曾祖父兼輔の堤邸であったと考えられるのである。

ところで、この章明親王邸の南町、つまり正親町《おおぎまち》小路末の南付近には紫式部の伯父為頼邸があり、そこにはまた紫式部の父為時も住んでいて、紫式部の育った屋敷であった、とする角田文衛説がある[5]。いまその跡地とされる寺町通りの東側にある廬山寺《ろざんじ》の門前には、紫式部旧邸との大きな標識が掲げられていて有名になっている。この説の根拠になっているのは、南北朝時代の源氏物語の注釈書河海抄《かかいしょう》に、「旧跡は、正親町以南、京極西頰、今東北院向也。此院は上東門院御所の跡也」とある記事である。これは「(紫式部の)旧跡は、正親町小路の南側、東京極大

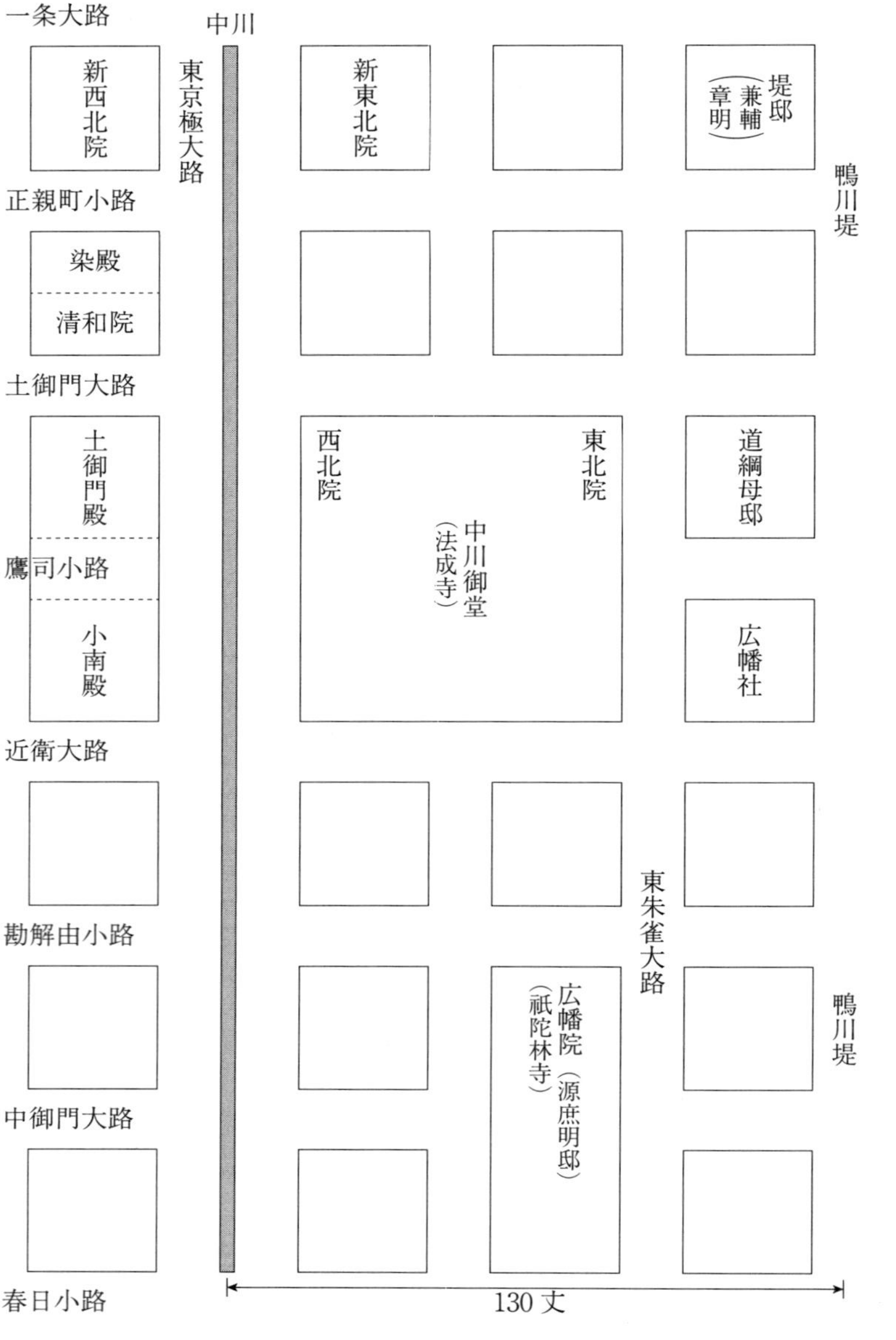
一条大路
中川
新西北院
東京極大路
新東北院
堤邸（兼輔 章明）
鴨川堤
正親町小路
染殿
清和院
土御門大路
土御門殿
鷹司小路
小南殿
西北院
東北院
中川御堂（法成寺）
道綱母邸
広幡社
近衛大路
東朱雀大路
勘解由小路
広幡院（源庶明邸）（祇陀林寺）
鴨川堤
中御門大路
春日小路
130 丈

平安京東北部図

路に面してその西側、いまの東北院の向かい側である。この東北院は上東門院藤原彰子の御所跡である」というものである。ただし、ここの「旧跡」の語は紫式部にゆかりの地という程度のことであり、必ずしも式部の屋敷跡だとまで明言したものではない。東北院は、最初は藤原道長が中川の地に建てた法成寺《ほうじょうじ》境内の東北部の地に、上東門院彰子が建立した寺院であった。ところが、康平元年（一〇五八）二月に法成寺が全焼したとき東北院も焼失してしまった。そこで彰子は「法成寺北」の地に新しく寺を建立して、これに東北院の名を継がせたので（百錬抄《ひゃくれんしょう》）、「新東北院（帥記《そちき》・承暦四年七月十九日）」とも呼ばれたのである。その寺地はもと定基僧都や通救僧都の房があったところで、新東北院が創建されたころには寺院として弟子たちに伝えられていたのを、他所に移して建てたのだという（康平記・康平四年七月二十一日）。

これが河海抄のいう「今東北院」で、移転後は一条大路末の南側、京極大路の東側の地にあったのである（拾芥《しゅうがい》抄《しょう》）。つまり、河海抄のいう紫式部の「旧跡」とされる「正親町以南、京極西頰」の地は、この新東北院から見て東京極大路をはさんで南西の向かいにあったことになる。紫式部の時代には、そこは「染殿《そめどの》」や「清和院」と呼ばれる名邸のあった一町であった。

ところが角田説では、河海抄に「正親町以南、京極西頰」とあるのを、「〈西の頰《つら》〉とは、邸宅の西辺が京極大路に面しているということであるから、それは明らかに中河の東（洛外）に位置したわけである」として東京極大路の東側、つまりいまの廬山寺の地であったとする。角田説の推論にはまま飛躍や付会があるが、この「西頰」の解釈もその一つである。「頰」の語の用例からすれば、これを屋敷について用いた例は捜せず、道路に面した地について用いられて、その道路に沿った土地をさしている。つまり「京極西頰」は、東京極大路に沿ってその西側の地であることをいったものなのである。

1　壱所　六角西洞院面西頰、六角面南頰、自艮角、東西拾七丈、南北拾丈　（平安遺文二七〇〇号・久安六年四月八日・藤原氏女家地券紛失状案）

2　相博、私領地事……在左京五条坊門北頬、自室町東地也。
（平安遺文四二三六号・元暦二年三月四日・平氏女家地相博状）

3　丑刻許、一条北室町東西頬焼亡。
（薩戒記《さつかいき》・永享元年十二月二日）

4　今日武家室町殿御事也、従五位下源義勝御第、室町面東頬、北小路以北、猶去北也　評定始也。
（建内記《けんないき》・嘉吉元年十一月二十日）

これらの用例からもわかるように、1の「六角西洞院面西頬、六角面南頬」は、西洞院大路に面して西側、六角小路に面して南側に接した地をさしている。「頬」は道路を基準にしてその道路に面した両側面の地をいう語であり、「北頬」は道路の北側、「西頬」は道路の西側の地をいうものなのである。つまり式部の旧跡が「正親町以南、京極西頬」であるとは、正親町小路に沿った南側で東京極大路の西側に面した地ということなのである。これは当時の地点呼称法でいえば「北辺条《ほくへんじょう》四坊七町」であり、この町の北半町は染殿《そめどの》、南半町は清和院と呼ばれる藤原氏の名邸であった。河海抄の記事は北の染殿の地をさしているらしい。染殿はもと藤原良房《よしふさ》邸で、のちに村上帝皇子の為平《ためひら》親王に伝領されたので、為平は「染殿式部卿（小記目録・二〇）」と呼ばれた。これは親王母の中宮藤原安子《やすこ》を通じて伝わったのであろう。この染殿には為平室の源高明《たかあきら》女や、為平男の頼定《よりさだ》（権記《ごんき》・長保六年三月十四日）、為平の長女婉子《つやこ》女王や二女恭子《たかこ》女王が共に住んでいた。婉子は花山帝の女御になったが、帝の出家後にはこの屋敷に退いて藤原実資《さねすけ》を婿に迎え、恭子は具平《ともひら》親王と結婚して、この為平の二人の婿も染殿に通い棲んでいたのである。具平の三女嫥子《よしこ》女王もこの染殿で斎宮に卜定されている（小右記・長和五年二月十九日）。具平親王にはこの北辺条の染殿の他にも、近衛大路に面して「風亭（本朝文粋《もんずい》・十・橘正通《まさみち》詩序）」とか「桃花閣（本朝麗草《れいそう》・懐旧部・藤原為時詩序）」と呼ばれる屋敷があった。桃花閣は一条（桃花坊）にあったことからする名であろう。[6] 当時は一般に高級貴族たちでもその居住空間はとても狭くて、一つの屋敷に幾組もの夫婦が共に暮らしたり、時には一つの建物内に二家族が住んだりすることもあった。

さて、染殿の地がどういうわけで紫式部の「旧跡」とされたのかは不明であるが、この染殿に一時期住んでいた具平親王と、式部の一家との間には親密な関係があったことについては後述する。ただしいま残されている資料からは、染殿の地が式部の「旧跡」といい得るような関係にあったことを示すものは捜せない。まして式部の居宅がここにあったと考えられる根拠は存在しないのである。

【祖父雅正と伯父為頼・為長】

兼輔の長男雅正は、周防・豊前・摂津・丹波など諸国の国司や刑部大輔《ぎょうぶのたゆう》を経て従五位下に至った人である。雅正の代になってから以後、この門流はいわゆる受領《ずりょう》層として定着することになった。雅正の妻は醍醐朝には威勢をふるった右大臣藤原定方《さだかた》女であったけれども、雅正自身は父の跡を継いで公卿に昇ることはできなかった。しかし雅正は和歌をよくした。和歌のことは父兼輔の影響の他にも、父のもとには紀貫之・凡河内躬恒ら時の歌詠みたちが多く出入りしていたので、幼くから和歌に親しんでいたことにもよるのであろう。貫之は父兼輔と同世代の人であったが、若い雅正との贈答歌も幾つか残されていて、兼輔の亡きあとも雅正のもとに出入りしていたらしい。雅正はまた古今集時代第一の女性歌人伊勢とも親しかった。

隣に住み侍りける時、九月八日、伊勢が家の菊に綿を着せにつかはしたりければ、またのあした折りて返すとて　伊勢

数しらず君がよはひを延ばへつつ名だたる宿の露とならなん

返し　藤原雅正

露だにも名だたる宿の菊ならば花のあるじや幾代《いくよ》なるらん

（後撰集・三九四、三九五）

この「名だたる宿」を、角田説は有名な堤中納言兼輔の家とし、伊勢も中川に住んだとする。だがこの「名だたる宿」は伊勢の家をいったものであろう（中山美石『後撰集新抄』）。さらにまた伊勢の家が堤にあったことは現存資料からは確認できない。伊勢の住んだ家の一つが二条東洞院にあったことはよく知られているが（俊頼髄脳《としよりずいのう》、袋草紙《ふくろのそうし》）、その他にも「土御門中納言の家の隣に住むころ（歌仙家集本伊勢集・四九〇、後撰集・八五）」と、土御門大路に面した藤原朝忠《あさただ》邸の隣に住んでいたこともあった。当時の貴族たちは、中世以後の人々のように一つの屋敷に長く住み続けることをせずに、次々と居所を移すことが多かったから、伊勢が中川の地に住んだことがなかったともいえないが、この贈答のときの伊勢の隣家の雅正邸が父兼輔の堤邸（中川邸）であったとすることには特に根拠がない。兼輔なきあとの堤邸には孫の章明親王一家が住んでいたと考えられ、斎宮に卜定された章明女の済子《なりこ》女王や隆子《たかこ》女王もこの中川邸に住んでいた。

さて角田説では、中納言兼輔の堤邸は雅正に伝領されて、さらに雅正からその長男為頼へと伝えられたとして、その根拠の一つに、次の為頼の歌をあげている。

知れる人中川へだててありけるに、七月七日のよる
たなばたの雲路は知らず中川をはやうち渡れかささぎの橋　（為頼集・五一）

この歌は、相手の女に早く家を出て私のもとにやって来いといったものである。当時は男が女の家に通い棲むのが普通なのに、ここでは男の方が女に自分のもとにやって来いといったのは、父系家族制社会の中国で生まれた七夕説話では、七月七日には織女が鵲《かささぎ》の橋を渡って牽牛のもとに行く話になっているのをふまえているからである。角田説ではこれを中川の東側の堤邸に住んでいた為頼が、中川西の京内に住んでいた女にやった歌だとしている。この歌の詞書からすれば、為頼と女が中川を挟んで東西に住んでいたことまではわかる。しかしまた女の家が中川の地にあり為頼邸が京内にあった可能性も考えられる。むしろこの「中川をへだててありける」という言い方や歌の

【系図2】

藤雅正
- 為頼 ― 伊祐（信濃守従四位下）
  - 頼祐（越前守従四位上）
  - 頼成（因幡守従四位下　養子・具平親王落胤）
- 為長 ― 信経
- 為時 ― 女子（信経＝女子）

文脈からは、京内に住む男が東の郊外の中川の地に住んでいる女に対して、思い切ってこちらにやって来いとうながした歌とすべきように思われる。この歌では為頼と女との関係を牽牛織女の七夕説話に擬して詠んでいるが、中国の七夕伝承では、天の川を挟んで東側に織女星（Vega）、西側に牽牛星（河鼓《かこ》 Altair）があると考えられていた。(7) したがってこの歌も、中川の東に住む女にこちらへやって来いとうながしたもの、と考える方がよりふさわしい。この歌も為頼が兼輔の堤邸に住んでいたことの確証とはなしにくいものである。

永観二年（九八四）十一月四日、章明親王女の済子女王が斎宮に卜定《ぼくじょう》されて、翌五日には「左衛門権佐為頼朝臣ヲ以テ其ノ由ヲ仰セ遣ハス。事ノ縁有ルニ依リテ也、テヘリ（小右記）」ということで、為頼は章明親王家に済子女王の斎宮卜定を知らせる使者として遣わされた。この「事ノ縁有ルニ依リ」という言い方は、角田説のように章明と為頼が同所に住んでいたからとするよりは、為頼と親王が従兄弟という血縁関係にあることなどをいったものであろう。やはりこの記事も為頼が堤邸に住んでいた根拠にはなりにくい。

為頼・為長《ためなが》・為時の三兄弟の母は藤原定方女で、具平親王の祖母の姉妹であったこともあり、為頼や為時は親王家に親しく出入りしていた。さらに後述するように、為頼の長男伊祐《これすけ》は、具平親王の落胤の頼成《よりなり》を養子にしていて、兄弟の中でも為頼は親王家とは親密な関係にあったのである。伊祐を産んだ為頼の妻は長徳四年（九九八）七月に亡くなったが（小右記・長保元年七月二十七日）、為頼もまた同年に亡くなった。歌詠みの為頼は、藤原公任《きんとう》・藤原実方《さねかた》・藤原長能《ながよし》らこの時期の代表的な歌人たちとも親しくしていて、次の歌からすれば共に具平親王家によく出入りしていたのである。

春のころ、為頼・長能などあひ共に歌よみ侍りけるに、
今日のことをば忘るなといひわたりてのち為頼身まかり
て、長能がもとにつかはしける　　中務卿具平親王

いかなれや花のにほひもかはらぬを過ぎにし春のこひしかるらん　（後拾遺集・八九一）

花の盛りに、藤原為頼などともなひて岩倉にまかれりけるを、
中将実方朝臣（「中将宣方朝臣」千載集）など、「かく侍らざりけんのちのたびにかならず
侍らん」と聞こえけるを、その年中将も為頼も身まかりける。
またの年、かの花のころ、中務卿具平親王のもとより

春くれば散りにし花も咲きにけりあはれ別れのかからましかば

返し

行き返り春やあはれと思ふらん契りし人のまたもあはねば

（藤原公任集・五五九、五六〇、千載集・五四五、五四六）

為頼の没年は、ここの公任集には藤原実方と同年とある。実方は長徳四年に任地の陸奥で亡くなっているし、これが千載集にいう源宣方《のぶかた》であったとしても、宣方もまた長徳四年に亡くなっているので（本朝文粋・一四）、長徳四年のことである。為頼の官歴はほぼ順調で、安和二年（九六九）花山院が立坊したときに東宮少進《とうぐうしょうしん》に任ぜられて以来、安芸・丹波・摂津などの国司となり、従四位下大皇太后宮大進に至った。

雅正の二男為長は為頼と同腹で和歌も詠み、左衛門尉検非違使《けびいし》・陸奥守などにも任ぜられた。天元三年（九八〇）に為長が陸奥へ赴任するときには、関白藤原頼忠《よりただ》がその餞《はなむけ》を儲けているし（小記目録・一八、拾遺抄・二二五）、

藤原実資の女児が生まれたときには為長の妻が産湯のことを勤めていることなどからすると（小右記・寛和元年四月二十八日）、小野宮家の家司であったかと思われる。永観二年、慈恵大師良源が叡山西塔の宝幢院《ほうとういん》の塔の工事で露盤・風鐸の装飾のための金が足りずに困っていたとき、「奥州刺史藤為長」が黄金三十二両を送ってきたという（慈恵大僧正伝）。為長は良源とも関係があったらしい。為長の没年は不明である。

【外祖父藤原為信】

式部の外祖父藤原為信《ためのぶ》は中納言文範《ふみのり》の二男で、為信の兄為雅《ためまさ》の妻は蜻蛉日記の作者の同腹の姉であった。尊卑《そんぴ》分《ぶん》脈《みゃく》には為信の官歴について「蔵（人）、従四位下、常陸介《ひたちのすけ》、右馬頭、右近少将」と注記されている。このうち右馬頭のことは確認できないが、為信の官歴はほぼ次のごとくである。まず村上朝に文章生、蔵人所雑色《くろうどどころのぞうしき》となり、康保元年（九六四）二月の為平親王の北野の子《ね》の日《ひ》遊覧には蔵人所雑色として従い（大鏡裏書）、同二年正月に蔵人になった（西宮記・一三）。慶滋保胤《よししげのやすたね》らと共に弓《ゆ》場《ば》殿《どの》の試《こころみ》を受けたのもこの人であろうから（江家《ごうけ》次《し》第《だい》・一九）、為時よりはやや先輩の文章生であった。貞元二年（九七四）三月、為信は右少将で検非違使の宣旨を蒙っている（大日本史料所引『勘例』）。次いで、花山朝には常陸介になったが、永延元年（九八七）正月十日に出家した（小右記）。出家の理由は不明であるが、為信は出家の後も長保年間まで生存していたと考えられている。(8)

【系図3】

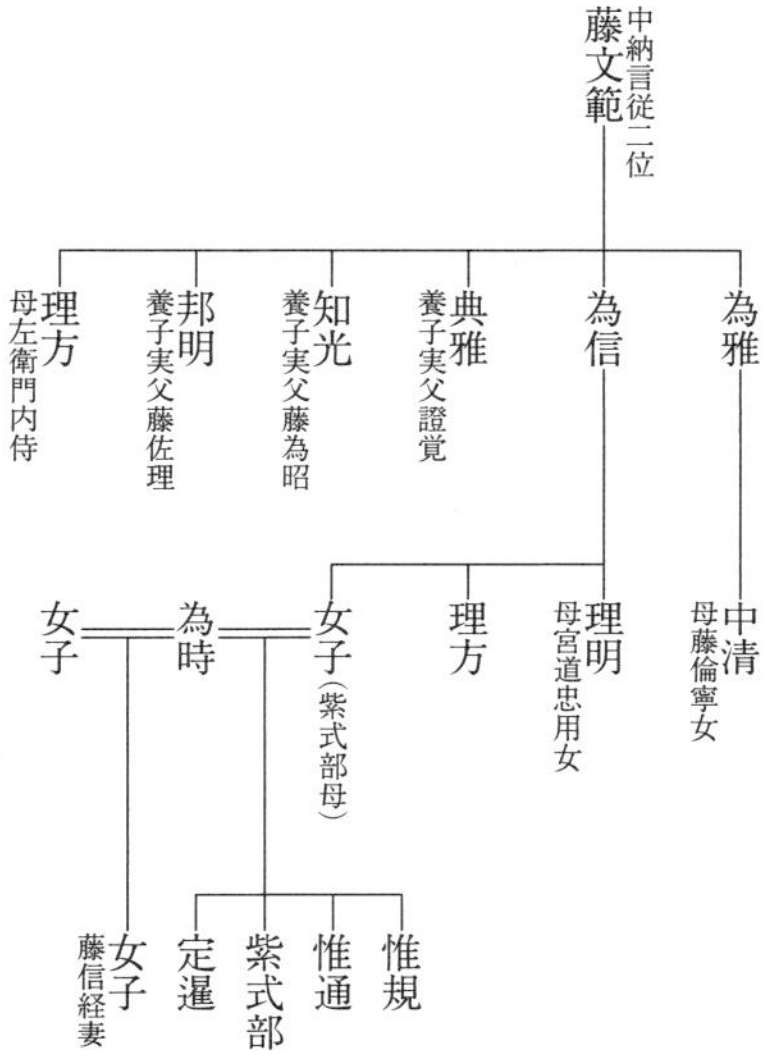

ただし、この為信についても問題になるのは、同時代には小野為信、清原為信、巨勢《こせ》為信、錦為信など「為信」の名の人が幾人もいたし、さらには「藤原為信」なる同姓同名の別人までがいて、その区別がすこぶるまぎらわしいことである。安和元年（九六八）に「越後守従五位上藤原為信」が病悩のために増賀《ぞうが》上人を以て願を立て、多武《とうの》峰《みね》の講堂に安置する一尺二寸の薬師仏の坐像を造ったという（多武峰略記・上）。だが、これを式部の外祖父の為信とするのには、康保二年に蔵人になってからわずか三年目に「越後守従五位上」という官位を得ていたとは考えにくいから、この為信は明らかに別人とすべきである。また、寛和二年（九八六）十一月には「（勧学院）別当民部大丞藤原為信（朝野群載《ちようやぐんさい》・七）」なる人が見えるが、これも別人であろう。式部の外祖父為信は、その翌永延元年正月には常陸介で出家しているから、民部大丞から常陸介になって二箇月もたたないうちに出家するとは考えにくい。この勧学院別当であり、太政大臣藤原頼忠の家人でもあった為信も別人であり、これは長徳二年正月に筑後守になった「従五位下藤原為信（長徳二年大間書）」と同人で、藤原弘親《ひろちか》男の為信だと考えられる。

式部の外祖父為信には家集『為信集』が伝えられている。この家集についてはこれまで同名別人のものだとする説が多かったが、その根拠はいずれも薄弱である。(9) この為信集を、式部の外祖父為信の家集と推定する根拠の一つは、その中に次の贈答歌の見えていることである。

文などやりし人、尼になりて、本院侍従が集やある、といふ返事に

世の中を君がそむきしその日より我が人知れぬしふ（執・集）も絶えにき

返し

人ごとに君がとどむるしふなればおぼろけにては絶えじとぞ思ふ

これは、為頼の親しくしていた女が尼になってから、あなたのところには『本院侍従集』があるか、と為信に言ってきたときのやりとりである。

【系図４】

中納言
藤山蔭――公利――守義――為昭――則友（母本院侍従）
　　　　　　　　　　　　　　└知光（藤文範養子）

本院侍従は村上朝ごろに活躍した有名な女房で、最初は朱雀帝の女御で「本院女御」と呼ばれた藤原実頼《さねより》女の慶子《よしこ》に仕えていたらしい。そして、慶子が亡くなった後には村上朝の中宮藤原安子《やすこ》に仕え、次いで同じく村上女御であった徽子《よしこ》女王に仕えたと考えられる人である。その間に安子の兄弟の伊尹《これまさ》や兼通《かねみち》ら多くの男たちとの関係で知られていたが、そのうちの兼通との贈答を中心に編集した家集の本院侍従集が残されている。尊卑分脈によれば、本院侍従は後に美作《みまさか》守藤原為昭《ためあきら》の妻となって則友《のりとも》を産んでいる。為昭男にはいま一人知光《ともみつ》があり、知光の母もまた本院侍従であった可能性が大きい。そしてこの知光は藤原文範の養子になっていたので、為信の弟という関係だったのである（系図３）。このようにして為信と本院侍従とには親戚関係があった。そうした親しい関係にあったからこそ、この女は為信のもとには本院侍従集が伝えられているだろうと考えて求めたのである。つまり、為信集は紫式部の外祖父の家集であったと考えられる。こうした歌詠みの外祖父の存在も、式部の和歌の素養にあずかったことであろう。

【父為時の文章生時代】

紫式部の生まれ成長した家庭はどういうものであり、一緒に生活した家族にはどういう人々がいたかについては、あまり詳しいことはわからない。式部の幼時、父為時には式部の母の他にも妻がいて、式部の母のもとには時々に通ってくるという生活であったと考えられる。当時は通い婚が多かったから、それは特に珍しいことではなかった。式部には同腹と考えられる兄弟に惟規《のぶのり》・惟通《これみち》、および早く亡くなった姉がいた。その他の兄弟に僧になった定暹《じょうせん》がいるが、同腹かどうかはわからない。

紫式部の父為時の母は為頼らと同じく右大臣藤原定方女である。定方には多くの娘がいて、兼輔の妻になった人もいた（尊卑分脈）。為時の名が文献に初めて見えるのは、天徳四年（九六〇）三月に行われた内裏歌合に左方の殿《てん》上童《じょうわらわ》として奉仕した記事と考えられる（二十巻本歌合）。為時の生年は不明だが、このころ元服前の殿上童であったとすると、十二三歳ばかりのころであろう。間もなく為時は元服して、大学寮紀伝道《きでんどう》に進み、菅原道真孫の文章博士文時《ふみとき》に師事した。為時が大学に入った康保年間（九六四～九六七）には、やや先輩の文章生であった学生たちに、菅原資忠《すけただ》・藤原忠輔《ただすけ》・藤原惟成《これなり》・藤原有国《ありくに》・藤原季孝《すえたか》・源為憲《ためのり》・源時通《ときみち》・平惟仲《これなか》・橘倚平《よりひら》・橘正通《まさみち》・橘淑信《よしのぶ》・高階積善《たかしなのもりよし》・文屋如正《ふんやのゆきただ》・賀茂（慶滋《よししげ》）保胤《やすたね》・賀茂（慶滋）保章《やすあきら》・高丘相如《たかおかのすけゆき》・中原朝光《ともみつ》らがいた。これらの文章生たちは、為時が大学に入ったころに勧学会《かんがくえ》という結社を結成して、為時ら若い学生たちに大きな影響を及ぼしていた。この人々はいずれも中下流貴族層の子弟で、やがて花山朝のころになると各分野における実務の中心となって朝政を支えて、活躍することになる。

この時期の貴族社会では、藤原氏が公卿から他氏をほぼ排除して、次いで藤原氏内部での権力抗争がはげしくなってきたころである。また、貴族社会の各分野において、その家系が専門とする家業というべきものが確立してきていた。大学寮に拠って学閥を形成した大江・菅原氏、政事の中枢の弁官を多く輩出した式部の夫宣孝《のぶたか》らの藤原氏勧修寺流《かんしゅうじ》、外記《げき》の家と呼ばれた中原氏などである。貴族社会の秩序が固定してきて、それぞれの家格によりどの程度の官位にまで至り得るかがほぼ予想されるようになり、人々は強く閉塞感をおぼえるようになってきていた時期であった。文章生たちは当時の代表的な知識人であったから、そうした世の風潮の中で蹉跎の思いを強くしてゆき、自己の修めるべき世俗的現実主義的な儒学とは本来相容れないはずの仏教、特に現世をすべて否定し彼岸を志向する浄土教に心を寄せるようになっていったのである。その風潮は都の世俗社会だけではなく、比叡山や南都などの大寺院の僧侶たちにもおよんでいた。この時期になると、僧侶社会もその出身階層により僧としての身分地位が固定化してきていたので、中下層階級出身の心ある若い僧侶たちの間にも深く閉塞感が浸透していたのである。そうした知識人たちが鬱屈した心をやろうとした一つの動きが、文章道の学生と叡山の若い僧たちが集まって作った勧学会という結社の誕生であり、その活動であったと考えられる。

勧学会は康保元年（九六四）に始まった会で、文章生二十人と比叡山の若い僧侶二十人が、春秋の二度西坂本の親林寺や月輪寺を会場として集まり、法華経を講じ念仏に励む一方で、共に作文に興じ漢詩の朗詠をして一夜を過ごし、仏法と詩文を互いに習得せんとして作られた同志の集まりであった。この会の趣旨については、勧学会の結衆の一人であった源為憲が次のように記している。

> 村上ノ御代、康保ノ初ノ年、大学ノ北ノ堂ノ学生ノ中ニ、心ザシヲオナジクシ、マジラヒヲムスベル人アヒカタラヒテ云《いはく》、「人ノ世ニアル事、隙《ひま》ヲスグル駒《こま》ノゴトシ。我等タトヒ窓ノ中ニ雪ヲバ聚《あつむ》トモ、且《しばらく》ハ門《かど》ノ外《と》ニ煙ヲ遁《のがれ》ム。願《ねがはく》ハ僧ト契《ちぎり》ヲムスビテ、寺ニマウデ会《ゑ》ヲ行ハム。クレノ春スヱノ秋ノ望《もち》ヲソノ日ニ定テ、経ヲ講ジ、仏ヲ念ズル事ヲ其勤《そのつとめ》トセム。コノ世、後ノ世ニナガク友トシテ、法《のり》ノ道文《ふみ》ノ道ヲタガヒニアヒススメナラハム。
>
> （三宝絵《さんぼうえ》・下・比叡坂本勧学会）

つまり勧学会は、現世有用の学問である儒学を修めるべき大学寮文章道の学生たちが、ひたすら世俗出離をめざすべき僧侶とともに念仏に励み、詩文を虚しい狂言綺語として否定すべきはずの僧侶が、大学生と共に文の道を習おうというものであった。こうした会の生まれてきた底流には、もはや自己の修める経世済民の学に意義を認められなくなってきた文章生たちや、煩瑣な経典読解の教学に倦んで、人間的で官能的な詩文の世界に心を慰めようとした当時の若い僧侶たちのあり方が、よくうかがわれるであろう。

勧学会の僧侶の側の結衆には慶助《きようじよ》・賢寂・能救《のうく》・法禅・慶雲《きよううん》・勝算・聖感《しようかん》・暦喜《りやくき》・尊延・慶円《きようえん》・性高《しようこう》・明遍《みようへん》・穆《ぼく》算《さん》・清義《しようぎ》らがいた（源為憲「勧学会記」）。これらの学僧たちにもまた、やがて次の時代の仏教界で活躍することになる人が多い[10]。

もっとも、外部の一般の人々からすると、初期の勧学会は一種の詩酒の集まりとも見える性格をもっていたらしい。だが、多くの文章生たちの心を強くひきつけたこの集まりは、単なる詩酒の遊びというにとどまらず、これら若い世代の結衆たちの心の奥には、閉塞の時代をいかに生きるかを模索していたともいえるところがあった。当人たちには明確に意識されなかったにせよ、社会の変革を願う心とでもいうべきものが底流にあったと認められる。勿論、少数の若い文章生や僧侶たちの勧学会活動は広く一般の貴族社会にまで影響を与えるほどのものではあり得ず、会もまた円融朝の後半には中絶してしまった。結衆の文章生たちもやがて出世して官職につき、世俗の生活のしがらみにからめられてゆくとともに、しだいにかつての志を失い、会に集まることもしなくなっていったらしいのである。文章生たちの始めたこの勧学会運動は、表面的には若者たちの一時の熱気と見えるもので終わってしまったが、若い中下級層貴族たちの心深くに記憶されることになった意義は大きい。勧学会に結衆した人々にとって、この会に集まった若き日の情熱とその挫折の記憶は、後々の世俗生活の中に身を置いてからも、絶えず心の底にかすかな痛みをともなってわだかまっていたのである。そしてまたこの会の活動は、やがてこの後の貴族社会に浄土教を盛行させる契機の一つにもなった。

為時は文章生として、康保の勧学会に集まった人々のすぐ後の世代であったこともあり、直接に会の活動には加わらなかったらしいが、それを身近に見ていて影響を受けることも大きかったであろう。

【冷泉・円融朝の為時】

安和元年（九六八）、為時は播磨権少掾に任ぜられた（類聚符宣抄《るいじゅうふせんしょう》・八）。これは文章生の労によるものであろうが、為時が時の関白藤原実頼の家人であったらしいことも関係していたと考えられる。ただし、実際に播磨に赴任したかどうかはわからない。次いで貞元二年（九七七）三月、関白藤原兼通の閑院邸で行われた東宮（花山帝）の読書始めに際しては、尚復《しょうふく》として奉仕した（日本紀略）。為時は東宮侍読であった権左中弁菅原輔正《すけまさ》の助手役に選ばれたのである。東宮の外祖父摂政藤原伊尹は既に五年前に薨じていたので、伊尹の五男で二十二歳の義懐《よしちか》や、伊尹の女婿大納言藤原為光《ためみつ》が東宮の後見役になっていたが、為時はそれらの人々にも近かった。尚復の役もそうした関係によるものであろうか。式部の外祖父為信の父文範も伊尹の一家と近くて（親信卿記・天延二年閏十月三日、権記・長保三年五月二十八日）、為信の兄の為雅女には義懐の妻になっていた人もいたのである。また、為雅妻は蜻蛉日記の作者の姉であった。当時の貴族社会はとても狭いものであったから、姻戚関係などをたどってゆくと、多くの人々が何らかの関係でつながってしまうところがあった。

為時が式部の母藤原為信女と結婚したのはいつか不明であるが、式部には同腹の兄惟規がいたし、早く亡くなった姉もいた。式部は貞元元年（九七六）ごろに生まれたかと考えられることからすると、為時の為信女との結婚はその五年前ばかりの天禄二年（九七一）ごろのことであろうか。舅為信はそのころ参議左大弁であった文範の二男で、ほぼ為時と同格の家である。為時女にはまた式部の他に同母兄の為長男の藤原信経《のぶつね》の妻になった人がいて、この人は式部とは異腹と考えられるので、同時期に為信女以外にも妻がいたらしい。為時の最初の妻はどちらであったかなどについては一切不明である。

円融朝の貞元二年（九七七）四月、左大臣源兼明《かねあきら》は突然に勅命により親王になったために左大臣をやめた。当時は親王（皇族）は政治の実権をもつ官職にはつけないきまりだったのである。時の関白太政大臣は藤原兼通で、兼明のあとの左大臣には小野宮流の藤原頼忠がついた。醍醐帝の皇子であった兼明は学識も深く気骨の人でもあったので、籍を親王に移されて左大臣を罷めることになったのを怒り、西郊嵯峨の亀山（いまの小倉山）の麓に隠棲してしまい、治世の志を果たせなかった憤懣を、「執政者（関白兼通）ノ為ニ枉《ま》ゲテ陥《おとしい》レラル、君（円融帝）昏《くら》ク臣諛《へつら》フ、愬《うった》フルニ処無シ（菟裘賦《ときゆうのふ》）」と記している。しかしその兼通も同年十一月に薨じて、関白には頼忠、左大臣には源雅信《まさのぶ》、右大臣には藤原兼家がなった。宮廷の勢力関係からすると、次の関白には外戚の兼家がなるのが順当であったが、兼家は兄兼通よりも官位昇進が早かったために兼通から憎まれていたので、兼通は重病の身をおして参内し、頼忠に関白をと奏上して亡くなったという。兼家が兄兼通から疎んぜられていたころの様子は蜻蛉日記にもうかがわれる。兄兼通に替わって九条家流の当主になった兼家は関白にはなれなかったが、隠然たる勢力をもつようになった。左大臣源雅信は穏やかな人柄であったが政治手腕には乏しく、そのために小野宮家の関白頼忠と九条家の右大臣兼家の藤原氏内部における権力抗争が激しくなってきた。しかし関白頼忠は、天皇や東宮と外戚関係になかったために、権力基盤が弱くて実権を握れず、父実頼が「揚名の関白（名ノミノ関白）」と自嘲していた歎き（源語秘訣所引清慎公記・康保四年七月二十三日）をくり返すことになった。兼家は同腹の妹尚侍《ないしのかみ》登子《たかこ》に近づいて、登子を東宮時代の円融帝の母儀とすることで宮廷での影響力を確保していたし、兼家の二女詮子《あきこ》は円融帝の女御となり、詮子の産んだ第一皇子懐仁《やすひと》（一条帝）は有力な次の東宮候補であったから、人々もその兼家になびいたのである。頼忠は天元元年（九七八）になって二女遵子《のぶこ》を女御として入内させ、円融帝と組んで中宮に冊立したのに皇子は生まれなかった。円融帝は頼忠に好意を持っていたが、乱れた朝政の改革に手をつけることはできず、そのころ邪気に苦しみ体調を損なっていたこともあり、永観二年（九八四）二十六歳の若さで退位した。

　このようにして円融朝後半になると、頼忠と兼家の対立などにより朝政が混乱し停滞して、公卿たちも公務に参内する者は少なくなり、下級官僚たちの意欲も衰え規律も乱れて、政務はすっかりゆきづまってしまった。天元五年（九八二）ごろになると、実務を担う下級貴族たちの朝政に熱意を失ってしまった様子を、慶滋保胤は「（自分ハ）職ハ柱下（内記）ニ在リト雖モ、心ハ山中ニ住ムガ如シ、……朝ニ在リテハ身暫ク王事ニ随ヒ、家ニ在リテハ心永ク仏那ニ帰ス（池亭記《ちていき》）」と書いている。人々は公務よりも私的な生活に心を向け、しだいに現世を否定する仏教などにひかれるようになっていたのである。

為時がこの時代をどのように過ごしていたかはほとんどわからない。後述するように、為時は村上皇子の具平親王家に出入りして、そこに集まった文友たちとの詩会などに加わっていたらしいが、そのころの為時の詩と認められるものも残っていない。

【花山朝の新政】

永観二年八月、新しく花山天皇が践祚《せんそ》した。為時は十一月に式部大丞に任ぜられ（小右記・永観二年十一月十四日、本朝世紀・寛和二年二月十六日）、また六位の蔵人にも補せられた（職事補任《しきじぶにん》）。先任の六位蔵人には、やがて式部の夫になる藤原宣孝《のぶたか》が円融朝から引き続いて勤めていたし、他に新帝の東宮時代から帯刀として長く仕えていた蜻蛉日記の筆者の弟藤原長能《ながよし》もいた。

次いで十二月八日には、新しく内御書所《うちのごしょどころ》（天皇用の書庫）の人事が決められて、右中弁菅原資忠と為時が行事となり、ここに伺候する文章生や学生十二人が定められた。その中には覆勘で大内記慶滋保胤も加わっていた（小右記）。為時はようやく朝廷で活躍する場を得ることになったのである。

この時期には天皇が交替すると新帝の外戚が執政の座につくという慣習が定着していた。ところが、花山新帝の外祖父藤原伊尹《これただ》は早く亡くなり、その子息たちも多く若死にしていた。慣例からすれば伊尹五男の義懐が執政となるはずであったが、義懐は永観二年には二十八歳で、官位も従四位上東宮亮と低く、いまだ公卿にも昇っていなかった。そのために新朝ではまず義懐の官位を、花山帝践祚と同時に蔵人頭、十月に従三位、翌寛和元年十二月には権中納言と、あわただしく執政の地位に向けて昇進させたけれども、やはりいまだ政務の経験も乏しく若い義懐が政権を運営するには力不足であった。そこで伊尹の女聟の大納言藤原為光が補佐役となり、新政府の実務を運営する役として登用されたのが藤原惟成《これなり》であった。惟成は村上朝に右少弁を勤めた雅材《まさき》の子で、円融朝には蔵人式部少丞（親信卿記・天延二年正月二十八日）などを経ていたので、このとき三十一歳と若かったけれども、政事の処理にはたけていた。惟成の母は藤原中正《なかまさ》女で、右大臣藤原兼家の妻時姫の姉であった。惟成の母は花山帝の乳母であったらしく（帝王編年記・寛和二年六月二十日）、その関係で早くから一条摂政伊尹家とも親しかったのである。

義懐や惟成は、関白頼忠や右大臣兼家らとは年齢も隔たり関係も薄かったので、花山朝では頼忠・兼家ら旧勢力のしがらみを断ち切り、円融朝で疲弊していた政治の改革を進めようとした。頼忠・兼家は帝の外戚ではなかったので直接には新政府の改革政策に介入できず、当初はしばらく様子を見ていた。その間隙をついて、若気にはやった義懐や惟成らは、すこぶる急進的な改革政策を矢継ぎ早にうち出したのである[11]。

永観二年十月十四日には、五節の舞姫を献上するに際して人々の服装等の過差を禁じた。これは以前から繰返し出されていた禁制であったが、あまり守られていなかったのである。しかし今回は、まず同月二十八日の大納言藤原為光女忯子《よしこ》の入内に際して、従来は後宮に入る女御には許されていた輦車《てぐるま》を認めず、忯子は徒歩で参入した。ついで十二月十五日の関白頼忠女禔子《やすこ》の入内時も同様であった（小右記）。為光は新政府を支える側にいたから、あるいは率先して倹約に努めたのかもしれないが、頼忠女の徒歩参内は関白家にとっては屈辱であったにちがいない。また十一月二十八日には、通貨の流通をはかり物価の安定をめざして「破銭法（銭貨ヲ鋳《い》ツブスコトヲ禁ズル法）」を定め、さらに高家や寺院の荘園拡張を抑制するために、格後の荘園（延喜の新荘園禁止令以後の新荘園）を停止した（日本紀略）。この破銭法は後世からも高く評価されているものである（玉葉《ぎょくよう》・治承三年七月二十五日）。十二月二十八日には、広く五位以上の諸臣に政治改革のための意見を奏上すべしとの詔を出した。この詔は、当時水害や干《かん》魃《ばつ》が続いていて民の生活が荒廃していることに対処する策を求めたもので、大内記慶滋保胤の起草した格調高い新政府の意欲のあふれたものであった（本朝文粋・二）。

これらの新政策は惟成が中心になって発案推進し、それを保胤らかつての勧学会に集まった同志たちの多くが支えたと考えられる。若き日の文章生たちの理想とした実力主義の治世が、ようやくいま実現しはじめたかに思われた。円融朝末期の朝政の停滞混乱した社会に強く閉塞感をおぼえていた多くの人々は、花山朝のこうした革新的な一連の政策に、新しい社会がやってきたという実感をおぼえ、この新鮮な政権に大きく期待したのである。

当時の人々が花山朝の新政にどれほど期待していたかは、勧学会運動にも加わった一人と考えられる藤原輔尹《すけただ》の次の歌からもよくうかがわれる。輔尹は為時らと同世代であり、歌人詩人としても為時と並んで活躍した人であった。家集も残されていて、その巻頭には次の歌がある。この歌を家集の最初に収めていることは、やはり輔尹自身にとって花山新政が感慨深いものであったことを思わせるのである。

花山院（位ニ）つかせ給ひし年、□そははかばかしう人にも知られぬ大学の助にて侍りしを、あはれなる者なり、いかでとく出だし立てん、と仰せごと侍りしころ、秋の月いとをかしきに、その心を人々よみ侍りしに

人知れぬ宿世もいまは頼まれぬ月のさやけきよにしあへれば　（輔尹集・一）

義懐・惟成らの新政府は文化政策についても、当時の人々から「聖代」と仰がれていた醍醐朝の古今集、村上朝の後撰集にならって、この新朝の勅撰和歌集を編纂しようと考えていた。その撰者として命を受けたらしい当時の代表的歌人の大中臣能宣は、

円融太上法皇の在位の末に、勅ありて家集（勅撰集編纂ノタメノ人々ノ家集）を召す。今上花山聖代、また勅ありて同じき集を召す。　（能宣集序）

と記している。円融朝の末期は朝政が混乱していたころなので、勅撰集を編纂するような余裕があったかという疑問があるが、あるいは関白頼忠やその息子公任などにそんな計画があったのかもしれない。新朝の中心になった惟

成も家集を残しているほどの歌人でもあった。能宣はここに「今上花山聖代」と花山朝を「聖代」とたたえて記している。もっとも、この新帝が「花山天皇」と呼ばれるのは退位後のことであり、「今上」と「花山」の語は矛盾するので、ここの「花山」の語は後人注記の混入かと考えられ、本文について問題が残るところである。しかし当時の人々は、この新朝を「聖代」と呼ぶことを大げさには思わないところがあったに違いない。

花山朝は、出発に際して単にこうした革新政策を多くかかげて人心に訴えただけではなくて、それらがある程度実効をあげていたらしいことは、後世の大江匡房《まさふさ》に次のように評価されていることからも知られる。

冷泉院ノ後、政ハ執柄ニ在リ、花山天皇ノ二箇年ノ間、天下大ニ治マル、其ノ後、権マタ相門（大臣家）ニ帰ス、皇威廃《すた》ルルガ如シ、 （続本朝往生伝・後三条天皇）

（匡房の）又命ゼラレテ云ク、華山院御即位之後十日ニシテ、大宰府ニ兵仗ヲ帯ブルノ者一人モ無シ、是レ皇化ノ程無ク遠ク及ブノ験《しるし》也、

円融院ノ末、朝政甚ダ乱ル、寛和二年之間、天下ノ政忽ニ淳素ニ反《かへ》ル、多ク是レ惟成之力ナリト云々、天下今ニ其ノ賚《らい》（おかげ）ヲ受クト云々、 （水言抄）

しかしながら、この花山朝の新政は人々から大きく期待されていたにもかかわらず、間もなく寛和元年の後半に入ると、旧勢力の抵抗にあって行き詰まりが明らかになってきた。円融院・頼忠・兼家らの権門は、自分たちの既得権益を損なう新政府のこれらの政策に強く反発したのである。新政府を支えた一人であった慶滋保胤も、意欲を失って寛和二年四月には出家してしまった。また、かつての勧学会の同志たちの中にも、華々しく活躍する惟成らをにがにがしく見ていた藤原有国のような人もいて、中下流貴族層の人々にもさまざまな立場の違いがあり、必ずしも一致して新政を支えたわけでもなかったのである。

そうした状況の中で、右大臣兼家は、花山帝を早く退位させて自分の外孫の東宮の即位を実現しようと機をうか

がっていたが、ついに寛和二年六月謀略をめぐらせて突然に天皇を出家させてしまった。義懐・惟成も帝に従って出家して、花山朝はわずか二年足らずで崩壊したのである。花山朝が短期間で終わった第一の原因は、新政推進の中心になった義懐・惟成やそれを支えた人々の若さゆえの経験不足、社会の実態や人心についての認識の浅さの上に立った急激で無理の多い改革政策、といったところにあったと考えられる。しかしまた、その急進的であったところが人々に大きな期待をもたらしたのでもあったが、その期待が大きかったために、新政があえなく行き詰まり潰えたという、その思いがけない結末には、挫折感も深く残ったのである。

【一条朝の為時】

花山朝の突然の崩壊と、藤原氏の長者兼家の主導することになる一条朝の到来は、貴族社会に大きな衝撃を与えた。花山朝の理想主義的な社会改革の挫折したことに心ある人々は強く閉塞感をおぼえるようになり、特に知識人たちは深く鬱屈した思いをかかえながら、新しく確立された兼家を頂点とする社会秩序の中に適応する途を探らざるを得なくなった。一条朝になって陽のあたる場に出た少数を別にすると、多くの人々は蹉跎の思いをいだいて日を送ることになったのである。こうして一条朝は為時ら花山朝に期待した人々にとって失意と挫折の季節として始まることになった。

為時も新しい一条朝になって蔵人・式部丞をやめた。為時は早くより具平親王の家人として親王邸に出入りしていたが、同じく親王のもとに集まって詩酒を共にし、その中心になっていた惟成・菅原資忠・保胤の三人も、寛和二年に花山朝が終わるとともに、花山帝にしたがって出家したり亡くなったりしてしまった。親王は姿を消した三人を眷恋哀傷した詩を作り、為時に賜わった。為時もそれに応えて次の詩を作った。

去年ノ春、中書大王桃花閣ニ詩酒ヲ命ズ。左尚書藤員外中丞

去年春、中書大王桃花閣命詩酒、左尚書藤

員外中丞惟成、右菅中丞資忠、内史慶大夫保胤、共侍席、内史右大王属文之始、以儒学侍、縦容尚矣、七八年来洛陽才子之論詩人者、謂三人為先鳴。当于其時、或求道一乗、或告別九原、西園雪夜、東平花朝、莫不閣筆廃吟、眷恋惆悵、迺者研精之余、披覧去春之作、其文爛然存、其人忽然去矣、遂製懐旧之瓊篇、忝賜維新之玉章、蓋以為翰墨之庸奴、藩邸之旧僕而已、因之為時、一読腸断、再詠涙落、偸抽短毫、敬押高韻、

惟成、右菅中丞資忠、内史慶大夫保胤、共ニ席ニ侍ス。内史大王ヲ右《たす》ケテ文ヲ属スルノ始メニ、儒学ヲ以テ侍リ、縦容トシテ尚シ。七八年来、洛陽ノ才子ノ詩人ヲ論ズル者、三人ヲ謂ヒテ先鳴ト為ス。其時ニ当リテ、或ハ道ヲ一乗ニ求メ、或ハ別レヲ九原ニ告グ。西園ノ雪夜、東平ノ花朝、筆ヲ閣《お》キ吟ヲ廃《や》メ、眷恋惆悵《けんれんちゅうちょう》セザルハ莫シ。迺者《さきごろ》、研精ノ余、去春ノ作ヲ披覧スルニ、其ノ文爛然トシテ存シ、其ノ人忽然トシテ去ル。遂ニ懐旧ノ瓊篇《けいへん》ヲ製シ、忝クモ維新ノ玉章ヲ賜フ。蓋《けだ》シ以テ朝墨ノ庸奴、藩邸ノ旧僕タルノミ。之ニ因リテ為時、一読腸ヲ断チ、再詠涙落ツ。偸《ひそか》ニ短毫ヲ抽《ぬ》キテ、敬《うやま》ヒテ高韻ヲ押ス。

藤為時

梁園今日宴遊筵
豈慮三儒滅一年
風月英声揮薤露
幽閑遠思趁林泉
新詩切骨歌還湿
往時傷情覚似眠
繁木昔聞摧折早

梁園、今日、宴遊ノ筵《むしろ》
豈《あ》ニ慮《おも》ハムヤ、三儒ノ一年ニ滅セムコトヲ
風月ノ英声、薤露《かいろ》ヲ揮《ふる》ヒ
幽閑ノ遠思、林泉ニ趁《おもむ》ク
新詩、骨ヲ切《せ》メテ、歌ヘバ還《ま》タ湿《うる》フ
往時、情《こころ》ヲ傷《やぶ》リテ、覚《さ》ムルモ眠ルニ似タリ
繁木、昔聞ク、摧ケ折ルルコト早シト

不才無益性霊全　不才、益無クシテ、性霊全《また》シ　（本朝麗草・下・懐旧部）

この詩の作られたのは、菅原資忠の逝去した永延元年（九八七）五月二十三日以後まもなくである。権左中弁藤原惟成・右中弁菅原資忠・内記慶滋保胤らは、文章生時代から勧学会の中軸として活動してきた文友であり、花山朝では義懐を補佐して新政を主導してきた同志であった。三人は具平親王邸の詩酒の筵席でも中心になっていたが、為時もまた花山朝の新政に加わり、親王家の「旧僕」として早くからその邸に出入りして、これら三人の先輩たちと親しく交わっていたのである。親王は永延元年には二十四歳であった。しかし惟成ら三人の姿はいまはなく、後に残った為時らは一条朝になるとともに失意の世を迎え、挫折の思いを深くして生きている。親王は三人のいたころを懐旧した詩を作られ、私に賜った、自分が親王家の旧僕だったからであろう、一読断腸して、親王の詩に押韻し拙い詩を作った、というのである。為時の詩にいう「繁木」の惟成・保胤らは早く姿を消し、「不才無益」のわが身が生き残っているという述懐には、やはり単なる修辞ではない慨嘆が認められる。これは為時のみならず、花山朝に期待していたかつての文章生たち多くが、一条朝を迎えたころにおぼえていたものであった。

しかしながら、人々はいつまでも終わった花山朝のころをなつかしんでばかりいることはできず、やはり新しい世を受け入れて適応してゆかねばならない。やがて為時も兼家四男の道兼《みちかね》のもとに出入りするようになった。道兼は文雅を好んだ人であったが、父兼家の命をうけて花山帝を出家させた主要人物の一人であった。為時はそんな道兼に近づいたのである。道兼は洛東の粟田に山荘を営んでいて、為時はその山荘の名所絵障子に書くための詩を作り、そのうちの二首「海浜神祠」「題玉井山庄」が残されている（本朝麗草・下）。(12) 道兼が花山朝の蔵人頭を勤めていたとき、為時は六位蔵人であったから、そのころから関係があったのであろう。また、次の歌も道兼との近い関係を思わせる。

粟田右大臣の家に、人々残りの花惜しみ侍りけるによめ

藤原為時

おくれても咲くべき花は咲きにけり身を限りとも思ひけるかな　（後拾遺集・一四七）

る

詞書に「残りの花」とあることからすると、長徳元年（九九五）に兄道隆が薨じて、道兼が四月二十八日に関白になったころのものであろうか（公卿補任）。この年は四月一日が立夏で、「残りの花」は春が過ぎても散り残っている花をいう。為時は道兼の引き立てを期待していたのである。しかし道兼もまたこの直後の五月に薨じてしまい、その後は道長が執政になった。兄たちが早く亡くなったことで、五男の末弟であった道長が政権を手にすることができたのである。

為時は一条朝の初めしばらくは官職につけずにいたが、このころからしだいに用いられるようになってきた。既に漢詩人として名を知られるようになってきていたことも、助けになったのであろう。長徳二年正月、為時は越前守に任ぜられた。越前は都にも比較的近く収入のよい大国だったので望む人も多かった。最初為時は淡路守に補せられたのだが、収入の少ない下国の淡路守を不満に思った為時は、「苦学ノ寒夜、紅涙袖ヲ霑《うるほ》ス、除目《ぢもく》ノ春朝、蒼天眼ニ在リ」の句をもつ詩を作って一条帝に献じたところ、詩文を好んだ帝は心をうたれて、食事もやめて寝所に入り涕泣したという。それを知った執政の藤原道長が、既に越前守に任ぜられていた源国盛《くにもり》に辞表を出させて、改めて為時を越前守した。そのために今度は国盛の一家が悲嘆して、国盛は病に臥しそのまま逝去したという（続本朝往生伝・一条天皇）。越前守に決まっていた国盛を辞めさせて為時に替えるというのは乱暴な話であるが、今昔物語集（巻二四・三〇）では道長が為時の詩に感心して、自分の乳母子であった国盛に命じて辞任させ為時に替えた、という話になっている。乳母子という親しい関係であれば、辞任させるような無理を命ずることもできるのであろう。この説話は、詩文が受領の人事にも影響するほどの力を持つものであった、という「歌（詩）徳説話」として語られてきたものである。道長もまた好文の人ではあったが、それにしても当時の詩歌は、こんな無理をも通すほどの意味をもつものであったか、という点にはやはり疑問が残り、この為時の任越前守には何か別の事情も介在していたのかもしれない。

この除目のあった長徳二年のころは、大陸で大流行していた疱瘡《もがさ》が、わが国にも九州から入り込んできてまたたくまに都にまで伝わって蔓延し、人心の動揺していた時期であった。前年四月に関白藤原道隆が亡くなり、次いで関白になったその弟道兼も五月に逝去して、替わって道長が内覧の宣旨を受けたばかりのころであったから、為時の任越前守はそれとも関わって、新しく執政になった道長の人心掌握策の一つであったかとも考えられる。兼家・道隆・道兼と、権勢が九条家流に独占される世になり、その時流にうまく適応できずにやや距離を置いている人々や花山朝の旧臣などを、思いがけず権力を握ったばかりの道長は身方につける必要もあった。この長徳二年春の除目では、為時と共に花山朝で大学少丞蔵人であった藤原挙直《たかなお》も望んでいた三河守に任ぜられた。この人事について源為憲は「去年ノ正月ノ除目、道路謳歌シテ、多ク皇化ヲ美《ほ》ム、其中参河守藤原挙直、越前守同為時、各所望之国ニ任ズ、是レ其ノ一也、（本朝文粋・六）」と記していて、世間の褒めそやした除目であったという。挙直は為時とほぼ同じころの文章生で、共に詩文で名が知られていた人であった。挙直は早くから兼家に、次いで道長に近づいていたが、為時もまた道兼に、次いで道長に近づくように努めていたのであろう。挙直や為時に限らず、人はやはり時の権力者にいつまでも顔を背けていることなどできないのである。

【紫式部の母と兄惟規】

紫式部の母は従四位上常陸介藤原為信女である。為信の兄為雅は蜻蛉日記の筆者の姉の夫であった。式部の母は自分の住んでいた屋敷に夫為時を通わせ、少なくとも式部の他に兄の惟規と弟の惟通、姉の三人の子を儲けた。だが、母はいまだ式部の幼いころに亡くなったらしくて、日記や家集などにも母についてはまったく言及がない。式部の母方の種姓は不明である。為信男の理明《まさあきら》の母は「従五位下宮道忠用《みやじのただもち》女（尊卑分脈）」というが、式部の母も宮道氏であったかどうかはわからない。式部が母について何も記していないのは、まだ物心もつかぬうちに死別したからであろうか。母の記憶のないことは、式部の人生観の形成にも影響するところが大きかったと思われる。為時には、いま一人藤原信経の妻になった女子がいて、これは式部の母とは別の妻の子であったらしく、どんな素姓の人であったのかも不明である。

為時の長男惟規は式部と同母である。惟規は尊卑分脈に「ノフノリ（「イ云、コレノフ」）」とあり、道長はこの人を「宣規（御堂関白記・寛弘元年正月十一日）」とも書いているから、「ノブノリ」と訓んだらしい。惟規は寛弘元年正月に少内記（御堂関白記・寛弘二年十一月十日）であったが、同四年正月には兵部丞で六位蔵人になった。道長はこれについて、

（蔵人）所ノ雑色・非蔵人等ヲ置キ乍ラ、件ノ人（藤原広政《ひろまさ》・藤原惟規）ヲ補サルル事、当時ノ所ニ候フ蔵人ハ年若ク、又、任ズ可キ非蔵人・雑色等年少シ。仍テ件ノ両人頗ル年長ニテ蔵人ニ宜シキ者也。仍テ所ニ補サルルノミ。後人ニ任セテ賢愚ヲ知ラズ。　（御堂関白記・寛弘四年正月十三日）

と記していて、惟規らの蔵人には積極的には賛成できなかったが、他に人もなく仕方がないと考えたようである。これからすれば、惟規は蔵人の中では年配者であったらしく、三十歳を過ぎたばかりのころであろうか。惟規はどうも学問や政務はあまり得意ではなかったようで、式部自身も次のように書いている。

この式部丞といふ人の、わらはにて書《ふみ》よみ侍りしとき、（私ハ）聞きならひつつ、かの人は遅う読みとり、忘るる所をもあやしきまでぞさとく侍りしかば、書に心を入れたる親は、「口惜しう、男子にてもたらぬこそさいはひなかりけれ」とぞつねに嘆かれ侍りし。　（紫式部日記）

この記事から惟規を式部の弟とする説が多いが、むしろこれは兄であったことを示すものであろう。(13)「遅う読みと

り」は、惟規がなかなか記憶できず理解しなかったことをいう。年少の惟規が父から漢籍の素読を受けているのを傍らで聞いていた姉の式部が、弟よりも早く正確に暗記してしまったというのではあまり自慢にはならないが、年少の式部が兄よりもよく暗記したという方がこの話によりふさわしいし、父為時が残念がったのもよくわかるのである。おそらく惟規は式部とあまり隔たらない二三歳ばかりの年長であったかと考えられる。

惟規は寛弘七年（一〇一〇）まで蔵人を勤めていた（平安遺文四五八号）。そのころの兄惟規の様子をうかがわせるものに次の記事がある。中宮彰子が出産のため一条院内裏から土御門殿へ退出した翌日のことである。

内裏ヨリ御書有リ。蔵人兵部丞藤原惟規、御使ト為リテ（土御門殿へ）参入ス。仍リテ寝殿第一間ニ茵《しとね》ヲ鋪《し》キテ之ヲ召ス。公卿四五人盃ヲ勧ム。酔フコト泥ノ如シ。御返事有リ。次ニ禄ヲ給フ。織物ノ黄葉ノ褂、紅色ノ袴ヲ相加フ。惟規、禄ヲ取リテ手ニ懸ケ、座ニ居乍ラ小拝、々々一度。次ニ座ヲ立チ、庭中ニ於テ又一拝ス、了リテ帰参スト云々。

（御産部類記・不知記・寛弘五年七月十七日）

勅使としてやってきた惟規が、酒を勧められて酔っぱらってふらふらになったこと、禄を給わるのに座にすわったまま受け取って「小拝」し、改めて庭中に出て一拝したことなどがわざわざここに記されているのは、このときの惟規の行動には失礼の多かったことをいったものである。惟規という人はこのように行動に慎重さの欠けるところがあったが、よくいえばおおらかな人柄であったらしい。

惟規は寛弘八年正月に従五位下に叙せられて蔵人をやめた（蔵人補任）。父の為時は寛弘六年に左少弁となり、次いで同八年二月越後守に任ぜられた（弁官補任）。蔵人を退いていた惟規は、父の任務を助けるために越後に赴くことになったが、その途中で重病にかかり、越後国に着いて間もなく逝去したという（勅撰作者部類）。臨終の惟規の枕元で僧侶が、地獄での苦しみやそこへ行く途中の中有《ちゅうう》の心細さなどを説いて聞かせて、念仏することを勧めたところ、惟規は「ソノ中有ノ旅ノ空ニハ、嵐ニ類《たぐ》フ紅葉、風ニ随フ尾花ナドノ本《もと》ニ松虫ナドノ音ナドハ不聞エヌニヤ」といったので、僧はあきれて逃げ去ったという（今昔物語集・巻三一・二八）。「中有」は「中陰《ちゅういん》」ともいい、人がこの世の生を終えて次の生を受けるまでの期間のことである。

この説話は惟規の「好き者」としての性格をよく示すものとして、諸書に伝えられている。「好き者」は一般に女色についていわれることが多いが、当時の用例からすれば女色に限らず和歌・音楽・芸能など第一義のものとは認められない遊芸などに、過剰に執心し耽溺する傾向をもつ人のことを、やや非難の気持をふくんでいう語であった。今昔物語集では惟規を「極ク和歌ノ上手《いみじ》」といい、惟規の和歌の「好き者」としての性格、臨終の場にありながらも花紅葉の和歌的な風情に執心するあり方に、よく「好き」の心を認めたのである。ただし、今昔物語集が惟規の父を「藤原為善」とするのは誤りである。

惟規は越後に下ることになったころ、式部と同じころ中宮に仕えた同僚女房の伊勢大輔とも親しい関係にあったらしい。

藤原惟規が越後へくだり侍りけるにつかはしける　伊勢大輔
今日やさは思ひたつらむ旅衣身にはなれねどあはれとぞ聞く
（新勅撰集・五〇五、書陵部本伊勢大輔集・一〇一）

この第四句「身にはなれねど」は表面的には、私はあまり旅衣を着たことはないが、といったことであるが、裏では、あなたとはさほど馴れ親しんだわけではないけれども、の意がこめられていると認められる。

また、惟規の家集には次の歌が見える。やはりこれも寛弘八年に越後守になった父為時を助けるために、越後に下ったときのものであろう。

越《こし》のかたにまかりし時、もろともなりし女
荒れ海も風間《かざま》を待たず船出して君さへ波に濡れもこそすれ
（藤原惟規集・二二）

この「もろともなりし女」は惟規の妻であろうか。当時の国司は地方に下るのに妻子を伴うことが多かったが、それは国司の妻もまた、治国のために重要な役目をもっていたからである。惟規は年老いた父のために、自分の妻をも伴って下ったのである。

　惟規はそのころまた、大斎院選子内親王に仕えていた女房の中将とも親しい関係をもっていた。この斎院の中将は長らく斎院長官を勤めた源為理《ためまさ》（一説に源忠理）の女で、母は大江雅致《まさむね》女、つまり和泉式部の姉妹であった。

　　父のともに越の国に侍りけるとき、重くわづらひて、
　京に侍りける斎院の中将がもとにつかはしける　　藤原惟規
都にも恋しき人の多かればなほこのたびはいか《生・行》むとぞ思ふ　（後拾遺集・七六四）

惟規がこの斎院の中将に通っていたころの説話として、惟規が中将のもとを訪れた夜、斎院の侍たちに見つかって邸内に閉じ込められて帰れなくなったので、中将が主の斎院に訴えて、歌詠みの男だからということで許されたとき、惟規が「神垣は木のまろ殿にあらねども名のりをせねば人とがめけり」の歌を詠んだという話（俊頼髄脳）もよく知られている。式部はこの中将について、日記の中で次のように書いている。

　斎院に、中将の君といふ人侍るなりと聞き侍り。たよりありて、人のもとに書きかはしたる文《ふみ》を、みそかに人の取りて見侍りし。いとこそ艶《えん》に、我のみ世には物の故《ゆゑ》知り、心深きたぐひはあらじ、すべて世の人は心も肝《きも》も（判断力モ思慮モ）なきやうに思ひて侍るべかめる、見侍りし。すずろに心やましう、公腹《おほやけばら》とか、よからぬ人のいふやうに、にくくこそ思う給へ（底本「思へ給へ」、改訂）られしか。「文書《ふみか》きにもあれ、歌などのをかしからんは、わが院よりほかに誰《たれ》か見知り給ふ人のあらん。世にをかしき人の生ひ出でば、わが院のみこそ御覧じ知るべけれ」などぞ侍る。

式部は、兄の惟規から中将と交わした手紙を見せられたのであろうか。その中で中将は、自分の仕えている斎院に

は、見識をもち物事の情趣を深く理解する人が多くいて、いかにすばらしいところであるかを自慢していたという。それが式部には我慢ならなかったのであろう。式部の清少納言に対する厳しい非難のことばもそうであるが、他を見下して自分一人誇らげな顔をしている人を見ると、自分も自負するところの大きい式部にはすぐさま強く反撥するところがあった。殊にそれが少しでも自分に関係するところのある場合には、黙って笑ってすませることができない人だったのである。

ここの中将についての記事は、優雅で洗練されていると世間で評判の高い斎院方に対して、式部の仕える中宮彰子の後宮があまり世評のよくないのを弁解擁護しようとする文脈で書かれたものであり、必ずしも中将個人だけを非難したものではないが、やはりここには式部の中将に対する小姑的な心も認められるのである。さらにまた自己の属する中宮彰子の後宮によく比較される大斎院やその女房たちへの反感もあらわで、対立する相手にはむきになって非難攻撃するという式部の傾向がよくうかがわれる。

兄惟規は、学問や官吏としての能力はあまりはかばかしくなかったが、和歌のことを好み、女たちには魅力のある男であったらしいのである。

【紫式部の弟惟通・定暹】

為時の二男惟通《これみち》は、その名からすると惟規と同腹で、式部よりもかなり年少であったらしい。惟通の官途は、「被定蔵人等、……藤範永〈中清男〉、同惟通〈為時男〉補雑色（権記・寛弘六年正月十日）」と見えて、寛弘六年（一〇〇九）正月に蔵人所の雑色に補されたことに始まると考えられる。ただし惟通のその後についてはよくわからない。尊卑分脈には為時男の惟通に「従五下、安木守」の注記がある。長久元年（一〇四〇）正月二十五日に安芸守に任ぜられた「藤原惟道」なる人がいて（九条家本春記・長久元年正月二十五日）、これが為時男と考えられ、そのころまで存命であったらしい。

実は同時代には他にも「藤原惟通」なる人が幾人かいて、その区別がむつかしいのである。早く寛和二年三月の円融院の東大寺御幸に従った「小舎人藤原惟通（太上法皇御受戒記）」、長保二年二月十一日に中宮定子に仕えていた「中宮少進藤原惟通（権記、御堂関白記）」、同年十二月二十一日に皇后定子の遺命を道長に伝えた「前皇后宮権大進惟通（権記）」、さらに「内匠頭惟通（権記・長保五年四月十一日）」などと見えるのは、式部の弟惟通の官につく以前のことであるから明らかに別人である。中宮少進の惟通は道長の家司でもあった。長和二年十一月九日に梅宮社の神馬使を勤めた「右兵衛尉惟通（御堂関白記）」や、「右兵衛尉藤原惟道申ス、予ノ随身近衛紀元武巄《くちとり》ト為ル（小右記・長和三年四月十五日）」とあるもの、また長和四年四月十五日に吉田社の神馬使に立った「惟通（御堂関白記）」なども為時男とは別人であろう。この右兵衛尉惟通は、寛仁三年（一〇一九）には常陸介として赴任していて四位に叙せられたが（小右記・寛仁三年七月十三日）、翌四年には任地で卒去した（小記目録・一七）。その直後に、この惟通の妻子が任地の豪族平為幹《ためもと》により拉致されるという事件が起こった。惟通の妻は、太皇太后彰子に仕えていた命婦という高級女房だったので、この妻の母からの訴えにより、朝廷は為幹に上京して事情を説明するように命じ、彰子からもこの命婦を連れ戻す使が出されている（小右記・寛仁四年閏十二月十三日）。この惟通の妻の名は不明ながら、式部の同僚だったのである。

為時男には、いま一人僧侶になった定暹《じようせん》という人がいた。定暹は、長保四年（一〇〇二）九月に行われた東三条女院詮子のための八講に聴衆として名の見えるのが初見である（権記）。これからすると惟通よりは年長であったらしいが、式部と同腹かどうかは不明である。次いで寛弘八年七月の一条帝の葬送に際しては御前僧を勤めている（権記）。定暹は、小野宮家に親しく出入りしていた教静《きようじよう》僧都から法を受け継ぎ、三井寺の林泉房に住んだという（園城寺伝法血脈）。教静は行誉の弟子として寛仁元年八月に園城寺長吏になった寺門派の高僧で、同二年八月に入滅した。定暹のその後は不明である。父為時も園城寺において出家しているが、この時期の貴族たちは寺門派との関係が深く、三井寺で出家する人が多かった。

【紫式部の姉妹】

紫式部の姉妹については二人が知られている。まず同腹の姉と考えられる人がいたが、長徳元年ごろに亡くなったらしい。家集には次の歌がある。

姉なりし人なくなり、また人の妹《おとうと》失ひたるが、互《かた》みにゆきあひて、亡きがかはりに思ひかはさん、といひけり。文《ふみ》の上に姉君と書き、中の君と書きかよはしけるが、おのがじし遠き所へ行き別るるに、よそながら別れ惜しみて

北へ行く雁《かり》のつばさにことづてよ雲の上《うは》書き書き絶えずして

返しは、西の海の人なり

行き廻《めぐ》り誰《たれ》も都にかへる山いつはたと聞くほどの遥《はる》けさ

（紫式部集・一五、一六）

この贈答は、前述のごとくに父為時が長徳二年正月に越前守に任ぜられて、式部も同行することになったころのものであろう。姉の亡くなったのはその少し前のことである。式部はこの姉とは親しかったらしいことから同腹であり、式部は「中の君」と呼ばれているので二女であったとわかる。この姉についてはすべて不明である。

式部にはいま一人、越後守藤原信経《のぶつね》の妻になった姉妹がいた。この人のことは式部の書いたものなどにも一切見えないことから、異腹と考えられる。次の記事はかなり長く難解であるが、父為時や女聟信経の動静に関わるところがあるので引用しておく。

国々ノ司ノ申請ノ条々ノ事ヲ定メ申ス。頼定執筆。頭弁朝経、越後守為時ノ辞退ノ状ヲ下シ給ヒ、許不ノ事ヲ定メ申ス。件等ノ状ニ、前司信経ノ任ノ終リ、当任ノ三箇年ノ事ノ究済ノ由ヲ注ス。諸卿申シテ云ハク、誠ニ（為時は信経の任期の）終ノ年ニ任ズト雖モ、未ダ収納ニ及バズ、替リノ人ヲ任ゼラルルハ何事カ有ランヤ、テヘリ。斉信《ただのぶ》卿及ビ下官申シテ云ハク、辞状ノ中ニ四箇年ノ事ヲ究済スルノ由ヲ申ス、先ヅ彼ノ済不ヲ勘《かんが》ヘ下サルルハ如何ト。左大臣（道長）各ノ定メ申ス旨ヲ奏セラル。即チ旧吏別功ノ者ノ申文等〈申文太《はなは》ダ多シ〉ヲ下シ給ヒテ撰定スベシ、テヘリ。但シ越後ノ事ハ且ハ済不ヲ問ハシメテ、替リノ人ヲ任ゼラル可シ、テヘリ。……朝経、綸言《りんげん》ヲ伝ヘテ云ハク、師長ヲ以テ備後ニ任ズ可シ、信経〈信経ハ前司ノ姪也。又聟也。内々相構ヘテ任ゼラル也。意ニ任《まか》スルニ似タリ。師長・信経ノ両人ハ殿上人也〉越後ニ任ズ可シ、テヘリ。両人ノ申文ヲ下シ給フ。

（小右記・長和三年六月十七日）

この日は小除目が行われ、まず越後守藤原為時の辞状について認めるか否かの審議があった。為時の辞状には、前司信経の任期の終わりの一年分と、為時自身のこれまでの任期三箇年の税収等を究済した由が注記されていた。諸卿は、為時は前司信経の任期の終わりの年と自分のこれまでの任期三年間の事は究済したといっているが、未だその税物等が収納されていないのに、替りの人が任ぜられるのはどういうことかといい、斉信および実資は、辞状には四箇年の事を究済した由が記されているので、まずそれが完済されているか否かを調べてからにしてはどうか、といった。これは為時が信経から越後守を引き継いだときに、信経の納めるべき最終年分と、自分の勤めた三年分の税収等の計四年分を究済したと辞状に書いていたというのである。信経は寛弘六年には越後守であったから（御堂関白記・寛弘六年十月十五日）、その前年に越後守に任ぜられたことになる。

この件について左大臣道長は、辞状にあるとおりに究済されているかどうかを確認してから、為時の後任を任ぜられるのがよいと奏上し、天皇の綸言は、申文を出している信経を越後守に任ずるというものであった。実資は、為時の辞任が認められその後任が信経に決まったことについて、信経は前司為時の姪でありまた聟であるから、信経・為時と道長との間では内々に話がついていたのだ、と考えている。これらからすれば信経や為時は道長と近い関係にあり、天皇もそれを知っていて、道長の意向を認めたのであろう。

為時の聟の信経は為時の同母兄為長の子であった。枕草子（「雨のうちはへ降るころ」の段）には、「式部丞信経」が一条帝の使で中宮定子のもとにやってきたときに清少納言が応対した話が見える。三巻本の勘物には信経について「長徳元年正月蔵人、二十七、右兵衛尉」とある。信経は正暦四年七月二十一日にはすでに右兵衛少尉であったから（本朝世紀）、この「二十七」は年齢をいったものであろう。『蔵人補任』にも長徳元年の六位蔵人に「正六上、藤原信経二十七」と見える。信経がいつ為時女と結婚したのかは不明であるが、その妻になった為時女はおそらくは信経よりはかなりの年少で、紫式部と近い年齢であったかと考えられる。信経はその後に兵部丞・式部丞を経て、長徳四年に三十歳で叙爵して河内権守、次いで内蔵権頭となり、越後守を二度勤めた有能な人であった。また信経は日記を残していて（中右記・寛治八年十一月十一日）、『通憲入道蔵書目録』に「信経記一結五弓」と見えるのはそれであろう。「弓《キュウ》」は巻帙《ちつ》をいう。

式部が信経の妻であったことは考えにくいので、やはりこの信経妻は式部とは異腹の姉妹であろう。この人のその後の消息は不明である。

二　紫式部の生い立ち

【紫式部の出生年次】

式部がいつ生まれたのかは不明である。式部の生年については、天禄元年（九七〇）説、天延元年（九七三）説、天元元年（九七八）説など諸説あるが、いずれにも確かな根拠があるわけではなく、ごくおおまかに推定したものである。私は貞元元年（九七六）ごろの生まれかと推定する。

紫式部日記は主として寛弘五年（一〇〇八）のでき事を書いたものであるが、そこには自分が盛りを過ぎた身であることの自覚と、その嘆きとが繰り返し記されている。

1　九日、菊の綿を兵部のおもとの持《も》てきて、「これ、殿の上（道長妻ノ源倫子《ともこ》）の、とりわきていとよう老いのごひ棄て給へ、と宣はせつる」とあれば、

　菊の露若ゆばかりに袖ふれて花のあるじに千代はゆづらむ

2　朝霧の絶え間に（行幸ノタメニ植エ並ベタ菊ヲ）見渡したるは、げに老いもしぞきぬべき心地するに、なぞや、まして思ふことの少しもなのめなる身（底本「事」、改訂）ならましかば、すきずきしくももてなし、若やぎて、常なき世をも過ぐしてまし。

3　（賀茂ノ臨時祭ノ還立《かえりだち》ニ神楽ヲ舞ッタ）兼時が、去年《こぞ》まではいとつきづきげなりしを、こよなく衰へたるふるまひぞ、見知るまじき人の上なれど、あはれに思ひよそへらるること多く侍る。

4　高松の小君達（道長妻ノ源明子腹ノ子息タチ）さへ、こたみ（中宮ガ内裏ニ）入らせ給ひし夜よりは、女房許されて（女房ノ控所ヘノ出入リヲ認メラレテ）、まのみなく通りありき給へば、いとどはしたなげなりや。さだ過ぎぬるをかうげ（「効験」カ）にてぞ隠ろふる。

5　（師走二十九日ノ）夜いたう更けにけり。御物忌みにおはしましければ、御前にも参らず、心細くてうち臥したるに、前なる人々の「内裏《うち》わたりはなほいと気配殊なりけり。里にては今は寝なましものを、さもいざとき沓《くつ》のしげさかな」と、色めかしくいひゐたるを聞きて、

　年暮れてわが世ふけゆく風の音に心のうちのすさまじきかな

とぞひとりごたれし。

6 齢《とし》もはたよきほどになりもてまかる。いたうこれより老いほれて、はた目暗うて経読まず、心もいとどたゆさまさり侍らんものを、心深き人まねのやうに侍れど、いまはただかかる方のことをぞ思ひ給ふる。それ、罪深き人は、またかならずしもかなひ侍らじ。前の世知らるることのみ多う侍れば、よろづにつけてぞ悲しく侍る。

1・2の例は、必ずしも式部がかなり老いていたことの証にはならないが、もはや若くはないことを思わせる。3は、尾張兼時の舞姿が去年はいまだ元気だったのに、一年後の今年は急速に衰えたさまを見て、自分もこのように年々老い衰えてゆくのだ、と思わせられたというのである。4は、道長の明子腹の子どもたちが、式部ら女房たちのいる台盤所への出入りを許可されて、遠慮無く通り抜けるので困りものだが、私は「さだ過ぎぬる」身だということで相手をせず隠れている、というのである。「さだ過ぐ」の語は、どれくらいの年齢になると用いられるものかはよくわからないが、源氏物語では三十二歳ばかりの光源氏が自分についてやや自嘲的に用いているし（朝顔）、源氏三十三歳のころ、夕霧は花散里を「ややさだ過ぎにたる心地して（乙女）」と見ている。花散里の年齢も不明であるが、源氏と同年か少し若いぐらいであろう。また栄花物語には、三十二歳になっていた中宮藤原威子《たけこ》が、やはり自嘲の気持をこめてわが身を「かくさだ過ぎ、何事も見苦しき有様（殿上花見）」といっている。つまり自分について用いるときには、まだ三十歳を過ぎたばかりであってもやや謙遜や自嘲の気持をこめて、「さだ過ぐ」ということはあったのである。

寛弘五年（一〇〇八）ごろの夏の夜、土御門殿の渡殿にあった式部の局の戸を叩いた男があった。通説にはそれを道長とするが、もし式部が四十歳ばかりだったとすれば、いくら色好みの男であっても、わざわざそんな「さだ過ぎた」女を求めて忍んでゆき、夜明けまで戸の外に立ちつくすようなことをするとは考えにくい。

5は寛弘五年歳末の感慨である。「わが世ふけゆく」は、いよいよわが齢は老いへと向かっているのだという沈痛な思いである。やはりこれは三十代という一つの区切目にさしかかっていたことによる感慨ではなかろうか。6は、もはや尼生活に入ってもよい齢になってきた、これから後は耄碌《もうろく》してゆくばかりで、視力も衰えて経も読むことができず、気力もいよいよ鈍ってゆくことだろうが、罪深い自分にはそんな尼生活の願いもかなわないであろう、というのである。

6の「目暗う」は目のよく見えないこと、通説では老眼をいうとする。一般に人間の老眼は四十歳を過ぎないと現れないから、式部はこのとき四十一歳にはなっていたとして、天禄元年（九七〇）出生とする説もある。(14)しかし6では、今よりも齢老いて「目暗う」なったときにはといっていて、現在既に「目暗う」なっているとまではいっていない。さらにまた、いまだ俗世への執着の残るところがあって、出家生活には踏み込めないというのも、やはり三十歳過ぎだったからではなかろうか。当時の人々は特に女性にあっては四十歳を過ぎると、自分の一生はほぼこの程度のものと見なす心境になったであろうから、現世的なものへの執着もさほどに強くはなかろう。式部は俗世出離をためらう理由をまったく記してはいないけれども、十歳を過ぎたばかりの娘賢子の今後の身の振り方も気がかりだし、初めて宮仕してすぐに中宮彰子や道長の厚い信任を得るようになり、高級女房としての道を歩み始めたわが身のこれからの生活などにも、いま少し先の様子を見極めたい思いもあったに違いない。きっぱりと世俗生活を捨て去る決意もいまだしにくい状況や年齢であったと考えられるのである。

これらの事情を考えて、式部の年齢は寛弘五年には三十歳を少し過ぎた三十三歳ばかり、つまり貞元元年（九七七）ごろの生まれとおおまかに推定するのである。

【紫式部の娘時代】

式部が少女のころから利発であったことは、前述の兄惟規が父から漢籍の素読を習っているのを傍らで聞いていて、兄よりもよく理解したという話からもうかがわれる。式部は早くからそうして漢学の素養を身につけていたので、幼いころからわが家にあった漢籍などをも読み耽っていたにちがいない。式部の緻密で鋭い論理的な思考や、現実主義的で平衡感覚にもすぐれた処世法は、やはり漢籍を読んだことによるところが大きいと考えられる。古くからの儒学を中心とした中国思想は、要するに現世主義的功利主義的なヒューマニズムの立場に立つものであった。キリスト教徒などからすると、儒教には現実主義性や世俗性があまりにも強く、現世を超えた崇高なものを求めようとする宗教性には乏しくて、「一種の凡庸な良識」と批評されるところがあったけれども(15)、紫式部日記や源氏物語に認められる、人間のあり方のすべてを許容しようとする式部の姿勢のヒューマニズムは、やはり仏教思想よりは漢籍によってつちかわれたものであったと考えられるのである。

式部の娘時代から藤原宣孝《のぶたか》と結婚するころまでの様子をうかがわせるものとしては、わずかに紫式部集が残されているのみである。この家集の冒頭には、幼くからの友にやった次の二首が載せられている。

　早うよりわらは友だちなりし人に、年ごろ経て行きあひたるが、
　ほのかにて、十月十日の程に、月にきほひて帰りにければ
めぐりあひて見しやそれとも分《わ》かぬ間に雲隠れにし夜半の月かな（一）
　その人遠き所へいくなりけり。秋の果《は》つる日来て、ある
　暁に、虫の声あはれなり
鳴きよわるまがきの虫もとめがたき秋の別れやかなしかるらん（二）

当時の貴族の女性たちは屋敷の外に出ることもあまりなく、日ごろつきあう相手も親戚あるいは一家の親しい知人

の子女ぐらいであったから、この「わらは友だち」もそうした一人らしいが、それ以上にはどういう関係の人であったのかはわからない。

式部が自分の家集を編集するに際して、この二首を最初においたことの意味については、この家集に収められている以下の歌は、「出あい」と「別れ」というテーマを繰り返しながら排列されていて、この冒頭二首は、「愛別離苦《あいべつりく》」「会者定離《えしゃじょうり》」という「紫式部の人生に対する基本的思考」を象徴的に反映したものであると考えられるとする説がある(16)。冒頭にこの二首をおくことについては、式部も熟慮した上でのことであろうから、式部は自分の家集を編纂するに際して最初にこの二首を載せることで、娘時代の友と久しぶりに会いながらも、積る話もあまりできずに別れねばならないはかない関係、親しく思う相手と稀に顔を合わせても物足りないままに別れてゆくような淡い関係しかもてない、人の世の「会者定離」の哀しみをまず述べて、以下に収めた歌の基調の一つにしているというのである。

しかしながら、紫式部集のこの冒頭の二首についてはさまざまな問題があり、式部はこの家集をそうした構成に編輯したのだとも、すぐには断言できないところがある。その一つはテキストについての問題である。現存の紫式部集の伝本には、陽明文庫本（歌数一三一首）と藤原定家本系（歌数一二六首）の二系統の伝本があって、両者は語句や歌の排列などに大きな相違がある。前掲の冒頭二首の本文は陽明文庫本によるが、実践女子大本（定家本）では最初の「めぐりあひて」の歌の次に一行分の空白があることから、もとあった本文の損傷などによる脱落が考えられて、すぐには第二首へと続いていない。実践女子大本の奥書によれば、この本は定家の書写した本を行分けに至るまで厳密に書写した本だというから、その祖本では第一首と第二首はまとまった連続する形ではなかったのである。勿論、第一首目の後に本文の脱落があったとしても、それはやはり冒頭歌の「わらは友だち」とのやりとりなどであり、結果的に第二首の「その人」は第一首の「わらは友だち」をさしている場合もあり得る。ところが、第二首の詞書の「その人遠き所へいくなりけり」は、そのままでもうまく第一首に続けて読み得る形になっているので、陽明文庫本ではこの冒頭二首はひとまとまりのものと考えて続けて書いたのかもしれない。つまり、第一首と第二首に関しては、この二首をひとまとまりとはしない定家本の方がより古い姿をとどめているかとも考えられる。書写のある段階で書本の空白部を詰めて続けて書写することはあっても、書本に続けて書かれていたものを、わざわざ一行分の空白を設けて書写することは考えにくいからである。この冒頭二首が本来は連続したひとまとまりのものではなかったとすれば、「その人遠き所へいくなりけり」が第一首の歌のあと書き（左注）と読む説の根拠がなくなるなど、その解釈にもさまざまな問題をもたらすことになる。(17) ただし、テキストの書承伝来には多くの複雑な問題が介在しているので、だからといって全体的に定家本の方がより古い姿をとどめているともいえず、むしろ定家本が本来の本文を改訂したと認められるところもまた多いのである。

さて、家集第一首目の「めぐりあひて」の歌は新古今集に、第二首目は千載集に採られていて、そこでは次のような形になっている。この両首が紫式部集から採用されたものであることは明らかであろう。

早くよりわらは友だちに侍りける人の、年ごろ経てゆきあひたる、ほのかにて、七月十日のころ、月にきほひて帰り侍りければ　紫式部
めぐりあひて見しやそれともわかぬまに雲隠れにし夜半の月影　（新古今集・一四九九）
遠き所へまかりける人のまうできて、あか月帰りけるに、九月尽《つ》くる日、虫の音《ね》もあはれなりければよめる　紫式部
鳴きよわる籬《まがき》の虫もとめがたき秋のあはれやかなしかるらん　（千載集・四七八）

この新古今集の本文は家集のそれとほぼ同じであるが、家集の「十月十日」が「七月十日」となっているところが

大きく異なる。これは「十」と「七」の字形の似ていることによる誤写と考え、家集の「十月十日」をこの新古今集の本文により「七月十日」の誤写として改訂する説が多い。これまでの通説では冒頭二首をひとまとまりのものと考えて、田舎に下っていた幼な友だちが上京してきて式部と会い、また地方に行くというので「秋はつる日」に別れのあいさつにやってきたと読んできたために、冒頭歌の詞書の「十月十日」では冬のことになって具合がわるいので、「七月十日」と改訂するのである。新古今集も同様に考えて「七月十日」と改めたのかも知れない。千載集は家集の「秋の果つる日」を「九月尽くる日」とより明確な言い方に改めたのだとも考えられる。しかしながら、千載集にいう「九月尽くる日」は家集の「秋の果つる日」と同じではなく、当時には「秋の果つる日」は二十四節気の秋節の終わりをいうこともあったのである[18]。いま第一首第二首（その間に本文脱落があったとしても）が、同じ「わらは友だち」とのことをいったものとして、二人が出会って別れたのが二十四節気の秋の終わりの日の「十月十日」であったとすれば、それは正暦元年（九九〇）十月十日のことであったと推定される[19]。正暦元年は十月十一日が立冬であった。これだと式部の成人したばかりの十四歳のころのでき事ということになり、家集の冒頭に置くのにもふさわしいものと考えられる。

【紫式部の箏の琴】

式部の家集では、冒頭の「わらは友だち」との再会と別離の歌に続いて、次の歌が置かれている。

「箏《さう》の琴《こと》しばし」といひたりける人、「参りて御手より得む」とある返事《かへりごと》

露しげき蓬《よもぎ》が中の虫の音《ね》をおぼろけにてや人のたづねん（三）

ここの「箏の琴をしばらく貸してほしい」といっていた「人」への式部の返歌が、「こんな露しげき蓬の宿の虫の

音を聞きに、その程度のいいかげんな気持で尋ねてくる人などいようか」と、相手に反撥したものであることからすると、この「人」は男ではなかろうか。むろん女の場合もあり得るが、「参りて御手より得む（ソチラへ参上シテ直接ニアナタカラ手渡シテモラオウ）」という言い方も、式部に近づこうとする男の口実のようにも思われる。これを「式部から直接に、奏法の伝授を得たいの意（全評釈など）」と解するのは、次にあげる千載集の詞書にひきずられたことによるものであろう。この歌は千載集に次のような詞書で採られている。

上東門院に侍りけるを、里に出でたりけるころ、女房の消息のついでに、「箏の琴伝へにまうでむ」といひて侍りける返りごとにつかはしける　紫式部

露しげき蓬が中の虫の音をおぼろけにてや人のたづねむ（千載集・九七七）

俊成はこの歌を現存家集以外の資料から採ったらしく思われる。千載集には紫式部の歌は九首採られている。それら九首はすべて家集や日記から採られたものであり、それをもとに俊成自身がかなり自由に解釈を加えて詞書を書いているとする説（全評釈など）もあるが、また家集以外の資料によったものも多いとする説もある。[20] この詞書では、「上東門院に侍りけるを」と、中宮出仕後のものとしているところなどは、俊成の自由な解釈によったものと考えられなくもない。しかし、家集の詞書の「箏の琴しばし（箏ノ琴ヲシバラク借シテホシイ）」の語を無視し、さらにそれに続く「参りて御手より得む」の語から、「箏の琴伝へにまうでむ」をみちびき出したとするのは、やはりかなり無理な解釈のように思われるのである。それらからして、千載集の詞書は現存家集以外の資料によって書かれた可能性が高いと思われる。ただし俊成は、式部が音曲のことにも堪能で、さらに由緒ある箏の琴の奏法を伝えていたなどの知識をもっていたとすれば、それに影響されて家集の詞書から強引に敷衍して千載集のこの詞書を書いた、ということもあり得る。

源氏物語には音楽に関するさまざまな記事があるだけではなく、それらは深い知識にもとづく記述と認められるものも多く、式部が音楽のことをよく知っていたのは明らかである。式部自身も自宅の「曹司に、箏の琴、和琴」や「琵琶」を置いていたと日記に記している。式部が箏の琴の奏法の奥義にも通じ、人に知られた名器をもっていたことも十分に考えられる。当然それは中宮の女房たちにも知られていたであろうから、式部が里下がりしている機会に、直接に伝授してほしいと言ってくる人もいたかもしれない。俊成は、式部が箏の琴の名手であったことを知っていたので、そうした知識をふまえて、家集の「参りて御手より得む」を、「箏の琴伝へにまうでむ」としたとも考えられる。「伝へにまうでむ」は、女房が式部に伝えるためにではなく、女房が式部から伝えを得るために行くの意である。「つたふ」には、他者に何かを伝えることをいう場合もあるが、人から伝えを受け継ぐ、他者から伝授される、の意にも用いられることには次の例もある。

あやしう昔より箏は女なん弾《ひ》きとるものなりける。嵯峨の御伝へにて、女五の宮さる世の中の上手に物し給ひけるを、その筋にて、とりたてて伝ふる人なし。（源氏物語・明石）

千載集の詞書は、女房の方が式部の手から奏法の伝えを受けにうかがう、といったものである。式部に伝えるのであれば、女房が式部邸にゆくはずはなく、式部の方から伝えを受けに行くべきものなのである。

この「露しげき」の歌はいつ詠まれたものかは判らないが、やはり冒頭部におかれていることからして、式部の若いころの歌と考えられる。(21) 式部は娘時代から箏の琴に心を入れていて、いろいろすぐれた楽器を集めていたことも知られていたのであろう。要するに、「箏の琴しばし」といったのは女性の知人の可能性もあるが、ここの式部の返事の歌の物言いからすれば、やはり私は琴を口実にして近づいてきた男と考えるのである。俊成の千載集のような解釈もあり得るとしても、家集の詞書からは離れすぎている。

【方違《かたたがえ》に来た男】

家集ではこれに続けて次の歌が載せられている。前の「露しげき」の歌をやった相手が式部に言い寄ってきていた男だとすると、これもまた若いころの男とのやりとりの一つとして、続き方もよいのである。

方違《かたたがへ》に渡りたる人の、なまおぼおぼしきことありて、帰りにけるつとめて、朝顔の花をやるとて

おぼつかなそれかあらぬか明けぐれの空おぼれする朝顔の花（四）

返し、手を見分《わ》かぬにやありけむ

いづれぞと色わくほどに朝顔のあるかなきかになるぞわびしき（五）

式部の屋敷に方違にやってきた男が、いささか不審なふるまいをしたことがあり、男の帰って行った翌朝、朝顔の花につけて送った歌である。当時には方違に行った男が、その家の女のもとに忍び込んだりすることがままあったらしい。源氏物語には、光源氏が家司の紀伊守の中川の屋敷に方違に行ったとき、その屋敷に滞在していた空蟬の寝所に忍び込む話が見える。ここの方違にやってきた男の「なまおぼおぼしきこと」とは何だったのかは具体的には書かれていないが、「朝顔」の語からすると、夜中こっそりと式部たちの寝所に入り込んできた、といったことがあったのであろうか。

この贈答はわかりにくい。まず「おぼつかな」の歌は、「あなたの昨夜の行動はどういうつもりだったのか気になることだ、私が目当てだったのか、それとも違ったのか、夜明けの薄明かりの中で、あなたの顔がぼんやりとしか見えなくて」というのであろう。「それかあらぬか」が、男の歌では「いづれぞと」の語で受けられていることからすると、式部のところに忍び込むつもりだったのか、それとも式部と一緒に寝ていた女（式部の姉妹など）が目的だったのか、と言ったものであろう。諸注は、昨夜の男の行動にどういうつもりだと腹を立てて詰問した歌な

どとしているが、男を咎めた歌であれば、こんな曖昧で穏やかな言い方をすることは考えにくい。何よりもここでは女の式部の方から先に歌をやっているし、しかも朝顔の花に付けて送るようなことをするのは、腹を立てて詰問する態度ではあり得ない。むしろこの式部の歌は、男の昨夜の「なまおぼおぼしきこと」を許容しているだけではなく、男に好意をもっていると考えられる内容なのである。さらにそれ以上に自分の方から先にこんな歌を送ったのは、これからも男との関係を期待している心さえも認められる行為であり歌なのである。相手は式部の家に方違にくるような親しい関係にあり、式部もよく知っている男であった。そのことも関係しているのであろうが、こんな歌を自分の方から先に送ったというのは、娘時代の式部は男に対してかなり積極的に対応することもあったことを示している。

和歌に詠まれる朝顔は、はかないものの比喩に用いるのが普通であるが、その他に「寝くたれの御朝顔、見るかひありかし（源氏物語・藤裏葉《ふじのうらば》）」などと、共寝をした女の朝の顔についても用いられる語であり、この贈答でも男の歌では明らかにその意味を匂わせて用いられている。ただし式部の歌の「朝顔」は、そこまでの意をこめたものともしにくいが、やはり男女の間で詠まれた「朝顔」の語には、共に朝を迎えた相手の顔という語感がつきまとう。二人にどこまでのでき事があったのかは不明ながら、この「朝顔」の語からしても、単に男に何か不審な行動があった、という程度のことではなかった。

「手を見分かぬにやありけむ（女ノ手紙ノ字体ガ誰ノモノカワカラナカッタノカ）」は、次の男の歌の「いづれぞと」いっていることについての説明である。これにより昨夜の男は、式部とその姉妹などの寝ているところへ忍び込んだらしいとわかる。しかし暗がりの中でのことで、その相手が誰かはっきりとは見分けられなかったのであろう。男の返歌は、どちらの方の字体なのか見分けようとしていると、いよいよ今朝の朝顔の面影がおぼろになってゆき、はっきりしないのがわびしいことだ、というものである。

いまのわれわれからすると、方違先でそんなでき事があったとするのは考えにくいところがあるが、当時においてはこんなこともあり得たのである。しかも式部はそれを受け入れて、これからの男との関係を期待しているようで、自分の方からこんな歌をやっている。この男とはそれまでからのいきさつがあったのかも知れないが、式部はいつも引っ込み思案なばかりの娘ではなかったのである。

この相手の男は、後に結婚することになる藤原宣孝だとするのが通説であるが、宣孝と特定できるまでの根拠はない。宣孝であったのかもしれないが、ここでは娘時代の男たちとの関係の一例を、さり気なくこうした形で示したものと考えられる。

【藤原宣孝の求婚】

宣孝との関係が親密になってきたのは、式部の二十一歳ばかりになった長徳二年（九九六）正月の、前述したような事情で父為時が越前守になったころからであったらしい。為時はそれまで十年余り官途に恵まれずに不遇をかこっていたが、ようやく待望の受領になることができた。このころ兼家・道隆・道兼らの執政があいついで亡くなり、道長と伊周《これちか》がその後をあらそっていたが、いまだ若くて未熟な伊周が敗れ、四月に大宰権帥として左遷されたことで決着がつき、為時の近づいていた道長が執政となったことも幸いしたのかもしれない。

長徳年間は、それ以前から蔓延していた疱瘡《もがさ》・麻疹《はしか》などの疫病がもっともひどくなったころで、「今年、正月ヨリ十二月ニ至リテ、天下ノ疫癘《えきれい》最モ盛リナリ。鎮西ヨリ起リテ遍ク七道ニ満ツ（日本紀略・正暦五年（九九四）末条）」、「京中ノ路頭ニ借屋ヲ構ヘテ筵薦《むしろこも》ヲ覆ヒ、病人ヲ出ダシ置ク。或ハ空車ニ乗セ、或ハ人ヲシテ薬王寺ニ運ビ送ラシムト云々。然シテ死亡ノ者多ク路頭ニ満ツ。往還ノ過客、鼻ヲ掩《おお》ヒテ過グ。鳥・犬飽食シ、骸骨巷《ちまた》ヲ塞《ふさ》グ（本朝世紀・正暦五年四月二十四日）」という有様であった。疫病はまず新羅《しらぎ》国で流行していたのだが、そこへわが国の魚買船が流れ着いて、罹病した漁師が筑紫にもたらしたのだという（続古事談・巻五・六）。長徳二年には四月から七月までの間に、「納言已上薨者八人、四位七人、五位五十四人、六位以下、僧侶等勝《あげ》テ計《かぞ》フベカラズ、但シ下人ニハ及バズ（日本紀略・長徳元年七月）」と貴族たちに多くの死者が出た。

式部の姉の亡くなったのも、あるいはこの疱瘡などの疫病のためかも知れない。そうした疫病をまぬがれて生き延びた道長・為時・式部などは、たまたま幸運にめぐまれていただけではなく、やはり強靭な身体と生命力をもつ人々だったのである。この時期に人々の強く意識するようになってきた無常観は、仏教思想の影響などによるだけの観念的なものではなくて、日ごろ健康な人でも毎年夏には流行する疫病により、いつ突然に亡くなるかも知れない、という現実のおそれや不安にもとづいた実感であった。

為時の越前赴任の少し前の永延元年（九八七）十月、宋国の商人朱仁聡・林庭幹らが大宰府にやってきたことがあった（扶桑略記《ふそうりやつき》）。そしてどういう事情があったのか、長徳元年九月には宋人たち「七十余人」が若狭国に移ってきていた（日本紀略）。ついで、この「大宋国商人仁聡等」が若狭守源兼澄《かねずみ》に暴力をふるうというでき事を引き起こした（小右記・長徳三年十月二十八日）。そこであつかいに困った若狭国府では、宋人たちとの対応に慣れた越前国府へ移すよう政府に要請して認められ、為時が赴任したころには宋の商客たちは越前に滞在していた。為時が越前守に任ぜられたのは、為時の才学を認めていた一条帝が、為時に宋人たちと「文作りかはさせむ」と考えたからだ、とする説もある（今鏡・昔語第九・からうた）。

越前守として赴任した為時は宋人たちと会見し、そのときに作り交わした「覲謁《きんえつ》ノ後、詩ヲ以テ太宋ノ客羌《きやう》世昌ニ贈ル」と題した為時の詩が残されていて（本朝麗草・下・贈答部）、その詩には「六十客徒」の語が見えている。この羌世昌は「七十余人」ともいわれた朱仁聡ら商人たち一行の有力者であった。為時が詩を作り交わした羌世昌は、『宋史（巻四九一・外国伝）』に名の見える福建州の海商「周世昌」のことである。船が航行中風に吹き流されて日本に漂着し、七年後の咸平五年（一〇〇二）に帰国したという。咸平五年の七年前は日本の長徳元年である。朱仁聡はそれ以前に既に来日して大宰府にきていたから、羌世昌らはそれとは別のときに来日して若狭に来ていた商人だったのであろうか。為時の詩句には「国ヲ去ルコト三年、孤館ノ月」の句があり、それによれば羌世昌はこの三年前に故郷の福建を出航してきたのである。世昌の詩は残されていないが、為時の二首の詩からすれば、儀礼的な贈答であったこともあり、為時はすこぶる丁重に世昌に対応している。世昌の望郷の念を思いやって、「嬰児生長シテ、母兄老イ、両地、何《いづれ》ノ時ニカ意緒ヲ通ゼン」などの句も見える。漢学者であった為時は、この先進国の宋人たちに敬意をもち、親愛感をおぼえていた様子がうかがわれる。

式部が父為時に従って越前に下った翌年の長徳二年春、家集には式部がある男にやった次の歌が見えている。

年返りて、「唐人《からひと》見に行《ゆ》かむ」といひたりける人の、「春はとくくるものと、いかで知らせ奉らん」といひたるに

春なれど白嶺《しらね》のみ雪いや積もり解くべきほどのいつとなきかな（二八）

通説では、これは宣孝からきた手紙への返歌とする。相手が宣孝だとまでは確認できないが、男が式部に言い寄っているらしいことなどからしても、宣孝と考えるとよく話が合うのである。宣孝は大宰少弐の任が解けて帰京していたころで、越前に来ているという宋人を見に行こうと思っている、と前にも式部に言っていたことがあり、今度は「春は氷も速く溶けるもの（あなたの固く閉ざした心も解けてよいころだ）と、どうして判らせ申したものか」と言ってきたのに対する返事である。式部の歌は、春にはなったけれども、北国の白い山の嶺には雪がいよいよ降り積んで、いつとて解けるべき時期は無いのよ、というものである。そのころ宣孝は式部に言い寄っていて、この春にはよい返事をもらいたいものだ、唐人を見がてらそちらへ行って直接に話をしたい、と言ってきたのに対して、私の方はいつまでもあなたにうち解けるときとてありません、と拒否の返事をしたのである。こうした場合には普

通、女の側は拒否したり否定する以外の返事はしないから、これが式部の真意だともいえないが、どうしたものか決めかねて躊躇しているらしい気配はうかがわれる。二人は早くから親戚として近い間柄であったから、いつしか宣孝は式部に言い寄るようなことになっていたのであろう。しかしすぐには式部も決心がつかなかったらしい。

前述したごとく、このころ宋の商客一行が越前に移されていて、都でも話題になっていたのである。宣孝は大宰少弐として九州にいたころにもこの宋人たちと会う機会があったであろうから、再会を願う気持もありわざわざ越前にまで行くことを考えていたらしい。しかし実際に下向したのかどうかまでは判らない。

【紫式部の越前下向】

為時は長徳二年正月に越前守に任ぜられたが、赴任のための準備のことなどもあり、下向したのは夏の終わりか秋に入ってからであろう。式部は父に伴われて一緒に越前に下り、初めて都を離れて遠い鄙《ひな》の地で生活をすることになった。

見知らぬ田舎に赴任する国司は、当人一人だけでその地にやってきても、たやすく任務を果たすことはできない。国司の職務を忠実に補助する子弟や腹心の家人《けにん》たちの他にも、徴税には時に武力も要したので、武士などをも伴う必要があった。さらには、その地の郡司など有力者たちと良好な関係を保つためには妻子を伴って下り、家族ぐるみのつきあいをすることも時には必要であった。国守の妻にはまた国府の家政の管理などの重要な役目があった(22)。式部の母は既に亡くなっていたから、しっかり者の式部や兄惟規の妻などが同行してその役目を果たす必要があったのだと考えられる。更級日記の作者の父菅原孝標《たかすえ》が寛仁元年（一〇一七）上総介《かずさのすけ》になって赴任するときには、男定義《さだよし》は当然のことながら同行し、古くからの妻の作者の母は遠い鄙の地への同行をいやがったためか都に置き、いま一人の若い妻の高階成行《たかしなのなりゆき》女を伴い、さらに十歳の幼い作者やその姉などを連れて下っている。当時の国司たちは地方に赴任するに際して、京から幾十人もの一族従類を伴って下ったのである。永延二年（九八八）に尾張守であった藤原元命《もとなが》の、過酷な収奪を糾弾したことで有名な『尾張国郡司百姓等解』には、元命は数多くの子弟・郎党を引き連れて下っていったが、その従類は日ごろ「美酒ヲ召シ集メテ、一日ニ飲ム所五六斗」にもおよんだという。それほどの多数の従者を連れて赴任したのである。

紫式部の伯父為頼は、このとき初めて地方に下る姪の式部のために、餞別の品として小袿《こうちぎ》をとどけてやり、その袂《たもと》の中には次の歌を書いた紙を入れておいた。

越前へ下るに、小袿《こうちき》の袂に

夏衣うすきたもとを頼むかな祈る心のかくれなければ　（為頼集・三七）

この詞書の「越前へ下るに」は、為頼自身が下ったかのような言い方であるが、為頼には越前に下った経歴は知られていず、下って行くのが為頼だとすると、男の為頼が誰かとの別れに際して小袿を贈ることは考えにくい。あるいはここは「越前へ下る女に」の意で、式部以外の女性であった可能性もあるが、「越前」の語もあり、やはり式部であろう。

当時都から越前の国府のあった武生《たけふ》に下るには、逢坂関を通って大津に出るか、志賀の山越え（山中越え）をして東坂本に出て、琵琶湖の西岸を船で塩津まで北上し、そこから愛発関《あらちのせき》（敦賀市引田にあったという）を越えて敦賀へ出た。式部もその道を下って行ったのである。都から国府の武生までは行程四日が標準であった（延喜主計式）。ただし、その残されている歌は、式部家集にはその道中で見ためずらしい光景などを詠んだ歌が収められている。ただし、その残されている歌は、式部の初めて経験した琵琶湖の船旅で見た湖岸の風景などばかりであり、それ以外の土地や田舎の人々の生活を詠んだりすることはなかったらしい。

[三尾が崎]

近江の海にて、三尾《みを》が崎といふ所に網引くを見て

三尾のうみに網引く民の手《て》まもなく立ち居につけて都こひしも　（二〇）

また、磯《いそ》の浜に鶴《つる》の声々にを　「声々なくを」定家本

磯隠れ同じ心に田鶴《たづ》ぞ鳴く汝《な》に思ひ出づる人や誰ぞも　（二一）

琵琶湖を船で北上する途中の歌として最初にあげられている「三尾が崎」は、通説にいまの高島市の白鬚《しらひげ》神社あたりの海浜とされる（近江国輿地志略《よちしりやく》）。枕草子にも「崎は唐崎、みほ《（お）》が崎」と見えて、万葉集以来の歌枕であった。[23]「三尾のうみに」の歌は、三尾の海浜で網を引く民たちが手を休める間もなく、立ったりかがんだりするのを見るにつけ、立っても居ても絶えず都のことが恋しい、というものである。見慣れぬ漁民の生業の姿を見ると、しだいに都を遠ざかり鄙の地に入って行く心細さと、この先何年も帰れない都への恋しさがつのってくる、という心を詠んだものである。

二一番の歌は、岸辺の岩陰で私と同じく故郷を恋うて鶴が鳴いている、お前の様子に都を思い出している人は誰なのか、といったものである。「磯の浜」は、三尾崎あたりの岩の多い海浜をいった普通名詞であろうか。通説ではこれを地名と考えて、湖西には「磯の浜」の名が捜せないことから、湖東のいまの米原市の「磯」に比定し、何か事情があって三尾崎を過ぎたあたりから湖の東岸へ渡ったのだとか、ここには帰路に東岸を経たときの歌が混在しているのだなどと説明している。しかし詞書の「また」の語からすれば、同じく湖を北上しながら都を恋うという文脈の中で、三尾崎の歌とは別に詠んだ歌ということで、三尾が崎を過ぎてから磯のある岸辺で鳴く鶴を見たときの歌である。三尾が崎あたりは白波の立つ海岸で知られていたことは、次の歌からもうかがわれる。

三尾が崎に岸に波立つ、旅人これを見る

高島の三尾が崎なる波の花折ればぞいとど数まさりける　（大嘗会悠紀主基和歌・後一条院・長和五年）

この「波の花」は白波の細かく立ち騒ぐさまをいったもので、「折れば」は白波が磯の岩に当たってくだけ散り、折れ返す様子に「(花を)折る」と縁語を詠み込んでいる。

通説では、「磯隠れ」の歌に詠まれている「鶴」は、わが国では夏に姿の見えないはずの渡り鳥なので、式部の越前下向は秋から冬にかけてのことだ、などとしている。ただし、当時の人々が「鶴(つる)」と呼んだものには「鸛《クワン》(コウノトリ)」などもふくまれていたので、夏にいてもおかしくないとする説がある。[24]「鸛」は和名抄には「於保止利《おほとり》」と訓まれているが、『箋注』には「古《いにしへ》鸛・鶴ヲ混《あは》セ呼ビテ多豆《たづ》ト為ス也、今ノ俗ニ加宇乃鳥《かうのとり》ト呼ブ」と説明しているし、コウノトリの異名には、「かうづる(重訂本草綱目啓蒙《ほんぞうこうもくけいもう》)」もあった。当時の動植物名には、いまでは別種とするものであっても、形態が類似していると同じ名で呼ぶことが多かったから、ツルもコウノトリをも同じく「つる」と呼んでいたことは十分に考えられる。ここもそれであろうか。夏の「つる」「たづ」は万葉集にも詠まれているし、平安時代にも数は少ないが次の例もある。

四尺御屏風六帖和歌十八首(白河院　承保元年十一月二十一日)

丙帖　五六月　川瀬仙鶴群遊

君が世は千年《ちとせ》とのみぞおのがどち川瀬の鶴の音《こゑ》も聞こゆる　(大嘗会悠紀主基和歌・白河院・承保元年)

これは実景を詠んだ歌ではなく、大嘗会の儀式の場を飾る四季絵屏風に描かれた風景を詠んだもので、川瀬に群れて鳴く「鶴」である。当時の人々は、このように五六月の夏の景物として鶴の群の絵が描かれていても、特に違和感はおぼえなかったのである。人々は実際にも水辺にいる夏の鶴を見ることがあったのであろう。家集では、さらにこれに続けて次のような夏の歌が並んでいる。

夕立《ゆふだち》しぬべしとて、空のくもりてひらめくに

かきくもり夕立つ波の荒ければ浮きたる舟ぞしづ心なき(二一二)

当時の歌では、「夕立」は夏の景物として詠まれるものであった。この歌では、初めて小舟に乗り雷光のきらめく高波の湖上を行く不安な思いとともに、「浮きたる舟」の語によって、見知らぬ北国へと漂泊してゆく心細さを暗喩した歌となっている。

［塩津山］

塩津山《しほつ》といふ道のいとしげきを、賤《しづ》の男《を》のあやしきさまどもして、「なほ、からき道なりや」といふを聞きて

知りぬらん往《ゆ》き来に慣《な》らす塩津山世に経《ふ》る道はからきものぞと（二三）

塩津山は塩津浜北方の愛発関《あらちのせき》あたり一帯の山をいったものらしい。「いとしげき」は何をいうのかはっきりしないが、曲がりくねった急な坂道が延々と続くことをいったのであろうか。通説では草木の繁茂しているさまだとするが、この道は物資の運送も多い官道であったから、歩きづらいほどに草むらが道をおおっていたとも考えにくい。急な坂道の多いことをいったものであろうか。担夫《たんぷ》たちがさまざまみすぼらしい格好をして荷物を担ぎながら、「やはり、つらい坂道だなあ」というのを聞いて式部は、「よくわかっているだろうに、いつもこの塩津山を往来して世を過ごす生活は、塩のように辛《から》いものなのだと」とつぶやいた、というのである。「往き来に慣らす」の語により、これは荷物運びを生業とする土地の人夫だと知られる。

式部は日記の中でこの他にも、重い天皇の御輿《みこし》を担ぐ駕輿丁《かよちょう》の「いと苦しげにうつぶし伏せる」様子や、池に遊ぶ水鳥を見ても、「さこそ心をやりて遊ぶと見ゆれど、身はいと苦しかんなり」などと記していて、卑賤の駕輿丁から水鳥にまでもその心を思いやるやさしい想像力をもっているが、ここでも賤しい人夫の会話を耳にしても何気なく聞き流すことができずに、こんな歌を詠むほどに心をとめたりしていたのである。

［おいつ島］

水うみに、おいつ島といふ、洲崎《すざき》に向かひてわらはべの
浦といふ、うみ《「いりうみ」定家本》のをかしきを、口ずさみに
おいつ島島守《しまも》る神やいさむらん波もさわがぬわらはべの浦　（二四）

「おいつ島」は、通説に湖東のいま近江八幡市に属する沖の島をあてている。沖の島の南向かいの長命寺のある山の麓には、延喜式神名帳にも名の見える「奥津嶋神社」があり、延喜式の古訓にも「オイツシマ」とあることから比定したものである。そして「わらはべの浦」はその東に続く乙女浜だとして、これも帰路に湖東を廻ったときの歌が混入したのだ、などとしている。また通説では、この詞書を「おいつ島といふ洲崎に向かひて、わらはべの浦といふ（いり）うみのをかしきを」と読んでいる。つまり、「洲崎」が「おいつ島」であると考えるのであるが、洲崎と島はやはり違うであろう。「おいつ島といふ洲崎」の語は無理ではなかろうか。さらにまた、これを帰路に琵琶湖東岸を通ったときの歌だとするのも、唐突に帰途の歌がここに入り込むのは不審である。そもそも、帰途に湖東を経たとすることには特に合理的な根拠が無い。なぜにわざわざ遠回りをしてまで、東岸沿いに南下して帰る必要があろうか。

この詞書では、まず「水うみに」と大きく琵琶湖を俯瞰する視点を設定して、「おいつ島」や、「洲崎」に向かって延びる「わらはべの浦」を視野に入れた「うみのをかしき（風景）」を遠望したときの歌、ということであろう。そして次の歌を根拠にして、ここの「おいつ島」は竹生島をいったものであり[25]、「わらはべの浦」は塩津の浦のどこかの小字であったと考えられる。

ちくぶ島にけぶりのたつをみて
世をうみの行ふほどや今ならむ煙《けぶり》ぞ見ゆるおきつしま山　（藤原隆信集・三五九）

この「おきつしま山」は「沖の島山」と普通名詞に考えることもできそうであるが、詞書の「ちくぶ島」をうけて、

やはり竹生島を「おきつしま」と呼んだものだと認められる。また近世のものながら、『近江名所図会』にも竹生島を「おいつしま、いつく島《しま》とも云《い》ふ」としている。「島守る神」は延喜式神名帳にいう「都久夫須麻《つくぶしま》神社」の祭神浅井姫命《あさいひめのみこと》・市杵島姫命《いつきしまひめのみこと》である。「わらはべの浦」はどこかなどの問題はなお残るが、塩津山の歌に続けた家集の歌の排列からしても、ここは往路に塩津の北の山路を登りながら竹生島を遠望し、塩津の浦の洲崎に沿った「わらはべの浦」などの「うみのをかしき」風景を、山路から振り返って眺めている文脈である。

式部は琵琶湖西岸を舟で北上して塩津に着き、そこから山道を越えて敦賀に出たのである。敦賀から越前国府のある武生までは、どの道を通ったのかはわからない。

【越前国府での生活】

越前国で式部がどういう生活を過ごしていたのかについては、家集からはほとんど知ることができない。式部は生活者としても有能な人であったから、まだ若くとも父を助けて国府での家政の処理などにも当たっていたと考えられるが、やはり都とはあまりにも違う田舎の生活では、歌を詠んでも家集に採ろうと思うような歌がなかったのであろうか。式部に限らず、当時の貴族女性には、国司の妻として地方に下った人は数多くいたのに、田舎での自分の日常生活やその土地の様子を書き記したり、歌に詠んだりしたものはまったくといってよいほど見えないのである。枕草子（五月の御精進のほど」の段）には、賀茂の奥にあった高階明順《あきのぶ》の山荘に行ったときに見た農民の生活のさまが記されているが、これなどは稀な例である。更級日記の作者も上総国に何年も暮らしていて、興味をおぼえた風物もあったはずなのに一言も書き残していない。おそらくそれは、歌に詠む素材に制約の大きかった当時の和歌では、田舎の生活を歌に詠むことが少なかったし、そんな田舎の生活を歌に詠んだり書いたりしても、興味をもつ人がいるとは思わなかったからであろう。

しかし田舎の生活では、和歌は心をやることのできる数少ないものの一つであったはずなのである。式部も越前では歌をまったく詠まなかったとは考えられないが、家集に採られているわずかな歌は、いずれも都での生活の延長とでもいうべき視点で周りを見て詠まれたものばかりなのである。

暦に「初雪降る」と書きつけたる日「かきたる日」定家本、目に近き日野岳《ひのたけ》と
いふ山の雪、いと深く見やらるれば

ここにかく日野の杉むら埋《うづ》む雪小塩《をしほ》の松に今日やまがへる（二五）

返し

小塩山松の上葉《うはば》に今日やさは嶺《みね》のうす雪花と見ゆらん（二六）

式部が日ごろどんな暦を用いていたのかは不明であるが、仮名暦であろうか。この「書きつけたる日」は式部自身が暦に「初雪降る」と記入したことをいう。夜に初雪が降り、朝起きて遠く日野岳を見やると、嶺には雪が深く積もっているのが見えたというのである。また定家本などの「書きたる日」であれば、式部の使っている暦に既に「初雪降る」と書き込んであったということになる。当時の男たちの用いていた具注暦《ぐちゆうれき》では、「（承暦五年九月）廿七日、庚戌立冬、十月節 水始氷」、「（承暦五年十一月）十二日、乙丑小雪、十二（衍カ）月中 虹蔵不見（水左記）」などと、干支や『礼記・月令』に見える「水始氷」などの二十四気や七十二候が注記されていた。前記の暦注の「水始メテ氷ル」は十月節の初候、「虹蔵《かく》レテ見エズ」は十月中気の初候である。定家本の本文では式部の仮名暦に「初雪降る」と書き込まれていたことになる。これは二十四気の「小雪」を和風化した語であろう。もしそれであれば、式部の越前での生活の始まった長徳二年の小雪は十月三日であった。この年は七月に閏月があり、小雪の十月三日はいまの太陽暦でいえば十一月二十二日ごろにあたる。定家本によれば、暦に「初雪降る」とあるのと、実際にこの日に雪の降ったことの符合をおもしろく思ったのである。

「日野岳（山）」は国府のある武生の東南七キロばかりにある。その日野の山の雪を見て、なぜ式部はここで京の西郊の「小塩の松」を連想したのか不明である[26]。和歌に詠まれる「小塩山」は、都の西郊にある春日明神をまつる大原野神社の西方にある小塩山のことである。この小塩山は、次の紀貫之の歌により「松」を景物にして詠まれることの多い歌枕であった。

　　左大臣の家の男児女児《をのこごをんなご》、かうぶりし裳着《もき》侍りけるに

　　　　　　　　　　　　　　　　　　貫之

大原や小塩の山の小松原はやこだかかれ千世《ちよ》の影見ん　（後撰集・一三七三）

この歌は、藤原氏の長者左大臣忠平《ただひら》の子女の元服や裳着を言祝《ことほ》ぎ、その成長を祈ったものである。式部の歌は、越前ではこんなに降り積んで日野山の「杉むら」を雪が埋めている、あの都の地の小塩山でも今日は松に初雪が乱れ降っているのであろうか、といったものである。早くも来た北国の雪景色を見るにつけても、すぐに心は遠く離れた京のことを恋しく思いやってしまう、という生活だったのである。

返歌の二六番は、小塩山の松の上葉には、今日はその歌のように、嶺に降った薄雪が花のように見えていることであろうか、というもので、式部の「ここにかく」の歌に素直に同調しているところからすれば、侍女のものと考えられる。

次の歌は、この初雪が降った日のでき事かと考えられるものである。

　　降り積みて、いとむつかしき雪をかき捨てて、山のやうにしなし
　たるに人々のぼりて、「なほ、これ出でて見給へ」といへば

古里にかへるの山のそれならば心やゆくとゆきも見てまし　（二七）

詞書の「いとむつかしき雪をかき捨てて」の部分にも、高く降り積んだ雪に覆われた北国の風景を、式部は「いや

な雪」と不快感をおぼえながら見ていた様子が認められる。国府の館の庭先などに積もっていた雪をかき集めて山のように築き上げ、それに侍女たちが登ってたわむれながら、「やはり出てきて御覧あそばせ」と式部に声をかけた。「なほ」とあるのは、その前にも下部《しもべ》たちの作った雪山を見に出ましょうと式部を誘ったのに出てこなかったので、重ねてうながしたのである。式部はそれに対して、「その雪の山が、京へ帰る山路にある鹿蒜山《かへるやま》ならば、気も晴れるかと出て行って見るのだけれど」と詠んで、やはりわざわざ屋外に出て見ることはしなかった。ここにも、侍女たちがもてはやしている雪の山を、見に出ようともせずに室内に閉じ籠もり、ひたすら京へ帰る日のことを考えているらしい式部の、鬱屈した越前での日々がうかがわれる。

大雪の降った日に雪を積み上げて山の形を作りもてはやすのは、この時期の貴族社会で流行していた風流であった。村上朝の応和二年（九六二）閏十二月二十日の大雪では、絵師の飛鳥部常則《あすかべのつねのり》に命じて宮中に蓬萊山にかたどった雪山を作らせたことがあった（村上御記）。これが先例になり、以後宮廷などでは大雪のとき雪山を作ることがよく行われていた。枕草子（「師走の十よ日のほどに」の段）にも、長徳四年十二月の大雪のとき、中宮藤原定子の仰せだということで、二十人あまりの官人たちを呼び集めて雪山を作らせた話が見える。大雪は豊作の予兆として古代の人々はよろこんだのである。しかし、いま国府の庭先に作られた雪山は、そんな優雅なものであるはずがないと式部は思う。

「かへるの山」には、都へ帰る途中にある「鹿蒜《かへる》山」をかけている。ただし、「かへる山」は万葉集以来の歌枕であるが、どこに比定するかについては諸説がある。延喜式の「鹿蒜駅」はいまの南越前町今井の帰《かえり》の地に比定されていて、ここには延喜式に見える「鹿蒜《かひる》神社」もあるので、そのあたりの山をいったのであろうか。

このようにして、式部が家集に収めている越前へ下る道中での歌、越前国府で詠んだ歌のほとんどは、未知の田舎へと初めて下って行くことの漠然とした不安や、国府での生活にはなじめず京を恋いながら過ごしていたらしい心を詠んだものであった。式部は賤しい担夫《たんぷ》たちの心を思いやる柔軟な想像力をもっていた反面には、やはり一般の貴族たちと同じく、概して田舎の風景や人々の生活には無関心に暮らし、むしろ嫌悪感すらおぼえていたらしいのである。ただし、式部は好奇心の強く豊かな人であったから、越前の田舎にあってもその地の風物や人々の生活にも興味を持って見ていたはずであり、時にはそれらを歌に詠むこともあったに違いないが、そんな歌は都の人々には興味のないものとして、意識して家集には入れなかったのかもしれない。当時の貴族たちが都以外の地方を「人のくに（外国）」と呼んでいたのと同じように、式部も越前での田舎生活にはなじめず、強く疎外感をおぼえていたらしい。

式部は越前国で四年を過ごして、父為時の任期の終わった長保元年（九九九）には京に帰っていたと考えられる。

【藤原宣孝との贈答歌】

式部の夫になった藤原宣孝は、醍醐朝に外戚として威勢をふるった右大臣藤原定方《さだかた》の曾孫で権中納言為輔《ためすけ》男であった。式部の父為時や伯父為頼の母もこの定方女である。式部と宣孝にはこのように血縁関係があっただけではなく、花山朝において為時が蔵人式部丞であったころ、宣孝も同じく蔵人左衛門尉として同僚であったから、宣孝と為時とは親しい間柄にあり、それも二人の結婚することになった契機の一つと考えられる。当時の結婚はそうした血縁関係にある相手との場合が多かった。そんな親しい間柄にあったから宣孝が式部邸に方違に来ることもあったのかもしれない。

宣孝の官歴は、天元五年（九八二）正月に左衛門尉で六位の蔵人であったのが初見である（小右記）。花山朝でも蔵人を勤め、一条朝の正暦元年（九九〇）八月には従五位上大宰少弐兼筑前守となり、長徳四年（九九八）八月には右衛門権佐で山城守を兼任していて（権記）、まずは恵まれたものであった。

式部の家集には次の歌がある。この歌の相手も誰と明記されていないが、やはり以前から式部に言い寄っていた男であり、歌の排列からして通説のごとく宣孝であろうか。

近江守の女《むすめ》懸想《けさう》すと聞く人の、「ふた心なし」と常にいひわたりければ、うるさがりて

みづうみに友呼ぶ千鳥ことならば八十《やそ》のみなとに声《こゑ》絶えなせそ（二九）

この近江守には、これまで源則忠《のりただ》や平惟仲《これなか》などがあてられているが、特に根拠はない。詞書の「うるさがりて」は、強引に言い寄り続ける男を煩わしく思ったことをいうが、それでもやはり返歌しているのだから、さほど強くこばんでいるわけでもなかった。歌の「みづうみ」の語は、話題が近江守の女であることから用いたものである。湖にいて連れを求め呼んでいる千鳥よ、同じ呼ぶのなら、そんなにあちこちと多くの湊で呼びまわって、声の出なくなることがないようにせよ、というのである。

やはりこの男は宣孝であろう。このあたりの歌はそれぞれ独立した一首という形をとっているが、ここの相手も式部に「常にいひわた」っていた男というから、やがて結婚することになる宣孝で、他にも長らく言い寄っていた男がいたとは考えにくい。前の歌と同じ男とのやりとりであることがあらわな書き方をしたのでは、やがて結婚する宣孝だと明確になるのを避けて、別々の男かと見えるように書いたのであろう。宣孝との関係は、大きく胸をときめかすほどのものではなかったにしても、長くつきあってなじみの男である。近江守の女との噂を聞いて軽く皮肉ってみても、宣孝はあれこれ言い訳することもなく、「ふた心なし」と言い続けて平然としているような男であった。だから本気で怒る気にもならなかったというのである。宣孝はおおらかで快闊な男であり、式部はそんな男に好意をおぼえていたらしい。

歌絵《うたゑ》に海人《あま》の塩焼く形《かた》をかきて、樵《こ》り積みたる投木《なげき》のも

とに書きて返《かへ》しやる

よもの海に塩焼く海人の心からやくとはかかるなげきをや積む（三〇）

これも相手は宣孝であろう。「歌絵」は、歌に詠まれた風景などを描いた画面にその歌を書き込んだものである。宣孝が海人の塩焼く風景を絵に描いて、あなたへの思いに身を焼いている、などと書いてきたので、その絵の塩を焼く投木（薪《たきぎ》）をたくさん切って積み上げたところに、次の歌を書いて返した、というのである。ただし、この短い詞書の中で用いられている二つの「かきて」の主語が、最初は宣孝あとは式部と別人になるのはおかしいとして、これは共に主語は式部であり、式部が男からきた手紙に歌絵を描きこんで男にやったのだ、とする説もある。その場合には、男の寄こした手紙の余白に、式部の方が塩焼く海人の絵を描き、その絵の中の薪を積み上げたところの下に小さくこの歌を書いたことになるが、そんなものを「歌絵」というであろうか。また、式部が塩焼く海人のさまを描いたとすれば、それではずいぶん手のこんだ返事であり、そんな返事をしては男に好意をもっているのをあらわに示すことになってしまう。相手が宣孝であればそれも考えられるにしても、やはり男女の応答としてふさわしくない。詞書にはやや言葉不足のところがあるが、絵は宣孝が描いていたのもであり、式部は小さくこの歌だけを書き込んだのである。

歌は、あちらこちらの海で塩を焼く海人のように、わが心から身を焼くというのは、こんな風に投木（嘆き）を積み重ねるからなのか（あちこちの女に関わっているあなたが、恋い焦がれて身を焼いているというのは、こうして自分自身で嘆き（投木）を積んでいるからなのかしらね）、というのである。

宣孝という男には、こんな風に女へやる手紙にも、さまざまな手の込んだ機知的な趣向をこらしたりするところがあった。塩焼く海人の絵を描いてきたかと思うと、今度はまた次のような手紙を寄こしてくる。

文《ふみ》の上に、朱《しゅ》といふものをつぶつぶと注《そそ》ぎて、「涙の色

を」と書きたる人の返りごと

くれなゐの涙ぞいとどうとまるる移る心の色に見ゆれば（三二）

もとより人のむすめを得たる人なりけり。

手紙に朱をぽたぽたと垂らして、これはあなたに受け入れてもらえず流した私の血の涙の色だ、などと言って寄こしてきた男への返歌、というのである。以前から通っている他の妻がいるくせにまたこんなふざけたことをして、とは思うものの、式部にはこんなことをする男が憎めずに、すぐに返事を書いてしまう。こうした奇抜な戯れの手紙を寄こしたりするのはやはり宣孝であろう。宣孝は女のあつかいに慣れている男なのである。

式部は、「この紅の涙を見ると、いよいようとましく思われてくる、あなたの移り気な心がこんなにはっきりと見えるので」と言い返した。漢語「紅涙」は「血涙」ともいい、涙も涸れてしまうほどに泣いた後に出る血の涙をいうが、血はすぐに変色する。男女の贈答では、女の側は男の歌に反撥・否定して言い返すのが原則であるから、こんな歌を返したからといって、必ずしも愛想を尽かしたというわけではなかった。男の方の歌が記されていない理由はわからないが、歌としてのできがわるかったのであろうか。

三一番の歌の後書きの「もとより人のむすめを得たる人なりけり」は、陽明文庫本では次の三二番の詞書の書き出しのようにも見える形になっているが、定家本では明らかに後書きである。これを三二番の詞書として読んで、次の三二〜三五番の歌は、既に他に妻をもっていた男とのやりとりだといったものとも考えられるが、三一番の後書きとする方が、「くれなゐの」の歌と対応している。大野晋は、この「もとより人のむすめを得たる人なりけり」の一文に注意して、これは式部が誰かから宣孝が既に幾人かの妻をもっていることを初めて聞いて知ったことをいうものであり、次の三二番の歌との間には時の経過があって、その間に宣孝は式部に近づいたのだ、だから次の三二番の歌では、男に対する式部の姿勢がまったく違う、と云っている(27)。次の贈答では、男女の関係がそれまでとは明らかに違い時間も経過して、二人は親しい間柄になっているから、それも十分に考えられる。

次の歌も、同じく宣孝とのやりとりと考えられるものである。

文《ふみ》散らしけりと聞きて、「ありし文どもとり集めておこせずは、返事《かへりごと》書かじ」と言葉にてのみ言ひやりたれば、皆おこすとて

いみじく怨《えん》じたりければ、正月十日ばかりのことなりけり

閉ぢたりし上の薄氷《うすらひ》解けながらさは絶えねとや山の下水（三一）

すかされて、いと暗うなりたるにおこせたる

東風《こちかぜ》に解くるばかりを底見ゆる石間《いしま》の水は絶えば絶えなん（三三）

いまは物も聞こえじ、と腹立ちければ、わらひて、返し

いひ絶えばさこそは絶えめ何かそのみはらの池をつつみしもせん（三四）

夜中ばかりに、また

たけからぬ人数波《ひとかずなみ》はわきかへりみはらの池に立てどかひなし（三五）

三二番の詞書は、私が男にやった手紙を、あちこちの人に渡して見せていると聞いたので、「以前にやった手紙を皆まとめて返さないと、もう返事は書かない」と、使いの者に口上だけで伝えさせたところ、皆返すといってひどく怨み言をいってきたので、その返事、正月十日ばかりのことであった、というのである。当時の人々は、紙に書かれたものは大切に保存していた。殊に女性にとっては、男とやりとりした手紙類は大切にとっておくべきものであったから、自分のやった手紙を相手が他人に見せていると聞くと、我慢がならなかったのである。しかしここでも式部は、私の手紙を返さないのなら「返事書かじ」とは言っていても、二人の仲を終わりにするとまでは言っていない。歌もまた、「春が来て、閉じていた山の下水の表面に張った薄氷（二人の仲の小さなしこり）も解けてきた

のに、そんなことを言うのは、また固く凍って、そのまま二人の仲も絶えてしまえということなのね」と、かなり下手に出て弱気である。式部の歌は既に男を許すつもりの物言いである。「山の下水」は式部と男とのやりとり、二人の関係をいうのであろう。

ところで、この「閉ぢたりし」の歌の詠まれたのが「正月十日ばかりのこと」であったとすれば、この歌の「薄氷解けながら」や「東風に解くる」の語からして、明らかに立春になった日の贈答である。式部が帰京したと考えられる長徳四年から宣孝の亡くなった長保三年までの間で、「正月十日ばかり」に立春のあったのは長保元年正月十二日である。このころ既に二人は夫婦といってよい関係であったことがうかがわれる。式部は長徳四年に帰京してすぐに宣孝と「結婚」することになったらしい。

三三番の詞書の「すかされて」は、弱気な気配のうかがわれる式部の歌により、男の心も少し治まったことをいう。すっかり暗くなってから返事がきたのは式部をじらそうとしてのことである。男の歌は、「そなたが解けたという氷も、春の東風に少し解けただけのことで、水底も見えるほどの浅い岩間の水（そなたの浅い心）なのだから、また凍って二人の仲が絶えるのなら絶えてもよかろう」とかなり強気に出ている。ただし男の方も、その程度のことを言ったくらいでは式部との仲が絶えてしまうとまでは思っていないから言ったのである。

三四番の歌は、その前からのやりとりと一連のもののように見える。「わらひて」の語からすれば、ここはその後に男が式部のもとにやってきて、二人が直接話していて口喧嘩になったときのことである。ここからも宣孝という男の女あつかいに慣れている様子がよくうかがわれる。式部の方も「これ以上は口もきかない」とは言っていても、二人の仲を終わりにしようとまでは言っていない。それは男にも判っているので、笑ってそれ以上本気では取り合わなかったのである。通説はこの詞書についても、「いまは物も聞こえじ」といったのは男であり、それに対して式部が「わらひて」返歌したものだとするが、これは次の三五番の詞書に「夜中ばかりに、また」とあることからしても、三四番の歌も男のものであることを示している。怒っている式部に対しての「わらひて」という対応も、女あしらいにたけた宣孝の方にこそふさわしいのである。

三四番の歌の「いひ絶えば」は、式部の「いまは物も聞こえじ」と言ったのを受けて、もう言葉をかわすこともしない、仲が絶えるのなら絶えてよい、どうして腹の中に思っていることを包んで言わずにおいたりするものか、という買い言葉である。いわば男女のよくある痴話喧嘩とでもいうべきものであった。「みはらの池」は所在不明の歌枕であるが、「腹立つ」の語から用いたものである。

宣孝と考えられる男とのこれらの一連の贈答では、いずれも式部の方がやや弱気な姿勢に見えるのは、やはり一つには式部がまだ若かったことにもよると思われるが、それとともに式部は既に宣孝と夫婦の関係になっていたので、そのために些細な口喧嘩などで二人の仲をこじらせるほどのこともない、という思いが心中にあって、こうした下手に出る対応になったのだと考えられる。何よりもまず式部は、宣孝のようなおおらかで明るい男が好きだったのである。通説のいうように、二人の結婚は宣孝の強引さに押し切られたのだとするよりも、式部の方が現実的功利的に考えて踏み切ったものと考えられる。二人の結婚は、ある日に「儀式婚」の形をとって始まったというよりも、いつの間にかこうした夫婦の関係になった「事実婚」というべきものであったらしい。

【宣孝との短い結婚生活】

式部と藤原宣孝との夫婦関係が始まったのは、通説では長徳四年に越前から一人で帰京して間もなくのことであったとする。ただし、その「結婚」がいわゆる「儀式婚」のようなものが考えられているとすれば、父親がすぐに帰京するのがわかっているのに、若い娘が親もいないのに一人だけで「結婚」するといったことは考えられない。式部が父を残して一人帰ったとすることには特に根拠がないし、為時は長徳四年末には帰京していたかもしれない。

【系図5】

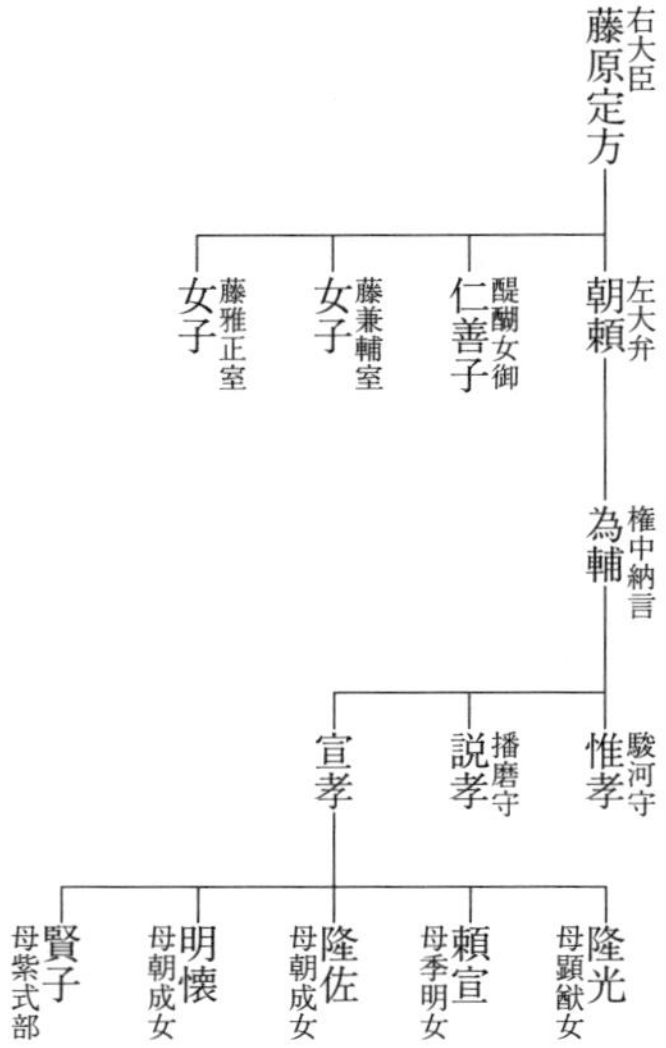

二人の年齢は、式部の従兄藤原信経が二十八歳で六位の蔵人になった例を参照して、宣孝が蔵人であった天元五年に二十八歳であったとすれば、式部との結婚生活の始まったらしい長保元年（九九九）には四十五歳ばかり、式部は二十二歳前後であった。

宣孝にはそれまでに式部の他にも幾人かの妻があった。そして式部と結婚したころには、下総守藤原顕猷《あきみち》女との間に生まれた長男隆光《たかみつ》、讃岐守平季明《ときあきら》女腹の二男頼宣《よりのぶ》、中納言藤原朝成《あさなり》女腹の五男隆佐《たかすけ》など多くの子がいた。

宣孝の長男隆光は長保三年六月二十日に六位蔵人に補せられているから（権記）、このときやはり二十八歳ぐらいとすれば、式部よりもかなり年長である。宣孝の最初の妻と考えられるこの隆光母の顕猷女には、隆光以外の子が知られていないので、式部が宣孝と結婚したころには既に亡くなっていた可能性が高い。枕草子（「あはれなるもの」の段）には、正暦元年（九九〇）三月宣孝が隆光を連れて吉野金峰《きんぶ》山《せん》に参詣したときの有名な話が見える。当時の人々は寺社参詣には普通「こよなくやつれ（非常ニ質素ナ）」た姿でゆくのに、宣孝は「まさか御《み》嶽《たけ》の神はそんな地味な姿で参詣せよとはおっしゃるまい」といって、人目を驚かすような派手な装束で出かけたので人々はあきれたが、帰ってきた直後の六月に大弐・筑前守に任ぜられたので、さらにまた驚いたという。この御嶽詣での話は、よくいえば宣孝のおおらかで些事にこだわらない人柄を示していて、式部との贈答歌などからうかがわれる姿とも通ずるところがある。枕草子三巻本の勘物には、ここの隆光について「長保三年六月蔵人、年二十九」とあり、これによれば式部よりも七歳ばかり年長であった。

二男頼宣の母は光孝平氏の讃岐守季明女で、季明は天暦朝に平姓を賜わって民部大輔・備中守を経て正四位下に至った人である。小野宮家の家司を務め（小右記・永祚元年九月十日）、その関係からか宣孝とも親しかったらしい。頼宣は長和五年（一〇一六）に六位蔵人になっているので、式部よりはかなり年少であろう。

五男の隆佐は、康平二年（一〇五九）に非参議従三位に昇っている。この年七十五歳であったから（公卿補任）、寛和元年（九八五）生まれである。康平三年（一〇六〇）に七十一歳で興福寺別当になっているから（僧綱補任）、正暦二年（九九一）生まれである。式部が宣孝と結婚した長徳四年のころには、おそらくこの中納言朝成女はいまだ健在であり、公卿の娘であったから宣孝の北方と認められていたと考えられる。式部はそうした事情をも十分に承知の上で結婚したのである。

夫の宣孝と式部とには二十三歳ばかりの年齢差があった。そのために、式部にとってこの結婚はあまり気のすまないものであったのだが、既に婚期も過ぎかけていたし、他に適当な相手もいなかったので諦めて決意したのだとか、式部にはそれ以前にも結婚経験があったこともあり妥協したのだ、などと不如意な結婚だったと説明されてきた。しかしそれらの説には何ら根拠がないし、この程度の年齢差の夫婦は当時には例も多いのである。源氏物語の女三宮は十三四歳ばかりのころ四十歳の光源氏と結婚しているが、女三宮の父朱雀院は最愛のわが子を結婚させるときに、三宮と源氏の大きな年齢差などはまったく問題にしていない。当時の女性たちにとっても、結婚というのはやはり何よりも第一に、それからの自己の生活をどのようなものとして考えるか、どう生きてゆくのかを決断することであったから、年齢差などはもとよりのこと、相手の男に「愛情」をおぼえているかどうかといったことなどでさえも、さほどの重要事ではなかった。宣孝は世間の信望もあり、さらにまた式部にとっても宣孝はそれなりに好ましい男でもあった。

式部が宣孝との結婚を決意したことについてはさまざまな事情が介在していたに違いないが、宣孝は夫とするのにさほど不足な相手と言うわけではなかった。宣孝は公卿にまでは昇れなかったが、実務に有能な人々を輩出した勧修寺《かんしゅうじ》家の一員として、多くの官職を歴任し政務にたけた能吏であり、関白兼家からも重用されていて、次々と途切れることなく官職についていた。大弐筑前守に任ぜられたときも、宣孝はまだ検非違使の巡のこないうちに任ぜられたので、人々は不審に思ったという（小右記・正暦元年八月三十日）。宣孝はまた舞楽にも長じていた。賀茂の臨時祭に行われる神楽の人長《にんじよう》（舞人の長）の役を勤めたときには、人々から「人長甚妙也（権記・長保元年十一月十一日）」と賞賛されたこともあった。宣孝は人柄も明るく女たちから見て好ましい男であり、式部もまたそんな宣孝に好感をおぼえていたことは、前述したように家集の贈答歌からもわかる。現実的な思考をする式部が、そんな宣孝との結婚を決意したとしても何ら不審はないのである。

　ところが宣孝は結婚して間もなく突然に亡くなってしまった。宣孝との短い夫婦生活がどんなものであったのか不明であるが、紫式部日記には次のような記事が見える。

　あやしう黒みすすけたる曹司《ざうし》に、箏《さう》の琴《こと》、和琴《わごん》しらべながら、心に入れて、「雨降る日、琴柱《ことぢ》倒《たふ》せ」などもいひ侍らぬままに、塵つもりて、寄せ立てたりし厨子《づし》と柱のはざまに首《くび》さし入れつつ、琵琶も左右に立てて侍り。大きなる厨子ひとよろひに、隙《ひま》もなく積みて侍るもの、一つには古歌《ふるうた》、物語のえもいはず虫の巣になりにたる、むつかしく這《は》ひ散れば、開けて見る人も侍らず。片つ方に書《ふみ》どもわざと置き重ねし人も侍らずなりにしのち、手触るる人もことになし。

　それらを、つれづれせめてあまりぬるとき、一つ二つひき出でて見侍るを、女房集まりて、「御前《おまへ》はかくおはすれば、御幸ひは少なきなり。なでふ女が真名書《まなふみ》（漢籍）は読む。昔は経読むをだに人は制《せい》しき」と、しりうごち言ふを聞き侍るにも、物忌みける人の行く末、命長かめるよしども見えぬためしなり、と言はまほしく侍れど、思ひ隈《くま》なきやうなり。ことはたさもあり。

古びた式部の居間には、箏や和琴の他に琵琶も二面置かれていて、それらを日ごろかきすさんでいたというから、この人の音曲の素養のほどがうかがわれる。また、大きな厨子が二つあり、その一つには歌集や物語類などの仮名の書物、いま一つには漢籍類が収められていた。やはりこれは式部が当時の女性としては稀な蔵書家でもあったことを示している。

さて、漢籍を収めた方の厨子には、宣孝のもってきていた書物が式部の書物の上に、「わざと置き重ね（丁寧ニ重ネテ置イテ）」てあった。これについての諸注は、漢籍の厨子の方はすべて宣孝の蔵書であり、書物が整然と重ね置かれていたことをいう、などと説明している。しかしながら、それでは「わざと置き重ねし人」と書かれている部分についての注意が足りないように思われる。宣孝が日ごろ過ごしていた宣孝邸の部屋であるならばともかく、ときどきに通ってくる式部邸の曹司の大きな厨子いっぱいに、宣孝の大量の本が置かれていたというのは考えにくいし、もしこの「厨子ひとよろひ」の片方に収められている書物がすべて宣孝のものであるならば、「書《ふみ》ども置きたりし人」とでもわかりやすく書けばよいのである。数多くの冊子を収める場合には、積み重ねるのが普通であるから、わざわざ特に「置き重ね」という必要もない。やはりこれは式部の厨子であり、式部の書物の上に宣孝が持ってきていた本を丁寧に重ねて置いていたことをいったのであろう。蜻蛉日記にも、夫兼家が「このごろ読むとてもてありく書《ふみ》」を筆者のもとに置き忘れたことが見える。

宣孝は日常多くは北方の朝成女のもとで過ごし、式部の所にはときどきに通ってきて、持ち歩いている本を置いていったりする、という結婚生活であった。

式部が宣孝と結婚することになったのは、前述した贈答歌のなりゆきなどからしても当然の帰結であった。宣孝には既に北方として有力な妻があり、式部よりも年長の子がいたこと、さらには相手との年齢差がかなりあったことは、当時の人々においても客観的に見ればやはり多少は抵抗のある関係だったかもしれない。しかし、多妻制社会ではそれはよくあることであり、受け入れられないほどのものではなかった。式部にとって宣孝との結婚はさほど不如意なものであったとは思われない。当時の女性たちにとっても、結婚のもつ第一の意味は社会の中に自己の占める場を確保することにあり、男たちの官位をもつ身になるのと同様のものであった。宣孝の妻の座は望ましいものであったとまではいえないが、特に不満なものでもなかったであろう。

【夫婦・男女の愛情】

夫婦同居が原則の近代社会とは違って、通い婚の多い当時の社会では、二人の妻がいても夫と同居する妻と別居する妻といった大きな具体的格差もなく、抵抗も少なかったのである。さらにまた妻の側の生活や生まれた子の養育といった経済的な負担は、それぞれの妻の実家が受け持つのが原則であったから、経済的にも最初の妻と後からの妻の格差は少なく、それも抵抗の少なかった大きな理由であろう。結婚して間もなく夫が妻の家に住み着くこともあったが、すぐに同居するのは多くは妻の家格が高い場合であった。そのときには、同居する妻と別居する妻との間に大きな格差が生じるが、それは既につきあい始めた時点でわかっているのだから、それでもなおその男を受け入れるだけの利益があるか、拒否するかを判断して対処すればよいのである。

律令の婚姻規程では、中国の婚姻法制を取り入れて一夫一婦制がとられていたことから、一人の「嫡妻《ちゃくさい》」とその他の「つま（妾）」との間には地位に大きな格差が存在した、わが国においても、嫡妻として結婚するのか妾の地位の妻であるかは、結婚する時点で明確に決まっていた、とする説がある。(28)だが、この律令の規定は平安時代の貴族社会の実態には合わないものであった。律令の婚姻規定は、父系家族制をとっていた中国の法制をそのまま取り入れたものになっているが、母系家族制を多く残していたわが国の婚姻風習にはそぐわず、律令制定当時から既に実効性をもたないものであったと考えられているのである。(29)

平安時代の多妻制社会においても、やはり妻たちには蜻蛉日記の筆者の求めていたような「三十日三十夜《みそかみそよ》はわがもとに（毎月ノスベテノ日夜、夫ヲ自分ノモトニ置キタイ）」という独占願望が強くあったにちがいない。しかしながら、夫を常に自分の手許に置いておきたいというこの願いには、できるだけ多くの時間を夫と離れずに生活を共にしたいという、夫に対する「愛情」と呼んでもよいものもある程度ふくまれていたにしても、ここの「わがもとに」という言い方には、他の妻のもとではなくて自分のところに、という他の妻たちとの競争意識、自分が第一の妻の地位を得たい、他の妻たちの上位に立ちたい、という社会的な地位への願望がないまぜになっていることにも注意すべきである。

男女や夫婦における相手への「愛」「愛情」とは一体何であろうか。そこには、この男この女と一体化することで自己の生をより深く充実させ、より生き生きとした時間を共有したいという、生命活動としての自己拡充の願望がふくまれていると考えられる。いわば相手は自己充足のための手段であり、「愛情」とはその手段である相手に対する愛着執着である、ともいい得る利己的な性格をその本質にもつところがある。まったくの利他的な愛情というものは、生命の活動においてはあり得ないであろう。自己の分身のわが子のためには命を投げ出す母親が時にはいるけれども、わが身を顧みることなく相手のためにその身を犠牲にしても、何らの見返りも期待しない男や女というのは普通には考えにくい。

近代以後の西欧社会では、男女の関係に「愛」「愛情」といった概念を想定して重視する傾向が強くなり、それを移入したわが国の現代社会でも、男女関係においては何よりも「愛」を絶対視するほどにまでなってきているように見える。現代人はその「愛」「愛情」をどんなものだと考えているのであろうか。西欧社会においても「愛は十二世紀の発明である[30]」ともいわれているように、男女の間における「愛」「愛情」と呼ばれるような観念が成立するのは、比較的新しいことだとされている。西欧における男女の「愛」の始原とされるものの一つは、エロイーズとアラベールの関係である。

十二世紀前半のフランスの貴族女性エロイーズは、十七歳ばかりのころ家庭教師の四十歳を過ぎた神学者アラベールと恋仲になりその子を産んだが、修道士である男とは結婚できないと考えて別れ、女子修道院長となって生涯を過ごした。しかし聖職の身になった後にも、アラベールへの激しい恋情を書き綴った手紙を送り続けている。


これまで私は、あなたのうちにあなた以外のものを求めたことはけっしてありませんでした。純粋にあなただけであって、あなたの財貨などではありませんでした。結婚の絆も、結納金の類も望みませんでした。私自身の逸楽や意思すら顧みず、ただあなたの逸楽やご意思を満たすべく、務めてまいりました。……妻という呼称の方がより尊く、面目が立つように思われるかもしれませんが、私にとっては愛人という名の方がいつだってずっと甘美に響いたものでした。お気を悪くされないなら、妾あるいは娼婦と呼ばれてもよかったのです。

（第2書簡）


エロイーズは、男が世俗的な結婚という形を取ることで二人の関係の解決をはかろうとするのをも拒否して、「結婚よりも愛を、束縛よりも自由を」望み、わが身を顧みずにひたすら相手の男のみを求めつづけた。この献身的なエロイーズの心情、無私の恋慕のあり方こそが純粋な「愛」だと一般には考えられている。

しかしながら、そのエロイーズ自身も後には「あなたを私に結びつけていたのは、友情ではなくて、むしろ身の内に燃えあがる色欲だったと。愛ではなくて、むしろ官能の炎だったと（第2書簡）」認識するようになっている[31]。

それよりも百年ばかり以前に成ったわが国の源氏物語は、男女の「愛」「恋」を書いた代表的な作品などといわれるが、実はその源氏物語の男女においても、いまだ「愛」「愛情」というべき感情は明確には認めにくいのである。光源氏は藤壺を強く恋い求め、紫上をやさしくいつくしんでいるが、源氏の藤壺への思慕は、わずか二三度ばかりほの見たり声を聞いたりした相手の、おぼろげな外形をひたすら恋い求めるというもので、そこには人間としてのふれあいや、むつび合う男女の親密感といった側面がほとんど欠落している。源氏の紫上に対する関係もまた、自分と似た境遇にあった孤児の少女への同情と、保護者としてのいつくしみとでもいうべき性格が強い。源氏と紫上との間に、対等の男女としての「愛情」ともいい得るような感情が少しばかり認められるようになるのは、ようやく若菜巻になってからである。多くの男女関係を描いた源氏物語の中でも、この若菜巻の源氏と紫上と、いま一つ宇治十帖の薫と大君の関係ぐらいが、やや男女の「愛情」といってもよい心理や観念を描いたものであるにすぎない。源氏物語においても、多くの女たちの側が男に求めている第一のものは「愛」などではなく、強いて言えばわが身に安定した望ましい生活をもたらしてくれる男なのである。

わが国にあっても、男女間に「愛」「愛情」とも呼び得るような感情が意識されはじめ、記述されるようになるのは、十一世紀に入って書かれた和泉式部日記においてである。和泉式部日記には、次の東宮候補という高貴な身分ゆえに、制約の多い生活に鬱屈した日々を過ごしている帥宮《そちのみや》という男と、下級貴族の娘で多くの男たちとの関係により世評のよくない主人公の女との、半年ばかりの交渉の経過が描かれている。男は最初、この女の多情と評判されているところに興味を持って近づき、やがて通うようになる。女には幾人かの通ってくる男がいたが、宮の高貴な身分に惹かれて受け入れる。

そんな形で始まった男女に、やがて「愛情」とも呼び得るような感情がめばえてくるのは、ある冬の夜更けに月をながめて涙を流す女の姿を見た宮が、「人の便《びん》なげにのみいふを、あやしきわざかな、ここにかくてあるよ（人ハ悪クバカリ言ウガ、ワカラナイモノダ、ココデコンナニ哀シソウニ泣イテイルコトヨ）」と、いとおしく思うようになってからである。女の方も宮とつきあっているうちに、自分と同じようにこの男が孤独の思いをかみしめて生きている人であり、月や花を見て自分と同じように感傷する心を持つ人であるらしい、と知るようになってしだいに深くひかれてゆくことになる。こうして二人は、男女というレベルの関係を超えてより深く自己と「同じ心」をもつ人間として互いに相手を意識し、求め合うようになってゆく。そして宮は女に、自分の屋敷にやって来て、共にこの世のつれづれに堪えて生きる同志として、慰め合って過ごさないかという。女は、親の思わくや幼い娘のことや世間の非難、宮邸に入っても侍女の身分で仕えることのつらさなど、世俗的なしがらみを思って迷い続けるが、ついに「心憂き身なれば、宿世にまかせてあらん（ツライコトバカリノコノ身ダカラ、自分ニ定メラレタ運命ニマカセテミヨウ）」と決意して宮邸に入ることになる。

和泉式部日記の女は、エロイーズのようにひたむきな「愛」の熱情に取り憑かれたりしたこともなく、十分に保身のことも意識している冷めた生活者である。しかしこの女は、世間の非難に疲れてやや投げやりになっていたこともあるが、宮邸へ入る生活にはさまざまの苦労が予想されるにしてもそれに賭けてみよう、と決意するほどに男への人間的な共感・親近感をおぼえ、この男と生活を共にしたいという愛着をおぼえているところがある。これは近代的な「愛情」にかなり類似した感情であろう。和泉式部日記こそが、男女のそうした新しい関係を意識的に書いたわが国最初の作品なのである。(32)

古代の結婚は、男女の属する二つの家が結びつくことにより、一族の繁栄をめざす社会活動といってもよいものであった。結婚には、生まれてくる子の将来や親兄弟たちの利害をも配慮しなければならず、何よりも自己の今後の生活をどんなものとするかを決めることであったから、そこでは「愛情」といった感情はさして重要なものではなかったのである。男女間の「愛」は当事者の男女個人に属する感情であるから、「愛」「愛情」が大きな意味をもつには、親や家族から独立した「個人」が成立していなければならない。この当時は個人が分化し始めた時期ではあったが、いまだ十分には個人は成立していなかった。和泉式部日記の女もそうであるが、源氏物語最終部の主人公浮舟は、母親や弟との関係を断ち切って、独り自分自身の生活を求めようとしていて、個人の成立し始めていた当時の様子を書いたものとしても注目される人物なのである。

そうした時代の男女である宣孝と式部の関係や結婚に、「愛情」という観念を大きく持ち込んで考えることはあまり有効ではないであろう。

【夫宣孝の死と寡婦生活】

式部と宣孝との間には、結婚直後の長保二年（一〇〇〇）に女児（大弐三位藤原賢子《かたこ》）も生まれて、穏やかな生活の始まりかけたそのやさき、宣孝は長保三年四月に突然亡くなり（尊卑分脈）、結婚生活はわずか二年ばかりで終わってしまった。宣孝の死因は不明であるが、当時流行した疫病によるものではなかろうか。

長保二年の冬には「今年冬、疫死甚ダ盛リナリ。鎮西ヨリ京師ニ来タル（日本紀略）」と、またしても九州から入ってきた疫病が蔓延して、翌三年になっても治まらなかった。そのために朝廷では三月十日には大極殿で百座の仁王会が行われ、さらに同十八日には「此ノ春、都鄙《とひ》疫疾アリ。命ヲ全《また》クスル者少ナシ」ということで、大極殿での千僧による金剛寿命経の転読が行われたりした（権記）。さらに五月九日には「紫野ニ於テ疫神ヲ祭ル。御霊会《ごりようえ》ト号《よ》ブ。天下ノ疾疫ニ依ルナリ（日本紀略）」と、紫野の「今宮」と呼ばれた神社で御霊会が行われた。宣孝の突然の死もこの疫病によるものであろう。式部の女児も罹病したらしい。宣孝は死の直前の長保三年二月五日に春日祭使の代官を命ぜられたが、「痔病発動」ということで辞退している（権記）。この「痔病」も、あるいは疫病にともなう下痢などによるものであったのかもしれない。当時は毎年のように夏になると疫病が流行し、健康であった人が不意に亡くなることがよくあった。

式部の場合には、夫の宣孝が亡くなったといっても父為時は健在であり、当時の通い婚では夫が死亡しても妻の生活がすぐに苦しくなるということにはならなかったが、生まれたばかりの幼児をかかえて式部もやはり途方にくれたにちがいない。宣孝の亡くなったころ、式部は次の歌を詠んでいる。

世のはかなきことを嘆くころ、陸奥《みちのく》に名ある所々描《か》いたる絵を見て、塩竈《しほがま》

見し人の煙になりし夕べより名ぞむつましき塩竈の浦（四八）

当時の「世」「世の中」という語は世間や社会を意味するとともに、また恋人との関係や夫婦仲をもいうものであった。したがってここの「世のはかなきこと」は、単に一般的にこの世の無常を嘆いただけのものではなくて、その現世の無常によってもたらされ、はかなく終わった宣孝との結婚生活をも意味している。歌の「見し人」も、自分が深く関わった人をいう語である。詞書の書き方は一般化されていても、明らかに夫宣孝がはかなく亡くなったことを嘆いた歌なのである。「名ある所々《ところどころ》」は、よく歌に詠まれて知られている各地の「名所」で、後世には歌枕とも呼ばれる地名である。陸奥から帰ってきた知人のみやげにもらったのであろうか、塩竈・浮島など陸奥の名所を描いた絵が何枚か手許にあって、式部はそれを見たりしながら夫宣孝亡き後のつれづれを慰めていたのである。この歌は、親しく過ごしてきたあの人の亡きがらを葬った煙が空高く立ちのぼっていった夕べから、塩焼く煙の絶えずたなびくという遥か遠くの塩竈の浦の名にも親しみをおぼえることよ、というのである。当時の火葬は夕方から夜に行われることになっていた。また次の歌も同じころのものであろう。

世の中のさわがしきころ、朝顔を同じ所に奉るとて

消えぬまの身をも知る知る朝顔の露とあらそふ世を嘆くかな（五三）

「世の中のさわがしきころ」は、疫病流行などにより死者が多数出て、世間が大騒ぎしている場合などにいうことが多く、ここもそれである。「朝顔」は、朝の間だけ咲いてすぐにしおれることから、歌でははかないものの例として詠まれる。

朝顔の花を人のもとにつかはすとて　　　藤原道信朝臣

朝顔を何はかなしと思ひけん人をも花はさこそ見るらめ　（拾遺集・一二八三）

早朝に咲いて昼になるとすぐに萎むはかない朝顔、その朝顔の上に置いて陽光があたると消えてしまう露は、朝顔よりもさらにはかない存在である。そのはかない露も人間のことを同様に見ているのだろうというのである。式部の「消えぬまの」の歌は、その露と短さを争うほどにはかない人の命だと知りながらも、あの人との短い夫婦仲を嘆いていることよ、といったものである。やはりこの「世」には夫との仲が考えられている。しかし、この歌のもつもの静かな悲嘆は、ひたすら夫の死を哀しむというよりは、それを契機にして人間存在のはかなさをも実感したものとして述べられていることからきている。当時の人々の無常観は、われわれよりもはるかに深く実感に根ざしたものであった。

もっとも、現存家集ではこの五二番のあたりは本文上の問題のあるところである。前述したように陽明文庫本と実践女子大本（定家本）の二種の伝本では、これ以前の五一番の歌までの排列や本文は両者ほぼ共通しているが、それ以後の両者の排列には大きな相違がある。実践女子大本では、五一番に続いて前記「消えぬまの」の歌がならんでいるが、陽明文庫本では次のように五一番の後に、その次の歌の詞書かと考えられる一文があって、そのあとに一行分の空白があり、その次に五二番の「をりからを」の詞書と歌があって、その次の五三番の「消えぬまの」の歌へと続いている。

年返りて、門《かど》はあきぬやといひたるに

たが里の春のたよりに鶯の霞にとづる宿をとふらん　（五一）

さしあはせて、物思はしげなりと聞く人を、人に伝へて　本二、やれてかたなしと

とぶらひける

（一行分空白）

八重やまぶきをおり《(を)》て、ある所にたてまつれたるに、ひとへの花のちりのこれるを、こせ給《(お)》へり

おり《(を)》からをひとへにめづる花の色はうすきをみつゝうすきともみず（五二）

つまり、底本の陽明文庫本では明らかに五一番の次の歌の詞書だけが残っていて歌が無く、この部分に本文の脱落などの損傷が認められる。ところが実践女子大本では、五一番の歌に続けて五三番の詞書および歌になっていて、陽明文庫本の「さしあはせて」以下の詞書らしい文句や五二番の歌が存在しない。五二番の歌は山吹を奉った貴人からの返歌である。こうしたところも、通説のいうように実践女子大本（定家本）が古態をとどめているとは認めにくく、むしろ陽明文庫本の方にこそ、祖本の姿をうかがわせるところがあると考えられる部分なのである。ただし、両者の本文の優劣はこれ以外にも多くの点を勘案して判定すべきであるが、やはりこの部分については陽明文庫本が古態を残すと考えられる。陽明文庫本によれば、五三番の詞書の「朝顔を同じ所に奉る」は、五二番の八重山吹を奉った所と同じ貴人のもとに奉った歌で、山吹に続いて朝顔をやったときの歌となり、うまく続くのである。通説では「奉る」の語からして、朝顔につけてやった相手は、中宮の母源倫子にやったものだとするが、貴人という以外のことは不明である。

式部は夫宣孝を失ったことですぐに生活に困るといったことはなかったにせよ、やはり生まれたばかりの女児の将来など、いろいろ心配ごとも多かったに違いない。次も夫宣孝を失って間もなくの歌である。

世を常なしなど思ふ人の、幼き人の悩みけるに、唐竹《からたけ》といふもの甕《かめ》にさしたる、女房の祈りけるを見て

若竹の生ひ行く末を祈るかなこの世を憂《う》しと厭《いと》ふものから（五四）

「世を常なしなど思ふ人」は式部自身で、自分のことをこのように客観化して述べるのは式部の文体の特徴であ

る。式部の幼児も宣孝と同じころ罹病していたのであろう。わが身についてはいつ亡くなるかも知れぬと覚悟し、この世の無常を知ってはいても、わが子の行く末については、やはり母として末長く無事でと祈らずにはいられない。「唐竹」は中国移入のやや細くしなやかな竹で、真竹《まだけ》または淡竹《はちく》とも呼ばれ、笛の材などにもされた。「なよ竹」と呼ばれたのもこれだという（仁和寺本万葉集註釈・三）。古代の人々は竹を生長が速く生命力に富んだものと考えていたので、その力にすがって病魔を払うようにと、病床の幼児の枕元に置かれていたのであろう。

式部は宣孝と結婚して間もなく女児を儲けたかと思うと、すぐに夫が疫病により急死するなど、短期間に次々と身の上に起こった不幸なでき事を契機にして、この世のはかなさや、そんな無常の世に生きねばならぬ人間の悲しみなどについての認識を、格段に深めることになった。そうした式部の身の上を安易に源氏物語の執筆に関連させることには慎重でなければならないが、源氏物語の主要な人物たちがいずれも片親育ちであること、自分の亡き後の子どもたちの行く末に心を傷める親のことが繰り返し書かれていることなどには、やはり式部の実生活での不幸せが影響していると認められる。式部は幼いころから物語を読み耽っていたらしいので、自分でも早くから物語の習作を書いたりしていたに違いない。しかし、源氏物語のあの屈折して緻密な文体や、準拠と呼ばれる方法によった独自な物語世界の構築、作中人物たちの複雑な心理描写や人間関係などは、いまだ生活経験の乏しい若い女性の書き得るものとは考えにくい。やはり通説のいうように、長保三年に夫宣孝を亡くし、幼児をかかえた寡婦生活の始まったころに書き出したのであろう。

後述するように、式部は寛弘三年（一〇〇六）の大晦日に中宮藤原彰子のもとに女房として出仕したが、そのころには既に源氏物語は宮廷の人々にも広く読まれていた。紫式部日記には、寛弘五年十一月の敦成親王誕生五十日の祝の夜、藤原公任が「あなかしこ、このわたりに若紫やさぶらふ」と式部に呼びかけ、式部は「源氏にかかるべき人も見え給はぬに、かの上はまいていかで物し給はむ」と思ったとあり、紫上が「上」の語で呼ばれるのは蓬生《よもぎう》巻以後であることなどから、少なくともそのころには澪標《みおつくし》巻あたりまでは書かれて、広く人々に読まれていたのだとされている。あの長い物語が短期間に一気に書き上げられたとは考えにくいので、最初は短編物語として若紫巻から書き始められ、その評判がよかったので次々の巻が書き継がれていったのだとする説も十分に妥当性をもっている。(33) しかし、若紫巻も源氏の将来についての夢の予言など、かなりまとまった長い物語の構想をふくんでいる。源氏物語の成立の問題は、その他にも執筆順序の問題、改稿は行われたのか、などすこぶる複雑な多くの事情をかかえているところがあって、いまだ十分に説得的な成立論は出ていないのである。

【源氏物語の流布と享受】

更級日記には、幼いころから源氏物語に熱中していた筆者が、上総国から帰京した治安元年（一〇二一）のころ、「紫のゆかりを見て、続きの見まほしく」て、「この源氏の物語、一の巻よりして皆見せ給へ」と神仏に祈り、母にも手づるを求めてあちらこちらと頼んでもらったが、どうしても入手できなかったと記している。菅原道真の子孫の筆者にも、源氏物語は容易には入手できないほどの希少本だったのである。ところが、地方官の妻として田舎に下っていた叔母が京に帰ってきたとき、その叔母から源氏物語全巻をもらうことができた。筆者は、そのときのよろこびを、

叔母なる人の田舎より上《のぼ》りたる所に渡《わた》いたれば、「いとうつくしう生《お》ひなりにけり」などあはれがりめづらしがりて、帰るに「何をか奉らむ、まめまめしき物（実用的ナ品物）はまさなかりなむ、ゆかしくし給ふなる物を奉らむ」とて、源氏の五十余巻、櫃《ひつ》に入りながら、在中将《ざいちゆうじやう》・とほ君・芹川《せりかわ》・しらら・あさうづなどいふ物語ども一袋とり入れて、得て帰る心地のうれしさぞいみじきや。はしるはしるわづかに見つつ、心も得ず心もとなく思ふ源氏を、一の巻よりして、人もまじらず几帳の中にうち臥して、ひき出でつつ見る心地、后《きさき》の位

も何にかはせむ。昼は日ぐらし、夜は目のさめたるかぎり、灯《ひ》を近くともして、これを見るよりほかのことなければ、おのづからなどは空におぼえ浮かぶを、いみじきことに思ふに、

と記している。この叔母はどういう人で、どのような事情で源氏物語を入手していたのかも不明であるが、この時期になると現存の源氏物語とほぼ同じものと考えられる「五十余巻」が流布し始めていたのである。更級日記にはその他にも、源氏物語や当時の物語のあり方を考えるについての実に重要な手がかりが多く見える。

菅原孝標女は源氏物語全巻をもらって帰り、「人もまじらず几帳の中にうち臥して、ひき出でつつ見」たと書いている。このころにはいまだ物語など読み物の書物も貴重であり、一般の貴族たちは自家に多くのテキストを備えることは難しく、大臣家の姫君などでなければ容易に手にできなかった。物語の享受は多くの場合、宮家の姫君に仕える女房たちなどが集まった場で、一人が読み手になってテキストを朗読し、それを皆が聞く、といった享受法が普通であったらしい[34]。したがって、更級日記の筆者が自分用の源氏のテキストを得て、自分の好きなときにいつでも一人で読み耽ることができたのは、まさに「后の位も何にかはせむ」というべきよろこびであった。

また、筆者は「これを見るよりほかのこと」はしなかったと書いている。これはテキストの文字を眼でたどりながら黙読していたことをいっているようにも見える。しかし、一般に黙読が普通に行われるようになるのはずっと後世のことであるから、あるいはこれは小声で読み上げていたことをいうのであろうか。

古く「よむ」という語は、文字を声に出して読み上げることをいう語であった。いまでも「お経を読む」「弔辞を読む」などと音読することをいう用法は多い。古代の人々には高度に抽象的で記号的な文字言語を見ても、すぐさまにその意味を理解するのは難しく、読み上げることで日ごろ慣れている音声言語化して聞かなければ、理解しにくかったのである。単なる無機質の記号の羅列に過ぎない文字言語は、古代の人々にとってはいまだ言語としては不十分不完全な段階にあるものであり、それが豊かな表情をのせて読み上げられ、話し手の感情や人格をも感知

させ得る音声言語化されることによってこそ、真に意味をもつ十分な言語となったのである。古代のインドにおいて、釈迦の説法が文字言語化されて仏教経典の成立するのは、釈迦の入滅後何百年も過ぎてからのことであったという。それは古代のインド人たちが、尊い釈迦の教えが感情や表情をもたない無機質の文字言語に移されることを嫌ったからであった。われわれのいま手にしている漢訳経典にあっても、特に重要な部分は漢語には翻訳されずに、陀羅尼（真言）と呼ばれる原語の発音だけを示す漢字で示されているのも、同様の理由からである。

更級日記の筆者がまだ上総国にいたころ、姉や継母が「その物語、かの物語、光源氏のあるやうなど、ところどころ語るを聞」きながら、自分も早く源氏を「空にいかでかおぼえ語らむ」と思ったという。姉や継母もテキストは持っていなかったのだが、人の読むのを聞いたりしているうちに、物語のあちらこちらを暗唱できるほどにおぼえていたのである。当時の人々が書物を「読む」ことは同時に暗唱することであった。十世紀ごろまでの大学寮における学生たちの学習は、まず第一に論語や史記といった書物を暗記することであった。教官が書物の文字の一区切りづつを中国語で三回読み上げて、学生はそれを復唱しながらおぼえていったのである。保元の乱で知られた左大臣藤原頼長は幼少のころから非常な勉強家で、外出時の車中においても絶えず書物を読んでいたとその日記『台《たい》記《き》』に記している。あるときいまの自分に読書にあてる余裕のある時間は、食事時と入浴時だけだというので、その時間をも読書にあてることにして、『修文殿御覧《しゅうぶんでんぎょらん》』三六〇巻という大部の百科事典を、入浴中に侍臣に一節づつ三回読み上げさせて暗記しようとしたという。これは江戸時代の寺小屋における漢籍の素読にまで承けつがれる学習法であった。[35]

更級日記の筆者はまた、「紫のゆかりを見て、続きの見まくほしくおぼゆれど」容易には入手できず、「この源氏の物語、一の巻よりして皆見せ給へ、と心のうちに祈」っていた、と書いている。ここの「紫のゆかり」は、紫上の初めて登場する若紫巻をさすらしいが、このように当時は若紫巻一帖だけが独立して流布し読まれることがあったのである。またこの記事からは若紫巻が特に広く読まれていたこともうかがわれる。さらにまた、「一の巻よりして」とあるのは、源氏物語には若紫巻以前の物語として発端の「一の巻」があり、それがいまの桐壺巻であったかどうかまではわからないが、若紫巻はその長編物語の途中の一巻だと認められていたのである。ここでは「一の巻」「紫のゆかり」などと呼ばれていて、「桐壺」とか「若紫」などとは呼ばれていない。これは、筆者の見た源氏物語にも桐壺・帚木・空蟬といった巻名があったのに、筆者がそれをわざとぼかして「紫のゆかり」とか「一の巻」とか呼んだのかもしれないが、源氏物語のあの優雅な巻名は、作者がつけたものなのか、あるいは最初は単に「一の巻」などとあったのが、後に読者がそれぞれの巻に名をつけたのか、という問題にも関わってくる。源氏以前に成立した長編物語では、宇津保物語は「俊蔭」「藤原の君」といった巻名もっているが、落窪物語では「巻の一」とあって巻名がない。源氏以後では栄花物語は巻名をもっているが、狭衣《さごろも》や寝覚《ねざめ》ではやはり「巻一」「巻二」とあるだけであり、どうも両方の場合があったらしい。

源氏物語の巻名については、すべて作者のつけたものだとする説がある。(36)ところが、藤原定家の註釈の源氏物語奥入《おくいり》には、桐壺巻について「このまき一の名　つぼせんざい　或本、分奥端有此名、誤説也、一巻之二名也」という注記がある。これは、桐壺巻のいま一つの名は壺前栽というのである、或る伝本では、この巻を前半と後半に二分して前半を「桐壺」、後半を「壺前栽」と名付けたものがあるのは誤りであり、桐壺巻につけられていた別名が「壺前栽」なのだ、といったものである。また奥入では、若菜巻には「わかなのまき、一の名、もろかづら」、匂兵部卿宮巻には「このまき一の名、かほる中将」とあり、さらに「優婆塞《うばそく》、一名橋姫」ともあって、いまの「橋姫」の巻を「優婆塞」と呼び、「橋姫」はその一名だとしている。このように通行の巻名についても、古くから別名の伝えられているものが幾つもある。

もし源氏物語の巻名すべてが、作者により最初からつけられていたものであったとすれば、なぜに後人がわざわざ別の名をつけたりしたのであろうか。それも「若菜」に対して「もろかづら（両葛）」、「橋姫」に対して「優婆塞」などと、明らかにもとの名の優雅さに比べてずっと劣る名をつけたりしたのであろうか。このように巻名に別名が伝わっていることには、作者自身が後に改名した、作者のつけていた巻名を読者が後に改めた、作者のつけた名と後人の命名の両方があったのが後に淘汰されて現存名になった、などさまざまな場合が考えられる。そのいずれであったにしても、この物語は最初に書かれたときの形から、現在われわれが手にする形になるまでの過程において、かなりの変形を受けていることを思わせる。平安時代の終わりにできた現存最古の源氏物語の註釈書『源氏釈』には、「桜人《さくらひと》」や「法の師《のりし》」という早く失われてしまった巻の本文をあげて註釈したものがある。巻の名に限らず、物語全体の巻数や巻々の順序、物語の本文などについても、現存の形態は最初に書かれた形からかなり変わって伝えられてきていることは明らかなのである。

源氏物語は長編物語であり、最初のあたりの物語と終わりの宇治十帖の部分とでは、その内容も大きく変わっていっていることなどからしても、全体が書き上げられるまでにはかなりの時間を要したと考えられる。式部は宮仕後にもなお源氏物語を書き続けていたとする説もあるが、少なくとも式部が宮仕に出るまでにはかなりの部分が書かれていたことは確かである。そして、式部がこの物語を執筆し始めたのは、やはり夫宣孝を亡くして寡婦生活に入ったころと考えられるのである。

第二章　紫式部の女房生活

【中宮への出仕年次】

紫式部が中宮藤原彰子のもとに初めて女房として出仕することになったのは、寛弘三年（一〇〇六）十二月二十九日であったと考えられる。時に式部は三十歳を過ぎたばかりのころであった。

寛弘五年十二月二十九日、それまでしばらく里下がりしていた式部は、実家から新しく自分の侍女たちを連れて一条院内裏の局に還ってきて、歳末を迎えることになった。その夜に、初出仕したころの自分をふり返って次のように日記に書いている。

師走の二十九日に参る。初めて（中宮ノ許ニ）参りしも今宵のことぞかし。いみじくも夢路《ゆめぢ》にまどはれしかな、と思ひ出づれば、こよなくたち馴《な》れにけるも、うとましの身のほどや、とおぼゆ。

この記事だけからすれば、初出仕を三年前の寛弘二年十二月、あるいは一年前の寛弘四年末とすることなども可能であろう。だが、寛弘二年だと女房になってから三年過ぎたことになって、この日記に書かれている寛弘五年の時点における式部の新参意識とやや合わないように思われる。また四年説では、出仕後わずか半年余りの式部が多くの古参の女房たちをさし置いて、中宮の出産という主家の大事の場面などで、重要な地位を占めて活躍しているのは少し早すぎるように思われて、三年暮れの出仕とするのが妥当かと考えるのである。(37) 初出仕以後の女房生活を、「夢路にまどはれしかな」とふり返り、それがいつの間にか「こよなくたち馴れにける」と、わずか二年ばかりのうちにこの身はすっかり女房生活に染まってしまったことよ、と嘆いているところは、寛弘三年十二月初出仕と推定するともっともよく合うのである。

寛弘三年出仕説のいま一つの根拠には、後述するように翌寛弘四年正月十日の立春に、中宮から歌を詠めと求められていることがある。それともう一つの根拠は、式部の若い同僚であった伊勢大輔の家集に見える次の歌である。

女院の中宮と申しける時、内におはしまいしに、奈良から僧都の八重桜を参らせたるに、「今年の取り入れ人は今参りぞ」とて紫式部のゆづりしに、入道殿聞かせ給ひて、「ただには取り入れぬものを」と仰せられしかば

いにしへの奈良の都の八重桜けふ九重ににほひぬるかな

殿の御まへ、殿上にとり出ださせ給ひて、上達部《かんだちめ》君達《きんだち》引き連れて、よろこびにおはしたりしに、院の御返し

九重ににほふを見れば桜狩りかさねてきたる春かとぞ思ふ

（水戸彰考館本伊勢大輔集・五、六）

ただし、この歌はまた寛弘二年出仕説の根拠にもされている。つまり、奈良興福寺から献上される例になっている八重桜の取り入れ役についての傍線部の記述を、「例年の取入れ人は古参といふことになつてをり、今年はじめて式部にその役があたつたのを、彼女がそれを新参の大輔に譲つたと思はれる」などと解して、(38) 式部は伊勢大輔より少なくとも一、二年は早く出仕していたと考えられてきた。この伊勢大輔の歌の詠まれたのは、後述するように「九重に」の歌からして寛弘四年のことと考えられるので、式部が寛弘三年十二月に初出仕したのでは、やはり式

部もまた出仕後半年にもならない「今参り」となってしまうので、寛弘二年十二月の出仕だとするのである。

しかしながら、この傍線部の「今年の取り入れ人は今参りぞ、とて紫式部のゆづりしに」は、今年の取り入れ役は既に紫式部だと決まっていたのだが、今年は新参のそなたが勤めよ、と式部が伊勢大輔にその役を譲った、と解すべきものであろうか。興福寺から中宮に献上される八重桜を取り入れる役の女房は、受け取るときに歌を詠むのが恒例になっていて、今年の取り入れ役はどんな歌を詠むかと、皆から注目されていた役だったのである。そもそもそんな晴れの大役を、いまだ新参といってよい式部の一存で、伊勢大輔に交替することができるものであろうか。必ずや取り入れ役の選定は、中宮か道長あるいは古参の上﨟女房の指示によるはずのものであろう。したがって傍線部は、「(コレマデハ古参ノ人ノ役ダッタガ)今年の取り入れ役は私たち今参りと決まったのよ(ダカラアナタガ勤メテヨ)」ということで式部が伊勢大輔に譲ったのだと解すべきものと私は考える。つまり、式部と伊勢大輔の二人は共にこのとき今参りだったのであり、中宮あるいは道長は、式部と伊勢大輔という歌詠みとして知られた二人の新参女房が出仕してきたのだから、今年はそのどちらかに勤めさせてどんな歌を詠むか見よう、ということにしたのであろう。そこで式部が伊勢大輔におしつけたというのではなかろうか。

伊勢大輔集には系統の異なる三種ばかりのテキストがあって、新編国歌大観本(東海大学図書館蔵伝藤原良経筆本)では、この二首は次のようになっている。

院の中宮と申して内におはしまししとき、奈良より扶公《ふこう》僧都といふ人の八重桜を参らせたりしに、「これは年ごとにさぶらふ人々ただには過ごさぬを、今年は返りごとせよ」と仰せごとありしかば

いにしへの奈良の都の八重桜けふ九重ににほひぬるかな

院の御返し

九重ににほふをみれば桜がりかさねてきたる春かとぞ見る　（伊勢大輔集・一四、一五）

この詞書では、「今年は返りごとせよ」の部分が、誰の歌に対する返歌なのかがわかりにくい。あるいは、奈良から献上された八重桜には歌がつけられていて、それに対する中宮側の返歌をいうのであろうか。「いにしへの」の歌は詞花集（巻一・二九）にも採られていて、そこでは詞書が「一条院の御時、奈良の八重桜を人の奉りて侍りけるを、そのをり御前に侍りければ、その花を給ひて、歌詠めと仰せられければ詠める　伊勢大輔」とあり、この歌の詠まれた事情がより詳しく記されている。

では、これらの歌の詠まれたのはいつのことか。前記伊勢大輔集によれば、「いにしへの」の歌に対して中宮が「九重に」の歌を返したとあるが、この「九重に」の歌は紫式部集にも次のような詞書で収められている。

卯月に八重咲ける桜の花を、内わたりにてみ□

九重ににほふを見れば桜狩り重ねて来たる春の盛りか（九八）

紫式部集によれば、この「九重に」の歌は式部の詠んだものであり、しかも伊勢大輔の「いにしへの」の歌とは別の時に詠まれた歌のようになっている。だが、やはりこれは奈良の八重桜献上の日に式部が中宮に代わって詠んだものだったのだが、式部は家集に採るときに中宮の代作をしたという事情をふせて、こうしたさしさわりのない形の詞書にしたのだとも考えられる。この歌の詠まれたのは、「卯月に八重咲ける桜の花」、「重ねて来たる春の盛り」の語からも、卯月に桜が盛りに咲いているという珍しい年だったのである。

さて、伊勢大輔の「いにしへの」の歌が詠まれたのはいつの年であったのか。それを考えるについて参考になるのは、九八番に続く次の歌である。

卯月の祭の日まで散り残りたる、使の少将の挿頭《かざし》に賜はすとて、葉にかく

神世にはありもやしけむ山桜けふのかざしに折れるためしは（九九）

この歌が詠まれたのは、「九重に」の歌の詠まれたのと同じく寛弘四年四月十九日の賀茂祭の日のことであり、ここの「使の少将」は道長の二男頼宗《よりむね》だとするのが通説である。十世紀後半ごろ以後の賀茂祭では東宮使・中宮使・馬寮使・近衛使・内蔵使などが遣わされることになっていた（北山抄《ほくざんしょう》・一、江家次第・六）。祭の主体は天皇の奉幣《ほうへい》であるから、その幣物を持参する内蔵寮使が本来の「祭の使」で、宣命《せんみょう》も内蔵寮使に授けられていた（村上御記・応和元年四月十七日）。ところがその後、高家の子弟の中少将が勤める近衛使などが花やかな存在になってきたことで、単に「祭の使」というときには近衛使をさすことが多くなってくる。ただしここの「使の少将」は、中宮からかざしの桜を賜わり、さらに式部がその桜の葉に書く歌を詠んでいることからすれば、中宮使であった可能性も考えられる。いま式部が「神世には」の歌を詠んだ可能性のある年を考えると、寛弘三年の祭日は四月十四日で「祭使（近衛使カ）」は左少将藤原忠経《ただつね》（御堂関白記、権記）、中宮使は不明、同四年の祭は四月十九日で、近衛使は道長二男の少将頼宗、内蔵使は藤原能通《よしみち》、中宮使は藤原実成《さねなり》、東宮使は高階業遠《なりとお》、馬寮使は藤原通任《みちとう》であった（御堂関白記）。同五年の祭は四月十九日で、馬寮使は図書頭藤原則孝《のりたか》、中宮使は彰子が懐妊中であったことにより、東宮使も東宮の喪中のために立てられなかった（権記）。この歌が寛弘四年のものだとすれば、中宮使は頼宗ではなく藤原実成である。だが実成はこのとき、「少将」ではなく右中将中宮権亮であった（公卿補任）。また、実成は彰子がわざわざ御前に召して挿頭を賜い歌をおくるほどには親しい関係であったとは思われないので、やはりこの「使の少将」は寛弘四年の近衛使を勤めた中宮の異母弟頼宗であろう。

この寛弘四年は五月に閏月が置かれた年であったから、その前の四月はいまの暦とのずれのもっとも大きい年であった。四月十九日はいまの暦でいえば五月十日ごろにあたる。そのころになってもいまだ桜が散り残っていたというのであるから、すこぶる寒冷の年で、「神世にはありもやしけむ」というほどに遅くまで桜花が残っていたらしいのである。これらからして「九重に」の歌は寛弘四年に詠まれたと考えられる。要するに、式部が中宮のもとに女房として初出仕したのが寛弘三年十二月であったとすると、これらの歌や日記の記事などもすべてうまく説明できるのである。

【新参女房の生活】

寛弘三年三月四日、一条天皇はそれまで里内裏となっていた東三条殿から、修造されたばかりの一条院に遷御し、中宮彰子もそれに従って行啓して、以後寛弘五年四月に出産のため里第の土御門殿に退出するまで、中宮はこの一条院で暮らしていた。式部が初めて出仕したのもこの一条院内裏なのである。したがって、式部は本来の内裏の有様を見ることなしに、源氏物語の桐壺巻その他のさまざまな内裏での人々の生活の描写をなしたことになる(39)。

家集には、女房として中宮に仕えることになった式部が、一条院内裏へ初めて参上したときの感慨を詠んだ次の歌がある。

　　初めて内裏《うち》わたりを見るに、物のあはれなれば

　身の憂さは心のうちにしたひきていま九重ぞ思ひ乱るる（九一）

ここの「身の憂さ」も、具体的には何をいっているのかよくわからないが、強いていえば以前から嫌っていた女房としての生活をせざるを得なくなったこと、女房になってしまった不如意な身の上、自己の境遇といったことなのであろう。この「身の憂さ」についての嘆きは、日記の中では絶えず繰り返されていて、式部が女房生活を始めたころの日常感情の基調ともなっているものであった。

式部は女房として出仕することには最後まで躊躇していたらしい。女房になることの何が嫌だったのか具体的には記されていないが、源氏物語には女房たちの軽薄なあり方、浮き草のように状況に流されてゆくはかない生活の

さまが多く描かれている。式部にはそうした女房生活が堪えられなかったらしい。前記の歌の「身の憂さ」の内容も、そんな嫌な女房生活をせざるをえなかったわが身の程をいったものであろう。いよいよ女房生活を始めることになったいまもなお残る心のしこりや不安が、これから身を置くことになる内裏を見ると改めてふくらんでくる、という歌である。式部の女房になることを厭う心に偽りはなかったのであろうが、しかしまたこの人の一面には、そうしたわが「身の憂さ」を強調したり、わざと自分の思い悩む姿を演技しているのではないか、と思われるところもあるので、なかなか複雑なのである。

また、いと初々《うひうひ》しきさまにて古里《ふるさと》に帰りてのち、ほのか

に語らひける人に

閉ぢたりし岩間《いはま》のこほりうち解けてを絶《ハ》えの水も影見えじやは（九二）

返し

み山辺の花吹きまがふ谷風に結びし水も解けざらめやは（九三）

式部は、寛弘三年の暮に中宮へのお目見えをすませ、新年の雑務を勤めた後、どういう事情があったのかわからないが、すぐに里下がりしてそのまま長く実家で過ごしていた。この贈答の「閉ぢたりし岩間のこほり」、「結びし水」の語などからすれば、わずかばかりの期間女房生活をしただけなのに、何か深く嫌だと思うでき事があったらしい。

「ほのかに語らひける人」は、同僚の女房ともうち解けて話もできない慣れない内裏での新参女房の生活の中で、少しばかり親しく話をしていた女房である。以前からの知り合いであった後述の「弁のおもと」などであろうか。狭い貴族社会であるから、中宮の女房たちの中にも式部の知人はいたのである。歌は、初めての女房生活でさまざま鬱屈している私の心も、里居でなごんでくれば、そのうちにそちらへ姿を見せることにもなろう、というのであ

る。返歌では、お宅の方にも吹いているこの花を吹き乱す春風で、きっと結ぼほれたあなたの心も解けるに違いない、といってきた。「谷風」は漢語からきた歌語で、冬に凍った氷を溶かす春風である。

宮中では新春のいそがしいころなのに、里居の長びいている式部のもとに、春の歌を詠んで見せよ、との中宮の仰せ言が伝えられた。中宮は、初出仕したばかりの式部がすぐに里に下がったまま閉じこもっていると聞いて、歌を口実に声をかけさせたのであろうか。

正月十日のほどに、春の歌奉れ、とありければ、まだ出で立ちもせぬ隠れにて

み吉野は春のけしきに霞めども結ぼほれたる雪の下草（九四）

この寛弘四年の正月十日は立春であった。立春の日がきたのを機会に、里に閉じこもってばかりいないで、歌でも詠んで見せよという中宮の配慮である。歌は、山深い私のところにも春霞が立ちましたが、雪の下草のこの身は氷に結ぼほれたままです、というものである。ただし、これが中宮へ奉った歌だとすると、自分の鬱屈した心をあらわに言い過ぎているので、「歌奉れ」は式部の蟄居を心配した弁などからの言葉であり、立春を機会に中宮へ便りをさしあげなさい、とうながしたもので、この歌は弁へのものであり、中宮への歌は別に詠んで送ったとすべきであろう。この正月十日の立春のやりとりは、式部の寛弘三年初出仕説のいま一つの重要な根拠なのである。(40)

しかし式部の里居はその後も長く続いていた。どういう事情があったのか、三月に入ってもなお出仕せずに籠居していたらしい。陽明文庫本では順序が乱れているが、次の歌はそのころのものと考えられる。

弥生《やよひ》ばかりに宮の弁のおもと、「いつか参りたまふ」など書きて

憂きことを思ひ乱れて青柳のいと久しくもなりにけるかな（五七）

返し、歌本になし

陽明文庫本ではこの返歌が欠落しているが、定家本ではこの「憂きことを」の歌に続けて次の返歌が見えて、里居中の歌と考えられる排列になっている。

返し

つれづれと長雨《ながめ》ふる日は青柳のいとど憂き世に乱れてぞ経《ふ》る（定家本六一）

式部は寛弘三年の歳暮に初出仕して、年が明けるとすぐに里に下がったままで、三月に入ってもなお里居の生活を続けていたらしいのである。中宮御所では何かよほど嫌なでき事があり、再び女房生活にはもどりたくないと思うようになったらしいが、その具体的な事情についてはまったく記してはいない。わずかにそれに関係しているかと考えられるものの一つとして、「憂きことを」のあとに次の歌がある。

かばかりも思ひ屈《く》しぬべき身を、いといたうも上衆《じやうず》めく

かな、と人のいひけるをききて

わりなしや人こそ人といはざらめ身づから身をや思ひ棄《す》つべき（五八、定家本六二）

中宮の女房たちの間で、初出仕してきた式部について噂しているのを弁のおもとなどが知らせてきたのであろう。「いといたうも上衆めくかな」は、ほんとに大層に、まるで高貴な身分の人であるかのようにふるまう人だこと、などという非難である。この非難はどういう文脈で、式部のどういう態度について言われたものかなどすべて不明だが、男たちのいる場に出て応対するのを嫌がった、といったことなどがあったのであろうか。この歌は、困ったことよ、他人は私のことを人並みの身分の人間とは言っていないようだけれども、私自身までもがこの身を思い棄てて、どうにでもなれとふるまってよいものか、というのである。自恃するところ固く誇り高い人であった式部は、初めて経験した女房生活の中で、何か屈辱的に感ずるでき事があり、それが自己のアイデンティティーの根底に関わると思うほどのことであったために、たまりかねて里下がりしてしまったらしい。一般に式部は、自己の深奥の

心を具体的に書くことは一切せずにぼかすところがあるので、これほどに式部の心を傷めたものが何であったのかは不明なのである。

ただし式部は、物事に現実的に冷静に対処することのできる人であり、やがて立ち直って四月には中宮のもとに還り、同じく新参女房の伊勢大輔と共に奈良の八重桜の取り入れのことにあたったりしている。こうした経験が、その後の女房生活において、控えめにでしゃばらない態度を取るようにと心がけ、努めて周囲からも「おいらけ者」といわれるようにふるまわせたのであろう。だが、式部は決して「おいらけ者」ではなく、いつも穏やかでおとなしい人でもなかった。

【紫式部という女房名】

紫式部は中宮に出仕した当初には「藤《とう》式部」と呼ばれていた（栄花物語・岩蔭巻、書陵部本伊勢大輔集）。それがいつからか「紫式部（彰孝館文庫本伊勢大輔集、栄花物語・楚王夢巻）」とか、「紫（栄花物語・初花巻、陽明文庫本後拾遺集勘物）」などと呼ばれることになった。当時の女房名にはさまざまな呼称法があって複雑であるが、もっとも普通に行われていたのは、その女房の父兄や夫など後見者の官職名によって、「宰相の君（参議藤原道綱女の豊子）」などと呼ぶものである。同じ宮仕え先に同名の「宰相」という人がいて、区別の必要なときには「讃岐の宰相の君」などと、さらに夫讃岐守大江清通の官職名を重ねて呼んだりする。ただし、女房名にはその由来の不明なものも多い。「藤式部」の「藤」は藤原氏で、「式部」は父為時が前式部丞であったことによるらしい。「式部」が幾人かいるときには「藤式部」「源《げん》式部」と氏の一字を冠したり、「和泉式部」と夫（和泉守橘道貞《みちさだ》）の官職名をつけて区別したのである。

最初の女房名が「藤式部」であったのに、なぜ「紫式部」とも呼ばれるようになったのかについては、古くから二つの説が行われている。そのもっとも古いものは、藤原清輔の『袋草紙』（保元三年〈一一五八〉以前成立）に見える説で、「紫式部」という女房名の由来について次のように記されている。

紫式部と云ふ名に二説有り。一つには此の物語の中に紫の巻を作ること甚深なり。故にこの名を得《う》。一つには一条院の御乳母の子なり。而して上東門院に奉らしめんとて、「吾がゆかりの物なり。あはれと思し召せ」と申さしめ給ふの故に、この名有り。武蔵野の義なり。（袋草紙・雑談）

源氏物語の若紫巻をおもしろく書いて、「甚深」な内容のものにしたことで好評を得たことによるという説は、藤原公任が式部を「若紫」と呼んだこと、更級日記には源氏物語を「紫の物語」とも呼んでいること、また「紫のゆかりを見て続きの見まほしくおぼゆれど」ともあって、「紫」が源氏物語の別名として行われていたらしいことを思わせる記事があることなどからも、十分に考えられる。

ただし、若紫巻が「甚深なり」とはどんなところをいったものかは不明である。本居宣長も「若紫巻を作れる、甚深なる故といふは心得ず、いかでか若紫巻のみ、殊に甚深なることあらむ（玉の小櫛）」といっている。近代人のわれわれからすると、源氏物語の中でこの若紫巻が、後の若菜巻や宇治十帖などと比べてさほどに「甚深」とは認めにくい。もしこの物語の第一に「甚深」というべきところをあげるとすれば、それは物語を記述してゆくその文体であろう。この物語の文章の緻密さ、物事を細部に至るまで深く記述してゆくその叙述法、用語や語法、さらには宇津保・落窪などのだらだらとした即物的な叙述態度から、一種の文語（文章語）にまで高めた文体こそが「甚深」と呼んでもよいものなのである。[41] あるいは袋草紙もまた、そうした源氏の文章によって描き出された物語世界をもふくめて漠然と「甚深」といったのかもしれない。

若紫巻は「物語」ということで考えると、源氏が恋慕う藤壺の面影に似た少女を手に入れて溺愛するという趣向や、藤壺との逢瀬の場面、また藤壺が妊娠したときに源氏の見た夢とその夢解きの話など、当時の他の物語と比べると格段におもしろくできている。また、明るく可憐な少女の若紫と藤壺との深刻な関係の対比の妙もあり、そうしたところを「甚深」といったのであろうか。もっとも、若紫巻が人々の評判になったころには、近代人が「甚深」とする若菜巻などはまだ書かれていなかったという可能性もある。ただし、当時の人々は若菜巻のもつ深刻な問題や、宇治十帖の宇治の大君や浮舟という人物のもつ意味を理解できた人はあまりいなかったのではないか、と思われるところがある。後世の『無名草子《むみようぞうし》』の源氏物語評でも、例えば浮舟という人物についての評価はあまり高くなく、当時の人々の物語への関心のあり方がわれわれとはかなり異なっていたらしいのである。

紫式部の女房名は一条帝の乳母子であったことによるとする説も、のちのちまで承け継がれてゆくものではあるが、これにはまったく根拠がない。やはり「紫式部」の女房名は、若紫巻を書いて評判になったことによると考えられる。臆測するに、例の藤原公任が「このわたりに若紫やさぶらふ」と声をかけたのが始まりで、それを聞いた人々がうまく名付けたとおもしろがって呼び始めた、といった事情も考えられる。「紫」という命名は女房名としてはかなり異例であるが、この時期には絵を巧みに描いたので「絵式部」と呼ばれた一条帝の女御藤原義子の乳母子の女房もいた（後拾遺集・五二四、同陽明文庫本勘物）。

なお、かつて式部の実名は「香子」であるとする説が出て、一時期話題になったこともあったが、この説は証明過程や文献の読解に無理があることなどにより、いまでは学説として認められていない(42)。式部の実名は不明なのである。

【宮廷の源氏物語と中宮の冊子作り】

式部が中宮彰子の女房として召されたのは、その和歌の才能とともに、やはり源氏物語の作者として評判になっていたからであろう。この物語に描かれた人間や社会についての深い観察や認識、当時の物語にはめずらしく政治的な問題をもよく物語世界に取り込んで、鋭い洞察を示している記述は、男たちにも十分に読むに堪える内容になっている。たぶん道長も読んだことがあり、この作品にうかがわれる作者の見識を認めて中宮の女房に召したのだと考えられる。

ただし、式部が寡婦生活中に源氏物語を書きあげたあと、その作品がどのようにして貴族社会に広まっていったのかについてはよくわからない。当然のことながら中宮彰子の手もとにもこの物語の冊子が置かれていた。日記にも次のように記されている。

源氏の物語、御前《おまへ》にあるを、殿（道長）の御覧じて、例のすずろ言ども出できたるついでに、梅の下に敷かれたる紙に書かせ給へる

　すきものと名にし立てれば見る人の折らで過ぐるはあらじとぞ思ふ

賜はせたれば、

　人にまだ折られぬものを誰《たれ》かこのすきものぞとは口《くち》ならしけむ

めざましうと聞こゆ。

源氏物語は大部な作品であるから、その全巻すべてがいつも中宮の側に置かれていたのかどうかは不明であるが、彰子は身近に置いてときどきに読んでいたものらしい。ここで梅の実が紙の上に載せられていたのは、妊娠中の彰子に供されたものであろう。寛弘五年の夏のことと考えられる。道長の歌は、表面では梅の酸っぱさをいっているが、裏では「色好みの物語の作者というので、〈好き者〉と評判になっているそなただから一体どんな味かと、見る人は皆手出しせずに通り過ぎることはないだろう、と私は思うがどうかね」というきわどい冗談なのである。既に式部が源氏物語の作者として世間の評判になっていることを話題にしたこの歌は、まだ式部が出仕して間もなくのもので、道長と親しく話をすることもあまりなかったころのものであろう。既に式部が長く仕えていてからであ

れば、いまさらこんなからかい方はしないであろうから、女房になったばかりのころであろう。式部の返歌は同じ紙に書いてさし出したのであろう。人にまだ折り取られたことはないのに、誰が私をそんな酸っぱいもの（好き者）だと言いふらしているのだろう、腹の立つこと、というのである。

「好き者」の語は、本来は男女のことに限らず、詩歌管絃など実用性の乏しい趣味的なものを過度に追求し深く執着する人をややからかっていうものであるが、この時期には「女ずき」「男ずき」の意に用いられることが多くなっていたものである。

また、寛弘五年十一月ごろの日記に見える次の中宮の冊子作りの記事も、通説では源氏物語の書写作業のことをいったものだとする。

（中宮ガ内裏ニ）入らせ給ふべきことも近うなりぬれど、人々はうちつぎつつ心のどかならぬに、御前《おまへ》には御冊子《さうし》作りいとなませ給ふとて、明けたてばまづ向かひさぶらひて、色々の紙選《え》りととのへて、物語の本ども添へつつ、所々に文《ふみ》書きくばる。かつは綴ぢ集めしたたむるを役《やく》にて明かし暮らす。「なぞの子持ちか、冷たきにかかるわざはせさせ給ふ」と（殿ハ）聞こえ給ふものから、よき薄様《うすやう》ども、筆、墨などもて参り給ひつつ、御硯《すずり》をさへもて参り給へれば、（中宮ガ私ニ）取らせ給へるを惜しみののしりて、「物の奥《く》にて（中宮ニ）向かひさぶらひて、かかるわざしいづ」とさいなむ。されど、よきつぎ墨・筆など賜はせたり。

局に、物語の本ども取りにやりて隠し置きたるを、御前《おまへ》にあるほどに、（殿ガ）やをらおはしまいて、あさらせ給ひて、みな内侍の督《かん》の殿に奉り給ひてけり。よろしう書き替へたりしは皆ひき失ひて、心もとなき名をぞとり侍りけむかし。

この冊子作りは、中宮が内裏還御に際して後宮における調度品としてもってゆくものであろう。上質の色々の紙を選び、それに書写する物語の本文の本を添えて、能筆の人々に依頼状を書いて配ったというから、すこぶる豪華な本を作ったのである。道長も式部たちに良質の紙や墨を与えたという。通説では、このとき書写させたのは源氏物語であったとするが、その根拠についは明確なものが示されていない。やはりこれは源氏物語以外の物語の冊子作りであったと考えられるのである[43]。

当時、中宮の調度品としての書物ということであれば、まず第一に考えられるのは万葉集・古今集などの歌書である。それなのに中宮がいま書写させているのはそんな歌書類ではなく、「物語」であったというのは、次に述べるように、父道長がやはり内裏へ還御する彰子のための調度用の書物として、歌書類を書写させていたのを知っていたからであろう。そのために中宮方では物語類の書物を書写することにしたのである。また物語ということであれば、第一に考えられるのは竹取物語・伊勢物語など当時の代表的な作品であり、通説のいうように、源氏のような大部な物語の本一種だけというのは考えにくい。

中宮の内裏還御に際しては、父道長の方でも送り物（相手の居所に送り届ける品）に書物などを準備していた。それについては中宮還御の翌朝の日記に記されている。

昨夜《よべ》の御送り物、けさぞこまかに御覧ずる。御櫛の箱の内の具《ぐ》ども、いひ尽くし見やらむかたもなし。手箱《てばこ》ひとよろひ、かたつ方には白き色紙作りたる御冊子《さうし》ども、古今・後撰集・拾遺抄、その部《ぶ》どもは五帖《でう》に作りつつ、侍従の中納言と延幹《えんかん》と、おのおの冊子一つに四巻をあてつつ書かせ給へり。表紙は羅《ら》、紐おなじ唐《から》の組《くみ》、懸子《かけご》の上に入れたり。下には、能宣《よしのぶ》・元輔《もとすけ》やうのいにしへ今の歌詠みどもの家々の集《しふ》書きたり。延幹と近澄《ちかずみ》の君と書きたるはさる物にて、これはただけ近うもて使はせ給ふべき、見知らぬものどもにしなさせ給へる、今めかしうさま殊《こと》なり。

父道長からの送り物の「手箱ひとよろひ」には、片方の箱には櫛など化粧道具類が、他方には歌書類が納められていた。この道長からの送り物について、紫式部日記にもとづいて書いたと思われる栄花物語には、送り物の内容が次のように書かれている。

よべの御送り物、けさぞ心のどかに御覧ずれば、御櫛の箱ひとよろひがうちのことども見つくしやらんかたなし。御手箱ひとよろひ、かたつかたには白き色紙つくりたる冊子《さうし》ども、古今・後撰・拾遺など、五まきにつくりつつ、侍従の中納言と延幹と、おのおの冊子一つに四巻をあてつつ書かせ給へり。懸子《かけご》の下には、元輔・能宣やうの、いにしへの歌詠みの家々の集どもを書きていれさせ給へり。（栄花物語・初花《はつはな》）

栄花物語と紫式部日記の記事には傍線部などの語句の違いがある。これは日記の叙述からは、櫛の箱と手箱の二種の箱があったのか、それとも「手箱ひとよろひ」のうちの一つに櫛が、他方に書物が入れられていたのかがわかりにくいので、栄花はそれを櫛の箱と手箱の二種があったのだと、よりわかりやすく書き改めたものかとも考えられる。しかしそう考えるには、栄花の「古今・後撰・拾遺など、五まきにつくりつつ」は、日記の「古今・後撰集・拾遺抄、その部どものは五帖に作りつつ」の方がよりわかりやすく正確であるし、また「御手箱ひとよろひ、かたつかた」の歌書を入れたものに対するもう片方には何が入っていたのかについて、栄花には記述のないことも不審である。栄花がよりわかりやすく書き直したともいえず、栄花の見た日記が現存日記とはやや違っていたのではないか、という疑問も残るのである。両者の記事の相違については改めて後述する。

ここの「手箱ひとよろひ」の一方には櫛の具、他方には歌書が納められていたと考えるのは、その取り合わせにやや違和感があるかもしれないが、後世のものながら『類聚雑要抄《るいじゆうざつようしよう》・四』には、「手筥一双」に櫛や鏡などの化粧用具を入れた第一の懸子、第二の懸子には古今集・後撰集などの歌書を入れている例が見えて、櫛と書物の取り合わせもあり得たのである。やはり道長の送り物の手箱一双には、片方に櫛などの化粧具、他方には歌書が納められていた可能性も残る。中宮の書写させた物語の冊子も、道長の用意した歌書類と同じくこの手箱に入る程度の量であり、古今・後撰や歌仙の諸家集に対応するような当時の代表的な物語類であったにちがいない。要するに、これらの点からしても中宮の冊子作りは大部な源氏物語一種だけのものであった、とはとても考えられないのである。

さて、行成と延幹に書かせた古今・後撰・拾遺の勅撰集は、各集をそれぞれ五冊に書写した特別製豪華本であったが、能宣集などの家集は日常に用いる本としていわば並製というべきものであった。勅撰和歌三代集の十五冊は上の懸子に納められ、下の懸子に納められた書き手も記されていない家集とは明らかに差別されている。当時は同じ歌書でも勅撰集と諸家集では格が違い、物語はさらにその歌書類の下に位置づけられていた。そんな物語にも最高級の「色々の紙」を用いたのは、中宮の調度用だったからである。物語などには普通は高級な色紙などを用いることはなかったと思われる。

勅撰集を書写させた藤原行成は、日ごろ気軽に書いた手紙類でも人々が奪い合ったというほどに評判の能筆であったが（枕草子「頭の弁職に参り給ひて」の段）、延幹もまたこの当時には能書で知られていた僧侶であった（権記・寛弘八年八月十一日、夜鶴庭訓抄《やかくていきんしょう》）。延幹は陽成天皇の孫で、僧侶としての功績は特になかったが、後には法隆寺の別当になっている（左経記・寛仁四年十二月三十日）。

さて、式部はまた冊子作りの記事に続けて、里からもってきて局に隠して置いていた「物語の本」を道長が皆さらって持ち出し、尚侍妍子《きよこ》へ献上してしまったので、そのために「よろしう書き替へたりしは皆ひき失ひて、心もとなき名をぞとり侍りけむかし」と記している。通説のいうように、この記事はその前の冊子作りの記事と直接に関係したものであり、これも源氏物語のことをいったものであるとすることについては検討しておく必要がある。「よろしう書き替へたりし」とあることからすると、式部の書いた物語類であったらしいが、それだけですぐにこれを源氏物語のことだと短絡することはできない。この記事について例えば、式部の改稿した源氏物語の改訂本が中宮の冊子作りのために各書写者のもとに送られ、書写者たちは清書した新写本のみを中宮に献上して、元の書本《かきほん》は自分の手許に残して置いたので各巻が分散することになり（皆ひき失ひて）、一方の尚侍のもとに移った不十分な初稿本の方が全巻まとまった本として世間に流布することになったことで、私は「心もとなき名（不十分ナデキダトイウ気ニナル世評）」をとったことだろう、といった説明がなされている（全注釈）。

これについては、書写を依頼された人々は新写本だけを提出して、書本はそのまま自分が持っているようなことをするのかという疑問、仮に道長の持ち去ったのが初稿本源氏物語であったとしても、式部は既に改稿本を作っていたのになぜにわざわざ初稿本をもってきて局に隠しておいていたのか、さらにまた尚侍のもとに移った初稿本のみが世間に流布して、中宮のもとに返ってきた改稿新写本や、一緒に返却された可能性の高い式部の改稿本の原稿のことは人々にもよく知られていたはずなのに、なぜにそれが世に広まらなかったのであろうか。人々は当然に新しく改稿された本を求めて書写するはずなのである。

日記のこの一節についてはいま一つ、「よろしう書き替へたりしは皆ひき失ひて」とあるのはどういうことなのかも問題である。式部が「書き替へたりし」といっているものが源氏物語のことだと考えた池田亀鑑《きかん》は、寛弘五年当時において、源氏物語には尚侍妍子のもとに移った初稿本と、彰子が新写させた改稿本との二種の本文があったとしている[44]。それをもとにして、源氏物語の現存諸伝本間の本文の異同を、この草稿本と改稿本に由来するなどと短絡させる論もある。

さて、日記に「よろしう書き替へたりし」とあるのが仮に源氏物語のことをいったものだとしても、それは現存の源氏物語諸本間の本文異同程度の小さな書き替えをいったものとはとても考えられない。単に「てにをは」を改めたり、単語や語句を少し添削したりする程度のことを「よろしう書き替へ」たといったりするであろうか。「書き替へ」といっていることからすれば、やはりもっと大きく物語の内容にも関わるような改稿だったと考えるべきであろう。現存諸伝本の本文異同はすべて、後世の人々の書写過程での誤写や恣意的な改変によるものとすべきである。源氏物語の古写本は、同時代の他の作品に比べて圧倒的に数多く残されている。ところがそれらの古写本の校本類を見てもよくわかるように、諸本間の本文の異同差異はさして大きくはない。少なくとも源氏物語大成のような校本を作成しうる程度の小さな差なのである。これは、初稿本と改稿本のあったことの明白な枕草子の諸本間の本文の差異の大きさと比べるとよくわかるように、源氏物語の現存諸本すべては同一系統だといってもよいほどのものなのである。この冊子作りの記事を、源氏物語の成立やそのテキストの書写伝承に関わらせて論ずることは慎重になされるべきであろう。

式部が自宅からもってきて自分の局に置いていた物語の本は、出仕以前から書きためて置いた、源氏物語とは別の物語の草稿類などではなかろうか。それらの草稿は職務の隙を見て書き改めるつもりであったのだが、何とか仕上げたものは仲間の女房などが持って行ったりして、道長がさらっていったのはいまだ草稿のままのものであった。そんなものが人々に読まれては、どんなことを言われたかと気になる、というのである。

源氏物語は寛弘五年当時には既に世間に出てかなり流布していたから、この記事はその後に人々から求められたりして、式部の書いていた物語があったことを示している。もし「よろしう書き替へたりし」が源氏物語の改稿本であったとすれば、式部の手許からは失われても尚侍妍子のもとにはあったのであり、その話はすぐに宮廷中に広まるであろう。中宮の書写させたのも当然「改稿本」であったはずなので、改稿本が式部の手許から失われても、世間から姿を消すことはありえないのである。

【左衛門内侍と日本紀の御局】

源氏物語は一条帝にまでも読まれていたという。天皇も読んでみようと思うほどに宮廷でも評判になっていたのである。いつのでき事なのかはわからないが、日記には次の記事がある。

左衛門の内侍《ないし》といふ人侍り。あやしうすずろに（私ヲ）よからず思ひけるもえ知り侍らぬ、心憂きしりう言《ごと》

（カゲ口）の多う聞こえ侍りし。内《うち》の上（帝）の源氏の物語人に読ませ給ひつつ聞こし召しけるに、「この人は日本紀《にほんぎ》をこそ読みたるべけれ（底本「よみたまへけれ」、花鳥余情《かちょうよせい》「みたるへけれ」、改訂）。まことに才《ざえ》あるべし」と宣はせけるを、ふと推しはかりに「いみじうなむ才《ざえ》がる（底本「さえかある」、花鳥余情「さへかる」、改訂）」と、殿上人などに言ひ散らして、日本紀の御局《みつぼね》とぞつけたりける。いとをかしくぞ侍る。この古里の女の前にてだにつつみ侍るものを、さる所にて才《ざえ》さかしいで侍らむよ。

左衛門の内侍は内裏の女房で、弁の内侍とともに中宮彰子方との連絡係を務めていた人であったと考えられる。したがって式部とも直接に話をする機会もあり、その才能をもよく知っていた。ただし日ごろは内裏にいて、中宮のもとには何か要事のあったときにのみ来ていたのである。この人は式部が中宮に白楽天の新楽府《しんがふ》を教えていたことを知らなかったらしい。もし常に中宮御所に祗候していたのであれば、高級女房の左衛門内侍がそれを知らないはずがない。道長や一条帝までもそのことは知っていたのである。左衛門の内侍には日ごろから式部の評判が高く、源氏物語が帝にまでほめられたのがおもしろくなかったのであろう。「日本紀の御局」というあだ名は、「日本書紀などの難解な漢文の史書を読んでいるお局さん」と皮肉ったあだ名である。一条帝が源氏物語のどんなところに注目して、「この人は日本紀をこそ読みたるべけれ」と言ったのかはわからないが、この源氏物語の作者は日ごろ日本書紀のような難解な漢文の史書をも読んでいるに違いない、と感心したのである。「才あるべし」は漢文・漢学の素養の深いことを認めた言葉である。

もっとも、ここの「日本紀をこそ読みたるべけれ」の本文には問題があり、底本の「よみたまへけれ」をそのままに「よみたま（う）べけれ」とウ音便の無表記と考えて、日本紀を「講義なさるべきだろう」と天皇が仰せになった、とする説がある。(45)「日本紀を読む」というのは、当時では日本紀などを講義することをいうもので、式部はそんな日本書紀講読の博士を勧めることのできる人だ、と賞賛したものと解するのである。だがこの時代に日本書紀進講の講師を女性が勤めることなどはおよそあり得ないから、帝はおおげさに冗談めかしていった、と考えるのであろうか。その点も問題であるが、その前にこの説にまず私が疑問をおぼえるのは、「よみたまうべけれ」の本文だったとすると、天皇が人々のいるところで、身分の大きく隔たった見も知らぬ中宮女房の式部のことを話題にして、「よみたまうべけれ」と敬語を使ったことになる、という点である。天皇が式部と二人で直接に話していた場合ならばあるいはあり得るかも知れないが、その場にもいない女房風情を、天皇が「たまふ」の語を用いて人に話したりするであろうか。さらに、敬語の使用については源氏物語であれほどに細かく配慮している式部が、人伝てに聞いた天皇の言葉に、仮に「よみたまうべけれ」と式部への敬語が使われていたにしても、式部は天皇の自分への敬語をそのまま書きとめるような無神経なことをするであろうか。やはり「よみたまうべけれ」説には難点が多く、『花鳥余情』に引く日記の本文によって「みたるへけれ」、あるいは清水宣昭などの改訂により、もとは「よみたるべけれ」であったと私は考えるのである。

　ここの「左衛門の内侍」については、当時には同じ「左衛門」の呼称の女房が他にもいて種姓を比定するのがむずかしいが、私はこれを式部の外祖父藤原為信の妻で、式部の母の異母弟の理方《まさかた》を産んだ人と考える。もっとも、尊卑分脈には為信の弟にも理方なる人が見えて、そこに「母左衛門内侍」の注記がある（三三頁、系図3）。だが、そんなに近親関係にある二人に、同じ「理方」の名をつけることは考えにくい。尊卑分脈の記載には不正確なところがままあるので、ここもこの二人の理方は同一人であり、たぶん蔭位などのために為信男の理方が祖父中納言文範の養子になっていたのであろう。文範には養子が多かった。尊卑分脈によれば、文範は僧證覚の子の典雅《ふみまさ》、藤原為昭《ためあきら》男の知光《ともみつ》、藤原佐理《すけまさ》男の邦明《くにあきら》など近親者の子を多く養子にしている。この理方母の左衛門内侍は式部の母よりもかなり若くて、式部とほぼ同世代ぐらいであったかと思われる。式部は、兄惟規の妻の斎院中将にもかなり対抗意識をもっていたが、この左衛門内侍に対しても敵意をもち、二人の仲のわるいのもそうした近い姻戚関係にあったことによるのではなかろうか。娘時代には親戚として親しくつきあっていても、共に女房として宮仕えに出て競合するような立場になると、却って互いに対立し張り合う心が起こってくることになりやすいのである。

左衛門内侍については他に、「掌侍橘左衛門□子辞退ノ替、正五位下藤原少将祐子ヲ以テ任ズル之由、兵部卿宣旨ヲ奉ルト云々（権記・寛弘七年閏二月二十七日）」と見える「左衛門」の「橘□子」であるとして次の記事に見える「橘隆子」をあて、式部の外祖父為信男の理明の妻、元範の母であったとする説などが行われている。[46]

左金吾（藤公任）召ニ依リ参内。々侍除目ノ事也。仍テ予又参内。右頭中将、典侍明子朝臣ノ帯ブル所ノ典侍ヲ前掌侍橘朝臣隆子ニ譲ルノ文状七日ヲ下ス。仰セテ云ク、彼ノ三日ノ除目ニ載ス可シト。件ノ除目ハ中務省不参ニ依リ、加封シテ外記ニ賜フ也。今召シテ書キ加ヘテ之ヲ奏ス。（権記・寛弘四年五月十一日）

これによれば、橘隆子は寛弘四年五月の時点では前掌侍であったが、典侍源明子の辞任した後任の典侍に補せられることになり、このとき奏上されている。したがって、橘隆子は寛弘四年以後は典侍であった。その人が日記では寛弘五年以後にも「左衛門の内侍」と呼ばれているのは不審である。典侍が時には「内侍」と称されることも稀にあるが、普通は典侍を「内侍」の語で呼ぶことはしない。そして前記の「橘□子」は寛弘七年閏二月まで掌侍であったのだから、その点からしても日記の「左衛門内侍」は典侍橘隆子ではありえない。またこれを藤原理明の母にあてる説もあるが、理明の母は尊卑分脈には「母従五位下宮道忠用女」とあって、橘氏ではなかった。

この橘隆子の女房名は、「掌侍隆子兵衛（権記・長保二年九月二十七日）」と見えて「兵衛（掌侍）」であった。明らかに「左衛門内侍」とは別人なのである。この兵衛内侍は中宮彰子の妹妍子が尚侍になったときには、「兵衛内侍奏尚侍慶（権記・寛弘元年十二月二十七日）」と見えて、奏慶の役を勤めているが、同日の御堂関白記によれば、この奏慶の役を勤めたのは「掌侍橘□子」であった。大日本古記録本ではこの「□」に「徳」と注しているが、橘徳子は既に長保二年正月に従三位に叙せられていて（権記）、それ以後は一般に「橘三位」と呼ばれていたから、この注記は誤りであろう。つまり橘隆子の女房名は「兵衛内侍」だったのである。

そして、この兵衛こと橘隆子は、寛弘四年五月には典侍源明子から典侍職を譲られて典侍に昇り、一条帝の末年の病臥のころにはその側近に仕えていた。「大盤所ノ辺ニ於テ、女房等悲泣ノ声有リ。驚キテ問フニ、兵衛典侍云ハク、御悩殊ニ重キニ非ズト雖モ、忽チニ時代ノ変ルコト有ルベシト云々（権記・寛弘八年五月二十七日）」と、帝の臨終の床に侍っていた。次いで御譲位の日には「旧主（一条帝）内侍一人兵衛、此靫負之女也ヲ差《つかは》シテ、御笏幷ニ御衣一襲《かさね》ヲ遣シ奉ル（権記・寛弘八年六月十三日）」と三条新帝への使者を勤めている。ここの注記によれば兵衛典侍橘隆子は「靫負《ゆげひ》」の娘であった。「靫負」は衛門府の別称であるから、あるいはこの「靫負」もまた「衛門」と呼ばれることがあったかもしれない。橘隆子の母の「靫負」は、円融朝の内裏女房「ゆげひの命婦（新古今集・一四四七）」と考えられる。後述する一条朝の「靫負掌侍（権記・長保元年七月二十一日）」もこの人であろう。

【一条院内裏の紫式部の局】

式部が中宮彰子の女房として仕えた里内裏の一条院では、中宮御所は東北の対屋であった。この東北の対には、「（中宮彰子入内後の饗の座は）供奉ノ参議以上ノ座ハ、后ノ御在所東北ノ対ノ東庇……、侍従ノ座ハ東長片庇（権記・長保二年四月七日）」と、「東庇」のさらに東側に「東長片庇」が設けられていた。

寛弘五年十一月、式部は中宮の内裏還御に供奉して初めて入った一条院内裏で、自分に与えられた局に下がったときのことを日記に次のように記している。

（公務ガ終ワッテ）細殿《ほそどの》の三の口に入りてふしたれば、小少将の君もおはして、なほかかる有様の憂きことを語らひつつ、すくみたる衣《きぬ》どもおしやり、厚《あつ》ごえたる着重ねて、火《ひ》取《とり》に火を掻き入れて、身も冷えにけるもののはしたなさをいふに、

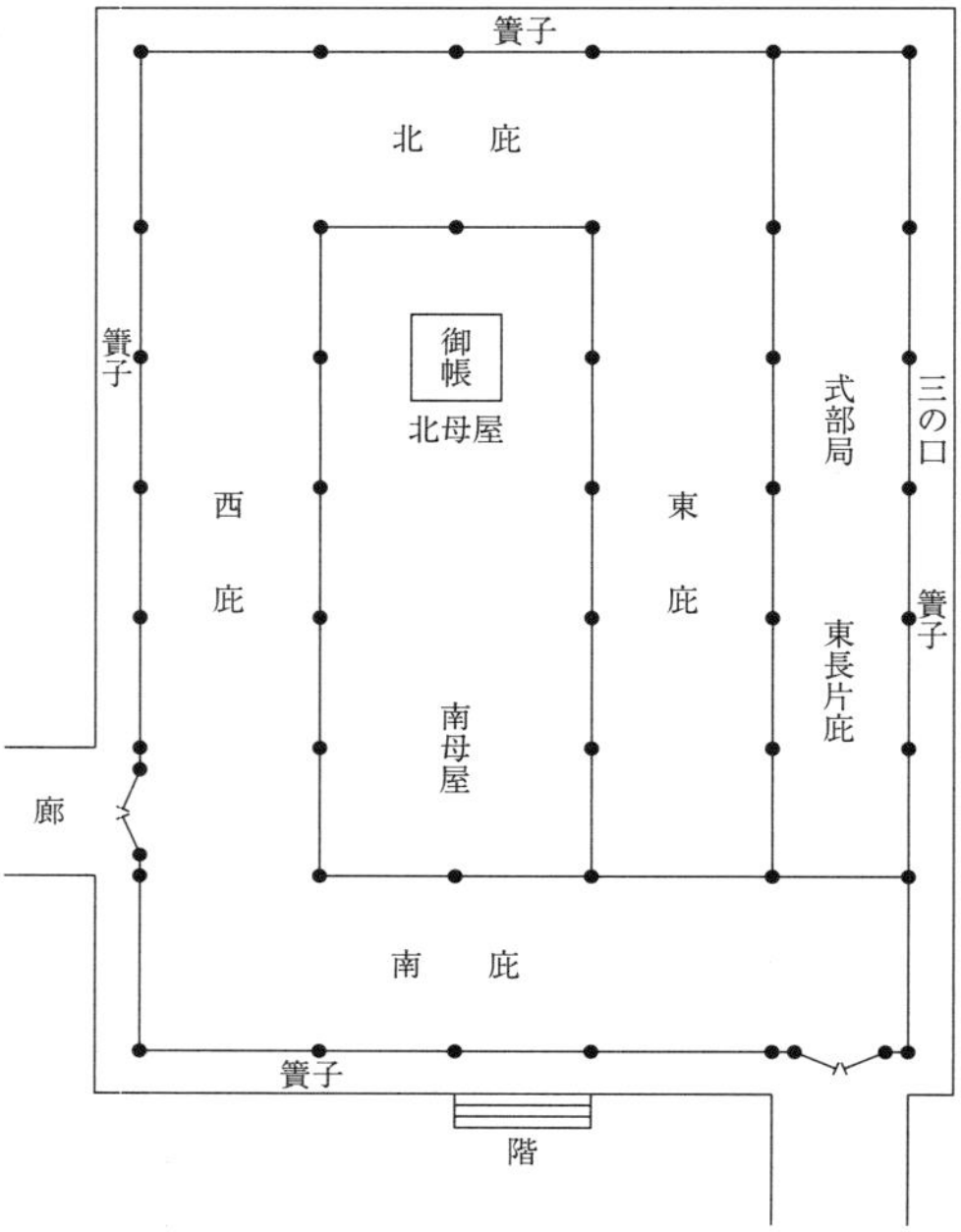

図1　一条院内裏東北対

これからすれば式部の局は、中宮御所の東北の対屋の東長片庇の「細殿の三の口」、つまり前記「東長片庇」の北から数えて第三間にあったと考えられる。後述するように式部の局は、東片庇の一間とその西奥の東庇の一間とを合わせたかなりの広さのものであったらしい。その北隣（第二間）には小少将の局があった。ただし、当時の女房たちの局はいわゆる「私室」ではなかった。単に几帳や屏風を立てて囲った程度の狭い空間であり、前記の饗の記事にもあるように、この東の対で儀式が行われるときには追いやられて、他所に移らねばならなかったのである。

式部のように中宮のいる殿舎内に局を与えられているのは、限られた高級女房数人ぐらいである。一般の女房たちの局は「女房の曹司《ざうし》には、廊のめぐりにしたるをなん、割りつつ給へりける（宇津保物語・藤原君）」などと見えて、廊や渡殿などの狭い空間を区切って数人で共用するのが普通であったらしい。古くは内裏においても、

中重（内裏）ノ北・西ノ廊ハ、采女・女孺等、各曹司ト為シ居住スルコト家ノ如シ。代々常ニ失火ノ畏レ有リ。然リト雖モ遂ニ追却スルコトヲ得ズ。（寛平御遺誡）

という有様で、下級女官たちは内裏内の各所の廊などに空間を見つけては勝手に住み着いていた。枕草子（「師走

の十余日のほどに」の段）には、中宮御所の職御曹司に仕えていた賤しい身分の庭番の住処は、「木守《こもり》といふ者の、築土《ついぢ》のほどに庇《ひさし》さしてゐたる」とある。ここの木守女は、土塀に木の枝などを寄せかけて覆いにしただけの、小屋ともいえないものを作って住みついていた。後の院政期になると人々の住生活も向上してきて、「(実季卿女子入内）女御々所女房廿人、童女、四人、半者四人西北対本内女房、曹司也幷南二宇東西（中右記・承徳二年十月二十九日）」などと、女房用に一つの殿舎のあてられることもあったが、式部の時代には高級女房たちもいまだ貧弱な狭い空間に暮らしていたのである。

寛弘五年の歳末、式部はしばらく里に下がっていたが、新年の諸行事奉仕のために一条院内裏の自分の局へと帰ってきたときの様子を日記に次のように記している。これは、女房生活についてのさまざまな様子をうかがわせる実に興味深い記事であるが、一条院内裏の式部の局についても知る手がかりが多いのである。

つごもりの夜、追儺《ついな》（鬼追イノ行事）はいととく果てぬれば、歯黒《はぐろ》めつけなど、はかなきつくろひどもすとてうち解けゐたるに、弁の内侍きて、物語して臥し給へり。内匠《たくみ》の蔵人は長押《なげし》の下《しも》にゐて、あてきが縫ふものの重ね捻《ひね》り教へなど、つくづくとしゐたるに、御前《おまへ》の方《かた》にいみじくののしる。内侍起こせど、とみにも起きず。人の泣き騒ぐ音《おと》の聞こゆるに、いとゆゆしく物おぼえず。火かと思へど、さにはあらず。「内匠の君、いざいざ」と先におし立てて、「ともかうも、宮下《しも》（帝ノ所デハナク、コノ東北ノ対）におはします。まづ参りて見奉らむ」と、内侍を荒らかにつきおどろかして、三人震《ふる》ふ震ふ足も空にて参りたれば、はだかなる人ぞ二人ゐたる。靫負《ゆげひ》、小兵部《こひやうぶ》なりけり。かくなりけりと見るに、いよいよむくつけし。御厨子所《みづしどころ》の人もみな出《い》で、宮の侍《さぶらひ》も瀧口《たきぐち》（警護ノ武官）も、儺《な》やらひ果てけるままに皆まかでにけり。手をたたきののしれど、いらへする人もなし。御膳宿《おものやどり》の刀自《とじ》を呼び出でたるに、「殿上に兵部の丞（式部ノ兄惟規）といふ蔵人呼べ呼べ」と恥も忘れて、口づから言ひたれば、尋ねけれどまかでにけり。つらきこと限りなし。式部の丞資業《すけなり》ぞ参りて、所々のさし油ども、ただ一人さし入れられて歩りく。人々、物おぼえず向かひゐたるもあり。上《うへ》（天皇）より御使などあり。いみじう恐ろしうこそ侍りしか。納殿《をさめどの》にある御衣《ぞ》とり出でさせてこの人々に給ふ。朔日《ついたち》の装束は盗《と》らざりければ、さりげもなくてあれど、はだか姿は忘られず。恐ろしきものからをかしうともいはず。

まず傍線部は、式部のいた局の様子をよく示している。弁の内侍の局がどこにあったのかはわからないが、弁は式部の局にやってきて話し込んでいるうちに眠ってしまった。日ごろから二人は親しかったのである。少し離れた「長押の下」で、内匠の蔵人が式部の童女「あてき」に、新春用の着物の「重ね捻り」の仕方を教えている。この内匠の蔵人は、大晦日の夜遅くに式部の侍女に縫い物を教えていることからすると、日ごろから式部と局を共用している女房であろう。このとき内匠の蔵人とあてきは「長押の下」、つまり式部と弁の内侍のいる東庇の長押から床が一段さがった東片庇にいる。当時の建物では長押は母屋と庇の間、また庇と孫庇（片庇）の間、庇と簀子《すのこ》の間などにあり、それぞれそこで床が一段づつ下がっているのが普通であった。女房の局が母屋に設けられることはなく、また内匠らが外の簀子にいることもあり得ないから、ここでは式部と弁の内侍は東庇の間にいて、内匠らはその東の長押を隔てて一段下がった東片庇（孫庇・細殿）にいたのである。

つまり、この一条院内裏での式部の局は、東北対の東庇の一間とその東の片庇一間の計二間を占めるかなり広いものであったことがわかる。ただしこの局には内匠の蔵人が同居し、「あてき」など式部の侍女たちも幾人か暮らしていたのである。そしてこの局においても、侍女たちは日ごろから式部のいる東庇からは一段床の下がった東片庇にいて、主人とは居場所に差があったらしい。そういう身分秩序の厳しい社会だったのである。

式部の局は一条院東北の対の東庇、およびその東の「東長片庇」にかけての東西二間であったが、この「長押の下」の語は、寛弘七年正月十五日に中宮・若宮御在所の東の対で行われた五十日の儀の日記の記事にも次のように見えている。

　宮の人々は、若人は長押の下、東の庇の南の障子はなちて御簾かけたるに上臈《じやうらふ》はゐたり。御帳の東のはざま、ただ少しあるに、大納言の君、小少将の君とゐ給へる所に、たづね行きて見る。

中宮の御帳は東北の対屋の北の母屋の中央部にあり、その東庇には上臈女房たちが居並んでいる。公卿など男たちの座は南の母屋などにあったのであろう。東庇の中央部あたりには、常は東庇を南北に隔て仕切る障子が立てられていたのだが、この日は取り除かれて御簾がかけられ、上臈たちはその東庇の中宮の御座所に近い北寄りにいる。その東庇と東片庇を隔てる「長押の下」、つまり式部たちが日ごろ局に使用していた空間も、儀式のある今日は几帳などが取り払われて若い女房たちの座になっている。母屋の中宮の御帳の東側、上臈たちのいる東庇とのはざまの狭い母屋の空間には大納言の君と小少将の君がいて、そこへ式部は遅れて入りこんだというのである。つまり、ここでも大納言・小少将や式部の座は上臈女房たちよりもさらに中宮に近い上座であった。

この「長押の下」の語は源氏物語にも見える。帚木巻で光源氏が空蟬の一時身を置いている紀伊守の中川の屋敷へ方違に行ったその夜中、寝殿の東の母屋にいた源氏は、西の母屋に臥している空蟬のもとへ忍び込もうとして、様子をうかがって聞き耳をたてていた。すると空蟬らしい女の声で、「『中将の君はいづくにぞ。人気遠き心地して物おそろし』といふなれば、長押の下に人々臥していらへすなり」という場面がある。これは西の母屋に寝ていた空蟬が、夜はいつも自分の傍らに臥すことになっている侍女の中将の君がいないので、不安に思ってどこへ行ったのかと聞くと、少し離れた西庇に寝ている侍女が返事をした、というのである。襖障子で隔てられた東の母屋にいる源氏に、返事をした侍女が「長押の下」に寝ているとわかったのは、侍女の声が空蟬の声よりも遠くから、そしてやや低い位置から聞こえてきたからであろう。日ごろから暗い夜を過ごしていた当時の人々には、このようにかすかな物音や人の声によっても、人々の位置関係を知り得たのである。そして紫式部の文章は、そうした微妙な人々の位置関係を、ただ聴覚による記述だけで描き得る質のものなのである。ここも侍女たちの寝ていたのは、主人空蟬のいる母屋よりも一段床の低くなっている西庇であった(47)。

女房たちに局用として与えられた空間の広さは、その屋敷の建物の大きさや構造などによりさまざまなので一般的にはいえないが、後述する中宮彰子の里第土御門《つちみかど》殿の渡殿にあった式部の局は、強いていえば間口六尺（約二メートル）奥行き一丈二尺（約四メートル）ばかりのものであったかと考えられる。一条院内裏などの建物の柱間は、それよりもやや長かったであろう。(48) 式部たち女房は、そこで里から連れてきた自分の侍女二、三人ばかりと暮らしていたのである。ただし、ここの式部の局は当時としては特別に広いものであったと思われる。おそらく当時の女房に局として与えられる空間は、その出仕先によっても違うであろうが、せいぜい広くてもいまの六畳間程度のものであろうか。

さて、式部が局で歳暮の物思ひにふけっていると、突然中宮の御座所の方から叫び声がした。式部はうたた寝をしている弁の内侍を「荒らかにつきおどろかして」、内匠の君を「先におし立てて」震えながら三人で声のした方へといそいだ。ここで式部は、女蔵人の内匠の君を先に押して歩かせたこと、弁の内侍に対する「内侍起こせど、とみにも起きず」とか、「荒らかにつきおどろかして」という動作、それらを記す言葉には弁の内侍に敬語がないことなどからも、式部は弁の内侍と単に親しい間柄だったというだけではなくて、日ごろから式部の方がやや上位者として振る舞っていたらしい様子がうかがわれる。式部はこんな火急の場合にも、とっさに同僚たちを指図して沈着に対応できる人だったのである。

三人が声のする方へ行ってみると、若い女房の靫負・小兵部の二人が裸姿で震えている。強盗が入ったのである。ところが夜更けだったので、中宮の御厨子所に詰めている采女《うねめ》たちも退出してしまっているし、警備係の滝口なども追儺《ついな》が終わったのでそのまま帰ったらしくて誰もいない。そこで中宮の御膳宿（食膳係）の刀自を呼んで来させた。これは身分の低い女官なので、ふだん式部のような高級女房が直接に声をかけたりはしない者であった。しかしいまは火急の場合なので、「恥も忘れて、口づから（直接自分ノ口カラ）」、帝の御所（中宮御所の西隣の北の対）へ行って「兵部の丞といふ蔵人（式部ノ兄惟規）」を呼んでこい、と命じた。狭い里内裏のうちなので、日ごろ兄惟規とも会うことがあり、この夜は蔵人として殿上の間に詰めていることを知っていたのであろう。滝口などはいなくとも、中宮御所にも男性の侍臣も幾人か詰めていたであろうし、藤原資業などのように間もなく騒ぎを聞いて駆けつけてきた者もいたはずなのだが、わざわざ遠くにいる兄を呼びにやったのは、やはり式部はあまり見知らぬ男性と直接に話をするのが嫌だったからである。

資業は儒者たちの長老参議有国の七男、このとき二十一歳の若者で、母は一条帝の乳母橘徳子であった。式部がここでわざわざ資業の名をあげて記しているのは、同じく儒者の家に生まれた身として、中宮や道長家に重用されているこの一家の人々のことに、日ごろから注意していたからであろうか。

盗人は、女房たちの新年用の装束をねらって忍び込んだらしい。当時はこのように、中宮や天皇の御在所近くにまで盗人が入り込むことが時にはあったのである。

【土御門殿の紫式部の局】

中宮彰子に仕える高級女房たちの序列は、中宮が出産のために里第の土御門殿に滞在したときの女房たちの局の位置などからもよく知られる。

中宮の里邸の土御門殿の寝殿は七間四面、つまり桁行《けたゆき》七間、梁行《はりゆき》二間の母屋とその四方に庇の設けられた大きな建物であった。寝殿の中央部には、古く建物の中央部に南北に馬道《めどう》を通した構造様式に由来する一間の空間が設けられていて、それを挟んで東の母屋と西の母屋があり、中宮の御在所はその東側の母屋であった。この寝殿の母屋は塗籠造りになっていたとする説もあるが、日記の記事や記録類からもそれはうかがえないし、そもそも当時には母屋全体が塗籠になっているような例は存在しない(49)。

東の母屋の東南および東北の隅からは東の対へと渡殿《わたどの》が延びていた。東南のものは透渡殿《すきわたどの》になっていて、東北の渡殿には高級女房たち三人の局が設けられていた。中宮御在所の寝殿に近い西の方が上位者の局で、もっとも西側に宰相の君の局、次が紫式部、東端が宮の内侍の局になっていた。宰相の君よりも上位者の大納言や小少将は、日ごろ寝殿の中宮のそばで暮らしていたらしい。中宮の女房中の最上位者と考えられる宣旨はどこにいたのかわからない。宣旨の局については日記にも何も記されていないことからすると、この時期には多く里居していて、職務のあるとき以外には出仕しなかったのであろう。その他の高級女房たちの局は東の対屋の庇などにあったらしい。日記にも「東の対の局より（寝殿へト）まうのぼる人々を見れば、色聴《いろゆる》されたるは織物の唐衣」とあり、禁色《きんじき》を着るような身分の女房たちの局も東の対にあったことがわかる。

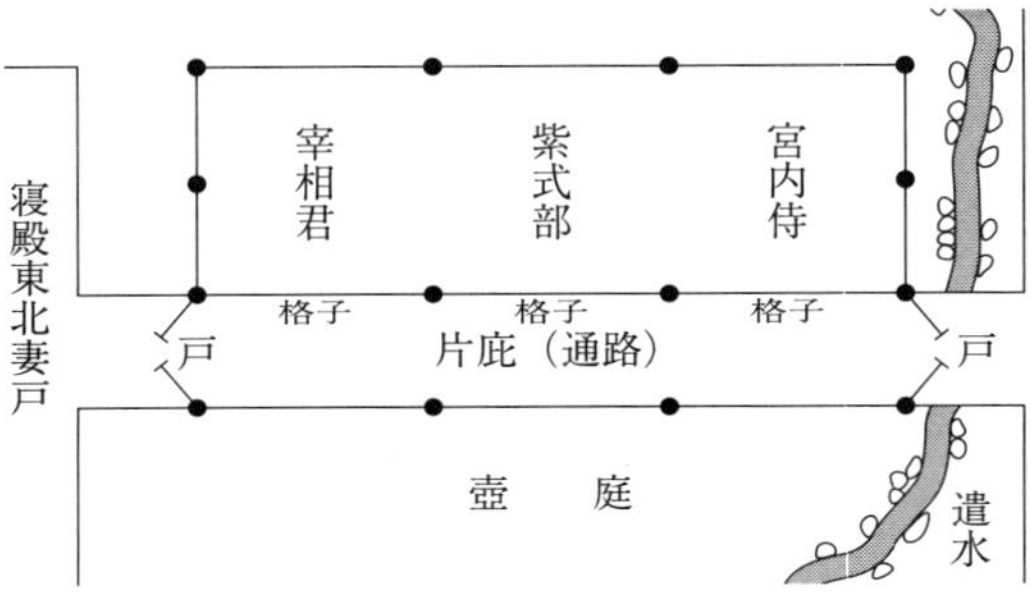

図２　土御門殿寝殿の東北渡殿

　渡殿にあった三つの局の主については、まず「上よりおるる道に、弁の宰相の君の戸口をさしのぞきたれば、昼寝し給へるほどなりけり」とあって、式部が寝殿の中宮のもとから自分の局へと下がる途中のもっとも西側に、宰相の君の局があった。この渡殿は「殿」の語で呼ばれていることからしても東西棟の建物で、桁行き三間、梁行き二間程度のものであった。ただしその柱間は、寝殿などのそれよりもずっと短かったであろう。渡殿の南面にはたぶん東の対への通路用の片庇があり、その通路の北側にある女房の局とは上下二枚の蔀格子《しとみごうし》で隔てられていたらしい。「弁の宰相の君の戸口」とあるのは、通路に面した局の南面の格子戸の出入り口をいうのであろう。

　この渡殿南面の東の対への通路には、寝殿の妻戸から出てその通路にさしかかる入り口に戸が設けられていた。「渡殿の戸口の局に見いだせば」とあるのは、渡殿の入り口に設けられたこの戸に近い宰相の局に立ち寄ったときのことであろうか。あるいは「渡殿の局の戸口に」というべきところをこういったのかもしれない。源氏物語には、野分《のわき》の翌朝に六条院の寝殿の東の母屋にいる源氏と紫上を見舞いに行った夕霧が、「東の渡殿の小障子の上より、妻戸の開きたる隙を何心なく見入れ給へるに（野分）」と記されている。この六条院の渡殿の通路の西端には、目隠し用に小型の衝立《ついたて》屏風が立てられていたらしいが、戸のあったことは見えない。しかし、戸がなく衝立を立てる程度ではこの場面のように寝殿の内部が見えるので、やはりここにも戸があり、その戸の内側に衝立障子（屏風）が立てられていたのであろう。寝殿から渡殿への出入り口に戸の設けられている例は、同じく源氏物語の中川の紀伊守邸でも、「（源氏ハ）渡殿の戸口に寄りゐ給へり。……（寝殿カラ出タ源氏ハ）渡殿の口にかい添ひて隠れ立ち給へれば（空蟬）」と見える。(50)

寛弘五年十月十六日に土御門殿行幸があり、中宮の皇子出産を祝って多数の関係者たちに叙位などが行われた。中宮大夫の権中納言藤原斉信《ただのぶ》は正二位に昇って、誕生したばかりの敦成親王家の別当になり、中宮権亮《すけ》の参議藤原実成《さねなり》は従三位に叙せられた。この二人は早速その夜に渡殿の女房たちの局にまでお礼参りにやってきた。

　暮れて月いとおもしろきに、宮の亮（実成）、女房に会ひてとりわきたる慶《よろこ》びも啓《けい》せさせむとにやあらむ、A妻戸のわたりも御湯殿の気配に濡れ、人の音《おと》もせざりければ、Bこの渡殿の東のつまなる宮の内侍の局にたち寄りて、「ここにや」と案内し給ふ。C宰相（実成）は中の間《ま》に寄りて、まださささぬ格子の上《かみ》おしあげて、「おはすや」などあれど、出でぬに、大夫（斉信）の「ここにや」と宣ふにさへ、聞きしのばむもことごとしきやうなれば、はかなきいらへなどす。いと思ふこと無げなる御気色どもなり。「わが御いらへはせず、大夫を心ことにもてなしきこゆ。ことわりながらわろし。かかる所に上臈《じやうらふ》のけぢめ、いたうはわくものか」とあはめ給ふ。

傍線部Aの妻戸は寝殿の東北隅の出入り口に設けられたもので、その妻戸の内側の寝殿東庇の妻戸に近く少し南寄りに、新生児のための御湯殿（入浴用の湯を入れた盥《たらい》）が設けられていた。この妻戸を出たところに渡殿への入り口の戸がある。

ここの記事からすれば、大夫たちは最初に西端の宰相の君の局に行き外から呼んだのだが、中に人の気配がなかったので、その東の「中の間」の式部の局の前にやってきて声をかけた。下﨟の実成が先に立って歩き、まず「おはすや」と声をかけて外から格子をあげたが、やはり返事がなかったので、実成はさらに進んで東端の宮の内侍の局に行き、「ここにや（宰相ノ君ヤ式部ノ君ハココニオイデカ）」と言ったのである。

日記のここの書き方はややまぎらわしいために諸注は混乱していて、宮の内侍の局に式部が同居していたのだとか、式部の局は東端にあったのだとか、無理な説明をしている。しかしこの記事は、先頭を行く実成の行動の経過をまず述べておいてから、改めてさかのぼってそれまでのでき事の詳細を記すという、当時よくある叙述法なのである。実成が斉信よりも先に進んで中の間の式部の局の格子を上げて「ここにや」と呼び、返事がなかったので東端の局にまでいって、また「ここにや」と声をかけた。そして後からやってきた斉信も同じく中の間の前で「ここにや」と呼んだことは、Cの部分に「大夫の『ここにや』と宣ふにさへ」と記されていることからも明らかである。男たちの行動を詳しく書くと煩雑になるのを嫌ってこんな書き方をしたために、ややわかりにくくなったのである。式部が実成の呼びかけに返事をしなかったのは、式部の日ごろの控えめな態度によるものかもしれないが、やはりここには叙位に浮かれている男たちの、「思ふこと無げ」な様子を冷視している心も認められる。この直前には、親王家の職事などについての人事を、「かねても聞かで、ねたきこと多かり」と記していて、式部の関係者が恩恵にあずかれなかった不満を述べていた。さらにまたここの実成については、式部が心よく思っていない弘徽殿の女御義子の兄であったこともあるらしい。式部はそんなささやかな意地悪もする人なのである。

要するに、この渡殿の三つの局の主は、西から宰相・式部・宮の内侍であった。掌侍である宮の内侍の局が式部よりも下位の東端にあるのを不審とする説もあるが、ここには明らかに「東のつまなる宮の内侍の局」と記されている。宮の内侍は中宮の内裏還御など公式の場では掌侍として式部の上位に位置づけられているけれども、中宮の御所内での女房としての序列はこの局の位置からしても式部の方が上位だったのである。中宮彰子の女房たちの序列は、それぞれの場によって異なる基準が適用されているらしい。式部は宰相の君らと共に、斉信ら公卿たちもあいさつに訪れるほどの中宮の主要女房であった。

なお、日記のここの場面は、鎌倉時代に作られた紫式部日記絵巻（次頁図A）にも描かれている。ただしその画面の構図は、日記の記事を十分に理解できなかった当時の絵師の考えにもとづくもので、式部の局を渡殿らしくない建物の妻側の位置に描くなど明らかな誤解が多い。また、いまの二千円紙幣（図B）にはこの場面から採った紫式部と称する像が載せられているが、これは明らかに式部の侍女の姿である。現存する紫式部の姿を描いた絵でもっとも古いものは、同じく鎌倉時代の石山寺縁起絵巻（図C）に見えるものなのである。(51)

【女房たちの局の生活】

紫式部日記は、主として寛弘五、六年ごろに式部が女房として過ごした中宮の里第土御門殿や、里内裏一条院での生活を書いている。そこでは式部ら高級女房たちは局《つぼね》と呼ばれる私的な空間を与えられて、主人のもとから退いた夜の時間などを過ごしていた。局と隣の局との間仕切りは几帳や屏風程度のものでなされていた。式部の時代の貴族住宅では、後世のように建物の内部に壁や板などで間仕切りをした小さな密室の「戸屋《へや》（部屋）」を設ける、という構造にはいまだなっていなかった。当時の「戸屋」の語は、周囲に壁や板を張ったりした密室になったものをいう語であったが、いまいう「部屋」とはかなり異なる。(52)屋内の空間を襖障子などで仕切ることは既に行われ始めていたが、それも母屋と庇の間の長押に襖障子を立てる程度のおおまかなものであった。

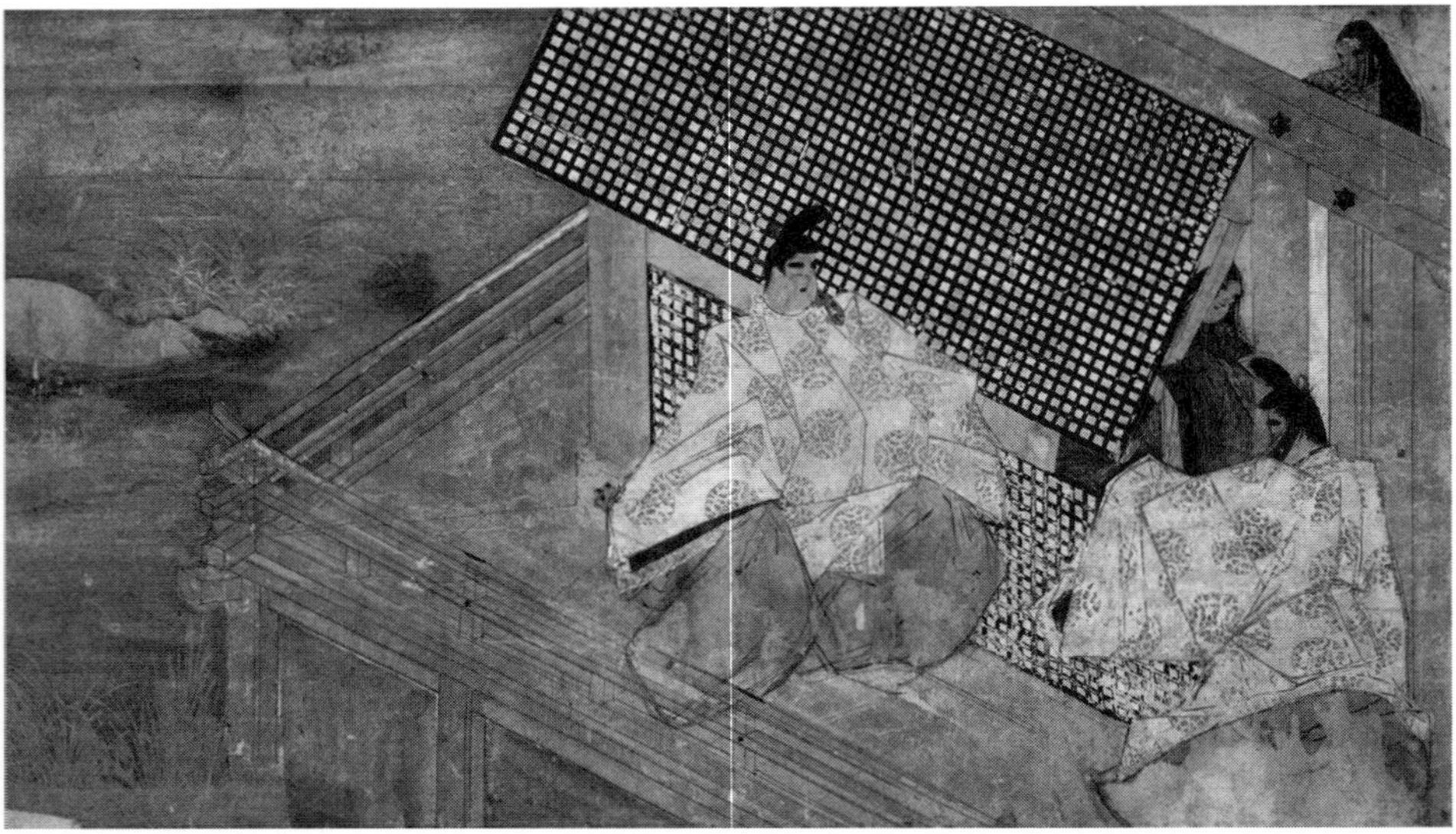

A 紫式部の局を訪ねる男たち（国宝 紫式部日記絵巻 五島本第一段（部分）・五島美術館蔵）

C 紫式部
（石山寺縁起絵巻〈部分。全画面は表紙カバー参照〉・土佐光信画・石山寺蔵・重要文化財）

B 紫式部
（二千円紙幣・紫式部日記絵巻）

枕草子には当時の女房たちの暮らしていた局の様子をうかがわせる多くの記事がある。清少納言は中宮定子のもとに出仕した当初には先輩の女房の局にあずけられていた（「宮に初めて参りたるころ」の段）。清少納言はその才能を認められ、中宮一家から強く望まれて出仕したはずの高級女房なのに、最初は自分専用の局をもてなかったのである。後には自分の局をもらっていたらしいが、自分用の召使いを連れてきていたから、やはり狭い空間に三、四人が暮らすような生活であった。隣の局との仕切りも屏風や几帳を立てた程度のものであったから、夜には隣の局の女房が訪れてきた恋人と語らう声もよく聞こえてきたし、朝になって男が帰る身支度をしている衣擦《きぬず》れの音、袴の紐や烏帽子の緒を結う音までもがはっきりと聞こえてきたという（枕草子・「暁に帰らん人は」の段）。男が訪れる夜には、同じ局にいる召使いなどは他所に追いやられていたのであろうが、女房たちにはおよそ自分の空間や時間、「個人生活」というべきものがなかったのである。

十二世紀前半ごろに作られた源氏物語絵巻には、室内の板敷きの床の上はすべて畳で敷き詰められ、庇の部分には襖障子を立てて小さな空間に仕切ったものも見えるが（横笛巻）、式部の時代にはいまだ一般的ではなかった。源氏物語絵巻に描かれている柏木邸へ見舞いに来た夕霧と柏木の対面の場面では、寝殿の西の母屋に病臥する柏木とその枕元に座る夕霧がいて、それを西庇の側のやや上方から見る視点で描かれている。西の母屋と南庇は壁と襖障子で仕切られているが、西の母屋のまわりの南庇・西庇・北庇の空間には襖障子などの間仕切りは一切なく、南庇と西庇との間には屏風を立てて仕切り、北庇にいる女房たちはわずかに几帳などを立てて姿を隠している（次頁、源氏物語絵巻柏木巻第二図）。そして、南庇と西庇、西庇と北庇の境界には下長押が描かれてはいないから、庇の部分には襖障子などはもともと立てない造りとして描かれている。ただしこれは、画面をできるだけ広い構図に描くために絵師の工夫した処理なのかも知れないので、現実に当時そんな構造の寝殿があったとすることもできない。

源氏物語絵巻 柏木巻第二図
（徳川美術館所蔵　©徳川美術館イメージアーカイブ /DNPartcom）

源氏物語絵巻 柏木巻第二図・画面説明

この画面は、柏木邸寝殿の西の母屋《もや》に病臥する柏木が、見舞いに来た夕霧の話を、枕を欹《そばだ》てて（枕をたてに高く立てること）聞いている姿を、西庇側のかなり高い位置に視点を設定して、東向きに俯瞰して描いたものである。

中央の三本の柱は母屋の西の側面で、下長押《しもなげし》を境に一段下がって庇の床がある。画面右上手は南庇で、母屋とは壁・襖障子で仕切られ、襖の前に祈禱僧の経机が置かれていて、手前の西庇とは山水《せんずい》屏風で仕切られている。母屋と西庇とは内側に壁代《かべしろ》、外側の巻上げられた御簾で仕切られている。手前の西庇のやや左寄り（北寄り）に四尺五幅《のう》の几帳が立てられ、その左手（北側）に女房が三人、左上の北庇には二人がいる。この画面では、母屋・庇すべてに畳（薄縁）が敷き詰められているが、これは絵巻の制作された院政期ごろの生活を反映したもので、一条朝ごろにおいては、畳は人の座席用の小型のものであった。

第三章　平安中期の女官・女房の制度

一　一条朝ごろの内裏女房と女官

一条朝ごろの女官・女房制度は、ほぼ十世紀に入って成立してきた宮廷の女官制度を受け継ぎ整備したものであった。基本的には令制をもとにしながらも時代の変化に対応して、御匣殿や女蔵人などの令外の官職を設けたり、内侍所の設置や尚侍の地位職掌の変化など、その後の時代に行われる女官制度の基本はほぼ十世紀に確立したと考えられる。ただし、女官・女房の制度は一般にもっとも解明の遅れている分野であり、不明なところがすこぶる多い。しかしいまは、当時の女官制度全般についての体系的な記述は措いて、紫式部がどんな女房生活を過ごしていたかを考えることを目的に、それに関わる範囲での一条朝の女官・女房のあり方をいささか述べておきたい。

【一条朝の内裏女房の員数】

長保元年（九九九）七月二十一日、内裏に仕える女官・女房たちに出羽国の交易の絹が支給されることになった。交易の絹は、地方で徴収した租税などを、運搬や交換等に便利な絹にかえて都の政府に納入したものである。このとき絹を支給したのは、六月十四日に内裏が焼亡して、十六日に天皇は里内裏の一条院に移られるというでき事があり、その内裏火災による被害にあった女房たちの救済のためであったらしい。[53] そのことを記した次の記事は、当時の内裏の主な女官女房たちの職階や員数などをもある程度うかがい得る重要な手がかりである。

　早朝参内、交易ノ絹ヲ以テ女房ニ支配ス。三位六疋、民部・大輔・衛門・宮内各五疋以上、御乳母四人、進・兵衛・右近・源掌侍・靫負掌侍・前掌侍・少将掌侍、馬・左京・侍従・右京・駿河・武蔵・左衛門・左近・少納言・少輔・内膳・今、十九人各四疋、中務・右近、各三疋、女史命婦二疋、得選《とくせん》二人各二疋、上刀自《うへとじ》一人一疋。

（権記・長保元年七月二十一日）

勿論これは、当時内裏に仕えていた「女房」と呼ばれる高級侍女たちの総数というわけではなく、この他にも里居中で支給の対象にならなかった内裏女房などもいたことを考えておかねばならないが、ほぼその大体の員数を示していると認められる。これだけの多人数であるから、行成は絹の支給対象とされた女房の名簿などを見ながら書いたのであろう。これらの女房たちの名は職階や労などにより、上位者から書き並べられていたのに違いない。やや煩雑になるが、まずここに記された女房たちの職階などについて考えてみたい。

ここの交易絹の支給者名簿からすれば、当時の内裏女房の職階制度はほぼ、三位・典侍（御乳母）・掌侍・五位の命婦・女蔵人・女史の命婦・得選・上刀自といった序列であったらしい。以下その女房たちの内訳、経歴などのわかる女房について述べる。

【藤三位繁子】

まず最初に「三位」とあるのは、当時「藤三位」と呼ばれていた藤原繁子《しげこ》と考えられる。繁子は右大臣藤原師輔《もろすけ》の女であったが、母の身分が低かったために女房になった人である。繁子は最初異母姉の中宮安子の女房として出仕して、やがて村上第五皇子守平《もりひら》親王（円融天皇）の乳母となり、次いで守平が天皇になるとその乳母の労で典侍に補せられ、そののち典侍をやめるとともに従三位に叙せられた。そのころには帝の乳母は典侍に補せられ、典侍をやめると従三位に叙せられる慣例になっていたのである。繁子は関白藤原道兼との間に尊子《たかこ》を儲けていたが、道兼の薨後には大弐平惟仲の妻となった。娘の尊子も宮廷に出仕して御匣殿《みくしげどの》別当となり、やがて長保二年には女御となっている。

繁子については、「故一条院の御めのと藤三位（大鏡・道兼伝）」と、古くから一条帝の乳母であったとする説があるが、実は同時代の記録類などにも繁子が一条帝の乳母であったことの明証はない。大鏡が一条帝の乳母と考えたのは次の歌などによるのであろう。現在の諸注もほぼ藤三位繁子を一条天皇の乳母としている。[54]

円融法皇うせさせ給ひてまたの年、御果てのわざなどのころにやありけん、内に侍りける御めのとの藤三位の局《つぼね》に、胡桃色《くるみいろ》の紙に老《おい》法師の手のまねをして書きて、さし入れさせ給ひける　　一条院御製

これをだに形見と思ふを都には葉がへやしつる椎柴《しひしば》の袖　（後拾遺集・五八三）

大鏡はこの詞書の傍線部などから、「藤三位」を一条帝の乳母と誤解したものらしい。しかしこれは、むしろ藤三位が円融院の乳母であったことをいっているものと解すべきである。一条帝の乳母であれば、わざわざ「内に侍りける」という必要もない。常にはいない藤三位がたまたま内裏にいたころのことだったので、こういったのである。一条帝が藤三位にやったという「これをだに」の歌のことは枕草子などにも見えて、当時広く行われていた歌語りであったらしい。枕草子では次のように記されている。

円融院の御果ての年（円融院ノ一周忌ハ正暦三年二月六日）、……藤三位の局に、蓑虫《みのむし》のやうなる童の大きなる、白き木に立文《たてぶみ》を付けて「これ奉らせん」と言ひければ、「いづこよりぞ、今日明日は物忌みなれば、蔀《しとみ》も

参らぬぞ」とて、下《しも》は立てたる蔀より取り入れて、さなんとは（藤三位ハ）聞かせ給へれど、「物忌みなれば見ず」とて、上《かみ》につい挿して置きたるを、翌朝《つとめて》手を洗ひて、「いで、その昨日の巻数《くわんず》」とて請《こ》ひいでて、伏し拝みて開けたれば、胡桃色といふ色紙《しきし》の厚ごえたるを、あやしと思ひて開けもていけば、法師のいみじげなる手にて、

これをだに形見と思ふに都には葉がへやしつる椎柴の袖

と書いたり。いとあさましう、ねたかりけるわざかな、誰《た》がしたるにかあらん、仁和寺の僧正（寛朝）のにや、と思へど、よにかかること宣はじ、藤大納言（藤原済時カ）ぞかの院（円融院）の別当におはせしかば、そのし給へる事なめり、これを上の御前《おまへ》（一条帝）、宮（中宮定子）などにとく聞こし召させばや、と思ふに、

（枕草子・「円融院の御果ての年」の段）

藤三位は、帝のもとへ参上してこの話を申したところ、一条帝は、その胡桃色の紙は私のところにある色紙とよく似ているなあ、といって取り出して見せられたので、藤三位はさては帝のいたずらだったのだと、やっと事情を知って口惜しがり、皆は大笑いしたという話である。「椎柴の袖」は喪服をいう。これは藤三位が円融院の乳母であり、円融院の一周忌も終わったと悲しんでいるときであったからこそ成り立つ話であり、一条帝の乳母であったならば、帝がわざわざこんな手のこんだことをするはずもない。

清少納言はこの記事を、中宮定子と共に帝の御前で藤三位の悔しがるさまなどを実際に見ていたかのように書いているが、しかしこの歌にはまた次のような異伝もあって、どうも清少納言自身の見聞談ではなかったらしい。

仁和寺（円融院）の御はての日、物忌みにさし籠もりてゐたるに、立文にて、法師童子《どうじ》「今日過ぐすまじき御文なり」とて、さし置きたるを見れば、胡桃色の色紙に、あやしき手して

これをだに形見と思ふに都には葉がへやしつらむ椎柴の袖

のちに聞けば、東宮（居貞《いやさだ》親王、後ノ三条帝）わたりよりあるなりけり。

聞きていみじうあやしがりけり。同じことなれど、かくこそはと思ふ

惜しまれば衣のうらにかけて見む玉の瑕《きず》とやならむとすらむ

（藤原仲文《なかぶん》集・八三、八四）

仲文集の「これをだに」の歌の詞書および後注によれば、この歌は一条帝が藤三位のもとへやったものではなく、「東宮」から仲文へ送られたものであったことになる。仲文集の詞書は、枕草子の記事をほぼ要約したものともいえる内容であるが、この詞書の記述はすこぶる不十分であり、何故に東宮から仲文にこの歌がとどけられたのかについての事情や、この歌をもらった仲文はどう対処したのかなどが知りたいところなのに、それらについてはまったく書かれていない。何か脱落欠損があるのだろうか。後注には東宮からの歌というが、円融院とは関係の薄い東宮がこんな歌を詠み、しかもそれを仲文に送ったというのもすこぶる不審である。また後者の歌については、「これをだに」のように詠むよりは、「惜しまれば」のように詠んだ方がよいのに、という仲文の感想らしいが、うまく文脈にあう歌にはなっていない(55)。

尊卑分脈によれば、藤三位繁子の兄弟遠量《とおかず》・遠度《とおのり》・遠基《とおもと》らの母は藤原公葛《きみかつ》女であり、この公葛は仲文の父であった。繁子は遠量らと同腹で仲文の姉妹の産んだ女であったと考えられる。臆測すれば、そんな関係から歌詠みの仲文のもとには繁子の歌反故などが伝えられていて、その中に繁子のもらった「これをだに」の歌があり、それが仲文集に紛れ込んだのではなかろうか。仲文集の編纂者がこの歌を採るときに、こうした不十分な形の詞書を書いたために、事情がわからなくなってしまったのだと考えられるのである。これらからしても、繁子の母も公葛女であった可能性が高い。

繁子が典侍に補せられていたことは次の記事からも知られるが、いつ典侍になりさらに従三位に昇ったのかは明

らかにできない。長保二年二月二十五日に彰子が立后したときには「藤三位」が理髪のことを勤めているので（権記）、少なくともそれ以前に御乳母典侍の労により従三位に叙せられていた。

又、伊勢大宮司公忠《きみただ》ノ辞スル替、千枝《ちえだ》ヲ補ス可キノ宣旨下サル。又、官符出デ来レバ、前典侍ニ給フ可キノ由仰セラル。件ノ宮司ハ故二条関白（藤原道兼）ノ申スニ依リ、将来ノ宣旨ヲ給ヒ已了《をはん》ヌ。随ヒテ則チ彼ノ後家、公忠ノ辞書ヲ取リ奏セシムルノ処、宣旨下ル、テヘリ。本ノ宣旨ニ任セテ、任符ヲ彼ノ後家ニ給フ可キ也。而シテ典侍ノ愁ヒ申サルル所有ルヲ以テ、本家ニ給ハズ、更ニ他人ニ給フノ事、甚ダ不当ノ由、事ノ次デ有リテ左府ニ申ス。

（権記・長徳四年十二月二十四日）

この記事はわかりにくいが、前典侍繁子が故二条関白藤原道兼の後家として、家人の大中臣千枝の世話などにも采配をふるっていたことが知られる。繁子は当今の父帝の乳母であり、関白道兼の北方でもあったから、長く宮廷で威勢を誇っていたのである。ついで繁子は、再婚した夫平惟仲が大宰大弐に任ぜられると、それに従って九州に下ったりしている。

此夜宿ニ侍リ。前典侍繁子参入。大宰府ニ向カフノ由ヲ申ス。預リ内蔵寮ニ仰セテ衝重《ついがさね》ヲ給フ。

（権記・長保三年六月二十二日）

繁子は大宰府へ下向するまでは東三条院詮子に仕えていたらしい。長保二年夏ごろから詮子は病がちであったが、道長が詮子の病気見舞いに行ったときには、繁子はその側にあって「院（詮子）ノ御悩極メテ重ク坐《おは》ス……女房等云ク、前ノ典侍邪霊ト為《な》リ狂ハレテ大臣（道長）ト拏攫《だかく》ス……藤典侍被霊気□□之体非常也（権記・長保二年十二月十六日）」というでき事があった。詮子に取り憑いていた邪霊が藤典侍に乗り移り道長につかみかかってきた、というのである。ここの「前典侍」「藤典侍」は同人と考えられる。繁子は「后の宮（詮子）の藤内侍のすけ（栄花物語・様々の悦）」とも呼ばれていた。繁子は邪霊などに憑かれやすいところのある人だったのである。「八月一日小右記、昨日暴風雷雨之間、北野天神皇太后宮ニ於テ藤典侍ニ寄託ス（百錬抄・永延元年末載）」、「一条院ノ御時……母后ノ御方ニ藤典侍トイフ人ニ北野天神ツキタマヒテ（続古事談・四）」とある「藤典侍」も繁子である。百錬抄の記事によれば、永延元年（九八七）のころには典侍として詮子に仕えていたらしい。

紫式部日記には寛弘五年九月のころ、繁子は出産したばかりの中宮彰子の見舞いの使者として、内裏女房を引き連れて土御門殿へやってきたことが記されている。

「北の陣に車あまたあり」といふは、上人《うへびと》どもなりけり。藤三位を始めにて、侍従の命婦・藤少将の命婦・馬の命婦・左近の命婦・筑前の命婦・少輔《せう》の命婦・近江の命婦などぞ聞こえ侍りし。詳しく見知らぬ人々なれば、ひがごとも侍らむかし。

従三位繁子は一条帝の父帝の乳母として宮廷で重きをなしていて、九州から帰ってきてからも、事あるたびに宮中に出仕していたのである。晩年の繁子は、一条大路の北に高明寺（好明寺）を建立して（御堂関白記・寛弘二年十月二十二日、権記・寛弘八年八月二日）、後にはここに尼になって住んでいた。

【一条帝の乳母と典侍《ないしのすけ》】

前記の交易絹を支給するための内裏女房の名簿に、「三位」に続いて記されている「民部・大輔・衛門・宮内」の四人は一条帝の乳母たちである。天皇の乳母の定員は、令制では親王時からの三人であったと考えられるが（後宮職員令）、村上朝ごろには四人になっていたらしい（村上御記・応和三年二月二十八日）。

筆頭の「民部」については、「穀倉院ニ納ムル紀伊国ノ当年ノ租ノ白米ノ代、絹十疋ヲ以テ、宣旨ニ依リ民部典侍ニ付テ、右近蔵人ニ給フ〈故良典侍ノ法事ノ料也〉（権記・長保元年七月二十日）」と見えて、長保元年には典侍であった。ここに「故良典侍」とあるのは円融帝の乳母であった良峰美子《よしみねのよしこ》のことである。美子は「少将命婦（小右記・天元五年二月二十日）」、また「少将乳母良峰美子（小右記・天元五年三月十一日）」とも呼ばれていた。その後に典侍になり、長保元年ごろに亡くなった。法事の料の絹を賜わった右近蔵人は少将乳母の縁故者であろう。民部が一条帝の乳母であったことは、「民部乳母（権記・長徳四年三月二十一日、同長保二年四月七日）」などと見える。

次の「大輔」はここ以外には文献に見えず、種姓経歴などすべて不明である。その次の「衛門」は、「陸奥臨時交□□十疋、給右衛門典侍（権記・長保二年十二月二十七日）」と見える「右衛門典侍」と同人と考えられ、たぶん長保元年までには典侍になっていたであろう。とすれば衛門よりも上位に記されている大輔もまた典侍であったと考えられる。

「宮内《くない》」は勘解由長官藤原忠幹《ただもと》女で、源奉職《よしもと》の妻であった（権記・寛弘八年正月某日）。花山朝のころに「春宮のくないのめのと（大斎院前御集・一五〇）」、また「宮内内侍（大斎院御集・二四）」と見えるのもこの人であろう。ただし、宮内が典侍であったことを示す史料のないことからすると、どうも宮内は典侍にはなれなかったらしい。この名簿では、その次に名の見える女房については、それぞれ「掌侍」と官名が記されているのに、民部や右衛門などには「典侍」の官名が付されていないのは、日ごろから「御乳母」の呼称の方が普通に行われていて、その方が「典侍」よりは尊重した呼称であったからだと考えられる。

さて、典侍の定員は四人であったから、もし宮内が典侍になっていなかったとすれば、長保元年ごろには前述の御乳母の三人以外にいま一人の典侍がいた可能性があり、それはたぶん橘清子と考えられる。橘清子は「藤内侍のすけ（繁子）、橘《きつ》内侍のすけ」と並称されていて、「権大納言といひける人の御むすめ（栄花物語・様々の悦）」であったという。御乳母の民部は大納言橘好古《よしふる》女であったとする説がある。[56] 好古女には、冷泉天皇の乳母になった等子がいて、この等子の女房名は「民部」であった（九暦・天暦四年八月五日）。民部の女房名は、父好古が民部大輔のころに出仕したからである（九暦・天暦四年五月二十五日）。等子の妹も宮廷に出仕していて、それが次に述べる橘清子であった可能性は十分に考えられる。

橘清子は三条帝の東宮時代から仕えていた女房である。関白道隆との間に好親《よしちか》などの子を儲けていたから（栄花物語・木綿《ゆう》しで）、そんな関係で重用されたのであろう。後に清子は、三条天皇の即位式で褰帳《けんちょう》命婦の役を勤めた労により正三位に叙せられることになったが、その叙位を男の好親に譲りたいと願い出たけれども許されなかった（権記・寛弘八年十二月十八日）。清子の任典侍の年次については『光厳帝宸記之写（大日本史料所引・菊亭文書）』に、「女官加階・叙位例事……叙四位下例／橘清子、歴四年、典侍九年／正暦元年正月叙五位下」とあることから推定される。この記事はわかりにくいが、清子は正暦元年に「従五位下」に叙せられたが、それは典侍になったときであったと考えられる。その後典侍を五年勤めて正五位上に叙せられ、さらに四年を経て典侍の労が九年になったので従四位下に叙せられた、というのであろう。つまり清子は長保元年ごろには典侍であった。清子はその後、寛弘七年正月二十日に「典侍ノ労」により従三位に昇ったので（権記）、以後「橘三位」と呼ばれるようになった。そのためにこの橘清子は、次に述べる「橘三位徳子」とまぎらわしくて、よく混同されている。

権記の女房の名簿では、一条帝の四人の乳母はいずれも女房名のみが記されているが、そのうちで実名のわかっているのは、「御乳母橘徳子叙従三位（権記・長保二年正月二十七日）」と見えて、翌長保二年に乳母や典侍の労により従三位に叙せられた橘徳子である。紫式部日記にも、敦成親王の誕生時に「御乳《ち》つけは橘三位徳子」などと見える。徳子は儒者として知られた橘仲遠《なかとお》女で、勘解由長官藤原有国の妻であった（尊卑分脈）。帝の乳母の定員は四人であるから、橘徳子は前記四人の乳母のいずれかであることになる。とすれば、御乳母四人のうちで最初に三位に昇る可能性の高いのは、やはり筆頭の民部であろう。ただし、橘徳子がこの民部であったとすると、三位に昇った直後に藤原行成は「民部乳母ヲシテ旨ヲ伝ヘテ洩《もら》シ奏セシム（権記・長保二年四月七日）」と、道長の意向を「民部乳母」を通じて奏上させたと記していて、ここでは「橘三位」ではなく「民部乳母」と呼んでいるところにいささか不審が残る。しかしこれはまだ三位に昇ったばかりのころであり、それまでの呼称がそのまま使われたのかもしれず、また「民部乳母」という呼称は、三位であることとも矛盾しないのである。四人の乳母のうち三番目に記されていた衛門は、前述のように長保二年十二月の時点でも「右衛門典侍」と記されていて、いまだ典侍であり三位には昇っていないから、衛門は橘徳子ではなかったし、残りの大輔と宮内も三位になった可能性は低く、この「民部」はやはり橘徳子であると推定される。

なお、小右記（寛弘八年七月二十六日）には、源俊賢《としかた》について「先主（一条帝）ノ時顧問ノ臣ト為《な》ルベキノ由、書状ヲ以テ女房ノ許ニ送リ〈御乳母、所謂本ノ宮ノ宣旨〉、即チ奏聞ヲ経ル。天気不快ト云々」という記事がある。大日本古記録本の索引編では、この「宣旨」に「一条天皇乳母」と注記している。しかし、これは三条天皇の乳母とすべきであろう。「本ノ宮ノ宣旨」は、三条帝の東宮時代の「宣旨」であったことをいったものと考えられる。この人は「東宮、尚侍ノ方ニ渡リ給フ。（裏書）女方《をんなかた》ニ送リ物、御乳母（「宣旨」と傍書）女装束（御堂関白記・寛弘七年二月二十六日）」、「（妍子立后）「又、参レル乳母ノ典侍〈小宣旨〉女装束」（御堂関白記・長和元年二月十四日）」と見えて、「小宣旨」とも呼ばれていた。三条朝に入って典侍になった人である。

【前掌侍・掌侍】

権記の女房の名簿では、御乳母四人の次の「進・兵衛・右近」の三人は、「源掌侍」以下の掌侍たちよりも前に記されている。それはこの三人は前掌侍などであり、位階や労次が源掌侍たちよりも上だったからであろうか。

最初の「進《しん》」の実名は藤原義子《よしこ》と考えられる。「進」という女房名は、父あるいは夫が中宮大進（少進）などであったことによるもので、「進」は音読したのであろう。仮名書きされた例には「しのないし（御堂関白集・三二）」もある。この「進」は「掌侍藤原義子進（御堂関白記・寛弘二年十二月九日）」と見える人であろう。これは長保元年（九九九）から六年後のことであるが、同人と推定するのである。ただしその場合には、長保元年七月には掌侍であったと考えられる人を、なぜに「掌侍」と書かなかったのかという疑問は残る。これよりもやや以前の永祚元年（九八九）四月十四日の吉田祭に奉仕した「掌侍藤原儀子《のりこ》（小右記）」も同人の可能性があるが、この時期には正暦五年（九九四）八月二十八日の大臣召に奉仕した「掌侍藤原義子（権記）」、長保元年十二月十七日の荷前の行事に奉仕した「掌侍藤原義子（権記）」、長保二年八月十三日に故大学寮頭三善佐忠《みよしのすけただ》の返抄について愁文《うれいぶみ》を提出した佐忠の「後家掌侍義子（権記）」などと、「掌侍義子」なる人が多くいて比定が困難である。その他にも、寛弘二年（一〇〇五）十一月の内裏焼亡のときに内侍所に伺候していた「進内侍止云者（春記・長久元年九月十四日）」もあって、すこぶるまぎらわしい。

なお、権記の女房名簿に見える「進」について、史料纂集本では「紀忠道妻《ただみち》」と注記している。これは「入夜、進内侍参中宮、夫道忠（忠道）之共、雲出（出雲）下向来五日云（御堂関白記・寛弘六年九月二日）」とあることからするものである。この紀忠道妻も前記の藤原義子であった可能性が高い。ただし、式部と親しかった「弁の内侍」を前記の藤原義子に当てる説もあるが、それは全注釈の指摘のごとくに認められない。

次の「兵衛」は前述した橘隆子である。隆子は長保二年九月に掌侍であり（権記）、寛弘四年五月には前掌侍とある（権記）。したがって長保元年にも掌侍であった可能性が高い。

「右近」は、枕草子に「右近内侍」として見える人であろうか。枕草子に書かれているところからすれば、この右近は内裏と中宮定子との間の連絡係を勤めていた掌侍、いわゆる「中宮内侍」であったらしいが、その種姓は判らない。長徳二年十二月の脩子《ながこ》内親王の誕生時には一条帝の仰せにより御湯殿を奉仕し、長保元年十一月の敦康《あつやす》親王誕生に際しても御湯殿を奉仕している（栄花物語・浦々別）。これらによれば長徳年間には掌侍であったらしいが、寛弘二年五月には前掌侍と見える（御堂関白記）。そして寛弘四年ごろには尼になっていたと考えられる。『霊山院過去帳（大日本史料・寛仁元年六月十日所引）』の十二月二十五日条には「右近尼悟入侍従命婦一品宮」と見える。この記事は、右近内侍が尼になってから、かつての同僚で後に一品脩子内親王に仕えていた侍従命婦を入信させたことをいったものであろう。なお、当時には「右近」の名の女房も幾人かいてまぎらわしく、前記の権記の名簿の末尾にも「中務・右近各二疋」と見える人がいる。さらにまた清少納言の夫であった橘則光《のりみつ》の「姑《しゅうと》」にも、「右近ノ尼〈陸奥守則光ノ姑〉ノ許ニ薫香《くんかう》ニ筥《はこ》〈銀、（筥）〉ヲ送ル。和歌ヲ加フ。返歌有リ（小右記・寛仁三年七月二十五日）」と見える藤原実資と親しい関係の人がいたが、これは右近内侍とは別人とすべきであろう。[57]

つまり「進・兵衛・右近」の三人は、長保元年七月のころには既に掌侍であったと考えられるのに、「掌侍」などと記されず、その次の人にはまた「源掌侍」などと官名が表示されている理由は不明である。後述の「中務・右近各三疋」の二人は女蔵人であったと考えられるのに、職名の記されていないことからすると、最初の部分は女房名だけを書いていたのが、途中の掌侍たちのあたりでは序列などがまぎらわしくなっていたために、「前掌侍」「掌侍」と官名を付して書いたのかとも考えられる。

次いで「源掌侍・靫負《ゆげひ》掌侍・前掌侍・少将掌侍」の四人のうちの最初の「源掌侍」は、永観二年（九八四）八月二十七日の円融帝譲位に際して劔璽使を勤めた掌侍「源平子（践祚部類鈔・花山院）」と考えられる。永延二年（九八八）十一月十四日の鎮魂祭を奉仕した「平子（小右記）」も同人であろう。この人は長く一条朝で掌侍を勤めていたが、「掌侍ノ除目有ルベシ。源平子《つねこ》ノ辞退ノ替、藤原淑子《よしこ》ヲ補スベシ（御堂関白記・寛弘三年十月九日）」と見えて、寛弘三年に掌侍をやめている。源平子の種姓は不明である。この源平子を歌人として知られた「馬内侍《うまのないし》」に比定する説もあるが、歌人の馬内侍は後に述べるように、長徳年間には宮廷から引退していたと考えられるので無理である。

「靫負掌侍」は前述した「兵衛（橘隆子）」の母であった。次の歌からすれば、この靫負は円融朝のころから内裏女房として仕えていた。

備後守棟利《むねとし》（時雨《しぐれ》亭文庫本「備中守さねとし」）が身まかりたるところを、

　人々望み申すと聞き給へて、内の靫負がもとにつかはしし

　誰かまた年へたる身をふりすてて吉備の中山越えんとすらん　（清原元輔集・一八六）

尊卑分脈によれば、藤原棟利の亡くなったのは永観二年のことである。棟利は内裏女房の靫負の夫であったらしい。棟利の兄棟世は清少納言の夫であり、この夫婦の子には中宮彰子に仕えた小馬《こま》命婦がいた。次の「靫負の命婦」も同人であろう。

　東三条院、女御におはしける時、円融院つねに渡り給ひけるを聞き侍りて、靫負の命婦がもとにつかはしける

　　東三条入道前摂政太政大臣

　春霞たなびきわたるをりにこそかかる山辺はかひもありけれ　（新古今集・一四四七）

三条朝になって「少将典侍、前掌侍靫負（御堂関白記・長和元年閏十月二十七日）」と見えるのも、あるいはこの人かもしれない。

「前掌侍」はなぜ女房名がなく、この位置に記されたのかは不明である。その次の「少将掌侍」よりも位階や﨟次が上位だったからであろうか。この「少将掌侍」も種姓・経歴は不明である。なおこれらの他にいま一人、長保元年ごろに掌侍であった可能性のある人に歌人の馬内侍がいるが、これについては改めて次項に述べる。

以上が長保元年七月ごろにおける典侍・掌侍・前掌侍のほぼ総数であった。令制では典侍の定員は四名である。掌侍も最初は四名であったが、貞観年中臨時に「権掌侍二人」が増員されて（西宮記《せいきゅうき》・二）、その後の十世紀以後は掌侍の定員は恒常的に六名として運用され、これは平安末期まで変わらなかった（中右記・承徳二年十二月八日、兵《ひょう》

範記《はんき》・久寿二年九月二十六日、同記・承安元年十二月二十六日、禁秘抄《きんぴしょう》・中）。権記の長保元年の女房名簿に記された掌侍の員数にはやや不明確なところがあるが、この定員六名の枠内に収まっているように思われる。

　典侍・掌侍は内侍司に所属し、その職掌の重要なものの一つは、長官の尚侍とともに天皇の意思を臣下に伝え、臣下の言葉を天皇に取り次ぐことであった。ところが、十世紀後半ごろから尚侍は天皇の妻や東宮妃の任ぜられる官として運用されることが多くなり、典侍もまた天皇の乳母の任ぜられる名誉職のごとき性格のものになっていったために、内侍司の重要な職掌は主として掌侍が担当することになっていった。典侍と掌侍とを合わせて「内侍二人一人典侍 一人掌侍（左経記・寛仁四年十二月二十八日）」と呼ばれることもあるが、「内侍」の呼称が一般に掌侍を指すようになるのは、掌侍が主に内侍司の職掌を担う激職となってきたからである。掌侍は五位相当官であったが、時には「掌侍正六位上高階朝臣繁子《しげこ》（朝野群載・四）」などと六位の掌侍の例もある。その場合には六位であっても、女房としての序列は一般に五位の命婦などよりも上位に位置づけられていた。掌侍の職掌にはその他にも、内侍司の古来の重要な職務であった宮中温明殿《うんめいでん》内の賢所《かしこどころ》に安置された神鏡に奉仕する役や（春記・長暦四年十月二十二日）、皇后の祭祀のことや天皇との連絡係にあたる「中宮内侍（宮内侍）」があり、その他に斎宮に仕える女官にも「斎宮内侍」があった（朝野群載・四）。このうち斎宮内侍は、斎宮に従って大神宮に奉仕するために伊勢に赴任するので、内裏での掌侍の職掌がはたせないが、やはり定員の六名にふくまれていたのであろう。

　また、「内侍」「命婦」の語には、「安芸伊都伎嶋内侍以巫女号内侍（山槐記《さんかいき》・治承三年三月十八日）」、「宇佐命婦（本朝世紀・久安五年八月十九日）」などと、地方の神社に仕える巫女を「内侍」または「命婦」と呼ぶ用法もあった。これは内裏の賢所の神鏡に奉仕する内侍や天皇に仕える命婦からの類推による俗称であろうか。

【馬内侍と中宮内侍】

前述した「源掌侍」については、円融朝ごろから一条朝前半にかけて活躍した歌人として知られる「馬内侍」に比定する説もあるが、当時には「馬」の名をもつ女房が幾人かいて、長保元年七月の内裏女房の名簿にも「馬」がいるし、紫式部日記にも「馬の中将」が見える。それらと混同されることもあって[58]、歌人の「馬内侍」の種姓や経歴については議論が多い[59]。歌人の馬内侍も一条朝の前半には掌侍として仕えていた内裏女房であった。したがって、いま問題にしている長保元年七月の女房の名簿の内の掌侍の中にこの人がいるのか、ということにも関係するので、以下では「馬内侍」についていささか述べておきたい。

馬内侍については「右馬権頭源時明《ときあきら》女、一条院皇后女房、立后之時為本宮掌侍（中古歌仙三十六人伝）」とあることから、通説では文徳源氏の源時明女で、皇后藤原定子の女房であったとする。ただし、この「立后之時為本宮掌侍」が何を意味するのかについては十分に説明されていない。「本宮」の語は当時の用法からすれば、第一に定子が立后したときの本邸になっていた屋敷をいうが、ここはそれでは意味をなさない。これは定子が立后したときの「元《もと》の宮の内侍」であったことをいうのであろう。馬内侍は内裏に仕えた掌侍で、中宮定子の立后時にその「宮の内侍」になったが、間もなくその職を右近内侍と交替したと考えられる。したがって、ここは明確ないい方にはなっていないが、定子立后のときその内侍（掌侍）になった人、つまりもとの「宮（定子）の内侍」であるというのであろう。類似した語としては、前述した（一五四頁）三条帝の乳母宣旨（小宣旨）について、「御乳母、所謂本宮宣旨」と見える例などもある。

馬内侍が中宮定子の「宮の内侍」であったとすれば、日ごろ定子のもとに出入していたはずであるのに、枕草子には馬内侍がほとんど姿を見せていないのは不審である。わずかに一度だけ長徳元年正月の記事に、「宮（定子）のぼらせ給ふべき御使にて、馬のないしのすけ参りたり（「淑景舎東宮に参り給ふほど」の段）」と記されているのみであり、しかもここでは帝の使いの「典侍」としてやってきている。(60)枕草子では中宮定子のもとによく姿を見せている「内侍」は「右近内侍」である。これは、中宮定子の最初の「宮の内侍」は馬内侍であったのだが、馬が典侍になったことなどにより、その「宮の内侍」の役を右近内侍と交替したのだと考えられる。しかし、馬はもと定子にも仕えていた関係から、ここの場合のように定子のもとに帝の使いとして迎えにくるような役を勤めることもあったのであろう。「宮の内侍」が交替する例は、後述する中宮彰子の「宮の内侍」の場合にも見える。この人がいわゆる「馬内侍」であるとすれば、典侍になったことはこの枕草子の記事から明らかなのに、「馬典侍」の呼称が広く行われなかったのは、典侍になるとすぐに引退したからであろう。枕草子の「馬典侍」の呼称は長徳元年ものではなく、この段執筆時のものであったとしても、枕草子に「馬内侍（典侍）」の姿の見えないのは、清少納言の出仕したころ（通説に正暦四年末）には、既に馬内侍は定子の宮の内侍をやめていたからであろう。また、馬内侍は長徳元年ごろには典侍であったことからしても、前述の源平子ではありえないのである。

さて、この枕草子に記された長徳元年以後の馬内侍（典侍）の消息については、確実なものは知られていない。馬内侍集に収められた歌では、年次の推定される最終のものは長徳元年ごろのものであるという。(61)次の歌からすれば、馬はおそらく長徳元年以後間もなくに内裏女房をやめて、宇治に隠栖したものらしい。

　　おとろへはてて、宇治院にすむに、帰る雁を聞きて

　とどまらむ心ぞ見えむ帰るかり花のさかりを人に語るな　（馬内侍集・二〇六、後拾遺集・七〇）

詞書の「おとろへはてて」の語からすれば、宮廷から引退して宇治院に住んだころにはおそらく六十歳を過ぎていたかと考えられる。

「馬内侍」の名はまず『斎宮女御集』に見えている。そこでは村上天皇にも親しく仕えていた様子がうかがえることなどから、通説では、天徳四年内裏歌合に名の見える「馬」や、応和二年内裏歌合の右方歌人の「馬命婦」も

同人と考えて、その後は円融帝に仕えていたが、やがて大斎院選子内親王の女房となり、次いで一条帝や中宮定子に仕えたとされている。また馬内侍は、村上朝から円融朝にかけてのころには一条摂政藤原伊尹や、その弟の兼通、兼通男の朝光、さらに道長など多くの男たちとの関係でも知られている。それらの男たちと馬との年齢差などから考えて、斎宮女御に仕えた馬内侍と大斎院に仕えた馬内侍は別人とすべきだ、とする説もある(62)。ただし男女関係においては、その年齢差によって関係のありなしをいうのはあまり有効ではないように思われる。馬内侍が村上朝から内裏に仕えていたとすれば、長徳元年ごろにはかなりの老齢になっていたであろうから、そのころに女房生活をやめたことも十分に考えられるのである。

馬内侍は村上朝以後も内裏女房として冷泉帝や円融帝に仕えていたが、天延三年（九七五）村上皇女の選子内親王が斎院になったときに斎院に仕えるようになったのであろう。『大斎院前御集』に見える「馬」の歌が馬内侍集にも五首収められているのは、斎院の「馬」が歌人として知られた「馬内侍」であったことを示している(63)。斎院の女房として重要な地位にあったらしいのも、それまでの経歴からしてよく理解できる。それがどういう事情で中宮定子の「宮の内侍」になったのかは不明であるが、定子が入内したときに父道隆が、宮廷の故実にも明るく有能な女房を求めて旧知の馬を召し出して、立后と同時に中宮の内侍にしたのではなかろうか。大斎院前御集では「馬」の呼称が行われていて「馬内侍」でないのは、まだ掌侍になっていなかったからである。

さて、馬内侍が中宮定子の「宮の内侍」であったとすれば、次の拾遺抄・拾遺集の三首の作者の「中宮内侍」も馬内侍ではないかという問題がある。

A　月を見て、田舎なる男を思ひ出でてつかはしける　　中宮内侍
今夜《こよひ》君いかなる里の月を見て都にたれを思ひいづらむ（集七九二、抄三六五）
※作者名「中宮内侍馬」（天福元年定家本集、北野天満宮本集。島根大学本抄）」。馬内侍集・一五五。

B　中宮内侍

（題しらず）

移ろふは下葉ばかりと見しほどにやがても秋になりにけるかな（集八四〇）

※作者名「中宮内侍馬（天福元年定家本）」。「馬内侍（堀河具世《ともつぐ》本、北野天満宮本）」。また三奏本金葉集・一三七に作者名「馬内侍」。馬内侍集・一四六。

C　中宮内侍

人に物いふと聞きて、とはざりける男のもとに

春日野の小野の焼原《やけはら》あさるとも見えぬ無き名を負《おほ》すなるかな（集一〇二〇、抄三八二）

※作者名「中宮内侍少将（堀河具世本集。貞和三年奥書本抄）」。「中宮内侍少将（島根大学本抄、書陵部本抄）」。

このうちABの作者名には「馬」の後人の小字注記のある本があり、[64] またこの二首は馬内侍集にも見えている。Aについては、馬内侍集に「返し　宿ごとに寝ぬ夜の月はながむれど共に見し夜の影はせざりき」という男の返歌がある。そしてこの返歌は書陵部本道信《みちのぶ》朝臣集に、「ある女に　宿ごとに有明の月はながめしに君と見し夜の影はせざりき」という異伝歌があって、藤原道信の歌である。[65]

Cは、堀河本拾遺集では作者名が「中宮内侍少将」、書陵部本拾遺抄では「少将」の部分が小字注記になっている。またCは馬内侍集に、

殿上にて、無き名をいひたてければ

燃えこがれ荻の焼野のくゆる上に見えぬ無き名を負すなるかな（二〇七）

という異伝歌と認められるものが見える。これは明らかに拾遺集などの形の方が歌として整っているから、後に手を加えられたものが拾遺集に採られたのであろう。

これらABC三首の拾遺抄・拾遺集の作者名表記からすれば、拾遺抄や拾遺集の作者名は本来「中宮内侍」であり、「馬」「少将」は後人注記であるから、集・抄の撰者はこれらの「中宮内侍」はいずれも同一人と考えていたこ

とになる。もっとも集にはでは、詞書中にではあるが「内侍馬（五五三）」の名も見えるので、あるいは「中宮内侍」と「内侍馬」は別人と考えていたのかもしれない。ところが、この「中宮内侍」のうちＡＢは「馬内侍」、Ｃは「中宮内侍少将」の歌だと何かにより知った後人が注記して区別した、ということなのである。(66) Ａ・Ｂは馬内侍集によったかと考えられるが、Ｃの「少将」は何によって「少将」と注記したのかはわからない。

さて、抄、集の成立時に「中宮内侍」の名でまず第一に考えられるのは、中宮定子の「宮の内侍」であった馬である。馬は以前から掌侍であり典侍になってからも「内侍」と呼ばれることもあり得た。だが、定子の女房には「少将」という掌侍は知られていない。定子の妹原子《もとこ》に仕えた「相尹《すけまさ》の馬の頭の女少将（枕草子・「淑景舎東宮に参り給ふほど」の段）」がいて、紫式部日記に見える「馬の中将」の姉とされているが（全注釈）、この人は中宮定子の「宮の内侍」であったとは考えられず、したがってここの「中宮内侍少将」にあてることはできない。

この「中宮内侍少将」の注記を信用するならば、この人は中宮定子以外の中宮に仕えていた「宮の内侍」の「少将」であった。馬内侍以外の「中宮内侍」であった人には、まず村上朝ごろの「中宮内侍」がいた。

　　人のもとに、尾花のいと高きをつかはしたりければ、返りごとに、しのぶ草をくはへて　　中宮宣旨

　花すすきほにいづることもなき宿は昔しのぶの草をこそ見れ

　　返し　　伊勢

　宿もせに植ゑなめつつぞ我は見るまねく尾花に人やとまると　（後撰集・二八八、二八九）

この歌の作者名は定家本系では「中宮宣旨」とあるが、伝堀河具世筆本に「中宮内侍」、片仮名本には「前中宮内侍」、二荒山《ふたらさん》本には「前中宮小《（ママ）》将内侍」とある。しかし、この「中宮内侍」は一条朝からは遠い昔の人であり、作者名も諸本の異同が大きくて確定できず、この人の歌が集・抄に「中宮内侍」として採られる可能性は少ないであ

ろう。そこで考えられるのは、一条朝に近い円融朝の中宮藤原媓子《てるこ》の「宮の内侍」である。この中宮媓子の「宮の内侍」は「少将」の女房名であったらしいのである。

堀河の中宮うせさせ給ひて、中宮の内侍のすけ、宣旨など尼になりたるもとに、仲ぶん

かまへつつさてもありつる世を背くうしろでどもぞ思ひやらるる

返し、内侍

背きぬるうしろでよりも極楽に向かはむ君が顔をこそ思へ

（藤原仲文集・二四、二五）

この贈答は西本願寺本三十六人集の仲文集にも見えて、その詞書には「同じ仲文、堀河の中宮おはしましてのち、人々尼になると聞きて、少将の内侍の許に」「返し、内侍」としてある。つまり中宮媓子の「宮の内侍」として「少将の内侍（典侍）」がいたのである。馬内侍以外の「中宮内侍」で「少将」の女房名であることからすれば、この人こそがCの「中宮内侍少将」ではなかろうか。ただし、拾遺集・拾遺抄の撰者がABCの作者名をすべて「中宮内侍」とするのは、同一人の歌と考えていたからであり、かつまた集・抄が「堀河の中宮の内侍」などと限定していないのは、当時の中宮定子の「宮の内侍」、つまり馬の内侍を考えていたらしいことを思わせるのである。

【命婦・女蔵人・今良】

前記の権記の女房名簿で掌侍たちに次いで記されている「馬・左京……今」の十二名は、四位五位の位階をもつ所謂「命婦」で、「命婦」の語を付されることもあるが（一五一頁）、「更衣・典侍、幷ニ近習女房（西宮記・一・供御薬事）」などと呼ばれて天皇に近習する女房である。ここでは、乳母に支給される絹が五疋であるのに対して、「進」以下の十九人はすべて四疋であるから、掌侍とこれら女房たちとの間にはさほど身分格差はなかった。

令制の「命婦」は五位以上の位階をもつ女性をいうものであったが、一条朝ごろにおいて単に「命婦」と呼ばれているのは、典侍・掌侍・女蔵人などの官職をもたず、主として帝に近習する四位・五位の人をいうのが普通である。「親王元服……男女房ニ禄ヲ賜フ……女房禄、尚侍一領、典侍・更衣・乳母命婦紅染掛各一領、掌侍幷ニ殿上命婦衾一条、蔵人疋絹（侍中群要・八）」とある「殿上命婦」もこれであろう。また「禄、典侍白掛一領、掌侍白単衣一領、傅侍命婦白単重一領、六位白単衣一領、女官疋絹（左経記・寛仁四年十二月二十八日）」と見える「傅侍」の語で呼ばれている女房は、帝に近習する命婦と女蔵人とを合わせていったものと考えられる。ただしこの「傅侍」の語は一般的に用いられていた語ではなく、他に用例が捜せない。こうした帝に近侍する殿上の命婦の他にも、後述する女史や、後宮十二司などにも「水取命婦《もひとりみょうぶ》（親信卿記・天禄三年十二月二十四日）」、などと四位五位に叙せられて「命婦」と呼ばれている女官の例もかなりあるが、それらは「女史命婦」などと職掌をつけて呼ばれるのが普通であり、殿上の命婦よりも格が低かったらしい。なお、「命婦」という職制（職名）があったとする説もあるが(67)、やはり「命婦」は四位五位を帯びている女官女房をさす語であり、典侍や掌侍のように職階をいうものではなかった。少なくとも平安末期ごろまでには職階をいう語として「命婦」の使用されている例は捜すことはできない。後世になると「女房梅枝、未ダ叙爵セズシテ自ラ命婦ト称ス、理然ルベキ哉（貴嶺問答《きれいもんどう》）」などとあるように、「命婦」を一種の敬称と考えて使われることもあったらしいが、やはり五位に叙せられることにより初めて「命婦」と呼ばれたのである。

令制の命婦は、自身が五位以上を帯びる「内命婦」と、五位以上の嫡妻をいう「外命婦」とに区別されているが（職員令義解）、十世紀以後になると「外命婦」の語はほとんど見えなくなり、単に命婦といえば「内命婦」をいうようになってくる。そして命婦に叙せられた人々については、「命婦歴名ヲ見ルニ、尼ト雖モ皆女名ヲ載ス、（台記・久安六年正月二十二日）」と『命婦歴名』なる名簿も作られていた。

権記の名簿に、命婦と考えられる女房たちの末尾にある「今」は、「今参り」と呼ばれる新参の女房をいったものであろう。この当時には「今良《ごんら》」と呼ばれる下級女官がいて、ここも「今良《イマ・イリ》（国史大系本延喜春宮坊式付訓）」と呼ばれていた女官の可能性があるが、この延喜式の訓はどれほど古くから行われていたものかは不明である。「今良」の名称は奈良時代からあり、平安時代にも「凡ソ今良男一百四十一人、女二百二十六人、並ニ月粮ヲ給フ（延喜主殿寮式）」などと見えて、各官司にあって掃除などの雑役に従事する男女をいった。ただし「女官雑用料……五月五日、命婦已下、今良已上装束料、絹一百六十九疋（延喜中務省式）」などの例もあり、女官の末席に位置づけられる身分の者もいたらしい。もっとも前記の権記の「今」は、やはり一般に「今良」と呼ばれていたものとは違って、天皇に近習する「女房」、つまり五位を帯びた新参命婦であろう。

その次の「中務・右近」の二人は、命婦たちの絹四疋に比べて三疋と差をつけられているのは、五位の位階はもたないが、「女蔵人《にょくろうど》」と呼ばれてやはり帝に近習する女房であったと思われる。普通は五位以上でないと直接に帝に奉仕することはできないが、男性の場合でも六位の蔵人は特別に近侍することができたのと同じく、六位の女蔵人も天皇に近侍しえたのである。ここの「右近」は、永延二年七月七日の「蔵人頭（藤原実資）家歌合」に二首を出詠した「右近の君」、また「右近とて、ここにある人の内の蔵人になりて簡《ふだ》につくと聞きし（大弐高遠《たかとお》集・一三二）」と見えている藤原高遠家の女房だった人で、後に内裏の女蔵人になったのであろう。この右近はのちに源頼《より》定《さだ》の女子を産んで、藤原実資はその女児の著袴《ちゃつこ》の儀式を行ってやっている（小右記・長和三年十月二十七日）。

一条朝のころには、内裏の他に中宮や斎院などにも女蔵人がいた。その員数は内裏の場合は「内侍四人、蔵人十三人（醍醐御記・延喜二年五月五日）」、「女蔵人十二人（九暦・天慶七年五月五日）」、「女蔵人十人（山槐記・保元四年正月二十一日）などかなりの数がいたらしいが、定員の規程は知られていない。この当時一般に「女房」と呼ばれる上級侍女は、女蔵人以上の身分、時には次に述べる得選《とくせん》以上を総称するものであり、それ以下は「女官」と呼ばれて大きく差別されていた。「女官」の語は、広義には典侍や掌侍をも含むが、狭義には得選以下の官職にある下級職員をいったのである。

【女史《によし》命婦・得選・上刀《うえと》自《じ》】

権記の名簿の次の「女史命婦」は、「女史ハ之《これ》ヲ博士命婦ト謂《い》フ（朝野群載・五）」ともされて、「女史」で五位を帯びる者は特に「博士命婦」とも呼ばれた。「博士命婦」には温明殿の賢所に奉仕する者もいた（更級日記）。女史は内侍司以下の後宮十二司などの官司に置かれた書記官である。令制では女史はもと内侍司など十二司には置かれていず、各官司の女孺《にょじゅ》のうちで書記の任務に堪える者が勤めることになっていたが（後宮職員令義解・内侍司）、後には内侍所にも置かれるようになり、地位が向上したのである。「今日、中宮女官等ノ饗禄ノ事ヲ行ハル。……掌侍ノ禄ハ大進輔成進ミテ之ヲ賜フト云々〈典侍白大褂一重、掌侍白一領、命婦紅染大褂一領、蔵人紅染衾、女史五位黄疋絹等也〉（小右記・天元五年五月八日）」などと女蔵人の次に位置づけられるのが普通であった。

「得選」は、もとは采女《うねめ》の中から特に選抜されて帝に仕えた者をいい、定員三人であった（禁秘抄・中）。そのためにしだいに重くあつかわれるようになり、ほぼ「女房」とも呼ばれるほどの地位と認められていた。この権記の名簿においても明らかに女蔵人に次ぐ身分に位置づけられている。禁秘抄には、近代になると得選は優遇されていて、「女房ト大略差別無キ気色也」という有様で、本来行幸などには女房は徒歩で従うべきなのに、近年は内侍と共に車に乗っているのもよくない、と非難されている。行幸や行啓などには「大嘗会御禊……〈掌侍・女蔵人等候フ、蔵人騎馬シテ之ニ候フ〉（小右記・寛和元年十月二十五日）」、「（大原野行啓）……御輿ノ後ニ騎馬ノ女十四人（小右記・寛弘二年三月八日）」と、女蔵人などは騎馬して従ったのである。枕草子（「積善寺供養」の段）には、中宮定子の二条宮還御に従う女房たちが車に乗る順序を争っているときに、清少納言が乗り遅れていると、宮司から「いまは得選乗せんとしつるに、（アナタガマダ乗ッテイナイトハ）めづらかなりや」といわれた場面がある。この記事からもわかるように、一条朝ごろの得選は、女房たちと同じく車に乗って従う待遇をうける身分であった。こうしたところから、得選も「女房」の末尾に位置づけられたのである。

最後の「上刀自《うへとじ》」はどういう身分職掌の女官であったのか不明である。「刀自」は後宮十二司におかれていた下級女官で、「宮々の刀自・長女《をさめ》にても……侍《さぶら》ひの人々、あるは刀自・すましなど（栄花物語・わかばえ）」と、「長女」や「すまし」とならべて記されることが多い。「上刀自」の語からすると殿上をゆるされていた女官であったらしい。ただし「上刀自」の語の用例は他に捜しにくいのである。「（大嘗祭ノ童女御覧ノ饗ノ）雑菓子、内侍所女官三十合……大盤所女官三十合、上御厨子所十合、上刀自二十五合（玉葉・元暦元年十一月十八日）」と見えるのがこれであるとすれば、上御厨子所に所属して、帝の御膳のことを奉仕する刀自であろうか。ここの饗に用いられる雑菓子が「上刀自二十五合」とあることからすると、かなり多くの員数の「上刀自」がいたことになり、さすればここの「上刀自」すべてを殿上に出入りを聴《ゆる》された刀自ともなしにくい。権記の例は、あるいはそのうちの特に殿上を聴されている者をいうのであろうか。

以上が、一条朝ごろにおける内裏に仕える高級侍女、いわゆる「女房」の大体である。前記の権記に記された女房の員数は、このとき絹の支給をうけることになった人たちの名簿に記された数であって、これ以外にも里下がりをしていた人たちなどもかなりいたであろうから、この名簿が当時内裏に仕えていた女房の総数ともいえないが、やはり天皇に近習していた女房の員数のおおよそを示しているかと考えられる。

二　中宮藤原彰子の女房と紫式部の身分

本節では、紫式部は中宮彰子の女房としてどういう地位・身分で仕え、どのような職掌をはたしていたかを考えてみたい。そのためには、中宮に仕えている女房や女官たちがどういう組織・職制になっていたのか、式部の同僚の女房にはどういう人々がいたのかといった、中宮彰子の女房集団の実態を明らかにする必要がある。しかしそれは、内裏の女房たちの場合よりもさらに不明な部分が多く、また手がかりになる資料も紫式部日記以外にはあまり多くは残されていなくて、実態の解明はすこぶる困難なのである。

【彰子の女房たちの序列】

紫式部は寛弘三年の歳末に中宮彰子の女房として初出仕したと考えられる。そして一年半ばかり過ぎた寛弘五年の夏ごろからの生活は、紫式部日記にかなり詳しく記されている。そこでは既に式部は中宮の女房として高い地位を占め、いろいろな場面で重要な役目をはたしている様子がうかがわれる。式部のそうした地位は、中宮彰子やその父道長など主家の特別な愛顧によるところが大きかったのであろうが、やはりこの人が女房としても有能だったからに違いない。

紫式部日記には、中宮彰子に仕える女房たちの員数がどれほどであり、その中で式部がどういう地位序列を占めていたかをうかがわせる記事が幾つかある。その一つは、寛弘五年九月十日の夜中に彰子の出産が始まったときの様子を記した次の記事である。土御門殿の寝殿の東の母屋に設けられていた中宮の御帳台のまわりには、安産を願う祈禱の僧侶たちや女房たちがたくさんひかえていた。

十日のまだほのぼのとするに御しつらひかはる。白き御帳に移らせ給ふ。……御帳の東面《ひむがしおもて》は内の女房参りつどひてさぶらふ。西には御物の怪移りたる人々、御屏風ひとよろひを引きつぼめ、局口には几帳を立てつつ、験者《げんざ》あづかりあづかりののしりゐたり。南《みなみ》にはやんごとなき僧正・僧都重なりゐて、……。北の御障子の御帳とのはざま、いとせばき程に四十余人《よ》ぞ後に数《かぞ》ふればゐたりける。いささか身じろきもせられず、気《け》あがりて

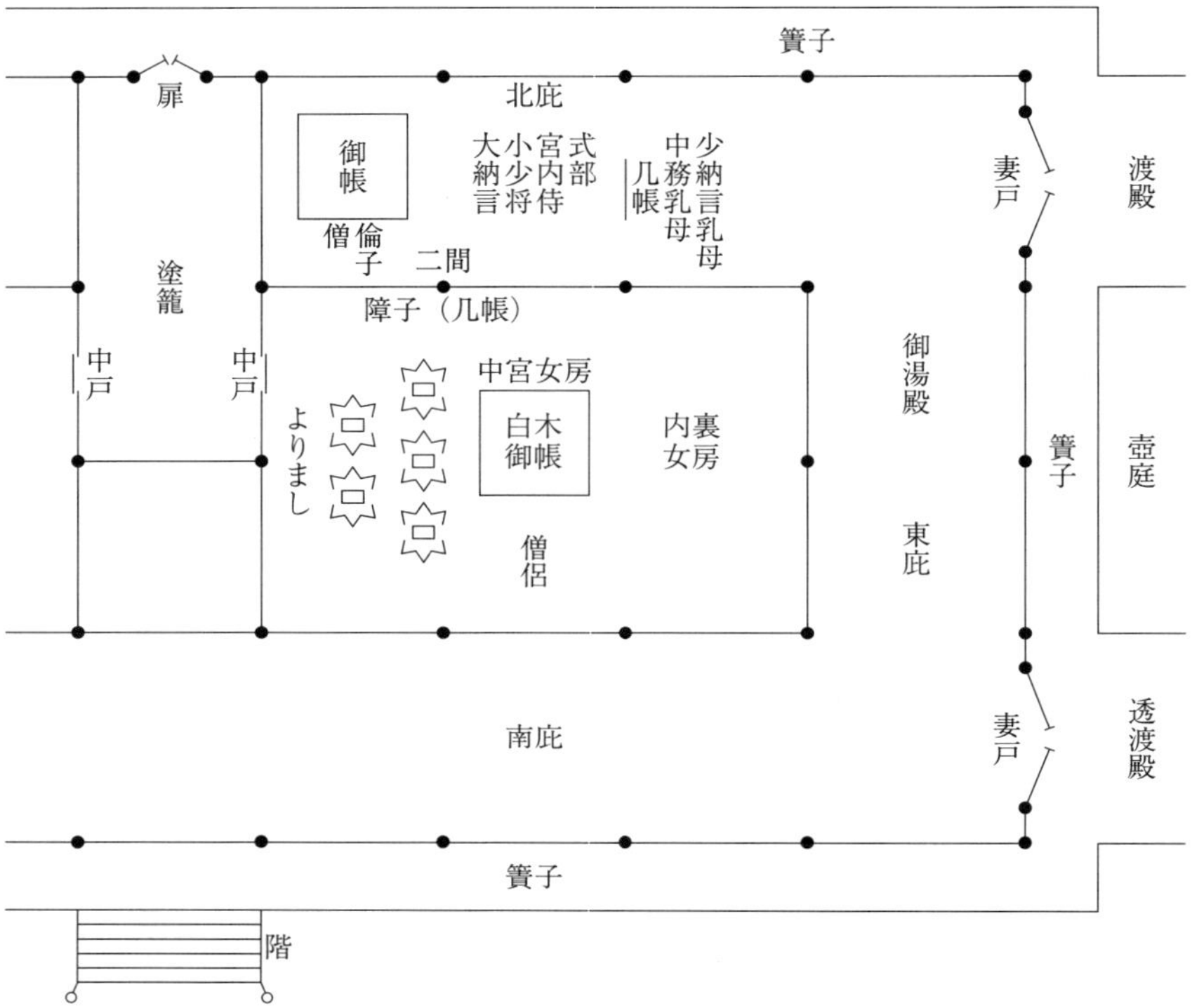

図3　土御門殿寝殿東母屋

物ぞおぼえぬや。いま里より参る人々は、なかなかゐこめられず、裳のすそ衣《きぬ》の袖ゆくらむ方も知らず。

中宮彰子の御帳の北側の空間、北庇との間仕切りの襖障子とのはざまには、式部たち中宮の女房や主家道長一家の女房たち四十余人が混み合って座っていた。御帳の東側には内裏からやってきた女房たち、南側には祈禱の僧侶たち、西側には中宮に取り憑いた物の怪を駆り移す憑坐《よりまし》五人が、それぞれ屏風二枚づつで囲って局にしてその中にいたのである。この寝殿の東の母屋の広さは、柱間一丈二尺（約四メートル）として東西三丈六尺、南北は二丈四尺ばかりである。北庇との間仕切りの襖障子から御帳台までの六尺（一・八メートル）ばかりの広さに、「四十余人」がいたというのだから、「いささか身じろきもせられず」というのも誇張ではなかった。この「四十余人」には中宮彰子の女房だけではなく、妹の妍子《きよこ》や威子《たけこ》らの乳母や道長一家の女房も加わっていた。「後に数ふれば」とあることからすると、式部はあとで出席者の詳細を誰かに聞くか記録を見るかして確認したのであろう。式部はこの中宮の御産の経過についてだけではなく、たぶん毎日の宮仕え生活についてもかなり詳しいメモを作っていたと考えられる。

中宮の御帳は、「是ヨリ先、十日ノ暁更ヨリ御気色有リ。仍リテ彼ノ日ノ寅刻ニ、尋常ノ御帳ヲ撤《こほ》チテ白木ノ帳ヲ立ツ（御産部類記《ごさんぶるいき》・不知記《ふちき》（B））」と、十日の暁にそれまでの尋常の御帳を撤収して、お産用の白木製のものが東の母屋の中央部に立てられていた。全注釈はこれについて、尋常の御帳と白木御帳の二つが並べて立てられていたとするが、不知記（B）にも「尋常ノ御帳ヲ撤チ」とあることからしても、母屋の狭い空間に二つの御帳が並べて立てられていたとは考えにくい(68)。

十一日の暁も、北の御障子二間《ふたま》はなちて、庇《ひさし》に移らせ給ふ。……人げ多くこみては、いとど（中宮ノ）御心地も苦しうおはしますらむとて、（女房タチヲ母屋ノ御帳ノ北側カラ）南・東《ひむがし》おもてに出ださせ給うて、さるべき限り、この二間《ふたま》のもとにはさぶらふ。殿の上（道長室ノ源倫子）・讃岐の宰相の君（藤原道綱女ノ豊子）・蔵《くら》の命婦（彰子ノ弟教通ノ乳母）御几帳の内に、仁和寺の僧都の君（済信《さいしん》、倫子ノ兄）・三井寺の内供の君（永円《ようえん》、倫子ノ姉ノ子）も召し入れたり。……

いま一間（二間ノウチノ東ノ一間）にゐたる人々、大納言の君・小《こ》少将《せうしやう》の君・宮の内侍・弁の内侍・中務の君・大輔《たいふ》の命婦・大式部《おほしきぶ》のおもと、殿（道長）の宣旨よ。いと年経たる人々のかぎりにて、心をまどはしたる気色どものいとことわりなるに、まだ見奉り馴るるほどなけれど、たぐひなくいみじと、心一つにおぼゆ。

また、このうしろの際《きは》に（式部ノイル二間トソノ東ノ間トノ際）立てたる几帳の外《と》に、内侍の督《かみ》（二女妍子）の中務の乳母、姫君（三女威子）の少納言の乳母、いと姫君（四女嬉子）の小式部の乳母などおし入りきて、

御帳二つがうしろの細道を、え人も通らず、行き違ひ、身じろく人びとは、その顔なども見分かれず、

九月十一日の暁に、彰子は北庇との間仕切りの「御障子二間はなちて、庇に移らせ給ふ」と、北庇に移った。これは十一日の干支《えと》が「戊辰」であり、陰陽道でいう日遊《にちゆう》の神が「屋舎内（暦林問答集）」にいる日で、「日遊内ニ在レバ、母屋ニテ産スベカラズ（陰陽雑書）」とされていたから、北庇へと移ったのである。御産部類記の不知記（B）には「寝殿北母屋庇為御産所」とある。「寝殿ノ北ノ母屋ノ庇」とは母屋に接した北庇のことである。北庇の「二間」とあるのは、その母屋に接した北庇二間のことで、几帳で隔てられた西側の一間には中宮の御産用の御帳が設けられていた。御帳の前には祈禱のために仁和寺の僧都と三井寺の内供、出産の補助のために中宮の母倫子・宰相の君・蔵の命婦がいた。上位の大納言や小少将ではなく、宰相の君がいるのは出産経験があったからであろう。蔵の命婦は幾度も出産の介添えをしてきた人なので（栄花物語・峰の月）、付き添うことになったのである。

「いま一間」は、北庇の二間のうちの中宮の御帳のある間の東の一間で、ここには彰子側近の高級女房の大納言・小少将・宮の内侍・紫式部・弁の内侍、中務・大輔命婦、および道長の女房大式部がひかえていた。大式部は道長の上臈女房であるが、ここは中宮の女房たちの方を先に記したのである。式部がどこにいたのか明記されていないけれども、「まだ見奉り馴るるほどなけれど、たぐひなくいみじと、心一つにおぼゆ」とあることから、この「いま一間」の内にいたことは明らかである。出仕後一年半ばかりの身でありながら、これら中宮側近の上臈女房たちと同座していたことは、式部が厚遇され高い序列に位置づけられていたことを示している。

「このうしろの際に立てたる几帳」は、式部たちのいる北庇の二間の東に続く間との境に立てられていた几帳で、そこには中務の乳母や少納言の乳母などが詰めかけていた。「御帳二つがうしろの細道」は、やや言葉足らずであるが、母屋にある白木の御帳の背後、北庇にある産所の御帳との間の空間をいうのであろう。もと中宮が母屋にいたときには式部ら女房四十余人の座っていたところである。式部は「十月十余日までも、御帳いでさせ給はず。西

のそばなる御座に夜も昼もさぶらふ」とあって、中宮が母屋の御帳に移った後もひき続いて、彰子の御帳の傍らにひかえていた。式部の中宮側近の高級女房としての地位は固定していたのである。

中宮女房たちの中での式部の序列がさらにより明確に知られるのは、寛弘五年十一月十七日に中宮が生まれたばかりの敦成親王とともに、里内裏の一条院へ還御したときに供奉した女房たちの乗車順である。

入らせ給ふは十七日なり。戌《いぬ》の時（午後七時）など聞きつれど、やうやう夜《よ》更けぬ。みな髪上げつつゐたる人三十余人その顔ども見え分《わ》かず。母屋《もや》の東《ひむがしおもて》面、東の庇に内の女房も十余人、南の庇の妻戸隔ててゐたり。

ここでは、中宮の一条院還御に供奉する女房「三十余人」が、「髪上げ」姿で東の母屋中央の御帳台の東側から東庇にかけて座っていたというが、これには中宮の女房ばかりではなく、この後に記されているように道長一家の女房などもまじっていた。

御輿《こし》には宮の宣旨の（る）。糸毛《いとげ》の御車に殿の上、少輔《せう》の乳母、若宮（敦成親王）抱《いだ》き奉りて乗る。大納言・宰相の君、黄金作《こがねづく》りに、次の車に小少将・宮の内侍、次に馬《むま》の中将と乗りたるを、わろき人と乗りたりと思ひたりしこそ、あなことごとしと、いとどかかる有様むつかしう思ひ侍りしか。主殿《とのもり》の侍従の君・弁の内侍、次に左衛門の内侍・殿の宣旨式部とまでは次第知りて、次々は例の心々にぞ乗りける。月のくま無きに、いみじのわざやと思ひつつ、足を空なり。馬の中将の君を先に立てたれば、行方も知らずたどたどしきさまこそ、わがうしろを見る人、はづかしくも思ひ知らるれ。

中宮の御輿には宣旨が同乗し、それに続く糸毛の車には、中宮の母倫子と若宮を抱いた少輔の乳母が乗った。その次の黄金作りの車には大納言の君と宰相の君が乗り、これ以下は檳榔毛《びろうげ》の車であろうか、「小少将と宮の内侍」、「馬の中将と紫式部」、「主殿の侍従と弁の内侍」、「左衛門の内侍と道長の宣旨の大式部」という組み合わせで乗ったが、その乗車順はあらかじめ決められていた。馬の中将は式部と乗ることになったが、その乗車順に不満であったという。晴れの場で主人に供奉する女房たちの乗車順は、女房たちにとって自己の序列が公式に定まる最大の関心事であったから、乗車順についての不満や争いも多かったのである。そのために重要な儀式などでは、女房の乗車順名簿が主家により作られていた。正暦五年（九九四）二月、中宮定子の積善寺供養の行啓に供奉する女房たちの乗車の様子について、清少納言は次のように記している。

車の左右《ひだりみぎ》に、大納言殿（伊周）・三位中将（隆家）ふた所して、簾《すだれ》うち上げ下簾引き上げて、（女房タチヲ）乗せ給ふ。……四人づつ書き立てにしたがひて、「それ、それ」と呼び立てて乗せ給ふに、歩み出づる心地ぞまことにあさましう、見証《けそう》なりといふも世の常なり。

（枕草子・「関白殿二月二十一日に」の段）

ここの清少納言たちは一車に四人づつ乗っている。彰子の女房たちも二人で乗るのは式部ら高級女房だけで、その後の車には四人が乗ったのであろう。たぶん定子の高級女房にも二人で乗る人が少数いたのであろうが、清少納言は四人で車に乗る程度の身分だったのである。

さて、馬の中将は式部と乗ることになり、「わろき人と乗りたり」と不快感をあらわにした。それは単に嫌な式部と同車することだけではなく、自分よりも式部の方が先に名を呼ばれたことで、馬の中将が式部の下位に位置づけられたことにもあったと思われる。だからこそ、式部からすればそんな些事にこだわっている馬の中将の態度を「あなことごとし」と思い、名を呼ばれて車へと歩んでゆくときには、譲って「馬の中将の君を先に立て」て、機嫌をとったのである。このように女房たちが乗車順を争うことは当時よくあった。栄花物語にはこの彰子入内の場合にも、「女房の車きしろひもありけれど、『例のことなり。聞き入れぬものなり』と宣はせて、殿（道長）は聞こし召し消ちつ（初花）」と記している。この「女房の車きしろひ」は、女房たちの乗車順についての争いであり、女房たちは定められていた乗車順にも抗議するなど、常に激しく序列順位を争っていたのである。

この彰子に供奉した女房たちの乗車順は、中宮の女房たちの公的な場での序列をもっともよく示すものである。

彰子の女房たちの筆頭は宣旨であった。次の少輔の乳母は若君を抱いていることからここでは特別扱いとして、以下は大納言・宰相・小少将・宮の内侍・紫式部・馬の中将・主殿の侍従という序列であった。ただしこの序列については、日記の他の記事では小少将と宰相、および宮の内侍と式部の序列の上下にはやや曖昧なところがある。この乗車順では宮の内侍の次に式部となっているが、土御門殿の渡殿の局の位置では、式部の方が上位であった。若宮五十日の饗の座では、大納言・宰相・小少将・宮の内侍と並んでいる。こうした序列は固定した厳格なものではなく、場によっては前後することもあるややゆるいものであったらしい。式部と宮の内侍の上下については、いまは中宮の内裏還御という晴れの場なので、やはり宮の内侍は「内侍」という地位にあることで上位になったかと考えられる。ただし、弁の内侍と左衛門の内侍は、同じく「内侍」という官にあるのに式部よりも下位になっているのは、二人が中宮専属の女房ではなかったからであろう。弁の内侍は本来内侍司に籍がありながら中宮に出向してきていると考えられ、左衛門の内侍も内裏女房としてこのとき中宮を迎えに遣わされた人なので、中宮専属の女房たちよりも後の車に乗ったのであろう。殿の宣旨は道長家の最上席女房であるが、やはり中宮の女房ではないので、式部よりも後の車に乗ったのである。彰子出産の場面では、彰子の女房のうちでは宰相だけが中宮の近くにひかえているが、これは出産という特別の場だったからである。つまり、中宮の女房たちは宣旨を筆頭にして、場の性格により序列に多少の前後があり固定したものではないが、大納言・宰相・小少将・宮の内侍・式部というのが上級女房たちの序列であった。大納言や宰相ら中宮と血縁関係にある他の上級女房たちの中にあって、式部は特に親戚関係もないのにその序列は意外に高いのである。

【中宮彰子の女房の人数】

中宮彰子に直接仕えていた女房、女官はどれくらいの数がいたのか、その総数は不明である。また中宮が出産のために土御門殿に滞在していたころには、夜になって中宮のいる寝殿の格子を下ろそうとして、「女官はいままでさぶらはじ、蔵人参れ」と呼んでいるから、中宮の女房の他にも、格子を上げ下げするような「女官」なども多く土御門殿に従って来て奉仕していたのである。さらに皇子誕生五日目には、

威儀の御膳《おもの》は采女《うねめ》ども参る。……月の隈なきに采女、水司《もひとり》、御髪上げども、殿司《とのもり》、掃司《かんもり》の女官、顔も知らぬをり。闈司《みかどづかさ》などやうの者にやあらむ……ひまもなくおしこみてゐたれば、

と、御厨子所の采女、水司・殿司・掃司・闈司などの女官たちも土御門殿に来ている。「顔も知らぬをり」というのであるから、女官の中には式部の知っている者もいたわけで、この祝賀の日にだけ内裏からやってきたのではなく、日ごろから中宮の身近に仕える式部の顔見知りもいたのである。当時のそうした中宮に仕える下級女官たちの実態はわからないのでいまはおいて、次に中宮彰子の身近に仕える高級女房たちの員数を考えてみたい。

中宮彰子に仕えた「女房」と呼ばれる高級侍女たちの数を記したものには、まず彰子が女御として初めて入内したときの様子を記した栄花物語の記事がある。

参らせ給ふこと、長保元年十一月一日のことなり。女房四十人、童《わらは》六人、下仕《しもづかへ》六人なり。いみじう選《え》り整へさせ給へるに、かたち心をばさらにもいはず、四位、五位の女《むすめ》といへど、ことにまじらひわろく、成り出で清げならぬをば、あへて仕うまつらせ給ふべきにもあらず、物清らかに成り出でよきを、と選らせ給へり。

（栄花物語・輝く藤壺）

姿かたちや育ち人柄のよい女房四十人をえりすぐって、威儀を整えて入内に従わせたというのである。栄花物語では、彰子の妹たちの入内のときに供奉した女房についても、やはり女房四十人が従ったと記している。

（寛弘七年）師走になりぬれば、かんの殿（道長二女東宮妃妍子）の御参りなり。……年ごろの人の妻子などもみな参り集まりて、大人四十人、童六人、下仕四人、

（栄花物語・初花）

（寛仁二年）二月になりぬれば、大殿の内侍のかむの殿（道長三女威子）、内（後一条天皇）へ参らせ給ふ。よろづ整へさせ給へり。大人四十人、童六人、下仕四人、（栄花物語・浅緑）

しかしながら栄花物語の道長一家関係の記事には、道長礼賛のためにさまざま誇張された記事が多くあって、これらの女房の員数についてもそのままには信用できないのである。たとえば二女妍子の入内に従った女房数については、道長自身が次のように記している。

尚侍（妍子）東宮ニ参ル。時ニ亥。上達部十余人来ラル。中宮（彰子）従《よ》リノ女方《にょうぼう》二車八人、本《もと》従リノ二十人、童女四人、下仕又同ジク糸毛車ヲ用ヰル。（御堂関白記・寛弘七年二月二十日）

つまり妍子の入内に従った女房の実数は、妍子自身の女房は二十人で、その他に彰子の女房八人の乗った車二両が威儀を整えるために参加していたので、この八人とを合わせた総計は二十八人であった。栄花はそれを誇張して「大人四十人」などと記したのである。道長は子どもたちの中で長女彰子を特別に尊重していたから、ここでもまず彰子から寄こされた女房のことを「中宮従リノ女方二車八人」と、妍子の女房よりも先に記したのである。当時では女御が入内するときに供奉する女房たちは二十人が普通であった。ただし、それが「女房」と呼ばれる高級侍女の総数というわけではなくて、その他にも里居中の人や、何らかの事情で参加しなかった者も多少はいたであろうから、彰子の場合にも「女房」と呼ばれる高級侍女はほぼ三十人足らずであったと考えられる。(69)

【中宮女房の職制】

それでは、中宮の女房集団はどのような組織になっていて、中宮に奉仕するさまざまな職掌は、どのようにして分担運営されていたのであろうか。

天元五年（九八二）三月十一日、関白藤原頼忠の二女遵子《のぶこ》が立后したときに、中宮の職事や女房たちの役職が定められた様子が小右記に詳しく記されている。それによると、まず立后当日に中宮の「令旨《りやうじ》」によって、中宮に仕える女房たちのうちの重役ともいうべき、「宣旨」「御匣殿《みくしげどの》別当」「内侍」の三役が補任された。宣旨には中宮の姉で皇太后大夫源重信《しげのぶ》妻の詮子《あきこ》、御匣殿別当には中宮の従兄佐理《すけまさ》の妻藤原淑子《よしこ》、内侍には父頼忠の家司であった信濃守藤原陳忠《のぶただ》妻の藤原近子《ちかこ》が任ぜられた。いずれも中宮に近い縁者や家司の妻である。次いで中宮に仕える「男女《なんによ》房《うばう》ノ簡《ふだ》」が書かれている。ただし、「宣旨・内侍ノ簡ニ着クコト先例無キニ依リ着カズ。御匣殿別当・少将乳母良峯美子同ジク簡ニ着ク」と、宣旨・内侍は前例がなかったので簡には着かなかった。高級女房では御匣殿別当と円融天皇の乳母「少将」が簡に着いた。「簡」は職員の氏名・位階を書いた木札で、中宮の台盤所に置かれるものである。中宮の女房三役のうち、宣旨と内侍が女房の簡に着かなかった事情は不明であるが、この二つの役職は比較的新しく置かれるようになったものであったことから、まだ前例として定着していなかったためらしい。

円融帝の乳母の「少将」はそれまでから頼忠のもとにも出入りしていた人である。遵子立后の件については帝と頼忠との連絡係を勤めていて、この立后にも大きく助力した人であった。当然に内裏の女房としても簡に着いていたであろうから、中宮の女房をも兼任することになったのである。そうした内裏と中宮兼任の女房もいた。

ついで三月十五日には、中宮に奉仕する政所《まんどころ》・侍所《さぶらいどころ》など所々の別当・預《あずかり》・下部などが補され、また「女房」以下の女性の職員が定められた。

> 中宮ニ参ル。大夫（中宮大夫中納言藤原済時《なりとき》）同ジク参ラル。所々ノ別当・預・下部等ヲ定メラル。又、女房・屎遠侍者・大番侍者《おほばんじしや》・蔵人等ヲ定メラル。侍所ノ名簿等同ジク下シ給フ。
> （小右記・天元五年三月一五日）

ここの「女房」は中宮の上級侍女で、「蔵人」は女蔵人である。この場合には「蔵人」は「女房」の中には入れられず区別されている。女房の次の「屎遠侍者」「大番侍者」については、どんな職階・職掌であったのかがよくわからない。まず「屎遠侍者」については、他に用例が捜せないのでこの文字面から臆測するほかないが、いわゆる

「御厠人《みかはやうど》」「樋《ひ》すまし」の類の侍女をいうのであろうか。ただし、「屎遠侍者」がそうした職掌の侍女であったとすれば、蔵人よりも上位に記されていることには不審もあるが、厠人などは常に主人の側近に侍る役であったから、当時は一般にかなり上位に待遇される職種であったらしいのである。(70) 次のような記事がある。

A 「上宿事」（蔵人は、帝が）夜ノ御殿ニ入御ノ後、女官ノ告グルニ随ヒテ長女・御厠人也、鬼間《おにのま》ニ参リ宿ス。

（侍中群要・四）

B 宮たちの御乳母のいふやう、「同じ御腹に生まれ給ひつる同じ宮に仕うまつれど、いかなる人の、一の車に乗るらん。我らいかなれば、宮の長女《をさめ》・みかはやうどのしりに立つらん」と腹立つ。（宇津保物語・国譲下）

厠人は便器係としてだけでなく、Aの「長女」と同じく夜には帝の側近に侍して雑用にあたることもあったし、Bの例の長女・御厠人は、主人の外出するときには職掌から当然とはいえ、乳母などをさしおいて主人と同じ車に乗ることもあったのである。両者は源氏物語などでも「（源氏ノ）知りおよび給ふまじき長女《をさめ》・みかはやうどまでも（須磨）」と見えて、いつも「長女・御厠人」などと並べてあげられているのは、両者が類似の職種だったからであろう。『河海抄』には「水源抄《すいげんせう》云、お《(を)》さめとは曹司（「雑仕」カ）の事也、御河《みかは》とはひすましの事也云々」とあり、長女は雑仕女《ぞうしめ》のことだとする。「長女」はまた「洗女《あらひめ》二人、蔵人収女二人、御厠人二人（九暦・天暦四年七月二十四日）」と「収女」と表記されることもある。当時の雑仕《ぞうし》には上雑仕・下雑仕の別があったが、上雑仕は一般に女蔵人の次あたりに位置づけられる身分であった。この上雑仕のうちのある者が特に御厠人と呼ばれて、「屎遠侍者」はそれをいったものではなかろうか。だから、このように「蔵人」よりも上位に記されたのだと考えられる。貴人の御厠人は、枕草子（「生ひ先なく」の段）にも「女房の従者《ずさ》、その里よりくる者、長女・御厠人の従者、たびしかはらといふまで」とあるように、自分用の従者を伴っているような侍女だったのである。

「大番侍者」の語もまた用例が少なく、職掌が明らかではない。ただし、これはいま一例が中宮藤原妍子の立后したときの女房についての記事に見える。

本宮（中宮御所）ニ参詣ス。……東ノ対ノ座ニ着ク。……此ノ間、采女等御膳ヲ供ス。女方（房）ハ皆理髪ス。此ノ中ノ大番侍者四人、蔵（人）四人、額《ひたひ》・末《すゑ》等ヲ用キル。是レ御膳ヲ供スルニ依リテ也。

（御堂関白記・長和元年二月十四日）

新后に供する御膳を、采女たちが東の対の御座所へ運んできて、それを采女から受け取る役の女房たちはみな髪を上げていた。そのうちの「大番侍者」四人と女蔵人四人は、特に額（前髪につける飾り）と末（上げた自分の髪の上を覆うつけ髪）をつけた正装であった、これは新后に御膳を供する役だったからだ、というのである。ここの大番侍者も女蔵人よりは上位に位置づけられている女房であった。臆測するに、中宮三役などを除いた一般の女房たちは、幾組かに分番して中宮に当直することになっていたらしいから、これらの「大番侍者」は、その番分けされて当直にあたる女房をいうのではなかろうか。

中宮遵子の女房の重役である宣旨・御匣殿・内侍の三役は、中宮彰子の女房の場合には宣旨と宮の内侍の名は見えるが、御匣殿と呼ばれている人が見えない。しかしこの女房三役は、後世まで長く立后とともに任命されて恒例になっていたものであるから、中宮彰子の女房にも置かれていたはずの役職なのである。彰子の御匣殿には、大納言の君・宰相の君・小少将の君などが候補者であるが、序列からすれば大納言の君であったかと考えられる。女房たちの座席順などでは大納言の君は常に最上位なのである。彰子の女房三役のうちの宮の内侍は、その上位に宰相や小少将がいてやや序列が低い。中宮遵子の宮の内侍も受領の妻であった。これは、彰子の女房たちにおいては出自の高い人たちが多かったことや、その順位序列がやや曖昧で緩やかなところがあって、厳格には固定されていなかったことと関係しているのかもしれない。

【紫式部の身分・職階】

中宮彰子の女房たちの中での紫式部の序列は、中宮の宣旨、御匣殿別当であったかと考えられる大納言の君、宰相の君、小少将の君に次いで第五位あたりであった。これは式部の家柄からするとすこぶる優遇された高い地位である。しかも式部はもっとも新参の身でもあった。そうした恵まれた待遇を受けていたのは、式部が女房としてすこぶる有能であったことも無論あろうが、やはり式部が中宮に近侍して新楽府を講義するなど、中宮の侍読とでもいうべき重要な役目をはたしていたことが大きいと考えられる。内輪のことであったとはいえ、中宮という身分の人に漢籍を進講するのであるから、おそらく式部は五位の位階を授けられていたと思われる。

天元五年五月七日、中宮遵子が初めて入内し、その供奉の女房について次の記事がある。

今日中宮内裏ニ入リ給フ。……令旨ヲ下シテ左兵衛陣ニ於テ車等ヲ入レシメ、東廊ノ下ニ寄セテ女房等ヲ乗セシム。糸毛《いとげ》三両、一両宣旨、一両御匣殿、一両内侍宣旨・御匣殿、其身不参、他人ヲ以テ車ニ乗セシム、檳榔毛二十両侍従及ビ蔵人以上、皆一本理髪シテ乗車、戌一点、御輿ヲ南階ニ寄ス。……次ニ乗リ御ス乳母御輿ニ候フト云々。

（小右記・天元五年五月七日）

中宮の御輿には乳母が同乗し、それに続く糸毛車三両には女房三役が乗った。ただし宣旨と御匣殿の車には本人ではなく代官が乗った。その後に檳榔毛車二十両が続き、これには「侍従」および女蔵人以上がみな「一本理髪《ひともとかみあげ》（頭頂に髻《まげ》を一つ結った髪形）」して乗った。つまり中宮遵子の高級侍女には、三役の他に「侍従」および「蔵人」と呼ばれる二種があった。

ここの中宮遵子の入内に供奉した女房たちの車の行列編成は、当時の慣例にならったものだったのであろうが、以後の中宮の入内時などの女房の供奉も基本的にはほぼ同様であったらしい。寛弘五年十一月十七日の中宮彰子の内裏還御のときには、中宮の御輿には宣旨が同乗し、次の糸毛車には彰子の母倫子と若宮を抱いた少輔乳母が乗り(71)、その次の金造りには大納言の君と宰相の君、それに続くおそらく檳榔毛車には小少将と宮の内侍、次いで馬中将と紫式部、さらに次々の車には主殿侍従と弁内侍ら以下が乗ったが、これは中宮遵子の場合と基本は同じである。遵子の女房三役の糸毛車に続く檳榔毛には、「侍従」および「蔵人」が乗っていたが、彰子の女房の場合は金造りの車の次には小少将以下が乗った車が続いた。両者を比較すると、遵子の「侍従」に対応するのは、彰子の女房の場合には小少将や紫式部らにあたることから、式部は中宮の女房としてより正確には「侍従」と呼ばれる職階の侍女であったとする説もある(72)。

ただし、ここで用いられている「侍従」の語については、女房の呼称に用いた例は他に捜せないことからすると、これは当時一般的に用いられていた呼称ではなくて、中宮に近侍する女房たちを天皇に仕える男官の「侍従」から類推して呼んだもので、この場合にだけ用いられた筆者の用語だったのではなかろうか。ここの「侍従」と近似した概念を表す語としては、「傅侍《ふじ》」という語が用いられることもある。

今夜内侍所ノ御神楽有リト云々。……饗、内侍二人ノ前〈衝重《ついがさね》各二合、二種物《ふたくさもの》〉、博士十二人〈前ニ同ジ〉、闈《みかど》司《つかさ》幷《ならび》ニ女官等〈各衝重一合、一種物〉、近衛司等ヲ召ス〈衝重各二合〉、然ルベキ人々ノ禄ハ殿上人之ヲ取ル。禄、典侍〈白掛一領〉、掌侍〈白単衣一領〉、傅侍二人〈命婦白単重一領六位白単衣一領〉、女官疋絹、下手作各一端、所ノ布ヲ以テ之ニ給フ。

（左経記・寛仁四年十二月二十八日）

ここの「傅侍」は、掌侍の下位であり、「女官」よりは上位の五位の命婦一人と、六位の一人を合わせていった語である。またここの「六位」は、「女官」よりも上位に位置づけられていることからすれば、女蔵人であったと考えられる。前記の「侍従」には女蔵人はふくまれていなかったが、ここでは帝に近侍する役の命婦と女蔵人とを合わせて「傅侍」と呼んだものらしい。ただし、この語も他に用例が捜せないので、やはり前記の女房についていわれた「侍従」と同じく、一般的に使われるほどには定着していなかった用語であった。

【中宮の御匣殿・宣旨】

中宮の女房三役は、藤原遵子の場合以前の確実な例は捜せないが、この役職は以後長く院政期に至るまで行われていて、その三役の序列についても御匣殿・宣旨・内侍と定まっていたのである。

A（篤子内親王立后）今夜、女房御匣殿故資綱中納言姫、宣旨故良基大弐姫、掌侍御乳母子、仲実妹也、已上三人今夜被補也。（中右記・寛治七年二月二十二日）

B 立后（藤原聖子）、補女官、御匣殿源宰相女、宣旨有業女、内侍不在。（長秋記・大治五年二月二十一日）

C 院（鳥羽）、従四位下勲子（後に泰子と改名）ヲ立テテ皇后宮ト為ス。……御匣殿公《きみ》、前太相国娘、故中宮信濃公腹。宣旨、故二条関白娘、丹後公腹。内侍、別当公、故国俊娘。（長秋記・長承三年三月十九日）

D 立后事……勅使次将本宮ニ参テ（立后ノ）宣命ヲ申スノ由、……侍者、名謁奏時〈近代ノ例不定〉、補御匣殿、宣旨、内侍ヲ補サル〈以上、大夫仰亮、亮告知其人〉、職事以下ヲ補サル。（江家次第・一七）

中宮遵子の女房三役では筆頭は御匣殿ではなく宣旨であったが、これは宣旨に補されたのが中宮の姉という身分の高い人であったからであろう。また、このときの中宮女房の簡には御匣殿だけが着き、宣旨と内侍は先例がないということで着かなかったのは、やはり中宮の宣旨や内侍が女房の重職として定着するのが遅かったため、あるいは十世紀中頃以後中宮の地位が重くなり、その「令旨」を伝える宣旨の職も重視されるようになったこと、内侍の方は本来は内侍司に所属して中宮兼任の女房だったから、といった事情によるのではないかと考えられる。

中宮の「御匣殿」の古い例はいま捜せないが、その職掌からしても当然に早くからあったと考えられる。天皇の御匣殿別当は、村上朝に貞観殿《じょうがんでん》とも呼ばれた藤原師輔二女の登子《たかこ》の例や源氏物語の朧月夜《おぼろづきよ》のように、十世紀後半ごろには天皇の妻の女御や更衣に類する人の役職として運用されるようになってくる。しかし古くは、「御匣殿〈貞観殿中ニ在リ。上﨟女房ヲ以テ別当ト為ス。女蔵人有リ〉（西宮記・八・所々事）」とあるように、御匣殿別当はこの役所の上﨟女房が務めることになっていた。本来の御匣殿の職掌は、今日荷前事有リ、……後ニ天皇遅ク御出之由ヲ尋ヌルニ、今日ノ御服ノ料、二十五日ノ夕ニ内蔵寮、御匣殿別当宅ニ送ル、裁縫之程無キニ依リ、自《おの》ヅカラ以テ遅々ト云々。（九暦・天慶九年十二月二十六日）

などと裁縫のことにあたるものであったが、後には「御匣殿別当、是ハ女御・更衣之儀ニ非ズ、只御所中ノ沙汰人也（禁秘抄・中）」とあるように、御所内のことを沙汰したり中宮の女房を管理する役にもなったのであろう。「御いそぎの料にとて、綾・薄物・縑《かとり》ぎぬなど多く奉れたれば、みくしげ殿する人、お前にてはからひ定む（宇津保物語・俊蔭）」と、「御匣殿す」という動詞に用いた例もある。

「宣旨」は、中宮の「令旨」を伝え、臣下の啓上する雑事を中宮にとりつぐ役であったと考えられる。当時の「宣旨」と呼ばれた女房については、『有職問答』などの説にもとづいて、いまだに立后の宣旨を受け取る役を勤めた中宮の女房のことだとする説が広く行われている。しかし立后は本来軽い「宣旨」によってではなく、より重い「宣命」により行われる大事なのである。また、前記の中宮遵子の例に明らかなごとくに、宣旨職の女房は立后の儀式が終わってから、中宮の「令旨」によって補される職である。これには、「宣旨車女官也、今院ノ御祐筆也（江家次第秘抄・六）」という説明もなされていたのに、なぜに有職問答などの説が流布したのか不明である。

中宮の令旨は正式には中宮の内侍を通じて伝宣され、また人々の中宮への啓上は内侍によってなされていた。

同日（正月二日）早朝群臣ノ朝賀ヲ受ク。……職ノ大夫出テ位ニ就ク。首為ル者進ミテ南ニ向キ跪キテ賀詞ヲ称シ、訖リテ位ニ復ル。群臣倶ニ再拝、職ノ大夫入リテ内侍ニ申ス。内侍令旨ヲ奉リテ伝宣ス。大夫令旨ヲ奉リテ退出ス。……同日（七日）典薬寮候年料御薬、内侍之ヲ啓ス。（延喜中宮職式）

伝宣、啓上する事柄やその場にもよるのであろうが、「宣旨」はこうした内侍の勤めていた役を中宮の日常の場においても果たす役であったと考えられる。

宇多朝においては、後宮の女房たちの管理にあたっていた役職者については、次のような記事がある。

息所菅氏（女御菅原衍〈淑〉子）、宣旨滋野等ノ者、日々女房ノ侍所（台盤所）ニ出デ居テ、蔵人等ノ日給ノ事ヲ行ヒ、兼ネテ進退ノ礼儀ヲ正ス。……菅氏ハ是レ好《よ》ク煩事ヲ省クノ人也。宣旨ハ又寛緩和柔ノ人也。

（寛平御遺誡）

御息所菅原氏や宣旨滋野氏は台盤所に毎日詰めていて、女蔵人たちの日給の簡の管理のことを行い、規律礼儀をただす役を勤めていた。「蔵人等」とあるのは、女蔵人の他にも帝に近侍する女房（命婦）がいたからであろう。

ここの「宣旨滋野」は、「典侍正四位下滋野朝臣直子卒、七十九（日本紀略・延喜十五年正月十九日）」、また「延喜十五正二十、典侍有子卒、贈従三位東宮宣旨、給葬料（西宮記・一二）」とある滋野《しげの》直子《なおこ》（有子）である。仁和二年（八八六）九月三十日、斎宮繁子内親王の伊勢群行に従っていた直子は鈴鹿頓宮で火事にあい、「内親王、更衣滋野朝臣直子ノ車ニ乗リ、頓宮ヨリ出ヅ（三代実録）」と見える。直子は光孝帝の更衣であったが、宇多朝には東宮敦仁《あつひと》親王（醍醐帝）の宣旨として仕え、醍醐朝には典侍になっていたらしい。

中宮の宣旨の古い例としては、後撰集の作者に「中宮宣旨（後撰集・二八八、一二二七）」なる人がいる。これは宇多朝の中宮温子に仕えた女房である。そのころには中宮に宣旨の職がおかれていたらしい。冷泉朝の中宮昌子内親王にも「宣旨」がいた（小右記・長保元年十二月十八日）。中宮の女房三役が置かれるようになるのは村上朝からと考えられ、円融朝の中宮藤原媓子、同藤原遵子には三役がいたことは前述した。一条朝の皇太后藤原詮子にも女房三役がいたらしい。詮子の崩後七々日の法事に布施を出した人々について、「余（行成）・宣旨・御匣殿各百端（権記・長保四年二月十日）」という記事があり、内侍のことは見えないが、この宣旨・御匣殿は詮子の女房であろう。詮子の「宣旨」については、「殿（兼家）の御女《むすめ》と名のり給ふ人ありけり。殿の御心地にも、さもやとおぼしける人参り給ひて、宮（詮子）の宣旨になり給ひぬ（栄花物語・様々の悦）」とある。また「そのおとうとの女君（尚侍藤原綏子《やすこ》ノ妹）は、この殿（兼家）の中納言殿（道隆）の御女とあれば、宮の御匣殿になさせ給ひつ（栄花物語・様々の悦）」と見える「宮の御匣殿」は諸注に詮子の御匣殿とするが、後述の藤原定子の御匣殿である。

中宮定子の「宣旨」については「（中宮定子ノ）宣旨には、北方の御はらからの摂津守為基《ためもと》が妻《め》なりぬ（栄花物語・様々の悦）」、「このたびの（伊周ノ筑紫へノ配流ノ）御供にぞ、母北方の御はらからの津の守為基といひし人の妻《め》をぞ、宣旨とてありし、御車にてやがて参る（栄花物語・浦々の別）」などと見えて、定子の母高階貴子の妹で大江為基の妻であった人が勤めていた。

中宮定子の御匣殿は定子の異母妹であった。関白道隆には高階貴子腹に娘四人がいて、長女は中宮定子、二女の原子《もとこ》は「関白二娘号内御匣殿、今夜参青宮（後ノ三条帝）云々（小右記・長徳元年正月十九日）」とあって、一条帝の御匣殿になりやがて東宮妃になった人である。三女は敦道《あつみち》親王と結婚していたが、離別して実家を出て一条辺で零落した生活を送っていたという（大鏡・道隆伝）。四女は「四の君の御方いと若うおはすれど、内の御匣殿と聞こえさす（栄花物語・様々の悦）」、「宮の上（敦道親王室、道隆三女）の御さしつぎの四の君（道隆四女）は御匣殿と申しき。御かたちいとうつくしうて、式部卿の宮（敦康親王）の御母代《ははしろ》にておはしましし（大鏡・道隆伝）」とある人であった。一条帝の御匣殿として仕えていたが、姉定子の遺した敦康親王の母代として養育しているうちに、やがて一条帝の子を妊娠することになり、十七八歳ばかりで（栄花物語・初花）長保四年六月三日に亡くなった（権記）。二女原子が「内の御匣殿」をやめて東宮妃になったあとの御匣殿には、藤三位繁子の産んだ道兼女の尊子《たかこ》がなったが、尊子は間もなく女御になったので、この四女はその後任の御匣殿になっていたのであろう。

枕草子（「返る年の二月二十よ日」の段など）には中宮定子に仕えていた「御匣殿」のことが見え、この人は道隆四女とするのが通説である。しかしそうだとすれば、この四女は「内の御匣殿」でありながら内裏にはあまり出仕せず、常に姉の定子に近侍していたことになり、中宮定子には専属の「御匣殿」がいなかったことになるが、それは考えにくい。枕草子には「御匣殿」について正暦五年（九九四）ごろの次の記事がある。

君たち（定子ノ姉妹タチ）など、いみじく化粧じ給ひて、紅梅の御衣ども劣らじと着給へるに、三の御前《おまへ》は、御匣殿・中姫君よりも大きに見え給ひて、上など聞こえむにぞよかめる。（枕草子・「積善寺供養」の段）

諸注はこの「御匣殿」も道隆四女としている。しかしながら、そうだとすればここの記事は、三女が四女の御匣殿よりも大きく見えた、という当然のことといった奇妙なものになってしまう。もし御匣殿が四女であれば、「三の御前」の方が大きく見えるのは当然なのである。また、四女の「御匣殿」が「原子」よりも先に記されていることにも疑問がある。つまりここの「御匣殿」は三女よりも年長でなければならず、たぶん「中姫君」よりも年長であり、これは高階貴子以外の妻の産んだ女と考えられる。道隆女であったことはここの記事からも明らかである。そして、この人こそが常に定子に近侍していた御匣殿だったのである。中宮定子らとは異母姉妹であり、幼くより別に育てられたので定子の姉妹には数まえられず、後に定子の御匣殿として仕えたのであろう。[73]

この人は、正暦三年十二月七日に中宮定子が新築された里邸の二条宮に退出したとき、「左近少将隆家叙正五位下摂政子、無位藤原頼子叙正四位下摂政娘（『諸院宮御移徙《ごいし》部類記』所引小右記）」と正四位下に叙せられた藤原頼子《よりこ》だと考えられる。この頼子は兼家の妻近江が産んだ尚侍綏子の妹で、実は道隆女であった人、前記の「宮の御匣殿（栄花物語・様々の悦）」であろう。中宮定子の御匣殿もまたそうした近親者だったのである。

【中宮の内侍】

本来「中宮（宮）の内侍」は、中宮に関わる祭祀のことを掌り、また帝との連絡係にあたる職掌の女房であろう。「宮の内侍」の古い例には、「延長三、八、二十九日、弘徽殿ニ御《おは》ス、御遊ノ次、中宮内侍・少将伊衡ヲ叙ス。庭中ニ於テ召シ唱《とな》フ。女位記ハ唱ヘズト云々（西宮記・八・恩賞事）」と見える中宮藤原穏子《やすこ》の内侍の例がある。

円融朝の中宮藤原遵子の「宮の内侍」は、中宮が「令旨」を下して任命していることからすれば、内侍司に所属する定員六人の掌侍とは別枠の掌侍（内侍）であるかのように見える。しかし後述するように、人選は中宮がなし中宮の令旨で一往は補されたらしいが、さらにその後には内侍司の掌侍として正式に天皇が承認するという補任の手続きがあったのだと考えられる。これについては次の例がある。

応和元年（九六一）十一月四日、此ノ夜輔子・資子内親王始メテ謁見ス。……命婦・蔵人等禄ヲ以テ給フ。親王中宮在所ニ還入ル。又、親王ノ乳母三人ニ襖子各一領ヲ給ハシム。中宮典侍平子、、、以下掌侍、命婦、蔵人、東南ノ対ノ西庇ニ於テ、饗禄ヲ給フト云々。（西宮記・一・童親王拝覲）

ここの「中宮典侍平子」は、中宮藤原安子に仕えた「宮の内侍」の橘平子《たいらけいこ》で、天慶元年（九三八）十一月十四日に権掌侍から掌侍となり（本朝世紀）、次いで村上天皇の践祚に際して剱璽使を勤め（践祚部類鈔）、応和元年八月二十日の女官除目で典侍になった人である（西宮記・二）。つまり、この橘平子は明らかに内侍司に所属していた内侍であった。「宮（中宮安子）の内侍」を兼任していたことから「中宮典侍」と呼ばれたのであろう。この橘平子の例からすれば、中宮遵子の内侍に補された藤原近子も、内侍司所属の掌侍として「宮の内侍」を兼任する形だったのであり、内侍司の掌侍とは別に中宮に専属する「宮の内侍」という職があったわけではなかったと考えられる。もし内侍司の掌侍とは別に、中宮専属の「宮の内侍」という独自な内侍職があったとすれば、その「宮の内侍（掌侍）」が典侍に昇任することも考えにくいのである。つまり「宮の内侍」は内侍司に所属していて、中宮に出向している兼任の掌侍であった。

後撰集には、この橘平子と考えられる内侍が左大臣藤原実頼にやった歌が見える。

左大臣河原に出であひて侍りければ　内侍たひらけい子

絶えぬとも何思ひけん涙川（「かはら」カ）流れあふ瀬もありけるものを　（後撰集・九四九）

この歌は清慎公集にも、「あらはに出でてあひ給ひければ、へいないし（一〇三）」の詞書で見えている。(74) この「へいないし」の呼称は後撰集の作者名「内侍たいらけい子」などからする誤伝であろう。一般に「平内侍」という呼称は、平氏の内侍である人をいうものであり、実名である「たいらけい子（平子）」によって「平内侍」と呼称することはあり得ない。

一条朝の中宮定子の「宮の内侍」は、最初は馬の内侍であったらしいが、馬の内侍が典侍になったことで右近の内侍に交替したことは前述した。

【中宮彰子の宮の内侍】

紫式部日記にたびたび名が見え、式部とも親しかった中宮彰子の「宮の内侍」の実名は、これまでの通説では橘良芸子《ながきこ》とされてきた[75]。

橘良芸子は東三条院詮子に仕えて「弁の命婦」と呼ばれていたが（権記・長保元年九月七日）、彰子立后の日に、「左大臣（道長）被奏云、以橘良芸子院弁命婦、為宮内侍、奏聞了（権記・長保二年二月二十五日）」とあって、中宮彰子の「宮の内侍」に補せられた。道長はこの人事を天皇に奏聞していることからしても、「宮の内侍」は中宮の令旨だけで任命できる中宮独自の職ではなく、内侍司に所属する掌侍であったことを思わせるのである。彰子が立后したときには、前述したように中宮の「御匣殿」や「宣旨」も同時に任命されたはずなのに、道長は「宮の内侍」のことだけを天皇に奏聞しているのは、やはり宮の内侍が内侍司にも所属する掌侍の人事であったからである。御匣殿や宣旨は中宮の「令旨」のみで決定できる人事であったから、奏聞の必要はなかったのであろう。

ところが、この橘良芸子（弁の命婦）は、中宮彰子の「宮の内侍」になってからもずっと東三条女院のもとにいて、彰子の御所に出仕している様子がない。藤原行成はこの人を「参女院（詮子）、相逢弁内侍（権記・長保三年九月五日）」と「弁内侍」と記すこともあるが、「夕参院、相逢弁命婦（権記・長保二年五月二十日、同四年二月九日等)」などと、「宮の内侍」になって以後も多く「弁命婦」と記している。これらからすると、良芸子は彰子の「宮の内侍」には補されたけれども、彰子の許に移ってその職務につくことはせず、依然として詮子の女房として仕えていて、中宮彰子の内侍と兼任という形であったらしい。あるいは、間もなく宮の内侍の職を誰かと交替していた可能性が高いのである。その後の良芸子の消息はまったくわからない。橘良芸子が彰子の「宮の内侍」であったことを示す資料は前記の権記の記事のみなのである。紫式部日記には、寛弘五年ごろに中宮彰子に仕えていた「宮の内侍」についての記事が多くある。通説ではこれらも橘良芸子としている。また全注釈は、この人は後に後一条帝の乳母になった源経房の妻である可能性を指摘している。(76)

後一条帝の乳母たちについては、帝の崩御により素服を給わることになった人々の記事に見える。

又、素服ヲ給フベキノ男女ヲ書キ出ダシ給フ、行事所公卿七人……蔵人頭一人……、蔵人七人……、侍読三人……、□□五人伊予守章任朝臣、美作守定経朝臣、美濃守、義通朝臣、右兵衛佐資任、前丹後守憲房……、女房十八人先藤三位、藤三位、江典侍、菅典侍〈已上御乳母〉、少将内侍、兵部内侍、左兵衛内侍、左衛門命婦……

(左経記・類聚雑例・長元九年五月十七日)

だがここの四人の御乳母の中には橘姓の人は見えない。橘良芸子はこれ以前に亡くなっていたことも考えられるが、天皇の乳母は定員四人であるから、少なくとも後一条帝の乳母ではなかった。全注釈が良芸子を後一条帝の乳母と考える理由の一つは、前記の記事の「□□五人」の欠字の部分に「御乳母子」などとあったと推定することによる。だがこれは「殿上人」とでもあるべきものであろう。ここの御乳母四人の筆頭「先藤三位《さきのとうざんみ》」は修理亮藤原親明《ちかあきら》女の基子《もとこ》で、「此ノ暁、内ノ御乳母修理・宰相等ノ典侍参入ス、修理典侍御髪ヲ理《つくろ》フ。宰相典侍陪膳ヲ奉仕ス(御堂関白記・寛仁二年十月十六日)」と「修理」と呼ばれていた人と考えられる。この基子は「但馬守源章任《あきとう》朝臣者、近江守高雅《たかまさ》朝臣之第二子也。母従三位藤原基子、後一条院御乳母也(続本朝往生伝)」とあるように、道長の家司源高雅の妻であり、また道長の妻源倫子の「御乳母子」であったともいう(栄花物語・殿上花見)。ただしこの基子については問題が多いので、後述の藤原美子《よしこ》の項で改めて述べる。

次の「藤三位」は藤原豊子《とよこ》（宰相の君）である。豊子は寛仁二年正月に典侍になったが（菊亭家文書）、前記の修理典侍の下位に位置づけられているのは、典侍になるのが後だったからであろう。

次の「江三位《ごうざんみ》」については、これを近江守藤原惟憲《これのり》妻の藤原美子《よしこ》であるとして、「江」は夫が近江守であったことによる呼称であり、「近江乳母」「近江三位」の略であるとする説が行われているが(77)、この説も無理である。当時の「藤三位」の呼称は藤原氏の三位の人を、「菅典侍」は菅原氏の典侍である人をいう語であり、「藤」「菅」は氏の名の省略形であった。つまり「江三位」は大江氏の三位の人のことであり、前記の御乳母の「江三位」は大江清《きよ》通《みち》女の従三位康子《やすこ》とすべきものなのである。藤原美子は「近江の内侍（栄花物語・つぼみ花）」、「近江の三位（栄花物語・御裳着）」などとは呼ばれているが、それを「江三位」と略称した確例は見えない。大江清通の妻には宰相の君（藤原豊子）がいたが、年齢からするとこの康子は豊子の娘とは考えられず、清通の先妻の子であろう。康子は「江典侍《ごうてんじ》」と呼ばれていたが（左経記・万寿三年十二月十五日、小右記・万寿四年十一月二十日）、長元五年三月二十七日に典侍を辞任して（左経記）三位に昇ったので、それ以後「江三位」と呼ばれるようになったのである。

寛弘五年十一月一日に敦成《あつなり》親王（後一条帝）の五十日の儀が行われた夜、親王の乳母の少輔《しょうふ》には、「今宵少輔のめのと色聴《ゆる》さる（紫式部日記）」と禁色の宣旨が下りた。栄花物語には「讃岐守大江きよみちがむすめ、左衛門佐源為善《ためよし》がめ、日ごろ参りたりつる、今宵ぞ色ゆるされける（初花）」とある。つまり「敦成親王乳母」は大江清通女の康子であった。もっとも、栄花物語がこの大江清通女の康子を源為善の妻としているのは誤りで、「橘為義妻」である。橘為義男の義通は、大江氏系図や陽明文庫本後拾遺集の勘物に「母周防守大江清通女」とあり、為義四男の俊通《としみち》について更級日記の勘物には「橘俊通但馬守為義四男、母讃岐守大江清通女」とある。橘為義の妻もまた大江清通女だったので混乱したのであろう。橘為義も大江清通と共に道長の有力な家司であった。

さて、紫式部日記に見える「宮の内侍」は藤原親明女の美子《よしこ》であったと考えられる。藤原美子が中宮彰子の「宮の内侍」であったことは、次の記事から明らかなのである。

今日、宮（禎子）ノ御乳母兼澄朝臣ノ女子参ル、是レ周頼朝臣ノ妾也、東宮（後一条）ノ御乳母皇大后ノ宮ノ内侍日来候フ、而シテ乳母参ルニ依リ退出ス、

（御堂関白記・長和二年七月二十二日）

（長和二年〈一〇一三〉七月六日、禎子内親王誕生）御乳《ち》付《つ》けには、東宮（後一条帝）の御乳母の近江の内侍を召したり。それは御乳母たちあまたさぶらふ中にも、これは殿の上（道長妻源倫子）の御乳母子のあまたの中のその一人なり。大宮（彰子）の内侍なりけり。……（九月十六日土御門殿行幸）若宮（禎子）の御乳母かうぶり給はり、近江の内侍は加階をぞせさせ給へる。

（栄花物語・つぼみ花）

ここの「東宮の御乳母の近江の内侍」は前述の藤原美子であった。そのことは、栄花物語に禎子の乳母が叙爵し、近江の内侍が加階したとあることにつき、道長が「従五位上美子姫宮御乳母、従五位下光子御匣殿、憲子姫宮御乳母（御堂関白記・長和二年九月十六日）」と記していて、従五位上に加階された「美子」が近江の内侍だとわかる。美子はもと「大宮（彰子）の内侍」であったが、敦成親王（後一条帝）の乳母となり、その後に禎子内親王の乳母になった（小右記・治安三年正月二日）。美子が禎子の乳母として移籍したころには、美子の夫藤原惟憲が近江守であったことにより、美子は新しく仕えた禎子のもとでは「近江の内侍」と呼ばれたのである。橘良芸子は彰子立后のときに「宮の内侍」に補されたが、すぐにやめて藤原美子に交替していたらしい。紫式部日記に見える寛弘五年ごろの「宮の内侍」は藤原美子とすべきである。寛弘六年八月十七日の敦成親王（後一条帝）の参内のときには、美子は親王の「御乳母中宮内侍（御堂関白記）」として同車している。しかし、長和二年七月の禎子内親王誕生に際して乳付けを勧めたことにより、やがて禎子の乳母になった（御堂関白記・長和二年九月十六日）。その後寛仁元年十一月十一日に典侍に補された（左経記）。だが、その後も「大宮（彰子）の内侍」と呼ばれることもあったのである。

美子は敦成親王の即位したことにより典侍となり、寛仁元年十二月には後一条天皇の乳母として八十島使を勤め、翌二年四月には賀茂祭に奉仕した。

A 今日典侍美子、蔵人章任等、八十島ノ勅使ト為リ、御衣ヲ持タシメテ摂津国ニ下向ス。

（左経記・寛仁元年十二月十二日）

B 今夜、八十使ノ典侍入京ス〈近江守惟憲妻〉、迎ヘ送ル者極《いみじ》ク多々ト云々、惟憲相迎フト云々、

（小右記・寛仁元年十二月十五日）

C （賀茂祭）典侍藤原□子、当帝御乳母〈春宮亮惟憲妻〉、典侍ノ前駈小納言惟光、未ダ聞キ見ザル事也、惟光ハ惟憲ノ弟也、惟憲ニ催サルル歟、母ノ為ニハ難無シ、其ノ外ハ然ル可カラズ（為母無難、其外不可然）、上官ノ前駈ハ大臣ノ外ハ未ダ見聞セザル事歟、就中《なかんづく》女房ノ前駈ニ於テヲヤ、言フニ足ラズ、大殿（道長）ノ命ニ依リ為ス所ト云々、右衛門権佐章信ハ惟憲ノ聟也、前駈為ル可キノ由、惟憲懇切ニ相勧ム、而シテ確固トハ聞カズ（又云、大殿無指命云々）、大殿及ビ北方頻リニ前駈ス可キノ由ヲ命ゼラル、果而《つひに》承《う》ケズ、廷尉ヲ以テ前駈ト為スコト往古又聞カズ、狂乱ノ事ト謂フ可キ歟、

（小右記・寛仁二年四月二十二日）

典侍美子が藤原惟憲の妻、憲房《のりふさ》の母であったこと、当帝（後一条）の乳母であったことは右のABからも明らかである。Cの「典侍藤原□子」が「美子」であるのは、「惟憲妻」とあることから推定される。Cの記事はわかりにくいが、次のようなことであろうか。賀茂祭で帝の御乳母の典侍の前駈を少納言惟光が勤めたのは、これまでに聞いたことのない話だ、惟光は惟憲の弟である、惟憲からすすめられたものか、また章信の前駈は、義母典侍のためということでは不都合はないだろうが、それ以外はあってはならぬことだ、少納言などの上官が前駈を勤めるのは大臣の場合以外未だ見聞しないことではないか、中でも女房の前駈を勤めるというのが論外なのはいうまでもない、大殿の命で勤めたという話だった、右衛門権佐章信は惟憲の聟である、だから章信に前駈をするようにと、惟憲は

勧めたのだが、少納言惟光が前駈を勧めることになったについては道長夫婦、特に北方倫子の強い要請であったというのは、倫子と美子の深い関係を思わせる。美子は四人の御乳母のうちで最初に従三位に昇り、「近江の内侍」から「近江の三位」とも呼ばれるようになった。

（治安三年四月、禎子内親王裳着）御髪上げには弁宰相（藤原豊子）の典侍参り給ふ。近江の三位ぞ参るべけれど、それはこの一品宮の御乳付けに召したりしかば、御乳母の数に入りて候ひ給へれば、それはめづらしげなくて召さぬなりけり。（栄花物語・御裳着）

この「近江の三位」は、一品宮禎子の「御乳付け」を奉仕して「御乳母の数に入」っていたというのであるから、明らかに美子のことである。また、美子の夫藤原惟憲は治安三年十二月に大宰大弐になったので、「大弐三位（栄花物語・殿上花見）」とも呼ばれた。

美子は修理大夫従四位下藤原親明女で、藤原惟憲の妻となり憲房を産んだ。尊卑分脈には憲房について「母修理亮親明女」とある。ただし尊卑分脈は惟憲の「女子」の一人に「典侍従三位美子、後一条院御乳母」と注記しているが、これは憲房の母についての注記が混入したものであろう。「二位」は「三位」の誤りかと考えられる。

ところで、美子が藤原親明女で後一条帝の乳母であったとすると、同じく後一条帝の乳母であった前述の源高雅妻の修理典侍基子と姉妹ということになるが、姉妹が共に後一条帝の乳母であったことは考えにくい。その点については、『続本朝往生伝』が源章任の母を「従三位藤原基子」とするのは「美子」のことで、最初美子は源高雅の妻となって章任を産んだがのだが、高雅の没後に藤原惟憲と再婚して憲房を産んだとする説（注75の杉崎重遠論文）がこれまでのところもっとも可能性があるように思われる。

ただし、基子の存在についてはいま一つ次の記事にも名が見えて、「基子」は「美子」の誤伝だともしにくいところが残るのである。

典侍祭使功名替　越中介阿倍永邦停前典侍藤原基子寛仁二年賀茂祭使装束料所任栗田海明改任

（魚魯《ぎょろ》愚鈔《ぐしょう》・六〈大日本史料・寛仁二年四月二十二日所引〉）

これは寛仁二年の賀茂祭使の「前典侍藤原基子」に、その装束料として「越中介」の任料が支給されたことを示すもので、寛仁二年の賀茂祭使は「美子」ではなく「典侍藤原基子」とする記録もあったのである。小右記がこれを「典侍藤原□子」と書いていたのは（一九三頁）、その実名がはっきりしなかったからであろう。とすれば、続本朝往生伝の「基子」は「美子」の誤写や誤伝などではなく、「基子」がこの人の本名であり後に「美子」と改名した可能性が大きい。基子は高雅の晩年に離別して藤原惟憲の妻となり、「美子」と改名したのであろう。

その他にも、「後一条天皇の乳母〈修理典侍基子〉なる女性は実在せず、惟憲室美子の虚像に過ぎない」として、美子は最初「修理」の名で女房となり、その姉の源高雅妻であった人が亡くなったあと高雅の継室となり、次いで敦成親王の乳母となって、さらにその後に彰子が大皇太后になったときに「大宮の内侍」になったとする説（注75の新田孝子説）もあるが、美子は既に寛弘五年の時点で「宮の内侍」だったのである。

紫式部は、中宮彰子が出産のため土御門殿に下がっていたときには、この宮の内侍美子と渡殿で局を並べて親しくしていた。中宮の女房としての序列も二人はほぼ同じであった。日記にはこの人の容姿などについて次のように記されている。

A（第五夜ノ産養）今宵の御まかなひは宮の内侍、いと物々しくあざやかなる様体《やうだい》に、元結《もとゆひ》ばえしたる髪の下がりば、常よりもあらまほしきさまして、扇にはづれたるかたはらめなど、いと清げに侍りしかな。

B宮の内侍ぞ、またいと清げなる人。丈《たけ》だちいとよきほどなるが、居《ゐ》たるさま、姿つき、いと物々しく、今めいたる様体にてこまかに、取り立ててをかしげにも見えぬものから、いと物清げにそびそびしく（群書類従本ナド「うひうひしく」）、なか高き顔して、色のあはひ白さなど、人にすぐれたり。頭《かしら》つき、髪ざし、額《ひたひ》つきなどぞ、あな物清げと見えて、花やかに愛敬《あいぎやう》づきたる。ただありにもてなして、心ざまなどもめやすく、露ばかりいづかたざまにも後めたい方《かた》なく、すべて、さこそあらめと、人のためしにしつべき人柄なり。艶がりよしめく方《かた》はなし。

宮の内侍は、やや小太りでどっしりとした感じがあり、整って清楚な容姿で人柄もよかったのである。ここの記事でも、式部は宮の内侍について一切敬語を用いていないことからすると、やはり式部の方が年長であり、女房としての序列もやや上だったのであろう。

第四章　紫式部の同僚女房たちとの生活

一　紫式部の同僚たち

ここでは、紫式部が中宮彰子のもとで女房生活を過ごしていたころ、式部の同僚として中宮に仕えていた主な女房たちについて少し述べておきたい。

中宮彰子の側近の高級女房たちの序列は、ほぼ宣旨・大納言・宰相・小少将・宮の内侍・紫式部というものであった。宣旨は中納言源伊陟《これただ》女の陟子《ただこ》で、出自はもっとも高かったが、寛弘五、六年ごろにはほとんど出仕せず、重要な行事などのときにのみ中宮のもとに参上していたらしい。同僚の女房たちの中で、式部がもっとも親しくしていたのは小少将の君であり、ついで宰相の君・大納言の君・弁の内侍などであった。

【大納言の君】

大納言の君は左大弁源扶義《すけよし》女で、中宮彰子の母源倫子の姪、彰子の従姉であった。実名を「廉子《きよこ》」といったが（御産部類記）、女房名の「大納言」は何によったものかは不明である。そうした中宮との血縁関係もあって、大納言は小少将とともに女房たちの中で最上席を占めていた。おそらく中宮の御匣殿の地位に着いていたと考えられる。

寛弘五年に彰子が出産のために土御門殿に退出していたときには、日記に「その夜さり御まへに参りたれば、……小少将の君、大納言の君などさぶらひ給ふ」、「大納言の君の夜々は御まへにいと近う臥し給ひつつ」と記されていて、大納言は小少将とともに寝殿の中宮の御帳台の傍らで寝起きして近侍していた。

栄花物語は、この大納言の君について次のように記しているが、なおその父や経歴などに関して不明な部分が多く残っている。

中宮には、このころ殿の上（道長北方ノ源倫子）の御はらからにくわがゆ（「勘解由」カ）の弁といひし人のむすめいとあまたありけるを、中の君、帥殿《そちどの》（藤原伊周《これちか》）の北方の御はらからの則理《のりまさ》に聟どり給へりしかども、いと思はずにて絶えにしかば、このごろ中宮に参り給へり。かたち有様いとうつくしう、まことにをかしげに物し給へれば、殿の御前《おまへ》（道長）御目とまりければ、物など宣はせけるほどに、御心ざしありておぼされければ、まことしうおぼし物せさせ給ひけるを、殿の上は、「こと人ならねば」とおぼし許してなん過ぐさせ給ひける。見る人ごとに「則理の君は、あさましう妻《め》をこそ見ざりけれ。これをおろかに思ひけるよ」などぞ言ひ思ひける。大納言の君とぞつけさせ給へりける。（栄花物語・初花）

これによれば、大納言の君は源倫子の同母兄の「勘解由の弁」と呼ばれた人の二女で、藤原伊周の妻の兄弟源則理と結婚したけれども、夫婦仲がうまくゆかずに別れて、中宮彰子に仕えることになった。綺麗な人だったので道長が手を出して、やがて愛情も深くなっていったが、倫子は相手が自分の姪だからと黙認していた。この大納言の君を見た人はみな「則理は女を見る目がない、こんな人をおろそかに思ったことよ」と言った、というのである。ところが、倫子の兄弟には「勘解由の弁」に該当する人はいなくて、これは倫子兄の「蔵人の弁」と呼ばれた時通《ときみち》のことであり、この記事は時通女の小少将と源扶義女の大納言とを取り違えたものだとするのが通説である。小少将が時通女だとすると、後述するごとく小少将は父君のことからその不幸せな身の上が始まった、とあるのとよく符合するのである。ただしその場合にも、栄花物語の記事は単に大納言と小少将とを取り違えただけであり、則理との不幸な結婚や道長との関係などもすべて小少将のことなのか、それともそこには大納言の君の経歴も混在しているのか、という問題が残っている。式部の親しくしていた小少将と大納言の二人のうち、どちらが道長と関係があったのかというのは、式部のこの二人や道長に対する姿勢にも微妙な関わりをもっている。この二人は共に男関係でいろいろと苦労してきた人であったらしい。

大納言の君は小柄でぽっちゃりとしてかわいく、ふる舞いなどにも気品があって物やわらかな人柄であったという。日記にはその容姿について次のように書かれている。

大納言の君は、いとささやかに、小さしといふべき方なる人の、白ううつくしげにつぶつぶと肥えたるが、うはべはいとそびやかに、髪丈《たけ》に三寸ばかりあまりたるすそつき、髪ざしなどぞ、すべて似るものなくこまかにうつくしき。顔もいとらうらうじく、もてなしなど、らうたげになよびかなり。

式部は大納言の君とも親しくしていて、里下がりしていたときにも、大納言をなつかしんで手紙をやったりしていた。日記にはまた次の大納言と式部の贈答が見える。

大納言の君の、夜々は（中宮ノ）御まへにいと近う臥し給ひつつ、物語し給ひし気配の恋しきも、なほ世にしたがひぬる心か。

浮き寝せし水の上のみ恋しくて鴨の上毛《うはげ》にさえぞおとらぬ

返し

うちはらふ友なきころの寝覚めにはつがひし鴛鴦《をし》ぞ夜半に恋しき

書きざまなどさへいとをかしきを、まほにもおはする人かなと見る。

大納言は毎夜中宮の傍らに臥してお伽の役を勤めていたのである。時には式部もそこへ召されて話をすることがあった。「なほ世にしたがひぬる心か」は、ねがっていた里居をしているいまも、水の上の鴨の浮き寝のような宮仕のはかない日々が恋しく思えてくるのは、やはり自分の心はすっかり女房生活に従うようになってしまったのか、という嘆きである。「まほにもおはする人かなと見る」とあるから、式部の出仕して間もなくの感想である。この歌は家集にも「里に出でて、大納言の君の文給へるついでに」の詞書で収められていて、式部のもとへ大納言から手紙が来たときに、その返事に書き添えたものになっている。

大納言の君もまた式部と同じように、日ごろから女房の身の上を嘆いていたので、式部もこんな歌をやったのであろう。栄花物語に記されているように、この人には離婚経験や道長との関係があったとすれば、式部に劣らず、むしろ式部以上に「憂き世」の思いを深くかみしめていたはずなのに、その嘆きを式部のようにはあらわに詠んではいない。ただ黙って「憂き世」に耐えているこうした人もいたのである。

またこの贈答は『新勅撰集（一一〇五、一一〇六）』に「冬ごろ里に出でて大納言三位につかはしける　紫式部」「返し　従三位廉子」の詞書で採られている。大納言の君は後に従三位にまで昇ったのである。定家は何かの資料により大納言が従三位に昇ったことを知っていたのであろう。後述のごとく中宮の産んだ敦成親王が東宮になるとその宣旨となって、次いで即位すると典侍になり、典侍をやめるときに三位に昇ったらしい。

【小少将の身の上】

小少将の君の父は、花山朝に蔵人権左少弁であった源時通《ときみち》と考えられる。時通は左大臣雅信《まさのぶ》の七男、母は中宮の外祖母穆子《よしこ》と同じく中納言藤原朝忠《あさただ》女であった（梅沢本栄花物語・様々悦巻勘物）。しかし時通は、一条朝の始まったばかりの永延元年（九八七）四月に二十三歳で出家してしまった。脇坂本尊卑分脈などには、雅信の長男扶義の女子に「上東門院少将、歌人」と注記された人があり、勅撰作者部類にも「上東門院小少将参議扶義女」とすることとなどから、小少将は扶義女と考えられたこともあった。扶義女とすれば大納言の君とは姉妹になるが、紫式部日記などにもこの二人が姉妹であったことを思わせるような記事は見えない。あるいは幼いころに父が出家したために、伯父扶義の養女になっていたのかとも考えられる。そうした事情もあって、前記の栄花物語（初花）の記事は大納言を小少将と取り違えたものかもしれない。小少将は時通の二女で、姉は関白藤原道兼の妻になっていたが、正暦三年（九九二）六月に亡くなっている（権記・正暦三年六月三日）。

栄花物語（木綿しで）には、寛仁元年（一〇一七）七月に源時通男の雅通《まさみち》が亡くなったことを記したところで、雅通の外祖母藤原穆子が雅通を特にかわいがっていたことから、その母の遺志をうけた源倫子は、「今は小少将をこそはとりわき重ね思ふべかめれ」といっていたと記している。これは、あとに残された雅通妹の小少将に、亡き雅通への愛情の分も合わせて愛情を注ぎたいといったもので、全注釈はこの記事からも小少将は時通女と考えられるとしている。

小少将の君は、中宮の女房たちの中で式部のもっとも親近感をもっていた人であった。寛弘五年十一月、中宮の一条院内裏還御のことに従った式部ら女房たちが、夜遅く自分の局に退いて臥しているところへ小少将がやってきて、二人で「かかる有様の憂きことを語らひつつ」「身も冷えにける物のはしたなさを」嘆き合っていると、勤めを終えた殿上人たちが次々と式部のもとに退出のあいさつにやってきては、「今夜の寒さは耐えられぬ、体もこごえてしまった」などと言って、いそいそと内裏から自宅へと帰って行くその後姿を見送りながら、式部は次のように思ったと日記に書いている。

おのがじし家路といそぐも、何ばかりの里人《さとびと》ぞはと思ひ送らる。わが身によせては侍らず、大方の世の有様、小少将の君の、いとあてにをかしげにて、世を憂しと思ひしみてゐ給へるを見侍るなり。父君より事はじまりて、人のほどよりは幸ひのこよなくおくれ給へるなむめりかし。

ここの「こうして男たちはそれぞれ家路へと帰りを急いでいるが、里で待っているのはどれほどの女だというのだ」という辛辣な式部の視線には、この人の孤独な寡婦の身の物さびしさと、家庭というねぐらへ帰ってくる男を待つ女たちへのねたましさの思いが、つい出てしまったように見える。もっとも式部自身もすぐそれに心づいて、私自身の立場からそう思うのではないのだとうち消し、「こんなことをいうのも、小少将の君がこれほど品がありきれいなのに、男女関係を厭なものだと思いしみておいでなのを見ているからなのです、父君から不幸せが始まって、この人の家柄にしてはこの上なく幸せから見放されていらっしゃるようなので、そう思うのだ」と弁解している。小少将には何か父の身に不慮のでき事があって一家が没落し、また小少将自身にも不幸な男関係があったらしい。小少将もまた式部と同じく「世を憂し」と思いしみていた一人であった。ここの「世」も、男との関係をもふくめたこの世のあり方である。中宮の女房たちにも表面の花やかな姿とはうらはらに、「憂き世」の思いを秘めて日を過ごしている人も当然ながら多くいた。

前記の栄花物語（初花）の大納言の君についての記事は、この小少将を大納言と取り違えたものとするとよく理解できる。道長が手を出したのも小少将の方だったのであろうか。源則理との不幸せな結婚だけではなく、道長との関係が始まったことで、中宮やその母倫子さらには同僚の女房たちとの関係も微妙になり、気苦労が多かったのだとも考えられるのである。式部は日ごろから小少将の「世を憂しと思ひしみてゐ給へる」さまを近くで見ていた。一条院内裏では、式部の局と小少将の局とは隣り合わせにあったので、「二人の局を一つに合はせて、かたみに（二人ガ）里なるほども住む。一度《ひとたび》に参りては、几帳ばかりを隔てにてあり」という有様で暮らしていたのである。

そのころの二人の贈答がある。

局ならびにすみ侍りけるころ、五月六日、もろともにながめ明かしてあしたに、長き根を包みて、紫式部につか

はしける

なべて世のうきにながるるあやめ草けふまでかかるねはいかが見る　上東門院小少将

返し　紫式部

何事とあやめはわかで今日もなほ袂にあまるねこそ絶えせね　（新古今集・二二五、二二六）

小少将の歌の「うき（泥土・憂）」「ながるる（流・泣）」「ね（根・音）」などの掛詞の使い方からしても、この人もかなりの歌詠みであったらしい。

小少将の君は時には単に「少将」とも呼ばれているが、この「小少将」や「少将」は何にもとづく呼称なのか、その由来や「小」のつく理由も不明である。当時には「少将」という女房名をもつ人は数多くいた。式部が中宮彰子のもとに出仕したころには、典侍や掌侍になった高級女房だけでも次のように多くの「少将」がいて、すこぶるまぎらわしい。大納言の君が後に典侍・従三位に昇っていたとすれば、小少将の君もまた掌侍・典侍になっていた可能性は高いのである。当時の掌侍や典侍であった「少将」を念のために検討しておく。

Ａ［少将典侍藤原芳子《よしこ》］　この人は寛弘四年五月に掌侍から典侍になり（権記）、同八年十月の三条天皇の即位式に褰帳命婦《けんちょうのみょうぶ》を勤めたことで正五位下に叙された。褰帳命婦というのは、即位式において天皇の座す高御座《たかみくら》の帳を左右からかかげて天皇の姿を群臣に見せる役で、もとは皇族の女性が勤めたが、このころには他氏の女房も勤めることがあり、三条帝のときには左方は典侍橘清子、右は典侍藤原芳子であった。芳子は神祇伯秀頼《ひでより》王女であったが、何かの事情があって母方の藤原姓を名乗っていたらしい（権記・寛弘八年十月十六日）。芳子は以後も長く典侍を勤めて、その労により長元二年二月には正四位下に叙せられ（菊亭家文書）、後朱雀朝には「典侍芳子少将」（春記・長久元年九月二十八日）、後冷泉朝に入っても「正四位下藤原芳子少将典侍（朝野群載・五）」と名が見えている。ただし、後述のごとく「小少将の君」は比較的若くで亡くなったらしいし、小少将は源氏であったはずなのに芳子は藤原氏であり、この芳子は小少将とは別人である。

B［少将典侍藤原能子《よしこ》］　寛弘八年六月に一条帝が譲位して、三条新帝へと神器の「剱・璽《じ》」を渡す剱璽使として「少将典侍能子」が「剱」を、「弁掌侍」が「璽」を持ち運ぶ役をつとめた（権記・寛弘八年六月十三日、践祚部類鈔）。この「少将典侍能子」は一条帝に仕えていた内裏女房であったから、この人もまた小少将とは別人である。

C［少将掌侍藤原祐子《さちこ》］　この人は「掌侍橘□《左衛門》子辞退替、以正五位下藤原祐子《少将》任之由、兵部卿奉宣旨云々（権記・寛弘七年閏二月二十七日）」と見えて、掌侍左衛門に替わって掌侍に任ぜられた。既にその時点で正五位下に叙せられていたのであるから、それ以前から長く宮仕えをしていたのであろう。傍書された「少将」はおそらくこの人の女房名だと考えられる。種姓はわからないがこの人も藤原姓であり、やはり源姓と考えられる小少将の君に比定することはできない。全注釈はこの「祐子」を次のDの「能子」の誤りとしてBと同人とする。だが、寛弘七年に掌侍になったばかりの人が、その翌年さらに典侍に昇進していたとは考えにくい。またこの人は源正職妻であるDの「能子」とは別人である。

D［少将掌侍藤原能子《よしこ》］　この能子のことは「掌侍少将ノ愁《うれひ》ニ依リ、（兵）部少輔為忠ヲ召ス。聞ク事ハ、加賀守正職、件ノ宮（禎子内親王）ノ御封ノ物、未ダ弁ゼズ、妾女ノ宅、封ゼラルル事也（御堂関白記・長和四年七月二十三日）」とあって、源正職《まさもと》の妻であった。禎子内親王の御封物を加賀守正職が弁済しないので、その妻の掌侍少将の宅にあった物が差し押さえられたが、そのことについて少将が愁文を提出したので、為忠《ためただ》に事情を聞いたというのである。全注釈はこの人をBと同一人としているが、寛弘八年の時点で既に典侍であった人が、長和四年に「掌侍」であることはあり得ないからBと同一人とは考えられない。この人はさらに「掌侍藤原能子（御堂関白記・寛仁二年九月八日）」とも見えているから、これらの「掌侍」が「典侍」の誤りとはできないのである。やはりBの典侍藤原能子とこの掌侍藤原能子とは別人であり、同名異人とすべきであろう。

さて、「少将典侍」に関していま一つ問題になるのは、長和元年閏十月二十七日の三条天皇の大嘗会御禊において、女御代を勤めた尚侍藤原威子《たけこ》に従う女房たちの車の行列について御堂関白記に次のように記されていることである。「女御代」は天皇の御禊に従う女御の代理を勤める役で、当初は三条帝の女御藤原娍子《よしこ》が勤めることになっていたのだが（小右記・寛弘八年九月九日）、娍子は長和元年四月に中宮になったために、道長三女の威子が勤めることになった。[78] 道長は、これを一家の威勢を世間に誇示すべき好機として、威子に従う女房車に皇太后彰子の女房たちをも多数参加させて盛大に威儀を整えた。先頭の女御代威子の車に続く第二車には「乗車ノ女方皇太后宮宣旨伊陟女子」と彰子の宣旨が乗り、第三車には「乗車ノ女東宮宣旨扶義女子」と皇太子（後一条帝）の宣旨になっていた源扶義女（大納言の君）が乗った。その後に続いた「檳榔毛金作《びんろうげのこがねづくり》」の車、檳榔樹の葉で屋形を葺き金製の金具で飾った高級車三両に乗った女房は、「少将典侍・前掌侍靫負・兵衛典侍・前掌侍々従・皇太后内侍」の五人であった。[79] これに続く「唐車三両」には皇太后宮（彰子）の女房たちが乗り、さらにその後には中宮（道長二女妍子）の女房たちの乗る三両が従うという豪勢なものであった（御堂関白記・長和元年閏十月二十七日）。

さて、この「檳榔毛金作」三両に乗った五人の女房のうち、少将・靫負・兵衛・侍従の四人は内裏女房らしいので、その筆頭の「少将典侍」は前記Aの芳子と考えられる。次の「前掌侍靫負」は、現任の「兵衛典侍」よりも序列が上位に記されているのは不審かもしれないが、これは前述したごとく靫負が兵衛の母だったからであろう。靫負は掌侍として早くから内裏に勤めていた（権記・長保元年七月二十一日）。一条院の譲位に際しては「旧主（一条）差内侍一人兵衛、此靫負之女也奉遣御笏幷御衣一襲（権記・寛弘八年六月十三日）」と見えていて、兵衛も一条帝の典侍を勤めた人であり、靫負の娘であった。兵衛典侍は寛弘四年五月十一日に源明子から典侍職を譲られて（権記）、実名を橘隆子といった（権記・長保二年九月二十七日）。靫負と兵衛典侍は母娘なので同じ車に乗ったのであろう。

次の侍従についても、やはり「侍従」という名の女房は当時多くいるので同定がむずかしい。この人も一条帝に仕えていた掌侍であったが、譲位とともに辞任していたのであろう。三条帝の女房にも「侍従内侍（小右記・長和四年七月二十四日）」がいたが、ここの「前掌侍」とは別人である。つまりこの四人は内裏女房であったが旧帝の内侍たちであり、その他に既に掌侍をやめていた靫負や侍従がいて、さらに「皇太后（彰子）の内侍（藤原美子）」がいた。女御代に従う女房車は、第一車は彰子の宣旨（源陟子《ただこ》）、次には東宮の宣旨（大納言の君）、さらにこの皇太后内侍（藤原美子）と、圧倒的に皇太后彰子の威勢を示す人選になっている。式部の同僚の女房たちは三条朝に入っても、典侍・掌侍などの高級女官として晴れの場に加わっていたのである。しかし小少将の君はこの御禊のときには供奉したことが確認できない。

小少将の君については、紫式部日記に記されている以後の消息をうかがわせるものはほとんど残されていない。いつのころのものか不明ながら、次の中宮彰子との贈答歌がある。

小少将の君、清水にこもり給へるに、宮より

颪のあらきけしきを見ても秋深き山の木の葉を思ひこそやれ

御返事

秋深き山の嵐をとふことの葉は散るばかりうれしかりけり　（御堂関白集・四二、四三）

紫式部や伊勢大輔らにも清水寺に籠もったときの歌が残されているが（伊勢大輔集）、当時の女性たちはよく清水に籠もることがあったので、小少将も何かの祈願に籠もったのであろう。小少将にどんな事情があったのかはわからないが、ここでは彰子の方から先に小少将を気遣う手紙をやっていて、しかもその「颪のあらき」の語からしても、小少将が荒涼とした思いで清水に籠もっているらしいと心配するようなでき事があったのである。この歌は道長の家集に収められている。それは、単に中宮の手許にあった歌反故が道長方にまぎれこんでいただけなのかもしれないが、また中宮が小少将の手紙を道長に見せようと送ったものが残っていたことも考えられ、そこにはかすかなが

らも小少将の君と道長の関係を思わせるところがある。

いま一つは、式部の家集末尾に収められている、次の小少将の死を悼む式部と加賀少納言との贈答である。これもいつのことなのかは不明である。

新少将《「こせうしやう」定家本》の書き給へりしうちとけ文の、物の中なるを見つけて、

加賀の少納言のもとに

暮れぬ間の身をば思はで人の世のあはれを知るぞかつはかなしき（一二四）

たれか世にながらへて見む書きとめし跡は消えせぬ形見なれども（一二五）

返し

亡き人をしのぶることもいつまでぞ今日のあはれは明日のわが身を（一二六）

底本の「新少将」は、式部に親しい「新少将」という人は他に見えないので、やはりこれは、「こ少将」→「し少将」→「新少将」の書写の誤りであろう。小少将はどうも若くして亡くなったらしい。ここで式部の歌が二首詠まれているのは、まず「暮れぬ間の」の歌では、人の生のはかなさと合わせて故人への哀惜の心を述べたのだが、これでは自己の感慨の方が中心になって、小少将の君への追悼の心がやや曖昧になるので、重ねて「たれか世に」の歌を詠み、残された小少将の手紙のことにもふれて、より直接に少将を悼む内容の歌にしたのであろうか。ただし後述するような場合も考えられる。

小少将の君の亡くなったあと、小少将から気どらずに思ったままの心を書いて寄こした手紙などが、式部の手箱に残っていたのを見つけたので、同じく小少将とも親しかった加賀少納言に、その手紙のことを知らせてやったときの哀悼の贈答である。ここの加賀少納言はどういう人であり、小少将とどういう関係だったのか、などについては一切わからない。加賀少納言はこれ以外に文献には名が見えないのである。(80)

この歌は次のように新古今集にも採られていて、その詞書では加賀少納言のことが小少将の「ゆかりなる人」と書かれているが、どういう「ゆかり」なのかはわからず、これは撰者の臆測で加えた語であろう。紫式部集では、この三首はひとまとまりになっているが、新古今集では次のように二箇所に分かれて採られている。

上東門院小少将、身まかりてのち、つねにうちとけて書きかはしける文の、物の中に侍りけるを見いでて、加賀少納言がもとにつかはしける　紫式部

たれか世にながらへて見む書き留めし跡は消えせぬ形見なれども

返し　加賀少納言

亡き人をしのぶることもいつまでぞ今日のあはれは明日のわが身を

（新古今集・八一七、八一八）

うせにける人の文《ふみ》の、物の中なるを見いでて、そのゆかりなる人のもとにつかはしける　紫式部

暮れぬまの身をば思はで人の世のあはれを知るぞかつははかなき

（新古今集・八五六）

新古今集の後者の「暮れぬまの」の歌は、現存紫式部集以外の資料から採られた可能性もあるが、前者の贈答は明らかに紫式部集から採られたものと認められる。後者の詞書では加賀少納言の名はなく、「そのゆかりなる人」とぼかして書かれている。歌も第五句が「はかなき」とあることなど家集とはかなり違う。だから、「暮れぬまの」の歌はその前の式部と加賀少納言の贈答とは別に詠まれた、小少将以外の人についての哀悼歌であったかとも考えられるが、新古今はこれを現存紫式部集とは別の資料から採ったともなしにくく、この相違は、新古今の撰者が詞書を書くときの整理の仕方の違いによるとも考えられるのである。新古今集の撰者名注記本では、前者の贈答二首

は「定」、後者の「暮れぬまの」には「有・雅」とある。定家は家集に忠実に原資料の形をとどめるように詞書を書いたが、後者を採った有家・雅経は、もとの資料のもつ詠歌の場の具体性を除いて歌の独立性をめざしたのだとも考えられる。ただし、有家らが加賀少納言を小少将の「ゆかりなる人」としたのは、何か特に根拠のあったわけではなく撰者の解釈であろう。要するに、この加賀少納言との贈答からは、小少将は式部よりも早くかなり若くして亡くなったらしい、ということ以外はわからないのである。

さらにいま一つ、小少将の君のその後の消息に関係するかと考えられるものに、次の御堂関白集に見える道長と「少将三位」との贈答がある。

少将三位、尼になり給ふに、殿より装束《さうずく》つかはすとて

なれ見てし花のたもとをうちかへし法《のり》の衣をたちぞかへつる

御返事

なれにける身はうちすつるたもとにも朽《く》たせる糸に針ぞかかれる　（御堂関白集・六一、六二）

この贈答では、道長の歌の上句の「なれ見てし花のたもと」、また特に少将の返歌の「なれにける身」の語には、少将が日ごろ身につけていた世俗の装束を意味する以上に、この男女が馴れ親しんでいた仲であったことを暗示しているところが認められる。もしこの「少将三位」が小少将の君のその後であるとすれば、道長が小少将にも手を出していたという前記の栄花物語の記事ともよく符合するのである。

少将三位の返歌は難解であるが、「朽た（＝下だす）せる糸」は「仏の教に値ふ事、梵天の上より垂る糸の大海の中に有る針を貫かむよりも難かなれば（三宝絵・序）」などによったものとして、(81)「馴れ親しんできたこの身はうち捨てて尼衣を着たが、その袂の涙で朽たした糸にも針がかかっている（導きの糸にすがれるだろう）」というのであろうか。

さて、ここの「少将三位」は「三位」に昇っていることからすれば、やはり天皇の乳母などを経て典侍に任ぜられ、典侍を辞して後に三位に叙されたという経歴の人であったと考えられる。紫式部日記にいつも小少将とならんで記されていた大納言の君も、後には三位に昇っていた。当時「少将」と呼ばれた女房は数多くいたが、典侍を経て三位にまで昇り得るような人、道長と親しい関係にあり、道長の亡くなる万寿四年（一〇二七）以前に宮仕えを退いて尼になった人ということになると、やはりこの「少将三位」は小少将のその後であった可能性が大きいのではなかろうか。前述した（二〇三頁）少将典侍や少将掌侍ら四人のうちの一人とは考えにくいが、強いて臆測するならば、前記の長和元年の御禊に女御代の車に供奉した女房のうち、大納言の君に続いて檳榔毛車に乗って従った五人の女房の筆頭の「少将典侍」は、あるいは藤原芳子ではなくこの小少将の君ではなかったか。中宮彰子に特に深い関係があったとは思われない芳子よりも、小少将である方がより彰子や道長の威勢を示すのにふさわしいが、いまそれを証明することができないのは残念である。

【式部のおもと】

中宮彰子の「宮の内侍」であった藤原美子には妹がいて、「式部のおもと」と呼ばれて同じく彰子に仕えていた。式部は日記にこの人を次のように記している。

式部のおもとは（宮ノ内侍ノ）おとうとなり。いとふくらけさ過ぎて肥えたる人の、色いと白くにほひて、顔ぞいとこまかによく侍る。髪もいみじくうるはしくて、長くはあらざるべし。つくろひたるわざして宮には参る。太りたる様体《やうだい》の、いとをかしげにも侍りしかな。まみ、額つきなど、まことに清げなる、うち笑みたる、愛敬《あいぎやう》も多かり。

この人もよく肥えた体型であり、色白で額つきなどの物清げなところは姉の美子とよく似ていることからすると、同腹の妹であろうか。

通説では中宮彰子の「宮の内侍」を橘良芸子とすることから、「式部のおもと」はその妹であり、道長の家司であった上野介橘忠範《ただのり》の妻だとしている。忠範妻のことは、「忠範妾式部下向（御堂関白記・寛弘二年八月二十七日）」と見え、さらに「かうづけに式部のおもとの下るに、宮（彰子）より扇どもつかはす中に、仮屋などして旅ゐのかたなどかきたる所に（御堂関白集・三五）」などと見えている。また、枕草子（「職の御曹司の西面の立蔀に」の段）に見える清少納言とも親しかった「式部のおもと」も同人とする説が多い。もとは皇后定子に仕えていたのだが、後に中宮彰子の女房になったとするのである。しかし、当時には「式部」と呼ばれる女房も多くいたので、この枕草子の「式部のおもと」と同人とするのは、いま少し積極的な根拠がない限り無理であろう。姉の「宮の内侍」は前述のごとく藤原親明女の美子と考えられるので、日記の「式部のおもと」も当然藤原姓のはずであり、橘姓である良芸子の妹ではあり得ない。

藤原親明女には美子の他にも娘が幾人もいた。栄花物語には、「これ（近江内侍美子）殿の上（源倫子）の御乳母子のあまたの中のその一人なり。大宮（彰子）の内侍なりけり（つぼみ花）」とも見える。この一文は判りにくいが、美子は源倫子の乳母子であり、美子の他にも多くの倫子の乳母子がいたというのであろうか。美子には兄弟姉妹が多かったことをいったものかと思われる。「式部のおもと」は藤原親明女なのである。

【宰相の君】

中宮彰子の高級女房たちの中で式部が親しくしていたのは、大納言の君と小少将の君および宰相の君であった。

宰相の君は実名を藤原豊子《とよこ》といい、大納言藤原道綱女つまり蜻蛉日記の作者の孫で、中宮彰子の従姉妹でもあった。宰相の君の母の種姓はわからないが、やはりこの人は母の身分が低かったがために、公卿の娘でありながらも宮仕に出ることになったのであろう。道長一家には「宰相」の女房名をもつ人が他にもいたので、それらと区別するために「弁の宰相」、「讃岐の宰相」とも呼ばれていたのである。「弁」の名の由来はわからないが、「讃岐」の方は讃岐守大江清通の妻だったことによる。清通は寛弘四、五年ごろには讃岐守であったから、夫の官職の「讃岐」を付して呼ばれることがあったのである。一般に当時の女房名には、出仕したときの父や夫など後見者の官職名が用いられることが多かった。「宰相」という女房名は、父道綱が宰相（参議）になった正暦三年（九九二）から権中納言に昇った長徳二年（九九六）までのころに、女房として彰子の母倫子に仕えたことによるかと考えられる。倫子の妹の源雅信四女は道綱の妻であったが、出産により長保二年七月二日に亡くなった（権記・長保二年七月三日）。宰相の君は、あるいはこの父の妻の雅信四女に「宰相」の名で仕えていたのだが、その没後に彰子に仕えたのかもしれない。彰子女房としては、藤原行成が中宮にやってきたときにその取り次ぎ役などをしていた（権記・寛弘四年五月二十四日、同五年二月七日、同七年八月十一日）。

宰相の君は、式部よりもやや出自の高い古参の女房であったが、宰相の祖母の蜻蛉日記の作者の姉は、式部の外祖父為信の兄為雅の妻であったし、中宮の里第の土御門殿では式部と局が隣り合っていたこともあり、親しい仲であった。あるとき式部が寝殿の中宮の御前から下る途中この宰相の局にたち寄ると、宰相が顔に衣をかけて昼寝していたので、式部はその「口覆《おほ》ひを引きやりて」起こし、「物語の女の心地もし給へるかな（人ガ入リ込ンダノニモ気ヅカズ眠ッテイテ、不用心ダコト、物語ニ出テクル女ノヨウネ）」と声をかけたこともあった。こんな行為をするのは、単に気の合う親しい仲だっただけではなく、やはり年齢も近かったからだと思われる。式部はいつもひかえめに人と接していたわけではなく、時にはこんな若々しいふる舞いもしたのである。

寛弘五年九月十一日の敦成親王誕生に際しては、紫式部日記に「御湯殿は宰相の君、御迎へ湯大納言の君〈源遍〈「廉」の誤写〉子〉」とあって、産湯の役を勤めている。『御産部類記』に引く「不知記（B）」には、「命婦従五位下藤原朝臣子（ママ）ヲ以テ、御湯殿ヲ仕ヘセシム、源簾子左大弁扶義朝臣女子也ヲ以テ御迎湯ヲ奉仕セシム」とある。実名の部分が脱字になっているが、「不知記（C）」にも「御湯殿奉仕清通朝臣妻名弁宰相、迎湯大納言君」とあり、宰相の君はこの時点で従五位下の位階をもつ命婦であった。宰相は五位の命婦であったが、日記などでは「宰相の命婦」とは呼ばれていない。「命婦」をつけて呼ぶのはややいかめしくよそよそしい感じをもつからであろう。このように「命婦」の称号がつけられていなくとも、五位の位階をもつ女房もいたのである。

宰相の君は、後に敦成親王（後一条帝）の乳母になり「宰相の乳母」とも呼ばれた。「宮の内侍」の藤原美子の後に乳母になったので、後一条帝の乳母としては美子の次位に位置づけられている。そして敦成親王が即位すると、寛仁二年正月には従四位下に叙せられるとともに典侍に任ぜられ（大日本史料・寛仁二年正月十二日条所引菊亭家文書「光厳帝宸記之写」）、やがて典侍をやめると従三位に昇ったので（小右記・治安三年正月二日）、「藤《とう》三位（左経記・万寿三年九月二日）」と呼ばれたことは前述した。

【弁の内侍】

中宮彰子の女房たちの中では、式部がもっともうち解けて気楽な関係でつきあっていたのは弁の内侍であった。式部自身は小少将の君と親しくしていたことを繰り返し記しているが、やや若く身分の高い小少将との関係には、式部が一歩譲っている姿勢が認められ、また式部の方が年長だったこともあってか、姉のようにいたわり接しているところがあるのに対して、この弁の内侍の方には気軽に親しくつき合っている。どうも宮仕する以前からの知り合いだったらしいのである。式部が初出仕した後すぐに里下がりして長く自宅に籠もっていたときにも、出仕をうながして「いつか参り給ふ」と見舞いの手紙を寄こした「宮の弁のおもと（家集・六〇）」もこの人であろう。寛弘五年大晦日の夜にも、弁の内侍は式部の局にやってきて話し込んでいる内に眠ってしまったり、式部はその弁を

「荒らかにつきおどろかして」いるところなどにも、二人の遠慮のない間柄がうかがわれる。また、この人が帝の行幸に際して璽《じ》の箱をもつ役を勤めたときには、「弁の内侍は……いとささやかにをかしげなる人の、つつましげに少しつつみたるぞ心ぐるしう見えける」と、あまりもったいぶらない人なのに、この晴れの場では緊張してかしこまっている様子が、日ごろとは違って気の毒に思われたと記されている。明るく気さくな人だったのである。式部と年齢も近かったのであろう。

さて、この弁の内侍について全注釈は、当時の弁の内侍に該当する可能性のある多くの「弁」の名をもつ女房たちを検討して、明確に比定できる人はいないが、中宮定子の産んだ脩子内親王の弁の乳母であったのが後に彰子に仕えたものかとしている。だが、これには根拠が乏しいし、そんな中関白家に親密な経歴の人が中宮彰子に仕え、掌侍になっていることもやや不審である。

この弁の内侍と考えられる人については、次の記録がある。万寿三年（一〇二六）正月十九日、皇太后彰子が入道したときに、追従して落飾した彰子の女房たちのことを記したものである。

A 権記、……万寿三年正月十九日、今日大（太）皇太后落飾入道、三九。……又、宮宣旨故伊渉（陟）中納言女、弁内侍故順時朝臣女―、大弁、大輔、大進、筑前命婦為尼云々

（大日本史料所引『院号定部類記』）

B 十九日、……今日可有御出家事、……女房六人出家云々中納言君、弁内侍（内侍也）、大輔命婦、大弁、土佐門（「土御門」イ）筑前命婦云々、

（左経記・万寿三年正月十九日）

C その日になりて、残る女房なく参りこみたり。源三位、伊勢の中将、中納言の尼など皆参りたり。その日の女房のなり、花を折りたり。月ごろ我も我もと後れ奉らじと申す人のみ多かりけれど、まことになりぬれば、そらごとなり。そのことたがへず世を背き、同じ道に入る人々（実際ニ彰子ノ出家ニ追従シタ女房ハ）、少将の内侍（富岡本「せんじの君、中将内侍」）、弁の君（富岡本ナシ）、弁（富岡本「大弁」）の内侍、染殿の中将、筑前

の命婦などなり。この人々のなりども、えならぬめでたき中に、弁の内侍思ひたちぬるを、殿ばらどもいみじうあはれがり宣ふ。……弁の内侍、昼いみじう装束きて、さし櫛に物忌みをさへ付けて思ふことなげなりつるほどは、「さいふともいかが」とおぼしめしつるに、（自分ノ）局にゆきて（尼姿ニ）うちなりて、おしかへして、ささやかにをかしげなる尼君の数珠ひきさげて出できたるに、あさましうあはれにて、殿ばら「なほ、魂《たましひ》あるものには先《せん》ぜられぬべきものかな」と、いみじう感じ宣はす。（栄花物語・衣珠）

Aの院号定部類記に引く権記には、弁の内侍を「故順時朝臣女」としている。その後に続く「大弁、大輔……」の部分が割注になっているのは誤りで、もとは大字で書かれていたものであろう。弁の内侍の父藤原順時《まさとき》は天禄元年（九七〇）左大臣に昇って致仕した在衡《ありひら》の孫で、加賀守などを経て従五位下に至った人であり、道長の家司であったと考えられる。尊卑分脈には「順時《マサ》」とある。順時には娘が少なくとも二人はいて、しかもその二人は共に「弁」の女房名で宮仕えしていたので、すこぶるまぎらわしい。

まず一人は式部と親しくしていたこの「弁の内侍」である。紫式部日記の寛弘五年九月の彰子出産の場面には、「いま一間にゐたる人々、大納言の君・小少将の君・宮の内侍・弁の内侍・中務の君・大輔の命婦……いと年経たる人々のかぎりにて」と見えて、式部よりもずっと早くから彰子に仕えていたらしい。前記A・B・Cの「弁の内侍」もこの人と考えられる。いつ内侍（掌侍）になったのかはわからないが、この人も内侍司に籍のある掌侍であったことは、一条帝の土御門殿行幸に際しては、日記に「左衛門の内侍御劔《みはかし》とる。……弁の内侍璽《しるし》の御筥《はこ》」とあって、左衛門の内侍と共に劔・璽のことを奉仕していることからも知られる。本来は帝に仕えて内侍司に所属する掌侍であったが、中宮の女房を兼任していたのである。

Cでは、弁の内侍という人のいさぎよい性格であったことを述べている。当時は女性たちも経を読み仏道修行するのが流行の風俗になっていたけれども、やはり実際に出家を実行するまでの人は多くはなかった。まして主人に従って尼になるのはためらうところも大きかったはずなのに、彰子に従って決然と出家した弁の内侍の心を思いやって、人々は感心し「あはれが」ったという話である。ただしこの栄花物語の書き方からすると、弁の内侍にはいささか演技を好むところもあったらしい。

紫式部日記には寛弘五年十月の土御門殿行幸のときに、「かねてより、上の女房、宮にかけてさぶらふ五人は参りつどひてさぶらふ。内侍二人、命婦二人、御まかなひの人一人」との記事が見える。諸注はこの五人を、左衛門の内侍と弁の内侍、筑前の命婦と左京の命婦、および橘三位徳子としている。ここの「内侍二人」はやはり弁と左衛門であろう。ただし、弁の内侍の方はずっと中宮のそばに仕えていたらしいが、左衛門の内侍は、彰子出産という大事のときにも近侍していたことは記されていない。十月の土御門殿行幸以前には中宮のもとにいた様子が見えないから、左衛門は時々には中宮のもとにやって来ることはあっても、常に彰子に近侍していたわけではなく、このときも行幸に従ってやってきたのではなかろうか。ここの「御まかなひの人一人」については、すぐ後に「御まかなひ橘の三位」とあることから諸注は橘徳子としているが、身分の高い橘三位を最初に挙げず、末尾に「御まかなひの人一人」と名も示さずに記していることは不審である。これは徳子ではなく若宮の御まかない役として派遣されていた内裏女房であろう。

尼になってからの弁の内侍については、長元四年（一〇三一）九月の上東門院の住吉・石清水参詣に従ったりしている。この時彰子に供奉した女房たちの出車《いだしぐるま》三両のうち、第一の車には「弁の尼、弁の命婦、左近の命婦、少将の尼君」の尼四人が乗り、第二の車には紫式部の娘「越後の弁の乳母」が乗っていたという（栄花物語・殿上花見）。一の車の「弁の尼」はもとの弁の内侍であろう。

【弁の乳母】

藤原順時女には弁の内侍の他にも、いま一人その妹がいた。この妹の方は藤原道綱男の兼経《かねつね》の妻となり、ついで長和二年（一〇一三）に生まれた三条帝皇女の禎子《さだこ》内親王の乳母となったので、「弁の乳母」と呼ばれていた。禎子の母は道長二女の中宮妍子であったから、あるいはそれ以前から妍子に仕えていたのかもしれない。この姉妹の「弁」の名は何によるのかは不明である。

若宮（禎子）の御乳母いま二人参り添ひたり。一人は阿波守まさ時の朝臣のむすめ、弁の乳母といふ。今一人は伊勢前司たかかたの朝臣のむすめ、中務の乳母といふ。（栄花物語・つぼみ花）

陽明門院乳母、前加賀守従五位上藤原順時女、母前肥後守従五位上紀淳経女（大鏡裏書には「敦経女」）、（陽明文庫本後拾遺集勘物）

これまで、中宮彰子の女房「弁の内侍」と、この禎子内親王乳母の「弁の乳母」が同じく順時女であり、共に「弁」の女房名をもつことから、同一人と混同されることもあったが[82]、両者は明らかに別人なのである。

寛仁三年八月二十八日の東宮敦良《あつよし》親王の元服に際して、父帝後一条の乳母藤原豊子、母彰子の宣旨源陟子、親王の乳母等七人が叙位された。そのうちの「従五位下藤明子同弁（乳母）（大日本史料所引『光厳帝宸記之写』）」を、順時女の「弁の乳母」に比定して、実名は「明子」する説もあるが[83]、可能性が乏しい。この藤明子も「弁の乳母」と呼ばれていたらしいが、こちらは敦良親王の乳母であり、いま問題にしている禎子内親王乳母である順時女の「弁の乳母」とは別人とすべきである。順時女の「弁の乳母」の方は、「姫宮（禎子）御乳母弁御車ノ後ニ候フ、禁色ヲ免《ゆる》サル（御堂関白記・寛仁二年十月二十四日）」とあるように、この時期には禎子内親王の乳母として仕えていた。

禎子内親王の乳母の「弁の乳母」は歌人としても知られた人であった。この人には家集『弁乳母集』があり、その中には次の歌が見えている。

内侍、尼になりたまへりしに、あかぞめ

みちびかん方《かた》につけてもうれしきをまたかなしきは何の心ぞ　（弁乳母集・七一）

「内侍」であった人が尼になったときに、赤染衛門が詠んで送ってきた歌だというのである。この歌は赤染衛門集にも次のように見えている。

女院（彰子）の尼にならせたまひし日

嘆かじとかねて心をせしかども今日になるこそかなしかりけれ

またの日、弁内侍のもとに

みちびかむ影につけてはうれしきをなほかなしきは何の心ぞ　（赤染衛門集・五八五、五八六）

これらからすると、弁乳母集に尼になったと見える「内侍」は、赤染衛門集にいう女院彰子に従って出家した「弁内侍」のことであるとわかる。「弁の内侍」と「弁の乳母」は共に藤原順時女であった。弁の乳母の家集には弁の内侍のことを「尼になりたまへりしに」と敬語を用いて記しているのは、「内侍」が弁の乳母の姉だったからである。源倫子に仕えて中宮彰子のもとにも出入りしていた赤染衛門は、姉の弁の内侍とも親しくしていて、二人の贈答は赤染の家集（二〇三、二〇四、二五五）に収められている。

禎子内親王に仕えた妹の弁の乳母は、藤原道綱男の兼経の妻となり顕綱《あきつな》を産んだ。その顕綱女で、堀河帝の乳母であった伊予三位兼子は藤原俊成の母であり、兼子の妹長子は讃岐典侍《さぬきのすけ》日記の筆者である。藤原定家は少年のころにこの外祖母伊予三位から、後撰集中の歌の「さくさめのとし」の語について、曾祖父顕綱から伝えられていた秘伝を聞いたことを、「少年之昔、外祖母伊予三位兼子、堀川院御乳母示シ含メテ云ク、親父讃岐入道顕綱朝臣、其ノ母弁乳母之説ヲ受クト是極秘説也、今ノ世ニ知ル人無シ（三代集之間事）」と記している。

弁の乳母は和歌の家に生まれて家集を残し、勅撰集にも二十九首採られているほどの歌人であったから、当然ながら歌学にも通じていたのである。

【馬の中将】

寛弘五年十一月の中宮内裏還御に際して、式部との乗車順に不満であった馬の中将は左馬頭《さまのかみ》藤原相尹《すけまさ》女である。相尹の父は兼家の異母弟遠量《とおかず》であり、母は左大臣源高明《たかあきら》四女であったから、その家格は式部よりはやや上であり、中宮女房としての労も上であった。そんなわけで式部の下位に立つことに不満だったのであろう。正暦四年（九九三）に中宮定子の出した五節の舞姫について、枕草子（「宮の五節いださせ給ふに」の段）に「相尹の馬の頭の女、染殿の式部卿の宮の上の御おとうとの四の君腹、十二にていとをかしげなり」と見える人がいたが、これが後に彰子に仕えて「馬の中将」と呼ばれていたのであろうか。この人であれば、母は為平《ためひら》親王の北方の妹で源高明の四女、道長の妻源明子の姉妹であった。寛弘五年には二十七歳である。紫式部日記には禁色を聴されたことも見えるから、当然に式部を自分の下位者と見ていたのであろう。[84]

ところで相尹女にはいま一人、枕草子（「淑景舎東宮に参り給ふほど」の段）の長徳元年正月の記事に「相尹の馬の頭のむすめ少将」と見える人がいた。これは相尹女が五節の舞姫になってからわずか二年後のことであるから、舞姫になった女とは別人であろう。こちらの相尹女は、既に「少将」の女房名で仕えていることからすると、舞姫になった人の姉であろうか。この姉妹の「少将」「中将」の女房名は何によったものか不明である。

馬の中将の寛弘五年以後の消息はほとんどわからない。栄花物語（疑）には、道長の出家した寛仁三年（一〇一九）のころに詠んだという次の歌が見える。

御前の瀧の音を聞きて、馬の中将

袖のみぞかはく世もなき水の音の心細きに我も泣かれて

出家したばかりの道長を哀惜した歌である。これは、大皇太后彰子が土御門殿に滞在していたころに詠まれたものらしい。また、いつのころの歌か不明であるが、前述した西本願寺本兼盛《かねもり》集の巻末部に混入している逸名家集の断簡の中には、次の贈答歌がある。

　むまの中将、里より、すすきなどすべて秋の花を折りまぜて

君により初根《はつね》を摘める花すすき露かけまくはかしこけれども

白露のかかるを見ても花すすき方《かた》よる風ぞした待たれける

前の歌の第二句「初根を摘める」は例のない語であるが、当時は野の薄《すすき》を根ごと掘りとって持ち帰り庭などに植えたので、それから類推して薄を折ったことをいったものであろうか。あなたのためにと、今年初めて花穂を出した薄を折りとったものなの、この花薄に露を置きかけるのは（こんな薄ぐらいでわざわざ声をかけるのは）恐縮だけれども、という歌である。それにしても、薄について「摘む」の語は適切でないし、「露かけまく」もかなり無理な言い方で、この歌はあまりできのよいものではない。

「白露の」の歌はその返歌で、「返し」などの語が落ちたのであろう。白露のかかったこの花薄を見るにつけても、あなたがこちらへ帰ってくるのを心待ちにしている、というのである。相手は誰なのかわからないが、この逸名家集は彰子に仕えていた女房のものらしいので、ここの「むまの中将」も同人と考えられる。

長久元年（一〇四〇）五月二十二日の夜半、里内裏土御門殿の帝の「夜大殿」に下女姿の窃盗《せっとう》が入り、御衣三領を盗んで東の渡殿から逃げるというでき事があった。盗人の逃げていったのは「少将掌侍」が自分の曹司へ下がるときの路だったので、検非違使が少将の「従女二人」を捕禁して拷問したところ、「中将典侍相尹女従女所為也」と白状したという（春記・長久元年五月二十二日、同二十四日）。ここの相尹女の中将典侍は「中将」の名をもっていることからしても、たぶん「馬の中将」であろう。さすればこのときには典侍になっていて、五十八歳ばかりの老齢で

あった。帝の御衣を盗んだ中将典侍の下女は、たまたま少将掌侍の曹司の方向に逃げていっただけなのかも知れないが、やはりその少将掌侍の曹司を隠れ処にできると考えてのことであったにちがいない。つまり、中将典侍の下女たちは主人の知り合いである少将掌侍の曹司に日ごろ出入りすることがあったので、とっさにそこへ逃げ込もうとしたのか、とも考えられるのである。とすれば、全注釈の推定しているように、この少将掌侍は中将典侍の姉妹であった可能性がある。

【和泉式部】

紫式部日記には、例の女房批評の段の終わりに、特に和泉式部、赤染衛門、清少納言の三人を取り上げて、その人柄や歌などの批評をしているが、まず最初に和泉については次のようにいっている。

　和泉式部といふ人こそ、おもしろう書き交はしける。されど和泉はけしからぬ方《かた》こそあれ、うち解けて文走り書きたるに、その方《かた》の才《ざえ》ある人、はかない言葉のにほひも見え侍るめり。歌はいとをかしきこと。物おぼえ、歌のことわり、まことの歌詠みざまにこそ侍らざめれ、口にまかせたる言《こと》どもに、かならずをかしき一節《ひとふし》の目にとまる詠み添へ侍り。それだに、人の詠みたらむ歌難《なん》じ、ことわりゐたらんは、いでや、さまで心は得じ、口にと（「口にいと」群書類従本）歌の詠まるるなめり、とぞ見えたる筋《すぢ》に侍るかし。はづかしげの歌詠みや、とはおぼえ侍らず。

和泉式部は寛弘六年ごろに中宮彰子の女房として仕えることになったと考えられている。したがって、紫式部は和泉と顔を合わせて言葉を交わすことも幾度かあったはずなのに、和泉とは興味深く手紙を書き交わしたとだけいっていることからすると、二人でうち解けて親しく話をするような機会はなかったらしい。和泉と紫式部は共に著名な女房であったから、出仕してきた当初から互いに関心をもっていたと思われるのに、やはり二人には性格の違いもあり既に三十歳を超えていたから、気軽には話せなかったのであろうか。だが手紙をやりとりしていたことからすれば、語り合いたい心は強くもっていたのである。あるいは、和泉は出仕当初から中宮のもとにはあまり参上せず、里居がちだったのかも知れない。和泉が「人の詠みたらむ歌難じ、ことわりゐたらんは（批評シテイルトコロハ）」とあるのは、どうも女房たちの集まっていた場などでのことに思われるが、これもあるいは手紙であろうか。二人は互いに相手の才能を認め合っていたであろうし、ほぼ同年齢であり共に夫を亡くして娘をかかえていた身の上でもあったから、手紙では心を通わせていたのであろう。

和泉は、二十歳前後に詠んだ「暗きより暗き道にぞ入りぬべき遥かに照らせ山の端の月」の歌で早くから世に知られていたが、さらに和泉式部日記に記されている為尊《ためたか》親王や敦道《あつみち》親王との関係では世間を騒がせた。長保四年に為尊が疫病で亡くなると、すぐにその弟の敦道との関係が始まり、やがて和泉は夫橘道貞《みちさだ》を棄てて召人《めしうど》として敦道親王邸に入り、親王との間に子まで設けたが、その敦道親王もまた寛弘四年に二十七歳の若さで亡くなってしまった。そして同六年ごろに中宮彰子に仕えることになったらしい。式部のいう和泉の「けしからぬ方」とは、そうした世評を憚らぬ男関係をいったものである。ただし、当時の貴族社会は男女関係には許容的であったから、その程度のことで和泉を社会から排除することはなかった。道長もそんな和泉を中宮の女房として召し、「うかれ女《め》（遊女）」などとからかいながらも目をかけて仕えさせていたのである。式部は和泉のことを「けしからぬ方こそあれ」と書いているが、この書き方には強い非難の心は認められず、さほど否定的ではない。紫式部の人柄からしても、自分が認めていないような相手とは、「おもしろう書き交はしける」といったことはしないであろう。世間の思わくをあまり気にしない和泉の危うい生き方は、すぐれた生活者として常に保身を心がけ慎重にふるまってしまう式部からすると、その自由さがむしろ羨ましく見えていたのかもしれない。源氏物語を書いたことからしても、式部も男女関係については許容的であったから、「和泉はけしからぬ方こそあれ」という言い方には好意すら認められるのである。何よりも式部は、同じく歌詠みとして和泉の新しい歌を認めていた。和泉のもつ「その方（歌）の才」を十分に感知していたのである。

和泉の平明な歌は、新風和歌として当時人々に注目され始めていた。古今集により確立された平安和歌には、一世紀ばかり経たこの時期の人々は行き詰まりをおぼえるようになり、新しい歌を模索していた。主として言葉の華麗さや優美なイメージを追及することで、日常の生活感覚からは遊離する傾向のあったそれまでの古今風和歌には、人々は飽き足りなくなっていたのである。和泉の日常感覚にもとづいて詠んだ歌、「口にまかせたる言ども（修辞ニ走ラズ素直ニ口カラ出ル言葉ヅカイ）」でありながらも、必ず歌らしい趣向が詠み込まれているところなどにもよく注意した、ここの和泉の歌についての批評は実に的確なのである。おそらく式部は当時の和泉の歌のもっともよき理解者であり、最初に高く評価した一人であった。ただし、和歌についても本格派であり伝統的な和歌・歌論を承け継いでいる式部は、和泉の歌に新風を認める柔軟さは十分にもっていたが、和泉を「はづかしげの歌詠み」とまでは認めることができなかった、ということなのである[85]。

和泉はやがて藤原保昌《やすまさ》の妻になった。寛仁二年（一〇一八）には「左馬頭保昌妻式部（小右記・寛仁二年正月二十一日）」として、式部の父為時などと共に摂政頼通の大饗屏風の歌を詠んでいる。あるいはこのころには中宮の女房をやめていたのかもしれない。和泉は橘道貞との間に産んだ小式部を彰子のもとに出仕させていたが、この寛仁二年には小式部は道長二男の教通《のりみち》の子を産んでいた。紫式部の娘賢子《かたこ》もこのころには中宮に出仕していたと考えられるから、和泉とは同じような境遇にあり同じく娘の身を気遣う母として互いに通ずるところもあった。二人は資質もかなり違っていたが、式部の和泉評からすると、その歌だけではなく和泉の人柄にもすこぶる好意的であったと思われる。式部は和泉のよき理解者であり、和泉の一見投げやりに見える生活態度や、何気なく詠まれている歌に秘められた悲哀にも、よく共感できる人だったのである。

【赤染衛門】

紫式部が中宮彰子のもとに出仕したころには、赤染衛門は道長の北方源倫子の女房であったから、赤染とも時には中宮御所などで顔を合わせ話を交わす機会もあったかと思われる。だが赤染は式部よりもかなり年長であったこともあり、親しく話をするような関係ではなかったらしい。赤染の方も、清少納言とは歌をやりとりしているし、和泉式部とは親戚ということもあって親しくしていたが、紫式部とは特につきあいがなかったようである。しかし紫式部の方は、既に歌詠みとして知られていた赤染のことは注目していたのであろう。和泉評に続けて式部は次のように書いている。

> 丹波守の北方をば、宮・殿などのわたりには、匡衡衛門《まさひらゑもん》とぞいひ侍る。殊《こと》にやむごとなき程ならねど、まことにゆゑゆゑしく、歌詠みとて、よろづのことにつけて詠み散らさねど、聞こえたる限りは、はかなき折節《をりふし》のことも、それこそ恥づかしき口つきに侍れ。ややもせば、腰《こし》離れぬばかり折れかかりたる歌を詠み出で、えもいはぬよしばみ言《ごと》しても、我《われ》かしこに思ひたる人、にくくもいとほしくもおぼえ侍るわざなり。

「赤染衛門」という女房名は、父が右衛門尉などを勤めた赤染時用であったことによる（袋草紙）。赤染氏はもと「常世連《とこよのむらじ》」の一支族であった。常世氏は「常世連、燕国公孫淵之後也（新撰姓氏録）」とあって、中国の燕国の王族がわが国に移住してきた氏族という。燕国は「燕脂《えんじ》」の名で知られた赤色の染料を産出し、その王族の末裔の赤染氏も染色の特殊な技術を伝えていたらしい。赤染の実父は平兼盛《かねもり》であったともいうが、この時期になると赤染の家は貴族ともいいにくい階層であった。ここで式部は、「殊にやむごとなき程ならねど」とわざわざ身分のことをいっているのは、どうもその出自の低さがいいたかったらしい。そんな身分の赤染が「ゆゑゆゑしく（重々シク）」ふるまっているというのである。赤染が倫子の女房として重きをなしたのは、歌才や人柄などによるところがあったのであろうが、やはり赤染の家の伝えていた染色の技術によるところも大きかったと思われる。赤染も染色に巧みであったらしいことは次の歌などからも知られる。

　大原の入道わらはにおはせしころ、秋、しろき扇をおこせ給ふて

白露のおきてし秋の色かへて朽葉にいかで深く染めまし

　黄朽葉にして奉るとて

秋の色の朽葉も知らず白露のおくにまかせて心みやせん

（赤染衛門集・六七、六八）

「大原の入道」は源雅信《まさのぶ》八男の時叙《ときのぶ》で、倫子の兄である。時叙は天元年中十九歳で出家（拾遺往生伝）、あるいは寛和二年十月出家（梅沢本栄花物語・様々悦巻勘物）というから、おそらく赤染はそれ以前の時叙の元服前から雅信家に仕えていてたのである。ここの「しろき扇」は、製紙されたままで染色されていない紙（素紙）を張った「蝙蝠《かはほり》扇」のことで、それを秋らしい朽葉色に染めてほしいと頼まれたのである。赤染がこの一家の染色のことをひきうけていた様子がうかがわれる。道長が雅信の聟に迎えられたとき、兄の道隆や道兼と比べて「この殿（道長）はいとど物清くきららかにせさせ給へり」と、従者たちも道長の服装のすっきりとした様子に目を見張ったという（栄花物語・様々悦）。雅信家ではすぐれた染色の技術を伝える赤染のような女房を召し抱えて、服飾のことにも気を配っていたので、道長が雅信の聟になったとたんに身なりが際だってかがやかしく立派に見えたのである。また雅信妻の藤原穆子《よしこ》は、四君の聟に藤原道綱をとっていたが、この四女が出産により亡くなった後にも、毎年かつての聟道綱のために新しい装束をとどけ続けていたという（栄花物語・玉村菊）。

　さて、式部の赤染評では、赤染の歌をまず「恥づかしき口つき」だとほめてはいるけれども、ここでも「聞こえたる限りは（世に知られている歌の範囲では）」と保留をつけていて、どうも全面的に認めているようには思えないのである。式部自身の歌詠みとしての自負もあったのであろうが、世間的一般的にはすぐれた歌詠みだと認められていても、やはり無条件には感心していないような口ごもった気配がある。

中宮や道長一家の人々は、赤染のことを夫大江匡衡の実名をつけて「匡衡衛門」と呼んでいたという。このように女房名に夫の実名を加えて呼ぶのは、当時他には例が見えないのである。式部自身はここでは赤染のことを「丹波守の北方」と呼んでいるが、これもまた隠微な呼び方で、「右大臣の北方」「源大納言の北方」などとは違って、受領風情の妻の呼称としてはやや違和感がある。特にその直後に中宮や道長家では「匡衡衛門とぞいひ侍る」とつけ加えているのは、やはり無心に別の呼び名があるという事実だけをいったものとはうけとりにくい(86)。内裏や中宮などに仕える女房たちは、匡衡程度の身分の男たちを日ごろ主人の視点から見ているので、実名で呼び捨てにするのは当時では普通のことであった。そのために身分の高い人々からする「匡衡衛門」の呼び名に対して、「丹波守の北方」の呼称は大げさに思わせるところがあり、さらにここでも式部は「宮・殿などのわたりには」とことわることで、それとなく赤染のことをさほど尊重していない心を韜晦《とうかい》しているように思われる。一往は赤染のことをほめているけれども、屈折した式部の態度がうかがわれるのである。式部は身分にこだわる人であった。

赤染の歌については、式部のいうように、この時期の歌風の正統をよく承けつぐ詠みぶりであり、人々が手本とすべきものと一般に考えられていた。和歌においては保守派であった式部は、それは十分に認めている。しかし、式部は赤染という女房にどこか無条件には評価できないものをおぼえていたので、それがこうした屈折した批評になったのだと考えられるのである。和泉式部が男関係についての世間の非難もあまり気にしないような奔放な生き方をし、和泉の歌は和歌のことをよく知らずにただ口にまかせて詠んでいるようなものであるとは言っていても、紫式部の和泉評には全体として好意が認められるのとはまったく対照的なのである。家集や説話類に伝えられた中年以後の赤染については、夫匡衡をよく輔けて、夫の死後には男挙周《たかちか》を溺愛していた典型的な良妻賢母というところがある。ただし赤染の家集を詠むと、若いころの赤染にも男関係がさまざまあり、決して無事無難の生活を送った主婦というわけではなかった。それは赤染もまた多情であったというわけではなくて、一般に女房生活をする女性たちにとっては、多くの男関係は避けられないものだったのである。やはり赤染は極めて常識的な人であった。和歌や処世の才能もあったけれども、その身分の低さにもかかわらず、よく努めて至った人であったらしい。

紫式部の生活態度や和歌は、表面では赤染と同じく常識的保守的に見えるけれども、その常識を必ずしも保守すべきものと考えていたわけではなく、いわば無難に従っていたに過ぎないといったところがあった。式部がそうした常識に対してもラジカルな心を秘めていたことは、源氏物語に書かれた人々を見てもよくわかる。式部のそうした傾向が、およそ世間を気にかけず保身のことなど考えないように見える和泉には好意的で、あまりにも常識的に見える赤染にはやや距離をおいた批評にもなったのであろう。

二　女房たちの日常生活

紫式部は三十歳ばかりになったころ、初めて女房として出仕することになった。女房生活がどんなものかは、ある程度は知人などから聞いて知っていたに違いないが、やはり実際に女房生活を始めることになってみると、思いもかけなかったさまざまなでき事があり、それまで見知らなかった新しい宮廷世界に女房として身を置くことになって、とまどうことが多かったらしい。

【女たちの物語耽読】

紫式部日記には、女房生活を始めて二年近くになった寛弘五年十月のころ、しばらく里下がりしていたときの有様が次のように記されている。ただし、この記事もまた後にこれを書いているときの視点からふり返ってのものであり、そのために自己の「身の憂さ」を述べるというこの日記のモチーフが、かなり強調されたものになっているらしいことには注意を要するであろう。式部の「身の憂さ」を嘆く心に偽りはないにしても、その嘆き方にはやや過剰と思われるところがある。それには、この日記が誰かある具体的な人に読ませるつもりで書かれたものであるらしいこと、この日記が誰かにあてて書かれたいわゆる「消息文」としての性格をもつこととも関係していると考えられるが、それについては後述する。

見どころもなき古里（実家）の木立を見るにも、物むつかしう（気分ガフサギ）思ひ乱れて、年ごろつれづれに眺め明かし暮らしつつ、花鳥の色をも音《ね》をも、春・秋にゆきかふ空の気色、月の影、霜・雪を見て、その時来にけりとばかり思ひわきつつ、いかにやいかに（今後自分ハドウナルノカ）とばかり、行く末の心細さはやる方なきものから、はかなき物語（空疎ナ内容ノ物語）などにつけてうち語らふ人、同じ心なるは（友人ニハ）あはれに書き交はし、少し気《け》遠き（ヤヤ疎遠ナ人ニハ）便りどもを尋ねてもいひけるを、ただこれ（物語）をさまざまにあへしらひ（批評シアイ）、そぞろ言につれづれをば慰めつつ、（自分ヲ）世にあるべき人数とは思はずながら、さしあたりて、恥づかし、いみじ（トテモ辛イ）と思ひ知る方ばかりのがれたりしを、さも残ることなく思ひ知る身の憂さかな。

里居しているいま、改めて自分の宮仕に出る以前の生活をふり返ったものである。主として夫宣孝《のぶたか》の亡き後の独居生活のころのことであろう。その時期には何よりもまず自分の読んだ物語について、知人と手紙であれこれ論評することが日々のつれづれを慰めるものであったという。これは、式部のみならず当時の多くの女性たちの生活において、「物語」というものがいかに大きな意味をもっていたかがよく知られる記述である。「物語好み」は式部だけの特別のことではなかった。

式部がどのような物語作品を読み、物語というもののどんなところに強く心をひかれていたのかについてはよく判らない。当時さまざまな種類の数多くの物語があったが、いまではほとんど残されていない。「物語と云ひて、女の御心をやるものなり。大荒木の森の草よりも繁く、ありそみの浜の真砂よりも多（三宝絵・序）」かったというが、その無数に作られた物語も、人々を深く感動させるような質のものとはほど遠かった。「物語は、住吉、宇津保（枕草子）」、「（源氏物語ガ出現スルマデハ）わづかに宇津保・竹取・住吉などばかりを物語とて見けむ心地に（無名草子）」と、宇津保物語や住吉物語などが代表的な作品としてあげられていることから推測しても、要するに「読み物」と呼ぶべき水準のものであり、いまだ文学（芸術）作品というにはかなり遠かったのである。

しかし当時の女たちはそんな物語を読むことで心をやっていた。蜻蛉日記の作者が序文に記し、また更級日記の作者が繰り返し書いているように、狭い室内に閉じ込められて毎日を過ごし、社会生活というものを知らなかった一般の女たちは、わずかに物語を読むことで広い外部の「世の中」をうかがい知り、やがて自分を訪れる男たちとやりとりする場面を想像したり、いかに生きるべきかを考えていたのである。

当時の人々は、竹取物語のもつような伝奇的性格、とりかえばや物語のように奇抜な趣向のおもしろさ、といったところにも興味をもっていたらしいけれども、やはり第一に物語に深く求めたものは、物語に書かれている人々の生き方であった。いまだ文学作品と呼ぶには貧弱な質の当時の物語を通じて、女たちはまず「人はいかに生きるべきか」を考えていたのである。源氏物語の絵合巻では、「かぐや姫のこの世の濁りにも汚れず、はるかに思ひのぼれる」心ざしの高さ、また宇津保の俊蔭《としかげ》の「人の朝廷《みかど》にもわが国にもありがたき才のほどをひろめ、名を残しける古き心」が称揚され、伊勢物語のもつ「深き心（深い意味）」や、正三位物語の女主人公兵衛の大君の「雲の上に思ひ昇れる心」、「兵衛の大君の心高さ」が高く評価されていて、天皇の妻となろうとするその強固な上昇志向に当時の女たちがどれほどに深く共感していたかがうかがわれる。源氏物語の女たちも、中には朧月夜のような人もいたけれども、一般の女たちの心のもっとも奥深くの強い願いは、社会的に高い地位を手に入れることにあったと考えられる。ずっと後世の『無名草子』の物語評を見ても、強いていえば登場人物たちの生き方が第一に問題にされている。やはり当時の人々にとっても、「人はいかに生きるべきか」の問題の追求こそが、物語（文学作品）に深く期待し求めているものだったのである。源氏物語があれほどに人々に読まれ、強く人々の心をうつことになったのは、その問題を正面から取り上げて書いたことにあった。式部たちが互いに「書き交はし」てつれづれの心を慰めたのも、主として物語の人々の生き方に関する批評などであったかと考えられる。

さて、前掲の日記傍線部は、それまでの記事の文脈からはかなり飛躍しているが、要するに現在の女房としてのわが身の上にたち返っての感慨を述べたものである。知人たちと物語の話などをしてつれづれを慰めることで日々を過ごしてきて、宮仕えしようなどとは考えていなかった自分が、いま女房となってまず当面している悩み、それまでは「恥づかし、いみじ」と身の程を思い知らされるような生活から無縁でいられたのに、こうして宮仕えすることになって、その「恥づかし、いみじ」の思いを、これほどまでに残るところなく知ることになったわが身の程の口惜しさよ、というのである。式部にとって、女房生活のどんなところがそれほどに「恥づかし、いみじ」と思わせたのかについては、具体的にはほとんど書かれていないが、さまざまな家柄の出の女房たちと一緒に暮らし、事ごとに身分序列により厳しく秩序づけられている宮仕の生活を実感したことで、改めてわが身の程の憂さを深く思い知らされた、というのであろう。

日記には前掲の記事に続いて次の一文がある。宮仕に出てこの世の現実に直接ふれたことにより、自分の身の程の意識も深くなり、物事の見方なども出仕以前のそれとはすっかり変わってしまった、という。

試《こころ》みに、物語を取りて見れど、見しやうにもおぼえず、あさましく（浅薄ナモノニ思ワレ）、あはれなりし人の語らひしあたりも、我をいかに面《おも》なく（誇リヲ失ッタ）心浅き者と思ひ落とすらむ、と推しはかるに、それさへいと恥づかしくて、え音《おと》づれやらず。心にくからむ（自身ヲ奥ユカシクアリタイ）と思ひたる人は、おほぞうにては文《ふみ》や散らすらむ（ゾンザイナ書キ方ヲシテハ、私ガソノ手紙ヲ他人ニ見セタリシテイルノデハナイカ）など疑はるべかめれば、いかでかは、わが心のうち、ある様《さま》（ソンナ人ハ、私ノ今ノツラサ）をも深う推しはからむと、ことわりにて、いとあいなければ（虚シク思ワレテ）、中絶《なかた》ゆとなけれど、おのづから書き絶ゆるもあまた、（私ガ中宮ヤ里ト）住みさだまらずなりにたりとも思ひやりつつ、音なひくる人も難《かた》うなどしつつ、すべてはかなき事にふれても、あらぬ世（実家ナノニ見知ラヌ世界）に来たる心地ぞ、ここにてしもうち勝り、物あはれなりける。

宮仕え以前にはあれほどに熱中していた物語も、久しぶりにいま読み返してみると、かつてのようには興味をおぼえず、むしろ軽薄な内容にさえ思われる。しばらく宮仕えをしたことで、物語というものについての見方もすっかり変わってしまったのである。人々が厳しく生きている現実世界を知らずに、せまい家の中に閉じこもって物語を読み耽り、そこに描かれた粗雑で浅薄な物語世界を通じてこの世のことをあれこれと夢想していたのが、現実世界の複雑で微妙な人々のあり方や社会の現実の物事にふれてみると、物語というものが虚しくはかないものに思えてきた、ということなのである。この世の現実を知り始める年齢になった更級日記の作者が、「（物語ヲ読ンデ以前ニ自分ノ）思ひし事どもはこの世にあんべかりける事どもなりや、光源氏ばかりの人はこの世におはしけりやは」と記している感慨と同種の思いである。やはり式部もかなりの「文学少女」であったらしい。

以前にはあれほどに嫌がり軽蔑していた女房生活を経験してみると、かつての知人たちから、自分が「面なく心浅き者」と思い落とされているにちがいないとよくわかるので、手紙をやるのもつつまれる。自分や知人たちの予想していたような女房生活の「面なく心浅き」ところだけではなく、考え及ばなかった女房という身の程の口惜しさや辛苦を思い知ることになったが、それは女房経験のない人にはいくら話しても理解してもらえないものなのである。そのために以前の知人たちとも疎遠になってしまった。緊張し屈辱の多い宮仕生活から解放されて、くつろげるはずであった物慣れた里居の生活なのに、何を見聞きしても心は落ち着かず、まるで見知らぬ別世界にやってきたような疎外感をおぼえて、むしろ中宮のもとでの女房生活の毎日が恋しく思われる、というのである。
式部には女房生活が身についてきた、ということなのであろう。しかし、そこもまたわが身を置くべきついの場でないのだ、という思いはいよいよ強くなってくる。

【身の程の嘆き】

紫式部日記には、自己の女房という身の程であることの口惜しさ、女房生活というものの浮遊する浮草のようなはかないあり方を嘆く心が、繰り返し繰り返し記されている。寛弘五年の歳末の感慨を記したところでは、いつの間にか女房生活になじんでしまっているわが「身の程」、無為に齢の老いてゆくわが身と心を痛切に傷む歌を詠んでいた。それはときたま自省したときにわき上がってくる悲嘆というだけではなくて、日常ふと属目《しよくもく》した物事によってもさそわれ出てくる思いであった。水の上にあそぶ水鳥を見ては、「かれも、さこそ心をやりてあそぶと見ゆれど、身はいと苦しかんなり、と思ひよそへらる」とも記していたが、まわりの何を見聞きしても、すぐにわが身に思いよそえてしまうところがあった。

寛弘五年十月十六日には土御門殿行幸があり、十二人の駕輿丁《かよちよう》に担がれた帝の御輿が邸内に入ってくると、前庭の池に浮かぶ船の楽人たちが船楽《ふながく》を奏して迎えた。

（御輿ヲ寝殿ニ）寄するを見れば、駕輿丁の、さる身の程ながら階《はし》よりのぼりて、いと苦しげにうつぶし臥せる、何の異《こと》ごとなる、高きまじらひも身の程かぎりあるに、いとやすげなしかし、と見る。

駕輿丁は近衛府・兵衛府の下級職員であるが、いまは帝の御輿を担いでいるので、そんな身分でありながら寝殿正面の階段を昇って、御輿が簀子の高さと等しくなると止まり、前の方を担ぐ者たちは階段に這い臥して、苦しげな姿勢で重い輿を支えたまま天皇が輿を出るのを待っている。式部はその姿を見て、自分もこれとどこに異なるところがあろう、ずっと身分の高い人でも宮仕生活にはそれぞれの分際というものがあり、ほんとに容易でないことよ、と思ったという。ここの駕輿丁にかぎらず、式部は越前に下る道でも、重い荷を運ぶ担夫《たんぷ》たちの「なほ、からき道なりや」と嘆く声にも心をとめて、世過ぎの道はみなつらいものなのだ、と歌に詠んだりしていた。このように下賤の者たちの働く苦しげな姿にも注目するというのは、やはり当時の貴族としては希有なことであった。

しかしながらこれらの記事から、式部という人が、当時の厳しい階層意識を超えて、一面では賤しい身分の人々にも共感できる柔軟な心をもつ人であった、などとすぐに短絡して考えることもできないのである。式部もまた身分秩序の圧倒的に強固であった社会に身を置いていた人として、深く身分意識・階級意識の染みついた思考からのがれられないところがあった。中宮が皇子を出産して、御所中の人々が慶びに浮かれていている五日の夜の産養《うぶやしない》の様子が、次のように記されている。

> 十五日の月くもりなくおもしろきに、池の汀《みぎは》近うかがり火どもを木の下にともしつつ、屯食《とじき》ども立て渡す。A あやしき賤男《しづのを》のさへづり歩《あり》く気色どもまで、色節《いろふし》に立ち顔なり。殿守《とのもり》が立ち渡れる気配もおこたらず、昼のやうなるに、ここかしこの岩隠れ、木のもとごとにB うち群れてをる上達部の随身などやうの者どもさへ、おのがじし語らふべかめることは、かかる世の中の光の出でおはしましたることを、陰《かげ》にいつしかと思ひしも、及び顔にこそそぞろにうち笑《ゑ》み心地よげなるや。まして殿の内の人は、C 何ばかりの数にしもあらぬ五位どもなども、そこはかとなく腰もうちかがめて行き違ひ、いそがしげなるさまして、時にあひ顔なり。

ここでは、傍線Aの「あやしき賤男のさへづり歩く気色」、Bの岩隠れに「うち群れてをる」随身たちの「そぞろにうち笑み心地よげなる」様子、Cの「何ばかりの数にしもあらぬ五位ども」の「時にあひ顔」などと、喜びにわいている身分の低いその場の人々すべてに対して、式部は不快感をあらわにした視線で眺めている。Aの「色節に立ち顔」は、自分も晴れの儀式に参加しているような誇らしげな顔つきである。Bの「をり」という動詞は、犬猫などにも等しいような、卑屈で目立たないあり方でひかえていることをいう語なのである。これら身分の低い人々にとっては、皇子誕生は特に直接に利益をもたらさない事柄なのに、その自分の身分立場もよく顧みず場に流され浮かれているのが、式部には我慢ならなかったのであろう。わが「身の程」を思い知らないこれら下賤の者たちのあり方への嫌悪は、すぐにまた女房として中宮に仕えるわが身も同じなのだ、という自嘲にもなって返ってくる。これらの「身の程」の語は、単なるその人の置かれた社会的な階層・身分をいうにとどまらない。式部にとっては、駕輿丁・受領・女房などに生まれついてその身分でこの世を生きてゆくことだけではなく、容姿・能力などの先天的なあり方から、さらにはそれぞれの境遇に応じて身につけていった教養・思考・人柄などをもふくめた全存在をいう語が、その人の「身の程」であるらしい(87)。

こうした式部の身分意識、人間としての存在感覚は、多く仏教思想からする決定論などから来ているもののようであるが、何というやりきれない認識・思想であることか。

【男に顔をさらす女房】

式部が「女房」というわが身の程を嫌悪することには、女房たちのもつ軽薄さや互いに意地悪く挑み合う生活など、さまざまな理由があるらしいが、まずその具体的な一つには、女房生活には多くの男たちと接する生活、特に直接に男に顔をさらす機会の多いことがあった。時には男たちと御簾や几帳などの隔てもなく向き合って話を交わしたり、顔を直視されることもある女房の生活に、この人はどうしてもなじめなかったらしい。当時の貴族女性たちにとって男に顔を直視されることは、現代女性が全裸の姿を人前にさらすにも近いほどの羞恥をもたらしたのである。人は日ごろ着物で身体を覆う生活に慣れているので、常は衣服の内部深くに隠された裸身がたまたま他者の視線にさらされると、いたたまらなく不安になり、自己の心の奥底までもが隈無く見られたような激しい羞恥心にさいなまれる。衣服は身体を飾り装うことで実体をより誇張し拡大化する機能とともに、他人に知られたくないありのままの姿や内奥の心を覆い隠して見せない機能をもはたしている(88)。式部は羞恥心の強い人であったから、自己の心の奥底が覗かれるのではないかと、他者の視線には特に敏感であり警戒する人であったらしい。

寛弘五年十一月の豊明《とよのあかり》の節会《せちえ》が始まり、五節《ごせち》の舞姫たちが参内してきた。この年は特に盛大に行われるというので、舞姫にとっても人々の注目をあびる晴れの場であった。

五節（ノ舞姫）は二十日に参る。……にはかに営む常の年よりも、いどみましたる聞こえあれば、東《ひんがし》の御前の向かひなる立蔀《たてじとみ》に、隙《ひま》もなくうち渡しつつともしたる火の光、昼よりもはしたなげなるに、（童女タチノ）歩《あゆ》み入るさまども、あさましうつれなのわざや、とのみ思へど、人の上とのみおぼえず。ただかう殿上人の直面《ひたおもて》にさし向かひ、脂燭《しそく》ささぬばかりぞかし。屏幔《へいまん》引き追いやるとすれど、おほかたの気色は同じごとぞ見るらむ、と思ひ出づるも、まづ胸ふたがる。

舞姫たちの控所のある東の対は、中宮御所の東北の対の南にある。舞姫たちは、中宮御所の東庭に立てられた立蔀の向こうを、男たちが隙もなく立ち並んでかかげている松明《たいまつ》の火に全身をさらしながら歩んで行く。舞姫を見物しようと群がる下人たちを追いやり、幕を引いて隠そうとするがなかなか去らない。それを立蔀の内側から見ていた式部は、舞姫や童女たちの様子の、何とあきれるほどに平然としていることよ、と思う。しかしすぐに、こんなにも下人にまで姿を直視されている女たちの有様が他人事とは思えず、女房である自分もこれと同じなのだと、またしてもわが身にひき比べてしまう。こんな風に紙燭をかかげて顔を見られることまではないにしても、いつも殿上人の視線に直接に顔をさらし、男たちにこうして見られているのだろうと、日ごろの自分の宮仕生活を思い出すにつけても胸が締め付けられてくる、というのである。

さらに続けて次のようにも記している。五節の行事は四日間にわたって行われるが、三日目は舞姫たちは休んで、介添え役として舞姫に付き従っている各童女と、下仕《しもづかえ》たちが天皇にお目見えすることになっていた。

かからぬ年だに、（帝ノ）御覧の日の童女《わらは》の心地どもはおろかならざるものを、ましていかならむ、など心もとなくゆかしきに、歩《あゆ》み並びつつ出できたるはあいなく胸つぶれて、いとほしくこそあれ。……ただかくもりなき昼中《ひるなか》に扇をもはかばかしくも持たせず、そこらの君達の立ち交じりたるに、Aさてもありぬべき身の程、心用《もち》ゐといひながら、人に劣らじとあらそふ心地も、いかに臆《おく》すらむと、あいなくかたはらいたきぞかたくなしきや。……下仕《しもづかへ》の（中ノ）いと顔すぐれたる、扇取るとて六位の蔵人ども寄るに、心と投げやりたるこそ、やさしきものから、あまり女にはあらぬかと見ゆれ。われらをかれがやうにて出でゐよとあらば、またさてもさまよひ歩《あり》くばかりぞかし。Bかうまで立ち出でむとは思ひかけきやは。されど、目に見す見すあさましきものは人の心なりければ、今より後《のち》の面《おも》なさは、ただ馴れに馴れ過ぎ、直面《ひたおもて》にならむやすしかし、と身の有様の夢のやうに思ひ続けられて、あるまじきことにさへ思ひかかりて、ゆゆしくおぼゆれば、目とまることも例のなかりけり。

童女はまだ成人式前の少女で、下仕は大人であるが、帝の御前に参上するときには、やはり大勢の男たちの見守る白昼の庭を歩んでゆく。童女や下仕は舞姫よりも一段低い身分の女たちである。したがって傍線Aは、真昼に男たちの凝視する中を歩むのも仕方のない「身の程」の者であり[89]、またその心づもりでいるはずだとはいえ、やはりその身分なりに他の童女には負けまいとふるまっていても、内心ではどれほどに気後れしていることであろう、と思いやったという。ここにもまた、人にはそれぞれの与えられた身分に応じたあり方というものがあり、童女や下仕はこうした場で男たちの視線にさらされるのも仕方のない身分なのだ、とする厳しい「身の程」意識とともに、すぐにその童女にも感情移入して考えてしまう式部がいる。

下仕の中にはとても顔つきのすぐれた女がいて、帝の御前に進み出て、帝に顔をよく見せるために女が自分の顔を隠していたかざしの扇をとるとき、付き従っていた六位の蔵人がその扇を取るのを助けようと近づくと、その女は自分で取り除いて投げてよこした。優雅なしぐさではあったが、自分から扇を取りはずすのは、てきぱきとしたいさぎよい態度であるにしても、やはり女らしくない風情に見える。もし自分がこうした場に出よといわれたら、たぶんそうはできずにおろおろしてさまよい歩くだけであろうよ、と思う。ここでも式部の心は、またしても女房であるわが身の上へと立ち返り自省する。

傍線Bは、式部が女房生活を嫌だと思うところをよく示すものである。出仕以前には、まさかこんなにも男たちと直接に話をしたり、顔を見られたりすることになるとは思いもしなかった。自分もこれら童女や下仕たちとさして違うところはないのだ。このまま女房生活を続けているといよいよこんな生活に慣れ過ぎて、やがては男たちと直接に顔を合わせて話をするのも平気になり、ついにはたやすく男と親しい仲になるようなことも起こるのではないかとまで、これからのわが身を想像したりする。式部がそうなるのをおそれるのは、この人が必ずしも男関係に潔癖だったからというわけではなくて、自分がそうした軽薄なふるまいにも慣れてしまい、日ごろ軽蔑している「女房」という身の程にいよいよ堕ちてゆくことへの根深い抵抗感からである。この人には「女房」というものへのはげしい嫌悪感があった。

中宮の五十日の産養の夜には、男たちが酒に酔い座が乱れてきて、右大臣藤原顕光が大納言の君や小少将の君など女房たちのいる御簾の内にまで入り込み、さらには「御几帳のほころび引き断ち」、ついには女房の持っている扇を奪い取って、「たはぶれ言のはしたなきも多かり」というでき事があった。式部はその様子を、特別な場合でもないかのようにさりげなく記しているから、こうしたこともめずらしくはなかったのである。

式部には出仕当初から「上衆《じやうず》めく」と、女房仲間から悪口されるようなふるまい姿勢があった。そういわれた理由の一つには、やはり男の前に出たり直接に話をしたりするのを嫌がったりしたことがあったのであろう。中宮彰子の高級女房には出自の高い人が多かったので、「上臈中臈のほどぞ、あまりひき入り上衆《ざうず》めきてのみ侍る」と、中宮のもとに要事でやってきた男たちとの応対にも出たがらなかった、と式部自身も書いている。それらの人々は引っ込み思案の性格であったからというよりも、出仕以前の実家での姫君生活では、他人の男たちと直接に応対するような経験が無かったからであろう。枕草子に記された女房たちのようなあけすけな男たちとの応対ぶりは、式部のみならず中宮彰子もまた好まなかった。式部にとって男たちに顔を直視されるような生活は、何よりも自分が女房の「身の程」であることを強く思い知らされる場合だったのである。

【女房の意地悪さ】

この豊明《とよのあかり》の節会のころには、また次のようなでき事があったという。後宮の后・女御たちやそこに仕える女房集団の間の激しい敵対意識、女房たちの辛辣さや、それに追従する若い男たちの軽薄さをよくうかがわせる話である。

　侍従の宰相（藤原実成）の五節の局、宮（彰子）の御前《まへ》のただ見渡すばかりなり。立蔀《たてじとみ》の上《かみ》より音に聞く簾《すだれ》の端も見ゆ。人の物言ふ声もほの聞こゆ。「かの女御（実成妹ノ弘徽殿女御義子）の御方に、左京・馬といふ人なむ、いと慣れて交じりたる」と、宰相の中将（源経房《つねふさ》）昔見知りて語り給ふを、「一夜、かのかいつくろひ（舞姫ノ介添エ）にてゐたりし、東なりしなむ左京」と、源少将（雅通）も見知りたりしを、物のよすがありて伝へ聞きたる人々、「をかしうもありけるかな」と言ひつつ、いざ、知らず顔にはあらじ、昔、心にくだちて見慣らしけむ内《うち》わたりを、かかるさまにてやは出で立つべき、忍ぶと思ふらむを現はさむの心にて、御前《おまへ》に扇どもあまたさぶらふ中に、蓬萊《ほうらい》作りたる（蓬萊山ヲ描イタ）をしも選《え》りたる、心ばへあるべし。見知りけむやは。箱の蓋《ふた》に広げて日蔭《ひかげ》（豊明ニ人々ノ挿頭ニスル蔓草）をまろめて、反《そ》らいたる櫛ども白き物忌みして妻々《つまづま》を結ひ添へたり。「少しさだ過ぎ給ひにたるわたりにて、櫛の反りざまなむなほほしき」と君達《きんだち》宣へば、今様《いまやう》のさまあしきまで、妻も合はせたる反らしざまして、黒方《くろはう》（合ワセタキ物ノ処方）をおし丸《まろ》がして、ふつつかに尻先《しりさき》切りて、白き紙一重ねに立文にしたり。大輔のおもとして書き付けさす。

　多かりし豊《とよ》の宮人さし分きてしるき日蔭をあはれとぞ見し

弘徽殿女御義子の父公季《きんすえ》は兼家の末弟で、その母は醍醐皇女康子内親王であったから、公季はこのころは内大臣であったが、左大臣の道長家よりもその家格は高かった。公季が道長に次いで治安元年（一〇二一）に太政大臣になったのも、一つにはその出自の高貴さによってである。また義子の母も醍醐皇子有明親王女の旅子女王であったから（一代要記）、当時最高貴の身分だったのである。義子は中宮定子に次いで長徳二年に入内していて、中宮彰子より先任の女御でもあった。したがって、宮廷では彰子方も一目置かざるをえないほどに重きをなしていたから、彰子の女房たちも強く対抗意識を持っていて、それがこうしたでき事を引き起こすことになったらしい。女房たちは弘徽殿の女御を直接に辱しめることはできないので、その女房をからかうことで嫌がらせをしたのである。

　笑い者にされた女御義子の女房左京は、かつて内裏女房として優雅に歩き回っていたことがあったという。左京のことは枕草子（「弘徽殿とは」の段）にも、「打臥《うちふし》しといふ者の娘、左京といひてさぶらひける」と見え、この左京と親しくしていた源宣方《のぶかた》を清少納言がからかった話がある。左京の母は賀茂明神の若宮が憑いて託宣するという巫女で、兼家が重用していた（今昔物語集・巻三一・二六）。そういう身分の低い女だったので、彰子の女房たちもからかいやすかったらしい。蓬萊を描いた扇も左京の老い衰えた姿を皮肉ったものであり、極端に両端を反らした櫛も若人ぶっているのを当てこすったもので、いかめしい立文にしたのも左京にふさわしい古めかしさである。「多かりし」の歌は、豊明の節会を奉仕する宮人たちの中で、とりわけ目立ったあなたの日蔭の蔓（髪）を感心して見たことだ、というもので、これも左京の老いた姿を痛烈に皮肉っている。これほど徹底的に笑い者にしようとする女房たちの執拗な残酷さに、式部も同調していたのである。

「多かりし」の歌は式部の家集にも次のように見えている。底本のこの歌の詞書には誤脱が多いので、参考のために右側に定家本の本文を注記しておく。

まこの宰相《ちしうさいしやう》の五節《の》つぼね、宮のかたへ《おまへ》いと近くきに《けちかきに》、弘徽殿の右京（左京）が一夜しるきさまにてありしことなど人々いひいでて《いひたて》、日かげ《を》やる、さしまぎ《ら》はすべき扇などそへて

多かりし豊の宮人さしわけて《き》しるき日蔭をあはれとぞ見し（九〇）

家集の詞書は日記に近いことからすると、この歌は日記から家集に採られたものであろう。家集が他撰であったとしても、この歌は式部が詠んで大輔のおもとに「書き付けさ」せたものと解されたのである。とすればこのときの式部は、左京をからかった女房や若君達の中で中心的な役割を果たしていたことになる。もっとも式部の性格を考えると、自分から率先してこんな意地わるないたずらをしたとまでは考えにくいので、皆から皮肉をきかせた歌を詠めと責められて詠んだといったことであろうが、それにしても式部は、女房たちの左京いじめに加わり、こんな辛辣な歌をもさりげなく詠むような人であった。(90)

「多かりし」の歌は後拾遺集にも採られているが、その詞書は紫式部日記では顕著に認められた左京への辛辣さの文脈がおさえられて、すっかり穏やかなものになっている。

中納言実成、宰相にて五節奉りけるに、妹の弘徽殿女御のもとに侍りける人かしづきに出でたりけるを、中宮の御方《かた》の人々ほのかに聞きて、「見ならしけむ百敷《ももしき》を、かしづきにて見るらんほどもあはれに思ふらん」といひて、箱の蓋《ふた》に、白銀の扇に蓬萊の山作りなどして、挿櫛《さしぐし》に日かげのかづらを結びつけて、たき物を立文《たてぶみ》にこめて、かの女御

の方に侍りける人のもとより、とおぼしうて、「左京の君のもとに」と言はせて、果ての日さし置かせける　　詠人不知

多かりし豊の宮人さしわけてしるき日かげをあはれとぞ見し

（後拾遺集・一一二一）

後拾遺集では次に挙げる栄花の記事と同じく、「多かりし」の歌の第三句が「さしわけて」とやや聞き慣れない形になっていること、詞書の書き方の基調が紫式部日記のようには左京をからかう態度が辛辣であらわなものになっていないことなどから、両者は紫式部日記以外のものを資料としているようにも見える。これは日記の成立の問題にも関係するところがあるので、少し長くなるが次に栄花物語の記事を示しておく。

侍従宰相の五節の局、宮の御前ただ見渡すばかりなり。立蔀の上《かみ》より簾《すだれ》の端も見ゆ。人の物いふ声もほのかに聞こゆ。かの弘徽殿の女御の御方の女房なんかしづきにてある、といふことをほの聞きて、「あはれ、昔ならしけん百敷を、A物のそばに居《ゐ》隠れて見るらんほどもあはれに。いざ、いと知らぬ顔なるはわろし。言《こと》一つ言ひやらん」など定めて、「今宵かいつくろひいづかたなりしぞ」「それ」など宰相中将（源経房）宣ふ。源少将（済政）も同じごと語り給ふ。「Bなほ清げなりかし」などあれば、御前に扇多く候ふ中に、蓬莱作りたるを箱の蓋に広げて、日かげをめぐりてまろめ置きて、その中に螺鈿《らでん》したる櫛どもを入れて、白い物などさべいさまに入れなして、公ざまに、顔知らぬ人して、「中納言の君の御局より、左京の君の御前《おまへ》に」と言はせてさし置かせつれば、「かれとり入れよ」など言ふは、かのわが女御殿（義子）より賜へるなりと思ふなりけり。また、Cさ思はせんとたばかりたることなれば、案にははかられにけり。たき物を立文にして書きたり。

多かりし豊の宮人さしわけてしるき日かげをあはれとぞ見し

Dかの局にはいみじう恥ぢけり。宰相（実成）もただなるよりは心苦しうおぼしけり。

（栄花物語・初花）

この栄花の記事では、傍線Bのように左京をほめている部分もあって、全体として後拾遺と同じく、紫式部日記

の記述のもっている左京や弘徽殿方へのからかいの姿勢が影を潜めて、かなり穏やかなものになっている。これは、後宮のきびしい対立関係などはあまり露わには書かない、という栄花の基本態度によって日記を書き改めたのかもしれないが、後拾遺や栄花の見た日記は現存のものとはやや違っていた可能性も考える必要がある。

敦成親王誕生からこの五節参入にかけてのあたりの栄花の記事は、紫式部日記に拠って書いていることは明らかである。ただしその記事の細部をみると、栄花には日記の記事と言い回しまでもがほとんど共通する部分とともに、また傍線ＡＢなどのように内容のかなり異なっている記事、あるいはＣＤなどのように日記には書かれていない部分もある。それらには、栄花の筆者は基本的には紫式部日記に拠りながらも、ＡＢなどのように筆者が独自に想像解釈を交えて書いたかと考えられるもの、ＣＤなどのように、筆者が自分の文章としての形を整えようとして付け加えたのかと思われるものなどがある。しかしまた、栄花の見た紫式部日記はこれらＡＢＣＤなどの記事をもふくむものであったが、現存日記とはやや違うものであった可能性もあり、その判定が難しい。

紫式部日記は、主家から命ぜられて中宮彰子の皇子出産の前後のでき事を記録した女房日記である、とするのが通説である。しかしながら、現存日記にはあまりにも式部の私的な心を記した部分が多いだけではなく、ここの五節のときの弘徽殿女御方との辛辣なやりとりなどのように、主家の記録とするには品位に欠けたり不都合な部分もあって、現存日記の形のものが主家に提出されたとするのは無理であろう。したがって、もし主家に命ぜられて書かれた女房日記であったとすれば、現存日記とは別の主家に提出された日記があったはずである。日記と栄花の関係は日記の成立にも深く関わるので、改めて後述する。

【紫式部の軽薄さ】

紫式部日記を読むと、式部という人は人前ではおとなしくしていて、人々の後にそっと控えているような人、いつも慎重にふるまう人という印象をおぼえるところが多くある。だがよく注意して読んでいると、日記からうけるそうした印象は、式部が意識して読む人にそう思わせようとして書いているのではないか、日記の記事には式部の一種の演技というべきものがあり、それらは式部の実態とはかなりちがうのではないか、と思わせられるところもかなりある。

中宮の五日の産養《うぶやしない》の夜には、式部は「夜居の僧のさぶらふ御屛風を押し開けて、『この世には、かうめでたき事またえ見給はじ』といひ侍りし」と、わざわざ屛風を押し開けて、内にいる祈禱の僧侶に自分の方から声をかけるようなこともしている。また中宮の五十日の産養の夜の乱れた酒宴の場では、右大将藤原実資が物静かに女房たちの衣の袖口を数えて、自分の日記のためのメモをとっているのを見つけると、「酔《ゑ》ひのまぎれをあなづりきこえ、また誰とかは（私ガ誰ダト判ラナイダロウ）など思ひ侍りて、はかなき言どもいふに」と、自分の方から実資のそばに寄って行き声をかけたりもしている。式部は決して陰気で人づきあいのわるい、ひっこみ思案の気むずかしい人ではなかった。女房たちのもつ軽薄さや意地悪さをも十分に共有していて、時にはこうした浮薄な言動をなすところがあり、さらにまたそれを自分でも書き記しているのである。五節のときの弘徽殿女御方の左京に関するやりとりでは、中宮方の女房たちの辛辣で執拗なからかいにも、積極的に加わることまではしなかったらしいが、一緒になってはしゃいでいたらしく思われる。

また、寛弘六年夏の夜のでき事かと思われる次の記事がある。土御門殿の御堂で行われた法会が終わり、人々が庭の池で舟遊びをしていたときのことである。

事果てて、殿上人船に乗りて、みな漕ぎ続きてあそぶ。……月おぼろにさし出でて、若やかなる君達、今様歌《いまやう》唄ふも、舟に乗りおほせたるを（乗ロウトシタ人ガ皆ソレゾレノ舟ニ乗リ込ンダノデ、漕ギ出シ）、若うをかしく聞こゆるに、大蔵卿のおほなおほなまじりて（無理ヲシテ加ワリ）、さすがに声うち添へむもつつましきにや、忍びやかにてゐたるうしろでのをかしう見ゆれば、御簾の内の人もみそかにわらふ。「舟のうちにや老いをばかこつらむ」と言ひたるを、聞きつけ給へるにや、大夫「徐福《じよふく》、文成《ぶんせい》、誑誕《きやうたん》多し」とうち誦じ給ふ声もさまも、こよなう今めかしく見ゆ。

「大蔵卿」は時に五十二歳の参議藤原正光《まさみつ》である。浮かれて若人たちに交じり舟に乗り込んだものの、さすがに若者と一緒に今様を唄うのは気が引けるのか、居心地のわるそうに座っている後ろ姿がおかしくて、女房たちは声をおさえて笑っている。式部もつい「舟中で身の老いを嘆いているのかしらね」と辛辣な皮肉を口にした。傍らの中宮大夫藤原斉信《ただのぶ》がそれを聞いていたのか、とっさに白詩の「海漫漫」の句を朗詠した。枕草子で清少納言との才気のあふれたやりとりをほめそやされている斉信には、すぐに式部の言葉が白楽天の新楽府によったものと判ったのである。「舟の中にや」の語が他の女房ではなく式部のものであることは、とっさに白詩に拠ったこんな言葉を口にできる人、ということからも知られる。

ただし、式部の「舟のうちにや」のつぶやきを、「聞きつけ給へるにや」とあるのは通説では斉信のこととしているが、あるいはここで文を切って、大蔵卿は「聞きつけられたであろうか」といったものとも考えられる。実は正光という人は、「大蔵卿ばかり耳とき人はなし。蚊のまつ毛の落つるをも聞きつけ給ひつべうこそありしか（枕草子・「大蔵卿ばかり」の段）」というほどの鋭い耳をもつ人として当時よく知られていたのである。式部が自分のふとつぶやいたからかいが聞こえたのでは、と気にしていると、斉信がさらに式部よりも大きな声で「徐福、文成」と誦して追い打ちをかけたのだとも考えられるのである。それまでの記述中には公卿の大蔵卿に敬語がないのはやや不審であり、それは式部の侮蔑の気持によるのかもしれないが、やはり文末のここで「聞きつけ給へるにや」と敬語をつけたのだとも考えられる。

「海漫漫」は、秦の始皇帝の命をうけた徐福や漢の武帝に仕えた修験者文成が、幼い男女児を連れて不死の薬を求めに海の彼方の神山へと出かけたが、神山にまでたどり着けず童男童女も老いたという話を詠んだものである。斉信の口ずさんだのは「童男丱女《くわんじょ》舟中ニ老ユ、徐福、文成、誑誕多シ」の部分で、式部の言葉が「舟中ニ老ユ」をふまえた語と知り、それをうけて「徐福、文成、誑誕多シ」と誦したのである。「誑」はごまかし、「誕」はいつわりで、斉信もまた老いた正光が無理をして若者の中に交じったのを揶揄したのである。

これらの話は、式部がいつもまわりの女房たちの言動を黙って見ているだけの人ではなく、時には率先して人をからかったりもする人であったことを示すものである。

【紫式部と道長】

中宮の血縁者でもない式部が、中宮側近の女房として高い地位を占めていたことには、やはり道長の配慮によるところが大きかったであろう。式部の父為時は、道長が権力を握った長徳年間ごろからそのもとに出入りするようになっていた。詩文のことを好んだ道長の方もまた、漢詩人として世間に評価されてきていた為時を自分の作文会にもよく召していた。そうした為時女の式部が中宮彰子の女房として召されたのは、いわば自然のなりゆきともいえる。それにしても、新参女房の式部がいきなり宰相の君や小少将などに次ぐ序列に待遇されたのは、やはり道長の特別な配慮なしには考えにくい。

一条帝の第一皇子を産んだ皇后定子は、彰子が中宮になった長保二年に既に亡くなっていたが、しかしなおも宮廷では、定子皇后の利発で明るい人柄やその後宮の花やかであった記憶を、ひそかに追慕している人々が多くいたのである。道長には、娘彰子の後宮をその定子の後宮に劣らぬ、いなそれ以上に人々の賛嘆する後宮にしたいという願いがあった。その対策の一つが、清少納言の枕草子によく対抗し得る源氏物語の作者として世に知られた紫式部や、歌詠みとして有名であった伊勢大輔や和泉式部などを中宮の女房として召すことであった。道長は漢詩文を好み、文学的な感受性をも十分にもっていた人であったから、源氏物語を読んでその作者のすぐれた見識や、現実生活には重要な処世の才などをもよく認めて、彰子の側近に配置したのだと考えられる。前述したように（一二一頁）、既に式部が出仕する以前から、道長や彰子も源氏物語を読んでいたに違いない。世間でも評判になっていたのである。

ところで日記には、道長からそなたは「好き者」らしいな、とからかわれたときの歌に続けて、次の贈答が記されている。やはり寛弘五年夏のことであろうか。

渡殿《わたどの》に寝たる夜、戸を叩く人ありと聞けど、おそろしさに音《おと》もせで明かしたるつとめて

夜もすがら水鶏《くひな》よりけに鳴く鳴くぞ真木《まき》の戸口に叩きわびつる

返し

ただならじとばかり叩く水鶏ゆゑ開けてはいかに悔しからまし

式部の局の戸を叩いたのが誰かについては明示されていないが、この一節はその前の道長との「酸きものと」の贈答に続けられているので、やはり相手は道長であったことを暗示して書かれているようにも見える。この贈答歌は家集にも「夜ふけて戸をたたきし人、つとめて」「返し」の詞書で見え、日記からこの歌を採った新勅撰集（一〇一九、一〇二〇）の詞書には、「夜ふけて妻戸を叩き侍りけるに開け侍らざりければ、あしたにつかはしける　法成寺入道前摂政太政大臣（道長）」「返し　紫式部」と明らかに道長になっている。日記や家集ではいずれも式部が戸を開けたとまでは書かれていないのだが、この贈答がもとになって、後世には式部を「御堂関白道長妾云々（尊卑分脈）」とする説が生まれることになった。この「妾」の語からすれば、単に一二度の関係をいったものではなく、一定期間継続的に続いていたとするのである。さすがに現在では「道長妾」とまではいわないものの、二人の関係は継続的なものであったとする説はいまもなお通説のようになっている。[92]

この問題については、まず道長妾説の生まれてくる原因になった日記のここの記事を、その前の「酸きものと」の贈答に続けて並べることで、式部の局の戸を叩いたのは道長だと暗示するような文脈にしたのは式部自身か、という日記の本文についての問題がある。もし式部自身がそんな風に書き並べたのだとすれば、その意図の一つは、私はあの道長とそういう関係にあったのだと密かに他に誇ろうとしたのだということになる。式部がそんな単純な自慢をするはずはないともいえないが、これは源氏物語が人々から賞賛を得ていたことを誇るのとは性格が違い、あまり自慢にするほどのことでもない。当時においては主人が時に女房に手を出したりするのはごくありふれたことであり、女房の側にとってもその後の主人との関係がそれによってどうなったかにもよるが、あまり誇るほどのことども考えられない。二人がある程度継続的な関係になっていたとするならば、そのことは周囲の女房たちも当然知っていたはずであるから、式部の場合にもわざわざこんなにまわりくどいやり方でひけらかすほどのことでもないのである。要するに、実際に式部と道長との間にたまたま男女の関係があったとしても、当時においてそれは特にめずらしくもないことであり、道長にとっては勿論のこと、式部にとってもそれほどに重大な意味をもつものとは考えにくい。

もし仮に道長がそんな気を起こすことがあったとしても、その場合には式部を自分のもとに召せばよいのであり、主人である道長が女房の局にまでわざわざ夜中に忍んで訪ねて行き、しかも夜もすがら立ち続けて戸の開くのを待つようなことはしないであろう。少なくとも、ここの式部の局の戸を叩いた男は道長とは考えにくい。また日記を読む限り、道長と式部の間に継続的な関係があったと認められるような痕跡は捜せないのである。

紫式部日記のこのあたりは本文上の問題の多いところである。前記の二組の贈答の直前の「十一日の暁、御堂へ渡らせ給ふ」の段も、その前の女房たちの批評などを書いたいわゆる消息文からの続き方がなめらかではなく、またこれが寛弘五年の記事なのか六年の記事なのかも明らかではないし、それに続いてこの二組の贈答が唐突に割り込んでいるのも不審なのである。さらにまたこの贈答歌に続いて、「今年正月三日まで、宮たちの御戴餅《いただきもちひ》に日々まうのぼらせ給ふ御供に」と、寛弘七年正月の記事が続いていることなど、このあたりの記事はよく整理されていず乱雑な形になっている。

実は、ここに二組の贈答歌が記されていることの唐突さに限らず、この日記の現存テキストには他にも不審なところが多くあって、現存テキストが成立するまでの書写伝承の過程において、多くの損傷をこうむってきていることは明らかなのである。さらにその上に、この日記そのものの成立過程にも複雑な事情が介在しているらしくて、それらをも合わせてこの贈答をも考えねばならないのである。紫式部日記の成立の問題については改めて後述するとして、ここの二組の贈答歌についていえば、現存テキストのこの部分に二組の贈答を並べおくことにより、式部と道長の男女の関係を暗示するような文脈にしたのは、式部自身であるよりも後人の手になる可能性が高い。これらの贈答を何かで見つけた後人が、メモのような形でここに記しておいたのが本文化したものだ、とでも考えなければ、この贈答がここに記されている唐突性は理解しにくいのである。(93)

【女房仲間とのつきあい】

紫式部は、中宮彰子に仕えることになった当初には、他の女房たちから「いといたうも上衆《じやうず》めく」と非難されたりして、すぐには宮仕生活になじめなかったらしいが、間もなくそれも何とか切り抜け、中宮や女房たちとの生活にもうまく適応していったように見える。式部はもともとすぐれた生活者であり適応力もある人であった。式部が同僚の女房たちをどう眺め、どうつき合っていたかについて、日記には次のように記している。ただし、これも当人の記していることであるから、まわりの人々にもそう見えていたのかという問題は残るが、かなり式部の実態に近いものかと考えられる。

よろづのこと、人によりてことごとなり。誇りかにきらきらしく、心地よげに見ゆる人あり。よろづつれづれなる人の、紛るることなきままに、古き反故《ほんご》ひきさがし、行ひがちに、口ひひらかし（口ヲヨク動カシ）、数珠《ずず》の音高きなど、いと心づきなく見ゆるわざなりと思う給へて、心にまかせつべきことをさへ、ただわが使ふ人の目にはばかり、心に包む。まして、人の中に交じりては、言はまほしきことも侍れど、いでやと思ほえ、心得《う》まじき人には、言ひて益《やく》なかるべし、物もどきうちし、我はと思へる人の前にては、うるさければ、物言ふことも物憂く侍り。ことにいとしも物の方々《かたがた》得たる人は難《かた》し。ただわが心の立てつる筋をとらへて、人をばなきになすなめり。

宮仕生活の中で式部が認識するようになった人間観である。人は万事につけてそれぞれに異なったあり方をするものなのだ。誇らしげにきらきらと輝くばかり、機嫌よく暮らしているように見える人がいる。また、何事にも内に鬱屈した思いを秘めている人、気の紛れないままに、古い手紙類を引っ張り出したり、絶えず勤行にはげんで口をもぐもぐさせて経を読み、数珠音高く響かせているようなのは、周りの人にはほんとに不快に見えるものだ、と私には思われるので、自分の思い通りにできるはずの事までも、自分の侍女たちの目までばかり、つい慎んでしまう。まして勤め先で人々と交わっているときには、言いたいことがありましても、口にするのはどうかと思われ、物の判りそうにない人には、言っても意味がないであろうし、すぐに文句を言い自分こそがよく物事を知っていると思っている人の前では、言い返されるのがうるさいので、物を言うのも億劫になります。特別によく物事万端を心得ている人はなかなかいないものだ。普通の人はただわが心に大切だと思うところだけを取り上げて、他人の言うことを無意味だと無視するものらしい。

これは主として式部のまわりの人々を見ていての見解であるが、これに続けて今度は自分自身のことを次のように書き記している。

それ、心よりほかのわが面影を恥づと見れど、えさらずさし向かひ、交じりゐたることだにあり。しかじかさへもどかれじと、恥づかしきにはあらねど、むつかしと思ひて、惚《ほ》けられたる（イ「ほけ痴《し》れたる」）人にいとどなり果てて侍れば、（中宮ノ女房タチハ）「かうは推《お》しはからざりき。いと艶《えん》に恥づかしく、人見えにくげにそばそばしきさまして（人ニ顔ヲ見ラレルノヲ嫌ガリ、ツントスマシテイテ）、物語好み、よしめき歌がちに、人を人とも思はず、ねたげに見おとさむ者となむ、みな人々言ひ思ひつつ憎みしを、見るには、あやしきまでおいらかに、異人《ことひと》かとなむおぼゆる」とぞ、皆いひ侍るに、恥づかしく、人にかうおいらけ者と見おとされにけるとは思ひ侍れど、ただこれぞわが心と、ならひもてなし侍る有様、宮の御前《おまへ》も、「いとうち解けては見えじとなむ思ひしかど、人よりけにむつまじうなりにたるこそ」と宣はする折々侍り。くせぐせしく、やさしだち、恥ぢられ奉る人にも、側目《そばめ》たてられで侍らまし。様《さま》よう、すべて人はおいらかに、少し心おきてのどやかに、おちゐぬるを基《もと》としてこそ、ゆゑもよしもをかしく心安けれ。

この一節も難解であるが、まず傍線Aがわかりにくい。諸説あるがやはり、「そもそも、自分の内奥の心とは違った顔つきをしているのを、我ながら恥ずかしいと思っているのだが」というのであろう。特に「わが面影を恥づと見（る）」の部分がわかりにくいのは、この部分が『紫式部日記解（足立稲直）』の指摘するように、「夢にだに（アノ人ニ）見ゆとは見えじ朝な朝なわが面影（鏡ヲ見タトキノ衰エタ容色）に恥づる身なれば（古今集・六八一）」という伊勢の歌によった語が用いられているからであろう。その場合にも「見れど」の主語が明確ではないといった不満が残るが（全注釈）、「面影を恥づと見（る）」のは筆者以外には考えにくいので、「わが心を隠して、周りの人々に同調しているような表情をしている自分を恥ずかしく思うが」といったものと考えられる。そんな自分の姿を恥ずかしく思い浮かべているのである。

傍線部Bもわかりにくい。まわりの人々から、「それこれの些細なことについてまでも咎められまいと思い、ちょっとした人の非難にも恥じるというわけではないが、そんなことで心を煩わされるのも不快だと思って」というのであろう。それに続く「惚けられたる人」は、全注釈のいうように「ら」は「し」の誤写で、もとは「ほけしれたる」であった可能性もあって、痴呆した分別のない状態をいったものとする方がわかりやすいが、このままでも「(明石入道ハ)いとどほけられて(源氏物語・明石)」の例もあり、自然にぼけてしまった人をいったものとも考えられる(新釈)。「惚けられたる人にいとどなり果て」ていたというのはずいぶん誇張したいい方であるが、すっかり痴呆者のふりをして何もわからないようにふるまっていた、中宮の御前でも女房たちの端にただ黙ってひっそりと座っていた、というのである。

中宮の女房たちには、初出仕してきた式部のそんな態度が意外であった。あの源氏物語を書いた女なのだから、さぞかし優雅ぶってふるまい人を気恥ずかしくさせるようなところがあり、人と会うのもいやがってお高くとまっている角《かど》のありそうな人柄で、物語好きの、物を言うにも気障《きざ》にすぐ歌の詞を使って言い、自分以外は人と認めず、しゃくに障るような態度で相手を見下す者だろう、と皆が噂し、まだ見ぬうちから小憎らしく思っていた、ところがこうしてあなたを見ていると、これがあの源氏の作者かと不思議なほどにおっとりしていて、別人ではないのかという気がする、と皆が言ったという。

この一節からも式部の出仕前から既に源氏物語が広く読まれ、こんな物語を書くとは一体どんな女なのかと話題になっていたこと、その女が女房としてやってくるというので、どんな風にふるまうのかと皆の待ち構えていた様子がうかがわれる。

ここにさまざま記された紫式部のわる口は、女房たちが実際にそれらをあれこれ言ったものというよりは、式部自身が自分の性格をこのようなものとして自覚し、また他人からこうな風に思われ言われているに違いない、と認めていたものである。しかしその内心をもて隠して「おいらけ者」を演じていた。もっとも、最初はこんな風に

「おいらけ者」と見下げられることには抵抗がありましたが、こう思われることこそがわが意図するところだと、自分でもひたすらその「おいらけ者」を意識して演じ続けていますうちに、その有様を見た中宮も、「そなたは、他人にすっかりうち解けて接することなどなかろうと思っていたが、古くからの女房たちよりもずっと親しくなったこと」と、仰せあそばす時々があります、というのである。それにしても、嫌な女のあれこれのイメージをこれほどに書き連ねているのは、式部には日ごろから己の性格を絶えず内省するところがあり、自分でも気にしていたのであろうが、ここではやや自虐的に書いているように思われる。

Cの「おいらけ者」は他に用例の捜せない語で、その前の「あやしきまでおいらか」だと言われたとある「おいらか」の語から思いついた、式部独自の造語であろう。よくいえば「穏やかでおっとりとした人」ということになるが、ここは「見おとされにける」といっているように、「心身の働きの鈍いぼんやり者」という悪口である。初めて女房として出仕するに際して、あらかじめ式部は「おいらけ者」を演じようと決めていて、それが功を奏したというのである。このことはまた当然ながら、式部がこの日記を書くに際しても、日記を読むであろう人に対して自分をこう見せたい、こう思わせようと慎重に考えて演技し演出しているところが多くあることを思わせる。人が自分自身のことを書くときには、無意識のうちにもこうありたいと考える自分へと読む人を誘導しようとするのは避けられないが、式部にはそれを十分に計算し意識してなしているところがあった。式部の自己について記すところが式部の実態であり、真実であるとはかぎらない。書いていることに偽りはないにしても、その奥には書かないでいることもさらに多いのである。

次の傍線部Dも、「くせぐせしく」は誰のことをいったものか、「恥ぢられ奉る」の対象は誰か、など議論の多いところである。「奉る」は重い敬語であるから、この文脈では同僚の女房などに用いることはなく、中宮など主家の人を考えているのであろうか。しかしそんな身分の人に対して、「くせぐせしく」というあらわな否定的な語、

「やさしだち〈意識シテ優雅ニフルマオウトスル〉」のような非難めいた語を用いることはしないであろうから、やはりこの「くせぐせしく、やさしだち」は、前に記していた「いと艶に恥づかしく、人見えにくげに、そばそばしきさま」という自分への世評をいわば言い換えたものであり、式部自身のことをいっているとすべきである。「恥ぢられ奉る」の主語も式部である。つまりこの一文は、「私は、人々に角《かど》のある接し方をし、優雅ぶってふるまうことで、同僚は勿論、私が恥ずかしいとお思いもうしている方〈中宮ヤ倫子〉にも顔を背けられずにいたいものです」といったものなのである。そういう文脈であると考えてこそ、次の「様よう、すべて人はおいらかに」への続き方もなめらかになるであろう。

式部は自分でも、他人から見ると、「くせぐせしく、やさしだ」つと思われるところのあるのをよく自覚していた。初めて接する人にはつき合いにくい人だと感じさせるところがあると思っていた。たぶん実際にもそんな性格だったのであろうが、それとともにこの人には、人の何気ないふるまいや言うことに対しても、常に慎重に細かく商量して対応しようとするために、すぐには反応せずに返答に間をおいたり、是非を言いよどんだりすることがあったりして、それが相手には「おいらけ者」と思われることにもなったのであろう。

【中宮彰子と紫式部】

中宮彰子は寛弘四年（一〇〇七）には二十歳になっていた。しかし、十三歳で中宮になって以来長らく妊娠の気配はなく、彰子は一家の期待の重圧を感じながら暮らしていたのである。彰子に皇子の生まれないことにあせっていた父道長は、彰子に皇子出産がないと、皇后定子の産んだ第一皇子敦康《あつやす》親王が次の皇太子に定まることになるのをおそれて、長保二年（一〇〇〇）十二月に定子が崩御すると、翌三年秋には敦康を彰子の御所の飛香《ひぎょう》舎《しゃ》〈藤壺〉に引き取らせて、著袴《ちゃっこ》の儀式などもそこで行い〈権記・長保三年十一月十三日〉、彰子に母儀のような形で養育させていた。また長保四年六月七日には、道長はしばらく敦康を自邸に移している（権記）。長保五年十月、二年前に焼失した内裏の再建が成り、八日に一条帝や中宮彰子は新造内裏に還御したが、敦康はなお道長邸に留まっていて、二十六日になりやっと母方の叔父隆家の屋敷に移った。隆家邸に出た詳しい事情は不明であるが、やはり外戚の強い絆は無視できず、道長も敦康が隆家邸に移るのを阻止できなかったのであろう。敦康が新造内裏に還り、道長やその妻倫子に迎えられて彰子の御在所藤壺の東庇に入ったのは、ようやく翌寛弘元年正月十七日のことであった（御堂関白記）。道長は、敦康親王が東宮に立つことになる場合に備えて、敦康を彰子の手許に置くことで、外戚の伊周や隆家らの影響力を削ぎ、自分が敦康の第一の後見者としての立場にあることを世に知らしめ、執政の地位を維持しようと考えていたのであろう。

紫式部が中宮に仕えるようになった寛弘四年ごろには、二十歳になった彰子はようやくこの世の物事にも分別のつく年齢になり、やがては皇子出産を期待できるほどに成熟してきていた。しかし、一条帝は寵愛した皇后定子が亡くなると、その遺児敦康への愛情が、親王の成長とともにいよいよ深くなってゆき、皇子を持たない道長一家には非常な緊張の毎日であった。紫式部が中宮彰子に仕えることになったのはそんな時期である。そして紫式部日記は、ようやく彰子が妊娠したことにより、中宮一家は大きな安堵とともにやがて来たるさらなる繁栄を期待して、よろこびに包まれている様子から書き始められている。

式部が中宮彰子のもとに出仕したとき、彰子もまた式部が気むずかしく高慢なところのある女にちがいないとの噂を聞いていたらしい。ところが中宮は、「きっとそなたは、素直にうち解けた態度を見せたりはしないだろうと思っていたが、他の人々よりもずっと親密になったこと」、と仰せになることが「折々」にあったという。源氏物語を読んでいた中宮は式部に関心をもち、出仕したばかりの式部と二人だけでいろいろ話すこともあったのである。中宮と式部には性格に似た傾向があったらしい。中宮の内裏還御に際しての冊子作りのときにも、それを知った道長が高級な料紙や筆・墨さらには硯までをもってきたのを、中宮が式部に与えたので、道長は「物の奥《く》にて（中宮ニ）向かひさぶらひて、かかるわざしいづ」と文句を言ったという。この言い方からすれば、中宮と式部が二人だけでたびたび親しくいろいろ話をしているのは、道長にまで聞こえていたのである。

彰子は穏やで慎重な人柄であったらしいから、才気をひけらかすような女房はあまり好まなかった。人々の噂から式部もそんな女かと思っていたのに、実際に式部がやってきて身近に召して見ていると、意外に控えめでおとなしそうな人柄に見えたので、好意をおぼえて親しく接するようになり、夜にも夜居の役を勤める大納言や小少将の君などと共に傍らに召して話をするまでになった。そうした夜居のお伽の役もまた高級女房の重要な職務であった。式部はその他にもどのような職務を勤めていたのであろうか。

【中宮に新楽府を進講】

中宮彰子が里邸の土御門殿に滞在していた寛弘五年夏ごろからのでき事を書いている日記には次の記事がある。一条帝が人に源氏物語を読ませて聞いていて、この作者は日本紀を読んだに違いないと感心した、という記事に続くものである。

読みし書《ふみ》（ソレマデ読ンデイタ漢籍）などいひけむもの、目にもとどめずなりて侍りしに、いよいよかかること（左衛門内侍ガ「日本紀ノ御局」トアダ名ヲツケタコト）聞き侍りしかば、いかに人も伝へ聞きてにくむらんと恥づかしさに、御屏風の上《かみ》に書きたる言《こと》をだに読まぬ顔をし侍りしを、宮の御前《おまへ》にて『文集《もんじふ》（白氏文集）』の所々読ませ給ひなどして、さるさまのこと知ろしめさせまほしげにおぼいたりしかば、いと忍びて人のさぶらはぬ物の隙々《ひまひま》に、一昨年《おととし》（寛弘四年カ）の夏ごろより、『楽府《がふ》』といふ書《ふみ》二巻をぞ、しどけなながら教へたてきこえさせて侍る、隠し侍り。宮も忍びさせ給ひしかど、殿も内《うち》（一条帝）も気色を知らせ給ひて、御書《ふみ》ども

（幾種モノ漢籍）をめでたう書かせ給ひてぞ、殿は（中宮ニ）奉らせ給ふ。まことにかう読ませ給ひなどすること、はたかの物言ひの内侍（左衛門）はえ聞かざるべし。知りたらば、いかにそしり侍らむものと、すべて世の中ことわざしげく、憂きものに侍りけり。

中宮は里居のつれづれに、手許にあった白氏文集の所々を式部に読み上げさせ聞くことがあった。この時期になると白氏文集は貴族男女の読むべき必須の教養書と考えられていたから、中宮も身近に備えていたのであろう。中宮は文集に興味をもち、さらに白詩などを読みたがっている様子だったので、式部は人に知られないよう配慮しながら、『新楽府』二巻を講義することにした。当時は文集のうちの「新楽府」二巻は独立して行われていたのである。「楽府といふ書二巻をぞ」とあり、しかも「一昨年の夏」から続けていたというのであるから、新楽府の所々を拾い読みするのではなく、二巻五十首すべてを講義する予定で始めたのである。「教へたて」の語にも式部の強い意気込みが認められる。

白居易の新楽府は、古く漢代に行われていた「楽府（詩ノ型式名）」にならって、天下の治政の乱脈や世相の退廃を諷刺批判して天子に諫言し、その改革を求めた風諭詩であり、楽天自身が自己の数多い詩文の中でも特に誇りにしていた作品であった。式部が彰子に講義しようとしたのは、文集のうちでも当時人々にもてはやされていた「感傷詩」の類ではなくて、こうした天子への風諫をめざした、漢文学の正統理念を受け継ぐ新楽府だったのである。新楽府を選んだのは式部の判断によるものか、それとも中宮の希望であったのかは不明であるが、時に中宮はまだ二十歳ばかりであったことから考えると、やはり式部の見識によって選ばれたものとすべきであろう。

これは中宮彰子という人の評価にも大きく関わる問題である。彰子もまた式部のその新楽府の講義に応えるだけの十分な知的好奇心と意欲をもち、中宮の地位にある自分は治世にも心すべきであることを自覚していたことを示す。これまで一般には清少納言が枕草子に描いた、利発で明るく思慮深い皇后定子というイメージに対して、紫式部日記や栄花物語などに描かれている様子から、中宮彰子は物静かでおっとりとしたお姫様というイメージをもたれているところがあるが、この新楽府講読の一事だけからしても、彰子は決してそんなひ弱な姫君ではなかった。彰子自身も主体的に、中宮という立場の自分はそうした漢籍の素養をも身につけて、天皇と共に治世にも心がけるべき身だと考えていたのである。

中宮への新楽府進講のことは、密かに行われていたが道長や一条帝にまで聞こえて、道長はわざわざその他の種々の漢籍を新しく能書の人に書写させて、中宮に奉ったという。道長も彰子のそうした漢籍を読もうとする意欲をよろこび、他の漢籍などを奉ることでさらなる勉学を奨励したのである。このようにして式部の進講のことが天皇にまで聞こえていたとすれば、道長も式部を単なる中宮の私的侍女という扱いでおくことはできなかったであろう。中宮には「学士」「侍読」といった学問を教える官職の侍臣は置かれていなかったが、こうして中宮侍読の役を勤めている式部には、中宮の権威ということからしても少なくとも五位の命婦といった身分が与えられていたであろう。というよりもむしろ、式部は既に命婦の身分であったからこそ中宮への進講のことも黙認されていたのだとも考えられる。やはり、中宮という地位にある人に継続的に「教へたて」るようなことは、いくら内輪の場で密かになされていたとはいえ、単なる女房の身分ではできなかったのではなかろうか。

第五章　現世出離の希いと世俗執着

紫式部日記は、出産をひかえた中宮彰子の側近くに仕えることになった式部の、「憂き世のなぐさめには、かかる御前《まへ》をこそ尋ね参るべかりけれ、とうつし心をばひき違へ、たとしへなくよろづ忘らるるも、かつはあやし」と自省する心から書き始められている。自己の身を置く現世を「憂き世」と見なすのは、この時期の世の風潮というべきものになっていて、式部に限らず当時の人々一般が常に口にしていたのである。ただし式部の場合には、このめでたい中宮の傍らに身を置いていると、現世を日ごろ「憂き世」と観じているはずの自分の「うつし心」がつい忘れられてしまう、わが心ながら不思議なことだというのであり、俗世をすぐに一方的には否定していない。中宮御所での生活には時としてこれが「憂き世」であることを忘れさせるものがある、というのである。式部にとって、それがどれほどに実感であったのかについての判断は難しいが、中宮女房として主人の世界を否定的に書くことはできない、というたてまえからだけではなしに、やはり式部は中宮での自身の生活に心を慰められることも多くあったらしいのである。

この日記を書いている式部の立場は、現世は「憂き世」であり、いつかは出離すべきものなのだとの意識とともに、しかし自己の現実はその世俗の生活に執着し、そのささやかなよろこびにも心を慰められたりすることもあって、現世の生活を棄てきれずにいる、という思いとの二つのあり方の間をたゆたっている。これは前述した式部の「身」と「心」の対立葛藤の意識とも同種のあり方であり、この日記の基調ともなっているものなのである。式部の書いた源氏物語においても、主人公の光源氏や薫は、絶えず現世出離の思いを口ばしりながらも、みずからの現世的なものへの執心とともに、妻子や家族など世俗の絆にもつながれて、いつまでも俗世にさまよっている、という姿として描かれている。式部は世俗生活のどんな物事に執しているのであろうか。

【思ひかけたりし心、現世執着】

紫式部日記の冒頭には、まさにいま栄花の頂点に昇ろうとしている中宮彰子に仕えて、めでたさの限りを尽くした土御門殿での主家の繁栄のさまを目にしながら、それをも現世の仮相と見ようとする「うつし心」をいだく式部が記されていた。自己の身を置く中宮の世界には同化しきれず、やや距離を置いてそれを眺めてしまうという式部のこのあり方は、この日記に繰り返し記されている。

寛弘五年九月、中宮彰子は一家の待望していた皇子を無事に出産した。これにより一家の前途の繁栄はさしあたって確保されたのである。そして翌十月十六日には一条帝の土御門殿行幸のことも決まり、その準備によろこび騒いでいる主家の人々のさまを眺めながら、式部は心の内で次のように思っていたという。

行幸近くなりぬとて、殿の内をいよいよ造りみがかせ給ふ。世におもしろき菊の根を尋ねつつ掘りて参る。色々移ろひたるも、黄なるが見所あるも、さまざまに植ゑたてたるも、朝霧の絶え間に見渡したるは、げに老いもしぞきぬべき心地するに、なぞや、Aまして、思ふことの少しもなのめなる身（底本「事」、諸本ニヨリ改訂）ならましかば、好き好きしくももてなし、若やぎて、常なき世をも過ぐしてまし、Bめでたきことおもしろきことを見聞くにつけても、ただ思ひかけたりし心の引くかたのみ強くて、もの憂く、思はずに嘆かしきことのまさるぞいと苦しき。いかで今はなほ物忘れしなん、思ひ甲斐もなし、罪も深《ふか》かんなり（底本「ふかくなり」）など、明けたてばうちながめて、水鳥どもの思ふこと無げに遊びあへるを見る。

水鳥を水の上とやよそに見ん我も浮きたる世を過ごしつつ

かれもさこそ心をやりて遊ぶと見ゆれど、身はいと苦しかんなり、と思ひよそへらる。

ここの一段には傍線部AやBなどのような難解な記述があって、論議の多いところであるが、この部分は紫式部という作家の本質にも大きく関わるあり方が示されている、と認められるものなのである。(94)

まずAは、「どうしたことか（ソンナ気分ニハナレズニ、今ヨリモ）自分の願っていることがもう少しだけでも何とかなっている身であるのならば」というのである。通説ではこれを、「自分が物思いのいますこしでも人並みに軽い身の上でもあったならば（新釈）」といった方向にほぼ解している。つまり、「まして」は「少しもなのめなる身（物思イノ少ナイ身）」にかかるとし、「思ふこと」は「物思ひ」をすることであり、この世を憂きものと思い煩うことだ、などと解して、その物思いがいま少し軽ければそれを押さえ込んで、若やかにふるまおうものを、といったものと考えるのである。しかしながら「思ふこと」を「物思ひ」と解するには、この文脈ではさらに何らかの限定する語が必要であろう。「思ふこと」は「物思ひ」をすることと同じではない。一般に「物思ひ」の語は何かを思い煩うこと、何かについての苦悩心痛などの負の感情をいう語であり、何かに悩み苦しむことをいうが、単に「思ふこと」の場合には次の例からも知られるように、むしろ自己が積極的に希求し願望している物事をいう場合に多く用いられる語なのである。

1　禊ぎつつ思ふことをぞ祈りつるやほよろづよの神のまにまに　（伊勢集・八二）

2　思ふことなるといふなる鈴鹿山こえてうれしきさかひとぞ聞く　（拾遺集・四九四）

3　思ふこと心にかなふ身なりせば秋の別れを深く知らまし　（更級日記）

4 （明石入道ハ）思ふこと、かつがつかなひぬる心地して、涼しう思ひゐたるに、（源氏物語・明石）

これらの例からもわかるように、「思ふ」の内容が特に明示されずに用いられた「思ふこと」は、何かを希い求めることをいうのが普通なのである。

さらにまた「なのめなる」の語についても、通説にいうごとく「人並みの」といった説明はこの場合には適切でないと思われる。

とあればかかり、あふさきるさにて、なのめにさてもありぬべき人の少なきを、（源氏物語・帚木）

かくあたらしき（宇治ノ大君ノ）御有様を、なのめなる際の人の見奉り給はましかば、いかに口惜しからまし。（源氏物語・総角）

などの用例からしても、一般に「なのめなる」の語は、ある基準に照らしてみていまだ不十分なあり方であることをいうものであり、目安とするところにまでは到り得ていないけれども、かろうじて許容できるさまや程度であることをいうものなのである。「まして」の語も論理的に「少しもなのめなる」にはつづき得ないであろう。したがって、傍線Aは前掲の更級日記や源氏物語の例などを参照して、「（もし自分の）望み求めていることが不十分ながらもある程度かなえられている身であったならば、もっと若やいでふるまうこともしようものを」と解すべき文脈なのである。次の「好き好きしくももてなし」は、ここはやはり男女関係についていったもので、男たちに対して意識して色めかしくふるまったりすること、親しげに愛想よく接したりすることである。

つまりこの一節は、自分の願っていることがもう少しだけでも心にかなっている身であったならば、他の女房たちのようにいまより若々しくふるまって、いつどうなるやもわからぬこの無常の世を過ごしていこうものを、と思うけれども（少しも願いがかなっていないので）、何を見聞きしてもすぐに「思ひかけたりし心（日ごろ心にかかっている願望）」の実現しない口惜しさがつのってきて、意に染まず気が重くなり、ため息ばかりが多く出て来る有様で、ほんとにつらいことだ、というのである。

このようにして、「思ふこと」が式部の願い求めていることをいう語であるとすれば、「思ひかけたりし心」もまた同じく、長らく式部の強く希求してきたことをいうと考えられる。もしこの式部の「思ひかけたりし心」が、出家への願望やこの世を深く憂きものと思うことであるのならば、それに続く「思はずに嘆かしきことのまさるぞいと苦しき」とか、「いかで今はなほ物忘れしなむ、思ひ甲斐もなし、罪も深かんなり」という方向の文脈になるはずがない。厭世の思いを強くすることがどうして「罪も深かり」ということになったりしようか。「思ひかけたりし心」が世俗的な願望欲求であり、現世執着の心であるからこそ、それらを忘れたいと思い、いくら希い求めても「思ひ甲斐」のないことであるし、いよいよ現世執着の罪も深い、ということになるのであろう。要するに「思ひかけたりし心」は、出家入道の願いなどではなく、やはり式部の心の奥底深くにある強い世俗的なものへの願望、現世執着の心なのである。

勿論その一方では、式部は出家遁世の願いを強くもっていたことも明らかであり、それは日記の中でも繰り返し記されている。しかしそれとともにまた、現世に執着する心をも棄てきれないでいることについても多く記している。だからこそためらい迷うのである。ただし式部は、自己の執している現世的なものが何なのかについては、具体的に述べることを注意深く避けて、慎重にかすかにほのめかすにとどめている。「思ひかけたりし心」のような自己の内面深くにある現世的な願望についてだけではなく、自分の見聞した中宮一家の内部事情や、自分の親兄弟ら家族の社会的立場など現実生活に関係するような事柄についても、具体的に記すことはほとんどしない。そこには、この日記が他人に読まれることを考えての配慮もあるらしいが、それならばそんな事柄に一切ふれなければよいと思われるのに、時には踏み込んで一言書き添えることがある。それを、わざわざ書く必然性の乏しい文脈であるにもかかわらず書き加えて、しかも詳しく述べることはしないのである。たとえば、前記の水鳥の段の直前には、唐突に次の一文が置かれている。

中務の宮（具平親王《ともひら》）わたりの御ことを（道長ハ）御心に入れて、（私ヲ）そなたの心寄せある人とおぼして語らはせ給ふも、まことに心の内は思ひゐたること多かり。

ここでも式部の「心の内は思ひゐたること」の具体的な内容はわざと記されない。道長が式部を「そなたの心寄せある人」と考えたのは、前述のごとく父為時が早くから具平親王家の「旧僕」であったこと、伯父為頼は親王家に出入りし、為頼男の伊祐《これすけ》は親王の落胤頼成《よりなり》を養子にしていたこと（権記・寛弘八年正月「八日」）などにより、式部一家が親王家と近いことはよく知られていたからであろう。道長が式部に「語ら」ったのは、通説のいうように、そのころ道長の意図していたらしい具平女の隆姫《たかひめ》と道長長男の頼通《よりみち》との婚姻に関することなどであろう。道長が語らってくるのに対して、「まことに心の内は思ひゐたること多かり」と記したところには、うまく式部を取り込もうとしてくる道長と、それを素直に受け入れることには気が進まなかったらしい式部の姿勢をうかがうことまではできるが、それ以上のことはこの一文からは一切判らない。主家や道長に対しても、必ずしも常に同調していたわけではなかったことを示す意図もあるのかもしれないが、読む側にはすこぶるいらだたしい書き方なのである。

この記事のすぐあと、十月十六日には盛大な土御門殿行幸があった。そして新生皇子敦成には親王宣下のことがあり、その翌十七日には新しい親王家の職事や家司などが定められたが、それについても式部は次のように短く一言のみ記している。

その日（十七日）、宮の家司、別当、御許人《おもとびと》など、職《しき》さだまりけり。かねても聞かで、ねたきこと多かり。

若宮の家司や別当に定められたのは権中納言藤原斉信《ただのぶ》以下二十名で、その中には宰相の君の夫の大江清通《きよみち》、宮の内侍の夫藤原惟憲《これのり》、惟憲の弟で中務の君の夫藤原泰通《やすみち》、宮の内侍藤原美子の前夫源高雅《たかまさ》、赤染衛門の息子の大江挙周《たかちか》、藤原有国《ありくに》男で橘三位徳子腹の資業《すけなり》など、式部の周辺の多くの女房たちの夫や子や縁者たちが補せられたのに（御産部類記・不知記）、式部の兄惟規《のぶのり》や近親者はその中に入っていない。「ねたきこと」はそれに関わっての不満な思いを述べたものであろう。(95)

ここに「御許人」とあるのは、御堂関白記に「侍者」として記されている主殿亮《とのもりのすけ》藤原定輔《さだすけ》、玄蕃亮《げんばのすけ》源為善《ためよし》、少内記藤原隆佐《たかすけ》、左兵衛少尉藤原国経《くにつね》のことであろうか。このうちの隆佐は式部の亡夫宣孝の子ではあるが、宣孝の北方の朝成女腹であり、もともと式部とは親しい関係ではなかった。日記にいう「御許人」については、

イ　前々斎宮御許人故美濃御乃孫　（平安遺文二六五号・天暦七年二月十一日・伊勢国近長谷寺資財帳）

ロ　前の和泉守源の順の朝臣なむ、公の梨壺のは名五人がうちに召され、宮にはおもと人は（「八」カ）人うちに侍ひし人なり。　（二十巻本歌合・天延三年八月二十日・女四宮歌合）

ハ　伊勢のいつきの宮（斎宮規子内親王）……御簾の内にさぶらふおもと人、御階《みはし》のもとに参る。まうち君たちに歌よませ、遊びせさせ給ふ。　（源順集・一六三）

などの例からすれば、高貴な主に近侍する男女房をいう語なのである。

こうした若宮家の人事について、「かねても聞かで」といっているところからすると、やはり式部もまた伝手を求めて近親者の登用を依頼したり、様子を探っていたことを思わせる。ここでも式部はまた「ねたきこと多かり」と思わせぶりな一言を記すだけで、詳しくはいわない。しかし、この短い一文をわざわざ記したのは、どうしても「ねたきこと多かり」と書かずにはいられないほどの強い執念や口惜しさが、日記を書いている時点でもなお残っていたからであろう。

式部は出家遁世の願いを繰り返して書いているけれども、だからといって現世的な物事には淡泊な人であったわけではなく、こうした若宮の家司の人事問題などについてもただじっと傍観していたという人でもなかった。それは、式部に限らず当時の貴族女性たち誰しものもつ生活者としてのたくましさというべきものであり、式部も同時

代人としてそれを十分に共有していた。式部自身が時たま口にしているような、現世的な生き方からは降りてしまっていた人、というわけでは決してなかったのである。式部の書き記す出家遁世の思いは、それはそれとして偽りではないにしてしも、しかし式部の心はひたすら出家入道をめざしているというわけではなく、現世への執心との間で揺れてもいるし迷ってもいる。ここの式部の「思ひかけたりし心」は、やはり現世的なものを強く求め続けてきた、そしていまもなお棄てきれない心であると私は考える。

【出家をためらう心】

式部は、普通の人たちであれば、あるところで諦めたりくじけたりしてしまう「思ふこと」や「思ひかけたりし心」を、心底深く強固に持ち続けて世を過ごしながらも、またその一方では、やはり慕ってくる出家願望を意識することにより、現世に執着するそんな自己を相対化して見る視点を持っていた。一つの道を決然と選ぶこと、他を思い切り一つを選んだからにはひたすらその道をつき進む、というのは式部の思考法ではなかった。迷いためらうことを繰り返し、歩みかけてもまた立ち止まっては振り返り、行く手の不安困難を思いやってたたずんでしまう、という人であった。

例えば、次のように出家の決意をきっぱりと記すことがあっても、すぐさまそれに続けてさまざまな保留を付け足すことにより、決意の勢いがそがれてしまう、ということになる。しかしながら、出家入道のような一生の重大事に際して、迷いためらわない人などいるであろうか。そうした躊躇・不徹底は凡夫の誰しものことであるけれども、式部はその迷いにおいても執拗なのである。この日記のもつ重要な意味の一つは、その迷い続ける心を率直に繰り返し書き記しているところにある。それこそがこの人の作家としての誠実さであった。当時の人としてやはりこれは希有のことなのである。

> いかに（ドウデアロウカ）、いまは言忌《ことい》み（出家ヲ口ニスルノヲ慎ム）し侍らじ。人、と云ふともかく云ふとも、ただ阿弥陀仏《ほとけ》にたゆみなく経を習ひ侍らむ。世の厭《いと》はしきことはすべて露ばかり心もとまらずなりにて侍れば、聖《ひじり》にならむに懈怠《けたい》すべうも侍らず。（シカシ、コノ世ヲ）ただひたみちに背きても、（阿弥陀来迎ノ）雲に乗らぬほどのたゆたふべきやうなん侍るべかなる。それにやすらひ侍るなり。齢《とし》もはたよきほどになりもてまかる。いたうこれより老いほれて、はた目暗うて経読まず、心もいとどたゆさまさり侍らんものを。心深き人まねのやうに侍れど、いまはただかかる方《かた》のことをぞ思ひ給ふる。それ（ソレニシテモ、私ノヨウニ）罪深き人はまたかならずしも（キット、往生ハ）かなひ侍らじ。前《さき》の世知らるることのみ多う侍れば、よろづにつけてぞかなしく侍る。

この一節も文脈が屈折していてわかりにくい。「言忌み」は、普通には不吉な言葉を口に出すのをひかえることであるが、ここは仏道修行に入る決意をためらわずに言おう、というのであろう。これに続いて「人、といふともかくいふとも」とあり、尼になると表明すれば、出家後の生活や娘のことはどうするのだ、などといさめる人もいる。この時期になると人々は一般に出家志向をもち、日々の仏道修行を当然とする風潮がつよくなってきてはいたが、やはり実際に俗世を捨てて尼になることはたやすいことではなかったに違いない。ここでは「聖にならむに懈怠すべうも侍らず」といい、俗世のことは「露ばかり心もとまらずなりにて侍れば」などとも言っている。式部も時には言葉の勢いに乗ってついこんなことも言ってしまう人なのである。だが、やはり聖になる決意を固めるまでの過程にも、さまざまの障害のあることは十分に知っている。さらにまた尼に姿を変えたとしても、次に「雲に乗らぬほどのたゆたふべきやうなん侍る」と記していて、心底から仏道修行に専念しても極楽往生の資格を得るまでには、さらにその先に長い過程のあることをもよく知っていた。尼に姿を変えたからといって、心までもがすぐにそれに順応して一変し、やすらかに尼生活を受け入れられるわけではないのだ。尼になってからもなお続く修行生活の辛苦については、式部も源氏物語の手習巻の浮舟のあやうげな姿に描いている。

式部はもともと世俗生活に強く執心している人であり、またすぐれた想像力をもつ資質の人であったから、出家を実行するまでのしがらみをあれこれ考えるだけではなく、さらに尼になってから後の修行生活のさまざまの厳しさをも、人よりも細かく具体的に考えてしまうので、一層決心が付きにくいのである。しかし、これよりさらに齢を重ねると身体も衰えてゆくし意思力も弱り、いよいよ出家に向けての準備もできにくくなる。このあたりが潮時かと思うものの、またもやためらう心が起こってくる。

仏教でいう「罪」は、自己が成仏するのに妨げとなる行為、それにより苦の報いを受ける言動をいう。本来仏教は自己救済を第一にめざす教えであったから、「罪」もまたその自己救済の妨げになる心や行為をいうのであり、現世的な生活への「執着」という意思・行為は成道を妨げる第一の罪障であった。式部が自己を「罪深き人」とするのは、自己の現世的な物事への執着が強く深いことをよく自覚していたからなのである。ここの「かならずしも」は、現代語のように部分否定ではなく全面否定である。こんなにも現世にひかれている心を無理にふり切って尼になったとしても、おそらく自分のような者には往生の願いはかなわないであろう、これは前世における自分の宿縁の拙さによるのだ、とさまざまな場で思い当たることが多い。宿世は人間にはどうしようもないものであるにしても、やはりこのつらい宿世をもつわが身が何事につけても哀しくてなりません、というのである。尼になりひたすら修行に勤めたとしても、俗世への執の強さにより成仏できそうにないわが身なのだと考えてしまう、というのである。式部がたやすく出家には踏み切れず、ぐずぐずと躊躇しているのは、一つにはそのためであった。

式部のこうした自己認識、自己の罪障の深さの自覚は、やがて後の法然や親鸞らのさらに深化された認識へとつながってゆくものであり、そのもっとも早い姿ということができる。迫ってくる老年を前にして、式部はなお現世執心により出家を躊躇する心を記しているが、二十三歳の若さで決然と出家した西行も、吉野の奥山の庵などで独り人恋しさ都なつかしさの思いを歌に詠み続けている。芸術的な感受性はヒューマニズムにもとづくものであるから、式部のような人はたやすく世俗を棄てて彼岸には渡れないのである。

式部やこの時期の人々が、なぜにそれほど出家志向を強くしてきたのかを説明することは容易でないが、やはりその大きな要因の一つは、十世紀に入って人々の内面が格段に豊かになり深まってきたことにあると考えられる。和歌によりきたえられた和語の発達は多くの物語を創り、日記文学という新しいジャンルを生み出した。文字言語の発達は思考を緻密にし、この世の物事についての認識を深める。この時期になってやっと一般の人々も、仏教の深遠な教理を理解し共感し始めるようになってきたらしいのである。仏説にいう「四苦」のうちの「生苦」はともかくとして、「老苦」「病苦」「死苦」は日常的感覚的に強く実感していたはずのものであったし、さらに「愛別離《あいべつり》苦《く》」「怨憎会苦《おんぞうえく》」「求不得苦《ぐふとくく》」などの「苦」についても深く認識し感知するようになってきた。「求めて得られぬ苦」は、まさに式部の実感していたはずの苦である。人が生きて行くことに本質的不可避的にともなっているそうした「苦」をのがれ超越するすべは、当時の人々にとって仏教の説く出家以外にはなかった。俗世の生活にもささやかなよろこびや小さなたのしみはあるにしても、この世はこんなものかとわかりかけてきた式部の年齢にもなれば、心残りのこともさほどに多くはなかったであろう。式部や人々の出家志向の高まりを敢えて粗雑に説明するならば、そういうことになるかと思われる。

【紫式部日記の成立時期】

式部はこのように自己の現世執着の罪障の深さを自覚し、自分の出家や成仏に懐疑的な心をもっていたことだけではなく、それをこんな形で書き記したことにはどういう意図があるのであろうか。自己の内面をこれほどまでに深く書き記したこの日記は、一体何のために書かれたのか、誰に読ませるつもりで書かれたのであろうか。

従来これについては、日記の記事の主体となっている一つが中宮彰子の皇子出産の経過であることから、主家の重要事の中宮御産についての記録を作成しておくようにと、道長などから命ぜられて書き記したものだといった説明が多くなされている。中宮の出産記録は、現存する『御産部類記』などからもうかがわれるように、宮廷の外記日記や男性たちの家々の日記にも詳しく記録されているはずのものであるが、それらとは別の型式の、中宮の身近に仕える女房の立場からする仮名日記が求められたのだ、などといわれている。しかしながら、この日記にはそうした公的な女房日記としての性格も認められなくはないが、現存日記を読む限りは、むしろ中宮御産というでき事はいわば素材であり、この日記の叙述の基調は中宮御産の場に身を置いた式部自身の私的な感慨の表白や、自己表出の方にあるというべき性格が強い。客観的なでき事を記述した記録というよりは、私的な身の上を記した他の女性の日記とも共通する自己表出の姿勢が顕著に認められるのである。

この日記にそうした性格をもたらしているものには、客観的なでき事を記述しながらも、そこに筆者の主観を強く表出するこの作品の叙述方法があるが、さらにいま一つ、この日記には誰かある特定の個人にあてて書いた手紙ではないかと考えられる、所謂消息文と呼ばれているものがふくまれていることにもよる。この日記の成立事情を考えるには、消息文は誰にあてて書かれたものなのか、それがどういう事情で日記の中に入り込んだのか、などの解明困難な問題が介在している。さらにその上に、栄花物語初花巻にはこの日記に依拠して書かれたことの明らかな長文の記事がふくまれていて、この栄花の拠った記事が現存日記と同じものなのか、それとも「原紫式部日記」とでもいうべき現存日記の前段階の日記があって、栄花はそれに拠ったものなのかなどの問題があり、この日記の成立事情の解明を一層複雑で困難なものにしている。

現存日記は寛弘七年正月の記事で終わっている。その後にも記事があったのが欠落した可能性もあるが、少なくとも現存日記ができあがったのはそれ以後である。ただし、この日記は毎日のでき事をその日その日に書いていったというのではなく、後のある時点において自分のメモや記録などを参照しながら、でき事をふり返って書いたものである。その点でも他の女性日記と同様の性格をもっている。さらにまたこの日記全体は一回的に書き上げられたものではなく、自分のメモや他人の記録などを見ながら、幾度かに分けて書き継いでいったものらしい。それは前後に文脈がなめらかに続いていていない、次のような断片的な記事のままあることからも考えられる。

　播磨守、碁の負態《まけわざ》しける日、あからさまにまかでて、のちにぞ御盤のさまなど見給へしかば、花足《けそく》などゆゑゆゑしくて、州浜《すはま》のほとりの水に書きまぜたり。

　　紀の国のしららの浜に拾ふてふこの石こそはいはほともなれ

　扇どもも《の（群書類従本）》をかしきを、そのころは人々持《も》たり

この一段はすこぶる説明不足で、この碁の遊びがいつ誰によって行われたものかも記さずに、負態に用いられた州浜に載せた御盤のことだけを書いている。「扇ども」の記述も唐突であり、「そのころ」がいつのことなのかも曖昧である。こうした説明不足の一つは、ここの碁の負態が全注釈の指摘のごとく、当時の人々にはよく知られていた天禄四年五月の円融院と資子内親王の「乱碁《らんご》」の勝態・負態をふまえた行事だったからで、ここの州浜にはつぐない物の豪華な扇どもが置かれていたのかもしれない。「紀の国の」の歌は、「天禄三年五月資子内親王家歌合　詠み人知らず　心あてにしららの浜にひろふ石のいはほとならん世をしこそ待て（夫木抄・一〇二〇九）」と見えるものを本歌にして詠んだ歌だとされているが、その資子内親王家歌合の歌が書きまぜられていたのであれば、「そのころ」の指すのが円融院のころだとより明確になる。ただし、この本歌の初句「心あてに」は何をいったものか不審であり、あるいは初句を「紀の国の」とする異伝歌があったのかもしれない。要するに、この記事は完成したものとは認められず、式部が後で草稿に書きつけておいたメモなどが取り込まれたものかとも考えられるのである。

この段のいま一つの問題は「播磨守」は誰のことかという点である。これについても通説では藤原有国説が有力

である。いま『国司補任 第四』（宮崎康充編、平成二年、続群書類従完成会）の調査により、記録類に見える当時の播磨守・介を示すと次のごとくである。

寛弘五年
守　藤原行成
権守　藤原有国
権介　滋野善言

寛弘六年
守　藤原行成（三月辞）
守　源道方（三月任）
権守　藤原有国
介　高階明賢（順）
介　平生昌
権介　滋野善言

寛弘七年
守　源道方
権守　藤原有国
権守　藤原懐平

播磨などのように守の遥任の多い国においては実務を行う介が「守」とも称されたことは、源氏物語の空蟬の夫「伊予介」が「かみ」とも呼ばれていることからも知られる。ここの碁の負態が寛弘五年に行われたとして、当時「播磨守」と呼ばれ得る守・介は右の三人である。行成は時に従二位兵部卿・左大弁・皇太后宮権大夫であり、当時の通称は「左大弁（小右記、御堂関白記）」である。従二位参議勘解由長官有国の通称は「勘解由長官（権記、御産部類記・不知記）」、「解由相公（権記）」で、この二人が「播磨守」と呼ばれた例は捜せない。公卿の高官を、他の呼称もあるのにわざわざ卑官の「播磨守」で呼ぶのは当時にあっては考えにくく、ここでは「負態しける日」と敬語の用いられていないことからしても、この二人を当てるのは無理である。権介滋野善言は一条朝初めから長く外記を務めて、寛弘三年正月に大外記主税頭で播磨権介に補され（外記補任）、同六年二月まで権介であった（政事要略・七〇）。善言は外記が本職だったので「大外記」と呼ばれていて、財力の要るこんな負態奉仕などのできる人ではなく、多くはそんな出費に堪えられる富裕な受領の務めるのが普通であった。この三人を「播磨守」に当てることはできない。とすれば、この記事は寛弘五年よりも後に書かれたものであり、その書かれた時点での「播磨守」であったのかもしれない。

翌寛弘六年三月には行成が播磨守をやめて、替わって正四位上宮内卿左中弁源道方が守になった。道方のそのころの通称は「左中弁（小右記、権記）」「頭弁（小右記）」であったから、その道方をわざわざ兼務の地方官の「播磨守」で呼ぶことも考えにくい。この年には中宮彰子や敦成親王の呪詛事件が起こり、その関係者に「播磨介明賢（史料纂集本権記・寛弘六年二月一日）」の名が見えるが、これが高階「明順」の誤りなのは明らかである。明順が当時播磨介であったとすれば、前年の寛弘五年にも介であったことが考えられる。明順は諸国の受領を歴任し、道長の修法に非時を奉仕したことなどもあり、この負態奉仕の可能性も十分に考えられる。ただし栄花物語初花巻には、彰子呪詛事件につき道長が明順を喚んで事情を聞いたところ、「その後やがて心地あしうなりて、五六日ばかりありて死にけり」と見え、梅沢本の勘物には「同事ニ依リ御堂明順ヲ召シ誡ムル事、此事ニ依リ明順即チ卒去、時ニ播磨守也、件ノ人今年三月卒歟」とあって、寛弘六年三月ごろに卒去したらしい。したがって、明順も有力な負態奉仕の候補者ではあるが、式部が中宮呪詛事件をひき起こした高階家の明順のことをわざわざこんな記事に書いたりはしないであろうから、やはり明順は排除すべきである。

次の平生昌は、長保四年十一月九日の直物で備中介に任ぜられ（権記）、寛弘二年十月二十二日の時点でも「備中介」で殿上を聴されているから（権記）、たぶん翌寛弘三年の任期終わりまで務めたのであろう。そのあと寛弘六年三月四日の臨時除目では、式部の父為時が左少弁になったのと同時に「播万生昌（権記）」と播磨介に補された。「播磨守生昌（御堂関白記・寛弘六年八月二十三日）」と記さることもあるが、守は源道方、権守は藤原有国であったから、やはり生昌は介であろう。生昌はかつて皇后定子に仕え、自邸を定子の御所に提供したこともある富裕な人であり、後には道長に近づいて、寛弘五年五月十一日には道長の法華三十講に非時《ひじ》を奉仕している。私は、ここの「播磨守」には平生昌こそがもっともふさわしいと考える。

ただしその場合には、現存日記の人物の呼称がそれぞれのでき事のあった時点でのものであるよりは、この記事を書いている後の時点での呼称の方が行われていることを証明する必要がある。この点は以前からも指摘されているように、「四条大納言」と書かれている藤原公任が大納言になったのは寛弘六年三月であり、「侍従の中納言」と呼ばれている藤原行成が権中納言になったのもやはり寛弘六年三月であった。その他にも、日記に記されている寛弘五年当時ではなく、後の時点における官職による呼称と考えられる例はかなり多いのである。また、碁の負態の記事に続いて次の記事がある。

八月二十余日のほどよりは上達部、殿上人どもさるべきはみな宿直がちにて、橋の上、対の簀子などにみなうたた寝をしつつ、はかなう遊び明かす。……宮の大夫なりのふ、左宰相中将経房、兵衛督、美濃の少将なりまさなどして遊び給ふ夜もあり。

ここの宮の大夫の「なりのふ」は藤原斉信《ただのぶ》、美濃の少将の「なりまさ」は源済政のことと考えられるが、以下の実名注記が後人のものらしいことは、「兵衛督」には実名がなく、また日記によった栄花物語にも実名注記がすべてないことなどからも考えられる。ここの「美濃の少将」は、少将で美濃守を兼官していることからする通称で、例は少ないが「丹波中将雅通（小右記・長和二年七月二十日、今昔物語集・巻一五・四三）」などもある。ここの「美濃の少将」にあてられている源済政は、寛弘五年には「四位右少将」で、寛弘六年四月五日の除目で「左少将」になった（権記・寛弘三年六月二十一日、同六年四月五日）。だが、このでき事のあった寛弘五年の美濃守は源国挙《くにたか》であり（御堂関白記・三月二十二日）、済政ではなかった。『国司補任』には平安遺文一〇八三号の石清水文書を根拠に、寛弘八年条に「美濃守源済政」を挙げているが、この石清水文書は長元八年に源済政が丹波守であったことを示すものであり、何らかの誤解があるらしい。済政の美濃守のことは「前美濃守済政志馬（小右記・長和二年四月二十四日）」と見える。寛弘五年の美濃守源国挙は、寛弘八年には「国挙但馬守、元後院別当、但非殿上（権記・六月二十五日）」と但馬守に移っている。国挙は長和三年においても但馬守であり（小右記・十月二十一日）、長和四年に「前但馬守国挙臥病出家（小右記・四月九日）」と見えるから、国挙は寛弘七年ごろに美濃守をやめて但馬守になり、済政はその後任の美濃守になったと思われる。ここの「美濃の少将」の呼称は済政以外の人をさすことは考えられない。そして済政が「美濃の少将」と呼ばれるのは寛弘七年以後のことなのである。

　このようにして、日記の寛弘五年の記事の中に見えている人物の呼称がその当時の官職名ではなく、後の寛弘七年ごろの官職による呼称が行われているとすれば、人物の呼称はでき事のあった寛弘五年の時点におけるものだとする前提で考えられてきたこれまでの諸注は、再検討すべきなのである。また次のような例もある。

　御湯殿は酉《とり》の時とか。火ともして、宮の下部《しもべ》みどりの衣《きぬ》のうへに白き当色《たうじき》着て、御湯まゐる。その桶《をけ》すゑたる台など、みな白きおほひしたり。をはりのかみちかみつ（栄花物語「をはりのかみちかみつ」ナシ）、宮の侍の長なるなかのぶ来《き》て（栄花物語「かきて」）、御簾のもとに参る。

ここの「をはりのかみちかみつ」についての通説は、「おりへのかみちかみつ」と本文を改訂して「織部正親光」をあてている。その理由の一つは、寛弘五年の尾張守は「ちかみつ」ではなく「尾張守中清《なかきよ》（権記・寛弘五年十一月二十日）」であったことによる。ただしこの時期の尾張守には、長徳三年七月九日の除目で補せられた「尾張守知光（権記）」がいた。知光は寛弘五年十月十七日には春宮大進で敦成親王家の別当になったが（御堂関白記）、寛弘七年三月三十日の除目では再び「尾張守以右衛門佐知光是去年任駿河守、後任右衛門佐、尾張国前任能治内、依任京官任之」と尾張守に補されている（御堂関白記）。この「知光」については、「国用がむすめを藤原知光かまかりさりて（拾遺抄・三五五）」、「くにもちがむすめを、ともみつまかりさりてのち（拾遺集・九一五）」などと見えることからすると、「ともみつ」と訓まれたらしいが、「知」には「チカ」の名乗もあるので、ここの「をはりのかみちかみつ」の可能性がある。当時の実名の訓読には、藤原長能が「ながよし」とも「ながたう」とも呼ばれている例などもあり、固定していないところがあった。つまり、「をはりのかみちかみつ」を寛弘七年以後の呼称だとすれば藤原知光なのである。

このようにして、日記の寛弘五年の記事の官職名による人物呼称には、後の寛弘七年ごろの呼称の例が多くあるとすれば、現存日記の執筆は寛弘七年ごろであったと考えられる。ただし現存日記には、でき事のあった寛弘五年ごろの呼称もあるのをどう説明するのかが難しいが、それには式部のもっていたメモや見た記録類の呼称がそのまま残ってしまったなど、さまざまな事情が想定される(96)。

また、このように寛弘七年ごろの官職による呼称の行われていることは、現存日記が主家に提出された女房日記ではない可能性をも暗示する。中宮御産について求められた女房日記であるとすれば、遅くとも寛弘六年中にはまとめて提出されるであろうし、事件当時の人々の官職によって記録されるであろうから、その点でも現存日記とはかなり異なったものであったはずなのである。人々の官職が寛弘七年の時点での呼称によって表示されていることは、中宮の御産記録として主家に納められたものではないことを示している。

【消息文の問題】

紫式部日記の成立や執筆事情などの解明を困難にしているいま一つの問題は、この日記が誰か知人にやった手紙と考えられる部分、所謂消息文をふくんでいることにある。ただし、現存日記のどの部分が消息文であるかについては諸説がある。つまり、それほどに日記的部分と消息文とは区別しにくい形で融合している。また中宮の御産の経過を記述している日記的部分にも、客観的な記述とないまぜに筆者の主観を強く表出した叙述の入り込んでいるところが多くある。さらに、そうした主観の表出の叙述姿勢とも関連して、筆者個人の立場からする記述であることを顕著に示す「侍り」の語を用いた文体が、この日記全体にわたって用いられている。こうした文体もまたこの日記に、客観的な記述を原則とするはずの公的女房日記の性格からは離れた、私的な消息文的な性格をもたらしているのである。

この日記の「侍り」の多用や敬語の使用法などを検討することで、この日記全体が統一的文体をもっていることを認めて、そこからこの日記は誰かにあてた書簡という形式に仮託して書かれた作品、筆者の内面の深奥の思いを、筆者のもっともよき理解者である筆者自身に向かって語りかけた性格の手記、と考えようとする論もある。(97) ただし文学作品の中でも殊に自己表出を目的とする日記というジャンルの作品では、一般にそのもっとも奥深いところで想定されている読者は筆者自身である、というべき性格をもっていると認められるところがある。近代の作家の日記でも、自己を対象化した読者とでもいうべきものを無意識のうちに想定して、その読者に向けて書いているような性格をもつところがあって、筆者が筆者自身に向かって語りかけているという性格は、この紫式部日記という作品の特徴であるよりも、筆者が自己の生活を記述し自己表出しようとする、日記文学というジャンルの作品のもつ一般的本質的な性格なのである。この日記のいわゆる消息文のもつ問題の一つは、実際に誰かにあてて書かれた手紙がふくまれているのか、それとも全体が消息文という形式に仮託された作品であるのか、というところにあるが、やはり日記全体が消息文の形式に仮託された作品だとするには、その一方に記録的な記述の部分が大きな比重を占めているところがあって、この作品全体を十分に説明した論とはなしにくいのである。

この日記には、これは消息文ではないかと考えられるところは多いが、その中でも明らかにこれは誰かにやった手紙ではないか思われる記事として、例えば次のものがある。

御文《ふみ》に（アナタヘノ日ゴロノオ手紙ニハ）え書き続け侍らぬことを、よきもあしきも、世にあること、身の上の愁《うれ》へ（悩ミ事ノ訴エ）にても、残らず聞こえさせおかまほしう侍るぞかし。けしからぬ人を思ひ聞こえさすとても、かかるべいことやは侍る。されど、つれづれにおはしますらん、またつれづれの心を御覧ぜよ。また、おぼさんことの、いとかう益《やく》なしごと（私ノコノ手紙ノヨウニ書イテモ無意味ナ内容）多からずとも、書かせ給へ。見給へん。夢にても散り（世間ニ出ルコト）侍らば、いといみじからむ。またまたも（ソノ他ニモ困ルコトガ）多くぞ侍る。このごろ反故《ほんご》もみな破《や》り焼き失ひ、雛《ひひな》などの屋造《やつく》りにこの春し侍りにしのち、人の文も侍らず。紙にはわざと書かじと思ひ侍るぞいとやつれたる（心ヲ紙ニ書イタリハ特ニスマイト思イマスノハ、我ナガラホントニ気力ノ衰エタコトヨ）。ことわろき方には侍らず（ソレハ具合ノワルイコトガアッタカラデハアリマセン）。ことさらによ。御覧じては疾《と》う給はらん（返シテイタダキタイ）。え読み侍らぬ所々、文字落《もじお》としぞ侍らん。それは何かは、御覧じも漏らさせ給へかし。かく世の人ごとの上を思ひ思ひ、果てに閉ぢめ侍れば、身を思ひ棄てぬ心のさも深う侍るべきかな。何せんとにか侍らん。

この一段もすこぶる難解であるが、少なくともこれが誰かに向けて書かれた消息の形式・文体であることは明白であろう。ところがこれについても書簡体仮託説では、注意して読めば消息文に偽装されたものであることは、ここに用いられている敬語法などからもわかるという（新釈）。傍線部の「聞こえさす」は、この日記全体の用法からすれば「式部あるいは女房たちを下卑者とする謙譲語で、その上尊者はいずれも中宮であり」、その下卑者は「際だって身分が低い」者に厳格に用いられているとして、この消息文をやった相手がそんな最高級の身分の人であれば、中宮・道長・源倫子程度の人ということになるが、それらの人々の中には、式部がこうした内容の手紙をやるような人は考えられないから、その点からしてもこの消息文の相手は実在しない仮想の存在を想定して書いたことは明らかだ、とするのである。

しかしながら当時の敬語法では、会話や手紙など直接に特定の相手へ向けられた言葉では敬語や謙譲語が多用され、一般の書き言葉よりも重い敬語の用いられることは周知のごとくである。これが消息文であれば、「聞こえさす」が用いられているからといって、相手は中宮などの最高級の人とは限らないのである。この一段においても、最高敬語「聞こえさす」を用いたすぐ後で、「いとかう益なしごと多からずとも、書かせ給へ」といっている。ここでも「書かせ給へ」と二重敬語を使ってはいるが、その相手がもし中宮のような高貴な人などであれば、そもそも「益なしごと多からずとも、書かせ給へ」などといったりするであろうか。「益なしごと」の語もそうであるが、主人筋の相手に対してその心中に思っていることを書き出して私に示せ、「見給へむ（拝見シマショウ）」といったり、「御覧じては疾う給はらむ」などと相手に強制するような、無礼で無神経な直接的な言い方をすることは考えにくい。勿論書簡体説もその点には注意していて、二重敬語や最高敬語が用いられているからといって、中宮などの高貴な人にあてたものではあり得ないし、この消息文の内容からしても中宮や道長に読ませるようなものではないともいっている。ところが、そこからすぐに「この消息体の文章は実は消息なのではない」として、中宮などの相手以外には考えられない最高敬語を使っていることから、これが「実は別に特定の相手のある消息ではないのだという仮託のからくりを示した」ものだと結論しているが、そこにはかなり論理の飛躍のあることは明らかであろう。なぜにその場合に例えば親しい知人にあてたものと考えることが排除されてしまうのであろうか。消息文の内容・文体からすれば手紙だと考えるのがもっとも自然であり、手紙であるからこそ重い敬語が用いられたのだとするのが普通であろう。書簡体仮託説のいうような手のこんだ設定を式部がなしたとすることにはいまだ説得性が乏しいように思われる。

現存日記の主な内容の一つである中宮御産の経過の記事などは、前述したように寛弘七年以後になってから書かれたものだと考えられる。式部はそれを自分のメモや諸記録などを参照しながら書いたのであろうが、それらはまとめて一回的に書かれたのではなくて、幾度か書き継ぎ書き足しながら書いていったものらしい。その痕跡はさまざま指摘できるが、例えば次のような「大式部のおもと」についての記事がある。

1（九月十一日）いまひと間にゐたる人々、大納言の君……大式部のおもと、殿の宣旨よ、いと年経たる人々の

限りにて、

2 （九月十五日）大式部のおもとの裳・唐衣、小塩の山の小松原を縫ひたるさまいとをかし。大式部は陸奥の守のめ、殿の宣旨よ。

3 （十一月十七日）主殿の侍従の君、弁の内侍、次に左衛門の内侍、殿の宣旨式部とまでは次第しりて、

この三箇所にでてくる大式部については、1と2のように近接した記事や3などで、なぜに幾度も大式部が殿の宣旨であることをことわらねばならなかったのであろうか。もちろん1と2を連続して一回的に書いた場合であっても、既に書いたのをつい忘れて繰り返したということもあり得る。しかしこの繰り返しは、やはりかなり時間を隔てて書かれたことによるものと考えるのが自然であろう。

さらにまた、ここの「大式部のおもと、殿の宣旨よ」「大式部は陸奥の守のめ、殿の宣旨よ」のことわり書きは、何のためになされたのであろうか。不特定な読者が対象であれば、他にもこうした注記をつけてもよさそうな女房もあるはずなのに、なぜに大式部にはこの注記が必要だったのか。単純に考えるならば、この日記を読む人が大式部についてよく知らなかった場合であろう。つまり、これを読む相手が大式部の生活圏とはやや離れたところにいる人であり、大式部をよく知らない人だったからである。消息文仮託説からすれば、この注記もまた消息文と思わせるための擬装の一つということになるのであろうが、式部はそこまでの小細工をするであろうか。同種の注記と認められるものには次の例もある。

4 少将のおもとの、これらには劣りなる白銀の箔を、人々つきしろふ。少将のおもとといふは、信濃守すけみつが妹、殿のふる人なり。

5 御乳つけは、橘の三位徳子、御乳母、もとよりさぶらひむつまじう心よいかたとて、大左衛門のおもと仕うまつる。備中守むねときの朝臣のむすめ、蔵人の弁の妻《め》、

［系図6］

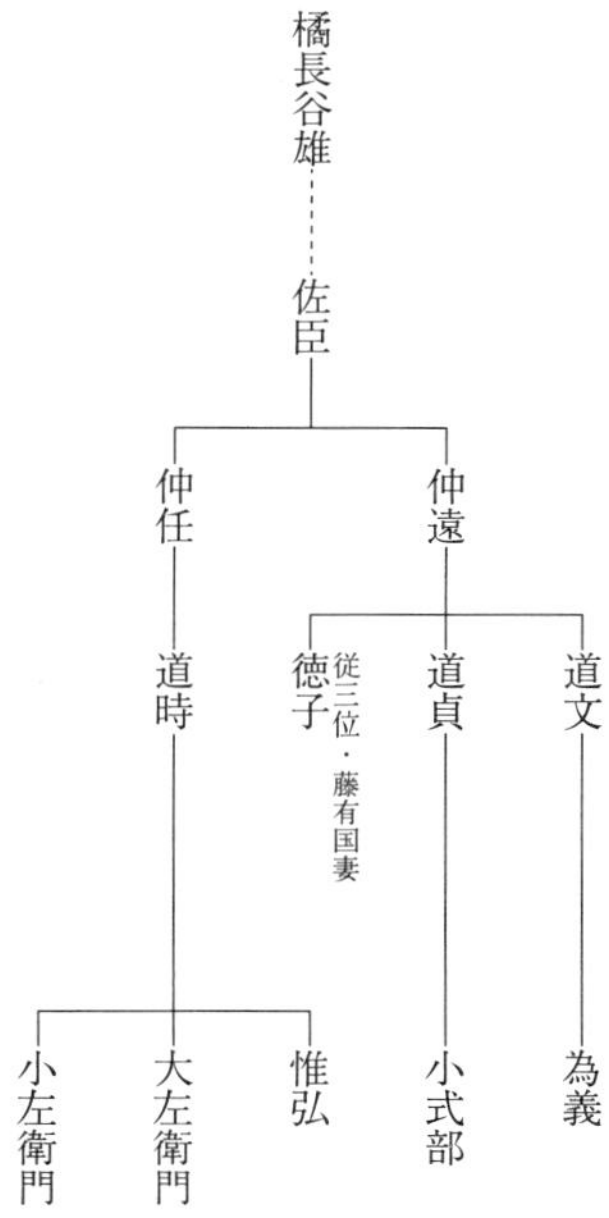

この4の「少将のおもと」は藤原尹甫《ただすけ》女で佐光《すけみつ》の妹であった。左衛門尉藤原宗相《むねすけ》の妻で、彰子に仕えていた「少将命婦（小右記・長和五年三月二十一日）」はこの人であろう。「殿のふる人なり」とあるから、もとは道長の女房であったが、後に彰子に仕えたらしい。兄の佐光は道長の家司であった（御堂関白記・長和二年九月十六日）。

5の「大左衛門」は、「備中守むねときの朝臣のむすめ」とあるが、この当時の記録類にはこれに該当する人が捜せない。通説では、同じく日記の「五日夜は殿の御産養」の条に見える「小左衛門こひちうのかみ道ときか女」の「道とき」の誤りとして、尊卑分脈に「備中守正五下」とある橘道時《みちとき》をあてている。大左衛門が橘道時女とすれば小左衛門はその妹であり、その女房名もよく理解できる。乳つけを勤めた橘三位徳子は道時の従姉妹であった。また「蔵人の弁」は、これに続く日記にも「文読む博士、蔵人の弁広業」とあるように、大左衛門は正五位下蔵人右少弁藤原広業の妻であった。広業は有国二男で、橘三位徳子は広業の義母にあたる。広業一家の人々もまた道長家と深くつながっていたのである。

このようにして、大式部、少将のおもと、大左衛門の三人は、いずれも道長の家司層の女として主家に関わりの深い女房たちであり、「おもと」と称される主要女房であった。式部が特にこの三人についてはその家族などまでをも注記したのは、やはりこの女房たちが自分にとって注意すべき存在と考えていたからであろう。この日記の想定している読者が中宮彰子の女房たちなどであれば、わざわざ注記するまでもなくよく知られていたはずの事柄なのである。したがってこれら注記は、式部の想定しているこの日記の読者が、日記に書かれている時期の中宮や道長一家の女房たちについてはあまりよく知らない人、この日記の書かれた時期よりもやや後に彰子に仕えた女房などではなかったか、ということを暗示するものである。それはまた、消息文の一節ともされている式部の女房批評を読ませる相手についても同様であり、これらの女房をよく知らない読者に向けてのものとすべきであろう。やはり所謂消息文の相手は誰か具体的な人であり、式部よりもかなり後に中宮などに仕えた女房であるらしい、と私は考えるのである。

【紫式部日記と栄花物語】

栄花物語初花巻には、紫式部日記とほとんど同じ内容の長い記事が見える。単に内容が同じというにとどまらず、語句や言いまわしなどに至るまでほとんど一致する部分を多くもっている。だが厳密に両者を比較してみると、すこぶる近似してはいるけれども、また微妙な違いも認められる。例えばいま日記冒頭の文を掲げて、それと異なる栄花物語の本文を傍記して示すと次のごとくである。

　秋のけはひ《(けしきに)》入りたつままに、土御門殿の有様いはむ方なくをかし《(いとをかし)》。池のわたりの木ずゑども《(ナシ)》、やり水のほとりの草むら、おのがじし色づきわたりつつ《(おのおのいろつきわたり)》、大方の空も艶なるに《(そらのけしきのをかしきに)》もてはやされて、不断の御読経の声々あはれまさりけり《(ナシ)》。やうやう涼しき風のけしき《(けはひ)》に、例の絶えせぬ水のおとなひ夜もすがら聞きまがはさる《(かはさる)》。

この日記の冒頭部も栄花物語と近似していて、栄花が現存日記をもとにして書いたということもできそうな部分である。しかしここにも少異の箇所がかなりあって、その異文は単なる誤写とは考えにくい。特に「けはひ」と「けしき」の交替など、明らかに意識的な改訂と認められる部分をふくんでいる。

　これらの相違については二つの場合が考えられる。一つは、栄花の筆者が現存日記を資料にしてほぼそれに従って書き進めながらも、ところどころで栄花の筆者自身の言葉づかいに改めることで、筆者としての主体性を保とうとした、という場合である。前掲の冒頭部では、「木ずゑども」、「おのがじし色づきわたりつつ」などの言い方、特に「ども」「つつ」などの助詞の用法は、源氏物語においても顕著に認められる式部の特徴的な言葉づかいであるが、栄花の筆者はここのそれらの言葉づかいをくどいと感じて改めたのではないか、と私は考えるのである。

いま一つは、栄花の筆者の資料とした日記が、内容も言葉づかいもほぼ現存日記に近いものではあったが、しかし現存日記とはやや異なった「原日記」とでもいうべきものであった場合である。その場合にも、栄花の筆者の手により改められた言葉づかいの部分などもふくまれているであろうから、その分別は不可能である。栄花には、日記の初めの部分の式部と道長の「女郎花」の歌の贈答、碁の負態の話、昼寝している宰相の君の記事などは見えない。それは栄花の資料とした日記にはあったけれども、御産の経過に直接関係しない、式部の個人的な心を記したものとしてすべて栄花が省略したのだとも考えられるが、また栄花の拠った日記にはそれら式部の主観を多く記している記事は無くて、もっぱら御産の経過を客観的に記述した記録的な性格の強いものであったからだとも考えられる。現存日記の式部個人の心や感慨などを記した記事は、後に追記あるいは改稿されたものかもしれないのである。ただし、現存日記の記事には中宮の産所にひかえている女房たちの様子や、物の怪をかり移すよりましの記事など、御産の場面の記事としては重要と思われるものもあるのに、栄花には見えないものがある。さらに両者の記事にはかなり大きく相違する部分と認められるものに、例えば次のものがある。

紫式部日記

御臍の緒は殿の上、御乳つけは橘の三位つなこ、御めのと、もとよりさぶらひ、むつまじう心よいかたとて、大左衛門のおもとつかうまつる。備中守むねときの朝

栄花物語

御臍の緒は、殿の上、これは罪得ることとかねてはおぼしめししかど、ただ今のうれしさに何事もみなおぼしめし忘れさせ給へり。御乳つけには有国の宰相の妻、

臣のむすめ、蔵人の弁のめ。　みかどの御乳母の橘三位参り給へり。

ここの日記には栄花の記す殿の上の「罪得ること」の話は無く、日記に見える大左衛門の乳母のことが栄花には無い。栄花にいう殿の上が臍の緒を切る役を勤めるのは罪障にあたると考えていたことは、栄花の作者とされる赤染は源倫子の女房であったから、臍の緒の話をよく知っていたので、ついでにここで付記したのかとも考えられる。しかし、日記に大左衛門の「御めのと」のことが記されていたとすれば、栄花はそれを知りながら省略する可能性は少ないのではないか。「御めのと」のことはかなりの重要事であろう。

　ここの「御めのと」は、これ以後もずっと新生皇子の保育のことにあたるいわゆる「御乳母」ではなく、「大左衛門のおもとつかうまつる」とあることからもわかるように、「御乳つけ」の橘三位の補助をするこの場合だけの役なのである。冷泉帝の誕生時には、中納言平時望《ときもち》女寛子《ひろこ》が「乳付」を奉仕し、「左近局（源当季女正子）」が「乳母」となって、甘草《あまずら》の汁に蜜で光明朱砂を和えたものを新生児の唇に塗る役を勤めた（九暦・天暦四年五月二十四日）。後に平寛子はこの憲平親王の宣旨、源正子は御乳母になったけれども、この出産時において乳母に補されたわけではなかった。康和元年正月十六日の鳥羽天皇誕生に際しては、「母氏女御々乳付、次左少弁顕隆女房参御乳母（御産部類記・鳥羽院・藤原為房記）」と見える。これは出産したばかりの女御藤原苡子《しげこ》が乳付役だったというのであろうか。ただし、「御乳付、左少弁顕隆妻云々（中右記）」ともいわれていたから、実際には補助役の「御乳母」として参上した顕隆妻（藤原悦子）が乳付の役をも勤めたのであろう。要するに、「大左衛門のおもと」は乳付橘三位を補助して「御めのと」の役を勤めたが、これは新生皇子（敦成）の「御乳母」に補されたことではなかった。つまり、大左衛門を日記のこの記事によって後一条帝の乳母であったとする説（全注釈上巻一〇五頁）の根拠にはならないのである。栄花が大左衛門のことにまったくふれていないのは不審であり、やはり栄花の見た日記にはこの記事が無かったように思われる。

いま一つ次の例がある。日記と栄花の第三夜と第五夜の産養の記事には、あるいは栄花に取り入れられたときに混乱混同があったのかもしれないと思われる部分がある。

紫式部日記

三日にならせ給ふ夜は、宮司、大夫よりはじめて、御産養つかうまつる。右衛門の督は御前のこと、沈の懸盤《かけばん》、白がねの御皿など、くはしくは見ず。……[A]東の対の西の庇は上達部の座、北を上《かみ》にて二行に、南の庇に、殿上人の座は西を上なり。白き綾の御屏風どもを母屋の御簾に添へて、外ざまに立てわたしたり。

五日の夜は殿の御産養。十五日の月曇りなくおもしろきに、池のみぎは近う、篝火《かがりび》どもを木の下にともしつつ、屯食《とじき》ども立てわたす。あやしき賤の男のさへづり歩く気色どもまで、色節《いろふし》に立ち顔なり。主殿《とのもり》が立ちわたれるけはひもおこたらず、昼のやうなるに、ここかしこの岩隠れ、木のもとごとにうち群れてをる上達部の随身などやうの者どもさへ、おのがじし語らふべかめることは、かかる世の中の光の出でおはしましたることを、かげにいつしかと思ひしも、および顔にこそそぞろにうちゑみ心地よげなるや。[B]まして殿のうち

栄花物語

三日にならせ給ふ夜は、宮司、大夫よりよりはじめて御産養つかうまつる。左衛門の督は御前の物、沈の懸盤、白がねの御皿どもなど、くはしくは見ず。……

五夜は殿の御産養せさせ給ふ。十五夜の月曇りなく、秋深き露の光にめでたき折なり。上達部殿上人参りたり。[a]東の対に西向きに、北を上《かみ》にてつき給へり。南の庇に北向きに、殿上人の座は西を上なり。白き綾の御屏風を、母屋の御簾に添へて立てわたしたり。月のさやけきに池の汀《みぎは》も近う、篝火どももされたるに、[c1]勧学院の衆ども歩みて参れり。見参の文ども啓す。禄ども賜はす。今宵の有様ことにおどろおどろしう見ゆ。物の数にもあらぬ上達部の御供の男ども、随身、宮の下部など、ここかしこに群れゐつつうちゑみあへり。

の人は、何ばかりの数にしもあらぬ五位どもなども、そこはかとなく腰もうちかがめて行きちがひ、いそがしげなるさまして時にあひ顔なり。……

七日の夜は公の御産養。蔵人の少将道雅を御使にて物の数々書きたる文、柳箱に入れて参れり。やがて返し給ふ。C勧学院の衆ども歩みして参れる。見参の文どもまた啓す。返し給ふ。禄ども賜ふべし。

あるはそがしげに急ぎ渡るも、かれが身には何ばかりの喜びかあらん。されど新しく出で給へる光もさやけくて、御蔭に隠れ奉るべきなめり、と思ふが嬉しうめでたきなるべし。所々の篝火、立明《たちあ》かし、月の光もいと明きに、b殿の内の人々は、何ばかりの数にもあらぬ五位なども腰うちかがめ、世にあひ顔にそこはかとなく行きちがふもあはれに見ゆ。……

また七日の夜は公の御産養なり。蔵人少将道雅を御使にて参り給へり。松君なりけり。物の数書きたる文、柳箱に入れて参れり。やがて啓し給ふ。c2勧学院の衆ども歩みて参れる。見参の文また啓し、禄ども賜ふべし。

まず、日記の第三夜の記事傍線部Aは、栄花の第五夜の傍線部ａに取り入れられているように見える。栄花の第三夜の記事には上達部以下の饗のことは見えないが、日記の記すように東の対西庇で饗の行われたことは御産部類記（不知記）などにより明らかである。また第五夜の饗も栄花のいうように第三夜と同様に東の対で行われたことは、

今日御産後第五日也。東ノ対ノ西面ニ卿相ノ饗、南面ニ殿上人ノ饗有リ〈上達部、殿上人ノ座ハ白綾ノ屏風、然ルベカラザル事歟〉　（御産部類記・不知記）

とあって、栄花の記事も誤りというわけではない。ただし、栄花の見た日記第三夜の記事に饗の座のことがあったとすれば、それ無視してわざわざ五夜の記事に書き入れることは考えにくい。饗の座のことは日記のように最初の三夜の記事に書いて、五夜の記事では重複するので省略するというのが普通であろう。したがって、栄花の見た日

記の第三夜の記事にはAの饗の座の事は無く、五夜の記事に書かれていた、とすべき可能性が高いように思われる。つまりここでは、栄花の見た日記と現存日記にはやや異なるところがあったのではないかと考えられる。栄花の記事と日記とのこうした微妙な相違は、栄花の筆者が自分の文章にするために書き替えたことによるだけではなく、栄花の見た日記が現存日記とはやや違っていたことにもよるもの、と私は考えるのである。

同様のことはCの記事についても考えられる。栄花では五夜の記事中にc1があり、また七夜の記事中にもc2がある。勧学院の衆の歩みは、御産部類記（不知記）によれば三夜・五夜・七夜にも行われたから、栄花が五夜七夜と二度書いたのは誤りではない。ほとんど同文でくどいと思われるのに書いているのは、やはり栄花の見た日記には記されていたからだと思われる。ただし、これもまず最初の三夜の記事中に記されてもよいのに見えないのは、やはり栄花の見た日記には無かったからではないか。日記では三夜五夜のところではふれずに、七夜のところでCを書いた理由はわからないが、臆測すれば、現存日記を書いているときに勧学院の衆の歩みのことも書いておく方がよいと考えてここに書き入れた、といった事情が考えられる。要するに、これもまた栄花の見た日記と現存日記の記事が微妙に違うものであったことを暗示するのである。この問題に関連していま一つ注意されるのは、日記の五十日の産養の記事の中にある次の部分の栄花物語との異同である。

大夫、かはらけ取りてそなたに出で給へり。みの山《栄花「みわの山もと」》うたひて、御遊びさまばかり《栄花「さまかはりたれと」》なれど、いとおもしろし。

とある日記の「みの山」が、栄花では「みわの山もと」となっている。このあたりの記事も栄花と日記は近似しているのに、「みの山」が「みわの山もと」と大きく異なっている。紫式部日記絵巻の詞書も「みのやま」である。「みの」が「みわ」に誤られることはあっても、「みの山」が「みわの山もと」に誤写されることは考えにくいし、また栄花の筆者がわざわざ意識的に改める理由もない。これなどもあるいは、栄花の見た日記には「みわの山もと」とあったことをうかがわせるのではなかろうか。豊明の節会のころであるから、「美濃山」の方がこの場にはふさわしいと考えられるが、座の乱れてきたときであるから、「みわの山もと」もあり得るであろう。こうしたことなどから、栄花の見た日記は現存日記とはやや違うものではなかったか、と私は考えるのである。

【紫式部日記の成立】

現存の紫式部日記が、どのような過程を経て成ったのかについては、式部自身がこの日記を書き上げるに至るまでの段階と、その日記が式部の手を離れて世間に流布し、書写伝承されていった過程との二つの段階を区別して考える必要がある。だが、それらは共に複雑な事情をかかえているので、成立過程全体を解明することはすこぶる困難な問題である。何よりも現存日記の本文は、多くの損傷をこうむった伝本しか存在せず、失われてしまった部分も多くあるらしいので、それをもとにして成立事情を実証的に推定することはほとんど不可能なのである。

しかしながら、それらを承知で敢えて現存日記の成立について、私は次のような事情を想定する。すなわち、式部は中宮の女房として出仕して以来、宮仕日記あるいは備忘録のようなものをつけていた。そして道長など主家の命により、中宮彰子の初めての御産の経過を客観的に記した女房日記といったものを作成して提出した。これが「原紫式部日記」とでもいうべきものである。そこには現存日記には見えない土御門殿の法華三十講の記事などもふくまれていたかも知れない。これは主家に献上されたものであったから一般には流布しなかったが、源倫子の女房であった赤染衛門などには見ることができたので、それを赤染も書写してもっていたことも考えられる。栄花物語の資料になったのは、この「原紫式部日記」であろう。その後の寛弘七年ごろになって、式部の親しくしていた知人の娘などが宮仕することになり、中宮彰子の御産のときの様子や式部の女房生活などについての日記を求めてきた。それに応えて記したのが現存日記の祖本であったか、といった事情を想定するのである。式部はこれに中宮御産の経過を記していた「原紫式部日記」の記事だけではなく、自身の経験した中宮での女房生活におけるさまざまな私的な感慨などをも書き込んで、記録的日記とも消息文ともつかぬ形のものを書き上げて送った。現存日記には記録的な部分にも「侍り」の用いられているのはそのためであろう。これが後世に流布してゆく過程で本文の脱落などの損傷をうけ、その結果として残ったものが現存の紫式部日記であると考えるのである。

さて、式部にこうした日記を求めた人、式部がこの日記を書いてやった相手はどんな人であろうか。全注釈（下巻解説）では、式部が日記をつけていたのは男たちの漢文日記と同様に、自分の家の日記を残しておこうと意図していたからであり、そこで第一に予定されていた読者はやがて成人する娘の賢子であると想定して、所謂消息文の部分も賢子に与えるための家記・庭訓であったとしている。ただし、現存日記は一回的に書き上げられたわけではなく、その前段階のものとして「原紫式部日記」というべき御産記録的なものや家集的なものがあり、それらをもとにして寛弘七年六月ごろに現存日記が書き上げられたのだ、といった成立事情をも考えている。

現存日記にはそのもとになった「原日記」があり、それが幾つかの過程を経て現存形になったとする説には同意できるし、この日記の第一の読者は賢子であったと考えることにも妥当性が認められる。相手が娘であっても、心の奥深い思いを忌憚なく述べるには手紙の方が言いやすいこともある。現存日記の成ったころに、式部は賢子と同居していたかどうかは不明ながら、多く中宮にいる母式部と里邸に過ごす賢子とは離れていても、母娘として親密に女房生活を語り合う機会も多くあったに違いない。それでもなお賢子にこうした日記を書き残すこともあり得る。ただし、前記「あやしう黒みすすけたる曹司」などの記事は、相手が娘賢子であればわざわざ書かずともよく知っていることであろうし、また「つれづれにおはしますらむ、またつれづれの心を御覧ぜよ」などは、やはりまだ若い賢子に対する言葉であるよりも、式部と同年配ぐらいの相手を思わせるところがあって、賢子とするには不適切だと思われる記事もまた多い。消息文の相手を具体的に特定する試みはあってもよいけれども、実証的に追求する資料のない現状ではあまりにも憶測が過ぎることになり、有効な論議にはならないであろう。

第六章　晩年の紫式部

一　三条朝における紫式部

紫式部日記には、寛弘七年夏ごろまでの式部の女房生活が記されているが、それ以後の式部の動向についてはほとんどわからない。

【一条天皇の崩御】

寛弘八年（一〇一一）に入って五月になると、幼いころから病弱であった一条天皇は暑さのせいか体調をくずしていたが、しだいに病状が重くなり、ついに六月十三日に譲位し、十九日には出家した。法名は精進覚（一条帝法名）である。そして間もなく二十二日に崩御した。時に三十二歳であった。

一条帝は穏やかな人柄で文雅を好んだ。七歳で即位して以来病気がちであったが、常に政事に心をかけていて、臣下にも日ごろ「天下ヲ淳素ニ返スベシ」と言っていたが（続本朝往生伝）、母后詮子が幼帝に指図し口入れすることが多く、「主上ノ思フヤウニモ御ユルシナクテアリケル（愚管抄《ぐかんしょう》・三）」有様であったし、さらに執政の道長も権勢を専横し続けて、帝は志を十分には果たせなかった。一条帝の亡くなった後、道長は帝の手箱の中に宸筆の「宣命メカシキ物」を見つけて、読んでみると「三光（日・月・星）明カナラント欲《し》テ、重雲ヲ覆ヒテ、大精（光）暗シ」の語があったのを見て、その続きは読まずに破り棄てたという（愚管抄・三）。この話は頼通が源隆国《たかくに》に語ったもので、隆国が書き記していたといい、似た話は他にも伝えられているから（古事談・一）、かなり信憑性が高い。帝は皇后定子の産んだ第一皇子敦康《あつやす》を終生寵愛していて、崩御の直前まで東宮に立てることを諦め切れずに、藤原行成《ゆきなり》などにはかっていた。一条帝もまた、生涯その意思を内に抑えて鬱屈した思いで過ごしていたのである。

寛弘六年十月五日、里内裏一条院が焼失して、天皇は道長の枇杷殿《びわどの》に遷御したが、翌寛弘七年には一条院が再建されたので、十一月二十八日にはまた一条院に移っていた。中宮彰子や紫式部ら女房たちも帝に従って枇杷殿から一条院に還ったであろう。

この枇杷殿は、近衛大路北・東洞院大路西にあった名邸で、もと藤原長良《ながら》の邸宅であった（公卿補任・斉衡三年）。後に長良男の基経《もとつね》が「元慶・仁和間」に住み（九暦・天慶七年十二月十一日）、その子仲平《なかひら》に伝えられた。仲平は枇杷を好んで邸内に植えたのでこの名がついたという（二中歴）。次いで仲平の女婿藤原敦忠《あつただ》、さらにその女婿源延《のぶ》光《みつ》、延光女婿の藤原済時《なりとき》へと伝領されていったが、長保四年ごろに道長が入手して改築し（権記・長保四年十月三日）、長男頼通の元服と二女妍子《きよこ》の著裳もここで行った（権記・長保五年二月二十日）。妍子は寛弘元年十二月に東宮（後ノ三条帝）妃として入内し、東宮は寛弘三年この枇杷殿に妍子らと共に移り住んだ[98]。ところが、寛弘六年に一条院が焼亡したために天皇は枇杷殿に移御することになったので、東宮と妍子は一条大路南・高倉小路東にあった故源雅信の一条第に移り[99]、一条帝は翌七年には再建された一条院に遷御した。

一条帝が譲位を決意するほどの重態におち入ることになった発端は五月二十三日であった。二十五日には病状は一時やや治まったが、二十七日に帝は藤原行成を御前に召して、「譲位スベキノ由、一定已ニ成ル。一ノ親王ノ事如何ニスベキヤ」と仰せになった（権記）。既に道長らの周囲では譲位の話が進められていたのである。帝も譲位を決意したものの、最後まで第一皇子敦康親王の処遇が心残りだったので、かねてから信頼の厚かった行成を召して相談した。行成は帝の心中を察して、「此ノ皇子ノ事ヲオボシメシ嘆クハ尤モ然ルベシ」と同情したものの、やはり敦康を東宮に立てることは無理であると、次のように諄々と説得したという（権記・寛弘八年五月二十七日）。

かつて文徳天皇は、愛姫紀静子《しずこ》の産んだ第一皇子惟喬《これたか》親王に皇統を嗣がせたいと考えていたが、結局は重臣藤原良房の外孫第四皇子惟仁《これひと》（清和帝）を皇太子にした。いまの左大臣道長は帝の重臣で外戚であるから、その外孫第二皇子敦成を東宮にしようとするのは当然である。帝が敦康を東宮にしようとしても、左大臣は必ずや承引すまい。いま帝は御病気で、代替わりがあると世間はやかましい。立太子の事は、「如《も》シ弓矢ノ者ヲ得ザレバ、議スルニ益無シ（如不得弓矢之者、於議無益）」、徒らな御心配をなさるな。仁和の先帝（光孝）は皇運があり、老年になってから遂に帝位に登ったが、恒貞《つねさだ》親王（淳和帝第二皇子、東宮に立つも承和変で廃さる）は、始めは皇太子になったが終わりには棄て置かれた。前代の人の得失はほぼこんな具合である。立太子のような大事はただ宗廟社稷《そうびょうしゃしょく》（皇祖）の神に任せるもので、敢えて人力の及ぶところではない。但し、皇后宮（定子）の外戚高階氏の祖先は、斎宮の事（斎宮恬子《やすこ》と在原業平の密通で生れた師尚が高階氏の養子になり家を嗣いだこと）により子孫はみな伊勢大神宮と不和である。いまその血をうける皇子のためにも怖れの無いわけではない。よく大神宮に祈謝されるべきである。やはり皇子に愛憐の御意がおありなら、年官・年爵並びに年給・受領の吏などを給わって、忠実に仕える臣下をつけるのが上計である、と申し上げた。敦康親王の立太子のことは、帝は二三年前から繰り返し仰せられていたことで、行成もその都度同じように上奏していた。

さて、行成のこうした懇切な説得により、一条帝もようやく敦康の立太子をあきらめて、第二皇子敦成を立てることに同意した。そこで帝は、そなたはこの話を左大臣にするのか、と行成に尋ねられたので、行成はこうした大事は帝の御意として道長に仰せを伝えられるべきだと答え、帝もそれに同意した。「如シ弓矢ノ者ヲ得ザレバ、議スルニ益無シ」とは、この当時にあってはすこぶる過激な言葉であり、そこまで言って行成は帝を諫めたのである。行成は、幼くして祖父の摂政伊尹《これただ》や父義孝《よしたか》を失って苦労して成長したこともあり、誠実な人柄であった。当然に道長と自分の関係などをもよく計算しての上であろうが、天皇のためをも十分に考えた強い忠言であった。

二十七日、行成が帝の御前に参る途中に大盤所のあたりを通りかかったとき、女房たちの「悲泣之声」がしていたので兵衛典侍に聞いてみると、「忽チニ時代之変（天皇交替）有リ」というので愁嘆しているのだといった。既に二十六日に帝と道長との間で譲位のことが話し合われていたのである。行成が昼の御座にいた帝の前にゆくと、帝は、今朝道長が東宮のもとに行き譲位の件を報告しているはずだ、譲位の話は昨日起こった、と仰せになった。実は、道長はかねてから譲位を心に決めていて、五月二十五日に帝の病が重くなったと知ると、早速に大江匡衡《まさひら》に命じて易筮《えきぜい》の占いをさせた。その卦《け》によると、醍醐・村上両帝の崩御されることになった病の時の卦と同様で、特に慎みあそばすべきだ、というものであった。その匡衡の占文を、清涼殿の二間にいた道長と権僧正慶円《きょうえん》の二人が泣きながら見ていたところ、隣の夜御殿にいた一条帝が几帳の隙間から覗いていて、自分の病が重く「大故（崩御ニヨル譲位）」もあるかと察知して、いよいよ病状が重くなったのだ、と行成に仰せになった。譲位の件は二十六日が「重日《じゅうにち》」だったのでとりあげず、二十七日の朝になって道長が正式に奏上して決め、すぐに東宮へと知らせに行ったのである（権記）。慶円は一条帝の出家に際して戒師を勤めた僧である。

大江匡衡は赤染衛門の夫で、このころ権式部大輔であった。日ごろ常に道長に追従していた匡衡であったから、この占文も道長の期待するような卦を勘申した可能性が高い(100)。匡衡はそのころ病気で体調もよくなかったが、この二十五日にはわざわざ行成宅に出向いて、帝は重病だと知らせている。ところが、行成が頭弁源道方から聞いた話では、帝の病状はかなりよいということであった（権記）。

後に行成が中宮彰子から聞いたところによると、彰子は一条帝に譲位を迫った父道長のことを怨んでいたという。

道長が譲位の話を早速に東宮に知らせようと御前から退出するとき、道長は彰子のいた「上御廬之前」を通りながら、一言も知らせなかった。自分はそれを聞いたとしてもとかく言うつもりはないが、帝の譲位のような大事は、自分にも隔てなく知らせるべきなのに「隠秘」して告げなかったのはひどい、などと彰子は日記にも詳しくは記せないような多くの不満を述べたという（権記）。このころになると、彰子は自己の意志を明確に表明するようになり、中宮としての立場を自覚するようになっていたのである。

六月二日、東宮居貞《おきさだ》が参内して一条帝と対面し、譲位のことが話し合われた。そして、帝が敦康親王の年官年爵などのことを話そうと思っているうちに、東宮がすぐに帰ってしまったので帝は言い出せなかったという。それを聞いた道長が東宮に行き帝の意思を伝えたところ、東宮の返事は、帝の気分がよくないようだったので早く帰ったのだ、敦康親王の待遇のことは帝の仰せが無くともそうするつもりだった、といった（御堂関白記）。

こうした経過があって敦康親王は一品に叙せられ、その品位に伴う規定の封戸《ふこ》の他に一千戸を加えるとともに、三宮《さんぐう》に准じて年官年爵を支給することが決まった。一条帝は行成の助言を容れて敦康の待遇改善を要求し、外孫敦成が東宮に決まったことで機嫌のよかった道長もすぐにそれを承知したのである。

行成は、早くから敦康親王家の別当として誠実に後見してきていたから、帝があくまでも敦康を東宮にと主張しても、道長の反対は明らかであり、そんな無益な摩擦を起こして今後の敦康の立場がわるくなるのを避けようと、帝みずから東宮には敦成をと言い出すように忠告したのであろう。行成自身も道長の不興を買うことを避けたかったこともあろうが、やはりこの時点においては帝や敦康にとってもこれが最善の選択であった。

ただし、行成は常に道長の意をくむことに努めていたわけではなく、時には敦康親王家の利益のために、敢えて道長と対立することもあった。長和三年正月二十三日に行われた「受領功課定（国司の勤務評定）」の会議において、行成は前伊予守（介）藤原広業の解由状《げゆじょう》の承認に反対して会議は紛糾し、決定は先送りになった。伊予国にある敦康の封戸二十五戸分の絹などが未納になっているから認められない、と主張したのである。この件はやっと十月の受領功課定において決着した。その会議では、道長は家人の広業をかばって行成の主張は無理だと裁定し諸卿も同意して、行成はすこぶる面目を失ったという（小右記・長和三年十月十五日）。行成は故一条院の信頼に応えようとしていたのである。

【中宮彰子の成熟】

紫式部日記に描かれている中宮彰子は、穏やかでおとなしい人柄のように見える。しかし、彰子も二十歳を過ぎ二人の皇子を産んだことなどにより人間としても成熟してきて、父道長に対しても自己の意志をはっきり述べたりしていて、中宮としても十分な見識を備えるまでに成長していた。それには式部の影響もあったに違いない。栄花物語によれば、彰子は皇位継承問題について、一条帝があんなにも敦康を東宮にと強く希っておいでだったのに、それがかなわなかった帝の残念さを思うと、ほんとにお気の毒でいたわしいと、父道長に向かって直接に次のように抗議したという。

（一条帝ハ譲位ノコトヲ）おぼし掟《おきて》させ給ふほど、「東宮には一の宮（敦康）をとこそおぼし召すらめ」と、中宮の御心のうちにもおぼし掟てさせ給へるに……。

中宮は、若宮の御事（敦成ガ東宮ニナルコト）の定まりぬるを、例の人におはしまさば、（自分ノ産ンダ子ユエ）是非なくうれしうこそはおぼし召すべきを、「上（一条帝）は、道理のままに（長幼ノ順ニヨリ第一皇子ヲ）とこそはおぼしつらめ。かの宮（敦康）も、さりともさやうにこそはあらめ（困難ナ事情ガアッテモ、東宮ニナレルダロウ）とおぼしつらんに、かく世の響き（世評）により、ひき違《たが》へ（帝ハオ心ニ反シテ敦成ヲト）おぼし掟《おき》てつるにこそあらめ。さりとも（帝ハ、反対ガアッテモ敦康ヲ東宮ニトオ考エダッタノニ）、と御心のうちの嘆かしう安からぬ事には、これをこそおぼし召すらんに、いみじう心苦しういとほしう。若宮はまだいと幼くおはしませば、おのづから御宿世にまかせて（将来帝位ニ着クコトモ）ありなんものを」などおぼし召《め》いて、殿の御前（道長）にも、「なほ、この事いかでさらでありにしがな（敦成ガ東宮ニナラズトモヨカッタ）、となん思ひ侍る。か（帝）の御心のうちには、年ごろおぼし召しつらん事の違ふをなん、いと心苦しうわりなき」など、泣く泣くといふばかりに申させ給へば、

（栄花物語・岩蔭）

彰子は、一条帝の希っていた敦康が東宮にならず、自分の産んだ敦成がなったことについて、父道長に対して不満の旨を述べたというのである。帝は周囲の声にさからえず、敦康をあきらめ敦成を東宮に決めたことを、どれほど残念に思い嘆かれていることか、その心中を思いやると誠に心苦しくお気の毒だ、敦成はまだ幼いから、与えられた本人の運勢により将来帝位につくこともあろう、と考えると黙っていられず、父道長に向かって、帝の長年の願いであった事が違ってしまい、私はほんとにつらく残念だ、と言ったという。

道長は、「お言葉は実にもっともで、それが道理だからそうすべきだが、帝がわざわざ私に会いに昼の御座にお出ましになり、帝の方から譲位のことや敦成を東宮になど、つぎつぎ仰せになったときに、それはお考え違いだ、やはり東宮は第一皇子に、などと言い返すこともできないし、自分も命のあるうちに東宮になった外孫を見ることができれば、心おきなくあの世に行けると思うのだ」と言うのを聞くと、それもまたもっともな道理であり、彰子はそれ以上何も言わなかったという。

彰子は成長したのである。一条帝との間に二人の子を儲けたことで夫婦としての絆や情愛も深くおぼえるようになってきていた。敦康については、母儀として長年身近に養育してきたことによるいとおしさもある。一条帝の敦康を東宮にとの強い愛着を傍らで見ていて、素直にそれをかなえてあげたいと思い、またその敦康立坊を断念して、自分から敦成を皇太子にと言い出さねばならなかった帝の口惜しさを、心底いたわしく思ったのであろう。自分の

子が東宮になるのをよろこばぬ母親はいないが、ここの彰子は、一条帝や敦康の身なってその痛みを思いやることができるようになり、世の中は道理が行われるべきだ、ということも理解するようになったのである。

ただしこれは、道長一家に好意的な姿勢で書かれている栄花物語の記事であるから、すぐにこれを彰子の実像とすることはできないにしても、他の資料からうかがえる彰子とも特に矛盾するところはない。

【紫式部、中宮に従い枇杷殿に移る】

式部の父為時は、寛弘六年三月四日の臨時除目で左少弁になっていたが、八年二月一日には越後守に任ぜられて赴任した。式部は中宮の重要女房であったから、今度は父には同行せず都に残っていた。

故一条院の中陰の過ぎた寛弘八年十月十六日、中宮彰子は一条院から出て枇杷殿に移御することになり、式部ら女房たちも従った。彰子が枇杷殿へ移ることになったときに、式部の詠んだ歌が残されている。

御忌《い》み果てて、宮（彰子）には枇杷殿へ渡らせ給ふ折、藤式部

　　ありし世は夢に見なして涙さへとまらぬ宿ぞかなしかりける

（栄花物語・岩蔭）

故院の御在世のころのことは夢だったと思おうとしても、涙があふれてとどまらず、この一条院にもとどまることができずに去って行くのがかなしいことだ、という歌である。

こうして新しく三条天皇の世が始まったが、執政の左大臣道長はもともと三条帝との関係が疎遠であったこともあり、新朝には当初から協力的ではなかった。道長は二女妍子を寛弘元年十二月に新帝の東宮時代の妃として入内させてはいたが、いまだ妍子には皇子が生まれていなかった。その一方、東宮（三条帝）には既に早く正暦年中に妃となった大納言藤原済時女の娍子がいて、正暦五年五月に第一皇子敦明《あつあきら》、長徳三年五月に第二皇子敦儀《あつのり》、長保元年には第三皇子敦平《あつひら》を産んでいた。しかし、娍子の父済時は長徳元年に亡くなってしまい、済時の子息たちには娍

子の後見のできる公卿の地位に昇っている者もいなかったので、娍子の一家は三条新帝の時代になっても外戚としてまったく無力であり、道長にはもはや対立する勢力は存在しなかった。三条天皇の践祚《せんそ》とともに、道長の外孫で八歳の一条帝第二皇子敦成親王が皇太子に立ち、いよいよ道長の専横する世になった。

そして十二月十七日には新帝の最初の京官除目が行われた。この除目では娍子の兄で、長く東宮亮を勤めて蔵人頭になっていた通任《みちとう》は三十九歳でやっと参議に昇り、新帝の第一皇子敦明は式部卿になった。三条新帝は無力であったとはいえ、やはり天皇という権威やその意思を人々は尊重しなければならず、新帝の関係者をしかるべく待遇することになったのである。そのころ、「世の中には、今日明日后立たせ給ふべし、とのみ言ふは、督《かん》の殿（妍子）にや、また宣耀殿《せんようでん》（娍子）にや、とも申すめり（栄花物語・日蔭の蔓）」と、新朝の后に立つのは妍子か娍子かと噂していたという。三条帝の意向は若くからつれ添って親しんできた娍子にあったので、こんな噂が広まったのであろうが、有力な後ろ盾をもたない娍子を后に立てることはやはり困難であった。

こうして年が改まって長和元年（一〇一二）に入ると、まず正月三日には、女御妍子を皇后に立てるつもりなので立后の日時を定めるように、との帝の言葉が道長に伝えられ、妍子はその準備のために内裏を出て、このころには道長一家の重要な邸宅になっていた東三条殿へと退出した（御堂関白記）。次いで正月二十七日は恒例の春の除目が行われて、通任は従三位に昇った。

そのころ、中宮彰子は故一条院の廻向のための念仏などを勤める日々であったが、そうした彰子の様子を見ていた式部は次のような歌を詠んでいる。

はかなくて、司召《つかさめし》のほどにもなりぬれば、世には司召とののしるにも、中宮（彰子）、世の中をおぼし出づる御気色なれば、藤式部

雲の上を雲のよそにて思ひやる月はかはらず天の下にて

（栄花物語・日蔭の蔓）

彰子は二十四歳と成熟した年齢になっていたから、故一条院の穏やかな人柄をよく理解するようになっていたであろうし、二人の子までなして夫婦としての情愛も深まってきていた時期であったから、哀しみも大きく深かった。詞書の「世の中をおぼし出づる御気色」も、故院との共に暮らした日々を追慕している様子をいったものである。式部の歌は、新朝の宮中の様子をこうして内裏の外にいて思いやっている、月（中宮）は変わらず照らしているこの世に身を置いて、というものである。三条朝の司召の騒ぎもよそごとのように聞きながら、もはやかつての中宮の栄花の世も移ったのだというかすかな嘆きに、わが身についての感慨をも重ねたものである。

【娍子立后と顕信の出家】

長和元年二月十四日、それまで皇太后であった円融朝の后の皇太后藤原遵子《のぶこ》が太皇太后に、中宮彰子は皇太后となり、妍子が中宮に立った。皇太后宮大夫には源俊賢《としかた》がなった。

そして四月二十七日に女御娍子が皇后に立った。娍子は、三条天皇の代になったばかりの寛弘八年八月二十三日に妍子とともに女御になっていたが、この時には妍子は尚侍従二位であったのに、娍子の方はいまだに「無位」で（日本紀略）、翌長和元年正月にやっと従五位下に叙せられる（一代要記）という屈辱的なあつかいであったが、ようやくいま皇后に立つことができた。これは三条帝の強い願いによるものであった。道長は、三条帝の娍子立后の意思を拒否はしにくいので黙認していたものの（御堂関白記・三月七日）、その立后当日を中宮妍子の入内する日と決めて、上達部たちには中宮の方に供奉するようにと命じ、娍子立后の儀式を妨害した。そのために右大臣藤原顕光と内大臣藤原公季は道長を憚って参内せず、上達部の多くは妍子の里邸の東三条殿に集まり妍子入内のことに従事したので、内裏では娍子立后の儀式の準備ができなかっただけではなく、さらに道長は「中終（午後四時半）」になってから、立后の宣命の文面に異議を述べ立て書き改めさせるようなことをして妨害した（小右記）。結局、娍子立后の儀式は、大納言藤原実資《さねすけ》・中納言藤原隆家《たかいえ》・参議藤原懐平《かねひら》（実資の実兄）・参議藤原通任《みちとう》（娍子の弟）のただ四人の上達部の参列だけで、殿上人の参加は一人もないままに行われた。しかもそれは中宮妍子の入内の儀の終わった後に、やっと「子時（午後十一時）」になって行われるという有様であった（御堂関白記）。以前にも道長は、中宮定子の内裏から退出する日にわざと上達部を引き連れて宇治にあそび、供奉する上達部がいなくて定子が退出できないということがあったが、道長はこうした嫌がらせをよくしたのである。

さて、皇太后彰子は枇杷殿で一条院の喪に服していたが、故院のために五月十五日から五日間盛大な法華八講を行い、二十七日には故院を葬った円教寺で周忌の法会が行われたのを機会に、東宮とともに除服した。

六月一日になり道長はひどい頭痛に悩まされた。頭が「破レ割ルル如ク」に痛がり、三日の朝には治まったが、なお飲食は受けつけなかったという（小右記）。そこで四日の夜に辞表を出したが帝は許さなかった。道長は若くより病弱で、たびたび腹痛などにも悩まされていたのである。道長には、困難な事件を乗りきった後などによく重病になる傾向があった(101)。今度の病も、一条天皇の譲位のことや敦康親王の継嗣問題、三条新帝との対応などに心身を消耗したことが大きな原因であろう。

さらにその上、この長和元年正月十六日には、道長の四男顕信《あきのぶ》が突然に比叡山に登り無動寺に出家するという事件があった。顕信の母は源明子で、前年十月に右馬頭になったばかりの十九歳であった。顕信の登山を知ると、すぐさま兄の頼通などは後を追って叡山に登り、出家を思いとどまるよう顕信を説得した。ところが父道長の方は、慶命僧都が顕信の出家を知らせにやってきて、どう対処したものかと尋ねたのに対して、「本意有リテ為ス所ニコソアラメ、今ハ云ヒテ益無シ。早ク（あなたは山に）返リ上リテ、然ルベキ事等オキテ置キ給フベキ者也」と返事している。さらに翌十七日には、顕信のために「時料（さしあたって必要な）小物」を山に送ってやったりしている。また、このでき事についての感慨を、「ミヅカラモ（道長自身）本意有ル事ト雖モ、未ダ（出家を）遂ゲズ。

（顕信の出家を）思ヒ難《くる》シムニ於イテハ罪業タルベキニ依リ、思フ所無シ。然《しか》レドモ寝食例ニ非ズ」と書き記している（御堂関白記）。自分もまた出家の願いをもつ身でありながら、顕信の出家を悲しむのは罪業になるから思い煩うことはしないけれども、やはり寝食もいつものようにはできない、というのである。父として当然であろう。

道長自身の記しているこれらの顕信出家に際しての対応は、やや冷淡でつき放して眺めているようにも見える。あるいは道長は、顕信の出家志向を早くから感知していて、いつかこうした事が起こるのではないかと予期していたのかも知れない。前年十二月、三条新帝は新朝の蔵人頭になっていた藤原通任が参議に昇ったので、その替に顕信を蔵人頭にするようしきりに道長に要請していたが、道長の方は「衆人之謗《そし》リヲ避ケンガ為ニ固辞」していた。それは通任という「不覚者之替」というのでは役不足だ、ということであったらしい（権記・寛弘八年十二月十九日）。三条帝は道長との接近を計るため顕信を蔵人頭にと考えたのであろう。顕信は蔵人頭の重職が務まるほどの能力があると認められていて、前途に期待できる時期であり、しかも父道長が権力を専横していたこの時に、何故に突然出家しようとまで思い詰めたのかは不明である。同様の例には、早く村上朝における右大臣藤原師輔《もろすけ》男の高《たか》光《みつ》の出家あるが、この時期になると顕信のような恵まれた高貴の家の若者も出家を実行し、さらに父道長もまたそれを許容するほどに、人々は現世出離の願いを強くもつようになってきていたのである。

道長もまた、その飽くなき権力追求や現世利益を求める一方では、早くから出家願望をもち、極楽往生のための修善などをさまざま勤めていたことはよく知られている。そうした現世執着と彼岸志向という一見矛盾したあり方は、実は道長に限らず当時の貴族たちに広く認められる一般的な傾向でもあったのである。紫式部に認められる、世俗出離の願望と現世への執心という相反する志向に思い悩むあり方もまた、同じくこの時代を生きる人として道長らとも深く共有していたのである。

【皇太后の女房として】

彰子は皇太后として次第に貴族社会に威勢を及ぼし始めていた。長和元年五月十五日、彰子は枇杷殿で故一条院のために法華八講を行ったが、連日大臣公卿のほとんどが参列した。特に十七日の五巻の日には、寝殿の南の階のもとに人々の捧げ物を置き並べるためにというので、高欄を設け帽額《もこう》を曳き階段を備えた舞台のごときものが構えられていたという（小右記）。彰子の捧げ物は金百両と丁子香《ちょうじこう》を二つの瑠璃の壺に入れたものであったが、人々の捧げ物も金銀以外の物はなく、道長自身もかつて見たことのないほどに盛大な八講であったという（御堂関白記）。

勿論こうした彰子の威勢は父道長のもつ権勢によるところが大きいが、それはまた道長が彰子を、一家の繁栄の基となった一条院の皇子を産んだということで、他の子たちよりも特別に尊重していたからでもあった。道長は六月に重病になったときにも、わざわざ実資を病床に招き寄せて、自分はもう余命が無いと思うが、後に残る中宮妍子や東宮や男女子たちの事よりもまず皇太后の御事が気になっている、彰子が今もなお故一条院のことを哀傷して心神を痛めておいでなのを悲しく思っているので、心をこめて彰子の世話をしてほしいと、涙を流しながら頼んだという（小右記・長和元年六月九日）。

閏十月二十七日には大嘗会の御禊が行われ、道長三女の尚侍威子《たけこ》が女御代を勤めた。このとき女御代に供奉した女房車は、いずれも人目を驚かせる風流をこらした豪華なものであったが、前述したように（二〇五頁）、女御代の車に続く第一の女房車に乗ったのは皇太后彰子の宣旨の源陟子《ただこ》であったし、この晴れの場の女房車には皇太后宮の内侍など彰子の女房たちが多く乗って従った。彰子は次代を担う東宮の母后でもあったから、道長一家の中だけではなく、社会的にもしだいに重みをもつようになってきたのである。

紫式部もまた、そうした隠然とした威勢をそなえてきた皇太后の主要女房として、重要な地位を占めていたと考えられる。ただし、三条朝に入って以後の確実な式部の消息を知ることのできるのは、次の記事のみである。

資平ヲ、去夜密々ニ皇太后宮ニ参ラシメ、東宮ノ御悩ノ間、暇ニ依リ参ラザルノ由ヲ啓セシムルニ、今朝帰リ来タリテ云ハク、去夕、女房ニ相逢フ〈越後守為時女、此ノ女ヲ以テ前々難(雑)事ヲ啓セシムル而已《のみ》〉、彼ノ女云ハク、東宮ノ御悩重キニ非ズト雖モ、猶ホ未ダ尋常ニ御サザルノ内、熱気未ダ散ゼ給ハズ、亦、左府、聊《いささ》カ患フ気有リ、テヘリ。

（小右記・長和二年五月二十五日）

五月十八日の夜より六歳の東宮敦成《あつなり》親王は体調を損い、「時行（気温ノ変調ニヨル病）」のようであった。二十日には病状が重くなり、陰陽師の賀茂光栄らに占わせたところ、重病だということだったが、二十四日の夜中には汗が出て、二十五日にはかなりよくなった。東宮は父故一条院の体質を受けついで病弱だったのである。

そのころ大納言藤原実資は、右の頬に腫れ物ができたために休暇をとって籠居していたので、東宮の見舞に参上できなかったおわびを、彰子のもとへ養子の資平をやって啓上させた。資平の報告によれば、皇太后宮では取り次ぎ役の女房に会って実資の伝言を伝えたが、この女房は越後守為時女で、以前から皇太后に雑事を啓上するときの取り次ぎにあたっていた女房であった。その女房の言うには、東宮の病は重いというわけではないが、まだ平常ではなく、熱もまだ下がっていない、また左大臣道長にも少し病の気がある、という話だったというのである。

この「越後守為時女」が紫式部であることに疑問はない。大納言実資やその養子資平は、日ごろ皇太后宮へ参上したときには紫式部を通じて要件を彰子に啓上し、仰せ言を承っていたのである。紫式部日記には、中宮彰子のもとに宮の大夫の藤原斉信がやってきて何か啓上しようとするとき、下臈の女房が応対して取り次ぐのを嫌い、適当な上臈女房がいないときには帰ってしまうようなこともあったことが記されている。彰子の御所に出入りする上達部たちは、「おのおの心寄せの人」を決めていて、その女房を通じて中宮に啓上することになっていたのである。いつのころから式部が実資・資平など小野宮家の人々の彰子への取り次ぎ役をするようになったのかはわからないが、日記寛弘五年十一月の敦成親王誕生五十日の祝の記事からすると、そのころの式部はいまだ実資とそれほどに親しい関係には見えないので、それ以後のことである。

【紫式部と藤原実資】

藤原実資の日記にはその後にも、実資が皇太后宮に参上したときには、この紫式部と考えられる「女房」を取り次ぎ役にして皇太后彰子とやりとりしたことや、この女房からは彰子の仰せ書や女房自身の私信も送られてきたことなどが、幾度か記されている。式部に限らず他の彰子の女房も同様の役目をはたしていたのであろうが、実資は式部を通じて、公卿人事にも関係するような機密事項についても彰子に啓上し、彰子から道長への言葉添えを依頼している。おそらく以下の記事中の「女房」も式部であろう。

長和元年五月二十七日、故一条院の一周忌の法事が故院御願の西山の円教寺で行われて、実資ら旧臣たちが参上した。翌二十八日に実資は彰子の御所にあいさつに行った。

A　皇太后宮ニ参ル、暫ク渡殿ニ候フ。女房、御簾ヨリ菅《すが》ノ円座《わらふだ》ヲ指シ出ダス〈元来、畳ヲ敷キ、ソノ上ニ円座ヲ指シ出ダス〉。女房ノ気色、近ク候フベキニ似タリ。暫ク見入レザル如クニ祗候《しこう》ス。然《しか》シテ頻リニ其ノ気色有リ。仍リテ進ミ候フ。女房ニ相逢ヒ、先日ノ仰セ事ノ恐《かしこ》マリヲ啓セシム〈御八講ニ参ル事也〉。即チ（女房が彰子の）御消息ヲ伝フ。又、多ク故院（一条院）御周忌ノ畢《をは》ル事也。装束乃《(の)》替多礼者《(たれば)》、波志多奈久《(はしたなく)》なん有けると云々。御簾皆尋常ノ如シ。懐旧ノ心忽チニ催シ、落涙禁ジ難シ。女房ノ見ル所ヲ憚ラズ、時々涙ヲ拭フモ、猶ホ留メ難シ。仍リテ本ノ座ニ復《かへ》リテ暫ク候フ。

（小右記・長和元年五月二十八日）

実資が渡殿でひかえていると、取り次ぎに出てきた女房が、寝殿の御簾の内から菅の円座をさし出した。そして、もっと近くに寄れというしぐさをしたが、暫く御簾の内を見ないふりをして座っていると、なおも頻りに同じ様子をしたので御簾に近づいた、というのである。夏の薄い御簾だったので、内部の女房の様子が見えたのであろう。

先日（五月十九日）の彰子主催の御八講に実資が参上したことについて、彰子からお礼の言葉を賜わったのは恐縮だと女房に啓上させたところ、彰子からすぐに言葉があった。故院の一周忌の終わったことについても多くの言葉があり、一周忌がすんで彰子らも喪服を脱ぐことになり、御所の室礼《しつらい》が喪中のものから日常のものへと替わったのはものさびしいことだ、などと仰せがあった。彰子は以前から実資に好意をもっていたので、彰子主催の故一条院のための御八講に実資が出席したことに慰労の言葉を伝え、喪服を脱ぐことの感慨なども述べたのである。実資も懐旧の涙がとどまらず、女房の見るのも憚らず涙があふれてきて、元の離れた渡殿の座に退いてからも涙の治まるまで暫くいた、という。当時の人々は年配の男たちも人前でよく泣いたが、実資は彰子や式部と応対しているときにもこうして泣き出すほどの親しい間柄であった。

次の記事Bは、式部が単に実資の言葉を彰子に取り次ぐだけの女房ではなくて、実資の兄懐平の任中納言や養子資平の任中将などの人事問題についても、皇太后彰子を通じて道長に働きかけてほしいと啓上してもらうなど、重要な役目を務めていたことがよくわかる。そして式部はかなり実資の身方として彰子へ口添えしているように見える。彰子の方もまたそれを容認するほどに側近女房として式部を信頼していたのである。

Ｂ　酉剋許リ二皇太后宮二参ル。女房二相逢フ。仰セ事有リ。資平ノ事ヲ案内申サシム。左相府（道長）二達《つた》ヘシメ給フベシ。夜二入リテ罷リ出ヅルノ後、右衛門督（懐平）立チ寄ラル。良久《やや》シク清談ス。多ク是レ資平ノ事也。

（小右記・長和二年正月十九日）

長和二年に入ったころ、実資の養子資平は弁官または右中将になることを望んでいた。実資は資平の任官の件につき、十八日にも道長に会って直接話をしている。そしてこの翌十九日には彰子のもとに参上して、彰子からもその件を道長に頼んでもらおうとしたのである。その話の取り次ぎ役も、やはり式部であったと考えられる。また次のようなこともあった。

C　皇太后宮、所労（実資の病気）ヲ訪ハシメタマフ〈女房ノ仰セ書ヲ以テ資平ニ送ル〉。恐《かしこ》マリノ由ヲ伝ヘ啓セシメンガ為ニ、（資平を）宮ニ参ラシム。（小右記・長和二年三月十二日）

実資の病気見舞の言葉を記した彰子からのこの仰せ書の手紙も、式部が書きとめて送ってきたものである。実資はその手紙を資平に送り、お礼を啓上させるために資平を皇太后宮へやったのである。資平を彰子や式部にそれとなく印象づけるためであろう。

長和二年四月十三日、中宮妍子はそれまでいた藤原斉信《ただのぶ》の大炊御門邸から土御門殿に移ることになり、その途中で姉彰子のいる枇杷殿にたち寄った。その当日実資は物忌みの日だったので中宮の行啓には供奉できなかった。次の記事Dは、その弁明に養子資平を枇杷殿にやったときの彰子の女房との応対などを記したものである。道長と彰子方とのやりとりを述べたところなどはすこぶる難解であるが、私解を示しておく。

D　資平来タリテ云ハク、去夕、立チ乍ラ皇太后宮ニ参ル。女房ニ相遇フニ云ハク、昨日ノ行啓云々、左府《道長》啓スト云々、右大将《実資》ヲ（行啓に）遣ハスコト如何（昨日行啓云々、左府啓云々、右大将遣如何何日《ママ》）、昨日（実資は）物忌ノ由ヲ啓セシム、其事ヲ聞キ乍ラ、召シ遣ハスベカラザル也、又啓ス、行啓ニ供奉スベカラザルニ依リテ申ス所也、縦《たと》ヒ物忌ト雖モ宮ノ召シ有ラバ参入セン歟、又、供奉ノ上達部ハ皆是レ相親シキノ人等也、大将ヲ召シテ見セシメントスルハ（行啓の事を支配させるのは）、是レ希有ノ事也テヘリ。后（彰子）ノ仰セラルル詞ニ承引無シト云々（后被仰詞無承引云々）。予（実資）、（行啓の）中間《ちゆうげん》ニ参入スルハ便宜無カルベシ。皇太后ニ参リ、中宮ノ還御ノ時ニ候ハザルベカラズ。太后ノ思量シ給ヒテ（自分を行啓の供奉に）召サザル所歟。心底感嘆ス。（小右記・長和二年四月十五日）

資平が実資邸にやって来ていうには、昨夕皇太后宮に参り、立ったままで女房に遇ったところ女房の云ったのは、昨日（十三日）の中宮の行啓のことや、左府（道長）が彰子に申し上げたことなどであった、道長からは、右大将を中宮の行啓に供奉させるのはどうだろうかといってきたが、彰子は、実資からは昨日は物忌みの由を啓している、その事を聞いていながら、実資を行啓に召すことはできないと言ったところ、また道長は啓して、実資は行啓に供奉できないということだから特にお願い申しているのだ、たとい物忌み中ではあっても、皇太后のお召しがあれば参入するのではないか、また行啓に供奉する上達部は皆わが家に親しい人たちである、だからやや離れた立場の実資を召して、行啓の事を行わせようと思うのだ、これは特別の事だ、といったという。彰子の仰せられた詞に対して道長は承引しなかったということだった。自分は、行啓行事の途中から参加するのは具合がわるかったであろうし、また、皇太后宮に参上しながら、中宮の土御門殿還御に伺候しないわけにはいかない、皇太后はあれこれ考えられて自分を召されなかったものか、その配慮には心底感嘆した、ということらしい。

これは資平が皇太后の「女房」から聞いたことの報告であり、しかも彰子と道長とのやりとりもまた女房からの伝聞であるから、実際の経過がどういうことであったのかはさらに判りにくい。しかし、道長と彰子や実資ら時の貴族社会の中枢にいた人々の微妙な交渉の様子を、式部は傍らから見聞きする場にいたのである。この記事の中宮還御に実資を供奉させたいとする道長の意向については、彰子はどちらかといえば実資の側に好意的で、道長とはやや距離を置いているかのごとく見える。

式部が、公卿の人事などの重要事項についても皇太后彰子と実資との仲介にあたり、実資は彰子を通じて道長に働きかけていた様子をよく示すのは、次の記事である。

E　侍従（資平）、内ヨリ示シ送リテ云ハク、今日除目有ルベシ。大納言一人・中納言二人、大納言頼通、中納言懐（平）――・教通ト云々。……但シ資平ノ中将ヲ申ス事、試《こころ》ミニ奏聞スベキノ由、頭弁（藤原朝経）ノ許ニ示シ遣ハス。即チ奏スベキノ報有リ。右衛門督（懐平）ノ消息、幷ニ皇后宮ノ女房ノ書、相加ヘテ之ヲ送ル。納言ニ任ズベキノ由也。且ハ欣悦ノ報答《こたへ》シ訖《をは》ンヌ。

（小右記・長和二年六月二十三日）

この日には除目があり、資平から今日懐平が中納言に任ぜられる予定だと知らせてきた。かねてから資平は中将を望んでいたので、頭弁に試みに帝へ推挙しておいてほしいと頼んだところ、奏上するとの知らせがあり、懐平からの消息には皇太后宮の女房の書状を加えて送ってきたが、そこには中納言に任ぜられる予定だとあったので、欣悦の由を言ってやった、というのである。

この日、道長は早朝から参内して天皇と除目の案件を確認していた。天皇は、教通と懐平を権中納言にと考えていて、懐平については、「懐平、久シク宮司ニ候ヒ、年老イ哀憐スベキノ人也、権中納言ニ加フルコト如何」と道長に賛成を求めた。それに対して道長は、先日にもその仰せがあったが、中納言七人というのはいまだ例がなく、今度初めて七人を中納言にするのはよくない、あってはならないことだ、と言ったのだが帝はやはり任じたいといったので、道長は、そこまで思し召すならこれ以上は言わないが、「仰セラルルハ、世間ノ事ヲ思ハズ、只ダ人ヲ思フ様ノ事也、能ク思ヒ定メ給ヒテ任ゼラルベキ也」と忠言したけれども、帝はやはり懐平を任じようと言ったという（御堂関白記）。三条帝は無理をしても自分に近い小野宮家の懐平を任じたかったのである。

懐平からの消息と一緒に送られてきた「皇后宮ノ女房ノ書」には、何が記されていたのかは判らない。やはりこの日の除目に関することで、懐平の任権中納言が内定したことなどを知らせてきたものであろうか。この式部と考えられる女房は皇太后彰子の傍らにいて、こうした公卿の人事の機密にもふれ得る立場にいたのである。

【彰子「無月無花」の生活を希う】

さて、この時期における彰子が皇太后として成長してきた様子は、次の記事からもよくうかがわれる。彰子は、時の誰しもが異を唱えることのできなかった父道長の意向に逆らっても、自己の意思を強固に貫こうとしているのである。ここに「女房」として見えるのも式部であろう。

F　今日、諸卿一種物《ひとくさもの》ヲ提ゲテ皇太后宮〈枇杷殿〉ニ参会ス。資平、先ヅ左相府(道長)ニ参リテ、注シ送リテ云ハク、今日ノ事停止ス、左衛門督〈頼通〉資平ノ車ニ乗リ、左府ヨリ三箇度皇太后宮ニ参ル、事有ルニ似タリ、テヘリ。夜ニ入リテ資平来タリテ云ハク、左金吾(頼通)往反シ、資平同車ス、案内ヲ問フニ金吾云ハク、今日ノ事、后(彰子)許サザルノ気有リテヘリ、左相府参ラレズ、亦タ心神宜シカラザルノ由ヲ称サル、后ノ御気色ノ許サザルニ縁《よ》ル歟《か》、テヘリ。女房ニ案内ヲ取ルニ云ハク、宮(彰子)仰セラレテ云ハク、日来中宮(妍子)頻リニ饗饌アリ、卿相煩ヒ有ル歟、無月無花、事ニ触レテ思ヒ有ルノ処也、諸卿必ズ思フ所有ル乎《か》、亦タ二ノ舞ニ似タリ、相府坐《おは》ス間、諸卿饗応シ、退ケバ誹謗有ル歟、況ムヤ万歳ノ後ヲヤ、連日ノ饗宴、人力多ク屈《くじ》ク歟、今以テ之ヲ思フニ、太ダ無益ノ事也、停止有ルハ尤モ然ルベシ、テヘリ。仍テ左府参入セラレズ、参会ノ諸卿、興ヲ委《す》テテ直ニ以テ退出ス、テヘリ。賢后ト申スベシ。感有リ、感有リ。又、資平云ハク、女房、余ノ参ルヤイナヤヲ問フ、テヘリ。

（小右記・長和二年二月二十五日）

この日は一種物（人々が食物一品づつを持ち寄り行う宴会）があり、諸卿は一品を提げて枇杷殿に参会した。資平はまず道長邸に参り、手紙を寄こして云うには、今日の会は中止になった、頼通が資平の車で三度枇杷殿に参ったが、何か事が起こったらしい様子であったという。夜に入って資平が来て云うには、頼通は道長邸と枇杷殿を往反し、それに資平が同車した、資平が事情を問うと頼通が云うには、今日の会は彰子が許さない様子だ、ということだ、それで道長は参会せず、また気分がわるいと称している、彰子の意向が会を容認しないことによるものか、といった。彰子の女房に面会を求めて聞くと、女房の云うには、宮の仰せは、日ごろ中宮（妍子）で頻りに饗饌があり、公卿は困っているのではないか、自分は「無月無花」の生活を事に触れて思っているのだ、諸卿もきっとこんな宴会には思う所があるだろう、またこんな会は同じことの繰り返しだ、父道長がその座にいる間は諸卿も饗応しているが、退くと誹謗していることだろう、況んや万歳の後世の人々はどう言うことか、連日の饗宴で人々の気力も多く萎えているだろう、今それを考えると甚だ無益な事である、停止するのは当然だ、ということであった、そのため道長は枇杷殿に参入せず、参会の諸卿も興を失ってすぐに退出した、という。彰子は賢后と申すべきだ、感嘆、感嘆。また女房は実資がこれに参会するかどうかを尋ねた、というのである。

当日の道長の日記には、この事件についてただ次のようにだけ記されている。

G 内ヨリ出デテ中宮幷ニ皇太后ニ参ル〈退出〉。今日人々一種物ヲ随身シテ参入ス。而シテ労事有リテ参ラズ。仍リテ止マリ了《をは》ンヌト云々。

（御堂関白記・長和二年二月二十五日）

つまり当日の経過は、まず道長が彰子の枇杷殿に行ったところ、彰子から一種物の会を中止するようにと云われた。しかし自邸に帰ってから、いまさら中止はできないと考え、頼通を彰子のもとに再三遣わして説得したが彰子は応じず、そこでやむを得ず病気で参会できないと伝えたので、集まっていた諸卿はせっかくの興も冷めてしまい、そのまま退出していった、ということなのである。

これによれば、彰子は以前から父道長の連日の遊興を快く思わず、自邸枇杷殿での一種物開催に強く反対していたのである。頼通が道長と彰子の間を三度も往復したというのは、道長の再三の説得にもかかわらず、彰子は断固として拒否していたことを示すものである。度重なるこうした遊興には、公卿たちも困惑しているだろうし、何よりも後世の批判を考えるべきである、というのである。さらに彰子はまた、事に触れて自分は「無月無花」の生活を願っているのだ、とも云っている。

ただし、この場合にも注意しなければならないのは、これが彰子の言葉を「女房」が要約して伝えたものであり、さらにそれを伝え聞いたことを記した資平の手紙、その資平の手紙を見た実資が要約したこの日記という、幾過程もの伝聞を重ねたものであるということである。したがって、この記事には彰子の言ったことがどれほど正確に伝えられているか、という問題はあるにしても、彰子が父道長に対しても強固に自己の意思を主張するようになってきていることは明らかである。一種物などが人々を困らせるだけの無益な遊興であり、後世の人々がどう思うかといった部分も、彰子自身の言葉であったかということもあるが、そこには次の代を受け継ぐ東宮の母、将来の国母としての自己の立場を考え始めているらしい彰子の姿をうかがうことができる。彰子は自ら求めて式部から白氏の新楽府の講義を聞こうとした人でもあった。こうした彰子の人間としての成長には、やはり側近していた式部の影響もかなりあったかと考えられるのである。

彰子の言ったという「無月無花」の生活というのもまた、彰子自身の言葉であったかという問題もあるが、月や花などの現世的な官能のよろこびを求める生活を否定すべきだとする心を、このころになると彰子も持ち始めていた。(102) こうした彰子の傾向も式部の影響とまではいえないにしても、彰子と式部とにはその人間性に共通するところが多くあったらしいのである。

【その後の紫式部の消息】

藤原実資の日記には、この後にも次のように紫式部かと考えられる女房のことが記されている。

Ｈ　皇太后宮ニ参ル。女房ニ相逢フ。種々相障リテ久シク参入セザルノ事ニ触ル。乃テ事ノ由ヲ啓ス。仰事有リ。暫ク候ヒテ退出ス。

（小右記・長和二年七月五日）

Ｉ　皇太后宮ニ参リ女房ニ相逢フ。仰事有リ。左府法性寺ニ坐スルノ間参入ノ由也。

（小右記・長和二年八月二十日）

しかしこれ以後、式部のことと思われる女房についての記事は途切れてしまう。その間の事情については、この長和二年の秋に式部は皇太后彰子の女房をやめたからだ、とする説がある。式部は、日ごろ道長と強く対立していた実資と親しくしていたので、式部が彰子をも巻き込んで反道長の立場を鮮明にしてきたことを知った道長の指示により、式部の実資と彰子との取り次ぎ役を罷免されたからであり、さらに式部の方もそれを機会に宮仕えを退いたのであろうとするのである。(103)

ただしこの説については、前掲の実資の日記のＤＦなどからもわかるように、この時期においては道長といえども皇太后に指示して、その側近女房の実資との取り次ぎ役をやめさせるようなことができたとは考えにくい。道長は一種物の開催程度のことでさえも、彰子に再三懇請したにもかかわらず容れられなかったのである。さらにまた、この当時の実資は道長の対立者というほどの存在でもなかった。実資は、その日記の中でこそあれこれと道長の言動を批判したり、その専横ぶりを厳しく非難する言葉を書き連ねているが、会議などの場では特に道長に異を立てるようなこともせず、いわば道長に追従している。内心では道長の専政をにがにがしく思っていたにしても、黙って見守っていることしかできなかったのである。道長の方もまた一往は実資を立てていたから、式部が実資と彰子の間の取り次ぎ役であるのを知っていても、それを排除する必要はなかったと考えられる。

長和二年の後半以後、実資の日記に式部らしい女房のことが見えないのは、そのころから実資は皇太后宮へ参上することがほとんど無かった、という事情にもよるのであろう。それまでは実兄懐平の任中納言のことや、養子資平の中将任官希望などの重要問題があり、彰子を通じて道長への言葉添えを頼む必要からも、ときどきには彰子のもとに参上していたが、それも一段落すると実資がわざわざ彰子を訪う理由もなかった。両者は皇太后と大納言という高い地位にある人であり、軽々しく訪ねて行ける相手でもなかった。

さらにまた、彰子や式部が実資に好意をもっていたということがあったにしても、実資の側からすれば、自分の日常の生活圏の外にある人々とでもいうべき存在であり、あえていえば利用価値のある女性たちという程度の関係なのである。前記の実資の記した、「此ノ女ヲ以テ前々雑事ヲ啓セシムル而已《のみ》」という記事にしても、ここには「前々」とあるけれども、もしそれが古くからの関係であったならば、突然ここでそんなことを書く理由は考えにくいから、せいぜい三条朝に入ってからのことであろう。したがって、実資が皇太后宮へ参上しなくなれば、式部のことも記されないのは当然なのである。

式部らしき女房の記事が見えないことについてのもう一つの説は、式部はそのころに病を得て亡くなったからだ、とするものである。式部がいつ亡くなったかについては改めて検討するが、亡くなってはいなくとも、前述したような事情により実資が記さなかったことは十分にあり得る。

長和五年（一〇一六）正月、三条天皇は譲位して彰子の産んだ後一条天皇の代になった。東宮には三条帝の長男敦明《あつあきら》親王が立ったが、道長の圧迫に堪えきれず翌寛仁元年八月には東宮を辞退し、替わって彰子の産んだ敦良《あつなが》親王が東宮になった。寛仁二年正月彰子は太皇太后となり、天皇・東宮の母后としていよいよ威勢をふるうことになった。そして四月二十八日、天皇は母后と共にそれまでの里内裏一条院から新造内裏に遷御し、彰子はその御所にあてられた弘徽殿に入った。

翌寛仁三年正月一日、実資の日記によると、参内していた実資は道長から話があると呼ばれたので会うと、道長の云うには、太后彰子の仰せでは上達部は悉く願い事などの雑事を云ってくるが、年ごろ汝は一事も云ってこない、だから汝に年爵を賜おうとのお考えだ、屋敷の造作などの料に充てよ、ということであった。そこで実資は、思いがけないことで恐悦無極である、この御給を賜わらないというわけではないが過分であり、太后の恩顧を悦ぶ心も深いが、当然これは恒例の叙位の行われる時に御処置を頂くべきものだ（更所不思給、無極恐悦、非賜此御給、多悦恩顧深、須臨叙位期可蒙処分）、と答えたという。

上達部たちは皆、太后彰子のもとにあれこれ頼み事をいってくるのに、これまで親しくしていた実資は何一つ頼みに来ない、それで彰子の御給の年爵を与えたいと、わざわざ道長から伝えさせた、というのである。ここにも彰子が実資に深い好意をもっていたことがよくうかがわれる。しかし、実資はその彰子の仰せをなぜに辞退したのはよくわからない。実資が清廉な人柄であったといわれるのはこうした所からであろうが、あるいはその他にも何か理由があったのかも知れない。紫式部のその後について問題になるのはこれをうけた次の記事である。前述した長和二年の記事から六年後のことである。

「前太府(道長)ニ参ル。宰相(懐平)車ノ後ニ乗ル。源中納言〈経房〉ヲ以テ、太后(彰子)御給ノ爵ノ案内ヲ申サシム〈今般、叙スベキノ人無キ事也〉、所労有リテ相逢フコト能ハズテヘリ。……参内、……弘徽殿ニ参リ、女房ニ相逢フ〈先ヅ宰相ヲ以テ案内ヲ取ラシム〉。御給ノ爵ノ恐《かしこ》マリヲ啓セシム。枇杷殿ニ御坐《おはしま》スノ時、屢《しばしば》参入ノ事、今ニ忘レズ坐《おは》スルノ由、仰事有ル也。女房云ハク、彼ノ時ハ参入シ、当時参ラザルハ、世人ニハ似ズ、恥ヅカシク思シ食《め》サ所《るる》也ト云々。

(小右記・寛仁三年正月五日)

この日実資は道長邸に参り、源中納言経房に取り次がせて、先日の太后の御給の年爵の件を申させた。今回は自分には叙位させるべき人がいないので、辞退する、道長は所労で逢えないということだった。そのあと参内して太后御所の弘徽殿に参り、女房に逢った。まず資平に女房への取り次ぎをさせた。そして太后御給の年爵の件についてお礼を啓上させた。すると女房から、先年太后が枇杷殿においでになった時にはたびたび実資が参上したことを、太后は今も忘れずにおいでだとの由の仰言があった。女房の云うには、あのころにはよく参入していたのに近年参らないのは、世間の人とは違っていて、自分がいま太后という権勢の地位についているせいかと、恥ずかしくお思いあそばしている、ということであった。

　ここの「女房」は、太后が枇杷殿にいた時期には実資がよく参上していたことをいっているから、そのころから仕えていた人である可能性が高い。彰子の言った言葉をそのまま伝えたとも考えられるが、やはりこの女房もまた枇杷殿に来ていたころの実資を知っている口ぶりであり、実資と私的にもいろいろ話をしている様子からしても、紫式部ではないかと考えられる(104)。

また、近頃実資の参上しないことについて、彰子が「恥ヅカシク思シ食サルル也」というのは、現在では権勢の地位につき朝廷の人事などにも影響力を及ぼしている彰子自身のあり方を、実資が御給をことわったことと考え合わせて、実資からどう見られているかと思うと恥ずかしい、というのであろう。ここにも彰子の成長した姿を見ることができる。

さて、このJの「女房」を紫式部とすれば、次のKの記事中の「女房」もやはり式部ではないかと考えられるのである。

K 内ニ参ル〈宰相《資平》、車ノ尻ニ乗ル〉。諸卿参ラズ。母后（彰子）ノ御方ニ参リ、女房ニ相逢フ。仰事等有リ。是レ入道殿《道長》御出家ノ間ノ事等也。（小右記・寛仁三年五月十九日）

この日、実資は参内して彰子の御在所の弘徽殿に行き、「女房」に逢って、道長の出家の件などについて、彰子からのいろいろ仰せを承ったというのである。道長は翌三年三月に出家するが、既にこのころからさまざま準備を始めていた。彰子が何を云ったのかはわからないが、道長の出家後のことなども話に出たことであろう。

さて、このときの取り次ぎの「女房」もまた式部であったと私は考えるが、これが実資の記した式部についての最後の記事である。ただし、何分にも長和二年に式部のことが明記されていた記事から六年後のことであるから、これが式部だと断定はできないにしても、その可能性は十分に認められるであろう。

【紫式部と伊勢大輔】

三条朝ごろにおける式部の消息をうかがわせると考えられるものに、いま一つ次の伊勢大輔との贈答がある。伊勢大輔は式部よりはかなり年少であったが、同じころに中宮彰子のもとに出仕したこともあり、また互いに歌詠みとしてその才能を認めあっていたらしいこともあり、親しくしていたと思われる。

藤式部（彰考館本「紫式部」）、清水に参りあひて、御前《まへ》（彰考館本「院」）の
料《れう》に御灯明《あかし》奉るを聞きて、榓《しきみ》の葉に書きておこせたりし
81 心ざし君にかかぐるともし火の同じ光にあふがうれしさ
かへし
82 世々を経《ふ》る契りもうれし君がためともす光にかげをならべて
同じ人、松の雪につけて
83 奥山の松葉にかかる雪よりもわが身世にふるほどぞはかなき
かへし
84 消えやすき露の命にくらぶればうらやまれぬる松の雪かな
（伊勢大輔集・八一～八四）

通説では、この贈答は長和三年正月ごろのこととしている。特に根拠はないが、皇太后彰子はこの年の正月の中頃から体調を損なっていたので、これはその平癒を祈って灯明を献じたときのものだと考えてのことである。さらにこの詞書からすると式部はこのころ里居していた、などと推定する説もある。(105) ただし、伊勢大輔集の歌の配列は歌の詠まれた年代順になっているわけではないし、「御前」が彰考館本のように「院」であっても、この家集では一般に彰子が女院になった時点からする呼称が行われているので、年次を考える手がかりにはできないのである。また彰子が体調不良で臥せっていたことはたびたびあったから、この贈答が長和三年のことだとする根拠にはなりにくい。

もっとも、詞書の「清水に参りあひて」や、81の「同じ光にあふ」の語は、二人がしばらく顔を合わせることなく過ごしていたことを思わせるところがあるし、82の「世々を経る契り」の語もまた、二人がそれまで別々の生活をしていたのが、こうして清水寺でめぐり逢ったことをいっているらしくもあって、この時期には式部は里に下が

っていたか、あるいは式部は宮仕えを退いていた、とすることのかすかな根拠にはなり得るであろう。だが、この二人の清水寺参籠が長和三年正月であったことは証明できない。長和三年よりもずっと後のことであったのかも知れないのである。

83・84の贈答も、その前の清水寺に参籠したときのものであるかどうかは不明である。式部との贈答を記したついでに、別の時の式部とのやりとりを載せておいたのかもしれない。83の式部の歌は、かなり心弱くなっていたときのもののように思われ、伊勢大輔の返事もそれを慰めたように見えるところがあって、あるいは式部の身辺に何かあったときのものかもしれない。この二組の贈答では、いずれも式部の方から先に若輩の大輔に歌をやっていて、それもまた式部が里に籠もっているころのもので、心細い思いをしていたからだ、とも考えられる。しかしまたこの二組の式部との贈答は、大輔がわざと大先輩の式部から先に声をかけてきたものだけを選んで載せた、とも考えられる。いずれにしても、式部の生活を具体的に知る手がかりにはなりにくいものである。

【父為時の出家】

紫式部の父為時は、長和三年六月に越後守の任期を一年残して辞任し、長和五年（一〇一六）四月三井寺で出家した（小右記）。この為時の出家は、寛弘八年に長男惟規に先立たれ、続いて長和三年には式部が死去したことに深く心を傷め、世俗生活をする気力も萎えたことによる、などと説明されることが多い。しかしこうした説明は、まず証明すべきはずの式部の長和三年没説を前提にして為時の出家を説明し、それによって長和三年没年説を補強しようとするものであり、論理矛盾というべきところがある。

惟規を亡くしたことも為時出家の一因であったかも知れないが、子に先立たれるのも当時にはよくあることであり、為時の越後守辞任も息子や娘を失ったことによるものとはなしにくい。惟規の卒去は五年も前のことなのである。前述したように、やはり為時の越後辞任は、女聟の藤原信経に収入の多い国司の地位を譲り、一家の利益を計ろうとしたのが第一と考えられる。さらにまた、出家してからの為時は世俗社会との関係を断ち切って隠遁し、仏道修行に明け暮れていたわけでは必ずしもなかったのである。

寛仁二年（一〇一八）正月、摂政頼通が大饗《だいきょう》のための「四尺倭絵屛風十二帖」を新調して、その屛風の色紙形に書く漢詩および和歌を、時の代表的な詩人歌詠みに求めたことがあった。漢詩は大納言藤原斉信《ただのぶ》・同藤原公任《きんとう》・式部大輔藤原広業《ひろなり》・内蔵権頭慶滋為政《よししげのためまさ》・大内記藤原義忠《のりただ》・「為時法師」が、和歌は祭主大中臣輔親《すけちか》・前大和守藤原輔《すけ》尹《ただ》・和泉式部が献上し、輔親が選定にあたった（小右記・寛仁二年正月二十一日）。為時は出家者の身でありながらも、斉信、公任ら時の代表的な詩人と並んで末尾に名を連ねている。これは為時が詩人として高く評価されていたことによるのであろう。為時は出家後もやはり貴族社会に関わり続ける生活をしていたことを思わせる。この詩歌の作者の選定には道長の意向も働いていたことが考えられる。為時は以前から道長のもとに出入りしてその愛顧をうけていたのである。為時は出家後も道長や頼通とのつながりを維持していたのであり、必ずしも三井寺で静かに隠栖生活を送っていたわけでもなかったのである。

為時にかぎらず当時の貴族たちの多くは、出家したからといってすぐにそのまま俗世との関係を一切断ち、寺や山林に入って心静かに仏道修行に努める隠遁者しての生活に安住した、というわけではなかった。花山院に従って出家した中納言藤原義懐《よしちか》なども、隠栖地の飯室《いいむろ》からときどきには京に出て世俗の人々と会い、子の成房の昇進のことを縁者に頼みまわっているし、橘永愷《ながやす》（能因法師）は、出家してから諸国を放浪していたが、後には京に近い故里の摂津国古曾部に隠栖して、たびたび都に出て知人のもとに身を寄せたり、摂政頼通の歌会に呼ばれて、俗人たちとつきあっている。(106) それがこの時期の出家者の一つの生活スタイルでもあった。

式部と藤原宣孝《のぶたか》の間に生まれた娘賢子《かたこ》は、最初は皇太后彰子に仕えていたが、後には彰子の孫の親仁親王《ちかひと》（後冷泉帝）の乳母となり、やがて典侍を経て従三位にまでに昇ったので「藤三位《とうざんみ》」とも呼ばれていた。その賢子の家集には次の歌が見えている。

年いたく老いたる祖父《おほぢ》の物したる、とぶらひに
残りなきこの葉を見つつ慰めよ常ならぬこそ世の常のこと

かへし
長らへば世の常なさをまたや見ん残る涙もあらじと思へば　（藤三位集・三四、三五）

「年いたく老いたる祖父」とあるのは為時であろう。いつのころの贈答なのかはわからないが、このとき少なくとも為時は七十歳を過ぎていたであろう。宮中に仕えていた賢子が何かの機会に、老衰の身を一人長らえている祖父を見舞う歌をやったのである。賢子の歌は、「残りなく散った木の葉を日々に見て、（これがこの世の姿だと）心を慰められよ、この無常のさまこそがこの世の変わらぬ姿なのだと」、というのである。冬のころだったのであろうか。為時の返歌は、「こうして長く生きていると、この世の無常のさまをさらにまた見ることになるのか、これまで身近な人々を多く見送って涙を流し尽くし、もはや残る涙も無かろうと思うのに」といったものである。両者の歌の「常ならぬこそ世の常」「世の常なさ」の語からすると、これは二人にとって誰か身近な人が亡くなったときのものかと思わせるところがある。「この葉」も賢子自身をいったものであろう。

「年いたく老いたる」の語からすると、為時はずいぶん長生きをしたものらしい。為時の生年は不明であるが、天慶八年（九四五）生まれだとすれば、出家した長和五年には七十五歳であり、その後にも、寛仁二年（一〇一八）には頼通の大饗屏風の漢詩を求められるほどに健在であった。没年はわからないが、おそらくこの後も数年は生きていたであろうから、八十歳を越えてからの歌ではなかろうか。

【紫式部、長和三年没説】

紫式部の没年について早く安藤為章《ためあきら》は、栄花物語の万寿二年（一〇二五）八月の記事に後冷泉院が誕生してその乳母が定められたことを記したところに、「大宮の御方の紫式部がむすめの越後の弁、左衛門督の御子うみたるぞつかうまつりける（楚王夢）」とあるのは、いまだ式部が存生のように見えるが、長元四年（一〇三一）九月の上東門院住吉詣でに供奉した女房たちの記事（殿上花見）には、娘の越後の弁の名があるのに母式部の名が見えないのは、その間に亡くなっていたからではないか、と推定している（紫女七論）。ただし、この推定の根拠はかなり薄弱である。

紫式部の没年については諸説あるが、実証的なものにはまず岡一男の説がある。これは、西本願寺本三十六人集の兼盛集巻末に見える十二首を、藤原頼宗《よりむね》の家集から混入付載されたものだとして、中でもその十二首中の特に次の歌などを検討することにより、式部は長和三年二月ごろに亡くなったと推定するものである。この兼盛集巻末十二首は頼宗集の断簡であるか、[107]という問題はいまは措いて、そこに見える歌が小式部内侍など彰子の女房たちのものであることは次の歌からもわかる。

　　大宮の小式部の内侍の、親のはらからと臨時《りうじ》の祭、一つ車にのりて見侍りけるに、おしわたして桜の衣《きぬ》どもを、墨に着てぞ侍りけるを御覧むじて、大殿《おほとの》の宮に参らせ給ひけるに、内侍をとらへて、「みじくても見たりしかな」と宣はせて、「これ、ただいまやれ」とて給はせたりける

Ａ　舞人のかざしの花の色よりもあまた罪えし桜がさねか

　　御かへし

Ｂ　花の色に衣や見えしわれはただ君をのみこそみにきたりしか

頸《くび》の褄《つま》をさながらおし切り、重ねて書きて参らせたりける　（私家集大成本兼盛集・一〇三、一〇四）

ここの「大宮の小式部の内侍」は、皇太后彰子に仕える和泉式部女の小式部である。「おしわたして桜の衣どもを、墨に着てぞ侍りける」の部分はややことば足らずであるが、これは小式部が石清水の臨時祭の見物に叔母と出かけたとき、車中の他の人がすべて「桜の衣ども」であったのに、小式部が「墨に着て」いたというのであろう。父親橘道貞《みちさだ》の重服中だったからである。道貞は長和五年四月十六日に亡くなったので（御堂関白記）、これは翌寛仁元年三月十九日の臨時祭のことであり、小式部は墨染を着ていたのである。それで頼通が彰子のもとに参上したとき、まだ濃い墨染を着ている小式部を見て、臨時祭ではそなたの墨染の姿を心うたれて見ていたよ、もう除服せよ（「破《や》れ」）と言ってやった歌というのである。歌は難解であるが、「舞人の」は、車の人々は服喪中のはずなのにみな罪深い桜襲だったね、といったのである。返歌は、私も桜色の衣に見えたのですか、私はあなただけを見にいったのに、あなたは私を見ていなかったのね、といったものである。

C　憂きことのまさるこの世を見じとてや空の雲とも人のなりける
　　まづかうかう侍りけることを、あやしく、かのもとに侍りける式部の君の
　　　同じ宮の藤《とう》式部、親の田舎なりけるに、「いかに」など書きたりける文を、式部の君亡くなりて、そのむすめ見侍りて、物思ひ侍りけるころ、見て書きつけ侍りける

D　ゆきつもる年にそへても頼むかな君をしらねの松にそへつつ
　　このむすめの、あはれなる夕べをながめ侍りて、人のも

とに、同じ心になど思ふべき人や侍りけむ

E　ながむれば空に乱るる浮き雲を恋しき人と思はましかば

（私家集大成本兼盛集一〇七、一〇八、一〇九）

Cの詞書は、「同じ大宮に仕える藤式部が、親の田舎にいたときに、『どうしておいでか』などと書いてやった手紙を、式部の君の亡くなってのち、その娘が見まして、物思いに沈んでいましたころ、（私も）その手紙を見てそこに書きつけました歌」というのである。この「同じ宮」は、Aの「大宮の小式部の内侍」をうけていると考えられる。「小式部内侍」は和泉式部の娘であろうから、その仕えていた「大宮」とは皇太后彰子である。したがって、「同じ宮の藤式部」は同じく彰子に仕えていた紫式部である。式部は、前述のごとく長和二年五月までは確実に彰子のもとに仕えていたから、亡くなったのはそれ以後である。「親の田舎なりける」は、為時が何かの事情で一時期地方に下っていたときのこととも考えられるが、Dの歌の「しらね」の語からすればやはり長和三年春ごろまで越後守として任地にいたころのことで、式部が越後の父のもとに様子を問う手紙をやったのであろう。その後に式部が亡くなってから、式部の娘がその手紙を見ることになり、感慨にふけっていたのである。式部が越後の父にやった手紙は、為時が長和三年六月に越後守を辞し、帰京したときにもち帰ったものだと考えると、岡説のように、二月に母式部が亡くなり、秋になって帰京した為時から亡き母の手紙を見せられたので、「物思ひ」に沈んでいたのだと考えると、うまく話があうのである。

しかしながらこの仮説は、式部が長和三年二月ごろに亡くなったことを前提にして成立するもので、長和三年に亡くなったことを直接に証明するものではない。証明すべきことを前提にしているのは論理矛盾なのである。式部が越後の父にやった手紙を娘が見たのは長和三年の秋ごろではなく、それから何年か後に式部が亡くなり、その後に何かの機会に娘は母の遺品の中に手紙を見つけたのかもしれないし、あるいはたまたま祖父の手許に残されていたのを見たのかも知れない。長和三年式部死去説はうまく説明した仮説ではあるけれども、やはりまだ証明が不十分と認められ、式部は少くとも寛仁三年夏ごろまで彰子に仕えていた可能性もいまだ否定できないのである。

紫式部の娘賢子は彰子に仕えて、最初は「越後の弁」と呼ばれていた（定頼集・一八六、栄花物語・楚王夢）。これは弁から越後守になった祖父為時の官名によった女房名であろうから、その女房出仕は少なくとも寛弘八年以後のことである。賢子が長保二年生まれだとすれば、長和三年にはようやく十五歳である。十五歳で親しくしている男がいたことはあり得るにしても、式部の手紙を見てCの歌を詠んだ人、およびDの式部の歌やEの娘の歌をこんな形に書き記したのは、越後の弁の恋人の頼宗などではなく、娘よりもやや年長の同僚の女房とすべきだと考えられる。紫式部を「式部の君」と呼ぶのは、主筋である頼宗にはふさわしくない。こんな呼び方は男からするものであるよりは、女からのものであろう。男からであれば恋人のような関係にある親しい女を、「そのむすめ」とよそよそしい呼び方をしていることにも違和感がある。

Dの詞書は難解であるが、「（式部ノ手紙ニハ）そちらはどんな様子ですか、などと書いてありましたのを、（人ハ亡ク手紙ガコウシテ残ッタノヲ）不思議に思って見ると、娘のもとにありました式部の君の歌」というのであろう。歌は式部が父にやったもので、「雪の降り積む年の瀬になるにつけても、頼りに思っていることだ、父君をそちらの越の白嶺《しらね》の松によそえて（千歳ノ齢ヲト）」というのである。

Eの詞書は、「この娘は、あわれな夕暮れを母のことを思って眺めていまして、人のもとに（詠ンデヤッタ歌）、（同ジク親ヲ亡クシテ）自分と同じ思いでこの夕暮れを見ているに違いないと思う人がいましたのか（ソノ人ニヤッタ歌）」というのである。同じく母を亡くした知人の女性にやったものと考えられる。歌は、「物思いをしながら眺めていると、空に散り乱れた浮雲を、恋しい母の亡きがらを焼いた煙の立ち昇ったものだと思いたいのだが（ソウモ思ワレズ悲シイ）」というのである。

要するにこの逸名家集の歌は、紫式部の亡くなったことを明記し、残された娘の消息をうかがわせることでは貴重な資料であるが、これがすぐに式部が長和三年春に亡くなったことを示すもの、とまではできないのである。この他にも、安藤為章の説をうけて長元四年（一〇三一）没とする説、さらには長暦二年（一〇三八）逝去説などもあるが(108)、やはりいずれも根拠にとぼしいのである。式部の没年については、少なくとも長和三年までは確実に生存し、寛仁三年ごろまでは存命であった可能性は大きい、という以上のことは不明とする他ない。

式部は念願の出家を果たしたのか、それとも依然として迷い躊躇しながら過ごしていたのか、などについても不明である。式部は源氏物語の作者ということではよく知られた存在であった。しかしながら、当時の貴族社会における物語の地位はとても低いものであったから、有名な物語作者ということだけでは、社会的にはさほど大きな意味はもたなかったであろう。式部自身にとっても物語はいわば余技というべきものであった。当時におけるこの人の第一の存在意味は皇太后彰子の有力な女房というところにあった。式部の娘賢子が後冷泉天皇の乳母になったのも、本人の才能が認められていたこともあろうが、やはり母式部が有能な女房として実績を積んできていたこと、母式部が皇太后の女房として賢子の背後にあったことが大きかったと考えられる。女房という身の程は式部の本意でなかったにしても、彰子の女房としての式部の生活は、清少納言とはまた違ったあり方で彰子をよく輔佐するものであり、式部も少しは自負するところがあったのではなかろうか。

【娘大弐三位賢子のこと】

紫式部は、藤原宣孝と結婚した翌年の長保二年（一〇〇〇）に女児賢子を産んだと考えられる。式部が中宮彰子に仕えることになった寛弘三年には、賢子は七歳ばかりであった。いまだ幼かった賢子は、式部の里邸で乳母などにより育てられたか、祖父為時のもとにあずけられていたのであろう。あるいは、そのころには父為時は亡き式部の母の屋敷に式部と同居していて、為時が育てていたのかもしれない。賢子はその後、十二歳になった長和二年(一〇一三)ごろには裳着をすませて、母式部と同じく皇太后彰子の女房として仕えることになった。賢子の女房名は最初は「越後の弁」と呼ばれていたが(藤原定頼集、栄花物語・殿上花見)、これは賢子の後見者であった祖父為時が越後守であった長和年間ごろに出仕したからだと考えられる。「弁」の方はやはり為時が寛弘八年二月まで左少弁であったことによるのであろう。賢子はまた「弁の乳母」とも呼ばれていることからすると、もとは「弁」と呼ばれていたのだが、「弁」の女房名は多くてまぎらわしいので、それらを区別する必要のあるときには「越後の弁」と呼ばれていたのであろう。女房名としては、「越後」という地方官名よりも「弁」の方が聞こえがよかったと思われる。

式部は、その日記の中で女房という身の上をあれほどにうとましく思うと記していたにもかかわらず、自分の娘を女房にしたのである。もっとも、賢子が女房として出仕することになったのは、母式部の意思であったというよりも彰子や道長から命ぜられて断われなかった、という事情があったに違いない。しかし式部自身も母として、早く父を亡くし一家を支えるべき兄惟規も若死にして、後ろ盾のない娘の将来を思うと、女房になるのも一つの途だと考えたことは十分にあり得る。式部は物事を現実的に考える人であったから、賢子の宮仕はむしろ母式部の意思だったのかもしれないのである。式部は女房生活を嫌だと思っていたことは確かであろうが、皇子を産んだことでやがて将来は国母と、ますます権威を高めてきた中宮彰子の側近女房として、宮廷の高官たちからも追従される自分の女房生活には、それなりに自尊心をくすぐられることも多かったであろう。女房生活も嫌なことばかりというわけでもなかった。

賢子が中宮彰子のもとに出仕したのを長和二年ごろとするのは、「越後の弁」という女房名のこともあるが、その後万寿二年(一〇二五)親仁《ちかひと》親王の乳母となるまでの間に、後述するごとくに多くの若君達と関係があったらしいことを考えてのことである。女房生活をしないで親のもとにいる娘たちには、宮廷で花やぐ幾人もの貴公子たちとつき合うような機会は当時では一般に考えられないのである。賢子の初出仕を寛仁四年（一〇二〇）以後、治安三年（一〇二三）以前だとする説もあるが根拠がとぼしい(109)。

賢子が中宮彰子に仕えるようになった少し前に、和泉式部の娘小式部も中宮のもとに出仕していた。小式部は賢子よりも三歳ばかり年長であったかと考えられる。母の和泉は、紫式部から「和泉はけしからぬ方《かた》こそあれ」と、その男関係の多さに顔をしかめられ、道長からも「浮かれ女《め》」とからかわれたこともあった人であるが、当時にはそうした女房の男関係の多さは笑ってすまされる程度の事柄であり、まして和泉の娘が中宮に仕えるのに妨げになるほどのものではなかった。いつのことかは不明だが、小式部は彰子に仕えて寵愛され掌侍にも任ぜられている。当時の貴族社会は男女関係についてはすこぶる許容的な社会だったのである。小式部は母の才能を受け継いで歌にすぐれ、利発な娘でもあった。そのため多くの男たちから次々に言い寄られて、やがて長和五年（一〇一六）には道長男の教通の子を産み、次いで蔵人頭藤原公成の子を産んだりして、母和泉に劣らず多くの男関係で知られた人である。小式部の産んだ教通の子は、後に僧になり木幡の僧正静円と呼ばれている。これらの身分の高い男と女房との間に生まれた子の多くは、寺に入れられて僧侶にされたのである。

女房になった賢子もまた著名な紫式部の娘であったし、聡明で和歌にも巧みな女房であったから、やがて多くの若君達から言い寄られることになった。賢子の家集『藤三位集（大弐三位集とも）』などに見える男たちとの贈答歌からすると、少くとも藤原定頼（大納言公任男）・源朝任（大納言時中男）・藤原頼宗（道長男）などの貴公子たちと関係があった。

万寿二年（一〇二五）八月、道長四女で東宮妃の尚侍嬉子が親仁親王（後冷泉天皇）を産んで亡くなったとき、親仁の乳母には藤原惟憲女（彰子の宮の内侍美子の妹）がなったが、やがて病気で退出したために、讃岐守長経《ながつね》女の藤原兼経《かねつね》の妻と「大宮の御方の紫式部が女の越後の弁、左衛門督の御子産みたる、それぞ仕うまつりける（栄花物語・楚王夢）」と、二人が親仁親王の乳母になった。この「左衛門督」は故関白藤原道兼男の兼隆《かねたか》と考えられるので、賢子はこのころ兼隆の妻だったのである。兼隆の子を産んだことは栄花物語に見えているだけであるが、兼隆男の兼房（母源扶義女）は、その子の興福寺の僧静範《じょうはん》が成務天皇陵の盗掘事件に連座して、康平六年（一〇六三）十月に伊豆へ流されたときには、賢子にその赦免工作を求める歌をやり、賢子が天皇に嘆願して許されたということがあった（後拾遺集・九九六、九九七、九九八）。これは賢子が兼隆の妻として兼房とも親しかったことを思わせる。兼隆との関係は一時的なものではなかったのである。

　これに対して賢子と兼隆の関係を否定して、栄花物語の「左衛門督の御子産みたる」は「左兵衛督の御子産みたる」の誤りで、万寿二年ごろに左兵衛督であった藤原公信の子を産んだことをいったものだとする説もある。[110]『中右記』天永三年（一一一二）二月十八日条には「聞、前美乃守知房朝臣巳時許卒去年六十七、昨日出家、件人故良宗之男也」という記事がある。また同記五月二十五日条には、この知房の家には後冷泉院の日記十九巻が伝わっていたことを記して、「件知房朝臣、後冷泉院御乳母大弐三位之孫也」とある。さらに天仁三年八月の知房の願文にも「外祖母藤三品（江都督願文集《ごうとくがんもんしゅう》・七・美濃前司知房願文）」の語があり、知房の外祖母は大弐三位（藤三位）賢子であったことが知られる。尊卑分脈には道長の孫信長の男の「知房」について、「猶子」「経房帥孫也、実父越中守源良宗」「母中納言公能女」などの注記がある。知房は藤原信長の猶子となっていたが、実父は源経房男の良宗であり、知房も源姓であった。ただし、「母中納言公能女」とあるのには該当する人がなく、これはやはり「中納言公信女」の誤りで、尊卑分脈の藤原公信の「女子」に「源良宗妻」と注記された人のことであろう。つまり賢子は知房の母方の祖母であった。とすれば、賢子は最初公信の妻となって源良宗の妻となる女を産んだが、後に公信とは別れて藤原兼隆の妻となり万寿二年ごろに兼隆の子を産み、間もなく親仁親王の乳母になったのであろう。賢子は親仁の即位した寛徳二年（一〇四四）四月ごろに「四月八日には御即位あり。……弁の乳母ないしのすけになりて、その日の御まかなひし給ふ（栄花物語・根合）」とあって、典侍になった。賢子は治暦二年（一〇六六）五月の皇后宮歌合では「典侍」として出詠しているから、後冷泉朝の末年まで典侍を勤めた後、典侍を辞するとともに従三位に叙せられて「藤三位」と呼ばれたのである。

賢子がまた大弐三位とも呼ばれたのは、天喜二年（一〇五四）十二月に大宰大弐に任ぜられた高階成章の妻であったことによる。賢子も夫成章に従って筑紫に下ったこともあったが、成章は同六年二月大宰府において薨じた。したがって、賢子の「大弐三位」の呼称は従三位に昇った後冷泉朝末年以後のもので、それまでは「越後の弁の乳母」「弁の乳母」「藤三位」などと呼ばれていたのである（栄花物語・殿上花見）。賢子がいつ成章の妻になったのかは不明である。成章は、長暦元年（一〇三七）八月に親仁親王が皇太子になったときに東宮権大進となっているから（公卿補任）、おそらくそのころ以後に東宮の乳母であった賢子と関係ができて妻にすることになったのであろう。賢子は成章の妻になって間もなく為家《ためいえ》を儲けている。承暦二年（一〇七八）四月晦日に行われた内裏歌合の九番七夕題の左方に、「為家母」の作者名の歌「たなばたの雲の衣もまれにきて重ねあへずや立ち返るらむ」が見えて、これは賢子が男為家の代作をしたものと考えられている。[11] もしこの「為家母」が賢子であったとすれば、賢子の消息の確認できる最後の記事ということになる。

紫式部女の賢子は、自分の意思ではなかったかもしれないが、母式部の嫌だ嫌だと云っていた女房になって一生を過ごし、女房としては最高の地位である帝の御乳母従三位にまで昇り、宮廷で長らく威勢をふるったのである。母式部も必ずしも女房の生活のすべて否定していたとは考えられないので、もし賢子のこうしたその後半生を知ったら、やはり満足したのではなかろうか。当時の帝の御乳母の身分は、式部の家柄の女性にとっては望み得る最高の社会的地位だったのである。

第七章　紫式部の出家志向と浄土信仰

紫式部の女房生活は、当時の貴族女性たちの中にあっては、やはり恵まれたものであったというべきであろう。たぶん同僚の女房たちからも幸せな人と見られていたであろうし、また式部本人もそう思うことがあったのではなかろうか。

結婚直後に夫を亡くした時期には、幼い娘をかかえて途方に暮れることも多かったであろうが、やがて源氏物語を書いたことで世間に名を知られることになり、次いで中宮彰子のもとに出仕して以後の女房生活もほぼ順調で、中宮の側近女房として高い地位を与えられていた。出仕当初には里に下がったまま長く宮中へ還ることもいやがり、その後も日記に繰り返し疎ましい身の上だと書いて嫌っていた女房生活にもうまく適応していった。一条天皇が源氏物語の作者を賞賛した話を書き、中宮の側近女房として重用されて新楽府を講義したことなどを記しているのは、明らかに自分の女房生活を誇らしく思っていたからである。大納言や小少将など自分よりも身分の高い女房たちと親しく語り合う日常にも、心慰められることが多かったであろう。

ただし式部という人は、日ごろいまの自己のある状態に満ち足り安住していることができず、絶えず何かを求め何処かに向かおうとする人であったように思われる。殊に紫式部日記を書いていたころの式部は、目の前にせまってきた晩年をひかえて、心身の衰えも意識しはじめていたらしい時期であったから、女房生活のみならず俗世に生き続けていることにも深く虚しさをおぼえるようになっていたのではなかろうか。式部が口にしている出家願望も、信仰心が厚くなってきたからというよりも、もはやこの先に大きく期待できるものもない現実生活に疲れてきていた、ということが大きかったのではなかろうか。

【出家・遁世の困難さ】

当時の貴族社会はごく少数の家門の人々により構成されていて、家族縁者の結びつきも後代の社会に比べると強かったので、人々は出家遁世を決意したとしても、さまざまなしがらみをふり捨てて実行するのは容易ではなかった。そうした事情をよく示す例の一つは次の藤原成房《なりふさ》の場合である。女性の紫式部の場合とではまた事情が違うが、この時期の人々が出家する一つの場合の実情をよくうかがうことができる。

成房は花山天皇の外戚として花山朝の執政となった藤原義懐《よしちか》の三男（権記・長保四年二月三日）で、母は蜻蛉日記の作者の姉の子であった。成房には兄が二人いたが早く僧籍に入っていたので、世が順調であれば一家の当主となり将来を期待できる身の上であった。ところが六歳のときに花山帝が突然に出家して、父義懐も帝に従って出家したことにより思いがけず不如意な境遇となり、やがて二十歳を目前にしたころから出家を考えるようになっていたらしい。ただし、それまでの成房は官も右兵衛佐・左少将とほぼ順当に昇進していたから、他の同程度の家柄の若者に比べて特に不遇であったとも思われない。成房の発心には父の出家による将来の不安だけではなく、前述したようなこの時期の若者たちに広まっていた無常観・厭世観の風潮によるところが大きかったと考えられる。

成房は十九歳になったころ、幼時から親しくしていた従兄の藤原行成《ゆきなり》と同車して宮中を退出したとき、「少将（成房）相示、世間無常之雑事（権記・長保二年十二月十八日）」と、この世の無常のことをあれこれ行成に話したので、行成は成房の出家の決意を察知したという。行成も幼くして父を亡くして苦労してきたこともあり、成房のことを弟のように心にかけていたのである。心配した行成は翌朝、次の歌を成房のもとにやった。

早朝、苔雄丸（行成の小舎人童）ヲ差《つかは》シテ、書状ヲ少将（成房）ノ許ニ送ル。其詞ニ云ク、「世中を如何《いかに》為猿《せまし》と思管起臥《おもひつつおきふす》程に明昏《あけくら》す仮名《かな》、ム（某）（行成のこと）」ト。□則世間無常ノ比《ころ》、視ルニ触レ聴クニ触レテ只悲感ヲ催ス。（成房は）中心ノ忍ビ難キノ襟《おもひ》ヲ抽《ぬ》キ（心中の抑えきれない真情を打ち明け）、肝膽ヲ示シテ隔テザルノ人也。参内ノ後、掖《わき》ノ陣ノ下ニテ（成房の）返事ヲ披見スルニ云ク、「世中を無墓物《はかなきもの》と乍知《しりながら》如何に為猿《せまし》と何か歎鑒《なげかん》」ト。

（権記・長保二年十二月十九日）

その日行成が宮中で公務を執っていると、源済政から、「少将の一人が出家したということだ、誰かは判らない、この話は弾正宮為尊親王の北方のもとからそなた（行成）に知らせよということだった」と知らせてきたので、行成はすぐさま事情を聞きに弾正宮北方の東院（東一条邸）へ行った。そこで北方から、成房が出家すると云い残して父義懐のいた飯室《いいむろ》（大津市坂本町飯室谷）へ赴いたと聞いたので、行成は深夜そのまま飯室に向かった。この弾正宮の北方は行成の祖父伊尹の九女で、行成や成房の叔母であった。行成や若い成房はこの伯母の後見もしなければならない立場だったのである。

丑剋ニ飯室ニ向フ。少将ヲ訪フ左衛門尉信行、瀧口阜茂相従、到着ノ剋限ハ巳ノ終也。少将、出家ノ志ヲ示ス。刻念素《もと》ヨリ深キモ、唯ダ納言（父義懐）ノ旨ニ依リ未ダ能《よ》ク之ヲ遂ゲズト云々。（そこで自分は成房に対して）一門ノ中他ニ人無キニ依リ、暫ク許サザラント欲《おも》フ、然シテ其ノ志ヲ妨グルニ於テハ罪業恐ル可シ、仍リテ左右ヲ示サズ、亦、出家ノ告《つたへ》ハ已ニ京洛ニ満ツ、若《も》シ納言ノ厳（命）ノ背キ難クテ本意ヲ遂ゲズ、更ニ洛下ニ帰ラバ、今ノ世ニ衆人ノ嘲ヲ招キ、後生ニ無間ノ因ヲ結バン歟。略《ほぼ》此ノ趣ヲ示シテ侘事《わびごと》ヲ語ラズ。只ダ尋常所持ノ念珠一連ヲ与ヘテ帰駕ス。

（権記・長保二年十二月二十日）

行成が飯室に着いたのは午前十時半ごろであった。成房は出家の決意を述べていうには、以前から決心していたことなのだが、ただ父の命によりいまだその志を完遂し得ずにいるということであった。そこで行成は、一家の中には他に公に仕えている者はいないので、自分もいま暫くはそなたの出家を認めたくはないが、そうかといって出家の志を妨げてはその罪業が恐ろしい、だからどうこうせよとは言わない、また、そなたの出家すると人に言ったことは既に都に知れ渡っている、もし父君の厳命に背き難くて出家もできず、さらに都に帰ることになっては、今生で人々の嘲笑を招き、来世には無間地獄へ堕ちる因を作ることになるかも知れぬ、とほぼこんな主旨を成房に話した。それ以上わび言は何も言わず、ただいつも所持している数珠一連を与えて帰った、という。

行成は二十二日にも権右中将源成信《なりのぶ》と共に飯室を訪ねて一泊している。成房や義懐らと何を語りあったのかは不明である。この成信もまた致平親王の二男で母は左大臣源雅信女であり、その母の縁で道長の猶子になったという恵まれた境遇にあったが、この直後の長保三年（一〇〇一）二月に、時の右大臣藤原顕光の「唯一子」の重家と連れだって三井寺に入り剃髪した。成信は二十三歳、重家は二十五歳であった。日ごろこの二人は「無常之観ヲ催サンガ為」に、当時荒廃の著しかった八省院の諸殿堂の破壊のさまを見廻っていたという（権記・長保三年二月五日）。この時期の出家者たちには、後述の道長のように病苦を逃れて、より安楽の後世を求める出家とは別に、ひたすら現世無常の仏理を深く実感することで出家する人々が現れてきていたのである。成信の出家後に語ったところによると、その発心の契機となったのは、道長の病を身近で看病していて、道長のごとく「栄華余リ有リ門胤止ムコト無キノ人、病ヲ受ケ危《あやふ》キニ臨ムノ時、曾テ一分ノ益無シ」と観じたことによるという（権記・長保三年二月四日）。当時の貴族社会には、このように現世厭離の思いを強くして出家する人々が出てきたが、それは感じやすく情動に動かされて行動しがちな若者たちのみに限らなかったのである。その背景には、長徳年間の疫病大流行以後にもなお身近に多くの人々の死が続いていたという事情もあるが、さらにそれら親しい人の死を契機にして、広く人々は世間無常の仏理を心に染みて実感するようになってきたことがあった。

式部の夫宣孝が長保三年四月に突然に亡くなったのも疫病によるためと考えられる。疫癘により多くの人々が亡くなるのは毎年夏になると繰り返されることであったが、特に膨大な死者を出した長徳年間の大蔓延を経て、いまだ余波の治まらぬこの時期の人々には、分けても切実に世間無常の仏理を実感するところがあった。行成は道長の病を見舞ったときに「其ノ栄幸ヲ論ズレバ、天下無比、而シテ今霧露（病悩）相侵ス、心神亡キガ若《ごと》シ、邪霊領得シテ、平生ナラザルニ似タリ、死ハ士之常也、生キテ何ノ益カ之《これ》有ル、事之理ヲ謂ハバ、是レ世ハ無常也、愁フベシ々々、悲シムベシ々々（権記・長保二年五月二十五日）」と記しているが、このころ行成は「弥《いよいよ》発無常之観（権記・長保三年二月二十二日）」、「疫癘滋蔓ニ依リ、夭亡之者多シ、事ニ触レテ無常之観ヲ催ス（長保三年四月二十日）」などと、日ごろ目にする世間の様相に「無常観」を深くしていたのである。

さて、出家しようと飯室に赴いた成房は、父義懐の説得により思いとどまり、翌長保三年正月に都に帰ることになった。成房の兄尋円からその知らせを受けた行成は、飯室へ出かけてまず義懐の話を聞いてから、成房を京に連れ帰った。

> 鶏鳴、洛ヲ出テ飯室ニ到ル。安楽（律院）ニ詣デテ入道中納言（義懐）ニ奉謁ス。少将ヲ迎ヘテ洛ニ帰ル。成房朝臣、去月十九日飯室ニ至リ納言ニ剃髪入道セントスト申ス。納言命《のたま》ヒテ曰ク、出家ノ志ハ妨グル可カラザル所也、但シ法師ノ行ハ始終甚ダ難シ。若《もし》道心堅固ナラバ、俗寰《ぞくくわん》ニ在リテ仏法ヲ興隆シ、不退ノ慈悲タルガ上計也、近代俗ヲ脱レテ初メテ発心ノ時、鬢髪ヲ剃除スルノ輩有リト雖モ、信心已ニ退キ初心ノ如クニ非ズ、空シク懈怠ヲ成シ、還リテハ謗毀ヲ招キ、自他ノ罪ヲ累《かさ》ヌルハ、無益第一ノ事也、汝ノ二兄幷ニ我、或ハ崇班（高官）ヲ辞シテ山林ニ交ハリ、或ハ年少ニ在リテ仏道ニ入ルノ者ナリ、三衣一鉢（その衣食のこと）、誰カ闕乏ヲ補《おぎな》ハン。憑《たの》ム所ノ人ハ只汝ノミ。我本《もと》思フ、三子ノ中、二子ハ已ニ仏界ニ帰ス、一人ハ朝庭ニ仕ヘセシメ

テ、緇素（僧俗）共ニ仏法ヲ興隆シ、現当（現世・来世）同ジク衆生ヲ利益セント、而シテ今汝ノ出家ヲ請フハ、我ガ素意ニ非ズ、我更ニ汝ノ志ヲ妨グルニハ非ズ、汝若シ我ガ情《こころ》ニ違フコト有ラバ、恐ラクハ退転ノ縁トナリ、定メテ罪報ノ因ヲ結バン歟。我、汝ニ代リテ安楽ニ住スルヲ願ヒ、戒法ヲ全持セン、汝、我ガ志ニ任セテ京洛ニ帰リ、猶ホ王事ニ勤ムベシ、若シ我ガ命終ルノ後、亦兄ノ許シ有ラバ、意ニ任セテ遂グベシ。仏法殊勝ナリト雖モ、人ニ依リテ興隆スル者也。能ク思慮ヲ廻ラスベシ、テヘリ。少将、教命ニ従フベキノ由ヲ申スト云々。仍リテ今日帰洛ノ由、一日尋円ノ許ヨリ示シ送ル。（権記・長保三年正月七日）

これは義懐が成房を諭した言葉そのままではなく、行成が義懐から聞いた話を整理要約したものであり、さらに行成がそれを修飾して記したものなので、実際にはもっと現実的具体的なさまざまの説諭があったのであろう。いまだ若い成房が出家しても、その先永く退転せず仏道修行を続けることがいかに困難か、一家の父子四人が出家してしまっては、その出家生活を維持する衣食は誰が支えるのか、など義懐の説得は条理を尽くしている。成房にもまた妻子があった。源氏物語にも出家した若い浮舟に仏道修行を続けてゆくことのつらさ困難さを静かに説く横河《よがわ》僧都が描かれているが、当然ながら式部は出家後の修行の苦労や、生活の困難をよく理解していたのである。

帰京した成房はまた朝廷に出仕して公務に従い、三月には権右中将にも昇進した。しかしその一方では時々に飯室の父を尋ね、また行成宅に泊まり込んでは徹夜で語り合ったりすることもたびたびあった。そのころの成房が何を考えていたのかは判らないが、宮廷社会にまじわりながらも、密かに出家の志はもち続けていたらしい。そして一年後の長保四年二月三日、ついに父のいる飯室に赴いて剃髪した。法名は素覚、時に二十一歳であった（権記）。出家後の成房は飯室で修行していたらしい。そして父や兄二人と共に寛弘五年二月には花山院の葬送に奉仕したり、京に出ては叔母のいた鴨院で行成と会って、朝まで語り合ったりしている（権記・寛弘八年九月十日）。ただし、成房が何を語り行成がそんな成房をどう思っていたのかは記されていない。

【道長の病悩と出家志向】

若い成房に対して、いま一つの当時の人々の出家のあり方をよく示しているのは藤原道長の場合である。道長は若くより権力志向を強くもち、強靱な生命力と運勢に恵まれて絶対権力者の地位にまで上りつめ、世俗生活に執着し続けて六十二歳まで生きた人であったが、終生さまざまな病苦に悩まされていた。現世執着の格別に強かった道長も、重病におちいったときには本気で出家を考えることもあったらしい。

道長は三十三歳になった長徳四年（九九八）三月ごろ「腰病」などの激痛に襲われて、そのうなり声が遠く離れた見舞い客のいるところにまで聞こえ、「邪気（物の怪）」に取り憑かれてあらぬ事を口走ったりする有様になった。そこで道長は遂に出家を決意し、蔵人頭藤原行成を呼び寄せると、「年来、出家ノ本意有リ、斯《こ》ノ時ニ遂ゲント欲《おも》フ」と一条天皇に奏上させた。それを聞いた帝は、「出家の功徳は無限であるから、それを妨げたりしては罪報を受ける、しかし、道長は病のために邪気のせいで出家を口にしているのであろうから、まず病を除いて心身が落ち着いてから出家するのがよかろう」と仰せになった。それに対して道長は次のように復命させている。

> 勅旨敬奉ス。遁レ申スベカラズ。但シ出家ノ事ハ年来ノ宿念ニ依リ、遂グベキ也。不肖ノ身ヲ以テ不次ノ恩ヲ蒙リ、已ニ官爵ヲ極メ、見《（現）》世ニ望ムコト無シ。今病已ニ危急ニシテ、命ヲ存スベカラズ。此時ニ本意ヲ遂ゲズハ、遺恨更ニ何ノ益カ有ラン。縦《たと》ヒ出家スト雖モ、若シ身命ヲ保タバ、跡ヲ山林ニ晦《くら》マスベキニ非ズ、只後世ノ善縁ヲ思フ也。亦朝恩ニ報ゼンガ奉為《ため》ニ、天長地久ノ事ヲ祈リ奉ルベシ。生前、無涯ノ恩徳ヲ蒙リ、向後、亦無涯ノ恩ヲ蒙ランコトヲ欲《ねが》フ。生前ノ本意病中ニ遂ゲント欲ヒ、最後ノ朝恩（允許）ヲ賜ランコトヲ羨《ねが》フ。
>
> （権記・長徳四年三月三日）

こうした天皇とのやりとりが三度繰り返されたが、結局このときには道長は出家に踏み切れなかった。道長の出家の意思表明が見せかけであったとは考えにくいが、やがて病がしだいに恢復してくると、いまだ壮年の身の道長には世俗の生活を捨て去ることはやはり難しく、権力の頂点にあったその立場からしても、自分の都合だけの出家決行がためらわれ、出家を実行するまでには至らなかったのであろう。そのめざした出家もまた、世俗生活をすっかり捨て去って「跡ヲ山林ニ晦マス」までのものではなかったのである。

道長は生涯にわたって腰痛・頭痛・腹痛・皮膚の腫れ物などに絶えず苦しみ続けていた。殊に晩年には「顔色憔悴（小右記・長和元年六月二十三日）」「枯稿尤甚」しかったといい、憔悴して「湯ヲ飲ミ給フコト隙無シ（小右記・長和五年四月二十七日）」という有様で、夏には氷水を飲んではたびたび小用のために座を外すことがあり（小右記・治安三年六月十日）、眼もよく見えなくなるなど、明らかに重度の飲水病（糖尿）の兆候を示していた。病状が重くなると苦痛のために「高声悩吟（小右記・長和元年六月六日）」することも多く、よく物の怪に取り憑かれてうわ言を口にしたという。物の怪にとり憑かれるという現象は、多く病などで心身が衰弱したり物思いが昂じたりしたときに、その人の無意識の領域に閉じ込められていた心が、抑圧から解放されて表層に出てきて言葉や行動に発現するもの、と考えられる現象である。当時は道長のように教養もあり理性的で意思力の強い人であっても、物の怪に領ぜられることがしばしばあった。物の怪は十世紀後半ごろから急増してくる社会現象であるが、これもまたこの時期の人々の心が繊細になり複雑になってきたことと関係していると考えられるものである。

道長は日ごろからよく仏典を読み、法華八講などの法会を行い写経や造仏にも努めていたが、やはりそれら作善《さぜん》は主として除病息災などの現世利益を求めるためのものであったらしい。寛弘八年三月二十七日、道長は自邸で「金色等身阿弥陀仏・墨字弥陀経百巻」の仏経供養を行った。その願文は大江匡衡に作らせたが、それは「多ク現世ノ事ヲ云フ」内容だったので、道長はこれでは自分の本意とは違う、「今年、重ク慎ムベシ、而シテ修スル所多ク是レ現世ノ為ナリ、此度ハ只ダ後生ヲ思《ねが》ハン」といって書き直させた。この法会の講師は院源僧都であったが、道長の心をよく察知した僧都の講話は「演説未曾有ナリ、心ノ如ク本意ヲ開《と》ク、衆人感ズル所無比（御堂関白記）」であったという。匡衡は相手の意に阿諛《あゆ》することにたけた人であったから、ここも匡衡が道長の意図を誤解していたというわけではなくて、それまでの道長のあり方などからしても、客観的にはやはりこの法会も現世利益を願うためのものだと考えるところがあったのであろう。それに対して機敏な院源はよく道長の心をくんで、道長がもっぱら後世を願っている趣旨の講話をしたのである。この法会に参列していた行成も次のように記している。

権大僧都院源ヲ請ヒテ講師ト為ス。説経微妙ナリ。願主ノ御本意ニ合フト云々。是レ只ダ後生ノ為ニ行ハルルノ事也。而シテ丹波守匡衡ノ作ル願文、事ノ忌ミヲ避クルノ間、丞相ノ意ニ合ハズ。而シテ僧都其ノ気色ヲ見テ、事ノ忌ミヲ避ケズ、人聴《き》キヲ憚ラズ、開講ノ旨ヲ表白ス。主人感嘆ニ堪ヘズ、落涙抑ヘ難シ。集会ノ衆人一心ニ聴聞シテ、申ヨリ亥ニ至ル。席ニ座スルコト久シト雖モ講食頃（短時間）ノ如シ。敢テ他心無シ。弁説微妙ナリ。（権記・寛弘八年三月二十七日）

匡衡は、道長の現世での繁栄のことを主として述べて、出家の願いや後世の安楽のことをいうのは不吉だとして憚り「事ノ忌ミヲ避」けたのだ、というのである。それに対して院源は、匡衡の書いた願文に不満げな道長の気配を見て、「事ノ忌ミヲ避ケズ」もっぱら道長のあの世での安楽を願う旨の講話をした。後述するように、紫式部日記にも人前では出家のことを言わない「事（言）忌」のことが記されている。当時には公の場などでは出家願望や後世のことを口に出すのをひかえるべきだとする「事（言）忌」の社会風習があったのである。四十六歳になっていた道長は、わが身の後世のことを多く考え始めるようになってきていた。ただし道長の願い求めていた後世は、現世の栄華の生活をさらにより華麗豪華にした「極楽」に満ちた生活だったのである。

　道長の病は寛仁三年（一〇一九）三月二日の夜中からまた重くなった。胸苦しく「霍乱（吐瀉・下痢などを伴う急性病）」のような症状が続いて視力が衰え、二三尺離れた相手の顔も見えない有様だったので、陰陽師の勧めにより「麦粥」や三年ばかり断っていた魚鳥を食することにしたが、十八日になってもなお恢復せず、邪気に取り憑かれて高声でうわ言を口走っていた。道長は肉食するについて「今、仏像・僧見エズ。近ク目ニ当テテ（経典を）読ミ奉ル。若《も》シ此レ従リ暗ク成ラバ、之ヲ如何ニ為ン。仍リテ五十日ノ暇ヲ三宝ニ申シテ、今日之ヲ食ス。思ヒ嘆クコト千万念、是レ只ダ仏法ノ為也、身ノ為ニ非ズ（御堂関白記・寛仁三年三月六日）」と記している。肉食も自分のためではなく、読経などの勤行ができるようにと仏法のためのものだというのである。道長自身はあるいはかなり本気でそう思っていたのかもしれないが、やはり強引な弁解に見える。そして二十日になり、道長はついに院源を戒師として出家した。五十四歳であった。出家直後の道長は、三月末には例年のように彰子らに衣更えの装束を配ったりしていて、その生活が特に変わった様子はうかがえない。栄花物語（疑）には衣更えのときに詠まれた彰子・和泉式部・宣旨・馬中将らの歌が載せられているが、式部の歌は見えない。

道長は出家するとともに、本邸土御門殿の東の郊外中川の地に豪華な御堂（法成寺）の造営に着手して、その寺域内に自己の住居区を設けて移り住むことを考えていた。形だけは京外に移っても、それまでの世俗生活の延長のような出家生活を考えていたのである。そして九月二十九日には南都に下って東大寺戒壇院で声聞戒《しょうもんかい》を受け、さらに翌四年十二月十四日には叡山に登って座主院源から「廻心菩薩戒（日本紀略）」あるいは「菩薩別解脱戒（三十五文集）」を受けた。既に道長は出家直後の四月のころに、やがて東大寺で僧正済信から受戒し、また叡山でも大僧都慶円から受戒する予定だと云っていたが、道長の戒師をつとめた院源は、最初に天台僧の自分から菩薩戒を授けられて出家しながら、さらに東大寺で声聞戒を受けるというのは「過差」であり、止めるべきだと反対していた。菩薩戒と声聞戒の違いは難しいが、菩薩戒は大乗の戒、声聞戒は小乗のものだという。道長はその立場上からも南都の仏教界にも配慮したのであろうが、これはまた道長の物事を過剰なまでに貪欲に求める性格をよく示すものでもあった。院源はそれを「過差」といったのである。晩年の道長の熱心な浄土教信仰については栄花物語に繰り返し記されている。ただし、当時の多くの貴族たちの浄土信仰は、道長の法成寺や頼通の宇治平等院の造営などによく象徴されているように、現世の延長と考える来世に苦のない「極楽」の生活を求めようとするものであり、現世の無常を観じて寂滅為楽の世界をめざすというものではなかった[112]。当時の中年以後の出家者の多くはこの道長に近いものであったかと考えられる。これは道長に限らず、当時の人々の現世執着の心の強さをよく示すものであり、式部もまた一面では同時代人としてその心を共有していたのである。

しかしながらその一方には、前述の源成信・藤原重家・藤原成房らの若い世代の新しい出家者、現世の無常を深切に認識することにより出家したような人々が現われ始めていた。彼らには、若者のもつやや観念的で未熟なところがあったにせよ、源信僧都流のひたすらなる欣求浄土による出家ともやや違って、無常観を深化させることにより発心出家した人々であった。式部の生きた時代の貴族社会は、いまだ浄土信仰一辺倒でもなかったのである。

【紫式部の浄土信仰】

紫式部日記を書いたころ式部が絶えず心にかけていた問題の一つは、この先どのようにして老年を過ごすかということにあったと思われる。当時の多くの貴族女性たちと同じく、式部もやがては世俗生活を捨てて出家し勤行に明け暮れる日々をと考えていたらしいが、出家するにしてもいつ決行するのか、いざとなるとその潮時をはかるのもむずかしいのである。この時期の女性たちには、中年期に入って自分の一生はほぼこうしたものかと見定めがつくようになってくると、やがて出家入道して勤行に努め後世の安楽を願う生活に入ろう、と考える風潮がしだいに顕著になってきていたと考えられる。式部もそれを考えていたらしいが、ただしそれは「欣求浄土」といった積極的な信仰でもなかった。日記の消息文的記事の閉じ目の一節は前にもふれたが（二六七頁）、再び掲げる。

いかに、いまは言忌《こといみ》し侍らじ。人、と云ふともかく云ふとも、ただ阿弥陀仏《ほとけ》にたゆみなく経を習ひ侍らむ。世の厭《いと》はしきことはすべて露ばかり心もとまらずなりにて侍れば、聖《ひじり》にならむに解《け》怠《たい》すべうも侍らず。ただひたみちに背きても、雲に乗らぬほどのたゆたふべきやうなん侍るべかなる。それにやすらひ侍るなり。齢《とし》もはたよきほどになりもてまかる。いたうこれより老いほれて、はた目暗うて経読まず、心もいとどたゆさまさり侍らんものを。心深き人まねのやうに侍れど、いまはただかかる方《かた》のことをぞ思ひ給ふる。それ、罪深き人はまたかならずしもかなひ侍らじ。前《さき》の世知らるることのみ多う侍れば、よろづにつけてぞかなしく侍る。

ここも難解で論議の多いところであるが、これについて私はほぼ次のようなことを云ったものであると考える。

さあ、いまではもう出家のことを口にするのを忌んだりはしますまい。世間の人があれこれ云うとも、ただひたすら阿弥陀仏に向かって、怠りなく経文を読誦しましょう。この世を厭わしく思うことは心にしみて、世俗のことはすべて少しも気にかかることも無くなっていますので、尼になろうとする心の懈怠するはずもありません。ただし一途にこの世を捨てたとしても、（臨終がきて御来迎の）雲に乗ろうとするときに、動揺し躊躇するに違いないと思えるふしがあるに違いないようなのです。それを考えて出家をためらっているのです。齢も（出家に）よいほどになってきています。さらにこれよりひどく老い呆けて、また目が見えにくくなってはお経は読まれず、心もいよいよだらけてゆくでしょうのに。思慮深い人のまねのようですけれども、いまのところはただこのようなこと（出家し極楽往生を願うこと）を考えているのです。それにしても、（私のように）罪深い人はまたそれもきっとかなわないでしょう。前世の（つたない）宿縁の思い知られることばかりが多いものですから、何事につけてもすべて哀しく思われるのです。

まず最初の「言忌」は、前述した道長の願文の場合にも問題にされていたように、出家すると世間に表明するのは不吉だとして忌み避けることをいう。一般にこの時期の貴族社会では仏教信仰が人々の心に深く浸透してきていたと考えられているようであるが、そんな世相の中にあってもなお出家遁世のことを口に出すことが忌まれていたというのは、かなり理解しにくいところがあるかもしれない。しかし当時においても、余命少ない老人や重病に苦しむ人は別として、出家を決行しようと切実に考えているような人はやはり特別な事情のある少数者であった。一般の人々にとっては、自己のそれまでの全生活全存在を捨て去るという出家遁世を決意するのは非常の大事であったから、安易に人前で口にすべきでないと考えられていたのであろう。前述したごとく、日ごろ重病に苦しみ、後世のための修善に努めていた道長のような人の場合にも、まわりの人々からは現世を捨てて後世の安楽を願うようなことを表明するのは避けるべきだと考えられていたのである。これもまた、当時の人々がどれほどに強く現世に執着していたかをうかがわせるものであろう。

いかにこの世が苦に満ちたものであり、自己に与えられている生がいかに不如意なものであるにせよ、岩根に落ちた松の種があたう限り岩に根を張ろうと努めるように、定められ与えられた生をひたすら受け容れることこそが生の摂理なのだ、と人々は無意識のうちにも感得していたのである。いまだ古代人の健康さを失ってはいなかった当時の人々にとって、出家遁世はいわばそうした「生への意思」の衰弱であり退廃であったから、公言するのを怯《ひる》みためらうところがあったのではなかろうか。

式部はまた、阿弥陀仏に従って読経に努めその説く法を習おう、ともいっている。つまり式部が阿弥陀仏を信仰し出家することで願っていたものは、後世を浄土に往生することであった。ところがすぐそれに続けて、「ただひたみちに背きても、雲に乗らぬほどのたゆたふべきやうなん侍るべかなる」と、阿弥陀来迎の雲にまだ乗らないうちに躊躇するところがあるに違いないと思われるので、そのために出家決行をためらっているのです、といっている。要するにこれは式部にとって、阿弥陀仏の説く極楽往生にはいまだ確信しきれず、従えないところが残っているということなのである。通説ではこの一文を、出家してから臨終における阿弥陀仏来迎までの修行の期間に志の懈怠する恐れのあることをいっているのだ、などと説明をしている。だがこの直前には、もはや現世についての執着は一切ないので「聖にならむに懈怠すべうも侍らず」とも書いているのであるから、少なくともここでは修行中の懈怠などを考えていないことは明らかであろう。さらに「雲に乗らぬほどのたゆたふべきやう」という言い方もまた、これを臨終の来迎までの修行中に志が衰えたり邪念の起こることなどをいったものとするのは無理である。やはりこれは、まさに雲に乗ろうとするときに至ってもな残るに違いないためらい、自分のような者にもほんとに極楽往生は可能なのかという疑念、往生に確信の持てない不安をいっているのではなかろうか。続けてこの後でも「それ、罪深き人はまた必ずしもかなひ侍らじ」とも書いている。ここの文脈は、自分のように現世的なものに深く執着してきた身には極楽往生は容易にかなわないのではないか、という疑念をいったものと考えられる。それでもなお世間の人々と同じく極楽往生を願って出家し勤行に努める他はないのだとは思うものの、やはり自分は往生できそうもない罪深い宿世の身なので、何事につけても哀しいのです、というのである。式部には極楽往生を確信して出家するまでの決断がどうしてもつかず、それが出家をためらわせている、ということなのである。

一条朝の末期ごろになると貴族社会では『往生要集』などもかなり流布してきて、極楽往生の例証としての往生伝の類も編纂されるようになってくる。しかしながら、人々の間に広く西方極楽浄土の観念が定着し、極楽往生信仰がさほど抵抗無しに受け容れられるようになるまでには、さらに多くの時間を要したことであろう。往生伝の類に見えるような極楽信仰についてのオプティミズムは、式部のような当時の理知的な人々の感覚からすればやはり実感からはかなり隔たったものであったに違いない。経典には説かれてはいても、誰しも見てきた人とていない極楽浄土の存在などもたやすく確信できるようなものではなかったであろう。浄土を信じ念仏などの勤行によりそこへ往生できるのだという教理を受け容れるには、よほどの厚い信仰心と努力が必要なのである。それは法然・親鸞に至ってもなお疑念の完全に払拭しきれなかった問題であった。

日記のこの一節は、自己の晩年はやはり極楽往生信仰にすがって生きる他はないのだと思うものの、宿世拙い自分には期待できそうもないという悲哀を記したものと考えられる。これは、新しく急速に勢いを持ち始めた浄土信仰に対する、当時の知識人たちのナイーブな疑念を記述したものとして極めて稀な記事なのである。

【紫式部の晩年の心境】

紫式部がどのような晩年を過ごしたのかについてはすべて不明である。式部はいつのころまで大皇太后彰子のもとに仕えていたのか、日記で表明していたように果たして出家を実行し仏道修行の生活に入ったのか、などについても一切考える手がかりが残されていない。

陽明文庫本紫式部集の巻末部は、いつ詠まれたものか不明ながら、次の三首の歌で閉じられている。

　　初雪ふりたる夕暮れに、人の

恋しくてありふる程の初雪は消えぬるかとぞうたがはれける（一一二）

　返し

ふればかく憂さのみまさる世をしらで荒れたる庭につもる初雪（一一三）

いづくとも身をやる方の知られねば憂しと見つつもながらふるかな（一一四）

一一二番の歌は、どういう関係の人からのものなのかわかりにくいが、「逢いたいと思いながら日を過ごしてきたけれども、今日降ったこの初雪のように、このまま逢えずにわが身も雪と消えてしまうのではないかと思う」というのであろう。返歌の一一三番は「生き長らえていると、こうしてつらい思いばかりの募ってゆくこの世だとも知らず、荒涼とした我が家の庭につもってゆく初雪だこと」というのである。詞書の「人の」を宣孝と考える説もあるが、この贈答を男女のものとするには相手を求める心が弱いように思われる。式部が里にいたときに女房仲間から送られてきた歌ではなかろうか。晩年の式部の心境を思わせるような歌である。

この三首は、一見すると人から送られてきた一一二番の歌に対して一一三・一一四の二首を返したようにも見えるが、やはり一一四番は一一二番の返歌ではなく、歌の内容からしても別の時に詠まれた独詠歌と考えられる。一一四もまた一一二への返歌であるとするには、この歌には贈歌の一一二に詠まれている「初雪」などの語に対応した語が詠み込まれていないし、一一四に詠まれている内容もまた一一二にうまく呼応しているとは認めにくい。一一四は実践女子大本には見えないことからも一一二への返歌ではなく、別の時の歌と考えられる。

この一一三番の歌は、新古今集・六六一に「思ふこと侍りけるころ、初雪ふり侍りけるに　紫式部」として単独で採られている。その詞書からすれば新古今集の採った資料では独詠歌の形で伝えられていたようにも見える。しかし、新古今の見た資料もまた一一二・一一三のような贈答歌であったのだが、この家集一一二の詞書や歌ではどういう事情でこの歌が送られてきたのかがわかりにくいので、撰者は一一二を切り捨てて一一三を独詠歌の形の詞書に改めて採ったのだとも考えられる。新古今集は時にはそうした改訂もすることがあった。さらに一一四番も、千載集・一一二六には「(題しらず)　紫式部」として単独で採られている。これらからすると、家集一一二・一一三の贈答と一一四は、やはり別の時に詠まれた可能性が高い。私は紫式部集の原型は自撰家集と考えるが、現存諸本にはいずれも乱丁や脱落部が多くあって原型からはかなり遠い姿になってしまっている。また、当時の家集の巻末部には、後の人が心づいた他の資料によって追加する場合も多くあるので、この一一四番を家集の巻末においたのは式部自身だともいえないにしても、いかにも紫式部の家集の末尾の歌としてふさわしいのである。

紫式部日記には、世間の人々にならって阿弥陀仏の教えに従い出家しようと思い決めながらも、やはりどうしても極楽往生信仰をうけ容れ切れずに、自分は往生のかなわない拙い宿世に生まれついた身なのだ、と哀しむ心が記されていた。この「いづくとも」の歌は、晩年の式部のそうした索漠とした寂寥の思いを詠んだものと考えられるのである。

注

序章　過渡期を生きる人々

（1）　岸上慎二『清少納言伝記攷』（昭和一八年、畝傍書房）は、長保三年定子崩御により宮仕を退き里居したとする。それに対して定子崩御後にも、定子の産んだ脩子内親王や敦康親王に仕えて長和二年ごろまで女房生活を続けていたとする説もある（角田文衛「清少納言の生涯」『枕草子講座』第一巻、昭和五〇年、有精堂）。ただし、角田説が清少納言のことだとする当時の記録類に見える「少納言」は、他にも「少納言」の女房名をもつ人が幾人かいたので、清少納言と同定しにくくて疑問が多い（『枕草子大事典』平成一三年、勉誠出版）。

　中世になると、清少納言は晩年没落して阿波国まで流浪していった、などとする零落説話が多く行われているが（能因本一本奥書）、信憑性に乏しい。ただし、清少納言の晩年には、そうした説話を生み出すことになったらしい生活があったのかもしれない。寛仁元年三月八日、六角富小路の小宅で藤原保昌の郎等清原致信が源頼親の手の者により殺害される事件があった（御堂関白記・寛仁元年三月十一日）。この致信は、前大宰少監であったことから「清監」と呼ばれて、清少納言の兄であった。このとき同宿していた清少納言は、尼であることを示すために「開《つび》（女性器）」を見せたので、見逃されたという（古事談・二）。これは清少納言の晩年の姿をうかがわせる、かなり信憑性の高い説話である。

（2）　この日記冒頭部のもつ意味についてはさまざまな見解があるが、主家の要請する中宮御産の女房日記ということを前提にして、そうした所与の制約の中で、式部が主体性をもち自己主張をなしている、という日記全体の姿勢をよく示しているとするのが通説であろう。たとえば秋山虔はこの冒頭部の中宮一家を「賛嘆する自己に対して、あたかも本能的ともいうべく、つねに冷厳にこれを凝視する第二の自己を設定し固執しないではいられなかった」式部内部の緊張関係が日記全体をつらぬいていて、この日記を単なる女房日記を超えてすぐれた文学作品にしているという（「紫式部の思考と文体」『源氏物語の世界』一九六四年、東京大学出版会）。

（3）　この歌の詠まれた事情については、寡婦生活中の式部に宮仕えせよとの話があって、悩んでいたときのものだ、などする説が行われている（全評釈）。しかしこの詞書からすれば、そうした具体的な事情があったときの感慨を詠んだものだとする根拠は認められないし、仮にそうしたときに詠まれたものであったとしても、この歌はそれら個別的な場での感慨を超え、そこから抜け出して一般化して述べていることは明らかである。

　この歌の「身」と「心」についても論が多い。たとえば山本淳子「〈身〉と〈心〉」（『紫式部集論』二〇〇五年、和泉書院）は白詩の影響を指摘し、楽天には官途をめざす「心」と沈淪の「身」の葛藤を詠んだ多くの詩があるが、式部の歌は晩年の白楽天のように調和するにまで至っていないあり方を詠んだものとしている。

第一章　紫式部の家系と家族

(4) 蜻蛉日記の作者が晩年に住んだ中川の家の位置については、足立祐子「蜻蛉日記の作者の屋敷の位置」（『中古文学』七四号、平成一六年）、同「蜻蛉日記の作者の「広幡中川」の屋敷」（『日本語日本文学論叢』創刊号、平成一八年）参照。

(5) 角田文衛「紫式部の居宅」（『紫式部とその時代』昭和四一年、角川書店）。

(6)「桃花閣」の名は、尊経閣文庫蔵清寛奥書本には「棑花閣」、陽明文庫本などには「排花閣」とあって、本文上の問題が残るが、「排花閣」などの語は可能性が少ないであろう。

(7) 小南一郎『西王母と七夕伝承』（一九九一年、平凡社）第一章参照。

(8) 笹川博司『為信集と源氏物語』（二〇一〇年、風間書房）。

(9) 今井源衛「為信集と源氏物語」（『王朝文学の研究』昭和四五年、角川書店）は、この勧学院別当の為信や家集『為信集』をもつ為信は式部の外祖父為信とは別人とする。岡一男「紫式部の外祖父為信と桂宮本『為信集』について」（『源氏物語の基礎的研究』増訂版、昭和四一年、東京堂出版）は、『為信集』は前述の勧学院別当の為信の家集とし、式部の外祖父ではないとするが、やはり式部の外祖父為信とすべきであろう（『新編国歌大観』第七巻、為信集解題）。また笹川博司（注8）は、今井説岡説は根拠不十分であることを詳説し、やはり式部の外祖父為信とすべきことを主張している。

(10) 勧学会の成立やその運動の歴史については、桃裕行『上代学制の研究』（修訂版、一九九四年、思文閣出版）に詳しい。また、勧学会の意義や結衆の具体名などについては、増田『源氏物語と貴族社会』（二〇〇二年、吉川弘文館）、僧侶名については後藤昭雄『天台仏教と平安朝文人』（二〇〇二年、吉川弘文館）参照。

(11) 花山朝の革新政策については、今井源衛『花山院の生涯』（昭和四三年、桜楓社）、注(10)の増田『源氏物語と貴族社会』参照。

(12) この粟田山荘障子詩は、為時の他にも大江匡衡・高丘相如らが作っている。熊本守雄「粟田山庄障子絵と和歌と漢詩」（『恵慶集　校本と研究』昭和五三年、桜楓社）、木戸裕子「粟田障子詩考」（『語文研究』七三、平成四年六月）など参照。

(13) 手塚昇『源氏物語の再検討』（昭和四一年、桜楓社）一八六頁参照。

(14) 今井源衛『紫式部』（昭和四一年、吉川弘文館）。

(15) エルネスト・ルナン『イエス伝』第一章（岩波文庫、津田譲訳）には、古代のバビロン、エジプトに対して「支那は、すみやかに一種の凡庸な良識に達し、これがために大過を犯さずにすんだ。支那は、宗教的精神の利も害もしらなかつた」といっている。

(16) 南波浩『紫式部集全評釈』（昭和五八年、笠間書院）。

(17) この家集冒頭二首に関するこれまでのさまざまな論議については、徳原茂実『紫式部集の新解釈』（二〇〇八年、和泉書院）に、簡略に整理されている。

(18) 田中新一『平安朝文学に見る二元的四季観』（平成二年、風間書房）、同『紫式部集新注』（二〇〇八年、青簡舎）。ただし正暦四年のこととしている。当時の季節感には二十四節気によるものも有力であったとするこの田中説に対しては、木村正中「紫式部集冒頭歌の意義」（南波浩編『王朝物語とその周辺』昭和五七年、笠間書院）の反論もあるが、注(19)の後藤論文には十月においても「秋」といっている例があげられている。

(19) 後藤祥子「紫式部集冒頭歌群の配列」（『講座　平安文学論究』第六輯、平成元年、風間書房）は田中説を支持する立場から、正暦元年十月十一日が立秋であったことから、この二首の詠歌年次を正暦元年のこととする。

(20) 河内山清彦『紫式部集・紫式部日記の研究』（昭和五五年、桜楓社）第一編第三章。河内山は、俊成の見た紫式部集は第一類本（定家本）、第二類本（陽明文庫本）に排列の共通する五一番までの歌を収める残欠本であり、千載集に採られた式部の歌で家集の五二番以後のものと共通する歌は、『続詞花集』などにより採ったものだとする。いま問題の「露しげき」の歌の詞書も家集のそれから俊成自身が敷衍したものとしている。ただし、家集の「箏の琴しばし」から、「箏の琴伝へにまうでん」をみちびき出すのはやはり無理であろう。

(21) この詞書の解釈については竹内美千代「紫式部集補注―箏のことしばし―」（『中古文学』第五号、昭和四五年）参照。なお、家集ではこの歌が式部の若いころの歌を集めたと考えられる冒頭部に置かれているのに、千載集では女房出仕後の歌とされていることについて、徳原茂実は家集を他撰と考える立場から、家集撰者の判断で冒頭部に置いたに過ぎず、千載集の詞書は俊成の自由な解釈によったものとも考えられるとしている（『紫式部集の新解釈』第九章、注17）。

(22) 国司の妻のもつ職能には家政の管理や印鎰の保持もあったという。服藤早苗『家成立史の研究』（一九九一年、校倉書房）第一章参照。

(23) 久保田孝夫「紫式部　越前旅程考」（『紫式部集大成』二〇〇八年、笠間書院）は、式部の一行は白鬚社から少し北上して漁村の勝野で一泊した翌朝、その東の鴨川河口あたりで網を引く民を見たのだとして、「三尾が崎」を鴨川河口付近に想定している。

(24) 安藤重和「〈いそのはまにつるのこゑごゑなくを〉に関する一考察」（『名古屋大学国語国文学』一〇〇号、平成一九年十月）。

(25) 加納重文『源氏物語の平安京』（二〇一一年、青簡舎）第7章。

(26) 久保田孝夫はこの「小塩の山」ついて、『角川地名大辞典』の説をうけて、武生から南の「かへる山」への官道の途中に「王子保」「大塩」なる地名や大塩八幡宮があり、この「大塩」によって詠んだものだとする（注21参照）。それだとこの歌に「小塩」の語の出て来る唐突さもよく理解できる。ただし、式部は「大塩」の地名を知っていたとしても、歌を詠むときにそんな歌枕にはなっていない田舎の地名を意識するか、この「大塩」を詠み込んだものであれば、詞書にもう少し説明があるのではないか、といった疑問がなお残る。

(27) 大野晋『源氏物語のもののあはれ』（平成一三年、角川文庫）六〇～六二頁。大野は次の詞書はそれまでとはまったく違う文章になっていて、式部は宣孝が自分の手紙を他の女に見せたことに「極度の羞恥と憤り感じた」としている。

(28) 工藤重矩『平安朝の結婚制度と文学』（一九九四年、風間書房）、同『源氏物語の結婚』（二〇一二年、中公新書）は、平安貴族社会でもやはり律令に規定された一夫一妻制が行われていたと主張している。しかしこの説はいまだ実証がほとんどなされていないと私は考える。この「一夫一妻制説」がなりたたないことについては、増田「平安貴族社会の結婚制度—一夫一妻制説批判—」（『源氏物語の展望』第十輯、二〇一一年、三弥井書店）に詳説しておいた。

(29) 関口裕子『古代婚姻史の研究』上・下（一九九三年、塙書房）の下巻「附論Ⅰ律令国家における嫡妻・妾制について」など参照。

(30) 歴史家セニョボスの言葉という。新倉俊一『ヨーロッパ中世人の世界』（一九八三年、筑摩書房）、阿部謹也『西洋中世の男と女』（一九九一年、筑摩書房）など参照。

(31) 『アラベールとエロイーズ 愛の往復書簡』（二〇〇九年、岩波文庫）第2書簡、横山安由美訳。この男女の場合にも年齢差はまったく問題になっていない。エロイーズの男への「愛」には、若い娘の初めて知った官能の強烈な陶酔の記憶が、性愛を厳しく否定するキリスト教修道院に閉じ込められた生活の中で増殖されて、妄想となったものというべき性格が認められるが、このように一般に男女の「愛」には、相手に投影された一種の自己愛と考えられるものが多い。

(32) 和泉式部日記のもつ男女の関係の新しさや、この作品の文学史上の意味などについては、増田『冥き途—評伝和泉式部—』（一九八七年、世界思想社）にいささか述べたことがある。

(33) 玉上琢彌「昔物語の構成」（『源氏物語評釈　別巻一　源氏物語研究』昭和四一年、角川書店）。

(34) 玉上琢彌「源氏物語音読論序説」（『源氏物語研究』注33）、増田「源氏物語の語り手と音読論」（増田他編『源氏物語研究集成』第四巻、平成一一年、風間書房）。

(35) 増田「物語音読論の行方」（『日本文学』一九八二年五月号）。

(36) 玉上琢彌「源氏物語の巻名その他」（『源氏物語研究』注33）、清水婦久子「源氏物語の巻名の基盤」（『源氏物語の展望』第一輯、平成一九年、三弥井書店）。

第二章　紫式部の女房生活

(37) 式部の出仕年次については、早く安藤為章『紫家七論』が寛弘二、三年として以後、寛弘元年・二年・三年・四年説と多くの議論がある。寛弘元年説は、日記の女房批評の五節の弁の記事から、式部は寛弘二年の春に中宮で五節の弁を見ていた、とすることを根拠にしたものである（中野幸一『新編日本古典文学全集 紫式部日記』一九九四年、小学館、解説）。二年説の岡一男「紫式部の宮仕の年代に就いて」（『源氏物語の基礎的研究』注9）は、伊勢大輔の歌は寛弘四年に内裏で詠まれたものであり、式部はそれ以前に奈良の八重桜の取り入れ役を勤めた経験のあること、日記の寛弘五年十一月の臨時祭の記事に、尾張兼時が「去年まではいとつきづきしげなりしを、こよなく衰へたる振舞」とあるのは、式部が寛弘四年十一月の臨時祭の兼時の舞姿を内裏で見た感慨であるなどを論拠に、寛弘二年初出仕としている。また寛弘三年説は、萩谷朴「紫式部の初出仕は寛弘三年十二月廿九日なるべし」（『中古文学』昭和四三年一月）、同『全注釈』に詳説されている。四年説は既に足立稲直『紫式部日記解』に見える。ただし、これらはいずれも状況証拠からするものであって、いまのところ三年説がもっとも妥当と考えられる。

(38) 岡一男『源氏物語の基礎的研究』（注9）一二〇～一二六頁。

(39) 阿部秋生『源氏物語研究序説』（一九五九年、東京大学出版会）第一篇第一章「作者のゐた内裏」。

(40) 加納重文「紫式部の初出仕年次」（『古代文化』昭和四七年七月。のちに『源氏物語の研究』昭和六一年、望稜社）。

(41) 清水好子「物語の文体」（『源氏物語の文体と方法』一九八〇年、東京大学出版会）など参照。

(42) 角田文衛「紫式部の本名」（『古代文化』昭和三八年八月、後に『紫式部とその時代』昭和四一年、角川書店、また『紫式部伝』二〇〇七年、法蔵館所収）は、寛弘四年正月二十九日に掌侍に任ぜられた「藤原香子（御堂関白記・権記）」を紫式部に比定して、実名を「香子」とした。この説に対しては今井源衛「紫式部本名藤原香子説を疑う」（『王朝文学の研究』注9）、山中裕「紫式部伝記考」（『平安朝文学の史的研究』一九六九年、吉川弘文館）、岡一男「紫式部の本名―藤原香子説の根本的否定―」（『源氏物語の基礎的研究』注9）などの反論があり、香子説の問題点はこれらにほぼ尽くされている。香子説の賛否論については、加納重文「紫式部本名問題にいて」（『源氏物語の研究』注40）によく整理されている。もっとも、諸氏の反論は角田説の証明方法の不備や推論の飛躍についてのものであり、「香子」ではないとする証明はなされていないとして、なおも「香子」説の可能性を認める萩谷朴の説もある（『全注釈』下巻、四八七頁、『紫式部の蛇足、貫之の勇み足』二〇〇〇年、新潮選書）。その後の「香子」説支持には上原作和「ある紫式部伝」（南波浩編『紫式部の方法』二〇〇二年、笠間書院）などもあるが、これは「故大膳大夫時文後家香子（権記・長徳三年八月十九日）」と見える「香子」を、同名ということだけで掌侍藤原香子であるとし、さらにこれを、紫式部だと主張するものである。

(43) これを源氏物語以外の物語だとする説には、片岡利博

「狭衣物語研究から見た源氏物語」（『源氏物語の展望』第六輯、二〇一〇年、三弥井書店）がある。

(44)　『源氏物語大成』巻七研究篇（昭和三一年、中央公論社）。

(45)　ここは本文上の問題もあり難解なところであるが、早く清水宣昭・藤井高尚『紫式部日記註釈』は「よみたるべけれ」の誤りとし、全注釈はそれをうけて、「る」の字形が「ま」に誤写されたものだとしている。それに対して、工藤重矩「紫式部日記の〈日本紀をこそ読みたまふべけれ〉について」（南波浩編『紫式部の方法』注42）は、黒川本「よみたまへけれ」、群書類従本などの本文「よみ給へけれ」は、本来「よみたま（う）べけれ」であったとして、この「よむ」は講義する・講読するの意であり、前代まで行われていた日本書紀講書の博士のように、式部は「日本紀をこそ講義なさるべきだ」といったものだとする。これに賛同する説（山本淳子『紫式部日記』平成二年、角川文庫）もあるが、「よむ」の語に講義・講読の意味を認めるにしても、ここの文脈においてその意味になるかという疑問はなお残る。また、女性の式部が日本紀の講書をすることは、一条帝が冗談でいったとするにせよ、当時の人々には思いつかない冗談であろう。

さらにまたこの「読みたまふ」は、天皇の式部に対する敬意であるとするが、天皇も時には臣下に「たまふ」を使うことがあるにしても、それは大臣などある程度の身分の相手であり、しかも直接に話をしている相手に対して敬意を示す場合である。天皇と式部には大きな身分差があるし、しかもこの帝は式部と直接に話しているわけではない。そんな第三者の身分の低い式部のことをいうのに「たまふ」の敬語を使うであろうか。この説は、帝が式部に「たまふ」を使ったとする点にも、私は大きな疑問をおぼえる。

(46)　当時には「左衛門内侍」と呼ばれた人が幾人かいてまぎらわしい。藤原理方母は文範妻ではなくその子の為信妻であったと考えられるが、『仲文集』や『義孝集』に見える「左衛門内侍」とは別人であろう。貞元三年（九七八）に七十一歳で卒去した藤原仲文、天延二年（九七四）卒の藤原義孝らと関係があったこの左衛門内侍は、式部よりも一世代上の人であり日記の左衛門とは別人とすべきである。また栄花物語の楚王夢巻には、万寿二年（一〇二五）に道長女の尚侍嬉子が亡くなったころに、同じく亡くなった「小左衛門」とその母の「左衛門内侍」が見える。益田勝実『紫式部日記の新展望』（一九五一年、日本文学史研究会）はこれを日記の左衛門内侍と同人として、寛仁元年（一〇一七）十月二十八日に内蔵寮の絹を賜わった「前左衛門内侍（左経記）」もこれとする。全注釈は別人として、橘隆子説を主張しているが、藤原伊周妻で顕長母であった「左衛門命婦（小右記・治安四年三月十一日）」の可能性をも認めている。顕長母は尊卑分脈には「和泉守源致明女」とあるが、治安四年（一〇二四）に「命婦」とあることからしても掌侍ではなく、やはり別人である。また、『出羽弁集』には「女院のさいものないし」が見えるが、これは永承六年（一〇五一）ごろ上東門院彰子に仕えていた人であり、これを寛弘五年ごろには既に内侍であった紫式部日記の左衛門にあてるのは無理である。

(47) 増田「紀伊守の中川の屋敷」(『源氏物語と貴族社会』注10)参照。

(48) 当時の住宅の柱間は各建物の規模により異なることもあり、建築史の方でも十分な検討がなされていない。平安京の十世紀ごろまでの住宅遺跡の発掘調査例によれば、大きな住宅の柱間は桁行き梁間ともにほぼ十尺ばかり、庇も十尺程度であるらしい。朱雀院の大きな建物では、梁間が一四尺や一六尺のものもあるという。南孝雄「平安京掘立柱建物の特性—庇付き建物の展開—」(京都市埋蔵文化財研究所『研究紀要』第一号、一九九五年)。

また、「光源氏、六条院の考証復元」(『季刊大林』第三四号、平成三年)は、平安京での邸宅遺構の発掘調査例などを参照し、また一町の敷地に建物群や庭などが収まるように規模を考えて、源氏の六条院における寝殿の柱間は母屋二・七メートル、庇三・六メートル、対屋は母屋二・四メートル、庇三・〇メートルと想定している。

(49) 角田文衛「土御門殿と紫式部」(『紫式部の身辺』昭和四〇年、古代学協会)は、「八月、中宮御在所ノ塗籠ノ内ニ戌《いぬ》産ス(百錬抄・寛弘五年)」の記事をもとに、土御門殿の寝殿の東西の両母屋は塗籠になっていたとする。池浩三『源氏物語—その住まいの世界—』(平成元年、中央公論美術出版)もこれに従っている。百錬抄の記事にからすれば、この寝殿にも塗籠があったらしいが、当時の塗籠は一間ほどの比較的狭い空間で、その用途からしても建物の中央部などに儲けられたと考えられる。角田・池説のごとき、母屋全体が塗籠になっているような例は存在しない。増田「源氏物語の建築—寝殿の構造・柱間・中戸・塗籠・二間・土御門殿の寝殿—」(増田他編『源氏物語研究集成』第一二巻、平成一二年、風間書房)参照。

(50) 注(49)の増田論文参照。

(51) 紫式部日記絵巻のこの場面の、格子をあげて顔を出し外の男と話している女が、二千円札の裏面に紫式部の姿として採用されているが、これは明らかに式部の侍女として描かれている。式部は高級女房であるから、外から呼ばれたからといって、のこのこと格子のもとへ近づいて男たちに顔をさらしたり、男と直接に話をするようなはしたないことはしない。そんなことをするのは身分の低い召使いである。日記の本文にも、式部は声をかけられたけれども、奥にいてただ「はかなきいらへ(小声ノ返事)」だけをしたと記されている。なぜにこれを紫式部と考えたのかは不明であるが、もしこの絵巻の場面から強いて式部の姿をいうとすれば、それは奥に座っている女房(画面の右上角)とすべきであろう。

この二千円札には、他にも源氏物語絵巻から、光源氏が父の后の藤壺に通じて生まれた冷泉院との対面の場面が採られている。そして表面には沖縄の「守礼の門」の絵がある。源氏物語では源氏と藤壺との「不倫」の関係をも、時には人間にあり得ることだとするヒューマニズムの立場から書かれていると私は考えるが、ただしそれは世間には秘すべきものとして書かれているのである。そんな「不義」の父子対面の場面を、さらにそれを「守礼の門」とともに国家の発行する紙幣に採るというのは、一体どういう意図によるものであるのか、すこぶる不審である。

(52) 当時の「戸屋」は、「(落窪ヲ)へやに籠めて守らせむ(落窪物語・二)」、「信順等四人籠戸屋、以看督長令守護(小右記・長徳二年五月二日)」などと監禁用にする密室をいうことが多い。元木康雄「摂関家における私的制裁について」(『日本歴史』二五五号、一九八三年)参照。他にも「滝口所戸屋中雑仕女頓死(左経記・寛仁二年五月十二日)」、「政所屋雷落、下人二人夫婦臥戸屋(小右記・寛仁二年六月二十九日)」などと下人が寝所にしたり、「くるる戸の庇二間あるへやの、酢・酒・いをなどまささなくしたるへや(落窪物語・一)」などと食糧貯蔵庫に使われている例もある。「塗籠(ぬりごめ)」と似た構造・用途のものと考えられるが、塗籠は寝殿などの住居に設けられるのに対して、「戸屋」は役所などのやや粗雑なものをいうらしい。一条帝の女御藤原尊子は「暗戸屋曹司(権記・長保二年八月二十日)」に住んで「くらべやの女御」と呼ばれた。

第三章　平安中期の女官・女房の制度

(53) 焼亡による女房たちへの絹支給の例には、「召内蔵寮絹三十五疋。逢去十七日夜焼亡女房以下女官以上充給。各有差(左経記・寛仁元年十月二十八日)」がある。

(54) 角田文衛「藤三位繁子」(『王朝の映像』一九七〇年、東京堂出版)は、繁子は師輔の第七女、母は雅子内親王で、天慶九年(九四六)ごろに生まれて、一条帝誕生のときにその乳母となり、一条帝即位の寛和二年に典侍になったとする。だが当時、右大臣師輔女であり母が内親王であるような高貴な人が女房になることは考えられない。また繁子は紫式部の夫宣孝の兄説孝と同じ屋敷に住んでいたともいっている。その根拠になっているは、「件尚書(説孝)与彼女(繁子)通家也(権記・長保二年八月二十日)」とある「通家」の語である。しかしこの漢語は、代々家が親しい間柄、あるいは姻戚関係にある家をいうものである。その他にもこの論には推論に多くの無理がある。全注釈は一条帝乳母説を疑っているが、通説はほぼ一条帝の乳母としている。

(55) 片桐洋一他『藤原仲文集全釈』(平成一〇年、風間書房)は、枕草子の記事は「清少納言が、藤三位の立場になって、聞き書きの形として」書いた伝聞記事であり、どちらかといえば仲文集の方が枕草子に先行するとしている。

(56) 岩野佑吉「橘典侍考」(『国語と国文学』昭和三二年二月)。

(57) 角田文衛「清少納言の生涯」(『王朝の明暗』一九七七年、東京堂出版)は、この「右近尼」を橘則光母で花山帝の乳母であったとし、萩谷朴『枕草子解環』(昭和五六年、同朋舎)は、この右近尼は橘行平室で、その女が橘則光の妻になっていたのだとする。ここの「姑」は父の姉妹をいったものであろうから、則光の父敏政の姉妹である。行平は則光の弟であり、その女を「姑」とするのは無理である。則光の母が花山帝の乳母であったことは「左衛門尉則光検非違使、又彼院乳母子也（小右記・長徳三年四月十七日）」とあることから知られる。しかし「則光姑」を角田説のように則光母とするのも無理である。則光の父敏政の姉妹には冷泉帝の乳母であった「民部」などもいたから、花山帝の乳母であった人もいたのであろう。

(58) 角田文衛「むまの中将」（『古代文化』一一巻一号、昭和三八年）、「歴代主要官女表」（『日本の後宮』一九七三年、学燈社）は、歌人の「馬内侍」はこの源掌侍（平子）かとしている。

(59) 「馬内侍」については数多くの論考があるが、それらについては『平安時代史事典』（平成七年、角川書店）の中島和歌子の整理を参照。

(60) 萩谷朴『枕草子解環』は、ここは「内侍のすけ」とあることから、いわゆる「馬内侍」とは別人としている。

(61) 福井迪子「馬内侍集の編纂意識について」（『校本馬内侍集と総索引』昭和四七年、笠間書院）。

(62) 森本元子「二人の馬内侍」（『古典文学論考』昭和五六年、新典社）、竹鼻績『馬内侍集注釈』（平成一〇年、貴重本刊行会）解説。

(63) 荒木孝子「『大斎院前の御集』における「馬」―『馬内侍集』との関係―」（『中古文学』三八号、昭和六一年）。

(64) 拾遺集、拾遺抄の本文は、片桐洋一『拾遺和歌集の研究・校本篇』（昭和四五年、大学堂書店）、片桐洋一『拾遺抄』（昭和五二年、大学堂書店）によった。

(65) 福井迪子は、この歌が道信のものとすると、永祚元年以後正暦二年までに詠まれたとする。注（61）参照。

(66) 竹鼻績（注62）は、「中宮内侍馬」と「中宮内侍少将」の二人がいたとして、馬内侍集の巻末部にある「燃えこがれ」の歌は、他の歌集にあった「中宮内侍」の歌が「中宮内侍馬」と誤って増補されたものとしている。

(67) 加納重文「女房と女官―紫式部の身分―」（『国語と国文学』昭和四七年三月。後に『源氏物語の研究』（注40）は、平安中期以後には、典侍・掌侍などとならんで「命婦」と呼ばれる職階があったとしているが、少なくとも平安末期まではそうした「命婦」の語の用法は捜せない。命婦は四位・五位の位階をもつ女房の敬称である。

(68) 御産用の白木の御帳について全注釈は、日記のすぐ後の「御帳二つがうしろのほそ道」とある記事、および御産部類記・崇徳院の項に引く『源礼（委）記』の「当日儀」の条に「次宮司奉仕日装束、撤尋常御帳、立白木御帳、或相並立之」とあるのによって、尋常御帳と白木御帳の二つが並べ立てられていたとする。しかし同記元永二年五月二十八日の崇徳院誕生の記事には、「自子剋許、有中宮御産気、仍寅剋宮司等参入、撤尋常御装束、立白木御帳・御几帳・屏風」とあり、尋常御帳は撤去されている。狭い空間に二つの御帳を並べて立てるのは無理であろう。「御帳二つがうしろのほそ道」は、母屋の白木御帳と北庇の御帳との間をいったものと考えられる。

(69) 増田「紫式部と中宮彰子の女房たち」（南波浩編『紫

式部の方法』注42）に、当時の女御や高級貴族の姫君に仕える女房数を調査しておいた。

(70) 当時の貴人に仕える便器係などについては、増田「近江君の〈おほみ大壺とり〉考―大壺・虎子・樋殿―」（『源氏物語と貴族社会』注10）参照。

(71) 若宮の車の種類については、栄花物語にも「糸毛の御車には、殿の上、少将（富岡本「せう」）の乳母、若宮いだき奉りて乗る（初花）」とあるが、御堂関白記には「若宮金造御車」とあり、やや疑問は残る。

(72) 益田勝実「紫式部の身分」（『日本文学』一九七三年三月、同四月、同五月号）。当時の後宮に仕える女房・女官の制度などについては、従来は『新訂　女官通解』（講談社学術文庫）の程度の理解であったが、この論文は格段に深めたものである。

(73) 増田『枕草子（和泉古典叢書1）』（一九八七年、和泉書院）補注一五五参照。この人は姉の綏子の屋敷の土御門殿（土御門南・東洞院西）に同居していたと考えられ、長保三年二月十二日に尼になった（権記・長徳三年十二月十三日、同長保三年二月十二日）。

(74) この歌は清慎公集（一〇三）にも「へいないし」の歌として見えるが、冷泉家時雨亭叢書本『小野宮殿集』には採られていない。現存清慎公集には、藤原義孝集からの混入があるが、この歌は後人が本来の清慎公集の末尾に何時の時点にか補入したものと認められる。私家集大成解題（村瀬敏夫）、久保木哲夫「清慎公集」（『平安時代私家集の研究』昭和六〇年、笠間書院）。

(75) 早く益田勝実『紫式部日記の新展望』（注46）は、良芸子に比定しているが、冷泉院の女房としている。萩谷『全注釈』は、「橘良芸子か」と断定を避けながらも、敦成親王の乳母の源経房妻であった可能性を指摘している。ところが、これらを承けた近年の諸注は多く橘良芸子としている。他に、杉崎重遠「後一条天皇の御乳母大弐三位」（『王朝歌人伝の研究』昭和六一年、新典社）は、直接に彰子の「宮の内侍」を論じたものではないが、栄花物語のつぼみ花巻などに「大宮（彰子）の内侍」とする「近江内侍」は藤原美子であることを指摘している。また新田孝子『栄花物語の乳母の系譜』（二〇〇三年、風間書房）は、美子は源高雅の後妻となって、敦成親王乳母となり、次いで皇太后彰子の「大宮の内侍」になったとしている。田中恭子「紫式部日記の宮内侍」（関根慶子博士頌賀会『平安文学論集』一九九二年、風間書房）は、紫式部日記の「宮の内侍」は藤原基子であり、美子はその妹の「式部のおもと」としている。

(76) 角田文衛「後一条天皇の乳母たち」（『王朝の明暗』注57）、萩谷『全注釈』上巻一〇五～一一七頁。

(77) 注(76)の角田論文。

第四章　紫式部の同僚女房たちとの生活

(78) この「娍子」については、「娍子」とするものもあるが（平安時代史事典）、早く国史大系本日本紀略正暦二年十一月某日条の頭注に、諸本および諸書に「娍子」とか「娍子」などに作るものがあって確定しがたいとしている。いま「娍子」とする説による。

(79)　この女房たちについて、大日本古記録本はこの部分を「乗女方少将典侍・前掌侍・靫負・兵衛典侍・前掌侍・々従・皇大后内侍」と句点している。これは「檳榔毛金作三車」に「少将典侍」「前掌侍」「靫負」「兵衛典侍」「前掌侍」「侍従」「皇太后内侍」の七人が乗ったと考えたのであろう。その場合には「靫負」「侍従」には官名のないこと、「前掌侍」が二人いながら、それを区別する女房名がしるされていないことなどに不審が残る。また『御堂関白記全註釈』は、「乗女方少将典侍、前掌侍、靫負、・兵衛典侍、前掌侍、々従、・皇太后内侍」と句点して、「前掌侍、靫負」は「少将典侍の註」、「前掌侍、侍従」は「兵衛の典侍の註」としている。倉本一宏『藤原道長御堂関白記』(二〇一一年、講談社学術文庫)もこれに従う。少将典侍・兵衛典侍・皇太后内侍の三人が、三車に一人ずつ乗ったと考えるのであろうか。しかし、「前掌侍」の語は現在典侍である人には必要がない。「前掌侍、靫負」が少将典侍の註であるとすれば、掌侍であったときには「靫負」と呼ばれ、典侍になってから「少将」と女房名が変わったことになる。だが、それもまた無理であり、兵衛典侍についても同様である。

(80)　野村一三『平安物語の成立』(一九五九年、刀江書院)はこの加賀少納言を、少納言の経歴をもち寛弘三年正月二十二日に加賀守で亡くなった藤原兼親のゆかりの人とする。ただし、「加賀少納言」なる女房名は、「讃岐の宰相」などと同じく「少納言」がもとの名で、他の少納言と区別するためにさらに別の父兄などの官職名の「加賀」を付したものと考えられ、「加賀少納言」を一人の父兄などの官職名とすることには無理がある。また「少納言」を兼任していない兼親を「加賀少納言」と呼ぶことも考えにくい。また『全評釈』は加賀守藤原為盛女として、為盛の妹は小少将の伯父源時中の妻で、その妹の産んだ経相は加賀少納言の夫であった、という関係を想定している。しかしこれも加賀少納言という女房名の説明が不十分である。

(81)　妹尾好信「御堂関白集読解考」(『広島大学文学部紀要』第六〇巻、平成一二年)。

(82)　守屋省吾「弁乳母のこと」(『立教大学日本文学』三七、昭和五一年一二月)

(83)　『私家集大成』二、弁乳母集解題。

(84)　福家俊幸『紫式部日記の表現世界と方法』(平成一八年、武蔵野書院)第二章「むまの中将」は、彰子の女房たちの中に、道長の二人の妻つまり源倫子と源明子との関係の親疎による対立意識があり、明子寄りの馬の中将の式部への対抗意識には、それが関係しているのではないかという。なお、角田文衛「むまの中将」(『古代文化』昭和三八年一月)は、馬の中将を掌侍源平子、あるいは藤原済時二女に比定するが、推論に飛躍が多く無理であろう。

(85)　一条朝後半ごろにおける歌界の主流であった藤原公任らの伝統的な和歌に対して、和泉式部の歌のもっていた新しさや人々への影響については、増田『冥き途』(注32)参照。

(86) 岡一男『源氏物語の基礎的研究』(注9、三六七頁)は、この「匡衡衛門」の呼称を、赤染が中宮や道長家で夫匡衡のために、絶えず猟官運動をしていたことからきたもので、そこには「巧妙に赤染にたいする軽い蔑視の念があらはれてゐる」としている。ただし、女房たちが家族縁者のために猟官運動をするのは当時普通のことであったから、「蔑視の念があらはれてゐる」のは、夫の匡衡の実名をつけて呼んでいることによるものであろう。

(87) 阿部秋生『源氏物語研究序説』(注39)は、式部のいう「身のほど」は、「教養も才能も容姿も、又社会的地位も、ある時における年齢も健康も―いはばこの人の身についてゐるすべてのものを、他の人のそれとの比較において考へた時の格附けをさしていつてゐる言葉である(五〇二頁)」としている。

(88) 作田啓一『恥の文化再考』(一九六七年、筑摩書房)は「他者の注視がわれわれを恥じさせるのは、われわれが内密にしたいと望んでいるところのわれわれの劣等な部分の露呈を恐れるからでもある」として、われわれが他者の視線におぼえる「羞恥」には優劣の観念を伴うところがあるが、その優劣の観念には当人の所属する集団の基準によるものと、私的な優劣基準のあることを分別している。式部の羞恥には集団基準のものも認められるが、式部独自の私的基準が強くあるらしい。次の五節の舞姫の記事はそれをよく示している。

(89) この傍線部Aについて、諸注は「選抜されてこの場に出て来るほどであるから、身分柄といい、心構えといい、十分、そのようなことに耐え得る童女や下仕えたちであるとはいっても(全注釈)」などと、この童女・下仕たちはしっかりした者であるはずだから、といった方向で解しているものが多いが、それでは式部の用いる「身の程」の語が軽いものになってしまう。やはりこの「身の程」も社会的身分や階層をさす語であり、童女・下仕えという身の程に生まれついた者と解すべきであろう。注(87)参照。一般に「身の程」の語は高貴な人には使われず、劣位にあるものについて言われるのが普通である。

(90) 式部も女房たちと共有していた意地悪さについては、清水好子『紫式部』(一九七三年、岩波新書)参照。

(91) 紫式部日記と栄花物語の関係については、今小路覚瑞『紫式部日記の研究(新訂版)』(昭和四五年、有精堂出版)や松村博『栄花物語全注釈』二(昭和四六年、角川書店)では、紫式部日記と栄花物語の記事の詳細な対照表を作成して検討した結果、栄花は現存日記によりながら、筆者が補足して書いたものであるとする。それに対して南波浩「紫式部日記の変貌」(紫式部学会編『源氏物語と女流日記―古代文学論叢第五輯―』昭和五二年、武蔵野書院)は、栄花の記事は現存の紫式部日記によって書かれたものではなく、「原紫式部日記」と呼ぶべきものに依拠して書かれたとしている。

(92) 式部と道長の関係については安藤為章以来論議が多いが、二人の間に関係があったことを強く主張する説には、角田文衛「道長と紫式部」(『紫式部の身辺』注49)、萩谷朴『全注釈』などがある。

(93)　この二組の贈答は、何かの歌集などから式部の歌をみつけた後人が注記しておいたものが、やがて本文に混入した可能性のあること、したがって式部の局の戸を叩いたのは道長ともできないことについては、早く堀部正二「紫式部日記雑攷」（『中古日本文学の研究』一九四三年、教育図書株式会社）に指摘されている。

第五章　現世出離の希いと世俗執着

(94)　ここの傍線部ＡＢについての従来の主要な諸説は、山本利達「思ひかけたりし心」（『紫式部日記攷』一九九二年、清文堂）によく整理されている。まず「思ひかけたりし心」は、出家遁世を願う心とするのが通説であるが、山本説は、「世や身の上を憂きものと深く思う種類のもの」とし、「まして」は「若やぎ」を修飾するとしている。「まして」は、ある状態を前提にして、「それよりもさらにもっと」ということであるから、「いまよりももっと若やいで」となるし、また「なのめなる」を修飾するのであれば、もっと「なのめなる」身であったならということになってしまうであろう。

(95)　秋山虔「紫式部日記の文体」（『源氏物語の世界』注2所収）。

(96)　この日記の官職による人物呼称の問題については、早く拙稿「紫式部日記の形態—成立と消息文の問題—」（『言語と文芸』第六八号、昭和四五年一月）で一部指摘したことがあるが、いまだ不十分なものだったので、少しここに訂正しておいた。

(97)　この日記の成立についての論議の基本的な問題点については、既に早く池田亀鑑・秋山虔『紫式部日記（日本古典文学大系）』（昭和三三年、岩波書店）の解説に明確に整理されているが、その後の注目された論として、曾沢太吉・森重敏『紫式部日記新釈』の「解題に代えて—いわゆる消息文の問題—」がある。この論では、それまでからいわれていた消息文という型式を借りて書いた作品、と考える立場をさらに徹底して、書簡体による「魂の告白であり遺書的でさえある」作品とすべきだ主張し、書簡体をとったのは女房批評などの内容の辛辣さや、筆者の主観表明の率直さを緩和するためであるとしている。この見解によって明らかになってきた側面もあるが、やはりなお十分な説得性をもつまでになっていないと私は考える。

第六章　晩年の紫式部

(98)　野口孝子「平安時代における枇杷第の伝領について」（『古代文化』昭和五六年七・八月。後に朧谷寿他編『平安京の邸第』昭和六二年、望稜舎所収）。

(99)　黒板伸夫「藤原道長の一条第」（『摂関時代史論集』昭和五五年、吉川弘文館）参照。道長はこの枇杷殿を長く一条帝の里内裏とするつもりで、「九重作様頗写得（御堂関白記・寛弘六年十月十九日）」と内裏風に改築し準備していたが、帝は翌年には再建された一条院に移御して、そこで崩御した。

(100)　早く藤岡作太郎『国文学全史平安朝篇』（明治三八年、

東京開成館）には、大江匡衡について、才学はあったが「阿諛便佞、上に諂ひ、後学微官の士を虐ぐること甚だしく、……天下の腐儒、博学の小人、古今東西、曲学阿世の士多しといへども、匡衡を以てその頭領に推すべし」と、酷評されている。匡衡が道長や実資に阿諛していた話は『小右記』などにも多く見えるが、実資はその阿諛追従してくる匡衡のことをよろこんでいたので、匡衡が亡くなったときには、「当時名儒、無人比肩、文道滅亡（小右記・長和二年七月十七日）」などと記している。

(101) 清水好子『紫式部』（注90）。

(102) この「無月無花」の語は当時に用例が捜せない。この「月」「花」は、優雅なもの情趣的なものの象徴であるが、漢語では普通「花月」と「花」を先にいう。「花月、徒ラニ労《わづら》ヒテ世累長シ（田氏家集・三月晦日送春感題）」、「又曰ク、宸筆宣命ハ仮名ノ如ク書ク也、花月ヲ髣ラズ、是レ古賢ノ伝フル所也、在良朝臣之ヲ知ル、実光・顕業等多ク花月ヲ髣ル、口伝ヲ知ラザル也（宇槐記抄・久安四年九月二十三日）」

(103) 今井源衛『紫式部』（注14）。この今井説に対して、角田文衛「実資と紫式部」（『紫式部とその時代』注42）は、道長はそんな姑息な手段をとるような小人物ではないとして、実資が以後彰子のもとに出入りしなくなったのは、式部が道長の妾であったことを知った実資が、彰子との話がすべて式部を通じて道長に漏れると知ったからだとしているが、これも考えにくい。

(104) この記事の女房を紫式部と考えるものには、角田文衛「紫式部の没年」（『紫式部とその時代』注5）、稲賀敬二『紫式部』（昭和五七年、新典社）がある。

(105) 今井源衛『紫式部』（注14）。

(106) 能因の半僧半俗のあり方については、増田「能因の歌道と求道—歌道における「すき」の成立—」（古代学協会編『後期摂関制時代の研究』平成二年、吉川弘文館）参照。

(107) この断簡は、頼宗の家集とする他にも、賢子と親しくしていた藤原定頼のものとする説もある（萩谷朴『全注釈』）。また森本元子「西本願寺本兼盛集付載の逸名家集—その性格と作者—」（『和歌文学研究』昭和五一年三月）は、紫式部の親しい同僚であった「宰相の君（藤原豊子）」のものかとする。豊子とまで具体的にいうのは無理としても、賢子よりもかなり年長の女性らしく思われるところがある。この十二首の註釈には、岡一男『源氏物語の基礎的研究』（注9）の他にも高橋正治『兼盛集注釈』（平成五年、貴重本刊行会）があって、それらの説についても検討すべきであるが、いまは省略して私見のみを述べる。

(108) 角田文衛「紫式部の没年」（『紫式部とその時代』注5）は、長元四年没とする。また、その信憑性には疑問があるが、内閣文庫蔵『高代寺日記』には、「（長暦二年〈一〇三八〉）九月紫式部今比死スト越前守為時カ娘ナリ」とする説が見える。井上宗雄『平安後期歌人伝の研究』（昭和五三年、笠間書院）二九四頁参照。高代寺は摂津源氏の菩提寺で、「能勢郡吉川村にあり。山号七宝山と称す。多田満仲公法諱満慶の開祖、本尊薬師如来を安置す、真言僧守之（摂陽群談・一四）」とある。摂津源氏の詳しい年代記というべきものであるが、この長暦二年説も何かにもとづく伝承と考えられる。

(109)　賢子の出仕時期をより遅く後一条朝になってからとする説もある。たとえば諸井彩子「大弐三位藤原賢子の出仕時期」（『和歌文学研究』第一〇四号、平成二四年七月）は、賢子は母式部が亡くなった寛仁四年以後に出仕したが、既にそのころ藤原定頼などとの贈答歌で世間に歌才を知られていたとしている。しかし、宮仕もせずに親のもとにいた賢子が、親戚関係にもない定頼と贈答するような機会をもち、世間に名を知られるようなことがありえるであろうか。それは女房生活をしていたからこそ可能であったと考えられる。

(110)　角田文衛「紫式部の子孫」（『紫式部の身辺』注49）は、栄花物語の記事により、賢子は万寿二年（一〇二五）ごろに兼隆の子を産んで親仁親王の乳母となり、次いで長元五六年ごろに高階成章の妻となって、長暦二年（一〇三八）に為家を産んだとする。しかし、知房の母は賢子の女であり、尊卑分脈にいう「公能（信）女」ではないとしている。それに対して萩谷『全注釈』（上巻一一四〜一一七頁）は、栄花物語の「左衛門督」は「左兵衛督（公信）」の誤りで、賢子と兼隆の間には男女の関係を示す資料がなく、賢子は兼隆の妻になったことは疑わしいとしている。しかし、賢子が兼隆の子を産んだことを否定すべき根拠はない。

(111)　萩谷朴『平安朝歌合大成』第五巻（昭和三六年、私家版）は、この「典侍」は賢子かとしている。角田文衛『紫式部の身辺』（注49）は、賢子は長元五六年ごろに高階成章と結婚して長暦二年（一〇三八）に為家を産んだとしている。

第七章　紫式部の出家志向と浄土信仰

(112)　家永三郎『日本思想史に於ける否定の論理の発達』（復刻版、昭和四四年、新泉社）は、九世紀後半以後を「中古」と呼んで時代区分して、その浄土教興隆期の人々においても、なお現世否定の不徹底さの例を多く指摘している。当時の人々の浄土志向の一般的な傾向について、「彼等が浄土を求めるに至つても、現実の否定による絶対の彼岸に転入しようと云ふのではなく、むしろ現実の内に彼岸の幻影を描き出し、この幻影にひたることによつて満足した」とし、道長の熱心に行った華麗な法会も「いはば法会は極楽を偲ばしめんが為の演劇であつた」という。また、井上光貞『新訂日本浄土教成立史の研究』（昭和三一年、山川出版社）第二章「摂関政治の成熟と天台浄土教の興起」等参照。

人名索引

凡例

一　人名の漢字表記の第一字を通行の漢音で読んで五十音順に排列し、頁数を示した。同音文字の排列は新字体による画数順である。

一　頻出する「紫式部（式部）」「彰子」「清少納言」「道長」などについては、重要でないと認められるものについては省略した。

一　各項末尾の「→」は、別の呼称など参照すべきものである。

ア　阿安
イ　伊威倚惟為一尹院
エ　永衛悦越円延衍婉
オ　横鷗温
カ　加花賀雅絵懐楽勘貫寛
キ　怟季基規貴嬉徽義儀橘宮躬居挙御匡恭教業今近
ク　具空薫
ケ　経慶妍兼賢憲顕元原源
コ　公広光好江行孝皇後恒香高康媓国
サ　左佐宰三讃
シ　茨師紫資諟侍時式日実主守朱秀周修脩重淑俊駿淳順遵如徐小少昌章勝彰證常信進親仁尋靫
ス　綏
セ　世正生西成性斉娍済清聖静赤積千宣染詮嫥選善
ソ　素宗相桑漱蔵則尊
タ　大泰弾
チ　知致筑中仲忠長朝直陟陳
ツ　通
テ　定庭禎典恬
ト　土棟等登藤道徳敦
ナ　内
ノ　能
ハ　芭馬繁
ヒ　美
フ　扶浮武文
ヘ　平兵別弁
ホ　保輔芳邦奉法豊北穆本
ミ　民
メ　命明
ユ　友右有祐
ラ　頼
リ　理隆良倫
レ　冷暦廉
ロ　朧
ワ　和

ア

あてき（紫式部侍女）　133 134
アラベール　96
阿弥陀仏　342〜344 347
安子（藤原師輔女、中宮）　28 35 146

イ

伊尹（藤原師輔男）　35 161
伊尹九女（為尊親王妻）　333
伊勢（藤原継蔭女、中宮温子女房）　15 16 29 30
伊勢大輔（大中臣輔親女）　52 110〜112 206 245 316〜318
伊勢中将（中宮彰子女房）　214
伊祐（藤原為頼男）　31
伊予三位（藤原顕綱女兼子、堀河帝乳母）　218
威子（藤原道長三女）　177 205 303

ウ

エ

衍子（菅原道真女、宇多帝女御） 185
婉子（女王、為平親王女） 28

オ

横河僧都（源氏物語） 336
鷗外（森） 6
温子（藤原基経女、宇多帝女御） 16 185

カ

加賀少納言（中宮彰子女房カ） 207〜209
花山天皇 38 41 43 44
賀茂明神 239
雅信（源、敦実親王男） 40 225 292
　雅信長女→倫子
　雅信四女（藤原道綱妻） 212 225
雅正（藤原兼輔男） 23 29 30
雅通（源時通男） 201 238 274
絵式部（平繁兼女） 120
懐仁親王（円融皇子） 40 →一条天皇
懐平（藤原斉敏男） 272 301 306 308 309
楽天（白居易） 256 347下
勘解由弁（源時通カ） 198
貫之（紀茂行男） 24 29 81
寛子（平時望女、冷泉帝宣旨） 284 282

キ

忯子（藤原為光女、花山帝女御） 42
季孝（藤原季雅男） 36
季明（平、式瞻王男） 91
　季明女（藤原宣孝妻） 91
基経（藤原良房男） 292
基子（藤原親明女、源高雅妻、後一条帝乳母） 190 194 195 →修理典侍、藤三位、美子
規子内親王（村上皇女） 265
貴子（高階成忠女、藤原道隆妻） 186
　貴子妹（大江為基妻、中宮定子宣旨） 186 →宣旨
嬉子（藤原道長四女、尚侍、親仁親王妃） 327
徽子女王（重明親王女、村上帝女御） 35
義懐（藤原伊尹男） 39 41〜45 319 333〜336
義子（藤原公季女、一条帝弘徽殿女御） 1 8 140 238〜242
義子（藤原、一条朝掌侍、紀忠道妻） 154 155
　→進
義忠（藤原為文男、大内記） 319
儀子（藤原、一条朝掌侍） 155
橘三位（橘清子、三条帝乳母） 153 →清子
橘三位（橘徳子、一条帝乳母） 214 →徳子
宮内（一条帝乳母、藤原忠幹女、源奉職妻） 146 151 152 154
宮内侍（中宮穏子女房） 187
宮内侍（中宮安子女房） 188 →橘平子
宮内侍（中宮媓子女房） 164
宮内侍（中宮遵子女房、藤原近子） 178 188
宮内侍（中宮定子女房、馬内侍） 162
　→馬内侍
宮内侍（中宮定子女房、右近内侍） 155
　→右近内侍
宮内侍（中宮彰子女房、橘良芸子） 189 190
　→良芸子
宮内侍（中宮彰子女房、藤原美子） 138〜141 171〜175 180 181 189〜192 194〜196 264 →美子
宮内侍（中宮篤子内親王女房、藤原実季女） 183
宮内侍（皇后泰子女房、国俊女、別当君） 183
躬恒（凡河内） 24 29
居易（白楽天） 256
居貞親王（三条天皇） 149 295 →三条天皇
挙周（大江匡衡男） 226 264
挙直（藤原利博男、参河守） 49
御匣殿（藤原淑子、中宮遵子女房） 178 181
　→淑子
御匣殿（藤原兼家女、皇太后詮子女房） 186
御匣殿（藤原道隆女原子、一条帝女房） 186

源三位（源伊陟女陟子、中宮彰子宣旨）　214
↓陟子
源掌侍（花山・一条朝掌侍、源平子）　146 156
↓平子
源信（横河）　341

コ

広業（藤原有国男）　280 281 295 296 319
公葛（藤原興範男）　149
公葛女（藤原師輔妻）　149
公季（藤原師輔男、内大臣）　239 300
公季女↓義子
公信（藤原為光男）　328
公信妻（藤原賢子、大弐三位）　328
↓賢子
公信女（源良宗妻）　328
公成（藤原実成男）　327
公任（藤原頼忠男）　31 32 43 103 120 274 319
光栄（賀茂保憲男）　304
光源氏（源氏物語）　91 96 97 260
光孝天皇　293
光子（藤原正光女、中宮妍子女房）　192
↓御匣殿
好古（橘公材男）　152
好古女（等子、冷泉帝乳母）　152 ↓等子
好古女（清子、三条帝乳母）　152 153
↓清子
好親（藤原道隆男）　153
好忠（曾根）　17
江三位（大江清通女康子）　191 ↓康子
江典侍（大江清通女康子）　191 ↓康子
行成（藤原義孝男）　123〜125 212 272 292〜296 332〜337 339
行誉（三井寺）　55
孝標（菅原資忠男）　73
孝標女（更級日記作者）　104〜106
皇太后（彰子）内侍　205 206 ↓美子
後一条天皇　190 193 194 ↓敦成親王
後朱雀天皇↓敦良親王
後冷泉天皇　328 ↓親仁親王
恒貞親王（淳和皇子）　293
香子（紀時文妻）　351下
香子（藤原、一条朝掌侍）　120 351下
高遠（藤原斉敏男）　166
高雅（源守清男）　190 194 195 264
高雅妻（藤原基子）　190 195 ↓基子、美子
高光（藤原師輔男）　302
高明（源、醍醐皇子）　219
高明女（為平親王妻）　28
高明四女（藤原相尹妻）　219
康子（大江清通女、後一条帝乳母）　191
↓橘為義妻、江三位、江典侍
媓子（藤原兼通女、円融朝中宮）　164
国挙（源通理男）　274 275
国経（藤原、兵衛尉）　265
国盛（源信明男）　48
国用（藤原季方男）　275
国用女　275

サ

左衛門（一条帝女房）　146
左衛門掌侍（橘）　204
左衛門内侍（円融朝掌侍）　352下
左衛門内侍（藤原為信妻、一条朝掌侍）　127〜130 173 175 216 256 ↓理方母
左衛門内侍（後冷泉朝掌侍、女院彰子女房）　352下
左衛門命婦（藤原伊周妻）　352下
左京（弘徽殿女御義子女房）　1 238〜243
↓右京
左京命婦（一条帝女房）　146 216
左近（源当季女正子、憲平親王乳母）　284
↓正子
左近（一条帝女房）　146 151
左近（上東門院彰子女房）　216

佐光（藤原尹甫男）　281
佐忠（三善、大学頭）　155
佐理（藤原敦敏男）　178
　佐理妻　178
宰相（藤原道綱女豊子、中宮彰子女房、後
　一条帝乳母）　118　138〜141
　171〜173　175　180　181　190　191　211〜213　360下　→豊子
三条天皇　153　154　203　205　298〜300　302　309　314
　→居貞親王
讃岐宰相（藤原豊子）　212　→豊子

シ

茨子（藤原実季女、堀河帝女御）　284
師尚（高階）　293
師輔（藤原忠平男）　146
紫（紫式部）　118　120
紫式部　3　9　10　27　50　56
　58〜62　65〜67　77　82　83　93　103　109　120　141　172
　201　221〜224　226　232　233　259〜263　304〜313　325　326　331　332
　憂き世・身の憂さ・身の程
　　114　115　117　202　227　228　230〜237　259〜261　342
　演技する姿勢　5　115　118　243　250〜253
　軽さ・意地悪さ
　　1　2　54　140　212　238〜240　243〜245　267
　里居の生活　92　93　115〜117　199　200　227〜232
　男女関係に許容的　68〜70　222
　遁世願望と現世執心の相克
　　3　4　11　12　61　259〜269　302　332　341
　ヒューマニズムの立場　4　62　269
　紫式部の文章　119　135　283
　紫式部の和歌
　　23　24　79〜83　102　112　202　203　223　226　298　299　317　318　322
　紫式部作の物語　127
　道長との関係　121　122　245〜248　312
紫上（源氏物語）　96　97　103
資業（藤原有国男）　133　137　264
資子内親王（村上皇女）　271
資忠（菅原雅規男）　36　45〜47
資平（藤原懐平男、実資養子）　304　306〜310　316
諟子（藤原頼忠三女、花山帝女御）　42
侍従→主殿侍従、本院侍従
侍従掌侍（一条帝女房）　205　206
侍侍内侍（三条朝掌侍）　206
侍従中納言　123　→行成
侍従命婦（一条帝女房）　146　151
侍従命婦（脩子内親王女房）　156
時姫（藤原中正女、藤原兼家妻）　42
時叙（源雅信男）　225
時通（源雅信男）　36　198　200　201
　時通長女（藤原道兼妻）　201
　時通二女　198　201　→小少将
時明（源仲舒男）　159
　時明女　159　→馬内侍
時用（赤染）　224
式部（藤原道長宣旨）　173　280　→大式部
式部（藤原親明女、中宮彰子女房）　210　211
式部（皇后定子女房）　211
日本紀の御局　128　→紫式部
実資（藤原斉敏男、実頼養子）
　28　32　57　166　243　301　303〜316　362上
実成（藤原公季男）　113　139　140　238　240　241
実方（藤原定時男）　31　32
主殿侍従（中宮彰子女房）　173　175　182
守平親王（円融天皇）　146　→円融天皇
朱雀院（源氏物語）　91
秀頼王（種姓不明）　203
　秀頼王女（藤原芳子）　203　→芳子
周頼（藤原道隆男）　192
　周頼妻（源兼澄女、禎子内親王乳母）　192
修理典侍（藤原親明女）　190　195　→基子
脩子内親王（一条帝皇女）　155　156　214
重家（藤原顕光男）　334　341
淑子（菅原道真女）　185　→衍子
淑子（藤原為輔女カ、藤原佐理妻、中宮遵
　子御匣殿）　178

淑子（藤原、一条朝掌侍）　156
淑信（橘敏通男）　36
俊賢（源高明男）　154　300
俊通（橘為義四男）　191
俊成（藤原俊忠男）　66　67　218　349下
駿河（一条帝女房）　146
淳経（紀文相男）　217
　淳経女（弁乳母母）　217
順（源挙男）　265
順時（藤原国光男）　214　215　217
　順時女（弁内侍）　214　215　→弁内侍
　順時女（禎子内親王弁乳母）　215　217　→弁乳母
遵子（藤原頼忠二女、円融朝中宮）　177　178　181　300
如正（文屋）　36
徐福（秦ノ方士）　244　245
小一条院→敦明親王
小左衛門（橘道時女、中宮彰子女房）　281
小式部乳母（藤原泰通妻、藤原道長女嬉子女房）　171
小式部内侍（橘道貞女、中宮彰子女房）　223　321～323　327
小少将（源時通二女、中宮彰子女房）　131　135　138　171～173　175　180　181　197～203　206～210
　→少将三位
小宣旨（三条帝乳母）　154　→宣旨
小町（小野）　20
小兵部（中宮彰子女房）　133　136
小馬命婦（清少納言娘）　157
少将（良峰美子、円融帝乳母）　178　→美子
少将（藤原尹甫女、中宮彰子女房）　281
　→少将命婦
少将（藤原相尹女、藤原原子女房）　163　219
　→少将掌侍
少将（中宮彰子女房）　200　203　→小少将
少将三位（小少将カ）　209　210　→小少将
少将掌侍（一条帝女房、種姓不明）　146　157
少将掌侍（藤原祐子、一条朝掌侍）　204
　→祐子
少将掌侍（藤原能子、三条朝掌侍、源正職妻）　204　→能子
少将掌侍（藤原相尹女カ、後朱雀帝女房）　221
少将典侍（良峰美子、円融帝乳母）　152
　→少将命婦、美子、良典侍
少将典侍（秀頼王女藤原芳子、一条三条朝典侍）　157　203　→芳子
少将典侍（藤原能子、一条朝典侍）　204　205
少将内侍（中宮媓子典侍）　162～164
少将内侍（皇太后彰子女房）　214
少将尼（種姓不明）　216
少将乳母（円融帝乳母、良峰美子）　152　178
　→少将典侍、美子
少将命婦（円融帝乳母、良峰美子）　151
　→美子
少将命婦（藤原尹甫女、一条帝女房）　281
　→少将、藤少将命婦
少納言（一条帝女房）　146
少納言乳母（種姓不明、藤原道長女威子女房）　171　172
少輔乳母（大江清通女康子、敦成親王乳母）　173　175　181　191　→康子
少輔命婦（種姓不明、一条帝女房）　146　151
昌子内親王（冷泉朝中宮）　185
章信（藤原知章男）　193
章任（源高雅男）　190　194
章明親王（醍醐皇子）　25　30
勝算（叡山）　37
彰子（藤原道長女）　1　6　11　27　112　116　122～125　150　169　176　177　206　214　254～257　298～301　303　305～316
　父道長との関係　177　206　294～297　303　307　308
　実資との関係　304～309　312～316
　敦康親王への情愛　253　254　296　297
　彰子と源氏物語　121～126

性格 255～257 296～298 309～312
證覚（藤原村椙男） 129
證空（阿闍梨） 25
常則（飛鳥部） 82
信経（藤原為長男） 56～58 90 318
　信経妻（藤原為時女） 39 56 58
信長（藤原教通男） 328
進内侍（藤原義子、一条朝掌侍、紀忠道妻） 146 154～156 →義子
進内侍（種姓不明、後朱雀帝女房） 155
親光（種姓不明、織部正） 275
親仁親王（後冷泉天皇） 319 327 328
親明（藤原弘頼男） 192 211
　親明女 211 →基子、式部、美子
親鸞 268 344
仁聡（朱、宋人） 71 72
尋円（藤原義懐男、叡山） 335 336
靫負（中宮彰子女房） 133 136
靫負掌侍（一条朝掌侍、兵衛典侍母） 131 146 156 157 205 206
靫負命婦（円融帝女房） 131 157 →靫負掌侍

ス

綏子（藤原兼家女、尚侍、東宮妃） 187

セ

世昌（羌、周、宋人） 71 72
正光（藤原兼通男） 243～245
正子（源当季女、冷泉帝乳母） 284 →左近
正職（源国盛男） 204
　正職妻（少将掌侍能子） 204
正通（橘実利男） 36
生昌（平珍材男） 272～274
西鶴（井原） 6
西行 6 268
成行（高階業遠男） 73
　成行女（菅原孝標妻） 73
成信（源、致平親王男） 334 341
成章（高階業遠男） 329
　成章妻 321 →賢子
成房（藤原義懐三男） 332～337 341
性高（僧、叡山） 37
斉信（藤原為光男） 139 140 244 245 264 304 307 319
娍子（藤原済時女、三条帝皇后） 205 298～300
　→宣耀殿
済子（章明親王女、斎宮） 30 31
済時（藤原師尹男） 292
済信（仁和寺僧都） 171 340
済政（源時中男） 274 275 333
清義（僧、叡山） 37
清監（清原元輔男致信） 347上
清子（橘好古女、三条帝乳母、典侍、藤原道隆妻） 152 153 203 →橘三位
清少納言 1 2 5～10 58 143 148 157 167 174 224 245
清通（大江澄明男） 191 212 264
　清通妻（藤原豊子） 191 212
　清通女（後一条帝乳母） 191 →康子
清和天皇 293
聖感（僧、叡山） 37
静円僧都（藤原教通男） 25 327
静範（僧、興福寺） 328
赤染衛門（赤染時用女） 17 218 224～227 264 288
積善（高階成忠男） 36
千枝（大中臣） 150
千里（大江音人男） 20
宣規（藤原為時男） 50 →惟規
宣孝（藤原為輔男） 36 41 70 72 73 83～94 99 100 102 103 335
宣旨（中宮温子女房） 185
宣旨（醍醐帝女房、滋野直子） 185
宣旨（中宮穏子女房カ） 163
宣旨（中宮昌子女房） 185
宣旨（憲平親王女房） 284
宣旨（中宮媓子女房） 164

宣旨(中宮遵子女房) 181
宣旨(皇太后詮子女房) 185
宣旨(中宮定子女房、高階成忠女、大江為基妻) 186
宣旨(中宮彰子女房、源伊陟女陟子) 138 173 175 181 197 205 206 214 340 →陟子
宣旨(三条帝乳母) 154 →小宣旨
宣旨(後一条帝女房、源扶義女廉子) 205 206 →廉子
宣旨(藤原道長女房) 171 175 279 280 →大式部
宣長(本居) 119
宣方(源重信男) 32 239
宣耀殿(娍子) 299 →娍子
染殿中将(皇太后彰子女房) 214
詮子(藤原頼忠長女、中宮遵子宣旨) 178
→宣旨
詮子(藤原兼家二女、円融女御、皇太后) 40 150 151 189 190 291
媞子女王(具平親王三女、斎宮) 28
選子内親王(村上皇女) 1 161 →大斎院
善言(滋野) 272

ソ

素覚(藤原成房法名) 336
宗相(藤原貞村男) 281
宗相妻(藤原尹甫女) 281 →少将命婦
相尹(藤原遠量男) 163 219
相尹女 163 219 →少将、馬中将
相如(高丘) 36 348下
桑子(藤原兼輔女、醍醐更衣) 25
漱石(夏目) 6
蔵命婦(藤原教通乳母) 171 172
則光(橘敏政男) 156
則光姑 156 →右近尼
則理(源重光男) 198 199
尊延(僧、叡山) 37
尊子(藤原道兼女、一条帝御匣殿、女御) 147 186

タ

たひらけい子(内侍) 188 →橘平子
大進(皇太后彰子女房) 214
大弐三位(藤原美子) 194 →美子
大弐三位(藤原賢子) 328 329 →賢子
大宮内侍(皇太后彰子内侍) 192
→宮内侍、美子
大君(源氏物語宇治八宮女) 97 120
大原入道(源時叙) 225 →時叙
大式部(道長女房宣旨、藤原斉家妻カ) 171 173 279〜281 →式部、宣旨
大左衛門(橘道時女、藤原広業妻) 280 281 284
大納言(源扶義女廉子、中宮彰子女房、敦成親王宣旨、典侍、従三位) 135 138 171〜175 180 181 197〜203 212 →廉子
大輔(一条帝乳母) 146 151 152 154
大輔命婦(中宮彰子女房) 171 214 239 240
大弁(皇太后彰子女房) 214
泰通(藤原維孝男) 264
弾正宮→為尊親王

チ

ちかみつ(尾張守) 275 →親光、知光
知光(藤原為昭男、藤原文範養子) 35 129 275 276
知房(源良宗男) 328
致信(清原元輔男) 347上
筑前命婦(一条帝女房) 151 216
筑前命婦(皇太后彰子女房) 214
中宮宣旨(中宮温子宣旨) 185
中宮宣旨(中宮穏子宣旨カ) 163
中宮宣旨(中宮媓子宣旨) 164
中宮典侍(中宮媓子内侍) 164
中宮内侍(中宮媓子女房カ) 161〜164
→少将内侍
中将(源為理女、大斎院女房) 53 54

↓忠理女
中将↓伊勢中将、染殿中将、馬中将
中将内侍（種姓不明、皇太后彰子女房） 214
中将典侍（藤原相尹女） 220 ↓馬中将
中正（藤原山蔭男） 42
中正女↓時姫、惟成母
中清（藤原為雅男） 275
中納言（皇太后彰子女房、源伊陟女陟子カ） 214
中務（一条帝女蔵人） 146 156 166
中務（中宮彰子女房） 171 172 264
中務乳母（典侍藤原高子、中宮妍子女房、藤原惟風妻、後に惟貞妻） 171 172
仲遠（橘佐臣男） 153
仲遠女（徳子） 153
仲文（藤原公葛男） 149 164
仲平（藤原基経男） 292
忠幹（藤原国経男） 152
忠幹女（一条帝乳母、源奉職妻） 152
↓宮内
忠道（紀文利男） 155
忠道妻（進内侍） 155 ↓進内侍
忠範（橘） 211
忠範妻（式部のおもとカ） 211
忠輔（藤原国光男） 36
忠用（宮道） 50
忠用女（藤原理明母） 50 130
忠理（源助理男） 53
忠理女（源為理女大斎院女房中将） 53
長子（藤原兼綱女、堀河朝典侍） 218
長経（源重光男、讃岐守） 327
長経女（藤原兼経妻、親仁親王乳母） 327
長能（藤原倫寧男） 31 276
長良（藤原冬嗣男） 292
朝光（藤原兼通男） 161
朝光（中原） 36
朝成（藤原定方男） 90
朝成女（藤原宣孝妻） 90 91 93
朝忠（藤原兼通男） 30
朝忠女（源時方母） 200
朝任（源時中男） 327
直子（滋野、宣旨） 185 ↓滋野有子、宣旨
陟子（源伊陟女、中宮彰子宣旨） 197 217
↓源三位、宣旨、中納言
陳忠（藤原元方男） 178
陳忠妻（近子、中宮遵子内侍） 178

ツ

通救僧都（三井寺カ） 25 27
通任（藤原済時男） 113 299 301 302

テ

定家（藤原俊成男） 6 107 209 218
定基僧都（三井寺） 25 27
定子（藤原道隆女、一条中宮） 6 7 82 148 159 161 163 186 187 219 245 256 293 301
定暹（藤原為時男） 55
定輔（藤原説孝男カ） 265
定方（藤原高藤男） 83
定方女（藤原兼輔妻） 35
定方女（藤原雅正妻） 29 31 35 83
定頼（藤原公任男） 327 361 上
庭幹（林、宗人） 71
禎子内親王（三条皇女） 192 194 217
典雅（藤原文範養子、證覚男） 129
恬子内親王（文徳皇女） 293

ト

ともみつ 275
土御門（皇太后彰子女房） 214
棟世（藤原保方男） 157
棟利（藤原保方男） 157
等子（橘好古女、冷泉帝乳母） 152 ↓民部
登子（藤原師輔二女、尚侍） 40 183 ↓御匣殿
藤壺（源氏物語） 96 119

藤三位（藤原繁子） 146〜151 →藤典侍、繁子
藤三位（藤原基子） 190 →基子
藤三位（藤原豊子） 191 →豊子
藤三位（藤原賢子） 320 328 329 →賢子
藤式部（紫式部） 118 298 317 322 323 →紫式部
藤少将（一条帝女房） 151 →少将
藤典侍（藤原繁子） 150 151 →繁子
道兼（藤原師輔男） 47 48 147 150
道兼妻（源時通女） 201
道綱（藤原倫寧男） 24 225
道綱妻（源雅信四女） 25 212
道綱女（宰相） 209 211 →豊子
道時（橘仲任男） 281
道時女→小左衛門、大左衛門
道信（藤原為光男） 162
道真（菅原是善男） 20 21
道長（藤原兼家男） 1 48 49 57 58 123 150 161 220 222 225 245 246 254 264 291〜295 301 307〜313 316 340 341 343
現世執着と出家願望 301 302 337〜341
小少将との関係 198 199 202 206 207 209 210
彰子を特に尊重する 177 303
紫式部との関係 60 121 122 245〜248
道長と源氏物語 121 122 246
病悩 301 334 337〜340
道貞（橘仲任男） 222 322
道方（源雅信男） 272 273 294
道隆（藤原兼家男） 153 161 185〜187
道隆妻→貴子、清子
道隆長女→定子
道隆二女 186 187 →原子
道隆三女（敦道親王妻） 186
道隆四女（一条帝御匣殿） 186
道隆女（中宮定子御匣殿） 186 187 →頼子
徳子（橘仲遠女、一条帝乳母、藤原有国妻） 153 216 264 280 281 →橘三位、民部
敦経（紀淑行男） 217
敦経女 217 →弁乳母
敦康親王（一条帝皇子） 155 186 253 254 292 293 295〜298
敦成親王（後一条天皇） 200 213 264 293 297 299 304
敦忠（藤原時平男） 292
敦忠女→穆子
敦道親王（冷泉皇子） 186 222
敦仁親王（醍醐天皇） 185
敦明親王（三条皇子、小一条院） 299 314
敦良親王（一条皇子、後朱雀天皇） 217 314

ナ

内匠蔵人（中宮彰子女房） 133 134 136
内膳（一条帝女房） 146

ノ

能因（俗名橘永愷） 319
能救（叡山） 37
能子（藤原、一条朝典侍） 204 →少将典侍
能子（藤原、三条朝掌侍、源正職妻） 204
能宣（大中臣頼基男） 20 43 44 123 124

ハ

芭蕉（松尾） 6
馬（村上帝女房、大斎院女房） 160 161 →馬内侍
馬（弘徽殿女御義子女房） 338
馬中将（藤原相尹女、中宮彰子女房） 159 173 174 181 219 220 340
馬典侍（源時明女） 159 160 →馬内侍
馬内侍（源時明女、大斎院女房、中宮定子内侍） 159〜164 189 →馬典侍
馬命婦（村上帝女房） 160 →馬内侍
馬命婦（一条帝女房） 146 151 159
繁子（藤原師輔女、円融帝乳母、藤三位） 146 147 151 →藤三位
繁子（高階、堀河朝掌侍） 158
繁子内親王（光孝皇女、斎宮） 185

ヒ

美子（良峰、典侍、円融帝乳母） 151 152 178
↓少将命婦、少将乳母、良典侍
美子（藤原親明女、藤原惟憲妻、中宮彰子内侍、禎子内親王乳母） 191～195 206 210 213 264 ↓基子、近江内侍、皇太后内侍、大宮内侍、大弐三位
美濃（斎宮徽子女王女房カ） 265

フ

扶義（源雅信男） 200 201
扶義女 200 201 ↓大納言
扶公僧都（藤原重輔男、興福寺） 111
浮舟（源氏物語） 4 98 120 268 336
武蔵（一条帝女房） 146
文時（菅原高視男） 36
文成（漢人、修験者） 244 245
文徳天皇 293
文範（藤原元名男） 35 39 129

ヘ

平子（橘、中宮安子内侍） 188
平子（源、円融・花山・一条朝掌侍） 156 160 ↓源掌侍
平内侍 188 189 ↓平子（橘）
兵衛典侍（橘隆子、一条朝掌侍・典侍） 130 131 146 154～156 205 294 ↓隆子
兵部丞（藤原惟規） 133 ↓惟規
別当（皇后泰子内侍） 183
弁（彰子女房） 213 214 ↓弁内侍
弁宰相（藤原豊子） 194 212 ↓豊子
弁内侍（橘良芸子） 189 ↓良芸子
弁内侍（藤原順時女、中宮彰子女房） 115 116 133 134 136 171～173 175 182 204 213～218 ↓弁尼
弁尼（皇太后彰子女房） 216 ↓弁内侍
弁乳母（脩子内親王乳母） 214
弁乳母（藤原明子、敦良親王乳母） 217
弁乳母（藤原賢子、親仁親王乳母） 326 329
↓賢子
弁乳母（藤原順時女、禎子内親王乳母） 216～218
弁命婦（橘良芸子、皇太后詮子女房） 189 190
↓弁内侍
弁命婦（中宮彰子女房） 216

ホ

保胤（慶滋、賀茂忠行男） 33 36 40～42 44～47
保昌（藤原致忠男） 223 347 上
保章（慶滋、賀茂忠行男） 36
輔尹（藤原懐忠男） 43 319
輔正（菅原在躬男） 39
輔親（大中臣能宣男） 319
芳子（秀頼王女、藤原、一条朝典侍） 203～205 ↓少将典侍
邦明（藤原佐理男） 129
奉職（源清延男） 152
奉職妻 152 ↓宮内
法然（源空、叡山） 4 268 344
法禅（叡山） 37
豊子（藤原道綱女、中宮彰子女房宰相） 118 191 211 217
↓宰相、讃岐宰相、藤三位、弁宰相
北野天神 151
穆算僧都（叡山） 37
穆子（藤原朝忠女、源雅信妻） 200 201 225
本院侍従（中宮安子女房） 34 35

ミ

宮の内侍 189 ↓中宮内侍
民部（橘好古女等子、冷泉帝乳母） 152 ↓等子
民部（橘仲遠女徳子、一条帝乳母、典侍） 146 151～154 ↓徳子

ム

むねとき(藤原道時カ)　280

メ

命婦乳母(禎子内親王乳母)→兼澄女
明懐(藤原宣孝男、少僧都、興福寺)　91
明子(源高明女、藤原道長妻)　301
明子(源、一条帝典侍、藤原説孝妻)　130 205
明子(藤原、敦良親王乳母弁)　217 →弁乳母
明順(高階成忠男)　79 272 273
明賢(高階)　272 273 →明順
明遍(叡山)　37

ユ

友則(紀有友男)　20
右衛門典侍(一条帝乳母)　152 154 →衛門
右京(一条帝女房)　146
右京(弘徽殿女御義子女房)　240 →左京
右近(一条帝掌侍)　146 154～156 159 →宮内侍
右近(一条帝女蔵人)　146 151 152 156 166
右近内侍(一条朝掌侍)　146 154～156 160
→右近尼
右近尼(橘則光姑)　156 356下 →右近内侍
有国(藤原輔道男)　36 44 153 271 272
有子(滋野、典侍)　185 →直子
祐子(藤原、一条帝掌侍)　204 →少将掌侍

ラ

頼子(藤原道隆女、中宮定子御匣殿)　187 →御匣殿
頼親(源満仲男)　347上
頼成(藤原伊祐養子、具平親王落胤)　31 264
頼宣(藤原宣孝男)　90
頼宗(藤原道長男)　113 321 324 327
頼忠(藤原実頼男)　32 40 42 43 177 178
頼長(藤原忠実男)　106
頼通(藤原道長男)　223 264 292 301 310 311 319 321 322 341
頼定(源、為平親王男)　28 166

リ

理方(藤原為信男、藤原文範養子カ)　129
理方母(左衛門内侍)　129 →左衛門内侍
理明(藤原為信男)　50 130
隆家(藤原道隆男)　254 301
隆姫(具平親王女)　264
隆光(藤原宣孝男)　90
隆国(源俊賢男)　292
隆佐(藤原宣孝男)　90 91 265
隆子女王(章明親王女)　30
隆子(橘、一条朝掌侍)　130 131 155 156 205
→兵衛掌侍
良芸子(橘、皇太后詮子女房、中宮彰子内侍)　189 190 192 211 →宮内侍、弁命婦
良源(慈慧大師)　33
良宗(源経房男)　328
良宗妻(藤原公信女)　328
良典侍(円融帝乳母)　151 →美子(良峰)
良房(藤原冬嗣男)　28 293
倫子(源雅信女、藤原道長妻)　171 173 181 190 193 194 197 198 201 211 224 283 284

レ

冷泉天皇　152 →憲平親王
暦喜(叡山)　37
廉子(源扶義女、彰子女房大納言、典侍、従三位)　197 200 213 →宣旨、大納言

ロ

朧月夜尚侍(源氏物語)　183

ワ

和泉式部(大江雅致女)　2 17 53 221～224 226 227 245 319 327 340

事項索引

あとがき

紫式部という作家を伝記の形式で記述してみたいというのは、かねてからの私の願いの一つであった。式部が源氏物語の作者であるということだけでなく、何よりも紫式部日記という自己の内面を深く表出した作品を書き残していることに心引かれていたのである。この作家が何を考えながら日々を暮らし、どういう生活環境の中で生涯を過ごしたのかを、できるだけ緻密に考えてみたかったのである。

紫式部は何よりもまず源氏物語の作者ということで知られ、もっぱらそのことにより評価されている。もちろん源氏物語はすぐれた文学作品ではあるが、基本的には当時の「物語」という読み物（エンターテイメント）のジャンルの作品として書かれたものである。つまり、人々をたのしませおもしろがらせることを第一に意図して書かれた作品であり、作者自身の思考や感情は直接的には書かれていず、作者の内面は間接的にしか表出されていない。源氏物語は紫式部という作家を知る手がかりとしては扱いが難しいのである。式部にはまた家集も残されている。和歌は物語に比べると作者の内面により直接している言語であるが、和歌には、いわばよそ行きのことば、建前のことばとでもいうべき性格が多分にあり、必ずしも作者の内面とは重なってはいない。筆者と作品との関係では、日記がもっとも直接的に式部の思考や感情の表出されている作品なのである。したがって、式部を理解するためにはまず何よりも日記のこまやかな読解が必要である。紫式部日記研究の基礎である注釈研究には既に多くの蓄積があるけれども、いまだ十分な検討もなされないままに残されている問題もまた多い。本書ではそうした考証的な注釈にややかかずらいすぎたきらいもあるが、この日記に書かれている人物やその人間関係など、さらに考証しておきたかった事柄にふれられなかったのも心残りの一つである。

紫式部の生きた時代は、政治的にはいわゆる後期摂関体制が確立してゆく時期と重なっていて、貴族社会が繁栄の頂上にさしかかるとともに、またかすかに衰退へと向かい始めた時代であった。そうした過渡期に生きていた人々は、世の中が新しい時代へと動いていることを漠然とながらも予感し、近づいてくる未知の時代への不安におびえ動揺しながら日々を過ごしていたと考えられる。若者たちの仏教の無常思想への深い共感や出家志向、広く人々に広まってきた現世をあきらめて来世に期待する浄土信仰の高揚なども、そうした時代の人々の不安や動揺に起因していると認められる。蜻蛉日記をはじめとする女性の日記文学という新しい文学ジャンルを生み出した大きな動因の一つもそこに求められるであろう。家族や個人のあり方も家父長制の強化などにより変化してきて、特に女性たちにはさまざまな不安と緊張をもたらしたと思われる。日記文学に共通して顕著に認められるのは、筆者たちのいかに生きるべきかを求め悩む心である。紫式部日記は筆者の身の上ばかりを書こうとしたものではないが、日記全体を通じて底深くに認められる執筆動機には、やはりそれらと共通するもののあるのは明らかである。

いかに生きるべきかに悩むそうした式部の内面を、当時の時代性や社会の推移という文脈の中に置いて、具体的に記述することもまた本書で意図した一つであったが、何分にも大きな問題であるために十分に述べることができなかった。式部自身の書いている遁世志向や阿弥陀仏信仰も実は決して単純なものではなかったように思われる。当時の浄土信仰にもさまざまな性格のものがあり、新しく貴族社会に流布し始めていた源信僧都流の浄土教も、いまだ人々に深く広く受け容れられていたとまでは認めにくい。式部の浄土志向がどういう内容のものであったのかも改めて考えてみるべきなのである。式部が、いまはもう世間をはばからず尼になると表明しながらも実行を躊躇しているあり方なども、式部のみの特殊な場合であるというよりは、より広く当時の人々の浄土信仰のあり方の実態をうかがわせるものではなかろうか。紫式部日記にはその他にも、当時の知識人たちの当面していたであろうさまざまな問題を考えるについて、手がかりになる記述が多く見える。本書では、それらについても十分にふれることのできないままになったことも残念であるが、私には残された時間も乏しいので、ひとまずこうした形で区切りをつけることにした。

なお本書は、和泉書院廣橋研三氏のすすめもあって、専門書としてのみならず広く一般の読書人にも読みやすい形に書くことに努めたつもりであるが、どれほどにその意図がかなったのかについては心もとない。この複雑でわかりにくい紫式部という作家について、これまでもたれていたイメージとは異なる新しい側面や、より深い内面に幾らかでも入り得たものになっていたならば幸いである。

平成二十五年五月立夏

増田繁夫

〈著者略歴〉

増田繁夫（ますだ・しげお）

昭和10年（1935）兵庫県小野市生。
京都大学文学部卒業。
梅花女子大学、大阪市立大学、武庫川女子大学等に勤務。
大阪市立大学名誉教授。

主要著書
『右大将道綱母』（1983年 新典社）
『冥き途―評伝和泉式部―』（1987年 世界思想社）
『枕草子（和泉古典叢書1）』（1987年 和泉書院）
『能宣集注釈』（1995年 貴重本刊行会）
『源氏物語と貴族社会』（2002年 吉川弘文館）
『平安貴族の結婚・愛情・性愛』（2009年 青簡舎）
『源氏物語の人々の思想・倫理（大阪市立大学人文選書1）』（2010年 和泉書院）
など

評伝 紫式部
―世俗執着と出家願望―

［いずみ昴《すばる》そうしょ6］

2014年5月1日　初版第1刷発行

著　者――増田繁夫

発行者――廣橋研三

発行所――和泉書院

〒543-0037　大阪市天王寺区上之宮町7-6
電話　06-6771-1467
振替　00970-8-15043

印刷・製本――シナノ

装訂――倉本　修

ISBN978-4-7576-0702-6　C1395